Impresso no Brasil, maio de 2013

Título original: *Fragments d'un Journal Intime*
Copyright da tradução © 2010 Nadiejda Santos Nunes Galvão e Yolanda Lhullier dos Santos

Os direitos desta edição pertencem a
É Realizações Editora, Livraria e Distribuidora Ltda.
Caixa Postal 45321 - 04010-970 - São Paulo SP
Telefax (5511) 5572-5363
e@erealizacoes.com.br - www.erealizacoes.com.br

Editor | Edson Manoel de Oliveira Filho

Gerente editorial | Sonnini Ruiz

Produção editorial | Liliana Cruz
Sandra Silva
William C. Cruz

Preparação | Maria Alexandra Orsi Cardoso Almeida

Revisão | Renata Gonçalves

Capa e projeto gráfico | Mauricio Nisi Gonçalves / Estúdio É

Diagramação | André Cavalcante Gimenez / Estúdio É

Pré-impressão e impressão | Assahi Gráfica e Editota

Reservados todos os direitos desta obra. Proibida toda e qualquer reprodução desta edição por qualquer meio ou forma, seja ela eletrônica ou mecânica, fotocópia, gravação ou qualquer outro meio de reprodução, sem permissão expressa do editor.

HENRI-FRÉDÉRIC AMIEL

Tradução de
Mário Ferreira dos Santos

DIÁRIO ÍNTIMO

SUMÁRIO

Nota prévia ao texto desta edição .... | 7

Introdução .... | 11

Diário íntimo.. | 47

NOTA PRÉVIA AO TEXTO DESTA EDIÇÃO

Desde sua primeira aparição, em 1882, este *Diário Íntimo* de Amiel teve sucessivas edições – em diferentes línguas, com diferentes fragmentos selecionados, por diferentes editores. Aos poucos, alcançou certa notoriedade, tornando-se paradigmático entre as obras do gênero. Em meio àqueles que cultivavam este gênero, o crítico Massaud Moisés elenca Miguel de Unamuno, André Gide, Katherine Mansfield, ou, para ficarmos apenas com os brasileiros, Lima Barreto, Humberto de Campos, Lúcio Cardoso, entre outros.[1]

Destacamos, em particular, duas edições: uma delas é a tradução russa, de 1890, que continha prefácio de Liev Tolstói e tradução de sua filha, Marie Lyovna Tolstói. Neste prefácio, Tolstói declara sentir-se "tocado pela importância e profundidade de seu conteúdo, pela beleza de sua apresentação e, acima de tudo, pela sinceridade deste livro". E arremata:

> Tudo o que Amiel publicou e a que deu acabamento final – palestras, ensaios, poemas – está morto; mas seu *Diário*, onde, sem pensar na forma, falava apenas a si mesmo, está cheio de vida, sabedoria, instrução, consolo, e continuará entre os melhores livros que já nos foram legados acidentalmente, por homens como Marco Aurélio, Pascal e Epicteto.[2]

A outra é de 1923, com edição e prefácio de Bernard Bouvier, a qual o crítico Álvaro Lins considerava a melhor e mais completa edição destes diários (até então),[3] e que serviu de base para a tradução do filósofo Mário Ferreira dos Santos.

---

[1] Massaud Moisés, *Dicionário de Termos Literários*. São Paulo, Cultrix, 2004, p. 122. A Editora É publicou outros diários, ainda que sejam obras díspares entre si: Andrei Tarkovski, *Diários – 1970/1986*; Constantin Noica, *Diário Filosófico*; Nicolae Steinhardt, *O Diário da Felicidade*; Herberto Sales, *Subsidiário*.

[2] Liev Tolstoy, "Introduction to Amiel's Journal (1893)". In: *Tolstoy on Art*. Ed. e trad. Aylmer Maude. Oxford, Oxford University Press, 1924, p. 38-42.

[3] Álvaro Lins, "De Amiel a Fagundes Varela". In: *O Relógio e o Quadrante*. Rio de Janeiro, Civilização Brasileira, 1964, p. 143-44.

Sabemos que, antes de se dedicar integralmente à própria obra filosófica, durante a década de 1940, Mário traduziu obras de autores como Nietzsche, Pascal, Balzac, Walt Whitman, além do próprio Amiel.[4]

O livro que o leitor tem em mãos apresenta, portanto, dupla importância: (1) põe novamente em circulação os diários de Amiel, e, ao mesmo tempo, (2) documenta certo período da atividade intelectual de Mário Ferreira. Sendo assim, passamos a expor o tipo de intervenção editorial que fizemos na tradução.

Para o estabelecimento do texto, procedemos ao cotejo entre as duas edições anteriores.[5] Identificamos alguns erros tipográficos e pequenas divergências entre as edições. Para dirimir as dúvidas, valemo-nos da edição integral do *Journal Intime*, editada em 12 volumes, no período de 1976 a 1994.[6]

Como um dos objetivos desta publicação era preservar o texto de Mário, todas as pequenas intervenções que fizemos, com exceção da atualização da ortografia, foram sinalizadas por colchetes [ ]. Advertimos o leitor quanto ao vocabulário peculiar de Mário e a um estilo que hoje pode soar arcaico ou causar estranheza. Mesmo em passagens que parecem incômodas aos ouvidos ou à sensibilidade contemporânea, optamos por preservar as escolhas vocabulares do tradutor, bem como sua sintaxe.

Antes de concluir, gostaríamos apenas de ressaltar o contraste entre estes dois grandes homens: Amiel, que lamentava a incapacidade de realizar sua obra, fez deste lamento sua obra. Ou, como diz Álvaro Lins: "o seu *Journal Intime* (...) é exatamente a história de sua impotência para a realização de uma obra. A curiosa significação do *Journal* é mesmo esta: ser uma obra em que o autor revela a sua incapacidade para realizá-la".[7] Mário, por sua vez, produziu obra de tal vulto que ainda hoje surpreende aqueles que sobre ela se debruçam. Sua *Enciclopédia das Ciências Filosóficas* tem mais de cinquenta volumes, alguns dos quais permanecem inéditos, abarcando todas as áreas do conhecimento filosófico. Além destes volumes, escreveu sobre economia, crítica cultural, psicologia, retórica. Trata-se de uma rica obra que a Editora É tem se esforçado para colocar novamente em circulação.[8]

---

[4] Nadiejda Santos Nunes Galvão e Yolanda Lhullier dos Santos, *Monografia sobre Mário Ferreira dos Santos*. São Paulo, 2001. (Manuscrito inédito.)

[5] *Diário Íntimo*. Porto Alegre, Livraria do Globo, 1947; *Diário Íntimo*. Rio de Janeiro, Ediouro, s/d.

[6] Henri-Frédéric Amiel, *Journal Intime*. 12 vols. Lausanne, L'Âge d'homme, 1976-1994.

[7] Álvaro Lins, op. cit., p. 141.

[8] Por ora, a Editora É já publicou: *A Sabedoria das Leis Eternas* (2001); *Tratado de Simbólica* (2007); *Filosofia Concreta* (2009); *Invasão Vertical dos Bárbaros* (2012).

NOTA PRÉVIA AO TEXTO DESTA EDIÇÃO

Concluímos esta breve nota com uma citação deste *Diário Íntimo*, que, de alguma maneira, guarda relação com Mário Ferreira dos Santos e diz respeito a todos nós:

> O pensador é para o filósofo o que o diletante é para o artista. Joga com o pensamento e fá-lo gerar uma multidão de belas coisas de particularidades; mas inquieta-se mais com as verdades do que com a verdade, e o essencial do pensamento – sua consequência, sua unidade – escapa-lhe. Maneja agradavelmente o seu instrumento, mas não o possui, e menos ainda o cria. É um horticultor, e não um geólogo, lavra a terra só o estritamente necessário para que dê flores e frutos; nela não penetra o bastante para conhecê-la. Em uma palavra, o pensador é um filósofo superficial, fragmentário, curioso; é o filósofo literário, orador, *causeur* e escritor; o filósofo é o pensador científico. Os pensadores servem para despertar os filósofos ou para popularizá-los. Têm, pois, uma dupla utilidade, ademais do prazer que proporcionam. São os exploradores do exército dos leitores, os incitadores, os doutores da multidão, os que trocam o pensamento em moeda corrente, os abades sem batina da ciência, que vão dos clérigos aos leigos, os intérpretes da Igreja junto ao rebanho e do rebanho junto à Igreja.
>
> O pensador é o literato grave, e é por isso que é popular. O filósofo é um sábio especial (pela forma de sua ciência, não pelo fundo), e a isto se deve a sua impopularidade.[9]

---

[9] Neste volume, p. 64-65.

INTRODUÇÃO

I

Amiel escrevia em 1876: "Das minhas quatorze mil páginas de Diário, que se salvem quinhentas, é muito, é talvez demais". No dia seguinte à sua morte, os primeiros editores dos *Fragmentos do Diário Íntimo* corresponderam a essa tímida ambição. Publicaram, em 1883 e em 1884, os dois pequenos volumes, modificados na quinta edição de 1887, que fizeram o renome de Amiel, e que, reimpressos depois até o trigésimo milhar, foram traduzidos para várias línguas. Foi graças à sua seleção severamente feita que esse renome lentamente elevou o autor do *Diário Íntimo* à primeira fila dos moralistas de língua francesa. Ninguém hoje lhe contesta mais esse posto eminente. De um crítico a outro, entre aqueles que em seu julgamento reproduzem na verdade o sentimento de inumeráveis leitores, dispersos em todos os países, os considerandos são diversos, sem dúvida, mas a conclusão é unânime. Na longa sucessão de frases que no curso das idades registra o pensamento contínuo do gênero humano, Amiel pronunciou palavras que ficam, com o sentido, o acento, a feição que o seu temperamento lhes deu, e acabamos de saudar nele, no centenário do seu nascimento, um dos exploradores mais ousados, um dos descobridores da alma humana.

Mas não é chegada a hora de fazê-lo falar de novo, e de enriquecer, se não de alguns volumes, ao menos de algumas centenas de páginas, ainda, a confissão arrancada ao enorme manuscrito? Tal é a tarefa que me propus ao receber esse precioso depósito, ciosamente conservado longe de todos os olhares durante quarenta anos. Empreendimento que não era senão aparentemente fácil. Dos métodos simples que a erudição aplica a toda espécie de textos, a consciência, o amor e o senso estético pouco participam. Por isso, não aliviam o editor que quer e deve escolher de uma ansiedade por vezes dolorosa. Bem a conheceram os de 1883. Para dominá-la, adotaram princípios que dão à sua obra uma fisionomia original. Hoje, porém, seguirei outros, e é precisamente para expô-los, descrevendo o manuscrito do *Diário Íntimo* e contando a sua história, que eu me dirijo aos leitores curiosos por comparar este novo texto com o texto consagrado. Eles aqui não buscarão uma biografia, como Edmundo Scherer não quis escrevê-la ao apresentar os primeiros *Fragmentos*, nem um julgamento a mais sobre um homem que passou a sua vida a julgar-se a si mesmo. Mas desejarão sem dúvida ser mais completamente informados sobre a obra que se lhes tornou mais cara à medida que mais familiar. Uma biografia autêntica de Amiel, sua correspondência deve precedê-la. Dela já possuo uma parte e esforço-me em recolher o que pode estar ainda em outras mãos. Após esta nova coletânea de *Fragmentos*, espero ter tempo e forças para publicá-la.

Hão de perdoar-me que fale deliberadamente na primeira pessoa. Imitar a admirável reserva daquele que escreveu a Advertência da edição de 1883 eu o desejaria, mas seriam necessários artifícios de linguagem que me parecem inúteis. Nobres escrúpulos retinham aquela nobre mulher, por quem o *Diário Íntimo* deve ter sido revelado ao público. Legatária do manuscrito, deste quis fazer-me o herdeiro depois dela. Dessa responsabilidade, que me parecia temível, não quis aceitar senão a obrigação moral de fazer melhor conhecer o *Diário Íntimo*, uma vez liberto do seu cativeiro, para torná-lo melhor conhecido por minha vez. Narro simplesmente o que me fizeram saber os papéis que foram confiados durante algum tempo à guarda de duas pessoas comigo, ou que me foram pessoalmente legados. Todo o meu esforço está ao serviço da vontade e do pensamento incertos de Amiel.

II

O *Diário Íntimo* regular inicia-se com o fim do ano de 1847. Essa data reaparece inscrita em cada um dos 173 cadernos do manuscrito. Estava Amiel, então, de 26 anos, estudante da Universidade de Berlim, em um período de plena posse de si mesmo, de segurança e de equilíbrio, que devia precisamente achar a sua expressão na redação diária de notas sobre os seus trabalhos, as suas leituras, as suas relações científicas e mundanas, assim como sobre a sua vida interior.

"Estou agora cheio de esperança; aquela melancolia inquieta, aquele temperamento sombrio que me roeram por tão longo tempo, parecem tender a dissipar-se. O futuro não me amedronta mais desde que vejo a possibilidade de realizar os meus sonhos, que as minhas incertezas diminuem, que as minhas forças crescem, que eu me torno homem." (*Antecedentes do Diário Íntimo*, 6 de fevereiro de 1846.)[1]

Mas, antes de fazer do Diário a obra essencial da sua vida e de aí encontrar, fora e acima, ou antes, no coração de toda atividade social e profissional, a razão de ser do seu pensamento, ele devia ouvir confusamente, seguir tateando e como contra a vontade, o seu apelo interior. Encontram-se tentativas, muitas vezes abandonadas e de novo retomadas, de anotar as suas reflexões e as suas experiências de cada dia, entre os 18 e os 25 anos. Esses ensaios juvenis enchem um ou dois cadernos, dos quais o primeiro, posto à parte sob a rubrica "reservado", vai do dia 24 de junho de 1839 ao dia 27 de agosto de 1841. É o mais característico dessa série iniciante, o que faz cedo entrever as emoções íntimas, os conflitos de ideias e de sentimentos que deviam conduzir aquela alma de exceção, cada vez mais complacentemente entregue a uma liberdade ruinosa para toda obra sólida, forte e definitiva, a observar-se, julgar-se e descrever-se a si mesma numa confidência de 35 anos.

Eis a primeira dessas reflexões: "O meio de nada aprender, enquanto se trabalha, é esvoaçar de uma obra a outra, o demasiado ler sem interrupção. Percorro, folheio vinte vezes um volume de história, enquanto o poderia ter lido atentamente. Assim eu achei a maneira de ter sempre de recomeçar. Será preciso regularizar isso". E esse estudante de dezoito anos continua: "Eu desejaria tantas coisas ler e aprender ao mesmo tempo, que me caem os braços de desencorajamento, e fico diante da tarefa sem poder resolver limitar-me a um só assunto, e sem atrever-me a começar. É um grande defeito: ainda uma coisa a corrigir..." (*Primeiro Diário*, 24 de junho de 1839).

Para corresponder à infatigável curiosidade de um espírito que previa já que o completo seria a sua necessidade e o seu sonho, que nenhuma coisa finita a satisfaria nunca, entrega-se, à margem dos seus cursos, que parecem, aliás, cativá-lo pouco, e ao lado das distrações da amizade ou da família, que jamais o absorvem, a uma leitura ávida e, sobretudo, dispersiva. Eis, por exemplo, o que leu, de 24 de junho a 17 de outubro desse ano de 1839: Béranger, *Chansons*; Mignet, *Napoléon*; Victor Hugo, *Les Orientales, Les Voix Intérieures*; Madame de Staël, *Corinne*; Michelet, *Introduction à l'Histoire Universelle*; J. J. Rousseau, *Lettre sur la Botanique*;

---

[1] O próprio Amiel agrupa sob essa indicação geral os cadernos de juventude, que intitula, aliás, ora *Primeiro Diário*, ora *Notas e Reflexões* ou *Diário*.

de Saintines, *Picciola*; Balzac, *La Peau de Chagrin*, *Physiologie du Mariage*; G. Sand, *La Dernière Aldini*; Ch. Nodier, *Mlle. de Marsan*; Jules Janin, *Chemin de Traverse*; Grégoire de Tours, *Histoire des Francs*; Montaigne, alguns livros dos *Essais*; Villemain, *Éloge de Montaigne*, e alguns capítulos do *Perfectionnement Moral*; Charles Didier, *Rome Souterraine*; e creio esquecer alguma coisa! Mas em breve ele virá a "sentir o que há de falso na vida dos livros", em oposição à vida real: "Reconheço com uma espécie de terror a enorme ilusão em que eu vivi, sem analisá-la, de que tudo estava nos livros, e que aí se aprendia mais depressa e melhor". (*Antecedentes do Diário Íntimo*", Berlim, 8 de abril de 1845.)

Não é isso a tentação suprema da inteligência, a maligna desordem da curiosidade do espírito, a proibida atração da árvore do bem e do mal? "É preciso regularizar isso", essas palavras reaparecem como o refrão desses primeiros cadernos. E é bem esse diário esboçado o refúgio contra um mal-estar crescente do moço abandonado sem regra e sem medida à sede do conhecimento. "É preciso regularizar isso", é preciso encontrar e impor-se uma disciplina de trabalho, um controle rigoroso dessas múltiplas aventuras intelectuais, a sabedoria enfim e a linha de conduta perseverante que só lhe poderá traçar o projeto deliberado de uma vocação.

"Há longo tempo estou preocupado com a minha vocação. É o planeta, como diz Goethe, ao redor do qual gravitam no momento as minhas reflexões e as minhas leituras. Experimento cruéis incertezas. É que talvez o orgulho me cegue e eu não creia jamais achar bastante alto o meu lugar, nem de bastante importância. Aonde levará tudo isto? Quem viver verá." (*Primeiro Diário*, 14 de outubro de 1840.)

Enquanto isso, Amiel se esforça em assegurar por "princípios" uma procura a que inquieta o sentimento, por vezes doloroso, da fuga do tempo mal empregado. Eis aqui dois deles: "Para agrupar os seus estudos, é preciso propor-se um objetivo certo, e de preferência um pouco vasto, a seus esforços e a seus trabalhos". – "Cada ramo especial deve ser fecundado e animado pela ideia desse vasto conjunto a que pertence. É o único método de estudá-lo frutuosamente". (*Primeiro Diário*, 8 de outubro de 1840.)

Continuo as minhas citações. No dia 6 de março de 1840, ele havia escrito: "Empreguei quase todo o tempo que eu tinha livre em redigir esse pequeno cartão de quatro polegadas de superfície onde se acham todas as regras que adoto para a minha conduta; atormentei-me por tornar completas as três que concernem ao

Introdução

estudo. Achei um quadro em que podia fazer tudo entrar. – Como reter o que se aprendeu; – como aprender de novo; – como estar seguro de que se sabe". (*Primeiro Diário*, 6 de março de 1840.)

Mas o desencorajamento, a infidelidade a essa disciplina reaparecerão em breve, e tornarão mais vivo o apelo àquele singular auxílio do Diário: "Oh! Nestes últimos tempos estou muito cansado de mim: vejo o pouco resultado dos meus dois anos de Auditório;[2] sinto a minha vida transcorrer sem dar fruto, sem considerá-la empregada. Dissipo as minhas forças em algumas leituras dispersas, que não deixam traços por muito longo tempo. A preguiça tudo invadiu. Ela me mata. Mas não, eu é que a matarei. Vou ocupar-me a partir desta noite de um exame da minha vida. Terminá-lo-ei e porei tudo por escrito. Do passado eu me voltarei para o futuro e, embora humilhado pelo primeiro, far-me-ei uma renovação de vida; escolherei afinal claramente a minha vocação, fixarei a obra que quero realizar e, então, construirei os meus planos para o próximo ano e para os seguintes, dirigidos todos para esse objetivo único. Não restringirei demasiado a minha liberdade, porque esse é o meio de nada obter; mas traçarei um itinerário geral. Sim, será necessário que volte muitas vezes ao objetivo que me proponha, e que todos os meses, e mesmo todas as semanas, haja irrevogavelmente um exame dos meus progressos, sejam intelectuais, sejam morais, ou mesmo físicos".

Ordem nas suas leituras, escolha de uma carreira, método e plano de trabalho, exame de consciência, tais são, pois, as primeiras etapas de vontade por onde passa o autor do *Primeiro Diário*.

Amiel não se decidiu, aliás, a esse diálogo periódico consigo mesmo sem hesitação, nem mesmo sem resistência. Cedo, ele pressentiu o perigo que isso oferecia: "Há uma certa volúpia em fazer a si próprio moralidades, em declamar belos conselhos, e uma tola melancolia em sentir-se incapaz de segui-los". (*Primeiro Diário*, 14 de outubro de 1839.) – "Estes diários são uma ilusão. Não encerram a décima parte do que se pensa em meia hora sobre esse assunto. Se pudessem ao menos ser uma tábua das matérias, seria precioso." (*Primeiro Diário*, 13 de outubro de 1840.)

Mas por outro lado, quando se tem o instinto, a necessidade e o sonho do completo, como consentir em perder alguma coisa de si mesmo, em

---

[2] Chamava-se "Auditório" aos três anos de estudo geral de ciências e letras por que passavam os estudantes de Genebra antes de entrarem nas faculdades profissionais.

renovar-se, metamorfosear-se, morrer todos os dias, para renascer diferente, sem colher as lições dessas experiências sucessivas? "Uma ideia que me impressionou foi esta: Cada dia deixamos uma parte de nós mesmos no caminho. Tudo se desvanece ao redor de nós, figuras, parentes, concidadãos, passam as gerações em silêncio, desaparece tudo e se vai, o mundo nos foge, as ilusões se dissipam, assistimos à destruição de todas as coisas, e isso não é bastante, nós nos perdemos a nós mesmos; somos tão estranhos ao eu que veio vivendo, como se não fosse o nosso próprio eu; o que eu era há alguns anos, os meus prazeres, os meus sentimentos, os meus pensamentos, não o sei mais, o meu corpo passou, a minha alma passou também, tudo o tempo arrebatou. Assisto à minha metamorfose, não sei mais o que era, os meus gozos de criança não sei mais compreendê-los, as minhas observações, as minhas experiências, as minhas criações de jovem estão perdidas; o que eu sentira, o que eu pensara (a minha única bagagem preciosa), a consciência da minha antiga existência, não mais a tenho, é um passado desfeito. Este pensamento é de uma sem igual melancolia. Faz lembrar as palavras do príncipe de Ligne: '*Si l'on se souvenait de tout ce qu'on a observé ou appris dans sa vie, on serait bien savant*'.[3] Esse pensamento bastaria para levar a manter um diário assíduo". (*Primeiro Diário*, 8 de outubro de 1840.)

Como se verá, no seu ano de Itália, pouco emocionado pelo espetáculo das paisagens, das arquiteturas ou das obras de arte, mas constantemente inclinado a transpor todas as suas sensações para o plano da reflexão moral ou filosófica, assim, desde a adolescência, é-lhe necessário um ato de inteligência para achar atrativo, interesse nas coisas. Não agirá antes de ser senhor do princípio. O que é, para outros, recompensa do trabalho, deste é para ele a condição. Entrevê de início a pluralidade, a sua ambição tende para o conhecimento integral, o seu método instintivo de aprender é a síntese.

Deixemo-lo falar, ao fim de um dos seus exames de si mesmo, como o *Primeiro Diário* já contém diversos:

"Eu creio ser bem-dotado, mas o meu estado natural é o repouso. Tudo o que eu tenho de faculdades precisa, para acordar-se, de um ato formal de vontade. A vontade me é mais necessária do que a um outro, porque as minhas faculdades

---

[3] "Se nos lembrássemos de tudo o que observamos ou aprendemos em nossa vida, seríamos bem sábios."

são sem arremesso por si mesmas. São servidores absolutamente devotados e passivos. Uma vontade enérgica poderia ir longe com os meus instrumentos, pois seria ricamente servida. Se não adquiro a vontade, eu nada serei.

A consciência do êxito duplica as minhas forças; não começo se não espero ser bem-sucedido. Desencorajo-me depressa: preciso triunfar, preciso confiança em mim. Não empreenderei jamais nada de grande sem a fé em mim mesmo." (*Primeiro Diário*, 18 de junho de 1841.)

Palavras humildes e profundas que revelam a tragédia oculta de uma juventude, aliás, tão rica, exteriormente tão risonha e por vezes tão brilhante. De novo, constantemente reconduzido a si mesmo, o pensamento do Amiel de vinte anos gira, como em um círculo, nesse tormento, aparentemente sem termo, da escolha de uma vocação.

Aquele espírito, já aberto ao universal, teme depender de qualquer coisa que seja, dar-se a alguma verdade particular, alguma coisa sacrificar dos dons magníficos que cada nova meditação o faz descobrir em si próprio. Desejaria, ao primeiro impulso, e embora devesse a tudo renunciar do homem individual, atingir o conhecimento e a definição do homem absoluto. "Tudo está em tudo" – exclamará ele alguns anos mais tarde – "e se o olhar puder um dia penetrar a fundo um único objeto, o universo tornar-se-á para ele transparente. Um homem representa o homem, o homem contém o animal, o animal o vegetal, o vegetal o mineral, o mineral a álgebra e a geometria. Compreender a fundo um homem seria ver claro o universo." (*Primeiro Diário*, Berlim, 4 de fevereiro de 1845.)

Visão penetrante, na ousadia de um resumo em que se reúnem todas as ciências. Ato de posse vitoriosa do desconhecido! A própria luta que Amiel havia cedo empreendido para conhecer-se e realizar em si a paz pelo equilíbrio do seu espírito e do seu coração devia conduzi-lo à sua verdadeira vocação.

"Hoje, ao cair da noite, pus-me a refletir sobre um sistema de vida, sobre um plano imenso de trabalho, tal como seríamos tentados a empreendê-lo, se esquecêssemos que não dispomos senão de forças humanas. Natureza, humanidade, astronomia, ciências naturais, matemáticas, poesia, religião, belas-artes, história, psicologia, tudo deve entrar na filosofia, como eu a concebo... Depois, escrúpulos me tomavam pela garganta. Estudar o que existe, compreender e mesmo achar a razão do que foi feito, será isso útil? Estender a minha inteligência, ter tudo compreendido, mesmo quando eu o conseguisse, não seria um objeto pessoal, um gozo egoísta? Como servir ao mundo? Não será encontrando uma ideia nova, de preferência a agitar todas as ideias criadas? A isso eu respondia dizendo: Uma vez a ideia de Deus compreendida, o papel da humanidade determinado, a minha obra seria torná-los conhecidos, o meu dever me levaria a dizer ao poeta, à ciência, à música, à filosofia, a tudo o que fazem os homens: Eis aí a vossa tarefa, eis aí o vosso destino..." (*Primeiro Diário*, 8 de outubro de 1840.)

Ninguém sorrirá desses transportes de uma imaginação enciclopédica, desse romantismo do espírito, quando se souber que Amiel aos vinte anos traçava assim o imenso horizonte da obra de toda a sua vida, do *Diário Íntimo*, cujos motivos nele já se agitavam obscuramente.

Tomo como testemunha a confissão tão bela, tão ampla, tão admirável pela audácia, tão tocante pela humildade, que ele escreverá da sua solidão de Fillinge, na Saboia, no dia 14 de setembro de 1841, em uma carta à sua tia Fanchette:

"Ontem à noite, voltei para o meu quarto, e aí, sob o olhar das estrelas que se comprimiam lá no alto, refleti seriamente. Perguntava a mim mesmo o que me perguntei vinte vezes, qual seria o pensamento ao redor do qual eu ordenaria a minha vida, a ideia dominante, o objetivo, o móvel que devia englobar todos os outros, dominar todo o resto e dar unidade à minha carreira. É essa uma das coisas que me fazem mais sofrer, sentir-me desordenado e disperso pela vida; as forças se difundem, não se sabe precisamente o que se faz e, após se gastarem muitos esforços e trabalhos, não nos sentimos mais próximos da felicidade. É preciso, pois, centralizar a sua atividade, dar-se conta claramente do objetivo a que se vai e como a ele se vai...

O objetivo, esse está no que não passa, no que a tudo escapa, aos reveses e aos tiranos, no que nos pertence e nos pertencerá sempre, em nossa alma. A nossa alma é um depósito solene, é a única coisa eterna no meio de tudo o que nos cerca, estas montanhas, este globo, estes sóis; é o sopro divino que vale mais do que todos esses mundos; nós lhe devemos tudo. Ela deve ter consciência de si mesma, do seu objetivo, da sua vida interior; devemos diante dela fazer comparecerem as nossas ações, os nossos sentimentos, as nossas aquisições de todos os dias, ela deve julgar do que pertence à sua verdadeira cultura, e julgar tudo o que não tem raízes e frutos imortais. Devemos dizer a nós próprios que a nossa alma está destinada a tornar-se cada vez maior, sem fim e sem limite, que, se fomos lançados a este planeta, devemos sobreviver--lhe e passar a outros lugares... Mas essa educação eterna, temos de começá-la neste globo; a sociedade, a nossa carreira, os amigos, os parentes, a religião, são meios de Deus; as verdadeiras relações são de Deus para nós; o amor às criaturas, isso é piedoso, é santificado pela lei celeste, mas é ainda uma educação, um meio para subir mais alto. A caridade é o mais elevado grau para chegar-se ao amor supremo. A nossa alma tem muitas faculdades diversas, muitas potências, na aparência opostas, mas ligam-se todas em seu centro; elas não são mais do que raios que, embora divergentes, remontam a uma origem única, emanam do ponto central. Tudo o que a terra pode fornecer-nos é necessário ser aceito. As faculdades devem ser cultivadas em conjunto, para manter o equilíbrio e não motivar a hipertrofia de uma em detrimento de outra. Música e geometria, astronomia e estética, filosofia e poesia, ciências morais e artes industriais, nada é excessivo, nada se deve repelir. O objetivo não muda, mas os meios se modificam e se acomodam. Se falta a cultura científica, se a doença nos domina, está bem! A vida interior encontra ainda um proveito a tirar disso, aprende a sofrer; faz-se forte, educa-se no desapego ao mundo, estuda as suas impressões, purifica-se e resigna-se. Se faltam os livros, temos o coração humano a sondar; se falta a sociedade, temos as obras de arte ou as da natureza. Se essas colheitas não são possíveis, e não estão no caso de serem proporcionadas à nossa alma, a mesa da vida interior não ficará, contudo, vazia; aí estaremos ainda nós mesmos e Deus: nós mesmos, as nossas faculdades, o jogo das nossas paixões, das nossas ideias, a estrutura e a ação do entendimento, sobretudo o estudo moral do nosso coração, e tudo para fazer oferta à nossa alma, e de nossa própria alma a Deus.

A vida interior deve ser o altar de Vesta, cujo fogo deve arder noite e dia. A nossa alma é o templo santo de que nós somos os levitas. Tudo deve ser trazido ao altar iluminado e passado à luz do exame, e a alma deve a si mesma a consciência da sua própria ação e da sua própria vontade..."

Reconhecem-se facilmente alguns dos pensamentos, alguns dos acentos dos *Antecedentes*, contemporâneos dessa confissão toda palpitante de entusiasmo, e que corresponde às angústias da adolescência por uma espécie de profecia, de total e rápida visão do seu destino.

... O *Diário Íntimo* realizará na verdade a "vocação" de Henri-Frédéric Amiel. Julgaram-no mal, creio, quando nele viram não sei que desiludido e confidente, que companheiro de desesperança, que abutre que roeria o peito daquele Prometeu encadeado; ou ainda, quando foi mostrado como um ato de acusação contra um mundo ao qual Amiel não teria jamais podido adaptar-se, como uma espécie de desforra que o mártir do ideal teria tomado em relação a uma pátria ingrata, a uma vida social hostil e a uma carreira fracassada: não, o Diário não é de nenhum modo essa obra cruel e estéril. "Eu não tive ninguém para consolar-me, nenhum amigo superior a mim que me compreendesse e me desse forças, na minha adolescência." Assim fala Amiel aos 24 anos. Mas desde os 20 anos, havia, sem que o soubesse, descoberto o remédio para o seu mal, para essa privação de que sofria todo o seu ser: dar-se a si mesmo esse amigo superior, esse guia, esse estimulador, esse conselheiro e esse juiz, cuja palavra encherá a sua solidão e salvará a sua coragem: será o *Diário Íntimo*.

Apenas, se muitas páginas da obra continuada até o aniquilamento de todas as esperanças e de todas as decepções, parecem dar razão à severidade de certos moralistas, se o próprio Amiel por vezes a condena, é que ela sofreu por seu lado a "lei da ironia" que ele definiu: "o engano inconsciente, a refutação de si por si mesmo, a realização concreta do absurdo". – "O filósofo cai também sob a lei da ironia, pois depois de se haver mentalmente desfeito de todos os preconceitos, isto é, de se haver internacionalizado a fundo, é-lhe necessário entrar nos seus andrajos e no seu estado de larva, comer e beber, ter fome, sede, frio, e fazer como todos os outros mortais, depois de ter momentaneamente feito como ninguém." Sim, como todos os outros mortais, abandonar-se às fomes e às sedes do coração, ambicionar a glória, deixar-se levar à inveja, sonhar a felicidade e o bem-estar domésticos, afastar os curiosos, desmascarar os maus, fazer apelo à simpatia e à admiração, confirmar os seus méritos, reclamar as suas recompensas, vencer afinal reivindicando todos os seus direitos.

Todas essas fraquezas humanas entram e passam no cenário do *Diário Íntimo*. Coalizão inconstante e momentânea, elas aí não celebram nenhuma vitória, nenhuma conquista. A lei do dever e a soberana inteligência vêm abolir a lei da ironia. O fundo da alma de Amiel não é a derrota, nem a desesperança, é o heroísmo, como o anunciavam já os *Antecedentes do Diário*. Todas as dissonâncias se apagarão no acordo supremo da consciência moral e do espírito.

III

O manuscrito do *Diário Íntimo* regular conta 173 cadernos "in-quarto" – na realidade, 174, se levarmos em conta um erro de paginação – que o próprio Amiel coseu e reuniu em 13 cartonagens com dorso de pergaminho. O conjunto compreende mais ou menos 16.900 páginas, enquanto os 4 cadernos dos *Antecedentes* não contavam 200.

Durante os anos de início, o autor segue o emprego bastante regular de parágrafos logicamente separados por subtítulos que ele sublinha e notas marginais acrescentadas depois.

Na realidade ele tateava ainda: tanto a diversidade como a abundância dos fatos ou das reflexões a destacar o embaraçam. Assim como não se atinha à regra de consagrar ao Diário a última hora de um dia de trabalho severamente dividido (das 9 às 10 horas da noite), não seguia o plano outrora traçado de um diário repartido em cinco cadernos de notas íntimas: "1. Moral; 2. Intelectual; 3. Físico; 4. Vida Interior, Impressões; 5. Projetos, Planos." (*Antecedentes*, 30 de outubro de 1840.)

Esse era o tempo em que ele se propunha elucidar "a arte e o método da vida" – "O princípio é a vontade: querer o que se sabe; o objetivo é a vocação: saber o que se deve; o método é o plano de vida: fixar como se deve". Ele devia, porém, cansar-se em breve dessa pedanteria de catecismo: "Empreguei várias horas em reler e enfeitar de notas marginais um dos cadernos do meu *Diário Íntimo*, a fim de fazer chamadas e aproximações. Ele é bastante fastidioso por sua eterna preocupação pessoal e moralista. A ausência de fatos prende-se à divisão do trabalho, eu desejava reservar os fatos para outros cadernos paralelos... – É necessário, pois, melhorar o Diário, nele dando lugar às pessoas e às coisas. De psicológico e moral, fazê-lo tornar-se mais pitoresco. Ou, ainda, poderia ser isso obra de um outro caderno? Não é preciso que toda a vida subjetiva, mais imediatamente apreendida em sua consciência do que contada em seus atos, entre no Diário? As três esferas concêntricas da vida subjetiva, isto é, os fatos e os atos; – as ideias surgidas; – os sentimentos experimentados, devem formar ou compor a matéria do Diário".[4]

E Amiel assenta este quadro singular:

A. Acta: a) Emprego do tempo e das horas (estatística);
           b) Detalhes (esperanças).
B. Cogitata: a) Conhecimentos adquiridos (museu);
           b) Ideias transformadas e encontradas (arsenal).
C. Sentita: a) O que passa, percepções fugitivas (lirismo, teatro);
           b) O que fica, sentimento fundamental (religião, confessionário).

---

[4] *Diário Íntimo*, dezembro de 1849. Todas as citações feitas no curso desta "Introdução" foram extraídas de partes inéditas do manuscrito.

Mas em breve ele abandona toda intenção pedagógica de divisão do trabalho. Com relação ao esquema precedente, uma nota posterior lança à margem esta pergunta: "O *Diário Íntimo* exprime a vida?". Da vida é que o Diário devia, com efeito, sempre se inspirar mais espontaneamente. "Se eu continuar – escreve Amiel em 1852 – ele tomará um outro aspecto... No momento, este Diário é ainda um ser místico e híbrido, semanário, agenda, relatório, inquisidor, confidente, notário, onde porém dois papéis dominam: do escrivão que constata e o de Nestor que repreende. Estatística e monitória são coisas igualmente fastidiosas. Por isso ele é pouco ameno, para reler-se. No entanto, se foi útil escrevê-lo, tem uma desculpa." Vê-se pouco a pouco, só pela disposição gráfica e pela fisionomia dos cadernos, como o Diário deixou de ser uma disciplina para tornar-se uma distração, um divertimento, antes de vir a ser um dia o companheiro indispensável, e por vezes o senhor imperioso. A datar de então, mais estreitamente se aproxima do autor, parece modelar-se por sua natureza e acomodar-se ao seu temperamento. Se não recebe ainda a sua primeira saudação da manhã, atrai-o mais constantemente, e tornam-se cada vez mais raras as semanas, mesmo os dias, durante os quais Amiel nada ali tenha consignado:

"Diário descuidado, diário enfadonho, porque não consigna mais do que alguns fatos grosseiros e poucas ou nenhumas impressões; guarda a matéria e perde o espírito dos dias transcorridos. Um diário atrasado não é mais um diário, e a sua própria fidelidade pode enganar. Uma testemunha que não diz toda a verdade é uma falsa testemunha como aquele que chega a alterá-la, e mais do que aquele que a silencia. Portanto, escrever todos os dias, ou não voltar senão com escrúpulos aos dias omitidos." (*Diário Íntimo*, 22 de abril de 1851.)

A partir do outono de 1852, não haverá mais dias em branco, salvo algumas exceções muito espaçadas. E é também então que se fixa aquele tipo de redação, quase uniforme nos períodos de calma física e moral, conforme o qual Amiel inscreve após a data do dia uma enumeração das leituras feitas, das cartas escritas e das visitas recebidas; e depois desenvolve, em parágrafos longos e curtos, primeiro a análise e a crítica dos artigos e das obras lidas, em seguida o comentário dos seus encontros, das suas conversações ou das suas experiências do dia.

De um dia a outro, de um ano a outro, o número de páginas pode variar muito. Na capa do caderno 144, que termina com o ano de 1876, Amiel escreveu esta observação: "14.000 páginas em 25 anos, dão 482 páginas por ano, e uma e três décimos por dia, durante 10.480 dias consecutivos". Na realidade, seu temperamento móvel não se adstringe a nenhum cálculo. "Hoje garatujei bastante

(11 páginas); por essa conta, far-se-iam 3.700 páginas em um ano, tanto como nos dez anos de 1848 a 1858. – Suponhamos quatro páginas por dia, de uma obra durável; em três meses seria um volume. Ponhamos nove meses para prepará-la e meditá-la: isso daria ainda um volume por ano." (*Diário Íntimo*, 7 de abril de 1866.)

Os anos serão, pois, desiguais: a média para os dez primeiros é de 293 páginas; para os dez seguintes, de 528 páginas; para os dez seguintes, de 635 páginas. Os três anos mais carregados são 1870 (813 páginas), 1871 (841 páginas) e 1880 (809 páginas).

No início do segundo volume desta edição, encontrar-se-á o fac-símile da capa de um dos cadernos do Diário, o de número 97. Eu poderia ter reproduzido a do segundo caderno (1848), que traz a inscrição seguinte, curioso programa, aliás, bem confuso ainda, e redigido no estilo do estudante berlinense, da obra que acaba de empreender: "Observatório geral. Revista do conjunto, da marcha do meu desenvolvimento. Quartel general das operações. Exame da harmonia ou da dissonância interiores, das lacunas, das faltas ou das inquietações, da avaliação simultânea e orgânica das minhas forças físicas, intelectuais e morais. – Termômetro do meu estado psicológico. – A minha vida mais central, mais secreta, mais recôndita. – Relações com a esfera eterna. – Experiência interior. Consciência de mim mesmo. Equilíbrio, proporção, medida, harmonia, eurritmia. *Lebenskunst*. Educação infinita. – Estados da alma e princípios diretores ou consoladores. – Caráter. Inclinações. Impressões".

Todas as capas dos cadernos de papel branco não são igualmente carregadas. Entre os primeiros alguns trazem a epígrafe: *Specula, speculum*. Outros, mais tarde, divisas que são admoestações: No momento oportuno. Espera. Nada sem objetivo. Para outrem. *Nulla dies sine linea. Ne cras. Cave cassum. Be fast*. Ou, ainda, são citações tiradas de suas leituras do momento, onde se encontram Sêneca, Martial, Montaigne, Fénelon, Voltaire, Rousseau, Goethe, Heine, George Sand, Sainte-Beuve, Vinet, Emerson, para não mencionar senão os nomes mais ilustres ou mais frequentes. Ou então estâncias, dísticos, quartetos, por vezes assinados com as iniciais de Amiel. Eis alguns exemplos:

> *Nul ne fait bien que ce qu'il fait sans trêve;*
> *Tout vrai talent s'exerce chaque jour;*
> *Plus verdit l'arbre, et plus il prend de sève;*
> *Plus le coeur aime, et plus il tient d'amour.*
>
> (Caderno 35, março de 1858.)

Nature, en ma faveur tu fus en vain prodigue:
Pour moi, vouloir, agir, vivre est une fatigue.
> (Caderno 37, março de 1859.)

Crois, et tu peux agir; doute, et tu restes coi;
Pour oser quelque chose et vaincre, il faut la loi.
> (Caderno 70, janeiro-março de 1865.)

Dans cette existence qu'oppresse
Le malheur de l'humanité,
Il n'est de bon que la sagesse
Et de sage que la bonté.
> (Caderno 107, setembro-novembro de 1870.)

Obtenir la paix, tu le peux;
Presque le bonheur, si tu veux:
Fais ton devoir, et rends heureux.
> (Caderno 111, fevereiro-abril de 1871.)

DAPHNIS ET CHLOÉ

Unis par le coeur, san prêtre ou notaire,
Avant d'être époux, ils furent conjoints;
Le code civil vient après Cythère:
Pour aimer plus tôt, s'en aime-t-on moins?
> (Caderno 117, janeiro de 1872.)

De l'idéal disert amant,
Contemplatif à l'âme fière,
Tout ce qu'il veut, it peut le faire,
Mais il voulut bien rarement.
> (Caderno 159, maio-julho de 1879.)

Fallait-il qu'on le dit ou qu'on me le cachât?
Ainsi je dois mourir noyé dans mon crachat:
Mon âme, hélas! la devinait cette fin lamentable,
    Et n'est pas résignée.
Quoi! rien pour mon salut, quoi! rien pour mon rachat?
    Ignoble et dure destinée!
> (Caderno 164, janeiro-março de 1880.)

Introdução

No curso mesmo do Diário, a reflexão de Amiel transforma-se frequentemente em versos-provérbios, em dísticos, em quartetos e mesmo em pequenos poemas, por vezes humorísticos, na maior parte gnômicos. Os *Fragmentos* publicados conservam alguns, embora os editores de 1883 os tenham o mais das vezes suprimido. A maior parte são medíocres, sem dúvida, mas característicos do feitio de espírito de um moralista apaixonado com demasiada frequência pelo bonito, mesmo pelo precioso. Na capa do caderno 131, que data de 1874, destaco esta nota significativa: "Um suplemento necessário deste Diário é a coleção das *Pensives*, conjunto de mais de 700 pequenas composições gnômicas, escritas dia a dia, desde alguns anos, e reunidas à parte. Essas bagatelas traduzem as situações morais do momento atual, ou situações atravessadas. Se têm pouco valor literário, são um memorial psicológico". As coletâneas do *Penseroso* e de *La Part du Rêve* oferecem os exemplares mais felizes dessa poesia sentenciosa.

Certos períodos do Diário são mais versificantes do que outros, como os anos de 1868 a 1872, de que muitas páginas apresentam uma constante mistura de prosa e de versos. O autor pouco depois escrevia: "Observo que os dias sem rimas são os em que mais eu me deixo abater". Eis aqui um daqueles dias de ânimo e de viva sinceridade:

8 de novembro de 1861 (nove horas da manhã)

Sirocco, sol mouillé, vent tiède, ciel couvert,
  La terre est de feuilles jonchée;
Oublions! l'arbre nu sait-il qu'il était vert?
  Le nid froid, qu'il eut sa nichée?
Vivons, marchons front haut, fêtons même l'hiver,
  A quoi bon la tête penchée?

Va, ne sois point ingrat et savoure les biens
  Dont le ciel pour toi fut prodigue:
Si chaque homme a ses maux, sache porter les tiens,
  Aux mauvais pensers fais la figue.
Un coeur joyeux, voilà le meilleur des soutiens,
  C'est le coeur triste qui fatigue.

Tes longs abattements viennent de ton ennui,
  Et ton ennui de ta faiblesse;

Trop vite tu l'assieds, trop tôt l'espoir t'a fui,
  Trop aisément ton coeur se blesse;
Sois homme, prends courage et dis-toi qu'aujourd'hui
  Ton ennemi, c'est la molesse.

"Eis aí dezoito versos saídos involuntariamente da primeira linha que tomara a forma de um alexandrino, e de um movimento de gratidão experimentado esta manhã ao pensar na liberdade que me era concedida pela Providência. O verso impeliu o pensamento, e o pensamento o verso. Quando ambos são cúmplices, o mal se faz sozinho, e as estrofes poderiam multiplicar-se sem intenção como sem emendas."

Se essas improvisações versificadas são, na maior parte, sobrecarregadas de palavras suprimidas e de correções, o texto em prosa, ao contrário, é quase constantemente limpo e de primeiro jato. Os mais belos trechos do Diário parecem ter sido escritos de um fôlego, e dentre eles alguns enchem várias páginas. Demasiadamente cuidada nos cadernos de início, muitas vezes relaxada e difícil nos últimos, a letra é então de uma firmeza singular, rápida, dócil ao pensamento, sóbria de todo requinte, mais lógica do que artística e de uma bela elegância intelectual. O espírito ordena, esclarece e penetra tudo. É a contemplação soberana, traduzida pela beleza gráfica de uma força condensada, e que vai diretamente ao alvo.

Assim, por si mesmo, o manuscrito fala aos olhos e trai pela forma inconstante a evolução da sua vida interior. De notário, é promovido a secretário íntimo; de testemunha a confidente; de conselheiro a libertador. As agitações da alma de Amiel revelam-se pelo aspecto dessas páginas apenas. Antes de amanhecer, muitas vezes, acende a sua lâmpada para escrever, logo após levantar-se. "É sempre ao acordar que os pensamentos do dia precedente me ocorrem. A noite os peneira de algum modo e os desprende dos fatos insignificantes ou indiferentes que os continham." A algumas horas de intervalo, de hora em hora nos dias mais perturbados, a isso ele volta "como um pássaro prisioneiro que bate contra as grades da sua gaiola". Ou bem ao contrário, quando algum grande espetáculo da natureza enche os seus olhos e exalta o seu pensamento, ele assinala essas frases com anotações espaçadas conforme o ritmo das coisas. É o conflito da luz e das sombras, uma tempestade na alta montanha, a sinfonia de um pôr do sol sobre o lago e as praias amadas de Clarens. Sete horas, onze horas da manhã, meio-dia; três horas, cinco horas da tarde; oito horas, onze horas da noite: estrofes em prosa ou partes destacadas de um cenário, o Diário então canta ou constrói a obra poética.

Introdução

Esses quadros dramáticos ou esses monólogos inspirados, Amiel os terá mais tarde relido? Ele raramente reabria os cadernos concluídos, e mais raramente ainda, uma ou duas vezes somente, emprestou um caderno ou outro a amigas de quem estava seguro. E parece, a cada experiência, ter-se arrependido; salvo, sem dúvida, o dia em que leu durante duas horas páginas escolhidas do caderno 156 (janeiro-fevereiro de 1879) àquela a quem ele chamava Fida, ou Seriosa, aquela que, quatro anos mais tarde, entraria no conhecimento do manuscrito por inteiro: "Fui mais do que recompensado. A minha cara estoica, que estava abatida quando eu comecei, estava toda contente no fim. Ela me disse: Este dia 2 de abril, fiquei arrebatada; o senhor não poderia saber o bem que me faz; parece-me ser já uma alma e olhar as coisas deste mundo como as veremos do além-túmulo". (*Diário Íntimo*, 2 de abril de 1879.)

Amiel não sabia como tirar partido desse manuscrito onde nenhuma tábua de matérias, nenhum repertório o guiava. Seus papéis inumeráveis se acumulavam em caixas, não precisamente desdenhadas, pois ele os conservava todos, mas reunidos em maços, fosse como fosse, e jamais reformados. "O que seria preferível, ainda, seria o repertório geral dos meus papéis, cursos, notas, agendas, correspondências, allerley, e sobretudo uma tábua das matérias do meu *Diário Íntimo*: pois esse vasto mistifório não pode servir a ninguém, nem sequer ao seu proprietário e seu autor. Nele nada podendo encontrar, eu o tenho como se não o tivesse, não me serve de nada." (*Diário Íntimo*, 22 de abril de 1876.)

IV

Sobre as instruções a deixar quanto ao emprego dos seus "papéis pessoais", Amiel hesitou longo tempo. Redigiu-as pela primeira vez em 1874, modificou-as em 1877, renovou-as afinal, três semanas antes da sua morte, no dia 22 de abril de 1881. Concernem essencialmente à correspondência, aos manuscritos dos seus cursos, às suas poesias inéditas e ao *Diário Íntimo*. "Sendo de minha vontade que os meus trabalhos, as minhas experiências e as minhas meditações não fiquem inteiramente perdidos, e possam servir a outros, se não, fazer o meu nome sobreviver, desejaria, e esse é o desejo que mais vivamente recomendo aos meus herdeiros, que se encontre meio de fazer uma publicação póstuma do que eu possa ter escrito de útil e de bom." (*Instruções*, 23 de julho de 1877.) Ele previa então, reservando sobre a sua fortuna a soma necessária à publicação, uma edição das suas obras em seis volumes. O primeiro teria compreendido, com a reprodução de parte das coleções *Grains de Mil*, *Penseroso*, *La Part du Rêve*, *Jour à Jour*, uma escolha feita nos papéis inéditos dos *Méandres*; o quinto, os seus artigos e estudos críticos; o sexto, os seus trabalhos científicos de história literária ou de história da filosofia; o segundo, o terceiro e o quarto volumes, sob o título de *Pensées d'un Contemplateur*, teriam sido reservados a uma escolha de cartas e a "pensamentos e fragmentos de toda espécie extraídos das 12.000 páginas do Diário, das quais as primeiras mil forneceram a parte em prosa dos *Grains de Mil*."

Alguns amigos eram designados para "opinarem sobre o fundo, a forma e a maneira de conduzir o empreendimento", entre os quais Marc Monnier, Victor Cherbuliez, Auguste Bouvier, Joseph Hornung, Edmond Scherer.

Sem insistir nesse projeto de edição geral, as instruções posteriores parecem aliviar o executor testamentário de uma parte da sua tarefa: "Ele entregará a coleção das poesias inéditas a Mlle. Berthe Vadier, que dará sua opinião antecipada em primeira linha sobre o que dali poderia ser publicado. Entregará a coleção do *Diário Íntimo* a Mlle. Fanny Mercier, que dará sua opinião antecipada em primeira linha sobre o que dali poderia ser utilizado para a publicação. Essas duas amigas devotadas, que são ao mesmo tempo minhas alunas, devem ser consideradas como o conselho restrito para os detalhes e a execução de todo o empreendimento". (*Instruções*, 23 de julho de 1877.)

Mais precisamente ainda, a "instrução adicional" do dia 22 de abril de 1881 estipula, entre outras coisas: "Lego a Mlle. Fanny Mercier: 1º - a minha correspondência; 2º - o meu *Diário Íntimo* (16.900 páginas, dentro em pouco); 3º - os meus cursos manuscritos a serem postos antes de tudo em ordem; 4º - as minhas recordações de juventude e de estudos".

Amiel seguiu assim até as últimas consequências o princípio a que se ativera em 1874: "À minha família, tudo o que eu recebi; mas a mim mesmo, isto é, àqueles que escolhi como a minha família espiritual, a minha criação, o meu pensamento".

V

Por Fanny Mercier, a modesta professora genebrina, a "cara calvinista", a "santinha", a "cristã", a "Sensitiva", a "Seriosa", a "Fida", a "Estoica" do *Diário*

Introdução

Íntimo, é que foi cumprido o mais profundo, o mais sagrado desejo de Amiel: que o melhor do seu pensamento fosse salvaguardado e transmitido.

Marie-Françoise Mercier (1836-1918) dirigia um externato de moças, com a sua irmã Pauline, a quem Amiel chamava de bom grado "Perle" ou "Perline". As duas irmãs, em casa de quem a graça risonha de Pauline perfeitamente se conciliava com a gravidade viril e apaixonada de Fanny, viviam com sua mãe, que elas cercavam de uma terna solicitude até a idade de 94 anos. É "Le Trèfle", "L'Ile d'Azur", "La Passerine", o lar em que o autor do Diário viveu tantas horas de confiante amizade. "Ontem à noite ao voltar e esta manhã ao acordar, pensei em La Passerine. Esse ambiente cordial, honesto, inteligente, afetuoso, não seria salutar para a vida quotidiana? Não parece que me é oferecido pela Providência? Simplicidade, virtude, culto do dever, amor aos santos e puros gozos, que falta ali?" (*Diário Íntimo*, 5 de julho de 1875.)

Compreende-se melhor o sentido destas palavras, acrescentadas por Amiel às suas Instruções de 1881, dirigindo-se a Fanny Mercier: "Disse-me algumas vezes que era a minha viúva. Deixo-lhe direitos de viúva: a minha correspondência e o meu Diário".

Durante os anos de 1882 e 1883, essa mulher admirável, desolada pela morte do mestre, do confidente e do amigo, sobrecarregada de trabalho, em esgotamento de forças, recolheu noite após noite as riquezas da imensa confissão, apreendeu-lhe a amplitude e a profundeza, sentiu-lhe a infinita amargura, contemplou-lhe a beleza moral, viveu de novo, assaltada de recordações luminosas e sombrias, atormentada de escrúpulos, por vezes devorada de angústias, todas as suas grandezas e todas as suas falhas. "Trata-se de uma dívida de fidelidade para com uma alma que sofreu muito... Eu lho confessarei – será porque sou mulher? – mas a ideia de sobrevivência pelo nome, pelo renome, é uma ideia que raramente me ocorre – relativamente a mim própria, nunca, e nem era preciso dizê-lo –, mas mesmo ao pensar em outros, mesmo pensando em nosso amigo, ela muito pouco me preocupa. O que tanto mais me persegue é a ideia da revivescência espiritual. Que o melhor dos nossos mortos queridos não se dissipe com a sua presença, que a sua obra não se perca, que seja reunida, que seja um tesouro acessível a todos, e que enriqueça a indigência que sofre, eis o meu desejo... Levar a que se faça justiça ao nosso amigo e, conforme a sua vontade, salvar para os outros o legado de sua vida infeliz, o fruto de experiência e de pensamentos que amadurecem no fundo mesmo dos seus sofrimentos e das suas lutas... Uma publicação póstuma é coisa tão difícil, e a de um *Diário Íntimo*, coisa tão delicada! É de algum modo entregar uma alma – e isso pode tornar-se uma traição – se não for um trabalho de fidelidade inteligente. Essa responsabilidade de uma obra em que os direitos da verdade e os da proteção devem conciliar-se, é muito grave, muitas vezes me perturba, tanto mais quanto por interesse pessoal (será, talvez, instinto feminino?) eu teria desejado somente abrigar, embalsamar essas confidências no recolhimento... A última folha, isto é, a terceira do nosso volume, foi tirada esta tarde. Eu deveria experimentar por isso alguma alegria, mas confessá-lo-ei ao amigo do nosso amigo, não tenho forças para isso presentemente. A leitura que fiz e refiz era demasiado dolorosa, agitava demasiados problemas, entreabria demasiados abismos, fazia nascerem demasiados pesares. Fiquei demasiado aflita com a narração dos sofrimentos de nosso amigo, demasiado comovida com as suas palavras, demasiado ferida com os seus erros e os seus fracassos, demasiado indignada contra as maldades e as hipocrisias humanas... As últimas palavras que me dizia o executor testamentário eram sempre 'tenha pressa', e eu não podia fazê-lo compreender que preferir uma nuança entre centenas de tons semelhantes exige algum exame e algum tempo; e que não se extraem 250 páginas de 7.000, sem alguma hesitação, quando se procura o verdadeiro e quando não se desejaria faltar ao belo nem ao bem. Enfim, passei as minhas noites perdida diante dessas 7.000 páginas sem um ponto de referência (nem tábua, nem indicações marginais), perturbada por mil pensamentos, mas não querendo senão uma coisa: sob tantos perfis fugitivos rever a fisionomia verdadeira, cumprir a última vontade... Eu desejaria que tudo o que déssemos sobre ele e a propósito dele fosse benfazejo, tornasse mais alta a alma, iniciasse em uma vida superior e mais pura, em poucas palavras, mais salutar." (Cartas de Fanny Mercier a Edmond Scherer, agosto-setembro-outubro de 1882.)

Toda a nobreza de alma de Estoica, "cara calvinista", sempre tão moderada em suas confissões, tão austera em sua dignidade, tão apaixonada em sua fé e em suas afeições, revelava-se assim, sem que ela o soubesse, e contra a sua vontade, àquele a quem chamava "o amigo do nosso amigo", àquele homem altivo e orgulhoso, o senador inamovível, o mestre crítico Edmond Scherer, que ela não conhecia ainda a não ser por meio de alguns julgamentos de Amiel, mas pressentia ser o único capaz de compreender à primeira vista o *Diário Íntimo*, de acolher, para ajudá-la no seu heroico empreendimento, as suas dúvidas, as suas resistências, os seus sacrifícios e a sua inabalável resolução.

Introdução

Se foi a Fanny Mercier, o "seu anjo guardião", que Amiel se decidiu afinal a confiar o manuscrito do seu Diário, para que ela o conhecesse por inteiro e fosse a primeira a escolher os trechos destinados à publicação, foi porque ele se podia entregar sem reserva à sua inteligência e ao seu coração. Deixava-lhe sobre a correspondência e as confissões "direitos de viúva". O último bilhete que ele lhe escreveu estava assinado: "Seu velho amigo de 24 anos". "Não é minha amiga particular aquela que me tomou para seu mestre e guia, e a quem eu chamo 'a santinha'?... Se ela não tem a verve criadora, o bom-humor fecundo, tem a inteligência, a vontade, a consciência sobretudo, a pureza, o senso moral em um raro grau. É a própria lealdade, a coragem, a caridade, a fidelidade. Ela está profundamente presa a mim. A sua discrição e a sua delicadeza são perfeitas, a sua força de devotamento já deu provas. Haverá mulher mais verídica, igualmente incapaz de astúcias? Pode-se levar mais longe o esquecimento de si, a submissão à regra, a disciplina de si mesmo, todos os escrúpulos? Alguém amará o bem de maneira mais absoluta, e poderá parecer mais bem feito para o heroísmo do que essa pobre calvinistazinha sem aparência, mas cujo ser interior é uma chama, uma chama divina?" (*Diário Íntimo*, 5 de julho de 1875.)

"Fico sempre maravilhado de ler nesta alma profunda e pura." (*Diário Íntimo*, 14 de setembro de 1874.)

"O erro, o mal, o feio, o falso, o medíocre a atormentam e a transtornam... A sua necessidade de perfeição não compreende o deixar correr do próximo; a sua delicadeza não se pode habituar à indelicadeza; a sua pureza perturba-se diante do vício, do crime, da maldade, e mesmo diante de imagens disso. É um arminho estético, uma sensitiva moral. *Lauter Gold*. Fonte oculta, profunda, límpida, de que nenhum lodo se aproxima, e onde só se refletem as estrelas. Admiro com emoção aquela ingenuidade infantil, numa forte inteligência e num grande caráter. Essa amiga é a minha consciência. E quando eu a sinto tremer, chorar silenciosamente como uma pobre mulher, experimento uma profunda emoção. Enche-me de respeito a sua beleza moral e maravilha-me a sua sensibilidade. Ela tem certamente alguma coisa de raro e mesmo de extraordinário. Na verdade, ela me edifica, porque me devolve a fé na santidade. E no ser austero, na alma estoica, na criatura impalpável, há uma mulher amante, apaixonada mesmo, que desejaria resignar-se a não ser mais do que uma alma, e não o consegue. É uma devoção. É um drama religioso." (*Diário Íntimo*, 8 de dezembro de 1872.)

Quando Edmond Scherer chegou a conhecer aquela mulher excepcional, no momento mesmo em que ele acabava de descobrir nas páginas transcritas do Diário o gênio desconhecido de seu amigo, associou-se a ela para a obra de justiça que ela lhe propunha. Isso não se deu de início sem resistência. Fui eu, jovem estudante, que entreguei ao senador-escritor os primeiros fragmentos copiados para lhe serem remetidos, por Fanny Mercier. Prima de meu pai, ela me havia encarregado, acompanhando-os de uma carta, dessa missão, cujo êxito esperava com ansiedade. Era na primavera de 1882. Edmond Scherer leu a carta, mas não quis abrir o grande envelope amarelo em que Fanny Mercier reunira as cópias reveladoras. "Leve esses papéis, moço – disse-me ele. Eu conheci Amiel, e li suas obras. Em nada ele conseguiu ser bem-sucedido. Deixemos dormir a sua memória. Não agitemos as suas cinzas." E como eu insistisse imoderadamente, encorajado pelo pensamento daquela parenta que eu estimava tanto como respeitava, e que não poderia estar errada a meus olhos, ele assentiu em guardar o envelope para devolvê-lo diretamente. Mas aquelas páginas, ela as havia com tanta felicidade escolhido para prender a atenção do crítico desabusado e para persuadi-lo, que ele no dia seguinte lhe escrevia: "Envie-me tudo o que puder do Diário...".

Assim teve início entre Fanny Mercier e Edmond Scherer uma correspondência de oito anos, que, seguindo-se à correspondência entre ela e Amiel, apresentará um dia o exemplo do que há de mais raro e de mais belo na amizade que pode unir uma mulher e um homem superiores.

Outros colaboradores intervieram sem dúvida na primeira edição dos *Fragmentos*: Marc Monnier e, sobretudo, o professor Joseph Hornung, velho amigo, colega de Amiel na Universidade, homem de alta cultura e de coração devotado, que ele designara como um dos seus executores testamentários. Mas é de Scherer de início, e dentro em pouco exclusivamente dele, que Fanny Mercier solicita conselhos, apreciações e amparo. "Eu desejaria tudo perguntar-lhe, dia após dia, e tudo submeter-lhe... Desejaria realizar as intenções do nosso amigo, cumprir o seu desejo, mas sem o senhor, caro amigo, não o teria podido; sem o senhor, vontade, dever, desejo, promessa, recordação, fidelidade, todos esses caros e únicos restos não teriam podido ser mais fortes do que a morte." (Fanny Mercier a Edmond Scherer, outubro de 1882.)

Obtendo afinal de Scherer aquele "estudo filosófico e moral", aquela "biografia psicológica", que abre o primeiro volume dos *Fragmentos* de 1882, a editora do Diário, sempre empenhada em apagar-se a si mesma e subtrair o seu nome à publicidade, seguia as próprias indicações do seu mestre e realmente "cumpria o seu desejo". Havia muitas vezes encontrado o nome de Scherer nas páginas do manuscrito. "Ele tem o espírito científico e literário, aberto ao mesmo tempo à poesia e à filosofia, sagaz, perscrutador, analista. Tenho com ele grandes analogias e nos entendemos a meias-palavras, aproximados como somos por nossos estudos assim como por nosso feitio de espírito." (*Diário Íntimo*, 15 de outubro de 1850.)

"Edmond Scherer respondeu-me e a sua resposta causou-me admiração, emocionando-me ao mesmo tempo. De um espírito fino, crítico e severo como o seu, um julgamento sobre mim tal como o que ele me dirige é o testemunho mais inesperado e mais precioso que eu já recebi." (*Diário Íntimo*, 27 de dezembro de 1861.)

"Se os outros traços da minha passagem se apagaram, estas seis mil páginas serão um testemunho da minha vida oculta e fornecerão as linhas de um retrato individual. Isso não teria sem dúvida valor algum para a literatura ou para a ciência, mas uma biografia psicológica tem contudo o seu interesse. Algum amigo de elite (Edmond Scherer...) daí poderia talvez tirar um livro, talvez pensamentos." (*Diário Íntimo*, 26 de outubro de 1864.)

Antes de se decidir a escrever o seu Estudo, Scherer teve de vencer muitos escrúpulos, dos quais o mais forte o havia mesmo inclinado à recusa: "Eles (os cadernos do Diário a ele confiados) encerram sobre a França e os franceses julgamentos que o nosso amigo, reconheço-o, tinha o direito de manifestar, nos quais encontro mesmo uma parte de verdade, os quais eu não poderia, porém, jamais parecer aprovar e sancionar, tomando parte na publicação do volume que os encerre".

As instâncias de Fanny Mercier e a leitura de um maior número de extratos do manuscrito afinal persuadiram Scherer, e ele compôs aquela apreciação que abre a série dos grandes artigos consagrados ao *Diário Íntimo*, por figuras como Renan, Caro, Bourget, Matthiew Arnold, Gaston Frommel. Entre os dos homens da sua geração, o testemunho do velho amigo de Amiel continua sendo o mais penetrante e o mais verdadeiro. As suas páginas sobre o otimismo e o pessimismo, sobre a "posição intermediária" do autor do Diário, resumem perfeitamente a história moral de uma geração de início entusiasta e pouco a pouco desiludida das ambições do positivismo. Mas a verdade, ou as verdades, que traz o Diário sobre o conhecimento do homem ultrapassam essa experiência, ao passo que ao contrário os ensaios de psicologia dos povos que ele contém permanecem limitados aos acontecimentos políticos e à evolução social de um século. É o que o seu primeiro comentador terá sem dúvida reconhecido mais tarde.

Fanny Mercier e Edmond Scherer foram realmente os obreiros da glória de Amiel.

VI

Os *Fragmentos* deviam de início aparecer sob o título de Característica do Pensador, que teria perfeitamente correspondido à ideia que Fanny Mercier formava da coletânea que compunha. Se o título foi abandonado, as intenções da editora, com tudo o que comportavam de preferências, de escolha e de exclusão, a sua obra as realizou. "Deixando de lado o que é de um caráter local e privado – dizia ela na Advertência datada de outubro de 1882 – os editores, na escolha dos seus extratos, se empenharam em reproduzir a fisionomia intelectual e moral do seu amigo, em fazer conhecidos seus altos pensamentos, suas vastas apreciações sobre a vida, os homens e as coisas... confidências de um contemplativo, de um filósofo para quem as coisas da alma eram as soberanas realidades." Eles haviam, pois, deliberado fazer uma separação entre os elementos tão diversos, mas não disparatados, que apresenta o manuscrito. Na sua seleção, Fanny Mercier devia obedecer àquele instinto de perfeição moral que constituía a mola sempre tensa da sua vontade. A comoção, a angústia, o horror, "o inexprimível sofrimento" que fizera nascer em sua alma vibrante de puritana a leitura de certas páginas do Diário, ela os havia aceitado por si mesma. – "Ter lido assim é de algum modo ter vivido. Eu saio dessa experiência, amadurecida." – Mas resolveu nada deixar aparecer nos extratos que entregaria ao público. Toda a energia de uma consciência que sofria fora do sublime e do perfeito, ela a aplicou em servir à imagem ideal que conservara do mestre e do amigo, e que desejava encontrar através das suas longas confissões. Tal lhe parecia ser a verdade, tal a piedade, tal o dever: abismos entreabertos, erros e derrotas, falências do querer, abdicação radical da fé, todas essas experiências do pecado lhe pareceram abolidas pela morte. Que se estenda, pois, o silêncio sobre elas... "Ela desejaria sempre um amigo perfeito, um outro que eu não sou. Imaginou-me de uma certa maneira e não pode consolar-se de que eu não me acomode a esse ideal." (*Diário Íntimo*, 5 de outubro de 1879.)

Introdução

Realidades efêmeras desnudadas de valor educativo, contradições dolorosas do homem natural, enigmas para a delicadeza ignorante da mulher não casada, heresias mesmo do julgamento moral ou do pensamento religioso, ela julgava semelhantes confidências vãs, prejudiciais ou falsas. Era necessário restabelecer a imagem um momento perturbada do "pensador" em toda a sua pureza. Não era a missão do *Diário Íntimo* "tornar mais alta a alma, iniciar em uma vida superior e mais pura – numa palavra, mais salutar"? E que mais fiel aplicação dos princípios do seu autor: "Deve-se deixar perecer o que é medíocre e mau. Onde estaríamos se o *Diário Íntimo* ou a correspondência de cada um viesse à luz da publicidade? Publicam-se já demasiadas coisas; só o excelente e o benfazejo têm títulos para sobreviver". (*Diário Íntimo*, julho de 1875.)

De fato, se em vida de seu mestre, Fanny Mercier havia constantemente ambicionado que ele compusesse um livro ordenado e forte, um livro de pensamento e de ciência desinteressados, uma bela obra em que todas as suas faculdades estariam associadas e exaltadas, ela quis de algum modo realizar depois dele, mesmo por ele e para ele, essa obra inutilmente esperada. A Característica do Pensador revelaria o Amiel desconhecido, o Amiel verdadeiro, aquele para quem as coisas da alma eram as soberanas realidades.[5]

Assim se explica em seus detalhes a conduta seguida pelos primeiros editores do Diário.

---

[5] "São ainda as grandes máximas evangélicas que parecem o mais seguro travesseiro, quando o coração fatigado se quer repousar sobre alguma coisa. Elas dão coragem. Infelizes daqueles que corrompem, desencorajam e desolam seus irmãos. Eles fazem uma obra má. Nesse sentido, eu não desejaria ter publicado as doutrinas do pessimismo. Semear a desesperança é uma obra que pesa na consciência, ainda que se tivesse a verdade sobre si. Fazer conhecer a uma criança o crime de seu pai, supondo-se que possuímos sozinhos esse terrível segredo, não seria uma barbárie atroz e culpada? Não, nem todas as verdades devem ser ditas, e as que tornam a vida insuportável devem ser conservadas secretas. Quem sabe, aliás, se elas são absolutamente verdadeiras? Matar a esperança é um assassínio, e mesmo uma superstição deve ser conservada até que se tenha uma fé melhor para se lhe opor." (*Diário Íntimo*, 12 de janeiro de 1872.) Reflexão de Fanny Mercier: "Isso dá que pensar aos editores do *Diário*, não é verdade? Eles não desejariam fazer uma obra má". Resposta do Scherer: "Oh! meu Deus, sim, é verdade, é muito verdade, mas quanto não se teria a dizer também, a favor da sinceridade absoluta e do direito da verdade, de toda verdade, a achar sua expressão? Em todo caso, é claro que esse trecho, apesar da sua eloquência, deve ser reservado".

Seria fastidioso longamente descrevê-la. Os que forem curiosos de conhecê-la poderão comparar os textos de 1883-1884 e de 1887 com a presente edição. Perceberão logo como um culto demasiadamente refinado do verdadeiro, do belo e do bem pode levar ao purismo literário e moral, e prejudicar em fins de contas aquela verdade que os editores queriam que fosse de um modo perfeito bela e boa. Fanny Mercier solicitava de Scherer, comunicando-lhe a cópia das páginas escolhidas por ela, "o seu sentimento quanto à publicação desses diversos trechos ou à sua eliminação, e no texto, as suas correções de estilo e de palavras, aqui e ali quando oportuno, e as supressões desejáveis". Scherer aquiescia, protestando ao mesmo tempo o seu respeito a um escritor "no qual não se deveria tocar senão com muito receio". Eles não justificaram nem sequer expuseram o seu método de trabalho; nada sentindo dever senão à memória que lhes era muito cara, acreditavam-se no direito de corrigir os erros cometidos. A imagem que a si próprios faziam de Amiel pareceu-lhes mais semelhante do que mesmo a que ele expusera nas páginas variáveis do seu Diário. Desse modo, a obra de ambos, emancipando-se da reprodução exata do manuscrito, devia dar-lhe uma concentração e uma unidade ideais. O espontâneo, o familiar, o cru ou o trivial das confidências não cuidadas, foram sistematicamente sacrificados. O pensador é relegado a um estado de alma unicamente científico e contemplativo. E foi talvez o próprio pensamento que sofreu quando foram empobrecidas a história e a poesia daquela existência. Os leitores avisados bem pressentiram que se lhes ocultavam certas partes, certos aspectos do original. Daí sem dúvida o que há de incompleto sempre, de insuficiente muitas vezes, de contraditório em certos casos, nos julgamentos que mesmo críticos ilustres formularam sobre o *Diário Íntimo*.

O escritor dos *Fragmentos* parece quase constantemente em traje de cerimônia, quando não na atitude hierática do pensador. Para destacar a meditação diária da aventura individual, do fato insignificante, da experiência passageira, os seus intérpretes disso não escolhem senão a parte geral, central, e suprimem, o mais das vezes, de um lado o começo adventício, de outro o retorno final do geral ao particular, da "filosofia" ao lirismo. Para dar a um fragmento uma composição mais equilibrada, mais acadêmica de algum modo, acontece-lhes ora combinar, em um todo e sob a mesma data, partes extraídas de diversos dias, ora mesmo completar um fragmento por empréstimos tomados das cartas de Amiel escritas na mesma data. É assim, por exemplo, que o impressionismo

Introdução

de uma série de sensações ingenuamente anotadas no Diário dará lugar a uma paisagem habilmente composta, o estudo ao ar livre, a um quadro de cavalete. (11 de abril de 1868.)

A elegância condena os termos da linguagem local: em vez de "retaconner", por exemplo, emprega-se "refaire une dizaine d'hemistiches"; em vez de "rêvassé... jusqu'à m'endormir", "rêvé la tête dans les mains". (21 de julho de 1856.)

"Ce monde de loups et de renards", expressão demasiado violenta, desaparecerá. O mesmo quanto a: "bonne nuit aux couches nuptiales", do dia 8 de agosto de 1865; quanto a: "notre maussade et monotone virilité", do dia 28 de abril de 1852; a esta frase do dia 1º de agosto de 1853: "du catholicisme comme de l'épicuréisme on ne revient pas plus que de la mutilation virile". É preciso atenuar as ousadias, evitar as frequentes expressões de reforço como *tout, fort, beaucoup,* e os epítetos veementes como *furieux, horrible*. "Le doute absolu de la pensée" transforma-se em "le doute de la pensée"; "détester toutes les églises" em "desapprouver toutes les églises". Quando o manuscrito diz – "la démocratie socialiste", Scherer acrescenta: "et non socialiste", sem dúvida para ter a atenção aquela democracia de que Amiel não gostava. "Le miel est dans la gueule du lion", "le que sais-je? des trépassés", "la disparition de Dieu" serão apagados. "Savoir être prêt, c'est au fond savoir mourir" (15 de agosto de 1851) é um engenhoso arranjo, ao passo que o manuscrito diz: "Savoir finir c'est la même chose au fond que savoir mourir". Amiel não será autorizado a dizer nem "ma mansarde", nem "ma carcasse". "J'écris em manches à côté de ma fenêtre ouverte"; "un vagabond bohème", ou "une tortue qui rentre ses pattes sous sa carapace", falando de si mesmo, serão eliminados. Mais clássicos que Chateaubriand, os editores apagam as palavras "y aurait-il un crocodile?"... (5 de abril de 1864.) Chegam a oprimir, emascular a sua natureza amante e apaixonada, quando a propósito das suas inclinações nascentes, eles excluem estas expressões: "la liste de mes infanticides antérieurs", "l'étreinte féconde", ou "un onanisme intellectuel". No mínimo se arriscam, quando omitem certos preâmbulos (3 de agosto de 1856, 9 de agosto de 1862, 29 de janeiro de 1866, 26 de agosto de 1868, 15 de abril de 1870, 28 de abril de 1871), a falsear o tom, o desdobramento, por vezes o sentido por inteiro do trecho. Um *"pour ainsi dire"* virá conter uma ousadia metafórica. "*L'Allemand n'est pas de race noble*" parecer-lhes-á desarrazoado; "*l'immortalité individuelle est-elle vraisemblable?*" – imprudente; "*j'ai un crabe dans les bronches*" – ignóbil... Mas aí estão certamente bastantes exemplos dessa industriosa e funesta piedade!

VII

"Há – escrevia a herdeira do *Diário Íntimo* – a piedade pelos mortos, piedade que penetra as suas intenções e dita o respeito a elas; há a penetração, a delicadeza, a lealdade absoluta." Para aquele a quem, depois dela, o manuscrito foi confiado com a missão de publicar de novo fragmentos, uma única obrigação engloba todas as outras, subordinando-as: a lealdade absoluta. Lealdade para com o manuscrito, lealdade para com o leitor. O que significa desde logo e antes de tudo: não fazer modificação alguma no texto reproduzido do manuscrito; depois, visto ser preciso proceder por seleção nestes milhares de páginas: escolher bastante livremente para que o *Diário Íntimo* retome a sua fisionomia particular, a sua diversidade na monotonia, de preferência a uma variedade concertada numa unidade artificial; e ainda: escolher nas partes desprezadas ou privadas do manuscrito, não para alterar a figura conhecida do autor, mas para enriquecê-la; tender, por essa constante e rigorosa exatidão, para uma harmonia mais móvel talvez, mas também mais verdadeira e mais viva do modelo; não esquecer enfim que tudo o que se conhece do *Diário Íntimo* há quarenta anos deve figurar numa edição que quer ser autêntica e, aquém dos limites impostos, definitiva.

Para apresentar uma imagem mais expressiva do "Pensador", os editores dos *Fragmentos* ali haviam inserido máximas e reflexões destacadas, na maior parte extraídas do Diário, mas agrupadas arbitrariamente ao fim de cada ano. Sentenças sem data e sem ordem, que interrompem a sequência cronológica dos trechos e suspendem o encadeamento da confissão. Sem desconhecer a originalidade, a graça, a força ou a beleza desses pensamentos mais ou menos desenvolvidos, eu os suprimi na presente edição, para reservá-los a uma coletânea especial onde outros serão acrescentados e poderão formar com eles um conjunto harmônico e variado, tal como imaginara Amiel, sem realizá-lo.

Sabe-se que a quinta edição dos *Fragmentos*, aparecida em 1887, difere da primeira e foi invariavelmente reimpressa depois. Enquanto uma dúzia de erros de datas aí eram retificados, 21 fragmentos desapareceram para serem substituídos por 30 novos fragmentos. Nessa segunda seleção, os escrúpulos e as predileções dos editores não haviam mudado. Retomando a sua obra, pareceu-me desde logo que a edição de 1922, visto que reconduz os textos já conhecidos à letra do manuscrito, devia reproduzi-los todos. Por isso repus os fragmentos suprimidos em 1887, apesar do seu menor valor, junto com os que, então, os substituíram.

Introdução

Uns e outros estão, além disso, muitas vezes modificados, porque os dou mais completos, quando não sempre por inteiro, tais como estão no Diário. Os leitores familiares dos *Fragmentos* ou os amadores de pequenos problemas de filologia os distinguirão facilmente, comparando as edições. A eles cabe instruir detalhadamente, se lhes agradar, o processo dos primeiros editores. Quanto a mim, que sinto profundamente o reconhecimento que lhes é devido, não procurarei abatê-los debaixo da pompa de notas críticas, onde os leitores não achariam nem prazer nem proveito.

Somente quanto ao tomo segundo das edições anteriores à minha, isto é, quanto aos anos de 1867 a 1881 do Diário, conto 77 fragmentos assim renovados. Esses trechos completos são mais verdadeiros porque exprimem o ritmo essencial e uniforme do pensamento de Amiel, que segue a marcha hegeliana: tese, antítese, síntese. Primeiro, o fato particular, individual e local, ou as anotações espontâneas do artista; depois, a generalização, onde se desdobram a invenção ousada, as aproximações inesperadas, a força da síntese ao mesmo tempo que a vasta cultura do filósofo; enfim, a "conclusão", como a ele próprio acontece muitas vezes dizer, e que é ora um retorno do pensamento ao pensador, uma efusão lírica ou um refrão melancólico, ora a reflexão esclarecida e desinteressada, a resolução firme, o idealismo realizável. De bom grado Amiel teria definido essas três fases da operação intelectual de tantas páginas do seu Diário: história – sonhos e ciência livre – filosofia.

Por isso, cuidei muito menos que os meus predecessores de evitar as repetições. Elas abundam no imenso manuscrito, repetições de máximas, de imagens e de comparações; repetições de ideias, de julgamentos; repetições sobretudo de confidências sentimentais, de queixas sobre a sua saúde, sobre o seu isolamento, sobre a sua fraqueza de vontade, sobre a sua apatia, sobre as suas renúncias. Raramente a Amiel acontecia reler-se, e isso não era jamais senão por capricho e ao acaso. Essas repetições não lhe escaparam, contudo. Quem quer agradar as evita, dizia ele, mas quem não se preocupa senão com o verdadeiro as tolera. Se a arte se empenha em fazer coisa nova, temerosa da saciedade, a observação anota o real como ele se apresenta. "Haverá, talvez, uma ou várias constantes nessas variações combinadas do pensamento ou do sentimento... haverá variações de estações, de ano ou de idade?" Ele deixa a questão aberta. Se não há proveito algum científico a tirar dessas anotações inumeráveis, elas lhe terão, porém, servido para viver, como os outros hábitos higiênicos, a fricção, o ato de lavar-se, o sono, a alimentação, o passeio. Que o *Diário Íntimo* seja instrutivo ou recreativo, fica bem; se ele serve de memorando biográfico, fica melhor; se aguça o espírito de análise e mantém a arte de exprimir-se, melhor ainda; mas a sua função principal, ao risco das repetições, é "restabelecer a integridade do espírito e o equilíbrio de consciência, isto é, a saúde interior".

A edição nova do *Diário Íntimo* oferece enfim 263 fragmentos inteiramente inéditos. Aqueles que a custeiam, julgando essa extensão já considerável, obrigaram-me, para conservá-la, a reduzir de um terço a escolha que eu fizera, de preferência nos anos de 1876 a 1881, entre um grande número de páginas que me pareciam todas interessantes para publicar. Essas eliminações sucessivas me custaram muitas horas inquietas e dolorosas. Por vezes conheci as angústias que Seriosa havia atravessado, mas hesitando lá onde ela resolvia logo e de maneira definitiva. A verdade psicológica e moral constrangia-me a romper com as normas que ela se havia imposto, ao menos para breves extratos que a espontânea sinceridade de Amiel não teria desaprovado. Conhecia-se bastante o pintor de paisagens, o crítico religioso e literário, o psicólogo das nacionalidades, o arquiteto do mundo do espírito: mas talvez, para melhor discernir o homem no pensador, seria necessário ouvir algumas das suas amargas ou irritadas confidências sobre a família, a cidade, a vida acadêmica e o ensino, sobre as relações femininas e os constrangimentos do celibato.

A propósito dos *Fragmentos* de 1883, falou-se na doença do ideal. Certos fragmentos inéditos permitirão diagnosticar a doença do pudor. É sempre uma força contrariada em sua expansão e que se volta para o ser de imaginação, de pensamento e de desejos, para atormentá-lo e fustigá-lo ou roê-lo cruelmente. As primeiras manifestações e certas desordens da puberdade haviam enchido de comoção, e depois de apreensões, o autor do *Primeiro Diário*, aquele jovem de dezoito anos, ardente, puro e leal, até perturbarem a sua visão e paralisarem a sua vontade. Esse mal secreto não conheceu jamais nem longas interrupções nem completa cura. Há mais de cinquenta anos que Amiel, examinando-se a si mesmo, pronunciou a palavra "recalque" e analisou a simbólica dos sonhos. Nesse longo sofrimento, do qual não tirou senão uma clarividência mais aguda e uma renúncia mais completa, ele permaneceu generoso, heroico e altivo. E nessa luta destruidora de toda alegria de viver, o espírito é que devia alcançar as últimas vitórias.

"Como é difícil viver, ó meu fatigado coração!" Não é o supremo suspiro do *Diário Íntimo*, como o faria crer a obra dos seus primeiros editores. O fim de Amiel, se não se assemelha ao decrescendo, ao lamento amortecido de um amplo trecho de órgão, foi claro, nobre e simples. Entre as crises que o sufocavam, continuou a seguir a marcha do mundo e a alimentar o seu pensamento com fortes leituras. Sentia vivamente as solicitações mais insistentes de amizade. "Ama e concorda", isto é, aceita a lei universal e entrega o teu coração a todos aqueles que a sofrem contigo; essa máxima inscrita no seu túmulo foi realmente a última razão da sua vida, e a lição de sua morte. Compreender-se-á por que eu tenha querido reproduzir todo o fim autêntico do manuscrito. Muitos anos antes, quando acabava de perder um amigo prezado e distante, Amiel havia escrito: "Como compreendi essa necessidade ardente de recolher as últimas palavras, os últimos olhares daqueles a quem tenhamos amado! Parece que um agonizante nos fala de além-túmulo".

VIII

"Não confessei jamais as minhas penas profundas senão a meu Diário." É talvez essa simples declaração dos meses atormentados de 1868 que conduz a interminável confissão à sua razão de ser essencial e seu definitivo sentido. Pois tudo é pena para um homem que sonha toda a justiça e toda a verdade, e o diálogo perpétuo, fora e acima da agitação do mundo, entre a consciência, o pensamento e o coração, não seria afinal de contas mais do que o passatempo de um exilado do ideal.

O Diário se assemelha demasiado a Amiel para que se possa defini-lo por uma fórmula compreensiva e clara. Oscila sem descanso entre a tendência ao completo, à fria objetividade, e ao abandono lírico. Ao mesmo tempo, e sempre, livro de razão e livro de paixão. Desde que começou a escrever, Amiel sem dúvida esforçou-se por libertar-se de uma contemplação toda egoísta, de um pietismo e de um ascetismo fastidiosos. Cedo, receou os prestígios e os resgates fatais da introversão. Ora amigo, ora inimigo, o Diário conta a partir de então uma longa luta e reconciliações incessantemente renovadas entre o homem e o escritor íntimo.

"Começo a cansar-me deste estudo estéril e somente curioso, e a querer proveito, progresso, ação. O ofício do espelho não me basta mais, quero realizar... A intuição do bem que não leva ao esforço heroico é uma forma da covardia." (*Diário Íntimo*, 15 de outubro de 1850.)

Seria ilusório descrever segundo uma curva regular a relação entre o seu pensamento e a sua palavra escrita: não há evolução lógica na história moral de Amiel, mas somente um longo esforço, que apenas breves desfalecimentos interrompem, tendente às certezas do absoluto. Coisa alguma devia melhor amparar essa constante aspiração do que a confissão das suas penas profundas, pois que lhe devolvia ela, dia após dia, a luz interior, se não a paz; e, nas horas mais críticas, a paz, se não a força; e quando o ciclo dos anos se completa, a força afinal para morrer como um sábio.

Chegado aos dois terços da sua carreira, como o manuscrito já contasse 96 cadernos, Amiel a si mesmo oferece de novo a questão: "Para que deve servir o *Diário Íntimo*?". E a isso responde por uma nota inscrita na capa do caderno 97, datada de 23 de maio de 1869: "1º - para desabafar o coração; 2º - para aperceber-se da vida; 3º - para esclarecer o pensamento; 4º - para interessar à velhice, se é que se deve chegar a essa idade; 5º - para interessar talvez aos amigos a que será legado; 6º - para fornecer talvez alguns pensamentos úteis aos amigos desconhecidos que existam no público".

Ele não pedia mais, pois, a seu confidente que o morigerasse, que o corrigisse. O exame de consciência perdeu algo do seu rigor crítico. Retarda-se nas curiosidades da vida interior, e mesmo nas complacências da biografia. É Montaigne substituído a Pascal, como ele diz, é a psicologia substituída à moral. O egoísmo inevitável dessas palestras quotidianas toma um caráter mais geral e de algum modo impessoal. O Diário realizou a obra negativa a que Amiel por longo tempo se recusara. O escritor destacou o homem da ambição criadora, separou-o da ação social. Fosse pela aspereza da análise interior ou, ao contrário, pelo atrativo da reflexão solitária e do monólogo sem freio nem fim, o hábito do Diário destruiu lentamente o querer. "Dissecar o coração como tu o fazes é matar a própria vida – escrevia ele outrora. Eterno e temerário químico de ti mesmo, quando cessarás tu de dissolver os teus sentimentos pela curiosidade? A ti próprio conseguiste já cortar todo impulso, estancar toda seiva, amedrontar todo instinto." (*Diário Íntimo*, 24 de fevereiro de 1851.)

Ou ainda, quando se afrouxa a resistência, quando a coragem se abandona: "Com que vivo interesse eu volto ao meu Diário após um dia de separação, é como um amigo que se revê. Ele me é necessário e me repousa. Eu lhe falo e ele me responde... É o livro das recordações, e a hora em que o examino é a hora do recolhimento". (*Diário Íntimo*, 30 de dezembro de 1851.)

Introdução

Todas aquelas páginas silenciosas, "balizas do passado, cruzes funerárias, pirâmides de pedra, troncos que reverdecem, seixos brancos e medalhas", ajudam o peregrino a encontrar de novo o rasto dos seus pensamentos, das suas lágrimas e das suas alegrias. Ou, ainda, assinalam as libertações das suas ansiedades interiores. Analisar o seu sofrimento, penetrar-lhe a causa ou somente fixá-lo em palavras, é dissipá-lo e acalmar-se. A contemplação pura e impessoal, indiferente ao querer e ao desejo, reconduz o pensador à lei universal, ao dever e a Deus. Pouco a pouco tudo o que da realidade diária pode destacar-se para a consciência, formular-se para o espírito e tomar uma figura na imaginação, irá pertencer ao Diário. "A finalidade a marcar-lhe é não ter nenhuma finalidade particular, mas servir a tudo... Um pouco de capricho não o prejudica, o imprevisto aí não poderia ser um defeito. Assim entendido, o Diário é o modelo dos confidentes, sonhado pelos poetas cômicos e trágicos: nada sabe, está pronto para tudo, escuta admiravelmente e, contudo, sabe consolar, aconselhar e repreender." (*Diário Íntimo*, 10 de maio de 1855.)

Se o Diário permitiu a Amiel resistir ao mundo que sentia hostil, o perigo consistia em que ele o arrastava, ano após ano, até as altas regiões de isolamento moral, onde a alma não encontra mais do que as tentações do orgulho. Ele, porém, aí não se demorou jamais. Uma natural humildade e a infatigável curiosidade da vida, que despertava depois de cada abdicação, de novo o levavam ao espetáculo das coisas e das ideias. "Por que razão continuar este Diário? Porque eu sou sozinho. É o meu diálogo, a minha sociedade, o meu companheiro, o meu confidente. É também a minha consolação, a minha memória, o meu burro de carga, o meu eco, o reservatório das minhas experiências íntimas, o meu itinerário psicológico, a minha proteção contra a ferrugem do pensamento, o meu pretexto para viver, quase a única coisa que eu possa deixar depois de mim." (*Diário Íntimo*, 20 de setembro de 1864.)

Este Diário dará de seu autor uma ideia perfeitamente justa? Para ser bem-sucedido, seria necessário a si mesmo estudar-se como filósofo e pintar-se como artista, o que constrangeria a modéstia e se tornaria uma tarefa ingrata e ridícula. De fato, quem o escreve, calando os seus bons movimentos e os seus melhores momentos, amplia os seus erros e os seus pesares. Peca por omissão, e pinta sombriamente, sem intenção, mas pela desigual distribuição das luzes e das sombras. Desse modo, os sermonários, os satíricos, as gazetas criminais dão uma ideia falsa de uma época, insistindo sobre o mal que ela contém... "Eu sou um pouco mais feliz, um pouco menos mau, um pouco menos fraco do que o diz e o crê o meu Diário." (*Diário Íntimo*, 16 de junho de 1866.)

De então em diante, os julgamentos que Amiel formará sobre a sua obra, enquanto ela cresce, alimentando-se da sua substância intelectual e moral, alternarão, até o fim, entre a melancolia desolada e o benévolo quietismo, entre a queixa e a gratidão. "O tormento solitário deriva do instinto de suicídio. O *Diário Íntimo* é a prisão onde se conserva essa raposa que nos devora o coração, esse abutre que nos despedaça o fígado. O corrosivo, que devia servir-nos para a crítica das pessoas e das coisas fora de nós, volta-se desse modo contra nós; o alquimista deixou correr por suas mãos a água régia que o queima até os ossos." (*Diário Íntimo*, 31 de março de 1879.) Mas do próprio mal, e essa é a experiência que atesta a longa meditação do pensador genebrino, um benefício podia nascer: "Viver é curar-se e renovar-se todos os dias, é também encontrar-se de novo e reconquistar-se. O Diário nos torna a pôr em equilíbrio. É uma espécie de sono consciente, no qual, cessando de agir, de querer, de nos darmos tensão, voltamos à ordem universal e procuramos a paz. Escapamos assim ao finito. O recolhimento é como um banho da alma na contemplação, e o Diário não é senão o recolhimento com a pena na mão". (*Diário Íntimo*, 28 de janeiro de 1872.)

O homem disseminou-se na obra, mas ali não se dissolve, como parece pensar e temer: ao contrário, ali se encontra, mas transfigurado. É o Diário que dá essa chave do pensamento e da conduta da sua vida, da vida que Amiel se desespera por momentos de ter perdido. O Diário lhe revela o seu próprio segredo, desvenda-lhe o mistério dos seus aparentes fracassos, e agasalha a colheita magnífica da sua longa renúncia. Por um fenômeno de deplicação e de reimplicação, para falar a sua língua, o *Diário Íntimo*, os cadernos desse imenso manuscrito, transformaram-se na sua própria individualidade, na realidade presente, palpável e indestrutível de um eu múltiplo, fugidio e capaz de todas as metamorfoses. "Estes milhares de páginas não são boas senão para mim e para os que depois de mim puderem interessar-se pelo itinerário de uma alma, numa condição obscura, longe da fama e da celebridade... O meu Diário é talvez o meu ídolo principal, a coisa à qual estou mais preso." (*Diário Íntimo*, 21 de dezembro de 1860.)

Introdução

Foi o Diário que realizou a vocação de Amiel. Conta ele o pior e o melhor da sua alma? Os que a si próprios mais se analisaram, menos se conheceriam? Não sei. Talvez ocorra que "a consciência não pode revelar as suas últimas profundezas a outro senão a Deus". Mas o *Diário Íntimo* representa certamente a ação, mantida durante mais de trinta anos, de um espírito sutil e forte que concebe todo o movimento do universo como matéria para o pensamento, e o dom de um coração profundo de que "a mais tenaz e talvez a única paixão" foi a liberdade interior. O espírito tendia para o absoluto; o coração, para o infinito. No eterno conflito entre o real e o ideal, a grandeza e a dor de Amiel nascem dos vastos espaços e das profundezas insondáveis a que se aventuram esse espírito e esse coração sempre reconduzidos à sua prisão. Todo o Diário conta e descreve os impulsos, as ambições, as sedes de um caráter violentado, de uma condição sem alcance e de um temperamento oprimido. Nenhum sistema é suficiente para encher os vazios que, neles e ao redor deles, a análise cavou. Então, o pensador aceita uma religião, uma fé e normas morais inteiramente humanas. Pascal e Montaigne reconciliam-se nas páginas do Diário. Toda a dignidade do homem se encontra no homem que se conhece e se entrega lealmente. A quem se confessa na verdade da luz interior ficam entregues a paz e a força, e ademais, a admiração e a simpatia daqueles a quem comovem uma tão humilde e tão alta sinceridade, uma arte tão desdenhosa de artifícios.

Abrindo o santuário da sua vida oculta, Amiel cumpria um ato de resolução heroica. Esse delicado, esse justo, expunha-se à malignidade, à incompreensão, à injustiça. Oferecia um penhor ao destino. Mas a divina luz, que por vezes banha esses Campos Elísios da alma, envolve a quem aí penetra, de piedade, de amor e reconhecimento. Se conhecer-se é a soberana sabedoria, se vencer-se é o perfeito dever, confessar-se pode ser a bondade suprema.

O homem que criou uma forma de pensamento não poderia duvidar de si definitivamente. Uma recompensa magnífica estava reservada ao humilde autor do *Diário Íntimo*. Talvez a houvesse ele entrevisto, quando afirmou: "Confiar-se é expor-se e entregar-se: mas essa coragem emociona os corações magnânimos".

Bernard Bouvier
Genebra, fevereiro de 1922.

DIÁRIO ÍNTIMO

Berlim, 16 de dezembro de 1847. – Pobre diário íntimo! Esperas há sete meses e em dezembro é que se aplica por primeira vez uma resolução de maio. Ou antes, pobre de mim! Não sou livre, porque não tenho a força de executar a minha vontade. Acabo de reler as minhas notas deste ano. Tudo foi visto, previsto, disse a mim mesmo as mais belas coisas, entrevi as mais sedutoras perspectivas, e, hoje, caí em mim, esqueci. Não é inteligência que me falta, é caráter. Quando me dirijo ao meu juiz interior, clara é a sua visão e ele fala com justeza. Eu me adivinho, mas não me faço obedecer. E neste momento ainda, sinto que me causa prazer descobrir as minhas faltas e os seus motivos, sem que por isso eu me torne mais forte contra elas. Não sou livre. Quem deveria sê-lo mais do que eu? Nenhuma coação exterior, gozo de todo o meu tempo, senhor de oferecer-me um fim qualquer. – Mas de mim próprio fujo, semanas, meses inteiros; cedo aos caprichos do dia, sou o olhar de meus olhos.

Terrível pensamento: cada um faz o próprio destino.

Diziam os hindus: o destino não é uma palavra, mas a consequência das ações cometidas em outra vida. Escusado ir tão longe. Cada vida faz o próprio destino. – Por que és fraco? Porque dez mil vezes cedeste. Assim te tornaste o joguete das circunstâncias; foste tu que fizeste a sua força, não elas que fizeram a tua fraqueza.

Aos olhos de minha consciência acabo de fazer passar de novo toda a minha vida anterior: infância, colégio, família, adolescência, viagens, jogos, tendências, sofrimentos, prazeres, o bom e o mau. Tentei separar a parte da natureza e da liberdade; reconhecer na criança e no moço os lineamentos do ser atual. Vi-me em contato com as coisas, com os livros, com parentes, irmãs, camaradas, amigos. São de velha data os males contra os quais eu luto. – É uma longa história, que eu devo escrever um dia. – Se o antagonismo é a condição do progresso, eu nasci para fazer progressos.

Não és livre, por quê? Porque não estás de acordo contigo próprio, porque enrubesces diante de ti mesmo; porque cedes às tuas curiosidades, aos teus desejos. O que mais te custa é renunciar à tua curiosidade.

Nasceste para ser livre, para realizar corajosa e plenamente a tua ideia.

Sabes que está nisso a paz. Equilíbrio, harmonia; saber, amar, querer; ideia, beleza, amor; viver da vontade de Deus, da vida eterna; estar em paz contigo mesmo, com o destino; sabes perfeitamente, reconheceste e sentiste muitas vezes que aí estava o teu dever, a tua natureza, a tua vocação, a tua felicidade. Mas abaixo do teu dever geral não precisaste bastante a tua vocação especial, ou antes, não acreditaste seriamente no resultado ao qual havias chegado; distraíste a ti próprio. Renunciar à distração, concentrar-te em tua vontade, num pensamento; eis o que tanto te custa.

⁂

Exprimir, realizar, terminar, produzir: preocupa-te com este pensamento. É a arte. Encontra para cada coisa a sua forma. Que vá teu pensamento à sua conclusão, que a tua palavra exprima o teu pensamento; conclui as tuas frases, os teus gestos, as tuas leituras. Pensamento incompleto, meias-palavras, conhecimento imperfeito, triste coisa. Isso equivale a dizer, precisar, circunscrever, esgotar, ou renunciar à curiosidade. Ordem, energia, perseverança, era o que em outro lugar eu dizia ser-me necessário.

Para a tua vida interior, o escolho é a dissipação. Perdes de vista a ti e aos teus planos, nada tens de mais interessante do que precisamente o que não te interessa. Ora, ceder a essa indolência é dar uma força a mais ao tentador; é pecar contra a tua liberdade, é encadear-te ante o porvir. A força física somente se adquire pelos exercícios graduados, contínuos e enérgicos.

Graduação, energia, continuidade são igualmente as condições da vida intelectual e moral.

⁂

De onde vem este defeito singular de escolher sempre o caminho mais longo, de preferir o menos importante ao mais importante, de ir ao menos urgente; este zelo do acessório, este horror à linha reta? De onde vem este prazer de, entre várias cartas para ler, começar pela menos interessante; dentre várias visitas, preferir a menos necessária, dentre vários estudos, escolher precisamente o que está mais fora do caminho natural, dentre várias compras, a menos urgente? Será apenas a tendência a comer seu pão negro, em primeiro lugar? Um refinamento de gosto?

Será o desejo do completo, a pressa em aproveitar a ocasião que pode fugir, o necessário devendo sempre vir? Belo zelo. Ou então maneira de iludir o dever, engenhosa velhacaria para adiar o que importa e o que ordinariamente é o mais fatigante; astúcia do eu indócil e preguiçoso? Ou será irresolução, falta de coragem, transferência do esforço para outra vez?

As duas últimas explicações, que se fundem numa só, parecem-me a verdadeira. "Tempo ganho, tudo ganho", dizem os diplomatas. Faz o mesmo o coração, fino diplomata. Ele não recusa, apenas adia. O adiamento, se não é resolvido, é uma derrota da vontade. Só deixa para amanhã o que não é possível hoje...

Tudo isto considerado, o coração resolve:

1) Como garantia, fazer diário, todas as noites, algumas palavras; domingo, uma resenha da semana; primeiro domingo do mês, uma resenha do mês, e no fim do ano, uma resenha do ano.

2) Conclusão positiva: examinar cuidadosamente o que devo fazer aqui com o tempo e os meios a isso concedidos. Este ponto será analisado.

Berlim, 31 de dezembro de 1847. – Preciso de afeição. Ofende a minha franqueza ter a aparência de um amigo e não o ser na realidade. A ausência de seriedade me repele decididamente. – Não sei ainda viver entre os homens; mormente entre os meus contemporâneos. Por quê? Porque tu és despótico. Invejas teus iguais. Não, não é isso. Só concedes superioridade àqueles que amas. Necessitas amar para não ser invejoso. E, no entanto, a justiça deve adiantar-se ao amor. A quem fosse reconhecido, darias com alegria, mas não ajudas a subir quem nada te pede. – Deves fazer justiça aos outros. O meio é pensar sempre que cada um te é superior em alguma coisa, e reconhecer-lhe esta vantagem, apagando-te de boa vontade, ao colocá-lo nesse terreno. Interessa-te sinceramente pelos outros, é o meio de inspirar-lhes interesse. Nada de altivez, de dureza, de orgulho. Observa o que cada qual tem de bom, de melhor, e não seu lado fraco. Procura dar prazer, felicidade aos outros; que gostem de estar contigo; a amabilidade é um reflexo do amor.

Sê justo. Isto é, respeita a individualidade de cada um; respeita as suas opiniões, as suas luzes; escuta-os com interesse, consulta-os e não te imponhas. – Sê bom. Procura fazer o bem, esclarecer, interessar, aliviar, ajudar, etc. – Sê flexível. A ninguém peças o que ele não tenha. Considera cada qual como é; não peças amizade ao que só tem espírito, espírito àquele que tem sobretudo conhecimentos.

Aprende a dobrar-te aos caracteres. É a arte de bem viver. Resigna-te e domina-te. A flexibilidade que vem da bondade, e não da astúcia, não é um defeito, mas uma qualidade. – Sê sincero. É o que és um pouco exclusivamente. Não sabes dissimular um descontentamento. Mas sê sincero em tuas maneiras, isto é, simples. Sê, em vez de parecer. Trata de não parecer mais tolo ou mais zombeteiro do que és. Medida, naturalidade, conveniência, são qualidades importantíssimas; conveniência sobretudo, mas a verdadeira, a que se funda nas verdadeiras relações das coisas.

Conveniência no estilo, na linguagem, nas ações, é a proporcionalidade constante com os lugares, os tempos, a idade, o sexo, as circunstâncias, etc. É a expressão do verdadeiro, o tato do justo.

Berlim, 15 de março de 1848. – Urge terminar com a vida de receptividade exclusiva, e produzir. Concluir e realizar, isto é, produzir e especializar. Em breve terás 27 anos. A tua juventude, a tua força devem servir. Convém que te concentres sem demora, se não queres que a tua vida se evapore inutilmente. Deves impor-te uma obra. Que seja isso o teu pensamento de todos os dias. Trabalha enquanto é dia. Tens a responsabilidade do talento que te foi confiado.

Cada qual tem sua obra. Todos trabalhamos na obra da nossa espécie, em facilitar a missão da humanidade e realizá-la. O sapateiro que cose uma sola serve por uma multidão de intermediários para engrandecer a vida de Deus no homem. Metamorfose ascendente da vida, espiritualização progressiva, tal é o nosso dever. Ajuda o homem a tornar-se cada vez mais divino; em sua inteligência, em seu sentimento, em suas ações. Tal é o fim. – Entre todas as vocações, qual é a que deves escolher? Aquela onde melhor podes ser tu mesmo? E melhor desempenhar? A ciência da unidade, a filosofia, a filosofia da vida.

Berlim, 16 de julho de 1848. – Há somente uma coisa necessária: possuir Deus. Todas as formas variáveis sob as quais se divide esta posse devem ser possuídas como se não as possuíssemos. Todos os sentidos, todas as forças da alma e do espírito, todos os recursos exteriores são outras tantas escapadas abertas para a divindade: outras tantas maneiras de provar e adorar a Deus. Daí seu valor infinito, mas relativamente infinito. No entanto, convém saber desapegar-se de tudo quanto se pode perder, apegar-se somente ao eterno e ao absoluto, e saborear o resto como um empréstimo, um usufruto, encerrar o seu tempo em sua eternidade, seus amores parciais em seu amor supremo, sua variedade humana em sua unidade divina. – Adorar, compreender, receber, sentir, dar, agir: eis a tua lei, o teu dever, a tua felicidade, o teu céu. Advenha o que quiser, até a própria morte. Coloca-te de acordo contigo mesmo, nada tenhas a reprovar-te, vive em presença e em comunhão com Deus, e deixa guiarem tua existência as potências supremas contra as quais nada podes. – Se a morte te conceder tempo, melhor, mas deves prestar conta de teus dias. Se ela te levar, melhor ainda, pois tiveste uma vida suave e és arrebatado antes de conhecer os desgostos.

Se te deixa meio morto, melhor, ela te encerra a carreira do sucesso, para abrir-te a do heroísmo, da resignação, e da grandeza moral. Qualquer vida tem sua grandeza, e como te é impossível sair de Deus, melhor é elegê-lo deliberadamente como tua morada.

Berlim, 20 de julho de 1848. – Julgar nossa época, do ângulo da história universal, a história pelo dos períodos geológicos, a geologia pelo da astronomia, é uma libertação para o pensamento. Quando a duração da vida de um homem ou de um povo vos aparece tão microscópica como a de um mosquito, e, em compensação, a vida de um inseto tão infinita como a de um corpo celeste com toda sua poeira de nações, sentimo-nos bem pequenos e bem grandes, e dominamos da altura das esferas a própria existência e os pequenos turbilhões que agitam a nossa pequena Europa.

Berlim, 15 de novembro de 1848. – Sonhaste várias vezes, e este jornal íntimo traz a marca desses sonhos: uma bela atividade em Genebra.

Falta um centro à nossa vida, e também aos nossos estudos: injetar a necessidade científica, o impulso para a poesia e a filosofia, preparar para a metamorfose religiosa do futuro, pôr-se em comunhão com a Alemanha; ressuscitar a originalidade suíço-romanda, trabalhar por um centro de vida intelectual, tendo por base a Suíça francesa e a Sabóia, segundo o projeto que já me ocupou: dar uma base à nossa teologia, às ciências naturais, à crítica literária, à produção literária; mostrar a gênese e o apoio das ciências entre si. – Enciclopédia; propedêutica. – Desviar dessas questiúnculas políticas incessantes e dar-lhes mais substancialidade tornando mais popular a ciência do homem – criar uma escola viva e ativa, que torne a dar lustro ao nome de Genebra. Encontrar nossa originalidade e desenvolvê-la (Cartas sobre Genebra); pois esse é o preço de nossa conservação. Impõe-se ser forte para ter o direito de existir; desaparecemos porque o nosso princípio de vida se escoa. A vida calvinista... atenção, tocas no ponto nevrálgico. Se o elemento fundamental e característico da nacionalidade genebrina é o protestantismo, só numa revolução, do protestantismo, isto é, numa restauração ou metamorfose, é que é possível o rejuvenescimento de Genebra. O problema consiste em saber se o protestantismo não é uma escola de três séculos, na história de Genebra, se não há Genebra possível posterior e anteriormente a esse período brilhante. O protestantismo foi o enxerto poderoso que nos deu todos os nossos frutos; mas sua influência não é mais exclusiva, encontra-se, até, em seu declínio. – O estado protestante terminou para sempre, pois Genebra é mista. – A nova Genebra não pode mais ser a antiga. Qual será sua religião, seu princípio? – Nada de sonhos! Será sempre nos confins das religiões que se encontra a intolerância; a necessidade de conservação torna a atitude mais polêmica. Esperar uma conciliação do catolicismo com o protestantismo, em Genebra, seria iludir-se. – Mas o próprio protestantismo conhece o cisma. Há os imóveis, os indiferentes, os tíbios, a igreja nacional e os dissidentes, os Libertinos e os Rígidos.

Metamorfosear nosso protestantismo que não está mais de acordo com a nossa vida e a nossa ciência, tal é o escopo.

Somente pela educação, e por seu centro, a filosofia e a teologia, é que esse resultado é possível. Mas guarda o teu plano, mede as tuas forças e não cortes todas as árvores da floresta ao mesmo tempo.

Assim: acender o fogo sagrado entre os moços. – Reunir as capacidades em torno de uma bandeira. – Influir na predicação e no jornalismo – através da escola, sobre a juventude, pelas capacidades, sobre a literatura e a vida; conseguir alianças em Lausanne, em Neufechâtel. Formar assim um público e uma opinião.

Impelir ao mesmo tempo à ciência independente e superior a toda especialidade, e à realização original; ter a finalidade nacional na finalidade humana, o fim político no fim nacional. Conservar em cada esforço particular o sentimento do conjunto.

Genebra, 3 de março de 1849. – Não malgastas a tua vida? Não aniquilam o teu futuro a indolência, a timidez e a dispersão? Desconheces o dom de Deus que está em ti; não ousas ver o que deves ser e sê-lo. Confundes a intenção com a força, isto é, a tua própria vontade com a vontade de Deus. Urge adquiras a qualquer preço uma superioridade; isto é, uma especialidade. Para que tens mais talento do que qualquer outro? Ou, antes, onde encontrar tu a paz intelectual, a satisfação?

Na majestade serena dos grandes pensamentos e dos vastos horizontes; na filosofia da história e das religiões.

Esqueço-me por longo tempo nas esferas inferiores, mas é somente nas altas montanhas da contemplação que eu me sinto o que realmente sou. Pontífice da vida infinita, brâmane adorador dos destinos, onda calma que reflete e condensa os raios do universo; contemplação, numa palavra, eis o que me atrai.

"Ser senhor de mim próprio como do universo", ser a consciência de tudo e de mim mesmo, e simbolizá-la para outrem pela palavra em alguma obra imponente e solitária. E por quereres atribuir demasiado direito ao particular, ao finito, ao contingente, tu te perdes, e cais dos cimos eternos.

Genebra, 20 de abril de 1849. – Hoje, faz seis anos que saí de Genebra pela última vez. Quantas viagens, quantas impressões, observações, pensamentos, quantas formas, coisas e homens passaram depois diante de mim e em mim! Estes últimos sete anos foram os mais importantes de minha vida; foram o noviciado de minha inteligência, a iniciação de meu ser no ser.

Turbilhões de neve impenetrável, três vezes esta tarde. Pobres pessegueiros e ameixeiras floridos! Que diferença de há seis anos, quando as belas cerejeiras, adornadas com seus verdes mantos de primavera e carregadas de ramos nupciais, sorriam à minha partida, ao longo das campinas valdenses, enquanto os lilases de Borgonha arrojavam no meu rosto hálitos de perfume!

3 de maio de 1849.[1] – Pobre amigo, és triste, e por quê? Porque não vês como poderás viver, e não te resignaste ainda à impotência e à morte. Urge que olhes frente a frente o futuro, e a isso te habitues. Teu peito débil te forçará, sem dúvida, a renunciar à carreira professoral, pois ainda estás extenuado da única lição dada ontem; de que farás ganha-pão se te falta a palavra? Vida breve, sem dúvida não casarás, por falta de saúde e de dinheiro, carreira impossível, nenhuma ação exterior. Em suma, és um ser condenado e inútil, e não te proporcionas saúde.

Jamais sentiste a segurança interior do gênio, ou o pressentimento da glória ou da felicidade; jamais te viste grande, célebre, ou sequer esposo, pai ou cidadão influente. Esta diferença do porvir e esta completa desconfiança sem dúvida são sinais. O que sonhas é vago, indefinido, celeste; não deves viver, porque disso não és capaz, agora.

---

[1] Quando não houver indicação de lugar, significa que o autor está em Genebra.

Conserva-te em ordem; deixa que vivam os vivos, não contes mais com a tua carcaça avariada, e resume as tuas ideias, faz o testamento do teu espírito e do teu coração: é o que de mais útil podes fazer. Renuncia a ti próprio e aceita o teu cálice, com seu mel e seu fel, não importa. Faz descer Deus em ti, embalsama-te antecipadamente dele, e faz de teu seio um templo do Espírito Santo. Pratica boas obras, e faz ditosos e melhores os outros.

Não tenhas mais ambição pessoal e assim te consolarás de viver e de morrer, haja o que houver.

Genebra, 27 de maio de 1849. – Ser desconhecido até dos que amamos é a verdadeira cruz, é o que coloca nos lábios dos homens superiores um sorriso doloroso e triste, é a mais pungente amargura dos homens devotados.

É o que deve ter martirizado mais frequentemente o coração do Filho do homem, é a taça de sofrimento e de resignação.

Se Deus pudesse sofrer, seria a pena que diariamente lhe estaríamos causando. Ele também. Ele sobretudo é o grande desconhecido, o soberanamente incompreendido. Ai! Não cansar, não se entibar, estar satisfeito com tudo o que há, e não preocupado com o que falta; ser indulgente, paciente, cheio de simpatia, benevolente; observar a flor que nasce e o coração que se abre; sempre esperar, como Deus; sempre amar, eis o dever.

Genebra, 3 de junho de 1849. – Tempo delicioso, fresco e puro. Longo passeio matinal. Surpreendi o espinheiro e a roseira silvestre em flores. Incertos e saudáveis perfumes dos campos; montanhas de Voiron bordadas com uma fímbria de bruma resplandecente; o Salève revestido de matizes aveludados. Trabalhos no campo. Dois formosos burrinhos, um deles mastigando com avidez ramos de bérberis. Três crianças pequenas; senti um imenso desejo de abraçá-las. Gozar do ócio, da paz dos campos, do bom tempo, de comodidade; ter a companhia de minhas duas irmãs; repousar meus olhos em prados embalsamados e vergéis floridos; ouvir cantar a vida nas ervas e nas árvores; ser tão mansamente feliz, não é demasiado? Mereço tanto? Oh! Gozemos disso sem censurar a benevolência do céu; gozemos de tudo isso com gratidão. Os maus dias vêm depressa, e são numerosos!... Não tenho o pressentimento da felicidade. Aproveitemos, pois, tanto mais o presente. Vem, boa Natureza, sorri e encanta-me. Vela-me por algum tempo as minhas próprias tristezas e as dos outros; deixa-me ver somente os bordados de teu manto de rainha, e esconde as misérias sob as magnificências.

Genebra, 1º de outubro de 1849. – Ontem, domingo, reli e copiei todo o Evangelho de São João. Ele me confirmou na minha opinião de que Jesus não era Trinitário; que devemos crer somente nele, e descobrir a imagem verdadeira do fundador atrás de todas as refrações prismáticas, através das quais ele nos chega mais ou menos alterado. Raio luminoso e celeste caído no meio humano, a palavra de Cristo decompôs-se em cores irisadas e desviou-se em mil direções. A tarefa histórica do cristianismo é, de século em século, despojar-se de uma nova casca, sofrer uma nova metamorfose, espiritualizar, sempre mais a sua inteligência de Cristo, a sua inteligência da salvação.

Estou assombrado da incrível soma de judaísmo e formalismo que subsiste, ainda, dezenove séculos depois de ter o Redentor proclamado que era a letra que matava e que o simbolismo estava morto. A nova religião é tão profunda que nem sequer no presente é compreendida, e tão ousada, que pareceria, neste momento, blasfematória à maioria dos cristãos. A pessoa de Cristo é o centro desta revelação; revelação, redenção, vida eterna, divindade, humanidade, propiciação, encarnação, juízo, Satã, céu, inferno, tudo se materializou, se condensou, e apresenta a estranha ironia de ter um sentido profundo e de ser interpretada carnalmente, espécie de moeda falsa em sentido inverso, que vale mais que o valor de troca. A ousadia e a liberdade cristã estão por conquistar-se de novo, é a Igreja que é herética, a Igreja cuja visão é turva e cujo coração é tímido. Queira-se ou não, há uma doutrina esotérica; não que seja ela um jugo, mas uma força das coisas. Há uma revelação relativa; cada ser penetra em Deus tanto quanto Deus penetra nele; e como diz Angelus, creio que os olhos com que vejo a Deus são os mesmos com que Deus me vê.[2]

Se o cristianismo deseja triunfar do panteísmo, deve absorvê-lo; para os nossos pusilânimes de hoje, Jesus estaria contaminado de um odioso panteísmo, pois confirmou a frase bíblica: *Vós sois deuses*; e São Paulo também, que diz sermos a *raça de Deus.*

Ao nosso século é necessária uma nova dogmática, isto é, uma explicação mais profunda da natureza de Cristo e das luzes que projeta no céu e na humanidade.

14 de dezembro de 1849 (oito horas da manhã). – Virgindade viril, tu merecerias pela tua raridade um templo, e se os antigos o esqueceram, bem errados andaram. Aos 28 anos, não ter ainda, como diz Pitágoras, entregue sua força a mulher alguma,

---

[2] Johann Scheffler, chamado Angelus Silesius, 1624-1677, autor de poesias místicas.

ou, como diz Goerres, não ter ainda provado, ou como diz Moisés, não ter ainda conhecido, ou, como os romancistas franceses, não ter ainda possuído, é um fenômeno, ou antes uma curiosidade, de que nenhum homem de meu conhecimento entre os de minha idade, pode oferecer um segundo exemplo. É um bem? É um mal? Uma estupidez? Uma virtude? Muitas vezes debati este problema. Ter dormido em todos os leitos da Europa, desde Upsal a Malta, e de Saint-Malo a Viena, nas cabanas e nos palácios, entre pastoras da Bretanha, e a dois passos das raparigas de Nápoles, e somente conhecer a voluptuosidade em imaginação; ter tido o mais precoce temperamento, ter feito as leituras mais devastadoras; ter encontrado as ocasiões mais sedutoras e isto antes dos vinte anos; curioso até o crime, com mais forte razão curioso do amor, inflamável, sempre errante, por que milagre trago ao lar a minha ignorância de criança?

Muitas são as causas, e várias a meu favor, mas de que transfiro a virtude ao meu bom anjo, ao meu bom eu. – *Puber, liber; liber, miser*, tal é o resumo de duas cartas, escritas quando em viagem a B... Quem me guardou? Respeito aos outros; sempre tive horror de fazer mal, de levar outrem ao mal; a ideia de corromper-me era insustentável, e a jovem ou a mulher à qual eu não teria feito mal, era então indigna de mim. Esse dilema, jamais pude moralmente resolvê-lo. Sinceridade: cabendo-me dar conselhos a duas jovens irmãs, permaneci puro, para não ser um hipócrita, porque abomino a hipocrisia. Não podendo ter nem a impudência do vício, nem sua dissimulação, não pude ceder. Imaginação: centuplicando a coisa, tanto a sua voluptuosidade como seu remorso, ela sempre me resguardou por medo, ao mesmo tempo que tentava pela sedução.

– Um quarto guardião foi a minha timidez fabulosa e imbecil até. Jamais pude pronunciar uma palavra desonesta a uma mulher, e me são precisos ainda esforços para não enrubescer quando outros as pronunciam. Corei muito mais vezes pelos outros, em lugar dos outros, do que por mim mesmo; a testemunha é que ficava embaraçada pelo culpado. Essa timidez tola deixa-me ainda arrependimentos: mais lastimo alguns beijos que poderia, deveria mesmo ter dado, em Estocolmo, em Cherburgo e em outros lugares, do que algumas ações condenáveis. Estas recordações de uma voluptuosidade casta me são caras; têm mais perfume para mim, do que, sem dúvida, a posse completa, para um libertino. – Um poderoso guardião foi também a minha desconfiança de mim mesmo. Sentia que a fagulha transformar-se-ia em incêndio, que uma vez arremessado o furor da paixão seria antes para comprimir do que para reter. Eu tinha medo de mim próprio e nunca ousei abandonar-me. Recordo-me haver recusado G... que me arrebatava, que eu tinha em meus braços, ambos meio fora de nós mesmos. Receei o tigre da paixão, não ousei arrancar o açamo à besta feroz, e deixar-me levar por mim mesmo. Tenho quase pesar disso, sobretudo depois que soube que lhe faziam demasiada honra os meus escrúpulos, os quais evidenciavam excessiva delicadeza. Esmaguei a tentação em vez de extingui-la. Tolice talvez; não se é completamente homem, enquanto se ignora a mulher. Preferi a ignorância ao remorso; para mim era um sacrifício, que um outro, menos devorado pela necessidade de saber, quase não compreenderá. – Por outro lado, eu me tinha jurado permanecer tão heroico como a mulher pura, que somente dá a sua flor de castidade, sua coroa de virgem, àquele que oferece a grinalda de esposa. Tinha jurado a mim mesmo fazer àquela que conquistasse o meu coração uma delicada e rara oferenda, a virgindade dos meus sentidos, com as primícias de minha alma, um amor grande, completo, sem falha, sem mácula; para poder aceitar sem enrubescer um dom equivalente, para poder abrir toda a minha vida aos seus olhos, e deixá-la submergir em mim, sem que ela encontrasse lodo em minhas recordações, nem rivalidade mesmo em meus sonhos. Se é uma tolice, eu te agradeço, meu Deus. O ideal é também um sonho, mas um sonho que ultrapassa todas as misérias do real. Para um filho de Eva, renunciar ao pomo da ciência é valer mais que sua mãe; mas não fui eu quem o mereceu, foi meu bom anjo, e foi o meu instinto, foi Deus em mim. Eu, eu desejei morder, foi ele que paralisou meus lábios; eu, eu quis pecar e pequei, foi ele quem me defendeu. Por isso não posso estar orgulhoso, mas comovido, reconhecido e humilde.

Domingo, 7 de abril de 1850. – Muitos pesadelos me assaltaram esta noite, tenho a cabeça um pouco pesada, e levantei tarde. Após a refeição da manhã, explorei cuidadosamente todos os rebentos primaveris, desde a salsa às roseiras, e desde os lilases aos pessegueiros; latadas, mudas, relva, tufos de vegetais, brotos, nada foi esquecido. O ar é muito suave com um pouco de umidade, atmosfera toda vegetal, acariciante e fecunda.

Sinto que a consciência diurna é diferente da consciência noturna, como dizem Kerner e a escola dos magnetizadores; nesta sou mais recolhido, menos distraído, mais grave; na outra, os preconceitos, seduções, ilusões do exterior, retomam seu império. É a oposição do mundo interior e do mundo exterior; da concentração e da projeção; do homem religioso e do homem mundano, do homem essencial e do homem móvel; vemos, assim, alternativamente *sub specie aeterni et temporis* para falar como Espinosa. Põe-nos a consciência noturna em presença de Deus e de nós mesmos, numa palavra, da unidade; a consciência diurna coloca-nos de novo em relação com os outros, com o exterior, com a diversidade, em suma.

Consequências: um projeto deve ser examinado sob estas duas luzes; a vida deve comparecer a este duplo tribunal. A consciência tem sua rotação como o planeta, seu lado de sombra onde aparecem as estrelas, o pensamento do infinito, a contemplação; seu lado luminoso onde tudo brilha, onde as cores e os objetos se entrecruzam, esplendem e assombram. A vida completa tem essas duas faces, a alma humana gira em Deus como o planeta no céu, e é a sucessão do infinito e do finito, da totalidade e do pormenor, da contemplação e da ação, da noite e do dia, que é a sua iniciação ascendente. Escusado é deplorar ou censurar uma ou outra tendência, convém harmonizá-las, pois ambas estão nos caminhos divinos, ambas são boas, enquanto se entreajudam.

Isto explica-me porque as ideias que me perseguiram ao acordar, agora surgem diferentemente algumas horas mais tarde. Estou já mergulhado na dispersão diurna. Essas ideias tinham relação com o casamento. Eis o que me parecia então: tudo o que é indissolúvel só deve ser contraído na plenitude de sua consciência, *sub specie aeterni*. Consequentemente, tudo o que passa, considerações de beleza, de orgulho, de vaidade, de riqueza, de vantagens exteriores, deve ser reconhecido, penetrado, afastado como motivo dirigente; cedo ou tarde, o remorso viria.

Enganar ou enganar-se, ceder a uma tentação, arrasta a resultados cruéis. É forçosamente recíproca a felicidade e a encontramos somente quando nos damos.

Um casamento que te fizesse esquecer a vocação e teus deveres, que te impedisse de olhar sempre em ti, que não te melhorasse, em suma, é mau. De nada vale o casamento que te aparecer como uma cadeia, como uma escravidão, como uma opressão. – A escravidão não desaparece a não ser havendo amor, e só é verdadeiro o amor quando é central, e possa ser olhado como eterno; e somente há de eterno o que pode crescer, desenvolver-se, aumentar sempre.

Não te ofereceria nenhuma felicidade o casamento temporal, o casamento que não fosse uma aspiração infinita, como sobre duas asas; não vale a independência, e te deixaria um incurável mal-estar, um desgosto, uma censura, um sofrimento eterno. O verdadeiro casamento deve ser realmente uma peregrinação, um purgatório, no sentido elevado do dogma católico. Deve ser um caminho para a verdadeira vida humana; o ponto de vista religioso é o único digno dele. Assim, enquanto não sentires o casamento como uma necessidade para cumprir a tua vocação de homem, ou quando uma certa união te oferecer uma perspectiva diferente, abstém-te. Uma única coisa é necessária: ser o que se deve ser, desempenhar a sua missão e realizar a sua obra.

Na minha inconstância e no meu desejo de compreender todos os pontos de vista, passo por mil tentações e me abandono a mim mesmo. Assim retorno, após muitas voltas, ao ponto a que chegara tantas vezes. – Dupla felicidade: o ócio que me permite penetrar de novo em mim mesmo; este diário íntimo que me esclarece à vontade, e que posso consultar como uma sibila, porque temos em nós um oráculo sempre pronto, a consciência, que outra coisa não é senão o próprio Deus, em nós.

9 de setembro de 1850. – Minha força é sobretudo crítica: quero ter a consciência de tudo, a inteligência de tudo. O que há de mais notável, em minha maneira de ser, é a elasticidade, a educabilidade, a receptividade, a força de assimilação e de penetração. Meu bem-estar – e hoje o reencontrei – é sentir viver, em mim, o universo, ver em todos os progressos da ciência e das artes progressos pessoais, sentir todos os talentos, os gênios, todos os homens como meus mandatários, meus órgãos, minhas funções, viver da vida universal, e consequentemente esquecer-me a mim próprio. Sou objetivo e não subjetivo, sou mais contemplativo do que ambicioso; a finalidade para mim é compreender, e produzir é somente um caminho para melhor compreender. Sou mais consciência que vontade. Meu verdadeiro nome é pensador. Curiosidade enciclopédica, *homo sum, nihil humani*, etc. – Psicólogo, estudando as metamorfoses do espírito, ante a humanidade e nela própria, multiplico o meu ser limitado pelo infinito das formas equivalentes, ascendentes ou descendentes.

Um escrúpulo, no entanto, eu tenho. Este proteísmo, que me é caro e me parece um privilégio, é, contudo, um cativeiro, pois tornei-me crítico, no tempo em que tive aptidão produtora. A mim, tão multiforme ou antes formífugo, impôs-me pois o meu longo hábito uma forma. Sou prisioneiro da tendência crítica, analítica, reprodutiva. É um limite, uma petrificação, uma privação, uma diminuição de mim próprio. Devo procurar libertar-me? Sim, no ponto de vista de meu crescimento harmônico, de minha cultura individual; talvez não no da força, de uma carreira, do êxito, pois nada realizamos senão quando nos limitamos, adquirimos autoridade somente assumindo uma forma, não levamos longe uma atividade a não ser com especialização. Não é melhor lançar o peso intelectual do lado para o qual nos inclinamos?

Genebra, 23 de outubro de 1850. – Esta tarde folheei as obras completas de Montesquieu. Não posso explicar ainda bem a impressão que me produz este estilo singular, de uma gravidade coquete, de um abandono tão conciso, de força tão fina, tão malicioso em sua frieza, tão distante e tão curioso, ao mesmo tempo, entrecortado, cheio de embates, como notas arrojadas ao acaso e, entretanto, meditadas. Parece-me ver uma inteligência grave, impassível, vestindo-se de espírito, querendo tanto causar impressão como instruir. O pensador é, também, belo espírito, o jurisconsulto tem algo de casquilho, e um grão dos perfumes de Cnido penetrou no santuário de Minos. É um belo livro grave, tal como fora possível no século XVIII. Se há requinte, não é nas palavras, é nas coisas. Corre natural e sem constrangimento a frase, mas o pensamento atende a si mesmo.

Genebra, 30 de dezembro de 1850. – Muito me preocupou, ao despertar, longo tempo antes de levantar, a relação entre o pensamento e a ação, e esta fórmula bizarra, seminoturna me sorria: a ação é o pensamento condensado, já concreto, obscuro, inconsciente. Parecia-me que nossas menores ações, comer, andar, dormir, eram a condensação de um conjunto de verdades e pensamentos, e que a riqueza de ideias escondidas estava em razão direta da vulgaridade da ação (como o sonho que é tanto mais ativo quanto mais profundamente dormimos). Assedia-nos o mistério e é o que vemos e fazemos cada dia que oculta a maior soma de mistérios. – Pela espontaneidade, reproduzimos analogicamente a obra da criação: inconsciente, é a ação simples; consciente, é a ação inteligente, moral. – No fundo, é a sentença de Hegel,[3] mas jamais me tinha parecido tão evidente, tão palpável.

Tudo o que é, é pensamento, mas não pensamento consciente e individual. A inteligência humana é somente a consciência do ser. – É o que já anteriormente formulei deste modo: Tudo é símbolo de símbolo, e símbolo de quê? Do espírito.

Genebra, 17 de fevereiro de 1851. – Leio há seis ou sete horas, sem interrupção os Pensamentos de Joubert. De início experimentei a mais viva atração, e o maior interesse, mas já esfriei bastante.

---

[3] *Alles Wirkliche ist vernünftig und alles Vernünftig wirklich* [Todo real é racional e todo racional é real].

Este pensamento em pedaços, fragmentário, por gotas de luz, sem pausa, fatiga-me, não a cabeça, mas a razão. Os méritos de Joubert são a graça do estilo, a vivacidade ou sutileza da maneira de ver, e o encanto das metáforas.

Mas seus defeitos são: 1) Filosofia somente literária e popular, – 2) A originalidade está somente nos pormenores e nas facetas. – Propõe muito mais problemas do que os que resolve, nota e constata mais do que explica. – Em suma, é mais um pensador do que um filósofo; um crítico notavelmente organizado, de sensibilidade esquisita de sensação, mas inteligência incapaz de coordenar, escritor em veia, estrangulado, emitindo por fendas, por assim dizer, pequenos jatos maravilhosos de transparência e de brilho, mas sem impulso e sem comprimento, como jatos de vidro líquido. Falta concentração e continuidade, é antes um filósofo e um artista imperfeito, do que falhado, porque pensa e escreve de modo maravilhoso, resumidamente; é um entomologista, um lapidário, um joalheiro, um burilador de sentenças, de adágios, de apreciações, de aforismos, de conselhos, de problemas, e sua coleção (extrato das notas de seu diário, acumuladas durante cinquenta anos de sua vida) é uma coleção de insetos, de borboletas, de brilhantes, de medalhas e de pedras gravadas. O conjunto é, no entanto, mais sutil do que forte, mais poético do que profundo, e dá ao leitor mais a impressão de uma grande riqueza de pequenas curiosidades de alto preço do que de uma grande existência intelectual e de um ponto de vista novo. – O lugar de Joubert, parece-me, pois, abaixo e muito longe dos filósofos e dos poetas verdadeiros: mas honrosamente entre os moralistas e os críticos. É um desses homens muito superiores às suas obras, e que possuem, na própria pessoa, o que falta naquelas, a unidade. – É, de resto, incompleto e severo este primeiro julgamento. Tratarei de modificá-lo mais tarde.

Genebra, 20 de fevereiro de 1851. – Quase terminei os dois volumes de *Pensamentos*, li ao menos 20 dos 31 capítulos, e a maior parte da Correspondência. Encantou-me, esta sobretudo; é notável pela graça, sutileza, aticismo e precisão. Vê-se que o autor apreciava e frequentava Mme. de Sevigné. Os capítulos de metafísica, de filosofia são os mais insignificantes. Tudo o que é conjunto, tudo o que ofereça vastas perspectivas, está pouco ao alcance do Joubert; ele não tem filosofia da história, nem intuição especulativa. É o pensador da minúcia, e seu domínio é a psicologia e as coisas de gosto. Nesta esfera das sutilezas e das delicadezas da imaginação e do sentimento, no círculo das afeições e das preocupações privadas, da educação, das relações sociais, é fértil em sagacidade engenhosa, em observações espirituais, em traços estranhos. É uma abelha que vai de flor em flor, um zéfiro que despoja, atormenta e se diverte, uma harpa eólia, um raio furtivo que estremece através das folhagens; este escritor tem algo de impalpável, de imaterial, de anímico, que eu não ousaria dizer efeminado, mas que não é viril. Faltam-lhe ossos e corpo; esvoaça, tímido, clarividente, sonhador, longe da realidade. É uma alma, é mais um sopro do que um homem.

É um espírito de mulher num caráter de criança; por isso inspira menos admiração do que ternura e reconhecimento.

Genebra, 27 de fevereiro de 1851. – Reli o primeiro livro de *Émile*: e achei chocante, contra toda expectativa, pois abri o livro com viva ânsia de estilo e de beleza. Experimentei uma impressão de peso, de dureza, de ênfase contínua e penosa, alguma coisa de violento, de arrebatado e de tenaz, desprovido de serenidade, de nobreza, de grandeza. Tanto nas qualidades como nos defeitos, encontrei uma espécie de ausência de boas maneiras, a flama do talento, mas sem graça, sem distinção, sem o acento da boa educação. Pela primeira vez, compreendi uma espécie de repugnância que Rousseau pode inspirar, a repugnância do bom gosto. Reconheci em que este modelo era perigoso para o estilo, ao mesmo tempo que esta verdade sofística e confusa, perigosa para o pensamento. Não me escapava o que há de verdadeiro e forte em Rousseau, e eu o admirava, ainda, mas seus lados maus apareciam-me com uma evidência relativamente bastante nova.

(*Mesmo dia.*) – O pensador é para o filósofo o que o diletante é para o artista. – Joga com o pensamento e fá-lo gerar uma multidão de belas coisas de particularidades; mas inquieta-se mais com as verdades do que com a verdade, e o essencial do pensamento – sua consequência, sua unidade – escapa-lhe. Maneja agradavelmente o seu instrumento, mas não o possui, e menos ainda o cria. É um horticultor, e não um geólogo, lavra a terra só o estritamente necessário para que dê flores e frutos; nela não penetra o bastante para conhecê-la. Em uma palavra, o pensador é um filósofo superficial, fragmentário, curioso; é o filósofo literário, orador, *causeur* e escritor; o filósofo é o pensador científico. Os pensadores servem para despertar os filósofos ou para popularizá-los. Têm, pois, uma dupla utilidade, ademais do prazer que proporcionam. São os exploradores do exército dos leitores, os incitadores, os doutores da multidão, os que trocam o pensamento em moeda corrente, os abades sem batina da ciência, que vão dos clérigos aos leigos, os intérpretes da Igreja junto ao rebanho e do rebanho junto à Igreja.

O pensador é o literato grave, e é por isso que é popular. O filósofo é um sábio especial (pela forma de sua ciência, não pelo fundo), e a isto se deve a sua impopularidade. – Na França, houve para um filósofo (Descartes), trinta pensadores. Na Alemanha, para dez pensadores, há vinte filósofos.

12 de março de 1851 (três horas da tarde). – Por que tenho vontade de chorar? ou de dormir? Langor de primavera, carência de afeição. Volto de um passeio por este sol quente de tarde mansa, que penetra pelo corpo. Tudo parece vazio, vão, pobre em nós, quando a natureza fala de amor. Os livros repugnam, a ação faz sorrir de desdém. Somente a música, a poesia, a prece possuem ternura suficiente para corresponder ao secreto desejo. São o ninho de veludo em que a alma dolorida e sensitiva pode repousar sem se magoar. É dura demais a ciência, a distração demasiado insensível, demasiado veloz o pensamento. Felizes dos que sabem cantar, eles adormecem as suas dores, recolhem as suas lágrimas num prisma de cristal. Meu companheiro de passeio foi para o piano, eu abri o meu diário. Mais rapidamente será ele consolado do que eu.

Será falsa a nossa vida ordinária, ou enganam as suas impressões? Nem uma nem outra.

A primavera é boa, como o inverno. A alma deve temperar-se e endurecer-se, deve também abrir-se e distender-se. Respeita cada necessidade nova que apareça em teu coração, é uma revelação, é a voz da natureza, que te desperta para uma nova esfera da existência; é a larva que palpita e pressente a borboleta. Não abafes os teus suspiros, não devores as tuas lágrimas: anunciam uma grandeza desconhecida, ou um tesouro olvidado, ou uma virtude que se afoga e clama por socorro. A dor é boa, porque faz conhecer o bem; o sonho é salutar, porque pressagia uma realidade mais bela; a aspiração é divina, porque profetiza o infinito, e o infinito é *Maia*, a forma sorridente ou sombria de Deus.

A grandeza de um ser é proporcional às suas necessidades. Dize-me o que desejas e dir-te-ei quem és. Contudo, dirás tu, existe algo maior do que a aspiração, é a resignação. É verdade, mas não a resignação passiva e triste que é um enervamento, mas a resignação decidida e serena que é uma força. Uma é privação porque é apenas sofrimento; outra, uma posse, porque é uma esperança. Ora, observa e verás que essa resignação é apenas uma aspiração mais alta. Assim, subsiste a lei.

26 de março de 1851. – Quantos homens ilustres que conheci já foram ceifados pela morte: Steffens, Marheineke, Dieffenbach, Neander, Mendelssohn,

Thorwaldsen, Oehlenschlaeger, Geijer, Tegner, Oersted, Stuhr, Lachmann, e em nosso país, Sismondi, Toepffer, de Candolle, sábios, artistas, poetas, músicos, historiadores. Vai-se a velha geração. Que dará a nova? Que daremos nós? Alguns grandes anciães, Schelling, Humboldt, Schlosser, ligam-nos ainda a um passado glorioso. Quem se prepara para conduzir o futuro? Entre os anões do presente, onde germinam os gigantes futuros, os heróis da segunda metade do século?

Um calafrio percorre-nos quando na fileira aparecem os claros, quando a idade nos impele, quando nos aproximamos do zênite e o destino nos diz: "Mostra o que há em ti! É o momento, é a hora, ou volve ao nada, sê maldito, esquecido ou desprezado. Tens a palavra! É a tua vez! Mostra o que és, dize o que tens a dizer, revela a tua nulidade ou a tua capacidade. Sai da sombra, não se trata mais de prometer, é preciso cumprir; nada de esperança, mas realidade. Já passou o tempo de aprender. A sementeira e a germinação passaram, vejamos tua colheita. Servo, exibe o teu talento, mostra o que fizeste dele. Fala agora ou cala-te para sempre". – É uma intimação solene em toda vida de homem, este apelo da consciência; solene e impressionante como o clarim do juízo final que vos grita: "Estás pronto? presta conta. Presta conta dos teus anos, dos teus ócios, das tuas forças, dos teus estudos, do teu talento e de tuas obras! Para a tua missão, te preparaste? Ou gastaste em vão as tuas horas, viveste cada dia do que ganhavas como um mole epicurista, sem grandeza, sem previsão, sem devotamento? Chegou a hora dos grandes corações, retira-te – a hora dos heróis e dos gênios –, volta para o pó, vai-te".

2 de abril de 1851. – Que belo passeio! Céu puro, sol nascente, todos os tons vivos, todos os contornos definidos, com exceção do lago mansamente coberto de brumas e infinito. Florzinhas brancas polvilhavam os prados, davam às cercas de buxo verde uma vivacidade encantadora e a toda a paisagem um matiz de saúde vigorosa, de juventude e de frescura. – "Banha, eleva teu peito ávido no orvalho da aurora!" diz-nos Fausto, e tem razão. Cada aurora é um contrato novo com a existência; sopra o ar da manhã, uma nova e risonha energia nas veias e nas medulas; cada dia é uma repetição microscópica da vida. – Tudo é fresco, fácil, leve, de manhã, como na infância. Como a atmosfera, a verdade espiritual é mais transparente. Como as folhas novas, os órgãos absorvem mais avidamente a luz, aspiram mais éter e menos elementos terrestres.

A noite e o céu estrelado falam de Deus, da eternidade, do infinito à contemplação; a alvorada é a hora dos projetos, das vontades, da ação nascente. A seiva da natureza derrama-se na alma e a impele a viver, como o silêncio e "a melancólica serenidade da cúpula azulada" a inclinam a recolher-se. Chegou a primavera. Violetas e prímulas festejaram sua chegada. Os pessegueiros abrem as suas corolas imprudentes; os botões intumescidos das pereiras, dos lilases, anunciam o próximo desabrochar; as madressilvas já estão verdes. Poetas, cantai, porque a natureza canta já seu canto de ressurreição. Ela sussurra por todas as folhas um hino de alegria, e não devem ser os pássaros os únicos a emitir uma voz diferente.

6 de abril de 1851. – Quão vulnerável sou! Se fosse pai, quantas penas poderia causar-me um filho. Esposo, eu sofreria de mil maneiras porque há mil condições para a minha felicidade. Delgada em excesso, tenho a epiderme do coração, a imaginação inquieta, o desespero fácil e as repercussões prolongadas. O que poderia ser me estraga o que é, o que deveria ser me corrói de tristeza. Por isso a realidade, o presente, o irreparável, a necessidade me repugnam ou me amedrontam mesmo. Tenho demasiada imaginação, demasiada consciência e penetração, e caráter insuficiente. Somente a vida teórica tem bastante elasticidade, imensidade, reparabilidade; a vida prática faz-me recuar.

E contudo ela me atrai, dela careço. Solicita-me quase como um dever a vida familiar, principalmente em tudo quanto tem de encantador e de profundamente moral. Seu ideal persegue-me às vezes, mesmo. Uma companheira de minha vida, de meus trabalhos, de meus pensamentos e de minhas esperanças; o culto da família, a beneficência fora, educações a empreender, etc., as mil e uma relações morais que se desenvolvem ao redor da primeira, todas essas imagens embriagam-me frequentemente. Mas afasto-as porque cada esperança é um ovo do qual pode sair uma serpente em vez de uma pomba; porque cada alegria que falha é uma punhalada; porque cada semente confiada ao destino contém uma espiga de dores que o futuro pode germinar.

Desconfio de mim próprio e de minha sorte, porque me conheço. Envenena-me o ideal, qualquer posse imperfeita. Tudo quanto compromete o futuro ou destrói a minha liberdade interior, tudo quanto me submete às coisas e me obriga a ser o que não quisera nem devera ser; tudo quanto atenta contra a ideia que tenho de homem completo fere-me o coração, torna-me pequeno, e aflige-me excessivamente, mesmo em espírito, mesmo de antemão. Abomino as tristezas, os inúteis arrependimentos. – A fatalidade das consequências que traz consigo cada um de nossos atos, essa ideia capital do drama, esse sombrio elemento trágico da vida, faz-me parar no caminho mais seguramente do que o braço do Comendador. Se chego a agir, é com pesar e quase à força.

Depender é para mim uma ideia insuportável; mas depender do irreparável, do arbitrário, do imprevisto e sobretudo depender por minha culpa, depender de um erro, isto é, alienar minha liberdade, minha esperança, matar o sono e a felicidade, é o inferno!

Tudo o que é necessário, providencial, em suma inimputável, suportaria, creio, com força de alma. Mas a responsabilidade envenena mortalmente o sofrimento. Ora um ato é essencialmente voluntário. Eis por que atuo o menos possível.

Último sobressalto da vontade própria que se revolta, se dissimula, procura repouso, satisfação, independência! Não haverá nenhum resto de egoísmo neste desinteresse, neste temor, nesta suscetibilidade ociosa?

Desejarias cumprir o dever; mas onde está ele? Em que consiste? Aqui, retorna a inclinação e interpreta o oráculo. O último problema é este: consiste o dever em obedecer à sua natureza, mesmo sendo a melhor e mais espiritual, ou em vencê-la? Goethe e Schiller, o ponto de vista humano ou religioso, realizar-se ou abandonar-se, por centro a sua *ideia* ou Deus, equivalentes na mesma controvérsia.

Evitar a desgraça que é um obstáculo ou procurá-la como uma purificação. É a vida, essencialmente, a educação do espírito e da inteligência ou da vontade? E está na força a vontade, ou na resignação?

Se o fim da vida é conduzir à renúncia, então venham doenças, obstáculos, sofrimentos de toda espécie? Se o fim é manifestar o homem completo, então, atender à sua integridade! Provocar a prova é experimentar Deus. No fundo, o Deus de justiça oculta-me o Deus de amor. Tremo e não confio.

Toda vez dúplice, dividida e combatida na consciência, não é ainda a voz de Deus. Desce ainda mais profundamente em ti, até que ouças somente uma voz simples, voz que apague toda dúvida e traga consigo a persuasão, a clareza, a serenidade. Felizes, diz o apóstolo, dos que estão de acordo consigo mesmos, e que não se condenam no partido que tomam. Esta identidade interior, esta unidade de convicção é tanto mais difícil quanto mais discerne, decompõe, prevê o espírito. A liberdade custa muito a voltar à franca unidade do instinto.

Ai! Mil vezes é preciso subir os cimos já escalados, reconquistar os pontos de vista alcançados; impõe-se *pole mein pólemon*.

Como os reis, o coração sob a forma de paz perpétua, assina tréguas somente. A vida eterna permanece eternamente a reconquistar. Arrasta-nos a corrente dos dias para longe das montanhas da pátria e é preciso voltar em nuvens a visitar seus cumes, círculo infinito, rotação fatal, obra de Sísifo. Ah, sim! A própria paz é uma luta, ou antes, é a luta, a atividade que é a lei. Só encontramos repouso no esforço, como a chama só encontra existência na combustão. Ó, Heráclito, a imagem da felicidade é, pois, a mesma que a do sofrimento; a inquietação e o progresso, o inferno e o céu são, pois, igualmente móveis. Com o mesmo esplendor, brilha o altar de Vesta e o suplício de Belzebu. – Sim, é a vida, a vida que tem duas faces e dois gumes. O fogo que alumia é também o fogo que consome; o elemento dos deuses pode tornar-se o dos malditos.

7 de abril de 1851. – Li, em parte, o livro de Ruge, *Die Academie* (1848), onde o humanismo, o ponto de vista do jovem hegelianismo, em política, em religião e em literatura, está representado por correspondências ou artigos diretos (Kuno Fischer, Kollach, etc.). Representam eles o grupo *filosofista* do século passado, onipotente para dissolver pelo raciocínio e a razão, impotente para construir, pois a construção repousa no sentimento, no instinto e na vontade. Toma-se aqui a consciência filosófica pela força realizadora, a redenção da inteligência pela redenção do coração, isto é, a parte pelo todo, e o último em ordem cronológica, pelo primeiro. Fazem apreender bem a diferença radical entre o *intelectualismo* e o *moralismo.* Entre eles, a filosofia quer suplantar a religião. O princípio de sua religião é o homem, e o pináculo do homem é o pensamento. A religião deles é, pois, a religião do pensamento.

Eis aqui os dois mundos; o cristianismo traz e prega a salvação pela conversão da vontade; o humanismo, a salvação pela emancipação do espírito. Um apodera-se do coração; o outro, do cérebro. Ambos desejam que alcance o homem o seu ideal, mas o ideal difere, se não por seu conteúdo, ao menos pela disposição desse conteúdo, pelo predomínio e pela soberania dada a tal ou qual força interior. Para um, o espírito é o órgão da alma; para outro, a alma é um estado inferior do espírito. Um quer iluminar melhorando; outro, melhorar iluminando. É a diferença entre Sócrates e Jesus.

O problema primordial é o do pecado. A questão da imanência, do dualismo é secundária, pois, resolvida esta, a outra permanece. A Trindade, a vida futura, o paraíso e o inferno podem deixar de ser dogmas, realidades espirituais; podem esvaecer-se o formalismo e o literalismo, permanece o problema humano: Que é que salva? Como foi o homem conduzido a ser verdadeiramente homem? É a responsabilidade, a última raiz de seu ser, sim ou não? Praticar ou conhecer o bem, agir ou pensar, qual o último objeto? Se a ciência não dá o amor, ela é insuficiente. Ora, somente oferece ela o *amor intelectualis* de Espinosa, luz sem calor, resignação contemplativa e grandiosa, mas inumana, porque é pouco transmissível e permanece um privilégio, e o mais raro de todos. O *amor moral* coloca o centro do indivíduo no centro do ser, tem ao menos a salvação, como princípio e o gérmen da vida eterna; descreve o pensamento em torno do centro, seus círculos cada vez mais extensos e ilimitados em seu crescimento. Querubins e Serafins: eis, desde logo, o dilema, ou antes a distinção.

Amar é virtualmente saber; saber não é virtualmente amar: eis a relação destes dois modos do homem. A redenção pela ciência ou pelo amor intelectual é, pois, inferior à redenção pela vontade ou pelo amor moral.

A primeira pode libertar do eu, emancipar do egoísmo. A segunda impele o eu para fora de si mesmo, torna-o ativo e eficaz. Uma é crítica, purificadora, negativa; outra é vivificante, fecundante, positiva. Por mais espiritual e substancial que seja a ciência em si mesma, é ainda formal em relação ao amor. A força moral é, pois, o ponto vital.

E só se alcança esta força pela força moral. Só o semelhante pode atuar sobre o semelhante. Assim, não melhoreis pelo raciocínio, mas pelo exemplo; não comovais senão pela emoção; e não espereis excitar amor senão pelo amor. Sede aquilo em que quereis transformar os outros. Que seja uma prédica, o vosso ser, não as vossas palavras.

Assim, pois, retomando o assunto, a filosofia não deve substituir a religião; os revolucionários não são apóstolos, embora os apóstolos tenham sido revolucionários. Salvar de fora para dentro (e por fora entendo também a inteligência em relação à vontade) é um erro e um perigo. A parte negativa da obra dos humanistas é boa e arrancará do cristianismo toda uma casca que se tornou exterior; mas Feuerbach e Ruge não podem salvar a humanidade. Faltam-lhe santos e heróis para completar a obra dos filósofos. A ciência é a potência do homem, e o amor, a sua força; o homem só se torna homem pela inteligência, mas só é homem pelo coração.

Saber, amar e poder; eis a vida completa.

15 de junho de 1851. – Esta tarde, fui e vim algumas vezes pela ponte de Bergues, sob um formoso céu sem lua. Admirava a frescura das águas, raiadas pela luz dos dois cais, e brilhando, ao cintilar das estrelas. Ao encontrar esses grupos variados de jovens, famílias, casais, crianças que, cantando ou conversando, regressavam aos lares, às suas mansardas ou aos seus salões, eu experimentava um sentimento de simpatia por todos, abria os olhos e os ouvidos, como poeta e como pintor, ou simplesmente como curioso benévolo, sentia-me contente de viver e de ver viverem. Só teria, talvez, desejado trazer ao braço alguma jovem de terno rosto, para compartilhar um pouco aquela poesia. Esta visão passa algumas vezes, dançando diante de mim, mas dela desvio os olhos: é demasiado encantadora e inebriante para que a ela eu me abandone. O *tudo ou nada* faz o meu estoicismo.

Procurar é odioso para minha altivez, não procurar a nada conduz. Nem mãe, nem tia, nem irmã, nem amiga procuram por mim. Portanto, aperto os rins e ajusto o meu cilício. Aproximam-se os trinta anos. Apaga tua lâmpada. Está ficando tarde, e amanhã, uma tarefa a cumprir.

15 de agosto de 1851. – Saber estar pronto, grande coisa! Faculdade preciosa que implica rápida visão, cálculo, e decisão. Para tanto é preciso saber cortar de um golpe, pois nem tudo se pode desatar; saber separar o essencial, o importante, das minúcias que não acabam nunca; em uma palavra, simplificar a sua vida, os seus deveres, os seus assuntos, a sua bagagem, etc.

É espantoso como estamos frequentemente enredados, e rodeados de mil e um impedimentos e deveres que não o são, e que contudo nos impedem movimentos. Saber terminar é, no fundo, a mesma coisa que saber morrer, é distinguir as coisas verdadeiramente necessárias e colocar as outras em seu lugar. Para ser o mais livre possível a cada momento, impõe-se muita ordem. É a desordem que nos torna escravos. A desordem de hoje diminui a liberdade de amanhã.

Erguem-se mais tarde diante de nós, e embaraçam nosso caminho, as coisas que deixamos inconclusas. Que cada um de nossos dias regule o que lhe concerne, liquide os seus assuntos, respeite o dia seguinte, e então estaremos sempre prontos. A acumulação prejudica toda comodidade, toda liberdade, toda clareza, e a acumulação nasce do adiamento.

Portanto, não deixes para amanhã o que pode ser feito imediatamente. Nada está feito enquanto falte alguma coisa para fazer: terminar é a medida do mestre.

Aix-les-Bains, 2 de setembro de 1851. – Comecei a ler, hoje, Tocqueville (*De la Démocratie en Amérique*). Minha impressão é ainda confusa. Bela obra, mas acho um pouco excessiva nela a imitação de Montesquieu. Depois, o estilo abstrato, incisivo, fino, sentencioso, é um tanto seco, refinado e monótono.

Tem demasiado talento e insuficiente imaginação. É fragmentário, entrecortado, faiscante, mas fatiga com sua mobilidade sobressaltada. Mais faz pensar do que encanta, e embora grave, parece saltitante. O método de fracionar o pensamento, de iluminar o assunto por facetas sucessivas, tem sérios inconvenientes. Veem-se demasiado bem os pormenores em detrimento do conjunto. Esta multidão de chispas iluminam mal. Em suma, acho o estilo espiritual, sutil, profundo até, mas quebrado, um pouco seco e fatigante. O autor é evidentemente uma inteligência grave, madura, penetrante, que domina muito bem o seu assunto e o analisa com perspicácia em suas mil sinuosidades.

Aix-les-Bains, 6 de setembro de 1851. – Dá muita calma ao espírito a obra de Tocqueville, mas deixa certo desgosto. Reconhece-se a necessidade do que sucede e o inevitável repouso; mas vê-se que a era da mediocridade em todas as coisas começa, e o medíocre gela todo desejo. A igualdade engendra a uniformidade, e é sacrificando o excelente, o notável, o extraordinário, que a gente se desembaraça do mau. O *spleen* será a doença do século igualitário. – O útil substituirá o belo; a indústria, a arte; a economia política, a religião; e a aritmética, a poesia. Passa o tempo dos grandes homens; a época do formigueiro, da vida múltipla, chega. Pelo nivelamento contínuo e a divisão do trabalho, a sociedade será tudo, e o homem não será nada.

A estatística registrará grandes progressos; e o moralista, um declínio gradual; subirão os medíocres como o fundo dos vales, pela denudação e pela depressão dos montes. Um planalto cada vez menos onduloso, sem contrastes, sem oposições, monótono, tal será o aspecto da sociedade humana. Os extremos se tocam, e se a marcha da criação consiste primeiro em separar sem limite, e multiplicar as diferenças, ela imediatamente volta atrás, para apagá-las, uma a uma. Tornar-se-á finalmente em forma de vida a igualdade que, na origem, é ainda o torpor, a inércia, a morte?

Não é comprar demasiado caro o bem-estar universal, pagá-lo ao preço das mais altas faculdades, das mais nobres tendências da espécie humana? Será esta, mesmo, a sorte fatal reservada às democracias? Ou acima da igualdade econômica e política, para a qual tende a democracia socialista, formar-se-á um novo reino do espírito, uma igreja de refúgio, uma república de almas, onde, acima do puro direito e da grosseira utilidade, o belo, o infinito, a admiração, o devotamento, a santidade terão um culto e uma cidadela? O materialismo utilitário, a legalidade seca, egoísta, a idolatria da carne e do eu, do temporal, e de Mamom, serão o fim de nossos esforços? Não o creio. Muito diferentemente alto é o ideal da humanidade. Mas o animal reclama em primeiro lugar, e é preciso inicialmente banir o sofrimento supérfluo e de origem social, antes de retornar aos bens espirituais. Impõe-se que vivam todos, antes de se ocuparem de religião.

Aix-les-Bains, 7 de setembro de 1851 (*dez horas da noite*). – Um estranho luar acolhido por uma brisa fresca e um céu atravessado de nuvens torna, a esta hora, encantador o nosso terraço. Deixam cair do zênite estes raios pálidos e doces uma paz resignada que penetra. É a alegria tranquila, o sorriso pensativo da experiência, com certa amargura estoica. Brilham as estrelas; as folhas tremem com reflexos prateados. No campo, nenhum rumor de vida; largas sombras se abismam sob as alamedas e pelo ângulo das escadas. Tudo é furtivo, misterioso e solene.

Hora noturna, hora de silêncio e de solidão: tens graça e melancolia; enterneces e consolas; falas de tudo o que já não existe e do que deve morrer; mas tu nos dizes também: Coragem! e prometes o repouso.

9 de novembro de 1851 (*domingo*). – Segundo sermão de Adolfo Monod, no templo de São Gervásio, menos grandioso talvez, porém algo mais ousado e, para mim, mais edificante que o do último domingo. O tema era *São Paulo* ou a vida ativa, como o de domingo, *São João* ou a vida interior do cristão. Senti as cadeias de ouro da eloquência; eu estava suspenso dos lábios do pregador e maravilhado de sua audácia e de sua graça, de seu ímpeto e de sua arte, de sua sinceridade e de seu talento. Reconheci que, para os fortes, são as dificuldades um manancial de inspiração; o que faria tropeçarem os outros é a ocasião de seus mais altos triunfos. Fez chorar São Paulo, durante hora e meia, fez dele ama de leite; foi buscar seu velho manto, suas prescrições de água e de vinho a Timóteo; descobriu a tela que ele consertava, seu amigo Tíquico, em suma, tudo o que podia provocar sorriso, e daí soube extrair o patético mais constante, as lições mais austeras e mais impressionantes.

Nas lágrimas de dor, de carinho e de ternura fez reviver todo São Paulo – como mártir, como apóstolo e como homem – com uma grandeza, uma unção, um calor de realidade tais como ainda nunca eu tinha visto. A apoteose da dor, em nosso século de comodidade, em que pastores e rebanhos se entorpecem na languidez de Cápua; a apoteose da caridade ardente, militante, em nossa época de frialdade e de indiferença pelas almas; a apoteose do cristianismo humano, natural, convertido em carne e vida, em nossa época, na qual uns o põem – por assim dizer – acima do homem, e outros, abaixo; e, finalmente, como peroração, a necessidade de um povo transformado, de uma geração mais forte, para salvar o mundo ante as tempestades que o ameaçam: Povo de São Paulo, levanta-te, e mãos à obra! Paulo chorou, mas triunfa. Hoje como ele, amanhã com ele!

Dicção, composição, recursos, elocução, imagens, tudo é instrutivo, admirável, precioso para guardar. Que estudo infinito como o daquela hora; quantos tesouros de habilidade para admirar ao mesmo tempo que se chora!

18 de novembro de 1851. – A enérgica subjetividade que se afirma com fé em si, que não teme ser algo particular, definido, sem ter consciência ou vergonha de sua ilusão subjetiva, me é estranha. Sou, no que se refere à ordem intelectual, essencialmente objetivo, e a especialidade que me distingue é a de saber observar de todos os ângulos, de ver por todos os olhos, quer dizer, não me encerrar em qualquer prisão individual. Daí, aptidão para a teoria, e irresolução na prática; daí, talento crítico e dificuldade para a produção espontânea; daí, também, larga incerteza de convicções e de opiniões, tanto que minha aptidão permaneceu instinto, mas agora que ela é consciente e possui a si própria, pode concluir e afirmar-se por sua vez; de modo que, após haver dado a inquietude, traz enfim a paz. Ela exclama: só há repouso de espírito no absoluto, repouso do sentimento, no infinito, repouso da alma, no divino. Nada de finito é verdadeiro, é interessante, é digno de prender-me a atenção. Tudo o que é particular é exclusivo, tudo o que é exclusivo me repugna. De não exclusivo, há somente o Todo; é na comunhão com o Ser, e por todo o ser que se encontra minha finalidade. Então, à luz do absoluto, qualquer ideia tornar-se digna de estudo; no infinito, qualquer existência, digna de respeito; no divino, qualquer criatura, digna de amor. O homem completo e harmônico, o homem-Cristo, eis o meu credo. O amor, na inteligência e na força, eis a minha aspiração.

2 de dezembro de 1851. – A lei do segredo. Faz como a planta, protege pela obscuridade tudo o que germina em ti, pensamento ou sentimento, mostra-o à luz meridiana só depois de formado. Toda concepção deve ser envolta no triplo véu do pudor, do silêncio e da sombra. Respeita o mistério, porque a sua profanação mata. Não ponhas a nu tuas raízes, se queres crescer e viver. E se for possível, mesmo no dia do nascimento, não convides testemunhas, como fazem as rainhas, mas abre-te como a genciana dos Alpes sob o olhar de Deus, unicamente.

1º de fevereiro de 1852 (*domingo*). – Passei uma parte da tarde lendo os *Monólogos* (de Schleiermacher). Este livrinho provocou-me quase tão grande impressão como há doze anos, pela primeira vez. Ele me tornou a mergulhar neste mundo interior a que retorno com beatitude quando dele me tenho afastado. Pude, ademais, medir o progresso feito desde então, pela transparência que todos estes pensamentos tinham para mim, pela multidão de analogias que encontrava com os meus, pela liberdade com que chegava a este ponto de vista e também o julgava. É grande, poderoso, profundo, mas é ainda orgulhoso e mesmo egoísta. O centro do universo é ainda o Eu, o grande *Ich* de Fichte.

A indomável liberdade, a apoteose do indivíduo alargando-se até conter o mundo, libertando-se até não reconhecer nada de estranho, nem qualquer limite, tal é o ponto de vista de Schleiermacher. A *vida interior:* 1) na sua libertação do tempo; 2) em sua dupla finalidade, realização da espécie e da individualidade; 3) no seu altivo domínio de todas as circunstâncias inimigas; 4) na sua profética segurança do futuro; 5) finalmente, em sua imortal juventude, tal é o conteúdo dos cinco *Monólogos.*

Entramos numa vida monumental, típica, profundamente original e refratária a toda influência exterior, belo exemplo de autonomia do Eu, belo modelo de caráter – estoicismo –; mas o móvel desta vida não é ainda religioso; é antes moral e filosófico. Não vejo aí um modelo, mas um exemplo; não um resultado a imitar, mas um tema digno de estudo.

Este ideal da liberdade absoluta, infrangível, inviolável, desenvolvendo-se segundo suas próprias leis, respeitando-se a si própria, e desdenhando o mundo e a atividade prática é também o ideal de Emerson. O homem goza aqui de si mesmo, e refugiado no inacessível santuário de sua consciência pessoal, torna-se um Deus. É, para si próprio, princípio, móvel e finalidade de seu destino; é ele próprio e isso basta. O orgulho da vida não está longe de uma espécie de impiedade, de um deslocamento da adoração. Apagando a humildade, este ponto de vista sobre-humano encerra um grave perigo, é a mesma tentação a que sucumbiu Adão, a de tornar-se seu próprio senhor, tornando-se semelhante aos Eloim. O heroísmo dos *Monologues* atinge a temeridade, a liberdade apresenta-se demasiado como independência e não bastante como submissão, todo o lado do dever permanece excessivamente na sombra; a alma, demasiado só e demasiado emancipada de Deus; em poucas palavras, o direito e o valor do indivíduo são demasiado exclusivamente postos em relevo, e no indivíduo, a unidade de vida não deixa ver suficiente, debaixo dela, a discórdia e a luta, a paz é adquirida a preço demasiadamente baixo, a serenidade é demasiado de natureza e não suficientemente de conquista.

Ontologicamente, está mal indicada a posição do homem no mundo dos espíritos. Não sendo única a alma individual, e não saindo de si mesma, não é concebível sozinha. Psicologicamente, a força da espontaneidade do eu é concebida demasiado exclusivamente. De fato, na evolução do homem, ela não é tudo. Moralmente, o mal é apenas citado; o despedaçamento, condição da verdadeira paz, não aparece.

A paz não é nem uma vitória nem uma salvação, é antes uma boa fortuna.

2 de fevereiro de 1852. – Ainda os *Monologues*. Ontem eu me defendi bastante contra eles pela crítica; posso abandonar-me agora sem escrúpulo e sem perigos à admiração e à simpatia que me inspiram. A vida essencialmente livre, a soberana concepção da dignidade humana, a posse atual do universo e do infinito, a libertação de tudo o que passa, o sentimento de sua superioridade e de sua força, a energia invencível da vontade, a penetração perfeita se si próprio, a autocracia da consciência que pode dispor de si, todos esses sinais de uma indomável e magnífica personalidade, de uma natureza consequente, profunda, completa, harmônica, indefinidamente perfectível, inundavam-me de alegria e de reconhecimento. Eis aí uma vida, eis um homem! Estas perspectivas abertas sobre o interior de uma grande alma fazem bem. Com este contato, nos fortificamos, nos restauramos, nos retemperamos.

A coragem retorna pela visão. Quando vemos o que foi, não duvidamos mais que possa ser. Vendo um homem, dizemos: "Sim, sejamos homem!".

3 de março de 1852. – A opinião tem seu valor e até seu poder.

Tê-la contra si, embora fosse em todo sentido errônea, é penoso junto aos amigos, e prejudicial junto aos outros homens. Não se deve adular a opinião nem cortejá-la; mas convém, se possível, não fazê-la ou mesmo deixá-la seguir falsa pista quanto a nós. A primeira coisa é uma indignidade, a segunda, uma imprudência. Devemos ter vergonha de uma, podemos arrepender-nos da outra.

Cuida-te, és propenso a esta segunda falta, e ela já te fez muito mal. Por tenacidade e por desdém, confias na justiça do tempo; por sabedoria, deverias facilitar-lhe a tarefa e apressar-lhe o esclarecimento. Quando se vive em sociedade, não basta ter por si a própria consciência, é bom e talvez necessário pôr de seu lado a opinião. Dobra, portanto, a tua altivez, e desce até te tornares hábil.

Este mundo de lobos e raposas, de egoísmos destros e de ambições ativas, de vaidades sem limites e de méritos liliputianos, este mundo dos homens, onde é preciso mentir pelo sorriso, pela conduta, pelo silêncio tanto como pela palavra, mundo desagradável para a alma reta e altiva, este mundo é o teu. É preciso saber aí viver. Exigem-se resultados: alcança êxitos. Aí só se reconhece a força, sê forte. A opinião quer curvar as cabeças sob a sua lei. Em vez de escarnecê-la, é melhor vencê-la. – Compreendo a cólera do desprezo e a necessidade de esmagar, que dá invencivelmente tudo o que rasteja, tudo o que é tortuoso, oblíquo, ignóbil...

Mas não posso permanecer muito tempo neste sentimento, que é o da vingança. Este mundo são homens; estes homens são irmãos. Não exilemos o sopro divino. Amemos. É preciso vencer o mal pelo bem; é preciso conservar uma consciência pura.

Neste ponto de vista, podemos ainda prescrever-nos a prudência: Sê simples como a pomba e prudente como a serpente, disse o apóstolo. Cuida de tua reputação, não por vaidade, mas para não prejudicar tua obra e por amor à verdade. Existe ainda afetação de si mesmo, nesse desinteresse requintado, que não se justifica, por sentir-se superior à opinião. A habilidade é parecer o que se é; a humildade, sentir que se é pouca coisa.

Vamos, obrigado, meu *Diário*, o ímpeto já passou. Estou tranquilo e benevolente. Acabo de reler este caderno, voou minha manhã neste monólogo. Encontrei, de resto, monotonia nestas páginas, e o mesmo sentimento aí reaparece três ou quatro vezes. Tanto pior; estas páginas não são feitas para serem lidas; são escritas para acalmar-me e fazer-me recordar. São marcos no meu passado, e em lugar de alguns marcos, há cruzes funerárias, pirâmides de pedra, galhos que reverdeceram, seixos brancos, medalhas; tudo isso serve para encontrar o seu caminho nos Campos Elísios da alma. O peregrino marcou as suas etapas, pode encontrar de novo a senda de seus pensamentos, de suas lágrimas e de suas alegrias. Este é o meu *carnet* de viagem; se algumas passagens podem ser úteis a outros, e se por vezes comuniquei algo mesmo ao público, estas mil páginas em seu conjunto são boas unicamente para mim, e para aqueles que depois de mim puderem interessar-se pelo itinerário de uma alma, em condição obscura, longe do ruído e da notoriedade. Serão monótonas estas folhas quando monótona tiver sido a minha vida, e repetir-se-ão quando os sentimentos se repetirem. Conterão sempre a verdade; e a verdade é sua única musa, seu único pretexto, seu único dever. Como registro psicológico e biográfico, terão mais tarde valor para a minha velhice, se eu envelhecer; já têm valor para mim como confidentes e como travesseiro.

(*Mais tarde.*) – ... Não são muitos os jovens de minha idade que, descuidados de sua existência material, se tenham mais e mais vezes corroído interiormente do que eu. Quando penso nos sombrios passeios solitários, nas iras insensatas e dolorosas sentidas sob o sol, em certos dias da primavera, nos serões e nas manhãs perdidas a amargurar-me o coração entre as mãos, em todas as minhas lágrimas trazidas de Berlim e de outros lugares; quando penso nas minhas veladas de Fausto, na solidão moral em que tive de crescer desde criança, salvo os encontros preciosos, mas episódicos, da amizade; quando reflito sobre o que seria sem as distrações do estudo, sem o esquecimento de mim próprio, sem a vida do pensamento, sem o refúgio tranquilo da ciência, não me posso impedir de ver que o fundo de minha vida é a tristeza, porque vivi sozinho, no abandono, recalcado sobre mim mesmo, e que não é bom que o homem esteja só.

São sofrimentos que fazem rir aos outros, quando se tem oportunidades, independência, e se pode estudar, viajar, vaguear à vontade; mas embora não o possa dizer, tenho contudo sofrido, e até sofrido bastante. Graças a Deus, não comento a tolice de envaidecer-me por isso, mas acho curioso o sobrenome de "feliz deste mundo", pelo contraste. Ademais, expressa algo de verdadeiro, isto é, meu estado presente e meu exterior. Tenho o aspecto e a atitude de um homem que construiu seu ninho, e não deseja nada. Somente o mundo considera, demasiadas vezes, vossa couraça por vossa epiderme, vossa aparência por vossa realidade, e vos crê insensível porque sabeis conter o vosso sentimento.

26 de abril de 1852. – Esta noite, senti o vazio, voltei a mim mesmo: porvir, solidão, dever, todas essas ideias solenes ou opressoras vieram visitar-me. Recomecei meu credo, reconstituí (esta vez num caderno à parte) o catecismo de minha vida, o plano de minha conduta, a unidade de minha existência confusa e caprichosa. Recolhi-me, revisei-me, coligi-me, concentrei-me, reuni-me em mim mesmo, e isso é muito necessário contra a dispersão e a distração que trazem os dias e os pormenores. Li uma parte do livro de Krause (*Urbild der Menschheit*, 1811), que correspondia maravilhosamente ao meu pensamento e à minha necessidade; em geral, sobre mim, exerce este filósofo uma impressão benfazeja. Sua íntima e religiosa serenidade penetra e invade. Oferece a paz e o sentimento do infinito. Falta-me contudo alguma coisa: o culto, a piedade positiva e compartilhada. Quando, afinal, estará constituída a Igreja a que pertenço de coração? Não posso como Scherer, contentar-me com ter razão sozinho. Necessito um cristianismo menos solitário. É preciso que seja também mais prático: rezo muitas vezes, não comunguei na Páscoa. Por isso minhas necessidades religiosas não estão satisfeitas; tal como as minhas necessidades sociais e minhas necessidades de afeição. Quando cesso de esquecê-las na sonolência, acordam com uma espécie de acritude dolorosa. Minha vida é morna, falta-lhe energia, substância, grandeza e alegria. Por quê? Ausência de reativos, de estimulantes, de circunstâncias. Adormeço como a marmota porque o inverno me cerca. O inverno é o meio no qual estou imerso, a atmosfera inerte, entorpecida dos espíritos, as preocupações mesquinhas, vulgares, fastidiosas que me envolvem e me oprimem. Oscilo entre o langor e o aborrecimento, a dispersão no infinitamente pequeno e a nostalgia do desconhecido ou do longínquo. Singularmente, impõe-se muito poder moral para resistir a estas influências ambientes, e para regenerar-se perpetuamente neste desperdício inimigo.

É a história tantas vezes feita pelos romancistas franceses, da vida de *província*; só que a província é tudo o que não é a pátria da alma, todo lugar em que o coração se sente estrangeiro, insaciado, inquieto e sedento. Ah! Pensando bem, esse lugar é a terra, e essa pátria sonhada é o céu. Este sofrimento é a nostalgia eterna, a sede da felicidade.

In der Beaschraenkung zeigt sich erst der Meister, disse Goethe.

Máscula resignação é também a divisa dos mestres da vida; máscula, isto é, corajosa, ativa, resoluta e perseverante; resignação, isto é, renúncia, abnegação, concentração, limitação. Energia resignada é a sabedoria dos filhos da terra; é a serenidade possível nesta vida de luta e de combate; é a paz do martírio e a promessa do triunfo.

Lancy, 28 de abril de 1852. – Languidez primaveril, já estás de volta a visitar-me de novo, depois de uma longa ausência! Ontem à noite o teatro, na manhã de hoje a poesia (Ch. Reynaud, Heine), o canto dos pássaros, os raios tranquilos, o ar das campinas verdejantes, subiu-me tudo ao coração e umedeceram-se meus olhos. Ó, silêncio, és apavorante! Apavorante como a calma do oceano que deixa os olhos penetrarem nos seus insondáveis abismos; deixas ver dentro de nós profundezas que dão vertigens, necessidades inextinguíveis, infinitas, tesouros de sofrimento e de pesar. Que venham as tempestades! Ao menos, agitam a superfície destas ondas, de segredos terríveis. Que soprem as paixões! Ao levantar as vagas da alma, velam abismos sem fundo. A todos nós, filhos do tempo, a eternidade inspira uma involuntária angústia, e o infinito um misterioso espanto. Parece-nos entrar no reino da morte. Pobre coração! Queres vida, queres amor, queres ilusões; e tens razão afinal, a vida é sagrada.

Nestes momentos em que nos encontramos frente a frente com o infinito, como assume outro aspecto a vida! Como tudo o que nos ocupa, preocupa, apaixona e inflama, torna-se a nossos olhos, subitamente, pueril, frívolo e vão. Parecemos bonecos que representam a sério uma farsa fantástica, tomando chupetas por tesouros. Como então tudo é diferente: a realidade parece menos verdadeira que a fábula e que a arte. A finalidade de tudo isto é o desenvolvimento da alma, todo o resto, sombra, pretexto, figura, símbolo e sonho: a alma é a única realidade, o resto é a fantasmagoria sublime destinada a alegrá-la e formá-la. Berkeley parece ter razão, bem como Fichte e Emerson. Os contos de fadas e as lendas são tão diretamente verdadeiras como a história natural, e mais ainda, ao menos emblemas mais transparentes. Imortal, durável, só perfeitamente real é a consciência; o mundo é apenas um fogo de artifício. A consciência é um universo, e o amor, o seu sol.

Ah! Retorno à vida geral, objetiva do pensamento, ela me liberta (será esta a palavra?), não, ela me priva da vida íntima do sentimento. O sábio mata o amoroso, a reflexão dissolve os sonhos e queima as suas delicadas asas. Eis por que a ciência não faz homens, faz deles entidades, abstrações. Ah! sintamos, vivamos, e não analisemos sempre. Sejamos ingênuos antes de sermos refletidos.

Demo-nos antes de criticar. Experimentemos antes de estudar. Deixemo-nos seguir à vida.

Enivrons-nous de poésie,
Nos coeurs n'en aimeront que mieux!

Langores primaveris, falais de amor! É doce partilhar a vida para duplicá-la. Não terei jamais o coração de uma mulher para apoiar-me? Um filho para fazer-me reviver, um pequeno mundo em que possa deixar florescer tudo o que oculto de mim? Recuo e receio, no temor de desfazer meu sonho; apostei tanto nesta carta que não ouso jogá-la. Sonhemos ainda... Não violentes a ti mesmo e respeita em ti as oscilações do sentimento, é a tua vida e a tua natureza: alguém mais sábio do que tu as fez. Não te abandones inteiramente ao instinto nem à vontade; o instinto é uma sereia, e a vontade, um déspota. Não sejas escravo de teus impulsos e de tuas sensações do momento, nem de um plano abstrato e geral. Abre-te ao que imprevistamente ofereça a vida, do interior e do exterior; mas dá unidade à tua vida, conduz o imprevisto às linhas de teu plano. Eleva a natureza ao espírito, e que o espírito volte a ser natureza. Só assim, harmonioso será teu desenvolvimento, e a serenidade do Olimpo, a paz do céu poderão iluminar a tua fronte; – sempre com a condição de que a tua paz esteja feita e que tenhas subido o calvário.

(De tarde.) – Não encontrarei de novo alguns daqueles sonhos prodigiosos, como tive outrora: Ao amanhecer, num dia de minha adolescência, sentado nas ruínas do castelo de Faucigny; sob o sol de meio-dia, uma vez, na montanha acima de Lavey, estendido à sombra de uma árvore, e visitado por três borboletas; uma noite, na praia arenosa do Mar do Norte, deitado na areia e o olhar errante na Via Láctea; daqueles sonhos grandiosos, imortais, cosmogônicos, em que se traz o mundo no peito, em que se tocam as estrelas, em que se possui o infinito? Momentos divinos, horas de êxtase, em que voa o pensamento de mundo em mundo, penetra o grande enigma, respira largo, tranquilo, profundo como a respiração diurna do Oceano, sereno o pensamento e sem limites com o firmamento azul; visitas da musa Urânia, que traça ao redor da fronte dos que ama o nimbo fosforescente da força contemplativa, e que em seu coração derrama a embriaguez tranquila do gênio, ou então a sua autoridade; instantes de intuição irresistíveis em que nos sentimos grandes como o universo e calmos como um Deus? Das esferas celestes até o musgo ou as conchas sobre as quais eu repousava, a criação inteira me estava submissa, vivia em mim, e cumpria sua obra eterna com a regularidade do Destino e com o ardor apaixonado do amor. Que horas! Que recordações! Os destroços que me restam bastam para encher-me de respeito e de entusiasmo, como visitas do Espírito Santo. E resvalar dessas alturas de horizontes sem limites, até os lodosos pântanos da trivialidade!... Que queda! Pobre Moisés! Também tu viste ondular ao longe as colinas maravilhosas da terra prometida, e estendeste os ossos fatigados numa fossa cavada no deserto!

Qual de nós não tem sua terra prometida, seu dia de êxtase e seu fim no desterro?

Como é, pois, a vida real, uma pálida falsificação da vida entrevista, e quanto aos clarões flamejantes da nossa profética juventude tornam mais embaciado o crepúsculo de nossa desagradável e monótona virilidade!

Lancy, 29 de abril de 1852. – Estudei o progresso de nossos lilases, de nossas filipêndulas, etc. Encantadora surpresa: o desabrochar de um dos arbustos de pequenas folhas, florescido durante a noite em todas as extremidades, garrido, mimoso e cheio de frescor como um buquê de núpcias, com todas as graças de um semidesabrochar: que elegante e pudica beleza tinham essas florzinhas brancas, discretamente abertas como pensamentos da manhã, e pousadas como abelhas ou gotas de orvalho sobre a jovem folhagem delicada e de um verde virginal! Mãe das maravilhas, misteriosa e meiga natureza, por que não vivemos nós em ti?

Os poéticos vagabundos de Toepffer, os Carlos, os Júlios, todos esses sensíveis amigos e amantes da natureza; todos estes observadores, entusiastas e deslumbrados, acudiam à minha memória como uma censura ou uma lição.

O modesto jardim de um presbitério e o reduzido horizonte de uma mansarda contêm tantos ensinamentos como uma biblioteca, para quem sabe olhar e compreender. – Sim, somos demasiado atarefados, demasiado ocupados, cheios de responsabilidades, e embaraços, demasiado ativos!

Devemos saber arrojar à margem toda a nossa bagagem de preocupações, de pedantismo e de erudição; voltar a ser simples, jovem, viver o momento que passa, reconhecido, ingênuo e feliz.

Impõe que se saiba ser ocioso; na inação atenta e recolhida, nossa alma desfaz as suas dobras, estende-se, desenvolve-se, renasce como a erva calcada ou a sebe podada ou a folha pisada, tornar-se outra vez natural, espontânea, sincera, original. O sonho, como o orvalho, reverdece e retempera o talento.

Fonte de alegria e de pensamentos, acumula brincando materiais e imagens. É o domingo do pensamento; e quem sabe se o repouso dos despreocupados não será tão importante e mais fecundo que a tensão do trabalho. A vagabundagem, tão espiritualmente cantada e louvada por Toepffer, não só é deliciosa, mas também útil.

É um banho de saúde que devolve elasticidade ao corpo e à alma, ao espírito como ao corpo; é o sinal e a festa da liberdade.

É um alegre banquete, o banquete da borboleta que brinca e se alimenta nos prados. Ora, a alma também é uma borboleta.

Lancy, 2 de maio de 1852 (domingo). – Esta manhã, depois de haver passado mais de uma hora no jardim, com as crianças, li a epístola de São Tiago, a obra exegética de Cellérier sobre essa epístola, e depois muitos pensamentos de Pascal. Fiz com que as crianças examinassem de perto as flores e os arbustos, os besouros e os caracóis, para exercitá-las na observação, na admiração e na benevolência.

Que importância têm os primeiros diálogos na primeira infância! Quanto senti a santidade dessa missão! Ao examiná-la, sinto uma espécie de espanto religioso.

São sagradas a inocência e a infância. O semeador que arroja o grão, o pai que pronuncia a palavra fecunda cumprem um ato de pontífice e só deveriam fazê-lo gravemente, com religiosidade e entre preces, porque trabalham para o reino de Deus. Cada semente é algo misterioso, quer caia no solo ou nas almas. O homem é um colono; toda a sua obra, considerando-a bem, consiste em desenvolver a vida, em semeá-la por toda parte; é a missão da humanidade, e esta missão é divina. A influência de uma palavra dita oportunamente é incalculável. Esquecemos com frequência que a palavra é uma revelação e uma sementeira (*sermoserere*). Oh, a linguagem! Que coisa profunda! Mas somos obtusos, porque somos materiais e materialistas. Vemos as pedras e as árvores, não distinguimos as invisíveis falanges de ideias que povoam o ar e voam indefinidamente em torno de cada um de nós.

3 de maio de 1852. — Os homens, como as roupas masculinas, são vulgares, feios e uniformes em todas as classes; são as mulheres que, como a flora das montanhas, indicam com a precisão mais característica a gradação das zonas superpostas da sociedade. A hierarquia moral marca-se ostensiva e visivelmente num dos sexos, é confusa no outro. Entre as mulheres, tem ela a regularidade das médias e da natureza; entre os homens, tem as esquisitices imprevistas da liberdade. É que o homem constrói a si mesmo pela vontade e a mulher é modelada pelo destino; ele modifica as circunstâncias com energia, é influenciada por elas a mulher, reflete-as em sua doçura; enfim, a mulher é antes gênero e o homem indivíduo.

6 de maio de 1852. — Coisa curiosa, as mulheres são o sexo mais semelhante a si mesmo e o mais diferente; o mais semelhante sob o ponto de vista moral, e o mais diferente sob o social; confraria no primeiro caso e hierarquia no segundo. Todos os graus de cultura e de condição se manifestam claramente em seu exterior, em suas maneiras e em seus gostos; a fraternidade interior encontra-se em seus sentimentos, em seus instintos e em seus desejos. O sexo feminino representa assim a igualdade natural e a desigualdade histórica. Ele mantém a unidade da espécie e separa as categorias da sociedade. A mulher tem, portanto, uma missão essencialmente conservadora; conserva de um lado a obra de Deus, o que há de permanente no homem, o que há nele de belo, de grande, de humano, ela conserva por outro lado o que é obra das circunstâncias, os usos, os ridículos, os preconceitos e as mesquinharias, isto é, o bom e o mau, o sério e o frívolo. Que quereis? Aceitai a fumaça se quiserdes o fogo. É uma lei providencial, e boa por consequência. — A mulher é a tradição, como o homem é o progresso; e sem eles não existe a vida. A história, como tudo o que é vivo, é o produto de duas forças: se seu pai é o progresso, a tradição é a sua mãe. Cada sexo tem seu quinhão na obra comum da raça.

Lancy, 14 de maio de 1852. – Ontem, eu construía a filosofia do contentamento, da alegria, juventude, da primavera que sorri, e das rosas que embriagam; pregava a força, e esquecia que era um ditirambo à boa fortuna; que, atormentado e sofrendo como os dois amigos com os quais eu passeava, teria raciocinado e falado com eles.

Nossos sistemas, como já se disse, são a expressão de nosso caráter ou a teoria de nossa situação. Quer dizer, gostamos de acreditar adquirido o que é dado, e consideramos a nossa natureza como nossa obra, e o nosso quinhão como nossa conquista: ilusão nascida da vaidade e também da necessidade de liberdade; repugna-nos ser o produto das circunstâncias ou o desabrochar de um gérmen interior; e, no entanto, tudo recebemos, e a parte verdadeiramente nossa é bem pequena, pois é sobretudo a negação, a resistência, as faltas e os erros que a constituem. Recebemos tudo, a vida e a felicidade, mas a maneira pela qual recebemos, eis o que nos sobra. Recebamos com confiança, sem rubor, sem ansiedade; aceitemos de Deus também a nossa natureza e tenhamos com ela, caridade, firmeza, interesse; não aceitemos o mal e a doença em nós, mas aceitemo-nos apesar da doença e do mal.

E não temamos a alegria pura; Deus é bom e o que ele fez está bem feito.

Resignemo-nos a tudo, até à felicidade; perfumemos pelo incenso da prece as veredas espinhosas da experiência e os caminhos floridos da felicidade. O homem verdadeiramente santo, disse um místico, Boehme ou Angelus, conservaria a frescura do céu até entre as chamas do inferno. A paz da consciência, eis o diamante incorruptível que nada de exterior pode riscar. Se não parecesse um selvagem e impiedoso paradoxo, diria: o sofrimento é por nossa culpa; a santidade é serena. O apóstolo ousou dizer: sede sempre alegres!

☙

Vi o primeiro vaga-lume da estação, na grama às margens da vereda cheia de curvas que desce de Lancy para a cidade.

Ele serpeava furtivamente sob a relva como um pensamento tímido ou um talento que surge.

18 de julho de 1852. – Todos os despotismos têm um instinto superior e divinatório do que mantém a independência e a dignidade humana, e é curioso ver nossos radicais considerarem a escola como o príncipe-presidente, e o ensino realista servir, sobretudo, para sufocar sob os fatos o livre exame nas questões morais. O materialismo é a doutrina auxiliar de toda tirania, de um só ou das massas.

Esmagar o homem espiritual, moral, geral, humano, digamos, especializando-o; criar engrenagens da grande máquina social e não mais seres completos, dar-lhes por centro a sociedade e não a consciência, escravizar a alma às coisas, despersonalizar o homem, é a tendência dominante em nossa época.

Atomismo moral e unidade social, substituição das leis da matéria morta (gravitação, número, massa) às leis da natureza moral (persuasão, adesão, fé): a igualdade, princípio do medíocre, tornando-se dogma; a unidade pela uniformidade (catolicismo da democracia mal entendida); o número tornando-se razão; sempre a quantidade em vez da qualidade; a liberdade negativa alheia a qualquer regra própria, só encontrando limite na força, tomando em toda parte o lugar da liberdade positiva, que é a posse de uma regra anterior, de uma autoridade e de um freio morais; é o dilema apresentado por Vinet: socialismo e individualismo. Eu diria de bom grado: é o antagonismo eterno entre a letra e o espírito, entre a forma e o fundo, entre o exterior e o interior, entre a aparência e a realidade, que se encontra na concepção de toda coisa e de toda ideia. O materialismo engrossa e petrifica tudo, torna tudo grosseiro e falsa toda verdade.

Há um materialismo religioso, político, etc., que corrompe tudo o que toca, liberdade, unidade, igualdade, individualidade. Assim, há duas maneiras de entender a democracia.

Para retornar ao ponto de partida, o beocismo iminente, ou antes o realismo grosseiro contra o qual nosso ensino tem uma batalha a sustentar, não é um fenômeno momentâneo e pessoal, mas uma tendência da época, e uma inclinação de nosso espírito nacional degenerado. O que está verdadeiramente ameaçado é a liberdade moral, é a consciência, é a própria nobreza do homem, é o respeito da alma. Defender a alma, seus interesses, seus direitos, sua dignidade, é o mais premente dever para todo aquele que vê o perigo; defender a humanidade no homem é o que devem fazer o escritor, o pastor, o mestre, o filósofo. O homem: o homem verdadeiro, o homem ideal: tal deve ser sua divisa, sua palavra de ordem, seu brado de reunir. Guerra ao que o envilece, o diminui, o embaraça, o desnatura; proteção ao que o fortifica, o enobrece, o eleva! A pedra de toque de todo sistema religioso, político ou pedagógico é o homem que ele modela, o indivíduo que sai de suas mãos. Se o sistema prejudica a inteligência, é mau; se o caráter, é vicioso; se a consciência, é criminoso.

20 de julho de 1852. – Marcos Monnier passou comigo a manhã. Falamos na Alemanha, em Paris, em viagens, em Hegel, no presente e no futuro.

É sempre o mesmo rapaz ágil, forte, alegre, feliz, cheio de verve, de recursos, de alegria e de imaginação, seu gosto seguro e sua facilidade fecunda. Eu não estaria uma semana com ele sem tornar-me poeta ou ao menos escritor. Irá em outubro estabelecer-se em Paris. Tem dez anos mais que sua idade. Falamos de *Revue Suisse* e dos meus projetos. Acompanhei-o até *Carouge*. Eis "o feliz do século", título que pouco mereço, embora mo tenham dado.

Hoje, sobretudo, eu estava triste.

Lancy, 12 de agosto de 1852. – Cada esfera do ser tende a uma esfera mais elevada e dela tem já revelações e pressentimentos. O ideal, sob todas as suas formas, é a antecipação simbólica de uma existência superior à qual tendemos. Assim como os vulcões nos trazem os segredos do interior do globo, a inspiração, o entusiasmo, o êxtase são explosões passageiras do mundo interior da alma. A vida humana é somente o advento à vida espiritual e ainda há graus inumeráveis, quer numa, quer noutra. Assim vela e reza, discípulo da vida, crisálida de um anjo, prepara tua eclosão futura, pois a ascensão divina é somente uma série de metamorfoses cada vez mais etéreas, em que cada fase, resultado das precedentes, é a condição das que lhe seguem. A vida divina é uma série de mortes sucessivas em que o espírito repele suas imperfeições e seus símbolos e cede à atração crescente do centro da gravitação inefável, do sol da inteligência e do amor. Os espíritos criados, quando cumprem seus destinos, tendem a formar constelações e vias-lácteas no empíreo da divindade; ao converterem-se em deuses, rodeiam de uma corte resplandecente e incomensurável o trono do soberano. Em sua grandeza consiste sua homenagem. Sua divindade de investidura é a glória mais brilhante de Deus. Deus é o pai dos espíritos; a vassalagem do amor é a constituição do reino eterno.

13 de agosto de 1852 (*meio-dia*). – Passei toda a manhã entregue a uma meditação profunda. Que viagens e que voos! Retomei o problema de Mejnour e de Zanoni: Qual é a verdadeira vida? Percorri, sondei, atravessei em suas três dimensões a ciência universal, ultrapassei todo o tempo, todo o espaço, revi os mistérios, as iniciações, evocações, invocações de toda espécie. Descrevi círculos em redor de toda atividade, de toda individualidade. Sentia-me numa espécie de ubiquidade, de clarividência e de potência intelectual extraordinárias. Reconquistei em derredor de mim o espaço, o horizonte, o éter espirituais... O resultado foi este: reproduzi, com a intensidade do sonho, mais ou menos a vida na qual Bulwer deve ter mergulhado quando escreveu seu livro: então após aí me haver dilatado, engrandecido, reencontrado, tracei também meu círculo em derredor, libertei-me dele porque nele me senti limitado. De Plotino passei a Jesus, e de Tiana a Nazaré. São manhãs em que vivemos séculos, e séculos da humanidade, pois revemos, sentimos, e reproduzimos o que fez viverem e morrerem raças e religiões, civilizações e divindades. Quase me espantou não terem ficado brancos os meus cabelos.

23 de agosto de 1852. – Visitantes tomaram-me a tarde: primeiro, dois discípulos meus... depois Marcos Monnier e Victor Cherbuliez, com os quais discorremos acerca da Alemanha, de Molière, de Shakespeare, do estilo dos escritores franceses, e jogamos algumas partidas de bocha. Cherbuliez ganhou, ele é mais corado, mais jovem, mais alegre, seu olhar é manso e penetrante, sua testa alta e meditativa, sua boca maliciosa, somente sua voz é um pouco envelhecida e cansada. É um jovem distinto. Estes dois rapazes tão bem-dotados, tão cheios de entusiasmo, de zelo, de esperanças, deixaram-me melancólico.

Além disso, nunca tive intimidade com Victor: ele é muito reservado, muito circunspecto e muito maligno para tanto. Um pensamento involuntário perseguiu-me.

Lancy, 27 de setembro de 1852 (*dez horas da manhã*). – A esta hora, completo os meus trinta e um anos...

Sê puro, constante, fiel a ti mesmo, senhor de teus instintos, enérgico, crê em ti, não esperes a aprovação, a simpatia, o reconhecimento dos outros. Pensa em que tens uma obra a realizar, que o tempo perdido é um roubo feito a Deus, que o desencorajamento é uma fraqueza, e que a única paz é a paz da consciência, que somente alcançam a coragem e o devotamento. Sê devotado à tua família, aos teus amigos, à tua pátria, a todos os homens; luta contra a tua inconstância e tua fraqueza de mulher; sê corajoso, forte, enfim, sê homem.

Sê o campeão da verdade, defende a alma e a liberdade, ajuda a gestação da humanidade nova, da sociedade futura, não desesperes, nem de ti nem de outros, ama, crê, trabalha, combate, espera. Não te deixes seduzir por bagatelas, por minúcias, ouropéis, conchas dos caminhos. Não esqueças teu escopo, cinge teus rins, concentra tuas forças, simplifica tua vida, reúne tuas vontades, junta teu feixe, economiza não teu coração, mas teu tempo e tuas horas. Já passou a hora da dispersão e dos sonhos através dos campos. Deixa à adolescência esta corrida desgrenhada e alegre, essa busca de todas as flores. Trata-se agora de colher, de amarrar seu molho, de dar seus frutos... A vida é o mais belo dos poemas, a vida que lemos enquanto a compomos; poema em que se ligam e ajudam mutuamente a inspiração e a consciência, a vida que conhecemos como microcosmo e que representa perante Deus a repetição em miniatura do poema universal e divino. Sim, sê homem, quer dizer, sê natureza, sê espírito, sê imagem de Deus, sê o que há de maior, de mais formoso, mais elevado em todas as esferas do ser; sê uma ideia e uma vontade infinita, uma reprodução do grande Todo. E sê tudo não sendo nada, suprimindo-te, deixando entrar a Deus em ti como o ar num espaço vazio, reduzindo teu eu egoísta ao continente da essência divina. Sê humilde, recolhido e silencioso para ouvir, no fundo de ti mesmo, a voz sutil e profunda; sê espiritual e puro para entrar em comunhão com o espírito puro. Retira-te amiúde, ao último santuário de tua íntima consciência, penetra em tua *pontualidade* de átomo para libertar-te do espaço, do tempo, da matéria, das tentações, da dispersão, para escapar de teus próprios órgãos e de tua própria vida, quer dizer, morre com frequência e interroga-te diante dessa morte, como preparação para a morte final. Quem pode sem estremecer afrontar a cegueira, a surdez, a paralisia, a enfermidade, a traição, a miséria; o que, sem tremer possa comparecer ante a soberana Justiça, unicamente esse pode considerar-se preparado para a morte parcial ou total. Quão longe estou disso, e quão longe também desse estoicismo se acha o meu coração. Mas ao menos desprendermo-nos de tudo o que nos pode ser arrebatado, aceitar tudo como um empréstimo e um dom, e somente apegarmo-nos ao que não perece, eis o que é preciso tentar. Crer num Deus bom, paternal, educador, que regula a força do vento à ovelha tosada, que só por necessidade castiga, e que priva com pesar: este pensamento, ou melhor, esta convicção dá coragem e segurança. Oh! Quão necessitados estamos de amor, de ternura, de afeição, de bondade, e quão vulneráveis somos, nós, filhos de Deus, nós, imortais e soberanos! Fortes como o mundo ou fracos como o verme, conforme, se representamos Deus ou apenas a nós mesmos, se apoiamos no ser ou estamos sós.

O ponto de vista religioso, de uma religião ativa e moral, espiritual e profunda, é o único que pode dar à vida toda sua dignidade e toda sua energia.

Torna invulnerável e invencível. O batismo espiritual é a verdadeira água de Sty; nenhuma arma terrestre pode ferir de morte, nenhuma resistência pode cansar aquele que foi mergulhado em suas águas.

Só podemos vencer a terra em nome do céu. Todos os bens foram dados a mais àquele que somente quis a sabedoria. Quando se é desinteressado é quando se é mais forte, e o mundo está aos pés daquele a que não pode seduzir. Por quê? Porque o espírito é senhor da matéria e o mundo pertence a Deus. – "Tende coragem, disse uma voz celeste, eu venci o mundo."

Obrigado, repouso; obrigado, solidão; obrigado, Providência! Pude penetrar em mim, pude dar audiência ao meu bom anjo. Retemperei-me no sentimento de minha vocação, de meu dever, na recordação de minha fraqueza. Vamos, ano novo, traz o que quiseres, mas não me arrebates a paz, deixa-me a claridade da consciência, e a esperança em Deus!

Senhor, comunica tua força aos fracos de boa vontade!
(*Meio-dia.*)

Lancy, 31 de outubro de 1852. – Passeio de meia hora no jardim, sob uma chuva fina. Paisagem de outono. Céu cinzento, riscado de diversos matizes, nevoeiros arrastando-se pelas montanhas do horizonte; natureza melancólica, folhas caem de todos os lados como as últimas ilusões da juventude sob as lágrimas de dores incuráveis.

Ninhadas de pássaros tagarelas, assustados nos bosquezinhos, folgam pelos ramos como escolares reunidos e abrigados em algum pavilhão. O solo juncado de folhas pardas, amarelas e avermelhadas; as árvores semidespojadas, umas mais, outras menos crestadas, amareladas, cor de amaranto (ordem de despojamento: catalpa, amoreira, acácia, plátano, nogueira, tília, olmo, lilases,); maciços e sarças vermelhas; algumas flores ainda: rosas, chagas, dálias vermelhas, brancas, amarelas, matizadas, estilando suas pétalas, petúnias murchas, *mesembriantemum* de um rico encarnado, e cuja folhagem em coroa eclipsa, por seus matizes malva e rosa, as flores miúdas; milharais secos, campos nus, sebes empobrecidas. O pinheiro, único vigoroso, verde, estoico em meio dessa tísica universal, eterna juventude desafiando o declínio. Todos esses inumeráveis e maravilhosos símbolos que as formas, as cores, os vegetais, os seres vivos, a terra e o céu fornecem a todo instante aos olhos que sabem ver, aparecem-me maravilhosos e arrebatadores. Tivesse eu a varinha de condão da poesia e bastar-me-ia tocar um fenômeno para que me contasse a sua significação moral.

Tivesse também a curiosidade científica, registraria e perguntaria: por que domina o vermelho? Que faz durarem desigualmente as folhas? Etc., etc.

Uma paisagem qualquer é um estado de alma, e quem lê em ambos maravilha-se de encontrar similitude em cada pormenor. A verdadeira poesia é mais verdadeira que a ciência, porque é sintética e desde o início apreende o que a combinação de todas as ciências poderá no máximo atingir uma vez como resultado. A alma da natureza é adivinhada pelo poeta. Serve o sábio, apenas, para acumular os materiais para sua demonstração. Um permanece no conjunto, o outro vive numa região particular. Um é concreto, o outro abstrato. A alma do mundo é mais aberta e inteligível que a alma individual; tem mais espaço, tempo e força para sua manifestação.

6 de novembro de 1852. – Sou suscetível ainda de todas as paixões, porque as tenho todas em mim. Como um domador de animais ferozes, tenho-as enjauladas e atadas, mas ouço-as rugirem às vezes. Afoguei mais de um amor nascente. Por quê? Porque com esta segurança profética da intuição moral eu os sentia pouco viáveis e menos duradouros do que eu. Afoguei-os em proveito da futura afeição definitiva. Os amores dos sentidos, da imaginação, da sensibilidade eu os penetrei e rejeitei, queria o amor central e profundo. Ainda creio nele, e tanto pior para a honra do sexo feminino, se não tenho razão.

Não quero estas paixões de palha que deslumbram, consomem ou secam; chamo, aguardo e espero ainda o grande, o santo, o grave e sério amor que vive em todas as fibras e em todas as potências da alma. Toda mulher que não o compreende não é digna de mim. E se hei de permanecer só, prefiro levar minha esperança e meu sonho a malcasar minha alma.

8 de novembro de 1852. – A responsabilidade é o meu pesadelo invisível. Sofrer por sua própria culpa é um tormento de condenado, porque o ridículo envenena a dor, e o pior dos ridículos, o de ter vergonha de si, a seus próprios olhos. Só tenho força e energia contra os males exteriores, mas um mal irreparável feito por mim, uma anulação para vida, do meu repouso, da minha liberdade, este único pensamento já me torna louco. Expio o meu privilégio. O meu privilégio é assistir ao drama de minha vida, ter consciência da tragicomédia do meu próprio destino e, mais do que isso, ter o segredo do próprio tragicômico, isto é, não poder levar a sério as minhas ilusões, ver-me por assim dizer da plateia, em cena, do além-túmulo, na existência, e dever fingir um interesse particular pelo meu papel individual, enquanto vivo na confidência do poeta que se burla de todos esses agentes tão importantes, e que sabe tudo o que eles ignoram. É uma posição esquisita, e que se torna cruel, quando a dor me obriga a representar meu medíocre papel, ao qual me liga autenticamente, e me adverte que me emancipo demasiadamente ao crer-me, após minhas conversações com o poeta, dispensado de retomar meu modesto emprego de criado na peça. Shakespeare deve ter experimentado amiúde este sentimento, e Hamlet, creio, deve expressá-lo em alguma passagem. É uma *Doppelgängerei* muito alemã, e que explica o fastio da vida real e a repugnância pela vida pública, tão comum nos pensadores da Alemanha.

Há como uma degradação, uma decadência gnóstica, em recolher suas asas de gênio e reentrar em seu casulo grosseiro de simples particular. Sem a dor, que é o cordel deste intrépido papagaio de papel, ou o cordão umbilical pelo qual este pensamento sublime está ligado à sua humanidade, o homem elevar-se-ia demasiado cedo e a uma excessiva altura, e os indivíduos de elite estariam perdidos para a espécie, como os balões que, sem a gravitação, não retornariam mais do empíreo. De que forma, pois, encontrar a coragem da ação? Deixando volver um pouco a inconsciência, a espontaneidade, o instinto, que liga à terra e que dita o bem relativo e o útil.

Crendo mais praticamente na Providência, que perdoa e permite reparar. Aceitando mais ingênua e simplesmente a condição humana, temendo menos a dor, calculando menos, esperando mais; quer dizer, diminuindo com a clarividência, a responsabilidade, e com a responsabilidade, a timidez. Adquirindo maior experiência pelas perdas e pelas lições.

10 de novembro de 1852. – Ao acordar, senti a grandeza dos deuses do Olimpo helênico, e tive piedade da bárbara algazarra dos ignorantes que os trataram como maus brinquedos. Compreendi a nobreza deles, a sua profundeza ideal e fui grego durante uma hora, com piedade. De que forma se teria aviltado em suas divindades a mais bela das raças humanas? Tais homens, tais deuses. Esta única reflexão deveria já tornar modesto...

A mitologia grega é a religião do ideal. Cada ser, grande ou pequeno, cidade ou indivíduo, traz em si, sem o saber, uma ideia, a sua ideia. Afastá-la, reconhecê-la, fixá-la, é ter encontrado o farol, a religião, o deus desta vida particular. O deus de cada existência é o deus gravado nela. Cada vida tem, pois, apenas um deus...

Quanto temos que aprender dos gregos; esses imortais antepassados! E quão melhor do que nós resolveram eles seu problema! O homem grego não era o nosso, mas como veneraram, cultivaram e enobreceram o homem que conheciam. Sob mil aspectos, ainda, nós, diante deles, somos bárbaros, como me dizia suspirando Béranger, em 1843. Bárbaros quanto à educação, à eloquência, à vida pública, à poesia, em matéria de arte, etc. Necessitamos milhões de homens para produzir alguns verdadeiramente notáveis; na Grécia, bastava um milhar. Se a medida de uma civilização é o número de homens completos que ela produz, encontramo-nos ainda longe desse povo modelo. Não estão mais os escravos abaixo do nosso nível, mas estão entre nós. A barbárie já não está em nossas fronteiras, vive conosco, na casa vizinha. Levamos dentro de nós muito mais coisas grandes, mas somos bem mais pequenos. É um extravagante resultado; a civilização objetiva criou grandes homens sem procurá-los; a civilização subjetiva cria homens mesquinhos e incompletos, bem ao contrário de seu desejo e de sua missão. Tornam-se as coisas majestosas, mas o homem diminui. Por quê?

1) Temos demasiado sangue bárbaro e grosseiro nas veias. Falta-nos medida, harmonia e graça.

2) O cristianismo, ao dividir o homem em exterior e interior, o mundo em terra e céu, em inferno e paraíso, decompôs a unidade humana, para reconstruí-la, é certo, mais profunda e mais verdadeira; mas a cristandade ainda não digeriu esse forte fermento. Ela não conquistou ainda a verdadeira humanidade; vive ainda sob a antinomia do pecado e da graça, da terra e do céu. Não penetrou em todo o coração de Jesus; encontra-se ainda no *narthez* da penitência; não se reconciliou, e até as igrejas trazem ainda a libré da domesticidade, e carecem da alegria das filhas de Deus, batizadas pelo Espírito Santo.

3) Divisão excessiva do trabalho.

4) Má e néscia educação que não desenvolve por completo o homem.

5) O problema da miséria. – Abolimos a escravidão, sem ter resolvido a questão do trabalho. De direito, não há mais escravos; na realidade, há. E enquanto a maioria dos homens não forem livres, não se poderá conceber o homem livre, como tampouco será possível realizá-lo. Eis causas suficientes.

12 de novembro de 1852. – O estio de São Martinho continua, e os dias começam envoltos em névoa. Corri durante um quarto de hora em redor do jardim para conseguir agilidade e calor. Admirei os últimos botões de rosas, os lavores elegantes das folhas de morango bordadas pela geada, e sobretudo as encantadoras teias de aranhas aldeãs, suspensas nos ramos verdes dos pinheiros, pequenos salões de baile, para fadas leves como raio de lua, atapetados com pó de pérolas, e que mil redes de corda trêmulas de rocio sustentavam por cima, como colares de um lustre, e por baixo, como as âncoras de um navio.

Estes pequenos edifícios aéreos tinham toda a fantástica leveza dos Elfos e a vaporosa frescura da aurora. Fizeram-me ver novamente a poesia setentrional; senti algo como um sopro da Suécia, da Islândia e da Caledônia, Frithiof e Edda, Ossian e as Hébridas, todo aquele mundo de frio e de nevoeiro, de gênios e de sonhos, onde o calor não vem do sol, mas do coração, onde o homem tem mais relevo que a natureza; mundo casto e vigoroso onde a vontade tem mais importância do que a sensação; o pensamento mais do que o instinto: em duas palavras, a poesia romântica, germânica e setentrional despertou-se pouco a pouco em minhas recordações e em minha simpatia. Poesia fortificante, de um efeito moral tônico. Singular encanto da imaginação: apenas um só ramo de pinheiro e alguns fios de teia podem fazê-la reviver países, épocas e nações.

(*Mesmo dia.*) – Terminei a vigília com uma leitura literária. Alguns trechos da *Chrestomatie française*, e a notável carta de Vinet, no início do segundo volume, fizeram-me passar uma ou duas horas agradáveis. Esta carta me comoveu, e parece-me que a escreveria eu mesmo. Jamais senti, como hoje, minha semelhança de espírito com Vinet, o psicólogo moralista, o crítico adivinho e juiz.

Creio que poderia continuá-lo, pois a minha mais visível aptidão é de igual natureza e talvez de não menor grau. Parece-me até ter eu recursos, extensão e horizonte talvez maiores. Minhas viagens, a variedade de meus estudos, a multidão de coisas e de homens com os quais convivi, têm todo mérito. Uma vocação menos clara e menos constante, uma vida menos devotada ao dever, mas a mesma aptidão, um talento do mesmo gênero, uma cultura mais vasta e uma flexibilidade talvez superior: tais seriam os elementos de uma comparação. Como cristão, eu lhe serei sempre inferior; como escritor, como pensador, penso talvez lhe ser superior.

O homem permanecerá um modelo; sua filosofia, sua teologia, sua estética, em poucas palavras, sua obra objetiva será ou é ultrapassada em todos os pontos. Vinet é uma grande alma e um belo talento, mas mal servido pelas circunstâncias, uma personalidade digna de toda veneração, um grande homem de bem e um escritor notável, mas não ainda um grande homem nem um grande escritor.

Tem profundidade e pureza, não, porém, magnitude. É demasiada meditação, reflexão, e não suficiente força. É muito requintado, sutil, analítico, demasiadamente engenhoso, tem muitos pensamentos pormenorizados, mas não tem a suficiente veia, eloquência, imaginação, calor, amplitude.

A casuística da consciência, a casuística gramatical, a eterna suspeita do eu, o perpétuo exame moral explicam seu talento e seus limites. Falta-lhe chama, movimento, popularidade, atrativo; o individualismo, que é seu título de glória, é também sua fraqueza. Encontram-se nele, sempre, o solitário e o asceta. Seu pensamento é velado e analisado continuamente por si mesmo. Daí o ar de escrúpulo, de ansiedade, de discrição que caracteriza o tom de seu estilo. Energia moral, mas delicadeza demasiadamente grande; finura de organização, mas saúde fraca: eis o que se sente nele. Toda a força está dobrada sobre si mesma, contra si própria; se ouso criar a frase; reflexividade demasiadamente constante, tal é o elogio ou a censura que lhe podemos endereçar.

Mais espontaneidade, isto é, impulso em sua marcha; mais objetividade, isto é, corpo em derredor de seu espírito, mais círculos em redor de seu círculo individual: eis o que deixa a desejar e cuja presença faria de seu estilo, tão rico de substância e tão cheio de ideias, um grande estilo. Vinet é o homem e o escritor consciência. Feliz a literatura e a sociedade que possuíssem dois ou três homens semelhantes!

16 de novembro de 1852 (cinco horas da manhã). – Acordo, hoje, apenas três horas depois de ter adormecido, ontem. O equilíbrio restabeleceu-se pelo contrapeso. Mas quantas sensações diversas, a despeito de todas as semelhanças aparentes! Como a lâmpada da noite alumia um homem diferente do outro a que clareia a lâmpada matutina! E como o estado de vigília é diferente, se termina o dia ou se o começa! A vigília tardia é a excitação, a expansão, a imaginação, a alma em sua multiplicidade e sua vivacidade; a vigília matinal é a calma, a meditação, a concentração, a alma em sua simplicidade e seu recolhimento. Uma é calor; outra, frescura. Numa se produz, noutra se recebe. Na primeira, vive-se; na segunda, sente-se viver. Ouço meu coração e meu relógio marcarem a fuga dos segundos, e ao longe ressoa o ruído surdo dos debulhadores a desferirem golpes. É a hora em que a alma escuta, a hora da prece e dos altos pensamentos, a hora do infinito e do eterno, e é com perfeita sabedoria psicológica que a voz do muezim, os sinos de todos os conventos e os apelos diversos de todos os cultos, convidam, nesta hora matinal, o homem a elevar-se a Deus. Neste momento, a voz da consciência fala sozinha; mais tarde outras vozes despertam por sua vez. Vida eterna (profundeza), vida particular (atividade), vida universal (extensão), tive razão, é bem o ritmo regular do dia entre dois sonos, isto é, da vida consciente, espiritual e responsável. Cercear um dos períodos é uma mutilação. Estender alternativamente um sobre os outros dois é um direito e muitas vezes um dever.

17 de novembro de 1852. – ... Vem nascendo o dia; são seis horas e três quartos. Entre a luz fria do dia que atravessa o embaciado das vidraças e a luz quente da lâmpada que reluz sobre o meu papel, apenas uma cortina leve e transparente. Luta curiosa e simbólica: é ao coração, tranquilo na solidão e no recolhimento, que vem assaltar o mundo exterior para arrancá-lo de sua paz, impor-lhe deveres, preocupações, dispersão pelo menos. Vivíamos, inteiramente em nós, é preciso viver no exterior... Eis o dia, é preciso mentir, dizia Delfina em sua bela poesia *La nuit*: palavra de mulher. Nós diremos: eis o dia, é preciso agir. Noite, dia; solidão, sociedade; verdade, mentira, tal é a equação da parisiense.

Eu direi: a lâmpada e o dia, eis o eu e o não-eu, a calma e o movimento, a meditação e a ação, a consciência e a vontade.

Puxemos a cortina; lâmpada, apaga-te.

26 de dezembro 1852 (domingo). – Se ataco muitos fragmentos de nossa teologia e de nossa Igreja, faço-o com o fito de chegar melhor a Cristo. Minha filosofia me permite. Ela não apresenta o dilema de religião ou filosofia, porém o da religião compreendida ou religião aceita. Para mim, a filosofia é uma maneira de apreender as coisas, um modo de percepção da realidade. Ela não cria a natureza, o homem, Deus, mas os encontra e procura compreendê-los. A filosofia é a reconstrução ideal da consciência, a consciência que compreende a si mesma, com tudo o que contém.

Ela pode conter uma vida nova, o fato da regeneração e da salvação, a consciência pode ser cristã; a inteligência da consciência cristã é uma parte integrante da filosofia, como a consciência cristã é uma forma capital da consciência religiosa, e a consciência religiosa, uma forma essencial da consciência.

6 de janeiro de 1853. – O domínio de si próprio na ternura, tal é a condição da autoridade sobre a infância. Que não descubra a criança em vós, paixão alguma, debilidade alguma de que possa aproveitar-se, que se sinta incapaz de enganar-vos ou de perturbar-vos, e vos sentirá superior a ela, por natureza, e terá a vossa doçura um valor todo particular para ela. Porque lhe há de inspirar respeito. A criança que pode comunicar-vos cólera, impaciência, agitação, sente-se mais forte do que vós, e a criança não respeita senão a força. A mãe deve considerar-se o sol de seu filho, imutável e sempre irradiante, no qual a criatura inquieta, pronta às lágrimas e ao riso, superficial, inconstante, apaixonada e tempestuosa, vem carregar-se de novo de calor, de eletricidade e de luz, sossegar, acalmar-se, fortalecer-se. A mãe representa o bem, a virtude, a Providência, a Lei, isto é, a Divindade sob sua forma acessível à infância. Se for apaixonada, ensinará um Deus caprichoso, despótico, ou mesmo vários deuses em discórdia. A religião da criança depende da maneira de ser de seus pais, e não da maneira de falar de ambos. Cada coisa, e sobretudo cada ser, tende a transformar o que lhe é diferente, à sua imagem. O ideal interior e inconsciente que guia vossa vida é precisamente o que atinge a criança. As vossas palavras, as vossas advertências, os vossos castigos e mesmo as vossas explosões são para ela apenas comédia ou tempestade; seu culto, eis o que pressente e sente por instinto.

Sede bom, violento, impaciente, injusto, triste, terno, fraco, avaro, tudo o que disserdes e fizerdes não poderá mascarar a impressão fundamental. A criança vê o que somos através do que queremos ser; daí a sua reputação de fisionomista. Ela estende seu poder tão longe quanto pode com cada um de nós; é um fino diplomata. Sofre sem o saber a influência de cada um, e reflete-a, transformando-a segundo sua própria natureza: é um espelho de aumento.

Eis por que a criança é uma crítica e um castigo dos defeitos dos pais; é o pecado que se pune a si mesmo. Eis porque o primeiro princípio da educação é: educa-te a ti mesmo. A primeira regra a seguir para apossar-se da vontade de uma criança é: torna-te senhor da tua!

5 de fevereiro de 1853 (*sete horas da manhã*). – Maravilha-me sempre a diferença entre as nossas disposições interiores da noite e as da manhã. À noite vejo tudo negro, e de manhã tudo rosa. As paixões, que dão o tom à noite, deixam que pela manhã impere a parte contemplativa da alma. O que parecia impossível a uma, parece fácil à outra. Todo ser inflamado, irritado, distendido pela excitação nervosa do dia, chega à noite ao ponto culminante de sua vitalidade humana; o ser refeito, aplacado, repousado pela calma do sonho, está pela manhã mais perto do céu, mais benevolente, melhor. Compreendi que é preciso ter pesado uma resolução nas duas balanças, ter examinado uma ideia sob as duas luzes, para diminuir as probabilidades de erro, tomando a média das nossas oscilações diurnas. Nossa vida interior descreve diariamente curvas barométricas regulares, independentemente das perturbações acidentais que as tempestades diversas dos sentimentos e das paixões podem erguer em nós. Cada alma tem seu clima, e é um clima; tem sua meteorologia particular na meteorologia geral, e a psicologia não estará terminada antes da fisiologia do planeta, a que chamamos insuficientemente, hoje, a física do globo.

 Rezei, pedi o espírito de mansuetude, de reconhecimento e de perdão, em lugar do espírito de talião, de vingança e de impaciência. Reconheci que o que nos parece impossível é, muitas vezes, apenas uma impossibilidade toda subjetiva. Nossa alma, sob a ação das paixões, produz por uma singular miragem obstáculos gigantescos, montanhas ou abismos que nos detêm imediatamente; um sopro à paixão, e essa fantasmagoria se desvanecerá. Admiravelmente simbolizada pelos poemas de cavalaria, sob a forma de florestas encantadas, através das quais somente passam os heróis, quanto é digno de estudo esse fenômeno moral, esse poder de miragem e de fascinação, que vai até o arrebatamento! Desse modo, produzimos nós próprios o nosso mundo espiritual, os nossos monstros, as nossas quimeras e os nossos anjos, objetivamos o que fermenta em nós. Tudo é maravilha para o poeta, tudo é divino para o santo; tudo é grande para o herói, tudo é mesquinho, desprezível, feio, mau para as almas baixas e sórdidas. O malvado cria à sua volta um pandemônio, o artista um olimpo, o eleito um paraíso, que só eles veem, isoladamente. Somos todos visionários e o que vemos é a nossa alma nas coisas. Recompensamo-nos e castigamo-nos nós próprios, sem sabê-lo. Por isso, tudo parece mudar quando nós mudamos.

 A alma é essencialmente ativa, e a atividade de que temos consciência não é senão uma parte de nossa atividade consciente.

 Isto é a base de uma psicologia e de uma certa moral. O homem reproduzindo o mundo, envolvendo-se de uma natureza que é a objetivação de sua natureza espiritual, recompensando-se e punindo-se; as coisas sendo a natureza divina; a natureza do espírito perfeito não se compreendendo senão na medida de nossa perfeição; a intuição, recompensa da pureza interior; a ciência (objetiva), término da bondade (subjetiva); enfim, uma fenomenologia nova, mais completa e mais moral, onde a alma total se faz espírito.

 Talvez esteja aí o tema para ao meu curso de verão. Todo o domínio da educação interior, da vida misteriosa (consciência, religião, aparições, inspiração), da relação da natureza com o espírito, de Deus e de todos os seres com o homem, a repetição em miniatura da cosmogonia, teogonia, mitologia e história universal; a evolução do espírito; em uma palavra, o problema dos problemas em que mergulhei frequentemente, mas dele me desviaram, mil vezes, as coisas finitas, as minúcias e os pormenores. Eis o que contém essa questão. Volvo à borda do grande abismo, mas recolhido em mim próprio, sem orgulho nem fanatismo, com o sentimento claro de que ali está o problema da ciência, de que sondá-lo é um dever, de que Deus não se oculta senão em sua própria luz e em seu amor, de que ele nos incita a nos tornarmos espíritos, a nos possuirmos a nós próprios e a possuí-lo na medida de nossas forças, de que a nossa incredulidade, a nossa covardia espiritual é que formam a nossa imperfeição e a nossa fraqueza.

À beira desse grande abismo, sinto o estremecimento do sublime correr em minhas veias, mas sem gelar-me o coração: Enéas à margem do Averno empreendia uma viagem menos audaciosa; Dante mergulhando o olhar nos três mundos, com seus diversos céus, entrevia sob a forma de imagem o que eu quisera alcançar em sua mais pura forma. Mas ele era poeta e eu não serei senão filósofo. Faz-se compreender, o poeta, pelas gerações humanas e pelas multidões; o filósofo dirige-se apenas a alguns raros espíritos...

Já despontou o dia, com ele chega a dispersão na atividade, sinto-me desimantado, à clarividência pura substitui o olhar, e a profundidade etérea do céu da contemplação esmaece ante o brilho das coisas finitas. É um mal? Não, mas isso prova que as horas mais próprias à fenomenologia são as que precedem a aurora. Destas alturas, tornemos a descer para a terra. (*Oito horas e um quarto.*)

10 de fevereiro de 1853. – Esta tarde fiz uma excursão ao Salève com meus quatro melhores amigos, Carlos Heim, Ernesto Naville, Elias Lecoultre e Edmundo Scherer, os habituais do cenáculo. A palestra esteve muito animada e impediu-nos de ver o profundo lamaçal que cobria o caminho. Foi sobretudo Naville, Scherer e eu que a mantivemos e era eu que a inflamava. A liberdade em Deus (a idade de nosso globo; estão fixas as leis da natureza? as nossas ciências naturais são certas? leva a ciência ao ateísmo? o Deus-capricho, o Deus-casualidade? um deduzido da natureza, o outro, da história; – que cada oráculo não responde senão segundo a questão proposta; que cada qual faz Deus à sua imagem; – que cada ciência determina em Deus um atributo); a essência do cristianismo (pode-se determiná-la? histórica ou diretamente? implica o sobrenatural? não é o sobrenatural senão a medida de nossa ignorância, ou a essência da revelação? e o milagre? estão dentro do cristianismo os racionalistas e as seitas? é a verdade religiosa questão de maioria e de tradição? a cristologia sobrenatural e divina em oposição, etc.), e, na volta, as publicações novas em filosofia (Strauss-Durkheim, Hollard, o Lótus da Lei, Humboldt, etc.) e em controvérsia, e as individualidades (Secrétan, Vinet, Baudry, a *Revue de Théologie*), tais foram os três motivos da conversação.

Os principais resultados para mim foram:

1) Um excelente exercício de dialética e de argumentação com sólidos contendores.

2) Pessoalmente, nada aprendi, mas vi confirmarem-se muitas de minhas ideias, e penetro sempre melhor no espírito de meus amigos, separando melhor a mim próprio. Estou muito mais perto de Scherer do que de Naville, mas também me separo do primeiro.

3) Um fato extremamente notável, que equivale à troca de espadas, no *Hamlet*, é que os espíritos abstratos (que vão das ideias aos fatos), batem-se sempre em favor da realidade concreta, enquanto os espíritos concretos (que vão dos fatos à ideia), combatem geralmente pelas noções abstratas.

Põe cada um a sua pretensão onde não está sua força. Cada um se mantém no que visa, e visa instintivamente o que lhe falta. É um protesto inconsciente contra o incompleto de cada natureza. Tende cada um para aquilo que menos tem, e o ponto de chegada é muito diferente do ponto de partida. A terra prometida é aquela onde não estamos. A natureza mais intelectual tem por teoria o eticismo; a natureza mais moral tem moral intelectualista. Pude observá-lo, durante toda essa discussão de três a quatro horas. Nada nos é mais oculto que a nossa ilusão diária, e nossa maior ilusão é crer que somos o que cremos ser.

4) As inteligências matemáticas e as inteligências históricas (as duas classes de inteligência) jamais se podem entender. Quando conseguem entender-se sobre as palavras, diferem quanto às coisas que designam as palavras. No fundo de cada discussão de pormenores entre elas, renasce o problema da origem das ideias. Se não pensam elas nisso, confusão; se nisso pensam, separação. Só estão de acordo quanto ao fim, a verdade; mas jamais quanto ao caminho, ao método e ao critério. – O pensamento do pensamento e a consciência da consciência, aí é que deve chegar a faculdade crítica do filósofo, e poucos espíritos elevam-se até lá, por isso a maioria dos melhores são ainda logrados pelo seu pensamento e aprisionados pela consciência.

5) Heim era a imparcialidade da consciência; Naville, a moralidade da consciência; Lecoultre, a religião da consciência; Scherer, a inteligência da consciência, e eu, a consciência da consciência. Um terreno comum, mas individualidades diversas. *Discrimen ingeniorum*.

O carrilhão de São Pedro soa meia-noite... O que mais me encantou nessa longa discussão foi o sentimento de minha liberdade. Remover as maiores coisas sem sentir-se fatigado, ser maior que o mundo e julgar com sua força; nisto consiste o bem-estar da inteligência e a festa olímpica do pensamento. *Habere, non haberi.* – Uma felicidade igual é o sentimento da confiança recíproca, da estima e da amizade na luta; como os atletas, abraçamo-nos antes e depois do combate e o combate não é senão o desdobramento das forças de homens livres e iguais.

20 de março de 1853. – Passei a noite só... e tomei o lugar de dona da casa. Fiz duas ou três visitas ao quarto das crianças. Jovens mães, eu vos compreendia. O sono é o mistério da vida; há um encanto profundo nesta obscuridade que atravessa a luz tranquila da lâmpada e neste silêncio que mede a respiração ritmada dos jovens seres adormecidos. Adivinha-se assistir a uma operação maravilhosa da natureza, e eu não me sentia profano. Eu olhava e escutava sem rumor, recolhido, enternecido e discreto, essa poesia do berço, benção antiga e sempre nova da família, essa imagem da criação, adormecida sob as asas de Deus, e da nossa consciência mergulhando na sombra para repousar-se do pensamento, e do túmulo, esse divino leito em que, por sua vez, a alma vem repousar da vida.

27 de abril de 1853. – Esta noite, li o tratado de Nicole, tão admirado por Madame de Sévigné, sobre: *"Les moyens d'entretenir la paix parmi les hommes"* e sobre *"Les jugements téméraires".* Esta sabedoria suave, insinuante, sagaz, penetrante e humilde, que desenvolve tão bem as segundas intenções e os segredos do coração e tudo submete à sagrada regra do amor de Deus e dos homens, faz singularmente bem. Aí tudo é igual, unido, bem ligado, bem pensado, mas sem rumor, sem brilho, sem adorno mundano de estilo. Apaga-se o moralista e não se dirige, em nós, senão à consciência. É um confessor, um amigo e um conselheiro.

"Convém manter a paz, seja para nós por sabedoria, seja para os outros por caridade. Sem paz, não podemos cumprir nossa tarefa, nem ser útil aos outros. O meio é não ferir os outros, e com nada nos ferirmos. Para não ferir, impõe-se estudar e dirigir as opiniões, adivinhar e dirigir as paixões dos outros. Para não nos ferirmos é preciso afastar do coração o apego a tudo o que nos faz depender dos outros (desejo de consideração, de autoridade, de reconhecimento, de afeição), nada exigir nem esperar, por humildade e desapego."

Tal é a suma desse tratado de 130 páginas.

Um ou dois capítulos concerniam a mim diretamente, e o conjunto também. Eu firo e me firo. Sou inflexível e arrogante. Quero curvar o erro perante a verdade e as paixões de outrem perante o direito. Quando tenho razão, resisto e mantenho no alto o meu estandarte. Não penso bastante em não ferir, em agradar, em fazer-me escutar com benevolência.

Assim, até no melhor caso, isto é, quando estou desinteressado, quando não procuro fazer triunfar uma opinião própria ou uma vontade própria, tenho ainda dois defeitos, querer curvar os outros como eu mesmo perante as coisas impessoais, perante as ideias. Falta-me prudência, paciência, tolerância. Insisto em obstinar-me em vez de ceder, em vencer pela luta em vez de vencer por habilidade, em subjugar em vez de atrair. Não me preocupo absolutamente com amores-próprios, trato sem cerimônia os egoísmos, procedo com os homens como se não fossem nem tolos nem maus ou como se não pudessem cessar de ser uma coisa ou outra.

Não sei considerar nem aceitar os homens como são; respeito o homem e conscientemente firo os homens, interditando-me a mim próprio a habilidade, a prudência, a finura, podendo calar meu pensamento, mas não mascará-lo, em suma, tornando-me um porco-espinho de princípios.

O que me ensina Nicole é que por consciência podemos proceder diferentemente; que vale mais salvar as almas do que os princípios; que me falta caridade, amor ardente ao próximo, paciência para sofrer e paciência para tolerar. Há muito tempo que o sei, mas esqueço.

11 de maio de 1853. – Psicologia, poesia, filosofia da história moral, ultrapassei rapidamente, nas asas do hipogrifo invisível, todas essas esferas do pensamento.

Mas a impressão geral foi de tumulto e angústia, tentação e inquietude. Gosto de mergulhar no oceano da vida, mas perco algumas vezes o sentido do eixo e do norte, sem perder-me a mim próprio e sentir vacilar a consciência de minha vocação. Arrebata-me o turbilhão do judeu errante, e faz-me percorrer todos os impérios dos homens, arrancando-me do meu pequeno recinto familiar.

No meu abandono voluntário à generalidade, à universalidade, ao infinito, o meu eu particular, como uma gota d'água numa fornalha, evapora-se; não se condensa de novo senão com a volta ao frio, senão depois de extinto o entusiasmo, e refeito o sentimento da realidade. Expansão e condensação, abandono e volta do eu, conquista do mundo e íntima exploração da consciência: tal é o jogo da vida interior, a marcha do espírito microcósmico, o enlace da alma individual com a alma universal, a união do infinito com o finito, de onde nasce o progresso intelectual do homem. Outros esponsais ligam a alma a Deus, a consciência religiosa com o divino, essa é a história da vontade. E o que precede à vontade, é o sentimento, precedido este pelo instinto. O homem não é senão aquilo em que se torna – profunda verdade –, mas ele não se torna senão naquilo que é [– verdade ainda mais profunda. O que eu sou? Pergunta assustadora. Problema da predestinação, do nascimento, da liberdade: o abismo].[4] Contudo é preciso mergulhar-se nele, e nele mergulhei; mas não hoje, levaria muito longe. O prelúdio de Bach (arranjo de Gounod para violino, piano e órgão), a isso me tinha predisposto: pinta a alma atormentada que invoca, atinge depois a Deus, apoderando-se da paz e do infinito com um fervor e uma força onipotentes.

14 de maio de 1853. – O terceiro concerto foi o mais curto: variações para piano e violino de Beethoven, e dois quartetos, nada mais.

Os quartetos eram perfeitamente límpidos e fáceis da redução à unidade. Um, de Mozart (o 18º), era ático e socrático: I) Elegante conversação de salão, cheia de graça e de urbanidade; II) Conversação de alcova, mais íntima, com experiências dolorosas, confidências, mas sempre com dignidade; III) Reentrada no mundo, distração; IV) Alegria, vivacidade. – O de Beethoven era menos falante e mais dançante: I) Contradança e alegria comunicativa; II) Resistência à dissipação em nome do dever; pode-se ficar em casa, mas a harmonia do prazer arrasta e acaba-se indo ao baile; III) Dança; IV) Turbilhão, alegria. – Pude comparar os dois mestres, luminosa aparecia-me a sua individualidade: Mozart, a graça, a liberdade, o natural, a forma segura, penetrante, clara, a beleza delicada e aristocrática, a serenidade de alma, a saúde e o talento ao nível do gênio; Beethoven, mais apaixonado, mais patético, mais atormentado, mais denso, mais profundo, menos perfeito, mais escravo de seu gênio, mais arrebatado por sua fantasia ou por sua paixão, mais comovente e mais sublime que Mozart, que é a beleza. Como os diálogos de Platão, vos restaura Mozart, vos respeita, vos revela a vossa força, vos dá a liberdade e o equilíbrio. Beethoven vos transporta, é mais dramático, mais trágico, oratório, violento, enquanto Mozart é mais desinteressado e poético. Mozart é mais grego, e Beethoven, mais cristão. Um é sereno, o outro é sério. O primeiro é mais forte que o destino, porque toma a vida menos profundamente;

---

[4] O trecho entre colchetes estava ilegível na primeira edição da tradução de Mário Ferreira dos Santos, e a lacuna foi perpetuada em edições posteriores. Como não foi possível ter acesso a essa parte do texto de Mário, traduzimos o trecho em questão com base no original em francês. (N. E.)

o segundo é menos forte porque se igualou às maiores dores. Seu talento não é sempre igual a seu gênio e o patético é seu rasgo dominante, como a perfeição o de Mozart. Em Mozart tudo está em equilíbrio e a arte triunfa; em Beethoven, prevalece o sentimento, e a emoção vem turvar a arte, aprofundando-a.

26 de julho de 1853. – Por que faço eu melhor e mais naturalmente os versos curtos do que os longos versos, as coisas difíceis, do que as fáceis? Sempre pela mesma causa: não ouso mover-me desembaraçadamente, mostrar-me sem véus, enfim atuar por minha conta e seriamente, crer em mim e afirmar-me, enquanto um gracejo, ao desviar a atenção de mim mesmo para o objeto, do sentimento para a execução, tranquiliza-me; em suma, por timidez.

Há também outra causa: temo ser grande e não temo ser engenhoso; depois, pouco seguro de meu talento e instrumento, gosto de tranquilizar-me, deixando-me ir à virtuosidade. Por isso todos os meus ensaios literários publicados são somente estudos, exercícios, jogos para experimentar-me a mim mesmo. Faço escalas, recorro ao meu instrumento, acostumo a mão, e me asseguro da possibilidade de executar, mas a obra não chega. Meu esforço expira, satisfeito do poder, sem chegar até o querer. Preparo sempre e não efetuo nunca. Conclusão: curiosidade. Timidez e curiosidade, eis os dois obstáculos que me cerram a carreira literária. Não esqueçamos enfim o adiamento: conservo sempre o importante, o grande, o grave e, entretanto, quero liquidar as bagatelas, o precioso, o sutil. Seguro de minha atração pelas coisas vastas e profundas, estaciono no que lhes é contrário para isso não deixar prejudicado. Meu gosto é pelo gênio, e minhas produções para o engenhoso. Sério no fundo, eu tenho aparência frívola. Amante da ideia, pareço cortejar sobretudo a expressão; reservo o fundo para mim, e para os outros, a forma. Assim, a minha timidez faz com que não trate seriamente o público e só me apresente aos seus olhos pelo lado ameno, enigmático e caprichoso; minha curiosidade faz com que tudo me tente, a concha como a montanha, e que não possa concluir meus estudos; meu adiamento faz com que me eternize nos preliminares, nos antecedentes; e não possa começar a produzir.

Para mim nada está concluído, não quero prender-me, por isso eu sou para o público problema e forma, conversação, poesia, indeterminação, liberdade. Mesmo imprimindo, permaneço inapreensível. Ninguém pode encerrar-se num círculo, segundo o método de Emerson. O *Deus absconditus* de Mme. L... não foi tão mal achado, ao menos pelo epíteto. Mas se aí está o fato, o fato poderia ser melhor. Eu me adivinho, mas não me aprovo...

29 de julho de 1853 (onze horas e meia da noite). – Esta tarde, fiz uma experiência que se resume nisto: num beijo pode-se roubar uma alma?

Furtei um, e no refluxo do meu sangue ao coração, senti e pressenti como uma pequenina coisa podia ser uma traição ou decidir um destino.

O movimento, aliás, tinha sido espontâneo e irresistível. Simpatia, sentimento de piedade e de ternura, atração, a face apertada contra os meus lábios, e a face consentiu. O beijo, quase fraternal de início, tornou-se em meio quase apaixonado. O rápido transporte, a metamorfose de um sentimento sob a influência do sexo, o poder de um beijo e sua embriaguês, a espantosa capacidade para a dissimulação na mulher, a presteza do arrependimento, tudo isto me atingiu com a rapidez do pensamento, ao contato da pele acetinada ou antes um segundo após.

E tudo sem amargura, porque sinto que não fiz realmente mal. Antes senti como, as circunstâncias ou os personagens mudando, tal pode ocorrer. Guardo uma encantadora recordação, a de uma emoção elétrica e de um beijo muito terno e muito ingênuo. Não tinha o ardor da febre, mas o perfume da rosa. Inocente, amoroso e vivo, eu não me censuro, e o cercarei de perfumes, na minha memória, como essas raridades que o peregrino, quando volta de suas viagens, coloca entre os seus objetos preciosos.

1º de agosto de 1853. – Estou terminando a obra de Pelletan (*Profession de Foi du XIX Siècle*). É uma bela obra. Só lhe falta uma coisa: a noção do mal. É a teoria de Condorcet repetida em seus fundamentos: a perfectibilidade indefinida, o homem essencialmente bom, a vida, noção fisiológica, colocada no vértice da virtude, do dever e da santidade; enfim, uma concepção pouco ética da história, a liberdade identificada com a natureza, o homem natural considerado como o homem completo. Belas, generosas, poéticas aspirações, mas perigosas, porque sua conclusão é a plena confiança nos instintos, e ingênuas, porque apresentam um homem de sonho e disfarçam a realidade presente e passada.

Este livro é a teodiceia do progresso fatal, irresistível, e o hino entusiástico do triunfo da humanidade. É sério, mas moralmente superficial; lírico, mas quimérico; confunde o progresso da raça com o progresso do indivíduo, o progresso da civilização com o melhoramento interior. Por quê? Porque seu critério é quantitativo, isto é, puramente exterior (a riqueza da vida) e não qualitativo (a bondade da vida). Sempre a tendência francesa de tomar a aparência pela coisa, a forma pela substância, a lei pela essência, sempre esta ausência de verdadeira seriedade, de personalidade moral, sempre o exterior pelo interior; esta obtusidade da consciência que não reconheceu o pecado na vontade, que considera o mal fora do homem e que moraliza externamente e transforma toda a história: é a superficialidade filosófica da França, originada na fatal noção de religião, devida a uma existência nacional modelada pelo catolicismo e pela monarquia absoluta. Nenhuma responsabilidade, nenhuma liberdade profundas.

O pensamento católico não pode conceber a personalidade, senhora e consciente de si própria. Sua audácia e sua fraqueza vêm da mesma causa: a não responsabilidade, a vassalagem da consciência, que só conhece a escravidão ou a anarquia, que proclama a lei mas não lhe obedece, porque está fora dela, e não nela.

Outra ilusão (a de Quinet, Michelet, etc.), sair do catolicismo sem penetrar numa religião positiva; lutar contra o catolicismo com a filosofia, e uma filosofia no fundo inteiramente católica, porque é de reação anticatólica. O espírito e a consciência modelados pelo catolicismo são impotentes para elevar-se a uma outra forma de religião. Do catolicismo como do epicurismo não nos libertamos, tal como da mutilação viril.

Genebra, 6 de outubro de 1853. – O céu é cinzento e melancólico. A chuva caiu todo o dia e cessa apenas por um instante. São quatro horas da tarde. Ainda não saí. Que fiz? Escrevi à madame..., em Nápoles, depois, encantado de ser dispensado de viver e passear como turista, após ter lido o meu guia e feito os meus planos para amanhã, entreguei o meu dia aos devaneios. Vivi com os poetas. Que refrigério interior esta brisa germânica, falando de fé, ideal, de pureza, amor, de vida espiritual! É como a recordação de um outro mundo que neste me vem visitar: bem precisava disso, eu me perco tão depressa, desimanto-me, abdico de mim mesmo, desindividualizo-me tão facilmente! Schiller e Julius Hammer de novo me conduziram para o ar natal. Se o meu espírito é cosmopolita, meu coração é de fundo germânico, ou antes, se posso esquecer-me em todas as regiões da alma, só encontro a paz na consciência profunda.

Todas estas vidas com as quais entrei em contato, ontem, por exemplo, no jardim da Concórdia, (os diletantes, os boêmios, etc.) atraíram-me para sua órbita, transformaram-me como os filtros de Circe. Para voltar a mim mesmo devo curar-me de todas as formas estranhas que o exterior me impõe; para reencontrar minha natureza careço da operação dolorosa do retiro quotidiano. O que subsiste de mim, através de todos esses desperdícios, é a recordação das minhas metamorfoses, nenhuma realidade, mas a capacidade de cada uma; nenhuma matéria, mas a forma, o modelo, o método, a imagem das substâncias e das mônadas particulares; em suma, nenhuma originalidade produtiva, audaz e espontânea, mas a reprodutividade passiva, a impressionabilidade ilimitada.

Os outros não me influenciam, nem por sua vontade sobre mim, porque a isso absolutamente resisto, nem por suas faculdades, porque delas me emancipo e as domino compreendendo-as melhor por sua natureza e seus instintos, justamente porque a mim não se impõe o instinto e porque dele careço.

Tudo o que há dos outros em mim afeta pouco a minha natureza; mas é o que neles me é estranho que me invade imediatamente.

Minha natureza tem horror à ignorância e vergonha do incompleto. Precisa de universalidade e não ousa resolver-se a ser alguma coisa de finito. Aspira a tornar-se tudo para todos, à onicompetência, e à ubiquidade. O que ela teme, sobretudo, é ser fechada e crédula, crédula de si ou de outrem. Ela tende à onisconsciência, que implica a posse da unidade na experiência da infinita diversidade.

Eis porque o desconhecido é para mim um inimigo, uma ameaça, uma humilhação, e ao mesmo tempo uma alegria e uma descoberta. Ele me diminui para engrandecer-me, é uma ilha de gelo a fundir, uma esfinge a decifrar. A percepção sutil, a reflexão tenaz, a faculdade de combinar, de classificar, de distinguir e analisar, num bem alto grau, uma grande necessidade de construção e de totalidade, o talento de expressão e de figuração preguiçoso e exigente; a imaginação exercida somente em benefício do pensamento; caráter tímido, desconfiado e despótico, a alma terna até o misticismo; tal é o meu inventário. Eis uma natureza de escritor mais sério que recreativo, mais crítico que inventivo, mais filósofo que poeta, sobretudo moralista, psicólogo e juiz literário, assinalando, em suma, entre as coisas humanas, o que é e o que deve ser, a realidade e o ideal.

Por que não me aceitar tal como sou? Afirmar-me em minha natureza? Fazer-me reconhecer em minha força e meus dons particulares, em vez de sempre medir a minha inferioridade atual com os outros, consolando-me com adquirir uma aptidão e sentir a intuição de um novo modo de ser?

Turim, 11 de outubro de 1853. — Eis transcorrido o meu terceiro dia em Turim... Penetrei mais fundo na índole particular desta cidade e deste povo; eu o senti viver e destacar-se pouco a pouco numa intuição mais distinta. É isto o que me preocupa sobretudo: descobrir a alma das coisas e a alma nacional; viver a vida objetiva, abrir-me uma nova pátria moral, libertar-me desta incógnita, e enriquecer-me com esta outra forma de existência; em suma, senti-la interiormente, unir-me a ela e reproduzi-la simpaticamente, eis o fim e a recompensa do meu esforço. Hoje, foi do terraço dos convalescentes militares, à vista dos Alpes, por um tempo fresco e transparente e um céu tempestuoso, que se aclarou para mim o problema. Mas esta intuição é somente uma síntese operada pelo instinto, à qual tudo, ruas, casas, paisagens, acentos, dialetos, fisionomias, história, costumes, etc., etc., contribuem com sua pequena parte. Chamarei a isso integração ideal de um povo, sua redução ao ponto gerador, a entrada em sua consciência. Esse ponto explica o resto, artes, religião, história, costumes, política, e sem ele nada se explica.

Os antigos realizavam sua consciência no deus nacional; as nacionalidades modernas, mais complicadas e menos artistas, dão mais trabalho em decifrar. É sempre o *daímon*, o dom, o *fatum*, o horóscopo, o gênio interior, a missão, a natureza primitiva – o que se quer e o que se pode; a força e seu limite em qualidade e quantidade.

A frescura tônica, salubre, casta do pensamento e da vida espiritual banhou-me com o sopro que descia dos Alpes; respirei a atmosfera da liberdade interior. Saudei com emoção e arrebatamento as montanhas de onde me vinha este sentimento de força e de pureza. Parecia-me sair do sensual e pesado reino da paixão e subir a uma esfera mais etérea da alma. Beatriz me viera estender a mão. Encanto desfeito, Renaud deixando Armida, a poesia setentrional, a Maia vencida, o Brâmane vencedor das seduções, a carne e Satã e a natureza para a Idade Média, a liberdade alpestre, mil sensações, analogias e pensamentos me assaltaram. A história também das regiões subalpinas, desde os ligúrios a Aníbal, de Aníbal a Carlos Magno, de Carlos Magno a Napoleão descortinou-se aos meus olhos. Todos os pontos de vista, pitoresco, topográfico, etnográfico, histórico, psicológico, ideal, superpunham-se por assim dizer e se entreviam uns através dos outros concentricamente. Eu vivia objetiva e subjetivamente; sentia regozijo e aprendia. – O meu olhar passou para as visões sem indício de alucinação, e a paisagem era meu guia, o meu Virgílio.

Pude também verificar a diferença entre mim e a maioria dos viajantes, que todos têm um fim particular e se contentam de uma ou de várias coisas, enquanto eu quero tudo ou nada, e tendo perpetuamente à integral total, seja de todos os fins reunidos, seja de todos os elementos a coisa real; em outros termos, desejo a soma de todos os desejos e quero conhecer a soma dos diversos conhecimentos. Sempre o completo, o absoluto, o *teres atque rotundum*, a esfericidade, a não-resignação. Isto é, sempre a aspiração além do poder, e como resultado o esboço, o pressentimento, o provisório. – Enfim, hoje ao menos, aceitei-me a mim mesmo, e experimentei até uma espécie de satisfação da minha natureza e de audácia comparativa.

27 de outubro de 1853. – Obrigado, meu Deus, pela honra que acabo de passar em tua presença, de joelhos. Reconheci a tua vontade, medi as minhas faltas, contei minhas misérias, senti a tua bondade para comigo. Tive o sabor do meu nada. Tu me deste a tua paz. No amargor está a doçura, na aflição a alegria, na fraqueza a força, no Deus que pune o Deus que ama; o mel está na goela do leão. Perder a sua vida para ganhá-la, oferecê-la para recebê-la, nada possuir para tudo conquistar, renunciar a seu próprio eu para que Deus se dê a nós, que problema impossível e que sublime realidade!

Sem o sofrimento não se conhece realmente a felicidade; o redimido é mais feliz que o eleito, e o pecador convertido experimenta mais divina beatitude que a felicidade de Júpiter.

A apoteose do sofrimento, a transfiguração do mal pelo bem: é a maravilha divina por excelência. Reconduzir pelo amor a criatura livre a Deus e o mundo mau para o bem: é a consumação da obra criadora, é a vontade eterna da misericórdia infinita.

Cada alma que se converte é o símbolo da história do mundo. Ser feliz, possuir a vida eterna, estar em Deus, ser salvo, tudo isso é idêntico: é a solução do problema, o fim da existência. E a felicidade é crescente como a miséria pôde sê-lo. O eterno crescimento na paz imutável, o aprofundamento sempre mais profundo, e posse cada vez mais intensa, mais espiritual, da alegria celeste, eis a felicidade. Não tem limites a felicidade porque Deus não tem fundo nem margens, e a felicidade é a conquista de Deus pelo amor. O centro da vida não está no pensamento, nem no sentimento, nem na vontade, nem mesmo na consciência enquanto pensa, sente ou quer, porque uma verdade moral pode ter sido penetrada e possuída por essas maneiras todas e escapar-nos ainda. Mais profundamente que a consciência, está o ser, nossa própria substância, nossa natureza. Somente as verdades que entraram nesta última região, e que se tornaram nós mesmos, que se tornaram espontâneas e involuntárias, instintivas e inconscientes, são realmente nossa vida, isto é, mais que propriedade nossa. Enquanto distinguimos um espaço qualquer entre a verdade e nós, estamos fora dela. O pensamento, o sentimento, o desejo, a consciência da vida, não são inteiramente a vida. Ora, não podemos encontrar a nossa paz e o nosso repouso senão na vida e na vida eterna. E a vida eterna é a vida divina, é Deus. Ser divino, eis a meta da vida: só nesse momento não pode estar mais perdida a verdade para nós, porque não está mais fora de nós, nem mesmo em nós, mas nós a somos e ela é o que somos; somos, então, uma verdade, uma vontade, uma obra de Deus. A liberdade é agora natureza, a criatura é una com seu Criador, una pelo amor; ela é o que devia ser. Sua educação está completa e sua felicidade definitiva começa.

Cai o sol do tempo no ocaso, a luz da eterna beatitude aparece.

Podem os nossos corações carnais chamar a isso misticismo, mas é o misticismo de Jesus: "Sou uno com o Pai, vós sereis uno comigo, nós seremos uno convosco".

31 de janeiro de 1854. – Passeio: incrível pureza do ar, alegria dos olhos, doçura tépida e acariciante do sol, alegria de todo o ser. Encanto primaveril. Senti até a medula esta influência purificante, comovedora, carregada de poesia e de ternura; experimentei fortemente a impressão religiosa do reconhecimento e da admiração. Imóvel, sentado num dos bancos das *Tranchées*, à beira dos fossos revestidos de musgo e atapetados de grama, vivia uma vida intensa e deliciosa, deixando cabriolar em mim as grandes ondas elásticas da música de banda que vinha do terraço de Santo Antônio, reabrindo os olhos para mergulhar no sentimento da vida universal, das ervas e das colunas. Como um lagarto, gozei, como cego, como surdo, como pintor, como poeta. Mas foi-me preciso gozar sozinho. Encontrei de novo impressões esquecidas da infância, do colegial, e os efeitos inexprimíveis que fazem as cores, as sombras, os raios, as cercas, os cantos de pássaros na alma que se abre à poesia. Tornei-me outra vez jovem, maravilhado, simples como a candura e a ignorância. Abandonei-me à vida e à natureza; elas me acalentaram com doçura infinita; eu estava tocado pelo dedo da fada, e compreendia a linguagem das coisas e dos seres.

Abrir-se muito puramente a esta natureza sempre pura, deixar entrar em si esta vida imortal é também escutar a voz de Deus. A sensação pode ser uma prece, e abandonando-se, pode o homem recolher-se.

18 de fevereiro de 1854. – Substituir o verbo ao adjetivo em psicologia é matar a psicologia escolástica, porque é substituir as atividades da alma a esse mosaico de peças e de pedaços que se chama faculdades e subfaculdades; é colocar a organologia no lugar da anatomia, a vida flexível, rica, una, no lugar das fibras do cadáver, a força criadora e durável no lugar do instrumento criado e precário, em suma, o espírito em lugar da matéria.

O substantivo é a forma natural do pensamento francês e é por isso que ele é pouco filosófico; a filosofia é a consciência do mistério, e o mistério é a gênese, o vir-a-ser, a aparição, em outros termos a saída do nada, a geração e o nascimento, em suma, o verbo. A filosofia alemã pensa com o verbo.

Tudo se adensa, solidifica, cristaliza-se em nossa língua, que busca a forma e não a substância, o resultado e não a sua formação; em suma, antes o que se vê do que aquilo que se pensa, antes o exterior que o interior. Queremos o fim atingido e não a procura do fim, o termo e não o caminho, a ideia toda feita e o pão todo cozido: ao contrário de Lessing. Queremos as conclusões.

Esta clareza do todo acabado é a clareza superficial, a clareza física, exterior, solar por assim dizer, mas faltando o sentimento da gênese, é a clareza do incompreensível, a clareza do opaco, a clareza do obscuro. Doidejamos sempre na superfície, nosso espírito é formal, isto é, frívolo e material, ou melhor, artístico, e não filosófico, pois o que ele deseja é a figura, a forma, a maneira de ser das coisas, e não a sua vida profunda, a alma e o seu segredo.

De Vevey a Genebra, 16 de março de 1854. – Divaguei longamente seguindo a linha dos rios e as vagas no sulco do navio. Há uma pungente melancolia em sentir o seu declínio, e toda a força que nos deixa é o antegosto dessa decadência que é mais amarga que a morte. O que faz a amargura dessa dor é crermo-nos atingidos em nossa própria alma e diminuídos em nossa humanidade.

Descer na escala dos seres não é o que há de mais horrível? – Sim, até que se tenha posto a dignidade e a felicidade, no que não pode perecer, na consciência de si mesmo, no elemento imortal da alma. Afastar-se de tudo que é mortal em nós, como fora de nós, é o meio de salvar a nossa paz.

Que me disse esse lago de serena tristeza, liso, embaciado e tranquilo, onde refletiam as montanhas e as nuvens a sua monotonia e a sua indiferente palidez? Que a vida sem encanto podia ser atravessada pelo dever, com uma lembrança do céu. Tive a intuição profunda e clara da fuga de todas as coisas, da fatalidade de toda vida, da melancolia que está sob a superfície de toda existência, mas também do fundo que está sob essa onda móvel.

Dá testemunho da verdade que recebeste, ajuda os outros a viver e a bem viver, não contristes nenhuma alma nem coração algum, ousa mais seguidamente ser sério, verdadeiro, simples, amante; sê menos circunspecto, mais franco, mais acessível, e mais vezes terás ocasião de fazer bem; e fazer bem é o mais doce contentamento que se possa experimentar. Ser compreendido, apreciado e amado só vem mesmo depois, pois a satisfação da consciência é mais intensa ainda que a do coração.

29 de março de 1854 (manhã). – Higiene da alma. – Põe-te de acordo com o exterior: não te apresses. Um grande inimigo da liberdade interior é a ruptura do contato com a natureza. Banha-te na calma da luz matinal até que sintas de novo estabelecida a relação, até que as formas e as cores, as distâncias e a plástica das coisas reproduzam-se clara, pacífica, vigorosamente em ti. Senti esta manhã, das sete às sete e meia, todas as notas da tonalidade nervosa sucederem-se em mim. Foi-me difícil reencontrar a objetividade, isto é, esquecer-me e acalmar-me. O corpo doente, excitado, interpõe-se entre as coisas e nós.
Entre la joie et moi toujours passe quelque ombre.
Aporto a estepes que me eram estranhas na vida psíquica. O que eu tinha de mais forte torna-se o mais fraco. Observá-las, sem nisso pôr o coração, sem irritar-me, sem perturbar-me.

A educação muda de meio, se não de fim: ao contentamento pelo esforço sucede o contentamento pela paciência. Alegra-te apesar de tudo; acalma-te; eis a mais forte das forças. Libertar-se de seus nervos, de sua alma visível e corpórea; retirar-se para uma região mais interior, eis o que é preciso.

(*Tarde.*) – Com o meu hábito de observar-me friamente, e como um não-eu, sentia viverem as diversas regiões do meu cérebro dentro do crânio; sentia como uma surda vibração doentia, semelhante à que produz o calor numa substância mole em que penetra, depois ligeiras contrações, superficiais ou profundas, afetando o conjunto ou certas partes (as têmporas e a parte posterior da cabeça), depois uma tensão penosa do centro mesmo do encéfalo. Um leve esforço de composição que precisei fazer das quatro às seis horas, magoou-me por assim dizer e me comprimiu: a fibra nervosa sem elasticidade não podia retomar a sua agilidade e seu estado normal. Uma emoção dolorosa, uma sensação um pouco forte, uma tensão da vontade, da vista, do ouvido, ultrapassaram minhas forças atuais. Caminho, como, durmo bem, não sinto cansaço muscular, e, no entanto, não tenho forças. Todos os atos de vitalidade e de virilidade parecem longe de mim e quase inacessíveis. A criança, o moço, o homem, fazem-me inveja, e olho-os passar como imagens do que não sou mais. Todo supérfluo de vida me foi arrebatado, e muito mesmo do necessário. Esta impressão de empobrecimento, de caducidade, de impotência é singularmente melancólica. Na hora da colheita cai sobre o sulco o ceifeiro, a malária o atingiu. Amei demasiado a vida do pensamento, fiz dela com excesso o meu refúgio, o meu asilo, a minha fortaleza; era um pouco o meu ídolo secreto; parte-se ela: a mão de Deus está sobre mim e me experimenta. Deixa-me Deus tudo o mais, comodidade, repouso, independência, convívio da família, posição; interdita-me apenas uma árvore do jardim, a árvore da ciência; resta felizmente a árvore da vida. Renuncia, toma a tua cruz, afasta o teu coração de tudo o que se pode perder, aprende a contentar-se com pouco, a saborear os frutos da árvore da vida, a única coisa necessária; consegue-o e reencontrarás a calma.

Aquiesce, inclina-te, subordina-te; nada de agitação, de resistência, de cólera, de amargura, de abatimento. O que Deus faz está bem feito, e sua vontade é o teu bem. Não sabias simplificar o teu coração, limitar os teus desejos, circunscrever os teus projetos, eis-te agora forçado a isso; querias reconhecer os teus limites verdadeiros, ei-los, que não se deixam contestar; eras inquieto, inconstante, ambicioso, turbulento, eis como tornar-te mais fáceis a humildade e a humilhação.

Do próprio mal podemos tirar o bem: podemos aprender primeiro a conhecer, em seguida a suportar o sofrimento; podemos instruir-nos por ele e melhorarmo-nos; discernir o nosso real dever, a nossa verdadeira força e nosso ponto de apoio. Será mais verdadeira a religião da doença do que a da saúde? Sim, se ela sustenta a prova onde a última daquelas fracassa; a fé que nos conserva a paz na saúde e na doença é mais verdadeira que a que se turva com a fuga da saúde, como uma substância à prova de água e de fogo é mais sólida que outra somente à prova de água.

27 de julho de 1854 (cinco horas da tarde). – Acabei de ler a *Histoire Hollandaise* de Madame d'Arbouville, com uma emoção de arrebatamento tão potente como da primeira vez que a li, os olhos em lágrimas e a fronte banhada de suor. Esta história penetra-me até a medula. É assombrosa de verdade. Eu o senti pelo enlevo de calma, pela impassibilidade infinita que me penetraram. A poesia do claustro com sua tranquilidade que faz tremer, essa destruição lenta de todas as fibras mortais, de todos os amores da terra, essa paz funerária e profunda invadiram-me como a sombra ganha o vale quando cai o dia. Apossou-se de meu coração a nostalgia celeste. A sede de eternidade que o tempo excita, o grande silêncio do mundo e da alma, onde ouvimos a voz de Deus, toda esta vida de despojamento, de espera, de imutabilidade, este drama da solidão, este langor inefável e ascético, prodigioso patético do catolicismo, subjugaram-me até o calafrio.

É sublime, é monstruoso? – É uma das formas religiosas, um dos estados da consciência que nada pode substituir. É a forma abstrata e pura do amor de Deus e da santidade. A alma concentra-se em sua generalidade divina, temerosa de perder a Deus nos pormenores de uma vida dispersa e de enfraquecer o senso divino pelo contato com as almas mundanas. O claustro é a vida simplificada, o refúgio durante o exílio, o peristilo do paraíso, o porto das almas fracas ou abatidas, que têm necessidade do irrevogável, do repouso, do silêncio para poderem adormecer em Deus, e curar-se da vida ou evitá-la. Quem jamais teve ou não tem mais nenhuma fé na vida e na felicidade, quem nada espera do tempo, nem das afeições, nem dos homens e das coisas, isto é, quem sentiu morrer em si todo desejo, esse pode pedir que se lhe abram as portas do mosteiro. Nada mais pode o mundo para ele.

(*Sete horas e meia.*) – O devaneio transportou-me sucessivamente bem longe. Entrevi o que uma paixão séria poderia fazer de mim, pensei em pessoas, em circunstâncias esquecidas e sondei o meu coração. Reconheci com tristeza a minha vulnerabilidade; a ironia, o motejo, o escárnio, até a frieza dos outros têm sobre mim uma força lamentável. Não ouso nem agir nem amar, nem produzir sem a aprovação geral. Tenho tímida a vontade, temerosa, pusilânime. Não ouso afirmar senão as minhas ideias, senão as coisas desinteressadas, e não a minha personalidade. Sem fé em mim mesmo, tenho, por assim dizer, vergonha de meu indivíduo, e medo de tudo o que o afirma, o apresenta, o determina. Os outros são incapazes de obrigar-me a fazer alguma coisa, mas podem muito bem paralisar-me completamente. Ferindo-me o amor-próprio ou o sentimento, que são furiosamente suscetíveis, eles me desgostam e de tudo me desencorajam. No fundo, sou timorato e cheio de desejos, e tenho a paixão da independência sem dela ter a força; desconfiado, temeroso, sensível, com imensa faculdade de sofrer e de gozar, tenho medo do amor, da vida e dos homens, porque de tudo isso tenho violenta necessidade. Receio todos os meus instintos e minha vida é um constrangimento, uma reticência perpétua.

Cedo a um só instinto, o de tratar todas as minhas paixões pelo frio e pelo medo. Tenho o terror do destino e todo o arrebatamento me assusta.

Nisto sempre reconheci o efeito de minha infância órfã e da atmosfera escarninha de Genebra.

Jamais se tornou em mim suficientemente robusto o órgão da sensibilidade para arrostar as intempéries do exterior, e para não ser ferido em sua delicadeza, ele habituou-se a viver somente no interior.

Não estou preparado para abrir o meu caminho através das circunstâncias, e de nada gozei senão em imaginação.

Todas as vidas eu terei sonhado, para consolar-me de não ter vivido uma única sequer. Terei olhado passarem todas as realidades, para não dar aos homens ação sobre a minha felicidade. Nada terei ousado, para menos depender e sofrer menos. Terei vivido o menos possível, para não provocar os golpes do destino. É um oráculo entristecedor. Mas a menos que a consciência e a voz de Deus não me façam ouvir um outro, cumpre submeter-me. A minha natureza, tímida ante o desconhecido, desencorajada e receosa, ardente e apaixonada, exige Deus por aliado, a evidência por companhia, o dever por sustentáculo. – Nos braços de Deus! Esta frase é bem suave para repousar das angústias da responsabilidade.

5 de novembro de 1854. – Hoje exercitei essencialmente a agilidade dos olhos e das mãos, durante cinco horas, com as crianças por plateia fascinada e aplaudente (dominós, brinquedos, cartas, cadeiras, copos d'água, garrafas, facas, vassouras, quebra-cabeças, jogos diversos). Traquinei como um travesso com todas as coisas da casa, pondo tudo em movimento e em equilíbrio, em dança e cambalhota. Foi a mecânica divertida, o sentido da gravidade e do espaço, das combinações e do imprevisto, que pus em jogo, e isso não é inútil. Todos esses brinquedos desenvolvem a iniciativa da imaginação e a justeza dos órgãos, repousando, ao mesmo tempo, o espírito e rejuvenescendo o caráter, e divertem dando prazer.

Vencer uma dificuldade qualquer dá sempre uma alegria secreta, pois é recuar um limite e aumentar a liberdade; toda vitória engrandece, até a mais imperceptível, até sobre um brinquedo. Por quê? Porque toda vitória é no fundo uma vitória sobre si mesmo, e por consequência um acréscimo a si mesmo. Quando consigo manter sobre a ponta uma pirâmide, não é tanto a matéria que eu submeto, é antes uma incapacidade minha que diminuo.

Assim, todo limite que recuo é uma potência que adquiro, e uma escravidão que parto, um aumento de conhecimento e de força. Lutar, eis a vida; crescer, eis a sua recompensa. Tal é a filosofia do brinquedo: tudo se conserva.

19 de novembro de 1854. – Li os dois últimos volumes de *Copperfield* .... Agnès encantou-me e encheu-me os olhos de lágrimas; é, creio, a minha heroína favorita ou antes o meu mais caro ideal feminino, o devotamento perfeito, a serena e celestial pureza, a calma profunda e doce, a fidelidade invencível, a alma grande, bela, simples, terna, religiosa e sem mácula, cuja influência tranquiliza, fortifica, melhora e engrandece. Ah! Sinto bem que poderia amar perdidamente, quando encontro esses personagens de ficção, que correspondem a meus sonhos. Se permaneci frio, é que nada de completo ofereceu-me a realidade, é que todo corte no ideal despedaça em mim o amor. Não soube ainda, em ordem alguma, renunciar a nada, nem contentar-me com diminuições; o ideal impediu-me de viver, e a minha ambição jamais pôde achar satisfação à altura de suas secretas esperanças.

Se soubesse ver poeticamente a minha própria vida! Mas, parece-me ela pura ninharia e brincadeira prosaica; a minha poesia está fora de mim. Aí é que está o meu mal. A desconfiança e a ironia de mim próprio fizeram a minha fraqueza; continuei contra mim a guerra assassina que me fizeram as circunstâncias da minha juventude. Não sei ver-me nem historicamente, nem heroicamente; por isso não me levo a sério, permaneço insignificante, e brinco com a minha natureza, como se fosse um brinquedo de criança. Acontece o mesmo quanto às afeições e aos caracteres que encontro no caminho; não creio nunca numa boa fortuna, num favor providencial, e me digo: isso é pouca coisa, pois que me é dado; o benefício está na proporção do contrato. Zombando de si, torna-se o homem facilmente ingrato e ferino para com os outros. Era, pois, um justo instinto de que me interditava mofar de mim próprio! Tinha ela bem razão. Não te tomares a sério é ofender a Deus, que permitiu a seu santo espírito residir em ti, e que atribui à tua alma o mesmo valor que à mais privilegiada de todas; essa ironia é uma irreverência contra o dom que está em ti; essa falta de respeito é um desconhecimento do valor do indivíduo; em uma palavra, essa zombaria é irreligiosa tanto quanto prejudicial, e se o temor de Deus é o início da sabedoria, o sentimento da dignidade pessoal é o início da força. O homem forte, o homem de gênio é o que às suas experiências privadas dá um valor representativo universal, isto é, que sabe ver nas coisas tudo o que elas contêm e delas deduz a significação típica. Disseram-no Jean Paul e Emerson: os grandes autores são homens que ousaram afirmar-se. Ora, para ousar afirmar-se é necessário sentir-se órgão legítimo da Providência; por consequência, é necessário pensar nobremente de si mesmo e grandemente de sua missão, é necessário renovar em seu seio, pela contemplação, o ideal da majestade humana e o sentimento do valor infinito de cada alma.

O sentimento muito vivo da caricatura, do contraste com o ideal, tornou-se irônico; aprofunda mais a realidade, e sua riqueza far-te-á considerá-la menos levianamente. Somente Deus não pode cair no ridículo, tudo o que não é Deus ou de Deus é risível; mas como Deus está em toda parte, pode tudo tornar-se grave. (*Meia-noite.*)

17 de dezembro de 1854. – Quando não fazemos nada de particular, é quando vivemos por todo o ser, e só deixamos de crescer para possuir-nos e amadurecer-nos. Está suspensa a vontade, mas a natureza e o tempo agem sempre; e por não ser mais a nossa vida, obra nossa, não continua menos a obra.

Conosco, sem nós ou apesar de nós, percorre a nossa existência as suas fases, tece a nossa *Psiqué* invisível a seda de sua crisálida, cumpre-se o nosso destino, e todas as horas de nossa vida trabalham para essa eclosão que chamamos a morte. Essa atividade é pois fatal; o sono e a ociosidade não a interrompem, mas pode ela tornar-se livre e moral, uma alegria em vez de um terror.

2 de fevereiro de 1855. – Bolha de espuma que marulha um instante na superfície de um agitado oceano, erra a nossa vida, descuidosa ou inquieta, acima do túmulo que a atrai. Jogados da vida à morte, de Vishnu a Shiva, não somos senão insetos, cujos anos são segundos nas semanas da natureza. Jamais senti melhor a inanidade de nossa existência em face do eterno e do infinito. Nossa grandeza consiste em reduzir esta vida a um ponto para oferecê-la ao Ser, em arrancar-nos ao tempo, ao finito, ao mutável para tornar-nos cidadão do eterno, do infinito e do permanente, em passar do espaço ao espírito, do egoísmo ao amor, do mal ao bem, do mundo a Deus. Esta vida enferma e fugitiva basta para nos apossarmos de uma vida eterna: ela é, pois, bastante grande. Nada é pequeno, quando aí o infinito está em germe; ora, Deus está em nós e nada exige senão somente aí viver...

Abrir-se a Deus para não mais morrer, escapar ao que passa, refugiando-se no centro da alma, sentir-se imortal e maior que Sirius, ou que Aldebaran, retornar à sua dignidade com reconhecimento, glorificar a vida humana, berço da vida suprema, reconhecer em si a parte do nada e a do ser: eis a grande arte de viver, em lugar algum melhor exposta que na religião, nem melhor realizada que no cristianismo. A vida mortal é a aprendizagem da vida eterna, e a vida eterna começa desde que não é mais o eu egoísta, mas Deus que vive em nós.

28 de março de 1855. – Não há um pé de erva que não tenha uma história para contar, nenhum coração que não tenha o seu romance, nenhum rosto sob o qual o sorriso não mascare uma tristeza, nenhuma vida que não esconda um segredo, o seu aguilhão ou o seu espinho. Em toda parte, aflição, esperança, comédia, tragédia; e sob a petrificação da própria idade, como nas formas atormentadas de certos fósseis, podemos encontrar as agitações e as torturas da juventude. Este pensamento é a varinha de condão dos Andersen e dos Balzac, dos poetas e dos pregadores; ela faz cair as escamas dos olhos da carne e faz ver claro na vida humana; abre aos ouvidos um mundo de ignoradas melodias e faz compreender as inúmeras linguagens da natureza. O amor magoado torna poliglota; o sofrimento, adivinho e feiticeiro.

16 de abril de 1855. – Experimentei esta manhã a prodigiosa influência do clima sobre o estado de alma. Fui italiano e espanhol, por esta atmosfera límpida e azul, e por este sol de meio-dia. As próprias paredes vos sorriem. E eu amava toda a natureza.

Todos os castanheiros estavam em festa: com seus brotos lustrados, brilhando como pequenas chamas nas extremidades recurvas de todos os ramos, representavam no baile da eterna natureza os candelabros da primavera. Como a frescura úmida dos tufos de erva, a sombra transparente dos pátios, o vigor das torres envelhecidas de Saint-Pierre, os marcos brancos dos caminhos, como tudo era jovem, gracioso, acolhedor! Sentia-me criança, a seiva da vida subia-me nas veias como nas plantas. Encontrei a alegria das sensações; parecia-me haver sacudido toda uma velha crisálida sulcada de cuidados, de preocupações, e renascer borboleta. Oh! que suave coisa um pouco de felicidade ingênua, de alegria puramente infantil! E agora, uma banda musical detida na rua faz-me palpitar o coração como aos dezoito anos. É a embriaguez perpétua, a crepitação da esperança no *Aï* rosado do presente; o estado da moça que entra no jardim encantado da vida; o estado amoroso. Oh! eu sou ainda jovem. Graças a Deus; houve tantas semanas e meses em que me acreditei um velho. Vinde, poesia, natureza, juventude, amor, reamassai a minha vida com as vossas mãos de fada, recomeçai em mim as vossas rondas imortais, cantai as vossas melodias de sereia, fazei-me beber à taça da imortalidade, e levai-me outra vez ao olimpo da alma. Ou antes, nada de paganismo! Deus da alegria e da dor, faz de mim o que tu quiseres; a tristeza é boa, e a alegria é boa também. Tu me fazes passar pela alegria. Aceito-a de ti, e por isso te rendo graças.

17 de abril de 1855. – O tempo conserva-se incrivelmente puro, brilhante e quente. Às dez horas da noite, estou escrevendo em mangas de camisa, ao lado de minha janela aberta. É julho que segue a fevereiro...

O dia é cheio de cantos de pássaros; e a noite, de estrelas. A natureza tornou-se benigna, e reveste-se de esplendor a sua bondade.

Quase duas horas estive contemplando o magnífico espetáculo, e senti-me no templo do infinito, em presença dos mundos, na imensa natureza, hóspede de Deus.

Como todos esses astros errantes no pálido éter me atraíam para longe da terra; e que inexprimível paz, que rocio de vida eterna deixam cair sobre a alma em êxtase!

Eu sentia flutuar a terra como um barquinho neste oceano azul. É bom nutrir-se desta profunda e tranquila volúpia que depura e engrandece o homem. Agradecido e dócil deixei que me arrastasse.

21 de abril de 1855. – Li muito. Estava com a cabeça robusta, o que há dois anos, desde as minhas grandes hemorragias, é muito raro. – Análise exata de sinonímias morais, erudição, etnografia, anatomia comparada, sistema cósmico; eis o que me encheu o dia. Prichard, Hollard, Carus (*Erdenleben*), Liebig (*Chimie Animale*) foram as minhas leituras. – Percorri o universo, do mais profundo do empíreo até os movimentos peristálticos de átomos na célula elementar, dilatei-me no infinito, libertei-me em espírito do tempo e do espaço, volvendo a levar a criação sem limites ao ponto sem dimensão, e vendo nesse ponto a multidão dos sóis, vias lácteas, estrelas e nebulosas.

Experimentei traçar a curva que um ponto do meu dedo erguido descrevia no espaço, relativamente ao ponto fixo absoluto, e reconheci uma integral, ultrapassando toda capacidade matemática por suas duas extremidades. Pulsação dos vasos capilares, a ação plástica molecular, a luta entre o músculo e a atração terrestre (fatores inconscientes), o movimento voluntário (fatores humanos), depois a curva circular em torno do eixo do globo, com uma velocidade função da latitude, e do raio do pequeno círculo executado por esta paralela, depois a cicloide devida ao deslocamento da terra, elevando-se ao segundo grau, porque ela gira ao redor do sol, e ao terceiro porque essa órbita é uma elipse; depois o movimento de nosso sol, que é talvez um sol duplo e conjugado; e este sistema em movimento em nossa lentilha estelar, a qual se move por sua vez sem dúvida nas profundezas desmedidas do abismo dos céus; tal é essa integral de integral.

E de todos os lados estendiam-se mistérios, maravilhas, prodígios sem limites, sem número e sem fundo. Senti viver em mim o insondável pensamento, toquei, provei, saboreei, abracei a minha insignificância e a minha imensidade;

beijei a orla do manto de Deus e dei-lhe graças por ser espírito e por ser vida. São, estes momentos, as entrevistas divinas em que atingimos a consciência da nossa imortalidade, em que reconhecemos que não é demais a eternidade para estudar os pensamentos do Eterno e as suas obras, e em que o adoramos no assombro do êxtase e na humildade ardente do amor.

23 de maio de 1855. – Irresolução, preguiça, inconstância, abatimento, pusilanimidade, todos os meus velhos inimigos me assaltaram esta manhã... Entregas teu fígado ao sombrio abutre da tristeza, e por uma estupidez frenética passas o tempo a irritar-te contra o teu coração. É o suicídio lento de um carrasco de si mesmo. Apoiando-te em todas as pontas das ideias penosas, quando elas já feriram, tu as fazes girar e regirar para convertê-las em puas, e só tens repouso, trespassado em todos os sentidos. Esta áspera e insensata volúpia torna-se mania...

Toda paixão nociva atrai, como o abismo, pela vertigem. A fraqueza da vontade traz a fraqueza do cérebro, e o precipício, não obstante o seu horror, fascina então como um asilo. Espantoso perigo! Esse abismo está em nós, esse precipício aberto como a enorme boca da serpente infernal que nos quer devorar, é o fundo de nosso ser; nada sobre o vazio que aspira sempre tragá-la, a nossa liberdade.

Nosso único talismã é a força moral reunida em seu centro, a consciência, pequena chama inextinguível, cuja luz se chama Dever e cujo calor se chama Amor. Esta pequena flama deve ser a estrela de nossa vida; ela, só, pode guiar a nossa arca trêmula, através do tumulto das grandes águas; fazer-nos fugir às tentações do mar, aos monstros e às tormentas lançadas pela noite e pelo dilúvio. A fé em Deus, em um Deus santo, misericordioso, paternal, é o raio divino que essa chama acende. Oh! Como sinto a terrível e profunda poesia dos terrores primitivos, de onde saíram as teogonias; como a história das forças desencadeadas, do caos selvagem e do mundo nascente torna-se perfeitamente a minha vida e a minha substância, como tudo se esclarece e se converte em símbolo do grande pensamento imutável, do pensamento de Deus sobre o universo! Como a unidade de todas as coisas me é presente, sensível, interior! Parece-me perceber o sublime motivo que, nas esferas infinitas da existência, sob todos os modos do tempo e do espaço, todas as formas criadas reproduzem e cantam no seio da eterna harmonia. Dos limbos infernais, eu me sinto subir como Dante, para as regiões da luz, e como o Satã de Milton, o meu voo através do caos vem terminar no paraíso. Beatriz ou Rafael, mensageiros do eterno amor, indicaram-me o caminho. O céu, o inferno, o mundo estão em nós. O homem é o grande abismo.

27 de julho de 1855. – É assim que se vai a vida, agitada como um barquinho pelas vagas, de um lado para outro, de cima para baixo, molhada pela onda amarga, depois tinta de espuma, depois arremessada à praia, de novo depois ao capricho das ondas. É isso ao menos a vida do coração e das paixões, a que reprovavam Espinosa e os estoicos, o contrário dessa vida serena e contemplativa, sempre igual como a luz das estrelas, em que o homem vive em paz e tudo vê sob o olhar da eternidade; o contrário também da vida de consciência, em que Deus, somente, fala, e em que toda vontade própria abdica ante a sua vontade manifesta.

Vou de uma a outra dessas três existências que me são igualmente conhecidas; mas esta mobilidade faz-me perder as vantagens de cada uma delas. Tenho o coração roído por escrúpulos; não pode a alma suprimir exigências do coração, e a consciência perturba-se e já não sabe claro distinguir, no caos das inclinações contraditórias, a voz do dever nem a vontade suprema. A falta de fé simples, a indecisão por versatilidade e desconfiança em mim mesmo, põe em foco o que concerne à minha vida pessoal. Temo a vida subjetiva e recuo ante qualquer empresa, vontade, ou promessa que me obrigue ou me realize; tenho o terror da ação e não me sinto à vontade senão na vida impessoal desinteressada, objetiva do pensamento. Por que isto? Por timidez. De onde vem esta timidez? Do desenvolvimento excessivo da reflexão, que reduziu a quase nada a espontaneidade, o impulso, o instinto e por isso mesmo a audácia e a confiança. Quando é necessário agir, eu só vejo em toda parte ciladas e embustes, causas de erro e de arrependimento, ameaças ocultas e dores mascaradas, e naturalmente não ouso mover-me. A ironia bem cedo atingiu a minha infância, e, para não ser vencida pelo destino, armou-se a minha natureza de uma circunspecção de força para não ser surpreendida por nenhum afago. Esta força constitui minha fraqueza. Tenho horror de ser iludido, sobretudo iludido por mim mesmo, e privo-me de tudo para não me enganar nem ser enganado: a humilhação é, pois, o desgosto que mais temo ainda, e em consequência, o orgulho seria o meu mais profundo vício. Isto é lógico, mas não é verdadeiro; parece-me que é a desconfiança, a incurável dúvida sobre o futuro, o sentimento da justiça, mas não da bondade de Deus, em suma, a incredulidade, que é a minha desgraça e o meu pecado. Toda ação é um penhor entregue ao destino vingador: esta é a crença instintiva que nos gela; toda ação é uma prenda confiada à paternal Providência: eis a crença que acalma.

A dor parece-me um castigo, e não uma misericórdia, por isso lhe tenho um secreto horror. E porque eu me sinto vulnerável em todos os pontos e por toda parte acessível à dor, permaneço imóvel, semelhante à criança tímida, que, deixada no laboratório de seu pai, em nada se atreve a tocar, temerosa das molas, explosões e catástrofes que podem sair e jorrar de todos os cantos ao menor movimento da sua inexperiência. Tenho confiança em Deus, diretamente, e na natureza, mas desconfio de todos os agentes livres e perversos, do homem e dos homens, das inconstâncias, e dos fatos da sociedade; sinto ou pressinto o mal, moral e físico, ao cabo de cada erro, falta ou pecado, e tenho vergonha do sofrimento.

Não seria no fundo, o amor-próprio infinito, o purismo da perfeição, a desconformidade à condição humana, o tácito protesto contra a ordem do mundo, que faria o centro de tua pusilanimidade? É o tudo ou nada, a ambição titânica e ociosa por fastio, a nostalgia do ideal concentrado e a retirada de Aquiles para a sua tenda, a dignidade ofendida e o orgulho ferido que se recusam ao que lhes parece inferior a eles; é a ironia, que a si mesma não leva a sério, nem à realidade, pela comparação com o infinito entrevisto e sonhado; é a restrição mental que se presta às circunstâncias por complacência, mas que não as reconhece em seu coração, porque nisso não se vê a ordem divina, a necessidade; é acaso o desinteresse por indiferença, que não murmura contra o que é, mas que não pode declarar-se satisfeito; é o legitimismo filosófico, acampado na sociedade de fato, que não é a de direito; é a fraqueza que não sabe conquistar e que não quer ser conquistada; é o rancor que se afasta do que dispensa o seu concurso; é o isolamento da alma decepcionada que abdica até a esperança.

Isto mesmo é uma prova imposta. Seu fim providencial é sem dúvida levar à verdadeira renúncia, cujo sinal é a caridade. É quando não se espera mais nada para si mesmo, que se pode amar. Fazer bem aos homens, por amor a eles, valorizar o seu próprio talento para agradar ao Pai de quem o recebemos para servi-lo: eis o signo e o meio de cura desse descontentamento íntimo que se dissimula sob a indiferença.

4 de setembro de 1855. – No governo interior de si próprio, a forma parlamentar sucede à monárquica. O bom senso, a consciência, o desejo, a razão, o presente e a lembrança, o homem antigo e o novo homem, a prudência e a generosidade tomam cada um por sua vez a palavra, o reino dos advogados começa, o caos substitui à ordem, e o crepúsculo, à luz. A vontade simples é o regime autocrático, a discussão interminável é o regime deliberativo da alma. O primeiro é claro, nítido, expedito e forte; o segundo é embrulhado, indeciso, lento e fraco; em compensação, este esgota as questões que o outro se contenta em resolver; um é preferível sob o ponto de vista teorético, outro, sob o ponto de vista prático. Conhecer e agir são suas duas vantagens respectivas.

Mas haveria melhor a fazer, seria preciso realizar na alma os três poderes, ao legislativo sobrepor o executivo e coordenar o judiciário. Além do homem de conselho, seria preciso o homem de ação e o homem de justiça. A reflexão em ti nada conclui porque ela se volta a si mesma para polemizar e discutir; falta-te o general que ordena e o juiz que decide. A vontade do caráter e a decisão do espírito são indispensáveis para limitar a reflexão crítica. Mãe prolífica das chicanas, dos escrúpulos e objeções de toda espécie, a crítica, como um prisma refrator, parte os raios luminosos num espectro de sete cores; como a palavra mágica do aprendiz feiticeiro, ela suscita vinte duendes que não pode mais domar nem anular; põe a anatomia no lugar do vivo, e à força de olhar as árvores não percebe mais a floresta.

A análise é perigosa, se ela domina a força sintética. – A reflexão é temível, se destrói a faculdade de intuição. – O exame é fatal, se suplanta a fé. – A decomposição é assassina quando ultrapassa a energia transmutadora da vida. A ação separada de todas as esferas interiores torna-se um jogo destruidor quando elas cessam de poder retornar a uma ação una. – Desde que o soberano abdica, a anarquia começa. Desde que o corpo cessa de viver, nele penetram os vermes.

Ora, aí está o perigo que te ameaça. Perdes a unidade de vida, de força, de ação, a unidade do eu; és legião, parlamento, anarquia; és divisão, análise, reflexão; és sinonímia, sim e não, dialética; daí a tua fraqueza. A paixão do completo, o abuso da crítica, a mania anatômica, a desconfiança do primeiro movimento, da primeira palavra, da primeira ideia, explicam o ponto ao qual chegaste. A unidade e a simplicidade do ser, a confiança e a espontaneidade da vida estão em caminho de desaparecer. É por isso que não podes agir, que não tens caráter.

É preciso renunciar a tudo saber, a tudo querer, a tudo abarcar, é preciso fechar-se em alguma parte, contentar-se de alguma coisa, comprazer-se em alguma obra, ousar ser o que se é, resignar de boa vontade tudo quanto não se tem, apegar-se à própria pele, crer na própria individualidade.

Ne pas se plaire seulement aux plus belles choses du monde,
Mais trouver la plus belle du monde la chose qui vous plaît.

(Rückert)

A desconfiança de ti próprio te corrói; confia-te, abandona-te, liberta-te, crê e estarás a caminho da cura. A prova de que essa tendência é má está em que ela te torna infeliz e te impede de agir. A incredulidade é a morte; e a ironia de si próprio, como o abatimento, são incredulidade. É mais fácil condenar-se que santificar-se, e o desgosto de si próprio vem mais do orgulho que da humildade... A verdadeira humildade é o contentamento.

12 de novembro de 1855. – Mudados os habitantes de uma pátria, os seus costumes e o seu espírito, é, ainda, ela, a pátria? Nossos partidos desgostaram-me da vida política; não posso dar meu coração a nenhum deles, pois não experimento nem estima nem entusiasmo por nenhum, e as lutas de interesse sempre foram nauseabundas para mim. De onde vem, portanto, este desinteresse completo? Ai! a isso, tudo me conduz; minha antipatia por nosso caráter nacional, e por nosso clima; o isolamento em que me deixaram entre meus pares; a privação de todo ponto de apego cívico. Amo os meus parentes, meus amigos, a nossa igreja e as nossas escolas, mas não gosto nem de nossa vida política, nem de nossa vida social. Genebra não me dá alegria, e não consenti que ela me fizesse sofrer. Nela não encontrei a mãe, e o sentimento filial mansamente extinguiu-se em minha alma. Numa palavra, sou ainda eleitor, mas não sou mais cidadão.

Eis a verdade, mas isso é um mal, isto é, um erro e uma desgraça. É uma diminuição de vida, é uma diminuição do dever. Pobre é a vida que não se estende até o amor da pátria; mutilada é a consciência que subtrai do número de seus deveres o patriotismo. Cumpre dar o coração; o habitual desapego crítico separou-te de Genebra; luta contra esse hábito, reanima o sentimento cívico pelo estudo da história de teu país, e pela participação na vida comum. Essa aerostática existência que levas de ordinário contribui para a tua indiferença; buscando ser útil, associando-te às obras que aprovas, criarás a ti próprio laços, interessar-te-ás; entre o egoísmo e a simpatia humana colocarás de novo um círculo essencial, o da vida cívica.

Mas podemos pertencer a quem não nos pertence? Sim. É o amor desinteressado, o mais belo dos amores, que ama, oferece, dá, sem cansar-se e sem esperar compensação, e que não é ridículo mesmo a seus próprios olhos, porque não se transforme num negócio e não é, consequentemente, logrado.

21 de janeiro de 1856. – O dia de ontem está para mim tão longe como o ano que findou; o passado só tem um plano para a minha memória, como o céu estrelado a meus olhos. Não encontro melhor um dos meus dias em minha lembrança, do que um copo d'água derramado num lago; não é coisa perdida, mas coisa fundida;

o individual entrou na massa; as divisões do tempo são categorias que não podem moldar a minha vida, assim como as divisões traçadas por uma varinha na água não deixam sinal duradouro. Sou fluido, é preciso resignar-me a isso.

Quanto é certo que os nossos destinos são decididos por nonadas, e que uma leve imprudência caída num acaso insignificante, como sobre a semente uma gota de chuva, ergue a árvore onde nós e outros seremos talvez supliciados!

O que sucede é totalmente diferente do que nós quisemos. Queremos um bem e disso resulta um mal. A serpente da fatalidade, ou melhor, a lei da vida, a força das coisas, entrelaçada a um ou dois fatos muito simples, não pôde ser cortada por nenhum esforço, e a lógica das situações e dos caracteres conduziu invencivelmente a um desfecho terrível. É a fascinação do destino que nos obriga a alimentar a nossa infelicidade com nossas próprias mãos, a prolongar a existência do nosso abutre, a atirar no holocausto de nosso castigo sucessivamente as nossas forças, nossas qualidades, mesmo as nossas virtudes, na expiação de uma negligência, numa palavra, que nos faz reconhecer o nosso nada, a nossa dependência, e a majestade implacável da lei. O sentimento da Providência suaviza a punição, mas não a suprime. As rodas do carro divino esmagaram-no primeiro, para satisfazer a justiça e dar exemplo aos homens, depois nos é estendida a mão, para reerguer-nos ou pelo menos reconciliar-nos com o amor oculto sob a justiça.

O perdão não pode preceder o arrependimento, e não começa o arrependimento senão com a humildade. E enquanto uma falta qualquer parece bagatela, enquanto a imprudência ou a negligência aparece não em sua enormidade, em sua culpabilidade, mas em sua escusa, numa palavra, enquanto Jó murmura, enquanto demasiado severa é julgada a Providência, enquanto há protesto interior contra o destino, e dúvida sobre a perfeita justiça de Deus, ainda não há inteira humildade, nem verdadeiro arrependimento. É quando o homem aceita a expiação, que ela pode ser poupada; é quando sinceramente se submete o homem, que a graça pode ser concedida. É quando supõe a dor completa a sua obra, que Deus pode recompensar-nos. Não se detém a prova senão quando é inútil: eis por que não se detém quase nunca. – A fé na justiça e no amor do Pai, que nos deixa viver para ensinar-nos a viver santamente, é pois o melhor e único ponto de apoio contra os sofrimentos desta vida.

O fundo de todas as nossas dores é a incredulidade; duvidamos que o que nos acontece devesse acontecer-nos; cremo-nos mais sábios que a Providência, porque, no fundo, cremos no acaso, para evitar o fatalismo. A liberdade submetida, que problema! É preciso contudo voltar sempre a isso.

26 de janeiro de 1856. – Filosofia, conversação, emoções, voluptuosidade ótica, amizade, algumas novidades conhecidas, muitas trocas; eis o meu dia. Foi ainda muito epicúreo, isto é, suave, mas infecundo. Depois, o murmúrio do coração fez-se ouvir nas longitudes da vida interior; voz de pesar e de censura. Quanto tempo perdido para amar! Que falsa vergonha de suas verdadeiras necessidades! Quanta inquietude nesta indiferença! E que sentimento de vazio nesta existência desprovida de centro, de substância, de ponto fixo! Terias necessidade do casamento, de uma afeição, de algo que te fixe, te enraíze, que te determine e te alimente. E te envergonhas dessa dependência, e te encouraças de altivez ou de zombaria contra ti próprio e contra os outros, e tens medo de enganar-te, desconfias do mundo e da vida, e não queres dar motivo à sua malignidade, nem procurar o que te pode ser recusado. És terno, amante, ávido de simpatia, mas, por timidez, tomas a máscara da indiferença; és um falso estoico, um falso egoísta, um falso mudo. Tu te fazes de pedra, como insensível se mostra o pele-vermelha, para não rejubilar o inimigo; procura, o teu instinto, manter, na falta de coisa melhor, a tua dignidade solitária, e a tua impassível serenidade. Não ousas sofrer, e perante os homens suprimes toda lágrima, toda queixa e todo desejo. Tu te fazes frívolo por uma invencível timidez. É o suicídio moral por pudor. – Queres ser adivinhado como uma mulher, e pedir ou te ofereceres revolta-te como um ato de cortesã, como uma baixeza e quase uma impudicícia da alma. – A tua infelicidade, pobre rapaz, é ter por defeitos as qualidades de um outro sexo; pois o que é graça na mulher é palermice fatal no homem.

7 de maio de 1856. – Durante o dia todo, continuei a *História da Poesia*, de Rosenkranz, e nada mais fiz. Todos os grandes nomes da Espanha, Portugal e França até Luís XV, desfilaram nessa história. Esta rápida revista é conveniente; o ponto de vista renova o assunto e muda as ideias recebidas, o que é sempre agradável e liberador. Para a minha tendência natural esta maneira filosófica e genética de abarcar e expor a história literária tem um forte atrativo. Mas é o antípoda do processo francês que quer só considerar os vértices do assunto, liga-os por uma triangulação e por perfis teóricos, e, em seguida, apresenta estas linhas como se fossem o relevo real do país.

Realmente a formação da opinião geral, do gosto público, de um gênero estabelecido, não pode ser descoberta por este método abstrato, que suprime o crescimento em proveito do último fruto, a plenitude em proveito da linha, a preparação em proveito do resultado, a multidão em proveito do tipo escolhido. Obtêm-se, assim, a clareza aparente, a clareza do fato, mas a obscuridade real, a obscuridade da causa subsiste. Esse método é característico; liga-se por fatos invisíveis ao respeito aos costumes e à moda, ao instinto católico e dualista, que aceita duas verdades, dois mundos contraditórios e tão sólidos um como o outro, e acha muito simples a magia, o milagre, o incompreensível, o arbitrário em Deus, o rei, a linguagem, etc. É a filosofia do Acaso, tornada hábito, instinto, crença e natureza. É a religião do capricho.

Por um desses eternos contrastes que restabelecem o equilíbrio, os povos romanos que têm a prática da vida histórica não têm dela a filosofia, e os povos germânicos que não sabem praticar a vida têm a filosofia da vida. O alemão, abstrato em sua vida, é concreto em seu pensamento, ao inverso do francês. – Por instinto, cada ser procura completar-se exterior e interiormente: e é a mesma lei secreta que faz com que o homem procure a mulher, que os terroristas gostem da pastoral, que as mulheres gostem de emoções, que o homem de gabinete admire ao homem de ação, que o povo de mais vitalidade tenha a teoria mais matemática, que tenha cada defeito a mais aguda clarividência do defeito semelhante no próximo, etc. – O fundo e a forma também estão em contraste, e as inteligências matemáticas são atraídas muitas vezes pelos fatos da vida, como os espíritos vivos ao estudo das leis abstratas. – Assim, – coisa estranha – é o que acreditamos ser que não somos; o que desejaríamos ser que às vezes nos convém menos; e a nossa teoria nos condena, e nossa prática desmente a nossa teoria. E esta contradição é uma vantagem, pois é origem de um conflito, de um movimento, e condição de progresso. Toda vida é uma luta interior, toda luta supõe duas forças contrárias; nada de real é simples, e o que pensamos ser simples é o que mais longe está de o ser. – Consequência: todo estado é um momento numa série, todo ser é uma transação entre contrários, é um entrelaçamento de contrastes; a dialética concreta, eis a chave que abre a inteligência dos seres na série de seres, dos estados na série dos momentos; a dinâmica, eis a explicação do equilíbrio. Toda situação é um equilíbrio de forças; toda vida é uma luta de forças contrárias encerradas nos limites de um certo equilíbrio.

Esses dois princípios que reconheci mil vezes, não os apliquei jamais bastante. E aplicar é fecundar; e não se possui senão o que se fecunda (uma ideia, um domínio, uma mulher, etc.). Fecundar é insuflar a vida, é dar o movimento interior, a metamorfose, o crescimento. Uma verdadeira religião é a que transforma a vida, um pensamento verdadeiro é o que a visão e as próprias coisas renova; prova-se a verdade por seus efeitos, uma verdade que nada muda é estéril, e a esterilidade é a morte. O sinal da vida é a metamorfose; e a prova da vida verdadeira é a procriação. O que nada gera, nada é.

9 de maio de 1856. – Todo estudo histórico isolado a nada conduz. A história completa e concreta do espírito humano e dos gênios nacionais na integralidade de sua energia, desabrochando em sua religião, em sua literatura, em seu destino inteiro: eis o problema, eis a questão, eis o que interessa. A totalidade natural, o crescimento orgânico, a vida em suma, dos indivíduos, das sociedades, das nações, da espécie, eis o que me satisfaz e o que me atrai. Toda abstração é factícia, e não é senão meio, método, artifício do estudo; na verdade, convém retornar à evolução em conjunto, pois nada existe à parte na natureza e na história. A solidariedade é a fórmula de cada existência real. Que belo assunto a história filosófica!

Pressy,[5] *8 de junho de 1856.* – Dia feliz. Dei meu coração a todas as coisas, à natureza que hoje foi maravilhosamente bela, à família, que vi toda, aos amigos que encontrei, às rosas silvestres, aos grilos do fosso, ao céu azul no qual passou dançando toda a feeria das horas do dia e da noite, como uma ronda de gênios, de graças imortais, à boa Providência que abençoei pela alegria de que eu estava inundando e pela poesia que banhou e penetrou os meus sentidos e a minha alma num crescendo quase de hora em hora.

No momento em que enfim fechei os batentes do quartinho azul aos raios sonhadores da lua, que filtravam misteriosamente através das árvores do pomar para o qual se abre a minha janela, e como uma criança que adormece no seio da sua mãe, fechei os olhos ao embalo do nosso globo em sua viagem circular através do oceano dos céus, a emoção interior havia atingido a sua mais palpitante intensidade.

A luz loira e quente, na qual o Salève verdejante mergulhava os seus cumes arredondados, lembrou-me sensações sicilianas; a pureza das distâncias, os contornos mordentes de edifícios e folhagens, o esplendor e a alegria da paisagem em festa, a limpidez do ar, em mim despertaram mil recordações dos tempos felizes; que alusões arrebatadoras a dias iguais e a impressões semelhantes, em toda latitude!

---

[5] Aldeia perto de Genebra.

Foi sobretudo à tarde, ao murmúrio das ondas do lago, alvejantes à brisa do norte, enquanto sobre os cimos desiguais do azulado Jura, gradualmente apagava um largo ocaso as suas tintas, que o Mediterrâneo, o oceano, o Báltico, a Grécia, a Bretanha, a Noruega, o conhecido e o desconhecido, e todos os planos e segundos planos da vida errante desenharam-se numa infinita perspectiva. Quadro magnífico para um suave devaneio!

A cabeça descoberta, preso ao ombro o mapa, por um cordão, assim subi, impregnando-me de toda essa pintura e de toda essa música embriagadora, de Genebra a Pressy, da cidade ao vilarejo.

1º de julho de 1856. – Transparece no homem sempre a nacionalidade, e sobretudo na mulher, e as mulheres da Rússia, como os lagos e os rios de seu país, parecem sujeitas a inflexibilidades súbitas e mesmo prolongadas. Em sua mobilidade ondulante e acariciante como a onda, há sempre a ameaça de um congelamento inesperado. Seu humor gela-se ou degela ao sopro da brisa da manhã, um pensamento as eriça de cristais angulosos ou de sua fronte apaga as rugas que já se formavam. A sua maneira de sofrer ou de punir é tornarem-se pedras. A natureza do Norte, a mobilidade rija, um centro sempre a ponto de solidificar-se, o inverno, as geadas, encontram-se debaixo do arminho e do sorriso, no íntimo da alma russa. As altas latitudes, a vida difícil, a inflexibilidade autocrática, o céu triste e severo, o clima inexorável, todas essas rudes fatalidades deixaram sua impressão na raça moscovita.

Uma certa obstinação sombria, uma espécie de ferocidade primitiva, um fundo de aspereza selvagem, que, sob o império de certas circunstâncias, poderia tornar-se implacável e mesmo impiedoso; uma força, uma vontade, uma resolução friamente indomáveis, que antes fariam explodir o mundo do que ceder; o instinto indestrutível da horda bárbara em nação semicivilizada, são reconhecíveis para o olhar atento, até nas inofensivas extravagâncias e nos caprichos superficiais de uma jovem dessa poderosa raça. Mesmo nos gracejos, revela-se o gênio firme e selvagem que incendeia as suas próprias cidades e mantém de pé os batalhões de soldados mortos.

Que senhores temíveis seriam os russos, se algum dia adensassem a noite de seu domínio nos países meridionais! O despotismo polar, uma tirania tal como ainda o mundo não conheceu, muda como as trevas, cortante como o gelo, insensível como o bronze, com exterior amável e o frio resplendor da neve, a escravidão sem compensações nem abrandamentos: eis aí o que nos trariam eles. Mas, verossimilmente, perderão pouco a pouco as virtudes e os defeitos de sua semibarbárie.

O sol e os séculos amadurecerão essas sereias do Norte, e entrarão no concerto das nações, não como uma ameaça ou uma dissonância. Se puderem converter a sua dureza em firmeza, a sua astúcia em graça, o seu moscovitismo em humanidade, cessarão de inspirar aversão ou temor e se farão amar; porque salvo seu natural hereditário, os russos têm muitas atraentes e fortes qualidades.

3 de julho de 1856. – O alemão concebe e almeja o ideal, mas jamais é artista espontaneamente, por si mesmo; não é de raça nobre, tem a admiração e não o gênio da forma; é o inverso do heleno, tem a crítica, a aspiração e o desejo, não a potência serena da beleza. Não pode, portanto, o que quer, mas pode gozar de sua vontade.

O meio-dia, mais artista, mais satisfeito de si próprio, mais capaz de execução, repousa preguiçosamente no sentimento de seu equilíbrio. De um lado é a ideia, do outro, o talento. O império da Alemanha está acima das nuvens, o dos meridionais está sobre a terra. A raça germânica medita e sente; os meridionais sentem e expressam; os anglo-saxões querem e fazem. Saber, sentir, agir é o trio da Alemanha, Itália, Inglaterra. A França formula, fala, decide e ri. Ideia, talento, vontade, palavra, ou melhor, ciência, arte, ação, proselitismo é a distribuição dos papéis no quarteto mais desenvolvido.

21 de julho de 1856. – *Mit Sack und Pack* eis-me de regresso à minha casa na cidade. Despedi-me de meus amigos e de minhas alegrias campestres da relva, das flores e do bem-estar. – Por que disso me retirei? O pretexto foi cuidado de meu pobre tio, essa a razão que me dei a mim próprio e aos outros. Mas, não há, no fundo, outras? Creio que sim. Há o temor de ser indiscreto acumulando demasiadas obrigações para com as duas ou três famílias amigas que me cercam de atenções a que não posso corresponder. Há os meus livros que me chamam, sem dúvida. Há o desejo talvez de sustentar a minha palavra. Mas tudo isso não seria nada, creio, sem outro instinto, o instinto do Judeu errante, que me arranca a taça em que molhei os lábios, que me proíbe a alegria prolongada e me grita: Caminha! Caminha! Não adormeças, não te prendas, não pares! Este sentimento inquieto não é a necessidade de mudança, é antes o temor do que amo, a desconfiança do que me encanta, o mal-estar da felicidade. Que singular natureza e que inclinação estranha! Não se atrever a gozar ingenuamente, simplesmente, sem escrúpulo, e retirar-se da mesa temeroso de que a refeição termine. Contradição e mistério! Não usar, pelo temor de abusar; crer-se obrigado a partir, não porque se esteja saciado, mas porque se demorou; representar para consigo mesmo o papel do médico de Sancho. Sou sempre o mesmo, o ser errante sem necessidade, o exilado voluntário, o eterno viandante, o homem sem repouso, o vagabundo boêmio, que, acossado por uma voz interior, não constrói, não compra e não semeia em parte alguma, mas passa, olha, provisoriamente acampa, e segue. – A causa desta agitação nômade não será também um certo vazio? A busca incessante de alguma coisa que me falta? A aspiração a uma paz mais verdadeira e a uma satisfação mais completa? Vizinhos, amigos, parentes, eu os quero a todos, e essas afeições não me deixam, quando agem, nenhum sentimento de lacuna. Mas no entanto, elas não enchem meu coração; eis porque não o fixam. Estou sempre esperando a mulher e a obra capazes de se apossarem de minha alma e tornarem-se a minha finalidade.

> *Promenant par tout séjour*
> *Le Deuil que tu cèles,*
> *Psyché-papillon, un jour*
> *Puisses-tu trouver l'amour*
> *Et perdre tes ailes!*

Não dei o coração, daí a inquietude de meu espírito. Não quero deixá-lo prender-se ao que não pode satisfazê-lo, daí o meu instinto de impiedosa renúncia a tudo o que me encanta sem ligar-me definitivamente. A minha mobilidade, na aparência inconstante, não é, pois, no fundo senão uma procura, uma esperança, um desejo e um cuidado: é a enfermidade do ideal, que faz provar e depois julgar cada coisa, e tentar o desconhecido, sem atração, mas por uma espécie de dever.

Assim a minha vida é um jogo que tenta apegar-se à curiosidade, quando não às coisas sérias; eu brinco por necessidade, por costume e por prudência, para não me enternecer e desesperar; torno-me frívolo, descuidado, abstraído para não sofrer nem fatigar-me com bagatelas. Em outras palavras, eu me reservo.

> *Jeu, pudeur ou dédain, on peut prendre le masque*
> *Et pour de meilleurs jours se réserver le casque,*
> *Plus fort, plus sûr.*

Está, pois, sempre a questão entre o ideal e o bom senso, um sem nada abater de suas exigências, acomodando-se o outro ao conveniente e ao real. – Mas o casamento e o amor por bom senso, em rebaixa, não é uma profanação? Um absurdo? De outra parte, não é vicioso um ideal que nos impede completar a vida, que destrói em germe a família? No meu não entra muito orgulho, a não-aceitação do meu destino? O protesto interior contra as superioridades artificiais e arbitrárias? O horror das humilhações imerecidas? Ser humilhado em meu amor me faria galgar muralhas. E privo-me para não correr o risco. Tudo isso a nada conduz, concluí no *status quo*, e é porque penso em outra coisa e não me ocupo do que não pode proporcionar-me senão aborrecimentos.

(*Meio-dia.*) – Devaneei, a cabeça nas mãos, até adormecer. – Em quê? Na felicidade; como um sono que eu dormisse no seio paternal de Deus. Que seja feita a sua vontade!

3 de agosto de 1856. – Passei em Pressy uma deliciosa tarde de domingo. Fui de carro com V. G., velho camarada, hoje médico. Recebido de braços abertos por todo o mundo, coberto de beijos pelas crianças (as três tríades G., M. e C.), fui retido para o jantar e o chá por esses bons amigos, que ficaram juntos para me conservarem na sua companhia. Diverti-me com esta ninhada de crianças, que não me deixam, como a abelha-rainha, e de quem gosto como benfeitores. Lulu estava mais sedutora do que nunca e quer a todo custo ser a minha mulherzinha, quando for grande como sua mãe. Cabra-cega, carreiras, subida aos pinheiros, colheita de damascos.

Um novo Berquin. Conversação sob o grande carvalho. A pequenada pelas macieiras. À noite, ao piano, trechos de canto das *Quatre Saisons* de Haydn. Voltei já tarde sob um grande céu magnificamente constelado, com um foco de relâmpagos mudos atrás do Jura. Ébrio de poesia e cheio de sensações, caminho devagar, bendizendo o Deus da vida e mergulhado na beatitude do infinito. Não me faltava senão uma coisa, uma alma com quem partilhar, pois a emoção e o entusiasmo transbordavam de mim como de uma taça demasiado cheia. A Via Láctea, os grandes álamos negros, o murmúrio das vagas, as estrelas cadentes, os cantos longínquos, a cidade iluminada, tudo me falava na língua ideal, sentia-me poético e poeta quase. As rugas da ciência desfaziam-se ao sopro mágico da admiração, uma elasticidade de espírito confiante, livre e viva retornavam a meu ser, sentia-me de novo jovem, capaz de abandono e de amor. Toda a minha aridez havia desaparecido; o orvalho celeste havia fecundado o tronco rugoso e morto e começava o tronco a reverdecer e a florir de novo. Sem a beleza, meu Deus, quão miseráveis seríamos! Com ela, tudo renasce em nós: os sentidos, a imaginação, o raciocínio, o coração, a vontade juntam-se como os ossos ante a palavra do profeta e unem-se numa só e mesma energia. Que é a felicidade, senão esta plenitude de existência, este íntimo acordo com a vida universal e divina? Fui feliz aquela tarde e recolhi-me nesta alegria, penetrando-me dela até as profundezas da consciência.

Reconheci, também, por contraste que o que me desgosta em Genebra é o caráter geral dos habitantes, que me polariza ou me contrai. Quando encontro um ambiente de simpatia, de arte, de poesia, de bondade natural, de benevolência, sou completamente outro.

A fealdade, a acidez, a maldade, o escárnio, a vulgaridade, a sensaboria, a sordidez de imaginação, de linguagem, do olhar ou do pensamento, me fazem mal e me tornam mau.

Dès que nous aimons moins, nous cessons d'être en Dieu.

Ora, eu retombo aqui a cada passo, na frieza, na indiferença ou na aversão.

7 de agosto de 1856. – Publicações... De todas as partes os meus amigos se queixam de mim e me repetem: concentra-te, escreve, produz, faz alguma coisa, liberta-te, pensa numa obra, traz a tua pedra... Infelizmente, unânimes em reclamar alguma coisa, já não concordam eles sobre o que desejariam de mim. Um dicionário, crítica, psicologia, um curso público, versos, história, viagens, etc., aconselham-me todos isto e aquilo, com a recomendação de renunciar ao resto. Ontem, Scherer me dizia: "Quadruplica teus *Grains de Mil* e faz deles um volume. Isto te será muito agradável, e a nós também. Aí, podes ser diverso e móvel à tua vontade. Era um bom filão, segue-o". – Casa-te e faz o teu volume: tudo gira em redor destas duas exigências, que a mim próprio faço há muito tempo. Mas escolher, não o soube. E essas duas coisas são uma escolha.

31 de agosto de 1856 (*domingo, 11 horas da manhã*). – Nenhuma voz encontro para o que experimento. Está silenciosa a rua, pousa em meu quarto um raio de sol, um profundo recolhimento apossa-se de mim; ouço bater meu coração e passar a minha vida. Não sei que de solene, a paz dos túmulos sobre os quais cantam pássaros, a tranquila imensidade, a calma infinita do repouso, invade-me, penetra-me, subjuga-me. Parece que me tornei estátua às margens do rio do tempo, que assisto a algum mistério, de onde eu vou sair velho e sem idade. Nem desejo nem temor eu sinto, nem movimento, nem particular impulso; sinto-me anônimo, impessoal, fixo o olhar, como um morto, universal e vago o espírito, como o nada ou o absoluto; estou suspenso, sou como não sendo. – Nestes momentos parece que se retira a minha consciência para a sua eternidade; olha girarem dentro de si mesma os seus astros e a sua natureza, com as suas estações e as suas miríades de coisas individuais, percebe-se ela em sua própria substância, superior a toda forma, contendo o seu passado, o seu presente e o seu futuro, vazio que tudo encerra, invisível e fecundo meio, virtualidade de um mundo, que se liberta de sua própria existência para possuir-se em sua intimidade pura. Nestes sublimes instantes, o corpo desapareceu, simplificou-se, unificou-se o espírito; paixão, sofrimento, vontades, ideias, no ser, de novo, absorveram-se, como as gotas de chuva no oceano que as engendrou. A alma entrou de novo em si mesma, voltou à indeterminação, está de novo implícita, além de sua própria vida; volve ao seio de sua mãe, volta a ser de novo embrião divino. Dias vividos, hábitos formados, rugas marcadas, individualidade modelada, tudo se apaga, se distende, se dissolve, retoma o estado primitivo outra vez, mergulha na fluidez de origem, sem figura, sem ângulo, sem perfil determinado. É o estado esferoidal, a indivisa e homogênea unidade, o estado do ovo onde vai germinar a vida. Este retorno à semente é um fenômeno conhecido pelos druidas e pelos brâmanes, pelos neoplatônicos e pelos hierofantes. É contemplação e não assombro; não é doloroso, nem alegre, nem triste; está fora de todo sentimento especial, como de todo pensamento finito. É a consciência do ser, e a consciência da onipossibilidade latente no fundo desse ser. É a sensação do infinito espiritual. É o fundo da liberdade. – Para que serve? Para dominar todo o finito, para desenhar-se a si próprio, para dar a chave de todas as metamorfoses, para curar de todas as curvaturas morais, para vencer o tempo e o espaço, para reconquistar a sua própria totalidade, despojando-se de tudo o que em nós é adventício, artificial, ferido, alterado.

Este retorno à semente é um momentâneo rejuvenescimento, e, ademais, é um meio de medir o caminho percorrido pela vida, pois que ele conduz até o ponto de partida.

22 de outubro de 1856. – A vida é o tirocínio da renúncia progressiva, da redução contínua de nossas pretensões, de nossas esperanças, de nossas posses, de nossas forças, de nossa liberdade. O círculo restringe-se cada vez mais; queria-se tudo aprender, tudo ver, tudo atingir, tudo conquistar, e em todas as direções cada um chega ao seu limite: *Non plus ultra*.

Riqueza, glória, poder, saúde, felicidade, longa vida, alegria do coração, todos os bens que possuíram outros homens, parecem de início prometidos e acessíveis, e depois é preciso apagar esse sonho, diminuir sucessivamente o seu personagem, fazer-se pequeno, humilde, sentir-se limitado, fraco, dependente, ignorante, mesquinho, pobre, despojado; e de todo submeter-se a Deus, porque não se tinha direito a nada, e se é mau. É nesta negação que se encontra alguma vida, porque a centelha divina aí está, no fundo. A gente se resigna. E no amor crente, reconquista-se a verdadeira grandeza.

27 de outubro de 1856. – Para as coisas capitais da vida estamos sempre sós, e a nossa verdadeira história jamais é decifrada pelos outros.

A melhor parte deste drama é um monólogo, ou melhor, um íntimo debate entre Deus, a nossa consciência e nós. Lágrimas, penas, decepções, desgostos, bons e maus pensamentos, decisões, incertezas, deliberações, tudo isso é segredo nosso; quase tudo é incomunicável, intransmissível, mesmo quando nisso queremos falar, mesmo quando escrevemos. O mais precioso de nós próprios jamais se evidencia, não encontra uma saída sequer na intimidade, não chega certamente senão em parte à nossa consciência, em ação quase não entra senão na prece e não é talvez recolhido senão por Deus, pois o nosso passado chega a ser-nos perpetuamente estranho. – Nossa mônada pode ser prodigiosamente influenciada pelos outros, mas em seu centro, por isso, não permanece ela menos impenetrável, e nós mesmos ficamos – pensando bem – ao exterior do nosso próprio mistério. O meio da nossa consciência é inconsciente, assim como o núcleo do sol é obscuro. Tudo o que somos, queremos, fazemos, sabemos, é mais ou menos superficial, e as trevas da substância insondável permanecem sob todos os raios, clarões e revelações da nossa periferia.

Fiz bem, pois, na minha teoria de homem interior, em colocar no fundo do Eu, mesmo depois do desprendimento sucessivo das sete esferas que ele contém, um fundo tenebroso, o abismo do irrevelado, do virtual, a garantia de um futuro infinito, o eu obscuro, a subjetividade pura incapaz de objetivar-se em espírito, consciência, razão, alma, coração, imaginação ou vida dos sentidos, e que faz de todas estas formas de si mesma atributos e momentos.

Mas o obscuro não é senão para cessar de ser, é a ocasião de toda vitória, de todo progresso. Que se lhe chame fatalidade, morte, noite ou matéria, ele é o pedestal da vida, da luz, da liberdade, do espírito, porque é a resistência, isto é, o ponto de apoio da atividade, a ocasião de seu desdobramento e de seu triunfo.

Deus quer ser vencido de algum modo, porque ele quer a dignidade de sua criatura, sua coragem e seu aperfeiçoamento.

17 de dezembro de 1856. – Esta noite, segundo concerto de quartetos. Foi-me esteticamente mais impressionante que o primeiro; as obras escolhidas eram desta vez mais elevadas e mais fortes, e entravam nas regiões mais íntimas da alma. – Eram o *Quarteto em Ré menor*, de Mozart, e o *Quarteto em Dó maior*, de Beethoven, separados por um concerto de Spohr, intitulado *Quarteto em Mi*.

Este último era brilhante e vivo em seu conjunto, com fuga no *allegro*, sensibilidade no *adagio* e elegância no final, mas revela apenas um belo talento em mediana alma. Os outros dois põem-nos em contato com o gênio e revelam duas grandes almas. Mozart é a liberdade interior, Beethoven é o poderoso entusiasmo. Por isso um nos emancipa, o outro nos arrebata a nós mesmos. Não creio ter sentido mais distintamente que hoje, e com maior intensidade, a diferença entre esses dois mestres. Ao meu olhar abriam-se transparentes as duas existências morais, e nelas até o âmago parecia-me ler como no juízo final.

A obra de Mozart, toda penetrada de espírito e de pensamento, expressa um problema resolvido, o equilíbrio encontrado entre a aspiração e a força, entre o poder, o dever e o querer, a soberania da graça senhora de si mesma, e onde o real não se separa mais do ideal, a harmonia maravilhosa e a unidade perfeita.

O quarteto narra um dia de uma dessas almas áticas que antecipam a serenidade do *Eliseu*.

A primeira cena é uma conversação amável, como a de Sócrates à margem do Ilissos, seu caráter é a urbanidade esquisita do fino sorriso e da palavra jovial. A segunda cena é de um patético impressionante. Uma nuvem deslizou no azul daquele céu grego. Uma tempestade, como as que inevitavelmente oferece a vida, mesmo entre os grandes corações que se estimam e se amam, aquela harmonia foi turvar. Qual a causa? Um equívoco, uma falta de cuidado, uma negligência? Ignora-se, mas a tempestade estala. O *andante* é uma cena de censura e de queixa, mas tal como pode ser entre imortais. Que elevação na queixa, que emoção contida e que suave nobreza na censura! A voz treme e torna-se mais grave, mas permanece afetuosa com dignidade. – A nuvem passou, volve a luzir o sol; a explicação foi feita, e a concórdia voltou. A cena terceira pinta a alegria da conciliação que, segura de si mesma a essa hora, e como para dar-se malignamente à prova, deixa-se arrastar ao gracejo leve e ao brinquedo amigo. O final traz de novo a alegria temperada, a serenidade feliz, a liberdade suprema, flor da vida interior que faz o tema fundamental da obra. A obra de Beethoven é a ironia trágica que faz dançar o turbilhão da vida sobre o sempre ameaçador abismo do infinito. Aqui, nenhum vestígio de unidade, de satisfação, de serenidade. Assistimos ao duelo eterno entre as duas grandes forças, a do abismo que absorve toda coisa finita e a da vida que se defende, se afirma, se dilata e se embriaga. Os primeiros compassos rompem os segredos e abrem as cavernas do grande abismo. A luta começa. É longa. Nasce a vida, agita-se e brinca, descuidosa como a borboleta que esvoaça por sobre um precipício. Depois, aumenta as suas conquistas e canta as suas vitórias. Funda um reino, constrói uma natureza. Mas, do abismo hiante ergue-se o tufão; sacodem os titãs as portas do novo reino. Uma gigantesca batalha se trava. Ouvem-se os tumultuosos esforços da potência caótica, semelhantes a contorções de um tenebroso monstro. A vida prevalece afinal, mas a vitória não é definitiva. E, na embriaguez da vitória, há um certo fundo de terror e de aturdimento. A alma de Beethoven era atormentada. A paixão e o espanto do infinito parecem sacudi-la do céu até o inferno; daí a sua imensidade. Qual é o maior, Mozart ou Beethoven? Pergunta ociosa! Um é mais acabado, o outro mais colossal. O primeiro é a paz da arte perfeita, a imediata beleza; o segundo é o sublime, o terror e a piedade, a beleza por uma reversão. Um dá o que o outro faz desejar. Mozart tem a pureza clássica da luz e do oceano azul; Beethoven, a grandeza romântica das tempestades do ar e dos mares; e enquanto a alma de Mozart parece habitar os cimos etéreos de um Olimpo, a de Beethoven escala estremecendo os flancos borrascosos de um Sinai. Bendigamos um e outro. Cada um deles mostra um momento da vida ideal. Ambos nos fazem bem. Amemo-los!

Vandoeuvres,[6] *28 de maio de 1857.* – Descemos a Genebra para ouvir o *Tannhäuser* de Richard Wagner, representado no teatro pela companhia alemã (de Zurique), atualmente de passagem. – Wagner é um homem forte e que possui o sentimento da alta poesia. Por isso, a sua obra é mais poética do que musical. A supressão do elemento lírico, e consequentemente da melodia, de duos, trios, etc., em Wagner, é uma resolução antes sistemática do que natural; o monólogo e a grande ária desaparecem igualmente. Resta apenas a declamação, o *arioso*, o recitativo e os coros. Para evitar o convencional no canto, ele recai numa outra convenção, a de não cantar. Subordina a voz à palavra articulada, e de medo que a musa erga o voo, corta-lhe as asas. Estas obras não são mais propriamente óperas, mas dramas sinfônicos. A voz é levada à categoria de instrumento, ao nível dos

---

[6] Aldeia perto de Genebra.

violinos, tímbalos e oboés, tratada instrumentalmente. O homem decaiu de sua posição superior e o centro de gravidade da obra passa para a batuta do maestro. O interesse, o sentido, a alma destas produções está na ideia poética e no retorno contínuo para o conjunto; pouco mais ou menos como o sistema de sóis duplos, cujo centro de gravidade cai no espaço vazio entre os diversos corpos do sistema. É a música despersonalizada, a música neo-hegeliana, objetiva, contemplativa, a música-multidão, em vez da música-indivíduo. Sob este aspecto é bem a música do futuro, a música da democracia socialista substituindo a arte aristocrática, heroica ou subjetiva. No entanto, ela não corresponde ainda senão ao sentimento germânico, e os outros países da Europa não podem ainda se abstrair até o ponto de prescindirem de centralização visível, de herói e de melodia.

A protofonia, enorme e extensa, agradou-me ainda menos do que na primeira audição: o homem aí não nasceu ainda, é a música elementar das vagas, das florestas e do mundo animal, onde o espírito não está encarnado numa alma que resuma e sinta a sua expressão. Corresponde à natureza antes do homem; aí tudo é imenso, selvagem, elementar, como o murmúrio das florestas e os rugidos das populações animais. É formidável e obscuro, porque falta o homem, isto é, o espírito, a chave do enigma, a personalidade, o contemplador.

É grandiosa a ideia da obra, é a luta entre o amor puro e a volúpia, da paixão terrestre e sensual com a flama divina, em uma palavra, da carne e do espírito, da besta e do anjo dentro do homem... A música é continuamente expressiva, e os coros belíssimos, sobretudo no segundo ato. Mas o conjunto é fatigante e excessivo, cheio demais, demasiadamente laborioso, sempre exagerado ao máximo. Intelectual e poeticamente nos sentimos arrebatados, mas o gozo musical é hesitante, muitas vezes duvidoso, e só lembramos bem a impressão. A orquestração é sábia, consciensiosa, densa, variada; mas falta-lhe contudo graça, facilidade, natural e vivacidade, isto é, sorriso e asas. Em Wagner, como nos alemães em geral, o pensamento paira além da arte, e a intenção, acima da força. Ele quer mais do que pode expor; além disso há abafamento, prodigalidade, fórmula preestabelecida, isto é, obscuridade e rigidez. Em compensação, estamos em plena poesia.

Vandoeuvres, 17 de junho de 1857. – Acabo de seguir Maine de Biran, dos 28 aos 48 anos, por intermédio do seu Diário Íntimo, e uma multidão de pensamentos diretos, pessoais comparativos ou científicos, assaltaram-me sucessivamente. Separemos os que me concernem. Neste eterno observador de si mesmo, eu me encontro com todos os meus defeitos: a inconstância, indecisão, desalento, necessidade de simpatia, inacabamento; com o meu prazer em ver-me passar, sentir e viver; com a minha crescente incapacidade para a ação prática, para a observação exterior; com a minha aptidão psicológica. Mas descubro fortes diferenças que me reanimam, que me consolam: esta natureza não é senão um dos homens que estão em mim; é uma das minhas comarcas, não é todo o meu território e o meu reino interior. Intelectualmente, sou mais objetivo e mais construtivo, o meu horizonte histórico, geográfico, científico é muito mais vasto; vi muito mais homens, coisas, objetos de arte, países e povos, livros e ciências, tenho muito maior soma de experiência; sou mais capaz de produção; a minha cultura filológica, estética, literária, filosófica é mais completa e mais variada; as minhas aptidões pedagógicas, críticas e poéticas faltam-lhe. Numa palavra, sinto-me notavelmente mais culto, mais rico, mais extenso e mais livre em todo gênero, apesar das minhas lacunas, dos meus limites e das minhas debilidades. Por que faz Maine de Biran da vontade o todo do homem? Porque vontade, ele tinha demasiado pouca. O homem estima sobretudo o que lhe falta, e engrandece tudo o que deseja. Um outro homem incapaz de pensamento e de recolhimento teria feito da consciência de si a coisa suprema. Só a totalidade tem um valor objetivo; desde que se separa do todo uma parte, desde que se escolhe, a escolha é ditada involuntária e instintivamente pelas inclinações subjetivas que obedecem a uma das duas leis opostas, a atração dos semelhantes ou a afinidade dos contrários.

(*Meio-dia.*) – As mais penetrantes intuições, as mais delicadas percepções íntimas, numa palavra, os mais fugitivos e os mais preciosos pensamentos são justamente os que eu não registro nunca. Por quê? Primeiro, porque eu adio sempre o essencial; a seguir, porque me parece que eu não posso mais esquecê-los; depois, porque eles fazem parte de um conjunto infinito e todas as rédeas parciais não têm para mim valor nem interesse e me inspiram quase desdém; é também porque jamais penso no público, na utilidade, na exploração, e experimento uma alegria suficiente por ter participado num mistério, por ter adivinhado uma coisa profunda, tocado uma sagrada realidade; conhecer é para mim mais do que suficiente; expressar parece-me às vezes profanar, tornar conhecido assemelha-se a divulgar, e para não aviltar deixo soterrado. É precisamente o instinto feminino, a proteção do sentimento, o amortalhamento das experiências individuais, o silêncio sobre os melhores segredos. Não é o ponto de vista viril da ciência, da plena luz do dia, da propaganda, da publicidade. Inclino-me ao esoterismo, à discrição pitagórica, por aversão à jactância grosseira. Pertenço, por instinto, à aristocracia da cultura, à hierofania estética e moral. Por delicadeza, distinção de natureza e também timidez de alma e desconfiança de coração, desagrada-me a populaça das inteligências. Mais forte, eu conquistaria a autoridade espiritual, mais amoroso, eu me devotaria às multidões; é por meus defeitos que eu permaneço eremita, e por minhas faculdades que animo a solidão do meu eremitério moral. Isso não é bastante. Seria preciso concluir e dar. O epicurismo do espírito deveria dar lugar ao enérgico sentimento do retorno, a fé em que se pode ser útil aos outros e que se deve sê-lo. Agir, produzir, publicar te pareceu de teu interesse, teu próprio, isto é, desagradável e facultativo. Vê nisso um dever positivo, uma obrigação estrita, uma obra exigida, e então, como esforço e sacrifício, retomarão sabor e atrativo. – *Vae Soli!* Sozinho, não se tem por fim senão a si mesmo e esse fim não vale a pena de um movimento. Deixamo-nos vogar ao sabor das ondas, quando não somos esperados em parte alguma. Que adianta intervir? A coragem está num amor.

(*Cinco horas.*) – A manhã passou como um sonho. Prossegui na leitura do Diário de Biran até o fim de 1817 (51 anos). Depois de almoçar, vivi com os pássaros em pleno ar, errando pelas avenidas sombreadas abaixo de Pressy.

Estava o sol brilhante e o ar límpido. A orquestra da tarde, em toda a sua plenitude; sobre o fundo sussurrante de mil insetos invisíveis, esboçavam-se ao ouvido os caprichos e improvisos do rouxinol nos freixos, as toutinegras e os tentilhões em seus ninhos. As rosas silvestres balançavam-se nas cercas, os odores da acácia ainda perfumavam os caminhos, a lanugem leve da baga dos álamos pairava no ar como a tépida neve dos primeiros dias da primavera. Senti-me alegre como borboleta.

Voltando, li os três primeiros livros de *Corinne*, esse poema que não tinha tornado a ver desde a minha adolescência; revejo-o através das minhas recordações. O interesse romanesco parece-me desvanecido, não porém o interesse patético, poético ou moral. Teria prazer em estudar Madame de Staël como mulher, em julgá-la pela minha experiência atual.

18 de junho de 1857. – Acabo de passar três horas no jardim, à sombra dos álamos, misturando à minha leitura o espetáculo de uma bela manhã e dando uma volta entre os capítulos. O céu retomou agora o seu véu esbranquiçado e subo com Biran, do qual acabo de terminar os *Pensées*, e *Corinne*, que segui com Osvaldo em suas excursões através dos monumentos da cidade eterna.

Nada é tão melancólico e cansativo como este Diário de Maine de Biran. É o passo do esquilo na gaiola. Esta invariável monotonia da reflexão que recomeça incessantemente, enerva e desalenta como a pirueta interminável dos darueses.

Eis a vida de um homem notável, vista em sua mais profunda intimidade! Uma longa repetição, com um insensível deslocamento de centro na maneira de ver-se a si próprio. Foram necessários trinta anos a este pensador para mover-se da quietude epicurista ao quietismo feneloniano, e ainda especulativamente, porque a vida prática permanece a mesma, e toda a sua descoberta antropológica consiste em repetir a teoria das três vidas (inferior, humana e superior) que está em Pascal e Aristóteles. Eis o que se chama um filósofo em França. Ao lado dos grandes filósofos, como esta vida intelectual parece mesquinha, anêmica, pobre!

É a viagem de uma formiga que se consome nos limites de um campo, ou de uma toupeira que emprega seus dias na construção de uma toca modesta.

A andorinha que atravesse todo o mundo antigo, e cuja esfera de vida abrace a África e a Europa, como julgaria sufocante o círculo em que se confinam a toupeira e a formiga! Semelhantemente, experimento uma espécie de asma e de asfixia com o volume de Biran; e também, como sempre, a paralisia por assimilação e a fascinação por simpatia. Tenho compaixão e medo de minha piedade, porque sinto quão perto estou dos mesmos males e das mesmas culpas. Convém tomar o caso como um modelo útil e como lição proveitosa. Biran é um exemplar do psicólogo puro, que termina por tornar-se moralista com pouca vontade e ainda menos saúde, depende de tudo, salvo na parte curiosa e observadora do próprio eu. A lição a tirar de sua vida é: 1) que convém atentamente cuidar da saúde no interesse do pensamento; 2) que convém cedo criar-se uma ocupação fixa, uma finalidade firme, e não se deixar seguir ao sabor dos seus caprichos intelectuais; 3) que não se deve evitar o mundo, a ação, a luta, o dever, e tudo o que desenvolve a vontade; e isso desde cedo; 4) convém concluir, chegar a um resultado, formular, terminar; porque a indeterminação, o reinício, a hesitação disseminam as forças, tiram a coragem, aumentam a inquietação e a incapacidade; 5) não se deve isolar em si a teoria da prática, e o homem interior do homem exterior; a harmonia é a saúde moral.

O estudo de Naville é cheio de interesse, de um estilo nobre e digno, de um tom grave e seguro, mas respira quase tanta tristeza quanta maturidade anuncia.

O que me desagrada um pouco é o exagero dos méritos de Biran. Esta apoteose tornou-se como uma herança de família. De resto, a pequena impaciência crítica que me dá este volume será dissipada amanhã. Biran é um importante anel da tradição francesa. É a ele que se ligam os nossos suíços, Naville, pai e filho, Secrétan; é dele que procede a boa psicologia contemporânea, pois Stapfer, Royer-Collard, Cousin chamaram-no seu mestre, e Ampère, nove anos mais moço, foi seu amigo.

Vandoeuvres, 26 de julho de 1857. – Às dez e meia da noite, sob o céu estrelado, um grupo de camponeses, postados próximos às janelas de M., berravam desagradáveis cançonetas. Por que alegra a essa gente um tal coaxar jocoso de notas voluntariamente falsas e palavras irrisórias?

Por que esta descarada ostentação do feio? Por que uma tal rangente carantonha da antipoesia vem a ser a sua maneira de expandirem-se e dilatarem-se na grande noite solitária e tranquila?

Por quê? Por um secreto e triste instinto. Pela necessidade de sentir-se em toda a sua característica de indivíduo, de afirmar-se, de possuir-se exclusiva, egoísta, idolatricamente, opondo o próprio eu a tudo o mais, pondo-o rudemente em contraste com a natureza que nos cerca, com a poesia que nos arrebata, com a harmonia que nos une aos outros, com a adoração que nos eleva a Deus. Não, não, não! Eu só e basta; eu pela negação, pela fealdade, pela contorção e ironia; eu no meu capricho, na minha independência e na minha soberania irresponsável; eu libertado pelo riso livre como um demônio, exultante de espontaneidade, eu senhor de mim, eu para mim mesmo, mônada invencível, ser suficiente a si, vivendo enfim uma vez por si mesmo e para si mesmo: – eis o que é no fundo essa alegria; um eco de Satã, a tentação de fazer-se centro, de ser como um Eloim, a grande revolta. Mas é também a visão rápida do lado absoluto da alma pessoal, a exaltação grosseira do sujeito constatando pelo abuso o direito de sua subjetividade, é a caricatura do nosso mais precioso privilégio, é a paródia de nossa apoteose, e o acanalhamento de nossa suprema grandeza. Berrai, pois, bêbados! Vosso ignóbil concerto em suas titubeações bulhentas revela ainda, sem o saber, a majestade da vida e a potência da alma; em sua repugnante vulgaridade, não pertence senão ao ser superior, o qual, mesmo aviltando-se, não se engana inteiramente, e que, mesmo ao multiplicar sobre seus membros as cadeias da matéria e o entrechoque dos anéis dessa cadeia, faz ainda ressoar o divino ruído da liberdade.

15 de setembro de 1857. – Estou terminando a *Correspondência* e o *Diário* de Sismondi. Sismondi é essencialmente o homem sério, consciencioso, probo e respeitável, o amigo do bem público e o servidor devotado de uma grande causa, a do melhoramento das condições da maioria dos homens. É o caráter e o coração que dominam em sua individualidade, e é a cordialidade o traço saliente de sua natureza. Sismondi é também um belo exemplo. Com faculdades médias, pouca imaginação, pouco gosto, pouco talento, mediocremente dotado, sem distinção, sem finura, sem grande elevação, nem extensão, nem profundeza de espírito, apresenta, não obstante, uma carreira quase ilustre e deixou sessenta volumes com um belo nome. E isso, como? De um lado, seu amor aos homens, e de outro, sua energia no trabalho, são os dois fatores de sua glória.

Em economia política, na história literária ou política, na ação pessoal, Sismondi não é nem o gênio nem o talento, mas a solidez, a lealdade, o bom senso, a integridade. O sentido poético, artístico e filosófico faltam-lhe um pouco; mas interessa e prende por seu sentido moral. É o autor sincero, o coração excelente, o bom cidadão, o amigo solícito, o homem de bem, o homem digno em toda a extensão do termo, sem fulgor nem brilho, mas inspirando segurança por seu mérito, seus princípios e suas virtudes. Ademais é o melhor tipo do bom liberalismo genebrino, republicano e não democrata, protestante e não calvinista, humano e não socialista, progressivo sem turbulência, conservador sem egoísmo nem hipocrisia, patriota sem estreiteza, o teórico da experiência e da observação, o prático generalizador, o filantropo laborioso para o qual o passado e o presente não foram mais do que um campo de estudos a oferecer lições úteis, o homem positivo e razoável que aspira à boa mediania para todos e à formação da ciência social capaz de assegurá-la a cada um.

Aix-les-Bains, 23 de setembro de 1857. – Li quarenta páginas dos *Affaires de Rome*, de Lamennais, ou seja, a viagem à Itália em 1832; e *Atala*, de Chateaubriand. – *Atala* deixou-me bastante frio. Com exceção das partes descritivas que são belíssimas, o conjunto tem algo de áspero, de enfático, e de precioso, que me lembrou o falso gosto do Império. – Lamennais procede de Chateaubriand, mas com certo fundo de paixão política e de aspereza de caráter, que às descrições dá uma cor sombria, particularíssima.

24 de setembro de 1857. – Hoje li muito. Refletindo nos dois episódios de Chateaubriand, o homem tornou-se-me claro. Grande artista e não grande homem, imenso talento, mas maior orgulho, devorado pela ambição, mas nada encontrando para amar e admirar no mundo senão a sua pessoa, infatigável no trabalho, capaz de tudo, salvo de devotamento real, de abnegação e de fé. Invejoso de todo grande êxito, manteve-se sempre na oposição para renegar qualquer serviço recebido ou qualquer glória que não fosse a sua. Legitimista no império, parlamentar na legitimidade, republicano na monarquia constitucional, apologista do cristianismo quando a França era filosofia, enfastiado da religião quando ela se tornou uma séria força, o segredo dessas contradições sem termo é a necessidade de ser único como o sol, a sede devoradora da apoteose, a incurável e insaciável vaidade, que reúne à ferocidade da tirania a suprema aversão a toda partilha. Imaginação magnífica, mas mau caráter, poder incontestável, mas egoísmo antipático, coração seco, não podendo suportar à sua volta senão adoradores e escravos. Alma atormentada e vida triste, afinal de contas, sob a sua auréola de glória e sua coroa de louros: triste, por falta de sinceridade e de amor.

Essencialmente invejoso e colérico, Chateaubriand desde o início é inspirado pela desconfiança, pela necessidade de contradizer, de esmagar e de vencer, e este permanecerá sempre o seu móvel.

Rousseau parece-me o seu ponto de partida, o homem ao qual pedirá, por contraste e resistência, todas as suas réplicas e incursões. Rousseau é revolucionário; Chateaubriand escreverá o seu *Essai contre les Révolutions*.

Rousseau é republicano e protestante; Chateaubriand far-se-á realista e católico. Rousseau é burguês; Chateaubriand glorificará somente a nobreza, a honra, a cavalaria, os paladinos, etc. Rousseau conquistou para as letras francesas a natureza, especialmente a das montanhas, dos lados da Saboia e da Suíça, e defendeu-a contra a civilização. Chateaubriand apoderar-se-á de uma natureza nova e colossal, do oceano, da América, mas falarão seus selvagens a língua de Luís XIV, fará curvar-se Atala diante de um missionário católico e santificará pela missa as paixões nascidas à margem do Mississipi. Rousseau fez a apologia do sonho; Chateaubriand do sonho fará o monumento, para quebrá-lo em *René*. Rousseau prega eloquentemente o deísmo no *Vicaire Savoyard*, Chateaubriand rodeará de todas as grinaldas de sua poesia o símbolo romano no *Génie du Cristianisme*. Rousseau reclama o direito natural, e advoga o porvir dos povos; Chateaubriand não cantará senão magnificências do passado, as cinzas da história e a nobre ruína dos impérios. — Sempre o papel representado, a habilidade, o preconceito a necessidade de fama, o tema de imaginação, a fé imaginária; raramente a sinceridade, a lealdade, a candura. Sempre a indiferença real simulando a paixão pela verdade; sempre a imperiosa preocupação da glória em lugar do devotamento ao bem; sempre o artista ambicioso; nunca o cidadão, o crente, o homem. Chateaubriand assumiu, toda a sua vida, o porte do colosso enfastiado, que sorri de piedade ante um mundo pigmeu e afeta nada querer dele por desdém, quando por seu gênio podia tudo alcançar. É o tipo de uma raça funesta e o pai de uma desagradável posteridade. – Mas volto aos dois episódios. Parece-me *René* muito superior a *Atala*. Ambas as novelas são de um talento de primeira ordem, mas *Atala* é de um gênero de beleza mais transitório.

O fato de apresentar em estilo de Versalhes os amores de um Natchez e de uma Semínola, e em tom católico os costumes de adoradores dos Manitus, era demasiado violento. Mas a obra é um esforço de estilo, e só pelos artifícios do classicismo, perfeito em sua forma, é que o fundo romântico dos sentimentos e das cores podia ser importado para a insípida literatura do Império. *Atala* envelheceu; é teatral e caduco em todas as partes não descritivas ou não europeias, isto é, em toda a selvageria sentimental. *René* é infinitamente mais durável. Seu argumento, que é a enfermidade de toda uma geração (o fastio da vida por fantasia ociosa e as devastações de uma desmedida e vaga ambição), é um fato verdadeiro. O estilo é admirável e quase perfeito. Sem sabê-lo nem querê-lo, Chateaubriand foi sincero, porque *René* é ele próprio. Este pequeno relato é uma obra-prima, porque não está, como *Atala*, desvirtuado artisticamente pela intenção acessória e pela tendência preocupante. *René*, em vez de entusiasmar a outras gerações, será por estas apontado a dedo: em vez de um herói, ver-se-á nele um caso patológico; mas a obra, como a fênix, subsistirá em si mesma. Uma obra de arte suporta todas as interpretações, porque lhes basta e lhes sobrevive, rica e complexa como uma ideia que é. Um retrato prova tudo o que se quer. Até na forma do estilo, caracterizada pela desdenhosa generalidade da narração, pela brevidade das sentenças, a série de imagens e de quadros traçados com uma pureza clássica e exemplar vigor, existe algo de monumental. Talhado à maneira antiga num tema deste século, *René* é o camafeu imortal de Chateaubriand.

14 de junho de 1858. – Nos momentos de lazer desta última semana fui devorado por um duplo sofrimento interior: a necessidade insatisfeita de felicidade e o cuidado pela minha vista.

As moscas volantes cada vez mais fortes, o meu coração cada vez mais vazio não me deixam em paz. Como o gado num estábulo em chamas, apego-me ao que me consome, à vida solitária que me faz tanto mal. Não vejo mais amigos, não tenho mais palestra nem trocas, nem efusões de coração. Como Prometeu, abandono o fígado ao meu abutre. Ontem, contudo, lutei contra esta fatal tendência. Subi a Pressy, e os carinhos dos filhos de M. restabeleceram um pouco o equilíbrio em minha alma... Após o jantar à sombra das árvores, as três crianças cantaram diversas pequenas canções e hinos de escola. Era encantador ouvi-las. A fada da primavera espalhara pelo campo flores em profusão. Tinham-me posto rosas em todas as casas da roupa. Em suma, era uma pequena aparição do paraíso. É verdade que a serpente rondava por ali. Roubaram, ontem, na casa do vizinho: a morte visitara as cercanias. Uma palavra ácida surgiu diante de mim, etc. A morte e o mal arrastam-se em redor de cada Éden, e algumas vezes em seu próprio recinto. Daí a beleza trágica, a poesia dolorosa do destino humano. Flores, sombras, uma vista admirável, um sol poente, verdura, alegria, graça, emoção, abundância e serenidade, ternura e canções: eis a beleza; depois os perigos do presente e as traições do futuro: eis o elemento patético.

A imagem deste mundo passa. Sem a posse da eternidade, sem a visão religiosa da vida, estes dias fugitivos são apenas motivo de assombro. A felicidade deve ser uma prece, e a desgraça também. A fé na ordem moral e na paternidade protetora da Divindade apareceu-me em sua grave mansuetude.

> *Pense, aime, agis et souffre en Dieu:*
> *C'est la grande science.*

19 de julho de 1858. – Comovi-me hoje profundamente pela nostalgia da felicidade e aos apelos de recordações. O meu velho eu, os meus sonhos de Alemanha, os ímpetos do coração, as aspirações da alma despertaram com força inesperada. Epimênides saía da gruta. Todos os desejos de amor, de viagem, de êxtase, de juventude, de aventura, de glória estremeceram no meu peito, e o atravessaram em tumulto. O temor de haver faltado a meu destino, de haver sufocado a minha verdadeira natureza e de me haver sepultado vivo, passou-me como um calafrio. A sede do desconhecido, a paixão da vida, o arrebatamento para as abóbadas azuis do infinito e para os mundos estranhos do inefável, a embriaguez dolorosa do ideal, arrastaram-me numa espécie de turbilhão interior que não posso exprimir, mistura de angústia amarga e de mortal volúpia.

É isso uma advertência? É um castigo? É uma tentação? Aí não está uma dessas borrascas de paixão que assaltam as mulheres, quando a idade vem sem que tenha vindo o amor; protesto secreto, rebelião veemente do coração insaciado, furiosa reivindicação de um direito não satisfeito, horrível acordar à borda de um precipício que nos devora, agonia da felicidade que se debate contra o destino implacável, espanto da esperança que não se resigna a morrer?

E que foi que ergueu esta tempestade? Que foi que tocou em minha rocha árida e dela fez jorrarem lágrimas de juventude? Uma simples leitura: o primeiro número da *Revue Germanique*, e entre outras a pequena novela de Hartmann intitulada: *Les Cheveux d'Or*. – O que *Sarah Mortimer* e o *Roman d'un Jeune Homme Pauvre*, que li entre ontem e hoje, não tinham feito, aquela bagatela produziu: estranho efeito da verdadeira poesia.

Tive a intuição de minha petrificação gradual e contínua, de minha morte interior por desgosto, renúncia, indiferença, desilusão, e lassitude imensa; de meu enfraquecimento pelo abandono das grandes ideias, e pelo desânimo de tudo. Os artigos de Dollfus, Renan, Littré, Montégut e Taillandier, reconduzindo-me a alguns antigos temas favoritos, fizeram-me esquecer dez anos perdidos e lembrar a minha vida universitária. – Fui tentado a abandonar a minha roupa de genebrino, a minha posição e todas essas cadeias, e partir, cajado na mão, para um país qualquer, despojado, mas vivo, jovem, entusiasta, cheio de ardor e de fé...

Sonhei solitário, depois das dez da noite, na obscuridade, debruçado na janela, enquanto as estrelas entre as nuvens de novo se acendiam, e nas casas em torno apagavam-se uma a uma as luzes dos vizinhos. Em que sonhei? Nas palavras desta tragicomédia que representamos todos. Ai! Pobre de mim! Tão melancólico estava eu como o Eclesiastes. Cem anos pareciam-me um sonho, uma vida, um sopro, e toda coisa um nada. Quantos tormentos de espírito, e tudo isso para morrer dentro de alguns minutos! Em que se interessar e para quê?

> *Le temps n'est rien pour l'âme; enfant, ta vie est pleine,*
> *et ce jour vaut cent ans s'il te fait trouver Dieu.*

24 de julho de 1858. – ... Para que viver, perguntava-me eu próprio anteontem; e não sabia que responder, senão porque é a vontade de Deus.

Fiz bolhas de sabão, a metade do dia. Não é o que tenho feito em toda a minha vida? E será outra coisa a minha própria vida que uma bolha colorida, voejante e vazia, um sonho, uma aparência, cujo brilho efêmero e cujo quimérico volume resolvem-se numa simples lágrima, em um sopro em vão?

25 de julho de 1858. – Reli os "*Grains de Mil*":[7] quanta infantilidade! E também quantas passagens que me condenam! – Se eu morresse amanhã, para que teria servido a minha vida? Na verdade, para bem pouco; nem aos outros, nem a mim mesmo. Está certo? Não. Daí o descontentamento secreto que me agita e me consome, quando cessa a inércia de me adormentar. O meu pecado é o medo; medo de sofrer, medo de ser enganado, medo de enganar-me, medo do destino, medo do sofrimento, medo do prazer, medo da vida, medo da morte.

E a causa do medo? É a desconfiança. E a origem dessa desconfiança? A consciência de minha fraqueza. Incapaz de vencer, de forçar, de acomodar as circunstâncias, recuso-me a elas, quando elas não são tais como as desejo. Ausência de coragem e de vontade; nenhuma força moral; eis o meu mal, sempre o mesmo e sempre crescente. – Determinar a mim próprio uma finalidade, esperar, lutar, parece-me cada vez mais impossível e prodigioso. Mesmo crítico ou contemplativo não sou mais. Estou positivamente nulo, isto é, sonolento e flácido, apático e indiferente, passivo e mole. "A quem não tem, será tirado até o pouco que tem." O ciclo está, pois, percorrido. Aos 20 anos, eu era a curiosidade, a elasticidade, a ubiquidade espiritual; aos 37, não tenho mais uma vontade, um desejo nem um talento; o fogo de artifício de minha juventude não é mais do que um punhado de cinzas. Tudo me atraía, nada mais me atrai. Tudo se abria, fecha-se tudo. Não soube, não pude, não quis escolher, limitar-me, enraizar-me: permaneci fogo-fátuo e eis o resultado: vaidade, esterilidade, inquietação, e nada! Desgosto e tristeza em cotação alta. *Alles rächt sich auf Erde*, como dizia Hartmann.

13 de dezembro de 1858. – Em ti há somente obstáculos, maus antecedentes, derrotas repetidas. Considera-te como um aluno intratável e manhoso, mas de quem és responsável na qualidade de mentor e tutor. Santificar a natureza pecadora, sujeitando-a gradualmente ao anjo interior, por mercê de Deus santo, é, no fundo, toda a pedagogia cristã e a moral religiosa. Domesticar, domar, evangelizar e angelizar o eu mau, restabelecendo a harmonia com o eu bom, eis a nossa obra, a tua obra. A salvação é abandonar em princípio o eu mau, refugiar-se no outro, o eu divino; aceitando com coragem e súplica a missão de viver com seu próprio demônio, e dele fazer o órgão cada vez menos rebelde do bem; o Abel em nós deve empenhar-se em salvar Caim. Empreendê-lo é converter-se, e cumpre converter-se

---

[7] Coleção de *Poesias e Pensamentos* de Amiel, publicada em 1854.

todos os dias, pois a torção natural tende a levar-nos sempre ao estado antigo. E Abel só redime e impressiona Caim, acostumando-o com as boas obras, e nelas o exercitando. Fazer o bem é, de um lado, uma violência, um suplício, uma expiação, uma cruz, pois é vencer-se a si mesmo e tornar-se servidor; de outro, é a aprendizagem do céu, mansuetude secreta, o contentamento, a paz, a alegria. A santificação é o martírio perpétuo; mas esse martírio é a glorificação.

A coroa de espinhos é o eterno e doloroso símbolo da vida dos santos.

A noção do mal e de sua cura é a melhor medida da profundeza de uma doutrina religiosa.

14 de julho de 1859. – Acabo de reler o *Fausto* (traduzido em verso pelo príncipe de Polignac). Pobre de mim! Todos os anos sou tomado por essa vida inquieta e por esse personagem sombrio. É o tipo de angústia em torno do qual gravito, e nesse poema encontro sempre mais palavras que me vão direto ao coração. Tipo imortal, malfazejo e maldito! Espectro de minha consciência, fantasma de meu tormento, símbolo da paixão insatisfeita, imagem dos combates incessantes da alma que não achou seu alimento, a sua paz, a sua fé, o seu equilíbrio; não és tu o exemplo de uma vida que se devora a si mesma, porque não encontrou seu Deus, e que em sua carreira errante, através dos mundos, arrasta consigo, como um cometa, o incêndio inextinguível do desejo e o suplício do incurável desengano? – Eu também, eu estou reduzido ao nada, e me enregelo à borda dos grandes abismos vazios do meu ser interior, constrangido pela nostalgia do desconhecido, ávido pela sede do infinito, abatido ante o inefável. Eu também, eu experimento às vezes essas raivas surdas da vida, esses arrebatamentos desesperados para a felicidade, mas com muito mais frequência o abatimento completo e a taciturna desesperança. E de onde vem tudo isso? Da dúvida absoluta do pensamento, de si mesmo, dos homens e da vida, da dúvida que enerva o querer e que arranca o poder, que separa do próximo, que faz esquecer a Deus, que faz negligenciar a prece, o dever e o esforço; da dúvida inquieta e corrosiva que torna a existência impossível e zomba diante de toda esperança.

17 de julho de 1859. – "Por que nunca fala de si mesmo senão no passado? – pergunta-me L. H. – Parece que é defunto". – "Com efeito, respondi eu, não tenho presente, nem futuro."

É com efeito uma prova de minha fraqueza e de minha ruína moral, esta tendência de ancião a não viver senão de lembranças retrospectivas, a não ter vontades e dispensar projetos. És apenas uma frágil elegia, e esse desinteresse pusilânime não é senão um sibaritismo culpável e a covardia de uma renúncia confusa. Por que sempre conversação frívola e frases, pesares ou aborrecimentos, e jamais ação? Por que estas flagelações hipócritas, a que não segue melhoramento algum? Por que estas censuras vãs, esta afetação de arrependimento, este gesticular no vácuo, senão para enganar-te a ti mesmo, para dar-te a ilusão do movimento, e o decoro da vida moral? De fato, pagas a tua consciência apenas com disfarces, teu bom senso com aparências, tu te agitas sem te moveres, tentas sempre enganar a tua dor ou as tuas exigências, e dissipas a todo custo a seriedade que te atormenta. Na realidade, tens medo de viver, querer é para ti um suplício, agir, uma agonia, e te esforças por dormir a todo custo.

Não obstante, seguindo a lei fatal, é justamente a vontade que, única, te acalma, e a ação que, única, te satisfaz.

Tens horror do que te é indispensável e detestas o que seria a tua cura. Assim sempre, e por toda parte, a salvação é uma tortura, a libertação uma espécie de morte, o sossego está na imolação; para receber a graça urge beijar o crucifixo de ferro em brasa; em suma, a vida é uma série de angústias, um calvário que só se sangrando os joelhos é que pode ser escalado.

Distraímo-nos, dispersamo-nos, embrutecemo-nos para fugirmos à prova, da *via dolorosa* os nossos olhos desviamos. E é preciso volver sempre a ela. É necessário reconhecer que cada um de nós traz em si o seu verdugo, o seu demônio, o seu inferno em seu pecado, e que o seu pecado é o seu ídolo, e que este ídolo que seduz as vontades do seu coração é sua própria maldição.

Morrer para o pecado! Estas prodigiosas palavras do cristianismo permanecem como a mais alta solução teórica da vida interior. Aí somente é que está a paz da consciência, e sem essa paz, absolutamente não há paz... Acabo de ler sete capítulos do Evangelho. Esta leitura é um calmante. Cumprir o seu dever por amor e obediência, fazer o bem, tais são as ideias que sobrenadam. Viver em Deus e realizar as suas obras, eis a religião, a salvação, a vida eterna. Eis o efeito e o sinal do santo amor e do santo espírito. É o novo homem, anunciado por Jesus, e a vida nova em que se entra pelo segundo nascimento. Renascer é renunciar ao antigo eu, ao homem natural, ao pecado, e apropriar-se de um outro princípio de vida; é existir para Deus como um outro eu, uma outra vontade, um outro amor.

9 de agosto de 1859. – A natureza esquece, e os homens ainda mais; por pouco que nisso consinta o indivíduo, o esquecimento o envolve em breve como uma mortalha. Essa rápida e inexorável expansão da vida universal que cobre, desborda e traga os seres particulares, que apaga a nossa existência e anula a nossa lembrança, é de uma acabrunhante melancolia.

Nascer, agitar-se, desaparecer, eis aí todo o drama efêmero da vida humana. Salvo em alguns corações, e ainda nem sempre em um só, a nossa memória passa como onda sobre a água, como brisa no ar. Se nada é imortal em nós, quão pouco vale esta vida! Como um sonho que vacila e se evapora aos clarões nascentes da alvorada, todo o meu passado e todo o meu presente dissolvem-se em mim e se afastam de minha consciência quando ela reflete sobre si mesma.

Sinto-me, a essa hora, vazio e despojado como um convalescente que não lembra nada mais. As minhas viagens, leituras, os meus estudos, os meus projetos, e as minhas esperanças, de meu pensamento esvaeceram-se.

É um estado singular. Vão-se todas as minhas faculdades como um manto que se depõe, como o casulo de uma larva; sinto-me transformar, ou melhor, voltar a condições mais elementares; assisto à supressão de minhas roupas. Esqueço mais do que sou esquecido. Entro suavemente no ataúde ainda vivo, como Carlos V. Experimento algo assim como a paz indefinível do aniquilamento e a quietude vaga do Nirvana; sinto passar em mim e diante de mim o rápido rio do tempo, deslizarem as sombras impalpáveis da vida, e sinto-o com a tranquilidade cataléptica da Bela no bosque adormecida.

Compreendo a voluptuosidade búdica dos sufis, o *kief* dos turcos, o êxtase dos orientais. E, todavia, também sinto que esta voluptuosidade é letífera, que é, como o uso do ópio e do haxixe, um suicídio lento; que, além disso, é inferior ao júbilo da energia, à doçura do amor, à beleza do entusiasmo, ao sagrado sabor do dever cumprido.

Porque esta macia beatitude é ainda uma procura de si mesmo, uma denegação de obediência, um ardil do egoísmo e da preguiça, um modo de evitar o trabalho e dispensar o próximo.

28 de novembro de 1859. – Esta tarde, ouvi Ernesto Naville (primeira conferência pública para homens) sobre a *Vida Eterna*.

Estava admirável, de segurança, de lealdade, de clareza e dignidade. Provou que a questão da outra vida deve ser tratada, apesar de tudo. Beleza de caráter, grande poder da palavra, seriedade de pensamento, eis o que esplende naquela improvisação tão nutrida como uma leitura e que quase não se separa das citações

(Bossuet e Jouffroy) de que está entremeada. É mais firme e mais calmo que Pressensé, menos oratório, mas talvez mais forte, porque nada tem de teatral.

A grande sala do Cassino estava repleta até à escadaria e viam-se não poucas cabeças brancas.

13 de dezembro de 1859. – Quinta lição sobre a *Vida Eterna* (A prova do Evangelho pelo sobrenatural). Multidão enorme, o mesmo talento, grande eloquência; mas demonstração nula, a captação (involuntária) pelo sentimento. Julga aprofundar-se na crítica histórica e não descobre a primeira palavra; não quer compreender que o sobrenatural deve provar-se historicamente ou, do contrário, renunciar-se a sair do domínio da fé e a entrar na história e na ciência. Cita Strauss e Renan, e Scherer, mas deles só toma a letra e não o espírito. Sempre o dualismo cartesiano, a metafísica francesa, a ausência de sentido genético, histórico, especulativo e crítico; ele permanece estranho à ciência moderna, e a sua apologética está envelhecida.

A ideia da evolução viva não penetrou ainda em sua consciência. Em uma palavra, absolutamente não é objetivo, com a melhor intenção de sê-lo, e permanece, muito a seu pesar, subjetivo, oratório, sem força demonstrativa para o ouvinte verdadeiramente escrupuloso. Este, o irremediável inconveniente de ter seu juízo feito, de polemizar em vez de investigar. A moralidade em Naville triunfa sobre o discernimento e o impede de ver o que pode ver; em sua metafísica a vontade supera a inteligência, e em sua pessoa o caráter é superior ao espírito: isso tudo é lógico.

A consequência é que ele pode reter o que vacila, mas não fazer conquistas; é um conservador de verdades ou de crenças, mas desprovido de iniciativas, de invenção, de rejuvenescimento. Moraliza, mas não sugere, não desperta, não instrui. Popularizador, vulgarizador, apologista, orador de grande mérito, ele esteriliza a ciência como um escolástico. E no fundo, é um escolástico; argumenta exatamente como no século XII, e defende o protestantismo, como se defendeu o catolicismo. A melhor maneira de mostrar a insuficiência desse ponto de vista é pôr em relevo, pela história, quanto já envelheceu.

Esta quimera da verdade simples e absoluta é totalmente católica e anti-histórica. O espírito de Naville é puramente matemático e o seu objeto é a moral: matematizar a moral, eis aí a sua preocupação. Ao tratar-se do que se desenvolve, do que se metamorfoseia, do que se organiza, muda e vive, em outros termos, no mundo móvel da vida, e sobretudo no da vida espiritual, abandona a questão.

A linguagem é para ele um sistema de sinais fixos; um homem, um povo, um livro são figuras geométricas paradas, cujas propriedades se trata de descobrir. – Ainda a aplicação da minha velha lei das contradições íntimas: Naville ama de coração a vida, e teoricamente não a compreende. Compreende-a Scherer pelo pensamento e quase não a ama pelo coração. Naville defende-se da ciência sem entranhas, e a sua ciência é puramente formal, isto é, sem entranhas. Scherer reclama uma crítica vivificante, e é mortal a sua crítica.

15 de dezembro de 1859. – Sexta lição de Naville: esta admirável, porque somente expunha a doutrina cristã da vida eterna. Improvisação maravilhosa de segurança, de lucidez, de elegância e de elevação, de precisa e forte eloquência. Com a primeira sessão, é a única que me agrada, porque não tenho reservas a fazer aqui, em nome da crítica, da história ou da filosofia. Tudo foi belo, nobre, leal e puro. Acho ademais que Naville cresceu na arte da palavra, esses últimos anos: sempre teve a beleza didática e digna, agora tem, além disso, a cordialidade comunicativa e o valor emotivo que completam o orador; abala todo o homem, começando pelo pensamento, mas terminando também pelo *pectus*. Atinge agora à verdadeira eloquência viril, e a possui para um dado gênero, aproximadamente em sua perfeição. Chegou à virtuosidade completa de sua própria natureza, à expressão adequada e magistral de si mesmo. É a alegria e a glória do artista-orador como de todo artista. Naville passa à categoria de modelo, no gênero da eloquência meditada e senhora de si. Há uma outra eloquência, a que parece inspirada, que acha, descobre, ilumina-se por ímpetos e clarões, a que nasce diante do auditório e o transporta. Essa não é a de Naville. Vale esta mais? Não sei. Mas pode fazer palpitar mais...

Que não daria eu para ter este poder? Ou antes (pois jamais consagrei uma hora nem um esforço para adquiri-lo, e desconfio demais de mim para ser um dia o mais insignificante orador do mundo), como admiro os que possuem essa força! Toda maestria é um aumento de liberdade. – Mas jamais a atingirei. Para fazer um discurso semelhante é preciso trazer em si uma imensa rede de ideias, combinadas oratoriamente; isso é um grande esforço, e para realizá-lo é preciso muito amar ao público, e eu não o amo; imprescindível ainda grande memória e presença de espírito, e isso me falta quase inteiramente; é preciso estar à vontade perante um auditório que nos olha, e eu fico embaraçado; é preciso ver as fisionomias, e eu nelas não vejo nada; é preciso ter confiança, convicção, ardor, de tudo isso nada eu tenho. – Conclusão: pessoalmente, não posso pretender a eloquência patética e persuasiva;

trabalhando poderia chegar a ser discreto e agudo em literatura e em estética; fino, delicado, talvez profundo em filosofia psicológica; mas sou e permaneço desinteressado, objetivo e reflexivo, não posso crer na simpatia de uma multidão por mim, e não posso transformar-me em seu órgão e seu representante. – Impessoal e simpático pelo pensamento, sinto-me puramente individual e afastado na ação. – Assim se realiza a minha contradição dialética. Teoricamente, posso facilmente destacar o espírito geral de um livro, de uma vida, de uma nação: praticamente, sou sobretudo atingido pelas diferenças espirituais dos indivíduos, e absolutamente não faço a síntese instintiva da multidão em que estou mergulhado. Dou-me às coisas, ao passado, ao futuro, aos objetos; mas aos indivíduos, ao presente, ao meio que me cerca, recuso-me. Sempre por instinto de liberdade. Tudo o que me solicita diretamente inspira-me secreta desconfiança, e seguramente amo apenas no lugar em que não há esperanças de retorno. Tenho a inteligência presbita, o entusiasmo retardatário; detesto a oportunidade, e só me interessa o inútil. Em suma, tenho horror do sucesso, precisamente porque me lisonjearia; sou demasiado altivo para querer o que desejo, e mesmo para confessar-me de que gosto. É um pudor timorato? Orgulho feroz? Desilusão perfeita? Protesto mudo? Invencível preguiça?

É simplesmente absoluta desconfiança da vida e do destino, timidez transformada em renúncia, monaquismo sistemático e abdicação total. Não ouso esperar nem viver; eis tudo. Velha história! Mas que tem mil variantes! Não ouso escrever, falar, agir, arriscar, tentar, casar-me, expatriar-me, especular, começar, concluir, amar, odiar, afirmar, negar, fazer uma carreira.

Quase nada peço a ninguém, e a Deus somente peço poupar-me os sofrimentos do corpo e da alma. Daí também a objetividade da minha inteligência, eu considero tudo e não pretendo nada. Recaio sempre na macia contemplação que é a forma do meu egoísmo e a consequência do meu medo. Ora, é uma forma de esquecer o dever e de suprimir a responsabilidade.

27 de janeiro de 1860. – Hoje, senti uma grande necessidade de ordem; fiz minhas contas, recompus os meus livros de notas; retomei um pouco a direção de meus negócios propriamente ditos. A incúria é um sofrimento análogo ao desasseio. A desordem me oprime e nela entretanto vou, de ordinário, vivendo por apatia e adiamento. Depois, esqueço o lugar das coisas, perco tempo em procurá-las, o aborrecimento no meio disso aparece e eu deixo correr. Assim encontrei hoje uma poesia de M. Petit-Senn perdida (o que, outro dia, me causou dissabores) e não pude encontrar um caderno psicológico (o de meus dois sobrinhos), o qual me teria sido necessário, ou pelo menos útil.

Oh! a ordem! a ordem material, a ordem intelectual, a ordem moral! Que alívio, e que força, e que economia! Saber aonde se vai e o que se quer: é ordem. Sustentar a palavra, chegar pontualmente, a tempo; ainda ordem. Ter tudo à mão, manobrar todo o seu exército, trabalhar com todos os seus recursos; sempre ordem. Disciplinar os seus hábitos, os seus esforços, as suas vontades, organizar a sua vida, distribuir o seu tempo, medir os seus deveres e impor os seus direitos; pôr a produzir seus capitais e seus recursos, seus talentos e suas oportunidades: ainda e sempre a ordem. A ordem é a luz, a paz, a liberdade interior, a disponibilidade de si mesmo; é o poder. Conceber a ordem, entrar na ordem, realizar a ordem, em si, ao redor de si, por meio de si, é a beleza estética e moral, é o bem-estar e o que é preciso.

17 de abril de 1860. – Voaram já os pássaros noturnos; estou melhor. Resta-me apenas a impressão de repetidas pancadas nas costas, que sinto machucadas e dolorosas. Levantei-me à hora ordinária e dei o meu habitual passeio à Latada. Todos os botões estavam abertos e os rebentos novos em todos os ramos verdejavam. É singular o efeito que produzem num enfermo o murmúrio das águas claras, a alegria dos pássaros, a frescura nascente das plantas, os ruidosos brinquedos da infância; ou antes, era singular para mim olhar com olhos de enfermo e de moribundo, e entrar nesta forma de existência. Esse olhar é muito melancólico. Sentimo-nos vedada a natureza, fora de sua comunhão, porque ela é a força, a alegria, a saúde eterna. "Lugar aos vivos! – grita-nos ela. – Não venhas tornar sombrio o meu azul com as tuas misérias. Cada um por sua vez; retira-te." – Para criar-se coragem é preciso dizer a si mesmo: Não, o sofrimento e a decadência devem exibir-se a todos, dão sabor à alegria dos indiferentes e uma advertência aos que sonham. A vida foi-nos emprestada, e aos nossos companheiros de caminho devemos o espetáculo do emprego dela até o fim. A nossos irmãos temos de mostrar como se deve viver e como se deve morrer. – Estas primeiras intimativas têm um valor divino. Elas nos fazem entrever os bastidores da vida, as suas realidades temíveis e o seu fatal encerramento. Em nós incutem a simpatia. Aconselham a resgatar o tempo enquanto ainda há luz. Ensinam a gratidão pelos bens que nos restam, e a humildade pelos dons que estão em nós. Esses males são, pois, um bem, são um apelo do alto, uma chicotada paternal.

Como a saúde é, pois, uma frágil coisa, e que delgado envoltório defende a nossa vida contra a absorção do exterior ou a desorganização interior! Um sopro! e fende-se o barco, ou soçobra; um nada! e tudo está perdido; uma nuvem! e tudo são trevas! A vida é bem a flor da erva, que uma simples manhã já torna murcha e um bater de asas pode ceifar; é bem a lamparina que um fio de ar extingue. Para sentir vivamente a poesia das rosas da manhã, é preciso fugir às garras desse abutre que se chama doença.

O fundo e o realce de tudo é o cemitério. A única certeza neste mundo de agitações vãs e de infinitas inquietudes é a morte, e o que é o antegosto e a moeda corrente da morte, a dor. Enquanto os olhos se desviam dessa implacável realidade, vela-se o trágico da vida; mas logo que de frente a olhamos, encontram-se de novo as verdadeiras proporções das coisas, e à existência volve a solenidade. Percebe-se claramente que se estivera em brinquedo, arrufo, recalcitrância, esquecimento, sem com justeza apreciar as coisas.

É preciso morrer e prestar contas da sua vida; eis em toda a sua simplicidade o grande ensinamento da enfermidade. Faz o mais cedo possível o que tens de fazer; volve a entrar na ordem; põe-te em condições; pensa em teu dever; prepara-te para a partida: eis o que clamam a consciência e a razão.

A vida é curta e grande; foi-nos emprestada por conta de Deus, para o serviço do bem e para a felicidade dos outros. Sê ponderado, salva tua alma, faz o travesseiro de uma boa consciência para o teu leito de morte.

3 de maio de 1860. – ... Edgar Quinet tocou em tudo, não visou senão às grandes coisas, é rico de ideias, esplêndido de imagens, sério, entusiasta, corajoso, nobre escritor. Por que não é maior a sua reputação? Não é ele da Academia, etc.? Porque é demasiado puro. Porque é em excesso uniformemente ideal, pitonisante, fantástico, inspirado, o que aborrece na França. Porque é muito cândido, teórico, especulativo, confiante na palavra, nas ideias, excessivamente franco, desprovido de malícia, de ironia, de astúcia e de sutileza, o que faz rirem os sagazes... É demasiado protestante por inclinação e demasiado oriental de forma para o gosto francês. É no fundo um estrangeiro, enquanto Proudhon, Michelet, Renan são nacionais. Na pátria de Voltaire a ingenuidade mata. O sublime fatiga no país dos trocadilhos. O espírito de quimera desacredita no século dos fatos consumados.

5 de maio de 1860. – À tarde, passeio com L. Ouvi os primeiros rouxinóis do ano, colhi o primeiro pilrito e assisti do "Confim do Mundo" ao sair da lua. Paisagem austera e de uma triste majestade; depois, na volta, alegre luz, música e vida em Plainpalais. O contraste era impressionante. No céu, Vênus cintilava no azul.

Ela estivera doente os últimos dias, e estava muito fraca. A lassidão da vida a persegue e, às vezes, profundos desfalecimentos a abatem. Pobrezinha, sofre do meu mal com agravação; e não posso causar-lhe prazer sem molestá-la, nem abster-me sem desolá-la ainda mais. Um problema sem solução. E depois, cuidados de sua mãe; cuidados do presente e do futuro; incerteza quanto a importante oferecimento de ocupações a empreender. Nada que repouse. Desejo de ver terminar o dia, a provação e a vida. É cruel. E eu, não sabendo que fazer, dou o que se deseja, busco aliviar dia a dia, esperando sem esperar qualquer melhora, qualquer transformação.

Envelhecer é mais difícil que morrer, porque renunciar uma vez e em bloco a um bem, custa menos que renovar o sacrifício diariamente e por miúdo. Suportar a própria decadência, aceitar a própria diminuição é uma virtude mais amarga e mais rara que desafiar a morte. Há uma auréola na morte trágica e prematura; e não há senão uma longa tristeza na caducidade crescente. Mas olhemos melhor a isso: a velhice resignada e religiosa parece então mais comovedora que o ardor heroico dos anos juvenis. A maturação da alma vale mais que o brilho das faculdades e do que a abundância das forças, e o eterno que existe em nós deve tirar proveito de todas as devastações que faz o tempo. Este pensamento consola.

Vouloir ce que Dieu veut est la seule science
Qui nous mette en repos.

22 de maio de 1860. – Há em mim uma secreta inflexibilidade, quanto a mostrar a minha verdadeira emoção, a dizer o que pode agradar, a abandonar-me ao momento presente, tolo cuidado que sempre observei com pesar. Meu coração jamais se atreve a falar seriamente, por vergonha da adulação e por temor de não achar a nuança conveniente. Divirto-me sempre com o momento que passa, e tenho a emoção retrospectiva. Repugna à minha natureza refratária reconhecer a solenidade da hora em que estou; um instinto irônico, que provém da minha timidez, faz-me sempre deslizar levemente sobre o que tenho, sob o pretexto de outra coisa e de um outro momento. O temor de ser arrastado e a desconfiança de mim mesmo perseguem-me até no enternecimento e, por uma espécie de altivez invencível, não posso resolver-me a dizer, um instante qualquer: Para! Decide de mim! Sê um instante supremo! Sai do fundo monótono da eternidade e marca um ponto único da vida!

27 de maio de 1860 (domingo). – Ouvi esta manhã um discurso de J. C. sobre o Espírito Santo; belo, mas insuficiente. Demonstra que a vida é vazia enquanto não tem um grande interesse que a encha integralmente, e que só o sacrifício diário aplaca a sede da alma. Ora, o espírito santo é o espírito do sacrifício. *Ergo*, celebremos seu advento na sociedade humana. – Por que não estou edificado? Por falta de unção. E porque não tenho unção.

Porque esse é o cristianismo da dignidade, não o da humildade: faltam nele a penitência, a luta impotente e a austeridade, apaga-se a Lei, a santidade e o misticismo evaporam-se neste modo de ver racionalista. Falta o acento especificamente cristão. A minha impressão é sempre a mesma. Não desvirtuemos a fé dissolvendo-a em pura psicologia moral. Sofro um sentimento de inconveniência e um verdadeiro mal-estar quando vejo a filosofia no púlpito.

"Levaram o meu Salvador e não sei onde o puseram", – têm o direito de dizer os simples, e eu o repito com eles. – A ortodoxia é mais própria à predicação e muito mais dramática e patética. Arrancar o sobrenatural é rebaixar de uma só vez todo o conjunto da fé e da vida religiosa. – Assim, F. C. me desagrada por seu dogmatismo sacerdotal; J. C., por seu laicismo racionalista.

Parece-me que a boa predicação deveria unir, como Schleiermacher, a perfeita humildade moral à energética independência do pensamento, o profundo sentimento do pecado ao respeito da crítica e à paixão da verdade.

3 de junho de 1860. – Traduzi (em verso) a página de Goethe, tirada do *Fausto*, que contém a profissão de fé panteísta. Li-a para B. e para L.; depois a retoquei antes de apagar a minha lâmpada. Parece que não saiu muito mal. Mas, que diferença entre as duas línguas quanto à precisão; é o esfuminho e o buril; uma pintando o esforço mesmo, a outra anotando o resultado da ação; uma fazendo sentir o sonho, o vago, o vazio, o informe; a outra determinando, fixando, desenhando mesmo o indefinido; uma representando a causa, a força, os limbos de onde saem as coisas; a outra, as próprias coisas; o alemão tem a profundidade obscura do infinito; o francês, a clareza alegre do finito.

4 de junho de 1860. – Ao voltar, ponho-me a burilar como maníaco alguns versos de minha tradução (página do *Fausto*), teimando, insistindo em peneirar, em repetir, em remendar uma dúzia de hemistíquios. Uma divertida extravagância, consequência da minha absoluta desconfiança de mim mesmo. Risco, corrijo e refaço, não podendo crer que o meu primeiro movimento não seja mau. Meu pequeno talento é um ácido que ataca a si mesmo, um roedor de si mesmo. E como dizia L., nenhum crítico é tão duro para comigo. Esta ansiedade é o que me tira o natural; nenhum impulso, nenhum abandono, nenhuma efusão, graça alguma são possíveis com ela. À força de retoques, de arrependimentos, de raspaduras, consigo sempre destruir tudo o que podia assemelhar-se à inspiração. A censura corta sempre em mim as asas do gênio, sempre que elas crescem um pouco. A assídua e crítica observação de mim mesmo quer absolutamente levar à impotência, à não-produção. Pois a produção tem um elemento sonambúlico, inconsciente, cego, que a reflexão não pode suportar. A análise interior é a água régia na qual dissolvo a minha vida. Meu instinto é consequente.

14 de junho de 1860. – Os livros e as mulheres, tive eu acaso outros refúgios? Mas coube-me procurar os livros, e foram as afeições femininas que me procuraram. Que é que eletriza, consola, vivifica, abençoa, inspira, aconselha, encoraja como uma mulher? Que é que alivia, reanima, ampara, cura, acalma o corpo sofredor ou o coração doente, ou o espírito perturbado, como a voz, a mão, o hálito ou o olhar de uma mulher amante? – Quando penso em tudo o que devemos ao sexo feminino, fico emocionado; quando penso em tudo quanto podemos fazê-lo sofrer, fico perturbado; quando penso em tudo quanto nele dormita e pode florescer sob a influência viril, experimento uma espécie de entusiasmo, sinto que um mundo novo dorme oculto no seio da mulher, e que uma humanidade mais bela, maior, mais heroica do que a nossa poderá nascer, quando o homem for digno de engendrá-la.

É a mulher, a eterna mãe e ama de gerações, que alimenta no homem sua recompensa e seu castigo, sua aflição e sua coroa. Feliz do que chegou a encontrar a mulher forte e pura, entusiasta e corajosa, fiel e santa, a companheira dos seus dias e das suas noites, o apoio da sua juventude e dos anos da velhice, o eco de sua consciência, a auxiliar dos seus trabalhos, o bálsamo das suas penas, a sua prece, o seu conselho, o seu repouso, a sua auréola; esse na mulher tem toda a natureza, esse encarna a sua poesia, fixa a sua inquietação, realiza o seu sonho. O verdadeiro casamento é uma prece, é um culto, é a vida tornada religião, porque é ao mesmo tempo natureza e espírito, contemplação e ação, e participa visivelmente na obra infinita pelo trabalho, pela fecundidade e pela educação, sementeira tríplice do espírito e da vida.

4 de julho de 1860 (*dez horas da manhã*). – Temos necessidade de amar e de ser amados todos os dias; eu o sentia esta manhã lendo em meu "parque". Não é bom nem feliz viver sozinho; mesmo quando gozamos saúde do corpo e do espírito. Meu coração suspirava por afeição, não uma determinada, mas em geral; minha felicidade não está ainda individualizada, mas tende a personalizar-se mais. As coisas não me satisfazem mais, nem tampouco as pessoas; mulher alguma tampouco, mas a mulher encarna ainda a aspiração secreta do que sonha e suspira em mim... Não serei feito senão para a amizade?

Ai-je passé temps d'aimer?

Amar loucamente, completamente, com embriaguez? *Dio lo sa*. Mereço-o ainda? Sou um cego? Sou um rebelde? Sou um ingrato? Um ímpio? Um louco? Na verdade, pouco sei. Para as coisas desta ordem repugna-me tomar o bom senso por diretor e por juiz. Sou místico em amor; somente o infinito me tenta. No fundo de mim, tenho somente indulgência, indiferença e piedade. Com meu pavor da ação, estou sempre empenhado em sentir os motivos de abster-me, de renunciar, de abandonar. Ora, estes motivos são sempre os limites, as lacunas, as imperfeições da coisa que se apresentava como finalidade, como objeto a desejar, como desígnio a realizar. Não consinto em entregar-me senão ao ideal que não deixa no coração nem pesar, nem cuidado, nem desejo, ou inquietação porque acalma todas as aspirações. – Ora, nada nem ninguém pode ser o ideal; foi assim que meu instinto encontrou e encontra o meio de libertar-se, de enfastiar-se, desembaraçar-se de todo móvel imperioso, de todo ascendente vencedor, de todo arrebatamento irresistível; e de deixar-me livre, desprovido, vazio como um sectário do grande Lama.

Car le néant peut seul simuler l'infini

Não é isso o *schlecht Unendliche* de Hegel? No fundo, essa tendência está em mim, com o meu consentimento, mas contra a minha vontade; eu a tolero, mas isso me faz sofrer; meu consentimento não é contentamento. É a minha natureza, mas é também a minha desgraça. Talvez esta aspiração tenda a pôr Deus na vida, em vez de submeter a Deus a vida, a procurar o céu na terra, em vez de aceitar a terra como a estância da imperfeição, do desejo, do sofrimento. Tu admitias as provas, a dor, a doença, a morte, mas com beatitude imortal no coração; deve mudar, talvez, de nome essa beatitude, e em vez da harmonia perfeita, ter o sabor de um sacrifício. Precisaria relevar alguma coisa, perdoar, desculpar, para poder pedir o mesmo. Se a consciência aprova, o amor-próprio, a satisfação pessoal, o orgulho devem aprender a sofrer e calar. O amor (possível para ti) seria contente pelo devotamento, tanto como pela alegria direta. O amor seria uma renúncia não somente simples, mas dupla: renúncia à vida solitária, a si mesmo, em todo caso; depois renúncia à satisfação completa de seu novo eu, na vida conjugal. Em outras palavras, no santo amor, a caridade seria um elemento essencial e um momento sempre renovado. Em geral, eu desaconselharia o amor assim refletido, onde o pensamento deve criar o impulso; mas para um indivíduo de tua espécie, é possível que a espontaneidade ausente seja um pouco substituída por esse processo. Tu queres sempre compreender antes de querer, para te aprovares. Teu mal deve fornecer o seu remédio, e o veneno, o seu antídoto.

20 de agosto de 1860 (noite). – Meu pecado é o desencorajamento; minha desgraça, a indeterminação; meu pavor é ser enganado, e enganado por mim mesmo; o meu ídolo é a liberdade; a minha cruz é querer; o meu entrave é a dúvida; a minha falta eterna é o adiamento; meu ídolo é a contemplação estéril substituindo a regeneração; o meu gosto mais constante é a psicologia; meu erro frequente é desconhecer a ocasião; a minha paixão é o inútil; o meu fraco, ser amado e aconselhado; a minha tolice, viver sem finalidade...

Tu não libertaste a tua individualidade, não descobriste a tua missão, ou pelo menos estás sempre recaindo no indefinido a esse respeito. Detestando escolher, resignar-te, limitar-te, avançaste somente em um ponto, o conhecimento de ti próprio e em linhas gerais o conhecimento do homem. Quanto a todo o resto, recuaste, declinaste, perdeste. – Podes dar conselhos, esclarecer, tornar compreensível. É alguma coisa? Mais valeria pregar, pelo exemplo, sobre a educação de si mesmo.

21 de agosto de 1860. – Nisso estaria a resposta? Será talvez a psicologia o teu campo, o que podes fazer de melhor, e onde podes ser útil?

Aqui pelo menos, verificaste, experimentaste, estudaste, diretamente; exercitaste a tua sagacidade, disciplinaste a tua aptidão; e essas 3.749 páginas são uma aprendizagem que não estaria perdida. Aqui não tens o sentimento de uma inferioridade demasiadamente assinalada quanto às pessoas do ramo, pedagogos, moralistas, pastores, filósofos. Aqui podes passar da categoria de amador à de especialista. Aqui precisas menos de memória do que para qualquer outro estudo e, não obstante, todos os teus estudos especiais e fortuitos podem ser aproveitados.

Sem nada atirar água abaixo, aqui poderias concentrar-te, preparar-te para o esforço e reunir as tuas aquisições.

Com teu passado e com a Providência te reconciliarias. Em tua vida ao mesmo tempo se fariam a clareza e a paz. Sem renegar tua natureza, e sem zombar de teus instintos, poderias ter objetivo. Tua individualidade seria compreender as individualidades, e assisti-las, como Sócrates, fazer desabrocharem todos os elementos da natureza humana, e multiplicar a riqueza psicológica. Tu que tanto resististe ao aguilhão, desviaste os olhos, evitaste a vida, nisso encontrarias o interesse, o sério, a substância e a atração de que precisas. Darias a tua pedra para o edifício universal, permanecendo fiel a ti mesmo. Servirias à tua pátria sendo ao mesmo tempo mais homem. E este estudo central é o que melhor prepara o futuro no presente, porque compreende a coisa eterna, a vida. Um peso enorme seria arrancado de sobre o teu peito, quando enfim trabalhasses em tua obra, e estarias no teu caminho, quando o teu dever e o teu gosto estivessem de acordo, quando ousasse a tua consciência abrir-se a Deus e sua benção paternal pedisse para o trabalho das tuas mãos. – Talvez também pudesses tu resolver melhor o angustiante problema do casamento, sempre afastado e que retorna sempre. A mulher que precisas seria aquela que melhor se associasse a essa obra sagrada, ao aprofundamento da vida humana pela busca da perfeição. Uma vez que tivesses um móvel e uma medida impessoais, poderias decidir-te com mais maturidade, e sobretudo mais tranquilidade. – Oh! Segue esta linha e conserva-te dentro desta opinião, devem ser boas e t'as envia o céu.

14 de novembro de 1860. – A minha especialidade involuntária é pois submeter as naturezas altaneiras, dar o gosto da escravidão às almas que sacudiam o jugo de toda obediência; eis pelo menos a quarta vez que isso me sucede... é uma especial magnetização que exerce a minha natureza sobre as mulheres fortes e voluntariosas, que domino sem tal propor-me, e que se entregam a mim, como a leoa de Andrócles, por um instinto irresistível. Porque afinal sempre sou eu quem recebe as declarações. Qual a razão deste fato estranho, que me surpreende ainda embora repetido? Será por que sou um pouco poeta, um pouco adivinho, benevolente, discreto, celibatário? Será por que dou a ilusão do talento acompanhado de desinteresse e mansidão? Será por que tenho o aspecto de um homem bastante equilibrado, culto, delicado, apto a muitas coisas, e a caminho de muitas perfeições que benevolamente me atribuiriam?

Será a recompensa de meus antigos esforços para distinguir o ideal do homem, de sorte que eu apareceria erradamente aos olhos femininos como um homem mais perto do ideal do que qualquer outro? Contudo, a verdade é que vejo desejada com fervor, com paixão, a minha intimidade, e produzir, a minha influência, resultados surpreendentes. Há pois em mim alguma coisa que satisfaz, lisonjeia ou acalma uma profunda necessidade da mulher: não será a necessidade de serem compreendidas e de receberem a chispa? De serem iniciadas na vida ideal pelo pensamento amante, pelo amor intelectual? De serem penetradas em seu mistério para entregarem-se a mais altos mistérios? De sentirem-se transfiguradas e desenvolverem todas as potências de vida e de poesia que elas pressentem vagamente em seu seio? A alma feminina entrega-se a quem a fecunda; pertence a quem lhe desvenda o mundo divino, a quem lhe faz entrever a vida possível sob o aspecto da ideal beleza.

5 de dezembro de 1860. – ... Não sou mais que um ovo sem germe, uma noz vazia, um crânio sem cérebro, um ser infecundo, a aparência de um macho, mas na realidade um neutro. Os indivíduos bem acentuados e determinados, que sabem o que querem, que têm uma fé, um caráter, uma finalidade, são bem-sucedidos, engendram, criam; eu, eu flutuo, sou fluídico, negativo, indeciso, infixável, e por consequência não sou nada. O que soube ou quis desfaz-se em mim, como uma visão que se dissolve e se dissipa aos olhos. O meu ser resolve-se em nevoeiro informe; a minha existência é apenas uma fantasmagoria interior. Se, para os outros, pareço alguém, para mim mesmo não sou senão uma sombra sem substância, um sonho inatingível, um simples rumor de vida. (*Onze horas e um quarto da noite.*)

18 de dezembro de 1860 (*seis e meia da manhã*). – Há duas horas mantém-me a inquietação desperto. Medito entre os lençóis, sentindo com ansiedade soar os quartos, as meias e as horas, arrebatadas como em turbilhão.
Finalmente, levanto-me; um chicote estala na rua ainda escura, e percebo os telhados, inteiramente brancos de uma neve caída no correr da noite. Em casa tudo está dormindo. Noutros tempos, estas horas de paz, em que a lâmpada matinal ilumina a mesa de trabalho, pareceram-me de uma doçura penetrante e de íntimo recolhimento. Mas então eu dilatava o meu ser, sentia-me progressivo, alegre, conquistador. Hoje eu leria ainda com volúpia; mas, perseguido pelo melancólico descontentamento, inferior a minha tarefa, esta vigília antes da aurora é

apenas o retomar de minha cruz. É no fundo a necessidade de ordenar e de ligar que me torna o improvisar (como a composição) um suplício. Não posso conduzir um grande conjunto ao mesmo tempo na minha atenção e na minha memória e, por outro lado, tem disso o meu espírito imperiosa necessidade. Esta contradição entre o meu desejo e a minha força, entre o que eu quisera e o que posso, quebra-me sempre os braços, tira-me o gosto e a alegria.

9 de janeiro de 1861. – Saio da lição inicial de Victor Cherbuliez assombrado de admiração. Ao mesmo tempo, convenci-me de minha incapacidade radical de nada poder fazer de semelhante pela habilidade, graça, nitidez, fecundidade, medida, solidez e finura. Se é leitura, é esquisita; se uma recitação, é admirável; se improvisação, é prodigioso, atordoante, esmagador para os outros. Contra a superioridade e a perfeição, disse Schiller, só temos um recurso, é amar. É o que faço. Tive o prazer, misturado a um pouco de surpresa, de não sentir nenhuma inveja e de colocar-me imediatamente em meu lugar, fazendo justiça a este jovem vencedor...

23 de janeiro de 1861 (*onze horas da noite*). – Esta noite li quase inteiramente o primeiro volume de *Merlin*. A impressão é confusa e antes desfavorável. *Merlin* é menos a lenda da alma humana que a lenda do autor, a apoteose fantástica da sua história interior, uma autobiografia colossal. Encontro nela uma combinação excêntrica de Fausto, Dante, Don Juan, Soumet, Victor Hugo, uma certa falta de espírito, de vivacidade, de bom senso, de força plástica; em compensação é sempre o poeta de Ahasverus, de Prometeu e de Napoleão, o tradutor de Herder que se ouve, a musa visionária, enfática, entusiasta que fatiga por sua eterna alegoria, sua estirada eloquência, sua majestade de oráculo. Quinet pitonisa constantemente, ditirambiza sem trégua e sem clemência, e quando pretende ser simples cai no trivial. É um idealista fazendo orgia de cores, um platônico brandindo o tirso das Mênades. No fundo é um espírito desterrado. Por mais que zombe da Alemanha e maldiga a Inglaterra, por isso não se torna mais francês. É um pensamento setentrional associado a uma imaginação do meio-dia; mas o consórcio não é feliz. Quinet tem a enfermidade da exaltação crônica, do sublime inveterado; as abstrações personificam-se para ele em seres colossais que agem ou falam de maneira desmesurada; é um ébrio de infinito. Mas nota-se bem que as suas criações são apenas monólogos individuais, não pode fugir do lirismo subjetivo. Ideias, paixões, cóleras, esperanças e queixas; é sempre ele que se encontra em toda parte.

Não se tem nunca o prazer de sair do seu círculo mágico, de ver a verdade verdadeira, de entrar em relação com os fenômenos e seres em que ele fala, com a realidade das coisas. Este aprisionamento do autor em sua personalidade parece enfatuação. Mas é, ao contrário, porque o coração é generoso que o espírito é egoísta; é por considerar-se Quinet muito francês, que ele o é tão pouco. Esta compensação irônica do destino me é coisa muito familiar; observo-a sempre. O homem não é senão contradição, e quanto menos o sabe, mais se engana.

Pouco lhe sendo possível ver as coisas tais como são, Quinet não tem o espírito muito justo, nem proporcionado. Tem analogias com Victor Hugo, com muito menos potência artística, mas com mais sentido histórico. – Sua faculdade dominante é a imaginação simbólica; parece-me um Goerres do Franco Condado; uma espécie de profeta supranumerário de quem a sua pátria não sabe o que fazer, visto que a ela não agradam os enigmas, nem o êxtase, nem a língua empolada, e por enfastiar-se ela com a embriaguez do inspirado. A superioridade real de Quinet parece-me estar em seus trabalhos históricos (*Marnix*, *L'Italie*, *Les Roumains*), especialmente em seus estudos sobre as nacionalidades. É feito para compreender as almas mais vastas e mais sublimes que as almas individuais.

27 de janeiro de 1861 (*meia-noite*). – ... A recordação de minha linda loura ontem à noite (no espetáculo) retornou ainda... Mas o fundo do meu sentimento é no entanto uma vaga melancolia e a mágoa das perdas irreparáveis. Se os dias roubados ao amor não devem na vida ser contados, os meus dias quase todos foram dias inúteis. Estancaram-se em minha alma o impulso, o entusiasmo, o gênio, o devotamento. A nobre razão, como veleidade fugitiva apenas, eu a conheço agora.

O meu coração é indigente, o meu espírito estéril, a minha vida sem sabor, a minha chama extinta... Dessecou-me a solidão; lá está o verme roedor na raiz da minha árvore, e de pé ainda, em pleno verdor, eu vou murchando sem ter dado frutos nem flores.

4 de fevereiro de 1861. – ... Decididamente há entre o público e mim uma fria parede, e apenas translúcida. Ligamo-nos apenas pela inteligência, mas as simpatias encontram o gelo isolante e se congelam. Ademais, eu o sinto bem. Prefiro sempre ocultar-me, e concordam com meu desejo, porque eu desencorajo a esperança e engano a espera... – Incapaz de satisfazer-me, ainda mais o sou de cativar, de seduzir, de encantar, de influenciar um auditório. Para isso é preciso ser ao mesmo tempo senhor do seu assunto, da sua palavra, hábil, ambicioso, amante, e tais condições faltam-me todas ao mesmo tempo. Um homem em transe, sobre espinhos ou brasas, não pode sonhar com as belas cortinas de um leito. Aliás, uma secreta inflexibilidade mo proíbe.

25 de fevereiro de 1861. – A sexualidade terá sido a minha Nêmesis, o meu suplício desde a infância. A minha extraordinária timidez, o meu constrangimento com as mulheres, os meus violentos desejos, os ardores de imaginação, as más leituras na primeira adolescência, depois a eterna desproporção entre a vida sonhada e a vida real, a minha funesta inclinação a separar-me dos gostos, das paixões, dos costumes dos de minha idade e de meu sexo; a atração fatal que eu exerci mais tarde sobre corações delicados e ternos... tudo isso deriva da vergonha primitiva, da idealização do fruto proibido, em suma, de uma falsa noção da sexualidade. Esse erro envenenou a minha vida... Impediu-me de ser um homem e, indiretamente, fez-me faltar à minha carreira. – Depois disso, deixai ao acaso o cuidado de criar no espírito da criança a noção do sexo, do pudor e da volúpia!... Inocentemos a natureza; façamo-la amar e respeitar; coloquemos a noção de decência à sombra da honestidade e não sob a do mistério, pelo simples fastio arranquemos à curiosidade o seu aguilhão; e não mascaremos demais o plano da Providência, para não excitar a necessidade de saber ou a necessidade de sentir, para não gerar a suspeita, a tentação ou a vergonha exagerada nos jovens corações que nos são confiados.

A perturbação das funções sexuais, creio, é ademais uma das chagas da nossa geração tão nervosa e tão enervada. Toda a vida física da mulher gira em torno desse centro; e a do homem também, embora com menos evidência. Que há de espantoso? Não é a vida a palavra do universo, e a geração o foco da vida, e o sexo a chave da geração? Estamos, pois, na questão das questões. Quem não pode nem se reproduzir, nem produzir, já não está vivo. A vontade, o pensamento, a obra, a ação, a palavra, engendram-se em nós pela mesma lei que o ser organizado em sua mãe. Quando perdemos toda força comunicativa, todo estímulo, toda espontaneidade excitante, já não somos machos; quando cessamos de reagir, de assimilar, de atrair, quando somos puramente passivos, de fato estamos mortos...

17 de março de 1861. – Esta tarde, um langor homicida tornou a apoderar-se de mim: desgosto e cansaço da vida, e tristeza mortal. Fui errar no cemitério; esperava, ali, recolher-me, ali, reconciliar-me com o dever. Quimera! O próprio campo do repouso tornara-se inospitaleiro.

Alguns operários cavavam e arrancavam a grama; as árvores estavam secas, o vento frio, o céu cinzento; uma aridez prosaica e profana desonrava o asilo dos mortos. Fiquei impressionado com essa grande lacuna de nosso sentimento: o respeito aos mortos, a poesia dos túmulos, a piedade da recordação. Os nossos templos são fechados demais e os nossos cemitérios demasiado abertos. O resultado é o mesmo. A alma agitada, atormentada, que desejasse, fora de sua casa e das misérias cotidianas, encontrar um sítio onde rezar em paz, onde as suas angústias derramar perante Deus, onde se recolher em presença das coisas eternas, não sabe entre nós aonde ir. A nossa igreja ignora estes sofrimentos do coração, não os adivinha, tem pouca atenção compassiva, limitadas considerações discretas às penas delicadas; nenhuma intuição dos mistérios da ternura, nenhuma suavidade religiosa.

Sob o pretexto de espiritualidade, contrariamos as aspirações legítimas. Perdemos o sentido místico. E que é uma religião sem misticismo? Uma rosa sem perfume.

Sempre estamos dizendo: arrependimento, santificação! Mas adoração e consolo são também dois elementos religiosos essenciais, e deveríamos talvez dar-lhes mais espaço.

28 de abril de 1861. – Esta manhã, às cinco horas, acordaram-me violentos trovões. Assim, a angústia de ontem à noite era em parte a da natureza. A descarga elétrica e a chuva que a acompanhava aliviaram a atmosfera, refrescaram a vegetação, e abrandaram a vida de todos os seres.

A ramada está encantadora, o céu tornou-se azul, e leva-se a existência alegremente. Os desesperados erram sempre em se enforcarem; o amanhã muitas vezes contém o desconhecido. Várias pessoas conhecidas, encontradas após o almoço, sentiram as mesmas impressões que eu, ontem e hoje de manhã. – O meu abatimento era, pois, em parte físico. Mas da mesma forma que o sonho metamorfoseia, conforme sua natureza, os incidentes do sono, a alma converte em fenômenos psíquicos as impressões mal definidas do organismo. Uma atitude má transforma-se em pesadelo; um ar carregado de tempestade torna-se tormento moral. Não por um efeito mecânico e por uma casualidade direta, mas a imaginação e a consciência engendram, segundo a sua própria natureza, efeitos análogos, traduzem em sua língua e moldam em sua forma o que lhes chega do exterior. É assim que o sonho pode servir à medicina e à adivinhação. É assim que a meteorologia extrai da alma os males que ela ocultava confusamente em seu interior.

A vida não é senão solicitada do exterior e nada produz jamais senão a si própria; base da monadologia. A originalidade consiste em produzir rápida e precisamente a reação contra a influência do exterior e em dar-lhe a nossa fórmula individual. Pensar é recolher-se em sua impressão, destacá-la em si mesma e projetá-la num julgamento pessoal. Significa também isso libertar-se, livrar-se, conquistar-se. Tudo o que vem do exterior é uma pergunta à qual devemos respostas; uma pressão à qual devemos contrapressão, enquanto estamos vivos e queremos permanecer livres. – A docilidade humilde com que te abres em espírito sem reagir, sem julgar, sem formular, é puro engano. Tu te deixas oprimir, abafar, anular pelas coisas e pelas pessoas, as quais não desejam melhor. Tudo o que se deixa comer é comido sem reconhecimento. Engolem-no, e depois ainda zombam.

4 de agosto de 1861. – ... Vi saírem da igreja muitas gentis criaturas, e o delicioso sol sobre os leves vestidos agitou-me amorosamente o coração. Subi sozinho a Pressy, pela hora mais quente do dia (duas horas). Tempo magnífico; o Monte Branco tinha aspecto inteiramente novo. O campo era de uma esplêndida majestade. Montanhas e folhagens brincavam no ar azul e embriagavam-se de céu e de alegria... O que suavemente me expandiu, após a boa acolhida dos parentes, foram sobretudo as carícias das meninas. Eu tinha sede de ternura e de beijos. E como se o tivesse compreendido, Lulu instintivamente voltava sempre ao meu colo. Esses afagos infantis me encantavam mais do que ouso dizer, e quando ela me acompanhou na partida até à cerca embaixo, abracei-a quase com efusão, embora com toda inocência. – Há contudo algo de misterioso na atração do beijo; conheço duas ou três jovens de coração apaixonado, as quais domino, e que não me inspiram sombra de desejo, enquanto aquela menina me daria desejos de cobri-la de beijos da cabeça aos pés. – Com os anos os filósofos tornam-se cada vez mais sensíveis ao encanto da graça e cada vez mais loucos pela beleza, esse resumo simbólico de toda excelência, esse intuitivo sumário de toda perfeição. Aos quarentas anos, terminarei por sentir como os jovens, isto é, por ser amoroso de todas as mulheres, e escravo de todos os olhos amantes. Isso me assusta um pouco. De fato, apesar de tudo, ao encontro de todas as ternas emoções, lança-se o meu coração, como se estivesse impaciente por consumar o seu destino e tornar a pedir a sua parte de juventude e de felicidade.

4 de setembro de 1861. – Para que sou bom agora? Para nada. A única coisa que me interessa são as afeições, são as mulheres. Não trabalho mais, não estudo mais, não ambiciono senão uma mulher de acordo com meu coração, e todas as moças que passam parecem-me um convite ou um escárnio da felicidade. Amo um pouco todas as mulheres, como se todas tivessem como prenda uma parcela do meu ideal, ou o meu próprio ideal. Cerco-as da minha simpatia como o asilo, o santuário, o refúgio das dores, das alegrias e dos afetos, como a celeste provisão de mansuetude e de bondade sobre a terra. Não me sinto inteiramente bem senão no meio delas; e quando obedeço inteiramente à minha natureza, sentem-se elas tão bem-amadas e compreendidas que correspondem à minha benevolência. Eu o vejo bem no campo, na montanha, quando não há nenhum desses olhares escarnecedores e dessas línguas irônicas que superabundantemente fornece a cidade de Calvino. Minha natureza é ser acariciante, infantil, atencioso, compassivo, solícito, simpático, e abandonar-me à vida coletiva, procurar fazer todos felizes, pessoas e animais, ser benfazejo para todas as vidas, para todos os corações amante. São, contudo, qualidades paternais e conjugais. Não sou, pois, indigno de ser esposo e pai. Que é que me detém nesta vocação? Uma incurável desconfiança do destino, depois a purificação de meu ideal. Não ouso jogar a última carta de minha felicidade, e não encontrei ou não soube encontrar a minha companheira. Fui amado bastante frequentemente para ser muito dedicado em matéria de afeição, e para saber de quantas maneiras se pode sofrer na vida conjugal. Temo, aliás, a Nêmesis que me fará, talvez, desdenhar quando eu estiver apaixonado. E, contudo, só tenho uma aspiração, um só desejo.

12 de setembro de 1861. – Esta manhã, cinzenta e fria... Ao descer a escada, experimentei pela primeira vez, desde há muito tempo (dois anos talvez), a volúpia do estudo, o apetite do trabalho intelectual, a alegria do pensamento puro. Esta clareza intelectual durou-me apenas um instante, mas proporcionou-me de novo uma fuga para o meu passado, como um capricho do vento que rasga a bruma de novembro e deixa ver ao viajante os vales que atrás de si deixou. – Quanto mudei! Este velho *eu* não estaria morto, pois, mas somente adormecido! Ainda poderei arremessar-me às regiões etéreas e sublimes da vida geral! Que precisaria para tanto? A paz do coração, o contentamento. Madame S., em Villars, trabalhando, finca a ponta da sua tesoura sob a aliança; vejo o sangue e exclamo: "Mas está ferida! Que importa, responde ela, desde que esteja contente o coração!". É bem a mulher, e a mulher amorosa! Ela conhece apenas uma felicidade e uma dor, o coração pleno ou o coração vazio. Por simpatia e metamorfose, eu atingi quase esse ponto. Todo o período de trabalho e estudo de minha vida apenas adiou quinze anos o momento de sentir, de sonhar, de amar e de sofrer! Está terminada a imensa distração. O sentimento vinga-se.

    A grande contradição do meu ser é um pensamento que quer esquecer-se nas coisas e um coração que quer viver nos outros. A unidade do contraste está na necessidade de abandonar-se, de não mais querer e de não mais existir por si mesmo, de *impessoalizar-se*, de volatilizar-se no amor e na contemplação. O que me falta é o caráter, o querer, a individualidade. Mas como sempre, a aparência é justamente o contrário da realidade, a minha vida ostensiva é o avesso de minha aspiração fundamental. Eu, cujo ser integral, pensamento e coração, tem sede de absorver-se na realidade viva, no próximo, na natureza e em Deus, eu a quem devora e destrói a solidão, eu na solidão me encerro e pareço não comprazer-me senão comigo mesmo, bastar-me a mim mesmo... A altivez e o pudor da alma, a timidez do coração fizeram-me violentar todos os meus instintos, interverter absolutamente a minha vida. Realmente, sempre evitei o que me atraía, fugi ao que maior prazer me causava. Não me espanto de ser impenetrável; o instinto de suicida identificou-se em mim com o instinto de conservação, e sempre volvi as costas ao ponto a que teria secretamente desejado ir. A excessiva timidez foi o flagelo, a maldição de minha existência. Ela não me tornou falso, mas tornou-me eunuco. Sempre tive medo de deixar ver o que desejava e até de confessá-lo a mim mesmo; tive pavor de procurar a minha utilidade; horror de empregar a astúcia ou os rodeios para atingir o meu fim; – e finalmente obtive bom êxito em não ter mais finalidade, nem mais desejo nítido, nem mesmo sobressaltos da vontade. A excessiva timidez, esse composto de pudor, de orgulho, desconfiança, fraqueza, ansiedade, tornando-se crônica tornou-se hábito, temperamento, segunda natureza, e não sou mais do que um mendigo envergonhado que enrubesce de pedir, de mentir, de humilhar-se, de sofrer até, e de lutar para sair da sua miséria. – A humilhação é, pois, meu extremo terror, a essência da humilhação é a dependência. Não sei e não posso depender senão do que amo. A simpatia é o princípio da minha vida. – Ora, desde que não sinto mais simpatia, desde que já não amo, eu murcho como um balão furado. Ter passado a vida a forjar-se uma couraça, a blindar-se de indiferença, para chegar a esta vulnerabilidade! Ter previsto que tudo engana, falta, cansa, a fim de habituar-se a amar sem pedir compensação, e por todo resultado reconhecer-se impotente para petrificar o seu coração! Ter tudo posto numa cartada e sentir chegar a velhice, sem ter vivido!... Ai!

Qual foi, pois, o demônio que, na hora de colher uma alegria, sempre te disse: caminha! E à hora de agir e caminhar, te disse: fica! É ainda o excesso de timidez. E contudo as tuas verdadeiras alegrias são de uma natureza infantil, de um caráter ingênuo. Sob a tua natureza complicada, acha-se o indivíduo simples, condescendente, descuidoso, ingênuo, o bom homem em suma. Há em ti algo de velho, da mulher, da criança também; falta-te apenas algo de homem. Tu não te desenvolves segundo um plano teu, ou segundo uma lei de crescimento mais forte que as circunstâncias, mas tu és o joguete das influências, do meio, do acaso, neste sentido ao menos, que te fazem desabrochar por solicitação externa, pois a tua liberdade sempre se encontra na consciência de ti próprio. És, pois, arrebatado, porém, não és dominado. Não queres nada, contudo não és escravo. És inteligente, mas fraco, contentando-se em compreender e observar as correntes e contracorrentes da tua vida, sem intervires na sua direção.

Tornou-te o Absoluto, creio, incapaz para sempre de te apaixonares pelas coisas relativas, ele te enfastiou da individualidade, da tua individualidade ao menos. Desde então só viveste por complacência, não podendo levar muito a sério uma forma de ver ou de agir ou de ser, que não é senão um ponto da série, uma forma do infinito. É a Hegel que deves esta indiferença fundamental, esta objetividade fatal à vida prática, esta impossibilidade de querer firmemente o que não podes crer senão semiverdadeiro, semibom, semiútil. A necessidade do todo gerou-te piedade pelo papel de parte infinitesimal. O sentimento do ideal, do perfeito, do eterno, numa palavra, do absoluto, desencorajou-te para sempre. – O dever permanece; mas a entusiasta ilusão desapareceu. – Ora, o devotamento sem um pouco de compensação, o trabalho sem um pouco de ilusão são duas coisas heroicas, e para permanecer constantemente heroico, impõe-se uma fé ardente, uma religião firme, e fé e religião vacilam perpetuamente em ti. – *O du armer!*

Heidelberg, 10 de outubro de 1861 (dez horas e meia da noite). – Depois de onze dias de viagem, eis-me aqui de novo, como há dois anos, sob o teto dos meus amigos W., na casa hospitaleira construída à beira do Neckar, e cujo jardim sobe pela encosta de Heiligenberg.

Heidelberg, 11 de outubro de 1861 (dez horas da manhã). – Um belo sol; meu quarto está inundado de luz e de calor. Sentado, num encantador sofá de lã adamascada, com a vista do Geisberg à minha direita, velado de um âmbar branco, e a cidade a meus pés, escrevo ao murmúrio do Neckar, que rola as suas ondas verdes, lentejouladas de prata, debaixo do balcão que cerca todo o andar em que estou alojado. Uma grande barca, vinda de Heilbronn, silenciosamente passa ante meus olhos, enquanto as rodas de uma carreta que eu não vejo se fazem ouvir pela estrada que vem ao longo do rio. Distantes vozes de crianças, de galos, de pardais que brincam, o sino da igreja do Espírito Santo que bate a hora, bastam para medir, sem perturbá-la, a tranquilidade geral da natureza. Sente-se docemente as horas deslizarem, e o tempo em seu voo aqui mais parece pairar do que fugir batendo asas. Não sei que paz ao coração nos sobe. Desde a minha partida, é o primeiro momento de fantasia e de recolhimento propriamente dito. Impressão de graça matinal e fresca poesia, que se assemelha à adolescência e que dá a intuição da felicidade germânica...

Duas barcas com coberta, e de bandeira vermelha, cada uma delas seguida por uma fila de barcos planos cheios de carvão, sobem a corrente manobrando para atravessar o arco da grande ponte de pedra; seguem com água até o ventre os cavalos de sirga, e destaca-se um barquinho para levar-lhes o extremo do cabo.

Vou à janela e vejo toda uma perspectiva de barcos que vogam em ambos os sentidos; o Neckar está animado como um corso, e já na encosta da montanha coberta de vegetação, riscada pelos fumos ondulantes da cidade, o castelo estende a sua sombra como um vasto cortinado e desenha o contorno das suas torres e alpendres. Mais alto, em frente, perfila-se a Molkenkur sombriamente e à direita a pedreira de grés vermelho corta na verdura um ângulo vivo, tendo um lado atingido pelos raios do sol. Mais acima, sobre o oriente deslumbrador, destacam-se as formas vaporosas das duas torres-belvederes do Kaiserstuhl e do Trutz-Heinrich, separadas por um vale sinuoso.

Mas deixemos a paisagem. No interior, que se passa?... O professor W. informa que seu *Handbuch* já está traduzido para o polaco, o holandês, o espanhol, o italiano e o francês, e foi editado nove vezes, com três mil exemplares. A sua grande *História Universal* tem já três volumes publicados. E para fazer tudo isso dispõe ele só de quatro horas por dia, mais os dias de festa e as férias. Tal capacidade de trabalho é verdadeiramente admirável, e tal tenacidade, prodigiosa! *Oh! deuts cher Fleiss!...*

Esta vida de sábio trabalhador e compilador erudito perturba-me um pouco. Sinto-me tão distraído, tão descuidado, tão dividido, que não experimento senão um sentimento de ignorância e de incompetência quando me comparo a estes fabulosos trabalhadores que leem, extraem, combinam tudo e não se detêm nunca. E para que todo esse trabalho? – pergunto-me eu. Para popularizar os conhecimentos.

Terá o meu hospedeiro tempo de pensar e de sentir? Não parece. Seu espírito é de certo modo um mecanismo de moer os livros e de fazer outras obras com a moedura.

Sua obra principal a meu ver é ter educado uma bela família por seu trabalho, e prestado contribuição ao ensino geral da história.

Seu mérito é a *Gründlichkeit*, seu talento a ordem prática e a clareza, seu atrativo pessoal a cordial polidez. Mas não se pode colher perto dele a sombra de uma ideia original: eis o reverso da medalha.

9 de novembro de 1861. – Tempo quente, uma boa chuva lenta, ar aveludado. Experimentei a felicidade de não sentir o meu corpo, isto é, de sentir-me com saúde completa. Mudaria insensivelmente o meu temperamento? Eu que preferia o ar seco e o vento do norte a qualquer outro tempo, terminaria por melhor acomodar-me ao tempo úmido e tépido, e às brisas meridionais? Observei o contrário quanto a meu regime. À paixão pelos doces, pelos laticínios e pelas iguarias pouco picantes, sucedeu o gosto das coisas mais fortes e dos condimentos requintados. Assim o meu estômago se viriliza e os meus nervos se feminizam. Sempre compensação, balanceamento, retrocesso. Os nossos diversos sistemas orgânicos percorreriam, pois, cada um a órbita das disposições diferentes e em sentido contrário uns aos outros. Assim o homem que viver sessenta anos percorreu, sem o saber, o ciclo dos temperamentos e dos gostos; sua revolução geral ao redor do centro da vida compõe-se de uma multidão de revoluções e de epiciclos subordinados. – Lembro-me também da série de minhas preferências acústicas: a princípio a voz de soprano, depois a de baixo, depois o tenor, depois o alto. Agora é o barítono, ou antes a ausência de preferência e de objetividade que prevalece. – Consequência: o desenvolvimento de nossa natureza inconsciente segue as leis astronômicas de Ptolomeu. Tudo é mutação, ciclo, epiciclo, e metamorfose, no microcosmo e no macrocosmo.

Cada um possui em si as analogias e os rudimentos de tudo, de todos os seres e de todas as formas de vida. Quem sabe, pois, surpreender os pequenos começos, os germes e os sintomas, pode encontrar em si o mecanismo universal, e adivinhar por intuição as séries que pessoalmente não concluirá: de igual modo as existências vegetais, animais, as paixões e as crises humanas, as doenças da alma e as do corpo.

O espírito sutil e potente pode atravessar todas as virtualidades em estado pontual, e de cada ponto extrair em clarão a mônada, isto é, o mundo que encerra. Significa isso tomar consciência e posse da vida geral e penetrar no santuário divino da contemplação.

12 de novembro de 1861. – Bilac, ou Mustafá, ou cabo Trim, ou Suçon, em outras palavras, o nosso gato zebrado, acaba de saltar sobre a minha pena, que estava traçando a data, e me levou a fazer todas as manchas possíveis nesta página. Atualmente está parado e procura compreender esta arte maldita inventada por Cadmo. Em sua cólera de nisso perder trabalho, agarra-se ainda, mas, ó dor! Escorrega na borda da escrivaninha, arrasta a *Antropologia* de Fichte e cai com o filósofo, tomando ares de náufrago. Sua vergonha livra-me dele, que vai para o meu sofá fazer grandes cabriolas na impossível perseguição à sua cauda. É um verdadeiro turbilhão.

Mas estou descontente comigo. Deitando-me ontem, às dez horas, porque os olhos me ardiam, esperava levantar-me esta manhã às seis horas, e não acordei senão às sete e meia. Assim dormi como uma criança, como um arganaz, como qualquer marmota... Que vida mal empregada a minha, por tolice, por moleza e por timidez! Li muito e trabalhei noutro tempo, dormi muito e passeei agora; tudo para que serviu?... Decididamente Bilac está louco de alegria. Põe tudo em confusão entre os livros, os papéis colocados em minha mesa redonda, no tapete vermelho. Ao chão atirou o *L'Amour* de Michelet, e brinca, as quatro patas no ar, com um envelope azul.

> *Bilac est de ces chats qui, les livres rongeant,*
> *Se font savants jusques aux dents.*

A caçada continua e recomeça, com mil astúcias, saltos, dorsos arqueados, piruetas e cabriolas. É verdadeiramente risível. Dificilmente os escolares com mais vivacidade se divertem; mas este escolar é mudo. Falta em seus passatempos o riso, o riso vivo, alegre, sonoro, e, pensando bem, estes jogos mudos têm ainda o ar mais louco do que outra coisa. O mutismo é sinistro.

25 de novembro de 1861. – Compreender um drama é a mesma operação mental que compreender uma existência, uma biografia, um homem; é obrigar o pássaro a voltar para seu ovo, a planta para sua semente, e reconstituir toda a gênese do ser em questão. A arte não é senão o ato de pôr em relevo o pensamento obscuro da natureza; é a simplificação das linhas e o desprendimento dos grupos visíveis. O fogo da inspiração faz ressaltarem os desenhos traçados a tinta simpática. O misterioso torna-se evidente, o confuso torna-se claro, o complicado torna-se simples, o fortuito torna-se necessário. Em uma palavra, a arte revela a natureza, traduzindo as suas intenções e formulando as suas vontades (o ideal). Cada ideal é a solução de um grande enigma. O grande artista é um simplificador.

13 de janeiro de 1862. – Renovei relações este ano com duas pessoas com que há muito tempo me desaviera... A mansidão paciente e a constante boa vontade acabam por dissolver o gelo e a pedra da indiferença ou do preconceito. Feliz por não detestar nem invejar ninguém, sou ainda mais feliz por vencer a malevolência e reconquistar os corações vingativos ou injustamente afastados de mim. É um pouco da alegria que oferece a ovelha perdida e outra vez encontrada. Não é cada um o pastor das afeições que lhe vieram, ou que conquistou pela amizade, pelo parentesco, pela publicidade, pelas viagens, pelo acaso ou pela escolha? E a consolação da vida não é chegar ao crepúsculo de seus dias com seu rebanho acrescido e completo? Faz-te um tesouro invisível, diz o Evangelho. Depois das boas obras, que é que compõe esse tesouro, senão os apegos, as amizades, as ternuras, as gratidões, em suma, as afeições que soubemos fazer e conservar? Quanto a mim, se não construí monumento algum que eternize a minha memória, se nada fiz para o mundo e para a posteridade, terei talvez deixado, em certo número de corações, traço de minha passagem aqui na terra. Minha única estátua estará na lembrança de algumas almas fiéis; minha única oração fúnebre em algumas lágrimas secretas dos que tiverem me amado. É ainda uma boa parte; e penso, com emoção de suave reconhecimento, na precisa coroa de amizades sinceras e mesmo apaixonadas que cercam já o meu nome obscuro e florescem na minha recordação. Apesar de minha timidez, de minha reserva, de minha desconfiança, fui ricamente favorecido pela simpatia, e vi para mim abrirem-se muitas consciências e caracteres diferentes. – Recordo-me, a propósito, que pessoas que mal conheci, intimamente se ligaram a mim, algumas vezes... de tal maneira que cessei de admirar-me e duvidar. Fazem para mim exceção à regra, e o santuário dos pensamentos femininos ocultos desvendou-se espontaneamente e muitas vezes para o meu olhar. Este apocalipse voluntário deu-me um papel de confidente bastante estranho, mas de avassaladora delicadeza.

Já li diários íntimos, e dirigi muitos neófitos e algumas jovens penitentes. Comigo, sentem-se compreendidos, adivinhados, protegidos, e a confiança (que não traí jamais) tornou-se muitas vezes sem limites, chegando a embaraçar-me bastante. Quantas crianças de todas as idades gostam de mim e a mim se entregam! Não as esquecerei no rol das minhas afeições e de meus benfeitores. No fundo, a bondade tem as promessas da vida presente como da vida eterna. Ela liberta a alma das dores causadas pelas más paixões; dá contentamento e proporciona ainda muitas vezes o reconhecimento e o amor do próximo. É tão suave ser bom que isso absolutamente não é mais meritório. Não é a bondade o mais tocante e talvez o maior atributo de Deus?

Viver em paz com o bom Deus é a alegria da alegria, é a própria base da felicidade, é a religião da criança e do velho, e o sumário do credo e dos votos do pensador.

3 de fevereiro de 1862. – Nada fiz de consistente: e sinto a cabeça doída. Tornei-me, creio, incapaz de compor. Relendo cada linha doze vezes, mato a inspiração e não posso ir adiante. Fora de meu diário e de minha correspondência, onde minha pena corre à vontade, não posso escrever; a ansiedade sufoca-me e cada palavra se detém como uma espinha na garganta. Longe de encerrar um conjunto, um capítulo em meu pensamento, não percebo sequer um período; concentrado no bico da minha pena e na palavra que ela traça, eu não vejo senão até à ponta de meu nariz, e o sopro e o bater de asas, e a inspiração e a facúndia desaparecem, como a alegria e a sinceridade. Este abominável tique de aprisionar-me o espírito pelos olhos nos caracteres que a minha mão desenha, tira-me o pouco de memória e de elance que me restavam ainda. A cada segundo, perco a velocidade adquirida, o calor conseguido, o movimento de ideias começado, de forma que estou sempre vazio, desnudado, imóvel. Nada posso reter nem acumular em mim. Este *fluxus perpetuus* é a razão de minha esterilidade. Evapora-se fatalmente a minha vitalidade, sem poder recolher-se bastante para fecundar uma ideia ou uma vontade. Meu cérebro é demasiado débil para impregnar-se fortemente; por isso não é capaz de conceber nem de gerar uma obra, está em prurido de curiosidade, mas em aborto de produção.

Como já reconheci há muitos anos, a crítica de mim mesmo tornou-se o corrosivo de toda espontaneidade oratória e literária. Faltei ao meu princípio de *fazer a parte do mistério*, e o meu castigo é a impotência de gerar. A necessidade de conhecer voltada sobre o eu e punida, como a curiosidade de Psiquê, pela fuga da coisa amada. A força deve ficar misteriosa a si mesma; desde que penetra em seu próprio mistério, ela se desvanece. A galinha de ovos de ouro torna-se infecunda logo que deseja saber por que são de ouro os seus ovos. — A consciência da consciência é o termo da análise, dizia eu nos *Grains de Mil*, mas a análise levada a extremo devora-se a si mesma, como a serpente egípcia. É preciso dar-lhe matéria exterior para moer e dissolver, se quisermos impedir a sua destruição pela ação sobre si mesma. Somos e devemos ser obscuros para nós próprios, dizia Goethe, voltados para o exterior e trabalhando sobre o mundo que nos cerca. A irradiação exterior faz a saúde; a *interiorização* contínua nos conduz ao ponto, ao nada, estado malsão porque nos suprime, e aproveitam-se dela os outros para suprimir-nos. É preferível dilatar a sua vida, estendê-la em círculos crescentes, a diminuí-la e restringi-la obstinadamente pela contração solitária. O calor tende a fazer de um ponto um globo, o frio a reduzir um globo à dimensão de um átomo. Pela análise eu me anulei.

Seria tempo de refazer-me um corpo, um volume, massa, uma existência real, e sair do mundo vago, tenebroso e frio, que a si mesmo cria o pensamento isolado. Bom seria subir a espiral que me enrolou até o meu centro. Conviria volver os meus refletores, que se refletem um no outro indefinidamente, para os homens e para as coisas. Os hibernantes chegados à magreza extrema por não terem, durante o seu longo sono, lambido senão as próprias patas, devem, quando acordam, procurar alimentos. Sonhador, sai da caverna, vai também às provisões. Por muito tempo te ocultaste, te retiraste, te recusaste. Pensa em viver.

Mornex-sous-Salève, 22 de abril de 1862. — Acordado pelo gorjeio dos pássaros às quatro horas e três quartos, vejo no céu, abrindo os meus batentes, o crescente alaranjado da lua que olhava para a minha janela, enquanto começava o oriente a branquear. Uma hora mais tarde, visto-me. Passeio delicioso. Anêmonas ainda fechadas, macieiras em flor:

> *Ces beaux pommiers couverts de leurs fleurs étoilées,*
> *Neige odorante du printemps.*

Vista encantadora. Sentimento de frescura e de alegria. Natureza em festa. Só faltavam os perfumes de um amargor suave (provavelmente de ciclames invisíveis) que ontem, quando subia o pequeno Salève, acariciaram mais de uma vez as minhas narinas. Em compensação, um ramo de lilases, colocado num copo de água fresca, embalsama a mesa de trabalho que encostei à parede para convertê-la em escrivaninha inclinada. — Almocei, li dois números da *Presse*, uma peça em versos de Aubryet (*Au Printemps*), sentimento justo, estilo-petrônio, e eis-me aqui. Paz aos mortos; mas hoje é doce viver, e, como a fé, tem seus hinos o reconhecimento. Está entendido que as senhoras ainda estão sob as cobertas, e eu lastimo que percam duas ou três horas formosas.

(*Onze horas.*) – Prelúdio, gamas, estudos, toques entrecortados de piano, sob os meus pés. Vozes de crianças no jardim. – Acabo de percorrer quatro números de *Revue des Deux Mondes*, deste ano. Artigos: Saisset ("Espinosa e os Judeus"); Taillandier ("Sismondi – a Filosofia Suíça"); Mazade ("As Mulheres na Literatura", a propósito de Madame de Sévigné e Madame Svetchine); Laugel ("Análise Química do Sol"); Rémusat ("A Crítica Teológica e sua Crise na França"). – Todos esses senhores me lembram a frase de Scherer: "Sinto-me aqui como quem tem um olho na terra dos cegos". – O que por modéstia tenho habitualmente tomado pela reticência da superioridade, entre os grandes condutores do pensamento médio na França, não é senão incultura frívola e superficialidade positiva. O seu desenvolvimento moral, psicológico, estético, religioso, filosófico tem pouca profundidade. O seu julgamento não tem grande alcance nem para frente nem para trás, nem comparativamente. Scherer é um crítico superior em cultura aos senhores Taillandier, Montégut, Rémusat, Saisset, etc. Tem a visão mais justa que Taine. Mas tem menos ideias que Renan e menos flexibilidade que Sainte-Beuve. A teologia e a filosofia são as grandes escolas de perspicácia. – Compreendo porque Scherer queria lançar-me em seu mundo. No fundo, sente-se ele mediocremente compreendido, e nós nos entenderíamos bem. – "O essencial é ter o espírito bem formado", disse Madame de Sévigné. O limite do espírito francês é a insuficiência do seu alfabeto espiritual que não lhe permite traduzir a alma grega, germânica, espanhola, etc., sem desnaturar-lhe o acento. A hospitalidade dos costumes da França não se completa pela hospitalidade real do pensamento. O seu pensamento está, como o seu idioma, separado da seiva viva e natural e encerrado no mundo convencional da civilização aprendida. Versalhes sempre se resgata. Este rasgo de espírito destacado, onde a palavra, a ideia, e o sentimento do autor e do leitor permanecem no exterior das coisas, esse cartesianismo indelével, onde jamais se identifica o pensamento com a natureza, e para o qual a unidade do olhar parece estrabismo, é a compensação do espírito de sociabilidade. Não ousam pensar por si próprios; fusão do indivíduo com a massa humana; em compensação sentem-se exteriores sempre às coisas que examinam: dualismo do objeto e do sujeito.

Sou, bem ao contrário, individual em face dos homens, objetivo em presença das coisas. Prendo-me ao objeto de que me penetro; separo-me dos sujeitos de que me defendo. Sinto-me diferente das multidões e semelhante à natureza em seu conjunto. Afirmo-me na minha unidade simpática com a vida que gosto de compreender e na minha negação da banalidade tirânica do vulgar. As turbas imitadoras inspiram-me tanta repulsa secreta quanto a menor existência espontânea e verdadeira (o animal, a planta, a criança) me inspira atração. Sinto-me em comunidade de espírito com os Goethe, os Hegel, os Schleiermacher, os Leibnitz, bem opostos não obstante entre si, enquanto os filósofos franceses, retóricos ou geômetras, apesar de suas altas qualidades, deixam-me frio, porque não trazem consigo a suma da vida universal, porque não dominam a realidade completa, porque não sugerem nada, porque não engrandecem a existência, porque eles me aprisionam, me dessecam ou me põem em desconfiança. O que sempre falta aos franceses é o sentido do infinito, a intuição da unidade viva, é a percepção do sagrado, a iniciação nos mistérios do ser. São hábeis e profanos, porque são superficiais e calculadores. Do ponto de vista francês permanecem inexplicáveis todas as coisas profundas, a verdadeira poesia, a verdadeira filosofia, a verdadeira religião; e quando o panteísmo torna-se francês, é ridículo e desambientado, e consequentemente vicioso, porque não tem contrapeso. – O que é preciso pedir aos franceses é a construção das ciências especiais, a arte de escrever um livro, o estilo, a polidez, a graça, os modelos literários, a urbanidade esquisita, o espírito de ordem, a arte didática, a disciplina, a elegância, a verdade do pormenor, a encenação, a necessidade e o talento do proselitismo, o vigor das conclusões práticas. Mas para viajar no *Inferno* ou no *Paraíso* são necessários outros guias; eles permanecem na terra, na região do finito, do mutável, do histórico e do diverso. A categoria do mecanismo e a metafísica do dualismo são os dois cumes de seu pensamento. Para deles saírem, violentam-se e manejam inabilmente locuções que não correspondem a nenhuma necessidade real de sua natureza.

Mornex, 23 de abril de 1862. – Reli com encantamento um grande número de trechos das *Contemplations.* Que riqueza inesgotável e que inestancável fonte de imagens, e de sensações e de sentimentos, as obras desse poeta! O autor é bem a lira eólia que faz vibrar, cantar, palpitar todos os sopros da natureza e da paixão. Todos os tesouros de Golconda são miséria perto de seus montes de pedrarias e de suas miríades de medalhas faiscantes.

Mornex, 24 de abril de 1862 (onze horas e meia). – Paz profunda, silêncio das montanhas a despeito de uma casa cheia e uma vila próxima. Não se ouve senão o ruído da mosca que zumbe. Esta calma é emocionante. Penetra até o âmago. O meio-dia assemelha-se à meia-noite. Parece a vida suspensa no instante em que é mais intensa. É como o silêncio no culto; são aqueles momentos em que se ouve o infinito e em que se percebe o inefável. Gratidão, emoção, necessidade de partilhar a minha felicidade. Hugo acaba de fazer-me de novo percorrer mundos, e depois suas contradições me fazem pensar em L. T. na casa vizinha, o cristão ardente, convicto.

O mesmo sol inunda o livro e a natureza, e o poeta que duvida e o crente pregador, e o sonhador inquieto, que em meio dessas existências todas deixa embalar-se por todos os sopros, e goza, estendido na barquinha de seu balão, o prazer de flutuar sem rumo em todos os ancoradouros do éter e sentir em si vibrarem todos os acordes e dissonâncias da alma, do sentimento e do pensamento.

Preguiça e contemplação! Sonho do querer, férias da energia, indolência do ser, como os conheço! Amar, sonhar, sentir, aprender, compreender, eu tudo posso contanto que me dispensem de querer, que me libertem do tédio e do esforço de agir. Tal é a minha inclinação, o meu instinto, o meu defeito, o meu pecado. Tenho uma espécie de horror primitivo à ambição, à luta, ao ódio, a tudo o que dispersa a alma, fazendo-a depender das coisas e dos fins exteriores. Sou mais meditativo e contemplativo do que outra coisa, e o júbilo de tomar de novo consciência e posse de mim mesmo, de saborear a minha liberdade, de ouvir sussurrar o tempo e rolar a torrente da vida universal, basta algumas vezes para fazer-me esquecer qualquer outro desejo. Esta apatia sensitiva acabou por extinguir em mim a necessidade de produção e a força de execução. O epicurismo intelectual continuamente ameaça invadir-me. Não posso combatê-lo senão pela ideia do dever.

> *Ceux qui vivent, ce sont ceux qui luttent; ce sont*
> *Ceux dont un destin ferme emplit l'âme et le front,*
> *Ceux qui d'un haut destin gravissent l'âpre cime,*
> *Ceux que marchent pensifs, épris d'un but sulime,*
> *Ayant devant les yeux sans cesse, nuit et jour,*
> *Ou quelque saint labeur ou quelque grand amour.*[8]

---

[8] Victor Hugo, *Les Châtiments*.

Mornex, 25 de abril de 1862 (cinco horas). – À tarde conversei longo tempo com Madame M. C. Eu a faço tirar o véu azul e pôr os meus óculos esfumaçados, para seus olhos doentes, e sente-se ela já melhor ao fim de meia hora. Um pouco de cordialidade familiar introduz-se afinal em nossas relações. Despertam as minhas aptidões de enfermeiro.

Reli alguns cantos de *Jocelyn*. Puseram-me todo em lágrimas (o cão, a morte da mãe, a separação de Laurence, o encontro em Paris, a morte de Laurence). É admirável!

> *Ah! malheur à qui voit devant ses yeux passer*
> *Une apparition qui ne peut s'effacer!*
> *Le reste de ses jours est bruni par une ombre;*
> *Après un jour divin, mon père, tout est sombre.*

Estas páginas transportaram-me outra vez a Villars, a Glion, e mergulharam-me em sonhos nostálgicos.

> *Dirai-je mon bonheur, ou mon malheur, hélas?*
> *Fit descendre du ciel un ami sur mes pas...*
> ....
> *Météore que donne à l'âme un jour céleste,*
> *Et de la vie après décolore le reste.*
>
> (IX époque)

E além:

> *Il se fit de la vie une plus mâle idée:*
> *Sa douleur d'un seul trait ne l'avait pas vidée:*
> *Mais, adorant de Dieu le sévère dessein,*
> *Il sut la porter pleine et pure dans son sein,*
> *Et, ne se hâtant pas de la répandre toute,*
> *Sa resignation l'épancha goutte à goutte,*
> *Selon la circonstance et le besoin d'autrui,*
> *Pour tout vivifier sur terre autour de lui.*
>
> (Épilogue de Jocelyn)

É a verdadeira poesia, a que nos eleva ao céu e vos penetra da emoção divina; a que canta o amor e a morte, a esperança e o sacrifício, e faz sentir o infinito.

Jocelyn produz-me estremecimentos de ternura, que me seria odioso ver profanados pela ironia. Esta tragédia do coração, pela pureza, não tem análoga em francês senão *Paul et Virginie*, e não sei se não prefiro *Jocelyn*. Para ser justo seria necessário relê-las ao mesmo tempo.

Mornex, 28 de abril de 1862 (seis horas). – Mais um dia que declina. Salvo o Monte Branco, as montanhas todas estão embaciadas, já, e com sua cor perdida. O frescor da noite sucede aos ardores da tarde. O sentimento da implacável fuga das coisas, do arrebatamento irresistível dos dias empolga-me de novo,

Nature au front changeant, comme vous oubliez!

e me oprime. Em vão gritamos com o poeta: Ó tempo, suspende o teu voo!... E que dias com ambas as mãos teríamos nós vontade de reter? Não somente os dias de felicidade, mas os dias perdidos. Uns, uma lembrança ao menos deixam, deixam outros um pesar, quase um remorso.

(*Onze horas.*) – Ventania. Algumas nuvens no firmamento. Cala-se o rouxinol. Em compensação os grilos ainda cantam, e as águas do rio.

18 de maio de 1862 (dez horas da noite). – De tudo há uma hora, o coração leve e contente, acabo de cantar em confusão e a bandeiras despregadas, todas as árias do mundo, em meu quarto solitário. De onde esta alegria? De uma tarde saudável, num ambiente afável, e de um conjunto de impressões suaves. Gostava de tudo em torno de mim, e a minha simpatia voltava-me em afeição. Pus tudo em movimento em casa de G., em sua casa de campo de Petit-Lancy, pais, filhos e hóspedes; cantei, ri, joguei, brinquei. Em suma, entrei na simplicidade infantil, na alegria ingênua e elementar de que eu gosto tanto, que faz tanto bem. Eu sentia a influência irresistível e conquistadora da bondade. Ela multiplica a vida, como o orvalho multiplica as flores... Ao jantar, os comensais divertiram-se em caracterizar-me. Declararam que se os meus escritos fossem sérios, graves, difíceis, isto é, alemães (*sic*), o meu caráter seria gentil, amável e inteiramente devotado a todos. Aqueles dois senhores me admiraram mesmo, positivamente por minha maneira de ser com as crianças, e pretendem que eu seria um adorável marido... Sinto ainda em mim tesouros de candura, de honestidade, de pureza, devotamento, para a época em que a vida conjugal e a paternidade viessem reclamá-los.

Nenhuma ambição mundana eu tenho; a vida de família e a vida da inteligência são as únicas que me sorriem. Amar e pensar são as minhas únicas necessidades exigentes e indestrutíveis. – Com o espírito sutil, sagaz, complexo e camaleão, tenho um coração de criança; não gosto senão da perfeição ou do divertimento, os dois extremos opostos. Os verdadeiros artistas, os verdadeiros filósofos, os verdadeiros religiosos não se conciliam quase senão com a simplicidade das criancinhas ou com a sublimidade das obras-primas, isto é, com a natureza pura ou com o puro ideal. Em minha pobreza eu sinto contudo o mesmo. Tudo o que está de permeio me faz sorrir, e por bondade me adapto, mas o meu gosto está em outra parte. Semiciência, semitalento, semidelicadeza, semielegância e semimérito, eis aí o mundo, e que fazer deste mundo senão uma escola de paciência e de doçura? Para a admiração não há lugar. – Mas para a bondade, não tenho mais nem crítica, nem resistência, nem reserva: perdoo-lhe tudo porque a tudo se sobrepõe. Tenho fome e sede de simples bondade, porque a zombaria, a suspeita, a malevolência, a inveja, a amargura, os juízos temerários, a malícia corrosiva usurpam hoje um lugar crescente, e fazem na sociedade a guerra de todos contra quase todos, e na vida privada a aridez do deserto.

9 de agosto de 1862. – Acabam de ser observados ao microscópio os infusórios da noz-vômica e os do nitrato de prata; assim a destruição é povoada, o veneno é animado, o que mata faz viver; e por que não? O sepulcro acumula, os resíduos de um ser são a ambrosia de outro, a morte é a própria fecundidade. A fábula da salamandra imortaliza esta visão da natureza. Deve imaginar-se um mundo que fosse a inversão deste; esse mundo já se percebe nos interstícios do nosso. Somente o nada não existe.

O apetite se reforma a despeito dos horrores da náusea, a ilusão também, apesar dos desencantamentos, a atração voluptuosa também, apesar dos secretos desagrados da posse, e a paixão também, apesar das luzes da paixão insatisfeita. É a *vis medicatrix* da natureza que opera. A vida que quer afirmar-se em nós tende a restaurar-se sem nós; repara por si mesma as suas brechas, recompõe as suas teias de aranha após terem sido rompidas, restabelece as condições do nosso bem-estar; volve a tecer a venda sobre os nossos olhos, reanima a esperança em nossos corações, volve a infundir a saúde em nossos órgãos, a quimera volve a dourar a nossa imaginação. Sem isso, a experiência nos teria dilacerado, gasto, enfraquecido e secado sem remédio muito antes da hora, e o adolescente seria mais velho que um centenário.

De nós, a parte mais sábia seria pois a que se ignora a si mesma; o que é mais razoável no homem é o que não raciocina; o instinto, a natureza, a divina e impessoal atividade nos curam de nossas loucuras pessoais; o *genius* invisível da nossa vida não se cansa de fornecer a matéria às prodigalidades do nosso eu. A base essencial, maternal de nossa vida consciente, é a nossa vida inconsciente, que nós não percebemos mais do que o hemisfério exterior da lua percebe a terra, estando-lhe, embora, invencível e eternamente ligado. É o nosso *antichithon*, para falar como Pitágoras.

Paris, 17 de outubro de 1862. – Vi quanto eu tenho mudado desde uma dezena de anos, e como a volúpia ou a curiosidade dos sentidos aumentou de influência sobre mim. Escrúpulos e repugnâncias se afastaram, e a sensualidade da imaginação substituiu a hipocrisia puritana. Em suma, compreendo melhor o culto do prazer, a religião de Vênus e de Baco, o paganismo ingênuo e cheio de alegria. Simpatizo melhor com o *Tannhäuser* e Helios, desde que sinto a força sofística e decepcionante da tentação, e que resisto menos à Boa Natureza de Montaigne. Em minha pobre pequena esfera, estou sentado como Renaud nos jardins de Armida. Fujo do sofrimento, da luta, do heroísmo, e teço efeminadamente a roca de Onfala. – O triunfo sobre a carne, sobre o mundo, sobre o pecado, isto é, a vitória da cruz, a coroa do martírio, a glorificação da dor, este lema do cristianismo quase não me está mais presente à consciência. Sigo, conforme o olhar dos meus olhos e o instinto de meu coração, à aventura, ao abandono, sem princípio firme, sem convicção, como cético indolente. A minha punição é a fraqueza e a impotência. – Eis-me voltado ao epicurismo da época imperial, à moleza da decadência. A crise da nova fé, a paixão da morte e da santidade, que salvou e entusiasmou o mundo há dezoito séculos, deve recomeçar em cada existência paganizada, isto é, recaída sob a potência terrestre e natural. O devotamento ao imortal, ao invisível, ao ideal, ao divino, o nobre sacrifício da carne em favor da alma é o sinal da redenção espiritual. A prece é o seu meio. (*Uma hora e um quarto da manhã, de volta da Ópera.*)

7 de novembro de 1862. – Quanto o eterno sorriso da crítica indiferente, quanto esta zombaria sem entranhas que corrói, escarnece e arrasa tudo, que se desinteressa de todo dever pessoal, de toda afeição vulnerável e que se atém somente a compreender sem agir, quanto essa contemplação irônica é malfazeja, contagiosa e malsã! No fundo, julgo-a imoral, como o farisaísmo, porque ela não prega o exemplo e impõe aos outros fardos que ela recusa para si mesma. É insolente, porque finge a ciência, enquanto nada mais é senão a dúvida. É funesta, porque o seu riso voltaireano arrebata a coragem, a fé, o ardor aos que isso têm ainda.

Rire de singe assis sur la destruction.
(Alfred de Musset)

O criticismo convertido em hábito, monomania e sistema, é a abolição da energia moral, da fé e de toda força. Uma de minhas tendências para aí me conduz; mas recuo ante os resultados quando encontro representantes mais nítidos do que eu. E, pelo menos, não tenho que me acusar de ter tentado arruinar a força moral nos outros. O meu respeito à vida me impediu tal gesto, e a desconfiança de mim mesmo disso me arrebatou a tentação.

Este gênero de espírito é muito perigoso entre nós, porque anima todos os maus instintos, a indisciplina, a irreverência, e o individualismo egoísta e termina no atomismo social... Os negativos somente são inofensivos em grandes organismos políticos que marcham sem eles e apesar deles. Se se multiplicam entre nós, derrubarão nossas pequenas pátrias, porque os pequenos estados não vivem senão de vontade e de fé. Se dominar a negação será isso por desgraça, porque a vida é uma afirmação; e uma sociedade, uma pátria, uma nação é um todo vivo que pode morrer. – Não há povo sem preconceitos, porque o espírito público e a tradição são outras tantas redes de crenças adquiridas, admitidas, continuadas, sem demonstração evidente, sem discussão. Para agir é preciso crer; para crer é preciso decidir-se, cortar, afirmar, e, no fundo, prejulgar as questões. É impróprio à vida prática o que só quer agir em plena certeza científica. Ora, somos feitos para agir, porque não podemos declinar o dever; logo, não se deve condenar o preconceito quando não temos senão dúvida para pôr em seu lugar, e não se deve rir daqueles a quem nós seríamos incapazes de consolar. Eis aí o meu ponto de vista.

8 de janeiro de 1863. – Esta tarde, reli *El Cid* e *Rodogune*. Minha impressão é contudo mista e confusa. Há muito desencanto em minha admiração e muita reserva em meu enlevo. O que me desagrada nesse teatro é a abstração toda mecânica dos caracteres, e o tom de mata-mouros e de virago dos interlocutores. Vagamente eu pensava em bonecos gigantescos, perorando por intérpretes numa ênfase espanhola. É poderoso, mas temos diante de nós antes ídolos heroicos do que seres humanos. Um não sei quê de artificial, de pomposo, de rígido e afetado, que é a miséria da tragédia francesa, aí aparece decididamente, guincha e range como as polias e as cordas desses majestosos colossos.

É curioso de ver-se o enxerto dos defeitos da decadência (Sêneca e Lucano) numa natureza cândida e jovem. — Numa palavra, o bom e o mau se encontram misturados nessas obras-primas, e eu prefiro, à primeira vista, Racine e Shakespeare, um pela sensação estética, e o outro pela sensação psicológica. O teatro meridional não pode desfazer-se das máscaras. Ora, eu me acomodo às máscaras cômicas; mas para os heróis sérios, para o tipo abstrato, a máscara é intolerável. A gente ri com os personagens de papelão e de folha de flandres; eu não sei chorar senão com os vivos ou com os que se lhes assemelhem.

A abstração degenera facilmente em caricatura, engendra a sombra chinesa, o títere, o boneco e a máscara. É a psicologia do primeiro grau, como as imagens coloridas da Alemanha são pintura elementar. — E com isso, um refinamento por vezes sofístico ou alambicado: os selvagens de modo algum são simples. — O lado formoso é o vigor másculo, a intrépida franqueza das ideias, das palavras e dos sentimentos. Por que é preciso que se misture uma boa porção de grandeza factícia à grandeza verdadeira, nesse teatro de 1640, do qual devia sair todo o desenvolvimento teatral da França monárquica? O gênio lá está, mas uma civilização convencional o envolve e, por mais que se faça, não se usa impunemente a peruca.

O ideal francês é antes um embutido da natureza do que seu último desabrochar. O natural gaulês só atinge o belo por empréstimo, ia dizer por macaquice. A tragédia não é a expressão do gênio nacional. É uma importação pedante, uma imitação do antigo. — O formalismo é o vício original das literaturas de boas maneiras.

10 de janeiro de 1863. — A felicidade mais direta e mais segura para mim é o convívio com as mulheres. Nesse meio, eu me dilato imediatamente como um peixe na água, como um pássaro no ar. Em suma, é o meu elemento natural e nós nos entendemos reciprocamente às mil maravilhas. É a recompensa à minha longa timidez ante o sexo? É uma espécie de eletricidade por indução? Sempre acontece que a teoria cavalheiresca se realiza para mim e o atrativo feminino me eletriza, exalta em mim todas as faculdades desinteressadas. Não desejo absolutamente conquistar e apropriar-me, mas sinto-me desabrochar e irradiar por amor geral, por pura simpatia, e então a verve aflui a mim.

Das Ewig-weibliche zieht uns hinan. — Que pena sejam tais ocasiões tão raras, e faltem a quem é o menos embotado neste ponto!

13 de janeiro de 1863. – Li *Polyeucte* e *La Mort de Pompée*. Apesar de tudo, o grandioso de Corneille nos reconcilia com a sua enfática rigidez e com a sua retórica demasiado engenhosa. Mas é este gênero dramático que é falso, e o gosto francês, que é oratório e teatral, aparece desde as primeiras obras-primas de seu período clássico. A majestade sempre tem aqui algo de factício, de exagerado, de convencional. A França paga em literatura o resgate de seu realismo.

Seus heróis são antes papéis do que homens: tomam atitudes de magnanimidade, virtude, glória, muito mais do que isso realizam; estão sempre em cena, olhando pelos outros ou por si mesmos. Entre eles a *glória*, isto é, a vida solene e a opinião do público, substitui o natural, e torna-se o natural. Não falam senão *ore rotundo*, de coturno e às vezes com ênfase artificial. E que perfeitos advogados! O drama francês é um torneio oratório, um arrazoado contínuo, no dia em que alguém vai morrer e em que todos os personagens se apressam em aproveitar da palavra antes que soe a hora fatal do silêncio. Em outros lugares, a palavra serve para fazer compreender a ação; na tragédia francesa a ação é unicamente um pretexto honesto para falar; é o processo destinado a extrair os mais belos discursos das pessoas empenhadas na ação, e que a percebem em seus diversos momentos ou sob as suas diversas faces. O que é verdadeiramente curioso e divertido é que o povo mais vivo, mais alegre e mais espiritual tenha sempre entendido o gênero nobre da maneira mais afetada e mais pomposa. Mas era inevitável. Na ausência de dignidade pessoal, quero dizer, interior, lhe é necessário aparência faustosa. A aparência lhe substituiu sempre a substância, e o chapeado ao sólido. Nação sociável, vive ela na exterioridade e pela exterioridade. A sua psicologia é feita de partes móveis como a estrutura dos títeres, e representa a alma e as nuanças da vida mais ou menos com tanta verdade como os fantoches representam os movimentos do corpo.

O amor e a natureza, o dever e a tendência, e uma dezena de outras antíteses morais são os membros que o cordel do dramaturgo faz gesticularem e que desenham todas as atitudes trágicas. Teatro de cordinhas, que lembra vagamente as paisagens chinesas manufaturadas antecipadamente em divisões que o amador combina a seu gosto.

8 de abril de 1863. – Folheei de novo as 3.500 páginas dos *Misérables* e busquei a unidade dessa vasta composição... *Les Misérables* têm como ideia fundamental isto: a sociedade engendra tristes e pavorosas misérias (a prostituição, a vagabundagem, os indigentes, os celerados, os ladrões, os forçados, a guerra, também, os grupos revolucionários e as barricadas). Ela deve compreender e não tratar como simples monstros aqueles que tombam sob a sanção da lei. Humanizar a lei e a opinião, reerguer os caídos como os vencidos, criar uma redenção social; eis a tarefa. Como? Diminuindo as rebeliões e os vícios por meio da luz, e convertendo os culpados pelo perdão: eis o processo. No fundo, não será isso cristianizar a sociedade, estendendo a caridade ao pecador, ao condenado, aplicando também a esta vida o que a Igreja aplica de melhor vontade à outra? Reconduzir à ordem e ao bem pelo amor infatigável, em vez de esmagar pela vindita inflexível e pela justiça cruel: tal é a tendência do livro. É nobre e grande. Mas é um pouco otimista e lembra Rousseau. Parece que o indivíduo é sempre inocente e a sociedade sempre responsável. – Em suma, o ideal é (para o século XX) uma espécie de idade de ouro democrática, república universal, em que a guerra, a pena de morte e o pauperismo terão desaparecido: a Religião e a Cidade do Progresso, a utopia do século XVIII restaurada em grande escala. Muita generosidade, mas não pouco de quimera. E a quimera consiste numa noção demasiado exterior do mal. O autor ignora ou finge esquecer o instinto de perversidade e o amor do mal pelo mal, que contém o coração humano. Aí está, pois, o que denuncia a alma francesa. As nações protestantes mais raramente caem nessa ilusão. – A grande e salutar ideia da obra é que a honradez legal é uma sanguinária hipocrisia quando acredita possa dividir a sociedade em eleitos e réprobos, e confunde o relativo com o absoluto. A passagem capital é aquela em que Javert, extraviado, transtorna todo o sistema moral do rígido Javert, o espia sacerdote, o policial retilíneo. Esse capítulo faz transparecer e transluzir a caridade social através da estrita e iníqua justiça; a supressão do inferno social, isto é, das afrontas irreparáveis, dos desprezos sem fim e sem remédio: essa ideia é verdadeiramente religiosa.

E quanto à erudição, ao talento, ao relevo da execução, a obra é atordoante, deixa quase estupefato. Seu defeito é a imensidade das digressões e dissertações episódicas, o exagero em todas as combinações e em todas as teses: não sei que de tenso, de espasmódico e de violento no estilo, que é bem diferente da eloquência natural e da verdade verdadeira. O *efeito* é a desgraça de Victor Hugo, porque é o centro da sua estética; daí, exagero, ênfase, monomania teatral, tensão de vontade. Poderoso artista, mas que não pode fazer esquecer o artista; modelo perigoso, porque o mestre já atinge todos os escolhos do grotesco, e vai do sublime ao repugnante, em vez de dar a impressão harmoniosa de belo. Por isso detesta ele a Racine. Que potência filológica e literária a de Victor Hugo! Possui todas as línguas contidas em nosso idioma, línguas da justiça, da bolsa, das caçadas, da marinha e da guerra, da filosofia e do presídio; dos ofícios, e da arqueologia, do alfarrabista e do poceiro.

Todos os bricabraques da história e dos costumes, todas as curiosidades do solo e do subsolo são-lhe conhecidos e familiares. Parece ter revolvido Paris e conhecê-la de corpo e de alma como conhece a gente o seu bolso. Memória prodigiosa, imaginação fulgurante. É um visionário senhor dos seus sonhos que maneja à vontade as alucinações do ópio e do haxixe, sem se deixar enganar; que fez da loucura um de seus animais domésticos; e cavalga a sangue-frio o pesadelo, um de seus animais domésticos, Pégaso, o Hipogrifo e a Quimera. Esse fenômeno psicológico é do mais vivo interesse. – Victor Hugo desenha a ácido sulfúrico, ilumina a luz elétrica; ensurdece, antes, cega e envolve em turbilhão o seu leitor, em vez de encantá-lo ou persuadi-lo. A força nesse grau é uma fascinação; sem cativar aprisiona, sem encantar enfeitiça. Seu ideal é o extraordinário, o gigantesco, o assombroso e o incomensurável; as suas palavras características são *imenso, colossal, gigante, enorme, monstruoso*. Ele acha meio de exagerar até o infantil e o ingênuo; a única coisa que lhe parece inacessível é o natural. Em suma, a sua paixão é a grandeza, seu erro é o excesso; seu sinete, o titânico, com a dissonância bizarra da puerilidade na magnificência; a sua parte fraca é a medida, o gosto, o sentimento do ridículo, e *l'esprit* na acepção mais sutil da palavra. – É um espanhol afrancesado, ou antes, tem todos os extremos do sul e do norte, do escandinavo e do africano; do que menos tem é de gaulês. E por um capricho do destino, é um dos gênios literários da França do século XIX! Tem recursos inesgotáveis, e parece que nada pode sobre ele a idade. Que infinita bagagem de palavras, de ideias, de formas não arrasta consigo! E que montanha de obras deixa atrás de si para marcar a sua passagem! As suas erupções têm algo de vulcânico, e este fabuloso trabalhador continua a levantar, deslocar, triturar, e construir um mundo de sua criação, um mundo hindu antes que helênico. – Maravilha-me; contudo, prefiro os gênios que dão o sentimento do verdadeiro e que aumentam a liberdade interior. Em Hugo, sente-se o ciclope e o esforço; eu prefiro ainda o arco sonoro de Apolo e o sobrecenho tranquilo de Júpiter olímpico. Seu tipo é o sátiro da *Légende des Siècles*, que sufoca o Olimpo entre a fealdade lasciva do fauno e a sublimidade fulminante do grande Pan.

23 de maio de 1863 (*nove horas da manhã*). – Tempo carregado, coberto, cheio de vapores; choveu esta noite e o ar ainda está mais pesado. É o símbolo da gestação, grave, mas fecunda. A natureza hoje está em gravidez, e rumina contemplando o próprio seio como o deus Ganesha da Índia, ou como os onfalópsicos do Atos. Este devaneio obscuro é sagrado como o da mulher grávida, mas é entorpecente para o espectador, e o mergulha num vago tédio que conduz ao sono. A luz faz viver; as trevas podem fazer pensar; mas o dia sombrio, a luz ambígua e o céu de chumbo agem sobre nós:

Soupire, étend les bras, ferme les yeux e bâille.

Estes estados indecisos e caóticos da natureza são feios como todas as coisas amorfas, como as cores baralhadas, como os morcegos da sombra e os polvos viscosos do mar. A atração começa com o caráter, com a nitidez, com a individualização. O que é confuso, emaranhado, indistinto, sem forma, sem nexo, sem acento é antiestético. A desordem, o caos, a confusão primitiva, assim como a farragem, o embrulho, a *olla-podrida*, a *ripoqua*, a salsada, o enredo, a mixórdia, que são misturas ulteriores e indevidas, não são agradáveis aos olhos nem ao gosto. O espírito quer a luz; a luz é a ordem; a ordem é primeiro a distinção das partes, depois o seu arranjo regular. A beleza tem por base a razão. – Assim, o informe, o pardacento e o balbucio são os três horrores da arte, e mesmo as antipatias do espírito claro.

7 de agosto de 1863. – Passeio depois do jantar; céu cintilante de estrelas; Via Láctea magnífica. Ai! Tenho contudo o coração pesado, e compreendo a ânsia de viver dos velhos, que se agarram com tanta força a cada dia, à medida que o fim se aproxima. O futuro parece-me sempre todo contra mim, e só tenho esperanças do lado do passado. Sigo, pois, recuando, sem previsão nem prudência; e foi sempre assim para mim. Jamais soube descontar o futuro e dele apoderar-me pela fantasia ou pela audácia do pensamento. Sempre acreditei morrer jovem, e jamais calculei um ano com antecipação apenas de três meses. Não é singular? Concluir do próximo para mim mesmo e supor-me as mesmas probabilidades, essa ideia nem sequer se aproximou do meu espírito. Toda a minha força moral voltou-se para o lado da abnegação, não para o lado da conquista. – Resultado: a atrofia da vontade, isto é, a não atividade em estado crônico, descuido para com os meus mais profundos instintos, paralisando o narcotismo todas as minhas faculdades.

9 de agosto de 1863. – No fundo de tudo, encontro sempre a incurável desconfiança de mim mesmo e da vida, que se converteu em indulgência e mesmo em benevolência para com o próximo, mas em abstenção absoluta pelo que a mim se refere. Tudo, ou nada! Seria isto o meu natural, o meu fundo primitivo, a minha antiga forma. E, todavia, contanto que me amem um pouco, que penetrem um pouco no meu sentimento íntimo, eu me sinto feliz e quase não peço outra coisa. As carícias de uma criança, a conversa de um amigo, a proximidade de uma juventude são suficientes para encher-me de júbilo. Assim, aspiro ao infinito, e com pouco já me contento; tudo me inquieta e a menor coisa me acalma. Surpreendi-me com frequência a desejar morrer e, contudo, a minha ambição de felicidade não ultrapassa quase a de um pássaro: asas! sol! um ninho! Vivo os meus dias e minhas noites na solidão, por gosto, parece; ó não, é por enfado, por obstinação, por vergonha de ter necessidade de outrem, por vergonha de confessá-lo e por medo de agravar a minha escravidão, ao reconhecê-la. Defendo-me um pouco da malignidade humana, e mais ainda, porém, das desilusões, melhor, das decepções.

2 de setembro de 1863 (*oito horas e meia da manhã*). – Jogo de cabra-cega no vácuo, tempo será do destino malicioso, como chamar a indefinível sensação que me perseguiu esta manhã no crepúsculo do acordar? Era uma reminiscência encantadora, mas vaga, sem nome, sem contorno, como figura de mulher entrevista por enfermo na obscuridade do quarto e na incerteza do delírio. Eu tinha o sentimento distinto de que era uma figura simpática encontrada em algum lugar e que me tinha comovido um dia, depois caído com o tempo nas catacumbas do esquecimento. Mas todo o resto era confuso, o lugar, a ocasião, a própria pessoa, porque eu não via o seu rosto nem a sua expressão. O todo era como um véu ondulante, sob o qual o enigma da felicidade estivesse oculto. E estava eu bastante acordado para estar seguro de que não era um sonho. Eis, pois, o último vestígio das coisas que mergulham em nós, das lembranças que morrem: impalpável fogo-fátuo iluminando uma indecisa impressão, que não se sabe se é uma dor ou um prazer; um clarão sobre um sepulcro. Como é bizarro! Poderia quase chamar a isso os espectros da alma, os ressentimentos da felicidade, os manes das minhas emoções mortas, a lista dos meus infanticídios anteriores.

Quantas lágrimas não devorei que poderiam ser fecundas? Quantas inclinações nascentes não sufoquei e quantas simpatias não suprimi que só queriam viver e crescer em mim? Se por suposição (e o Talmude talvez o afirme) cada impulso de amor engendra involuntariamente um gênio invisível com aspirações à existência completa, quantos embriões divinos nascidos da troca de dois olhares não fiz abortar, no meu ser? E se esses clarões que não se tornaram seres erram nos limbos da nossa alma, como admirar-se então dessas aparições estranhas que vêm visitar a nossa cabeceira? O fato é que não pude forçar o fantasma a dizer-me o seu nome, nem aquela reminiscência a tomar de novo nitidez.

Sob que melancólico aspecto pode apresentar-se a vida, quando seguimos a corrente desses sonhadores pensamentos!

É como um vasto naufrágio noturno, onde cinquenta vozes amantes clamam socorro, mas onde a implacável vaga ascendente extingue sucessivamente os gritos todos, sem que se tenha podido estreitar a mão de alguém, ou dar um beijo de adeus no meio daquelas trevas de morte. – Sob este ponto de vista, parece áspero o destino, selvagem, cruel, e o trágico da vida ergue-se como um rochedo por entre as águas planas da trivialidade cotidiana. Impossível não estar sério ante a indefinível inquietude que tal espetáculo em nós produz. A superfície das coisas é risonha ou banal, mas a profundeza é austera e formidável. Quando se atingem as coisas eternas, os destinos da alma, a verdade, o dever, os segredos da vida e da morte, nos tornamos graves a despeito do que somos.

O amor sublime, único e invencível, leva direto à beira do grande abismo, porque fala imediatamente de infinito e de eternidade. É eminentemente religioso. Pode mesmo tornar-se religião. Quando tudo ao redor do homem oscila, treme, vacila e se obscurece nas longínquas obscuridades do desconhecido; quando o mundo não é mais que ficção e magia, e o universo mais que uma quimera, quando todo o edifício das ideias se desvanece em fumo e todas as realidades em dúvida se convertem, que ponto fixo pode restar ainda ao homem? O coração fiel de uma mulher. Aí é que se pode apoiar a cabeça para retomar coragem para a vida, fé na Providência, e, se preciso, morrer em paz com a benção nos lábios. Quem sabe se o amor e a sua beatitude, essa evidente manifestação de uma harmonia universal das coisas, não é a melhor demonstração de um Deus soberanamente paternal e inteligente, como é o caminho mais curto para chegar-se a ele? O amor é uma fé, e uma fé chama a outra. Esta fé é uma felicidade, uma luz e uma força. – Não se entra senão por aí na cadeia dos viventes, dos despertos, dos felizes, dos remidos, dos verdadeiros homens que sabem o que vale a existência e que trabalham pela glória de Deus e da verdade.

Até então só se balbucia, só se murmura, perdem-se os dias, as faculdades e os dotes, sem finalidade, sem alegria real, como um ser enfermo, inválido e inútil, de quem nada mais se espera.

É talvez, pelo amor, que eu voltarei à fé, à religião, à energia, à concentração. Parece-me ao menos que, se encontrasse a minha igual e companheira única, todo o resto me viria por acréscimo, como para confundir a minha incredulidade e para a minha desesperança enrubescer. Crê, pois, na paternal Providência e resolve-te ao amor!

25 de novembro de 1863. – É a prece a arma essencial das religiões. O que não pode mais orar porque duvida da existência de um ser a quem suba a oração e de quem baixem as bençãos, esse é cruelmente solitário e prodigiosamente pobre.

E tu, que pensas sobre isso? Na verdade, neste momento, difícil seria isso de dizer. Todas as tuas crenças positivas estão em estudo, prontas para qualquer metamorfose. A verdade antes de tudo, embora nos incomode e inquiete! Mas o que acredito é que a ideia mais elevada que possamos formar do princípio das coisas será a mais verdadeira, e que a mais verdadeira verdade será a que tornar o homem mais harmoniosamente bom, mais sábio, maior e mais feliz.

> *Dépasse tous les cieux dans ton vol, ô pensée;*
> *Grandis sept fois sept fois l'infiniment parfait;*
> *Ne crains rien: par l'effet tu seras dépassée.*
> *Dieu, la cause, est toujours plus grand que son effet.*
>
> (*Penseroso*)

Esperando, o meu credo propriamente dito está em reforma. No entanto, ainda creio em Deus e na imortalidade da alma. Creio na santidade, na verdade e na beleza; creio na redenção da alma pela fé no perdão. Creio no amor, na abnegação, na honra. Creio no dever, e na consciência moral. Creio mesmo na oração. Creio nas intuições fundamentais do gênero humano, e nas grandes afirmações dos inspirados de todos os tempos. Creio que a nossa natureza superior é a nossa verdadeira natureza.

Pode surgir daí uma teologia e uma teodiceia? Provavelmente, mas a esta mesma hora não o vejo distintamente; pois essa interrogação é nova para mim. Há tão longo tempo que não volto os olhos para a *minha* metafísica, e vivo nos pensamentos alheios. Quase estou a perguntar-lhe se é necessária a cristalização de meus dogmas.

Sim, para pregar e agir; menos para estudar, contemplar e instruir-se.

4 de dezembro de 1863. – Singular encontro: uma esbelta morena, elegante, severa, tez pálida, na qual creio vagamente reconhecer certa aparição entrevista uma vez numa igreja, e desaparecida, desde então, do meu horizonte.

Cedendo a uma curiosidade de moço, voltei, e a segui até a rua próxima, onde a vi entrar numa casa. Era a casa dela? Ignoro-o. Aquele incidente seria um aceno da Providência? Quem sabe? Seria H. V. aquela pessoa, em que tanto me falou alguém?

Neste caso, a coincidência seria três vezes curiosa e poderia ser tomada por uma indicação positiva do destino benevolente. Por que esta ocorrência, insignificante em si mesma, quase me comoveu? Porque estou no estado inquieto e poético, e porque o meu coração, antes de seu enterro, apressa-se em palpitar e romancear à sua vontade e à sua maneira. Perdoo-lhe isso, e vejo como se agitam seus instintos, com a indulgente bondade que temos para com os primeiros desejos de uma criança ou para os últimos caprichos de um condenado. Não o tendo nem satisfeito nem sufocado, como recusar-lhe, a este coração, a graça que obtém tudo o que vai morrer? É uma espécie de piedade que me impele, pois é uma pequena expiação voluntária das minhas durezas anteriores para cada inclinação recém-nascida em meu ser. Sem ter a ilusão de que essas buscas devam chegar a resultado, presto-me a essas inocentes batidas dos galgos do sentimento. A decepcionada e iludida necessidade do apego integral e perfeito vinga-se como entende, e se reconhecerá, aos quarenta anos, a pulsação das artérias e as secretas agitações dos vinte anos. Parece tudo promessa. O instinto romanesco vinga-se. De fato, o que é tão gracioso numa obra literária, os rejuvenescimentos interiores pela ternura e pela esperança podem sê-lo na realidade.

Longe de envergonhar-se de amar, seria preferível com isso ficar-se contento e reconhecido. Onde está o mérito de sermos cinzas? Gosto mais da maneira de Goethe, adorado ainda aos sessenta anos, e reverdecendo sob as puras homenagens do entusiasmo. A capacidade de amar, no sentido especial da expressão, só se extingue com a capacidade de admirar e de arrebatar-se. As almas ardentes e os corações apaixonados amam até o fim, até a morte, e podem bastar a todas as florações primaveris das afeições que venham ao encontro deles. A embriaguez dissipa-se, mas a efusão permanece, e a potência simpática não morre.

Todo o segredo para permanecer jovem a despeito dos anos e até dos cabelos brancos é proteger em si o entusiasmo pela poesia, pela contemplação e pela caridade, em poucas palavras, pela manutenção da harmonia na alma. Quando cada coisa está em seu lugar em nós, podemos ficar em equilíbrio com a obra de Deus. O entusiasmo grave pela eterna beleza e pela ordem eterna, a razão comovida e a bondade serena, tal é talvez o fundo da sabedoria!

Que tema inesgotável a sabedoria! Uma espécie de auréola suave cerca e ilumina este pensamento que resume todos os tesouros da experiência moral, e que é o fruto mais maduro de uma vida bem empregada. A sabedoria não envelhece, porque é a expressão da própria ordem, isto é, do eterno. Somente o sábio extrai da vida e de cada idade todo o seu sabor, porque delas sente a beleza, a dignidade e o prêmio. As flores da juventude fenecem; mas o verão, o outono e mesmo o inverno da existência humana têm a sua majestosa grandeza que o sábio reconhece e glorifica. Ver todas as coisas em Deus, fazer de sua própria vida a travessia do ideal, viver com gratidão, recolhimento, doçura e coragem; é o magnífico ponto de vista de Marco Aurélio; acrescentar a isso a humildade que se ajoelha e a caridade que se devota, é a sabedoria dos filhos de Deus, é a alegria imortal dos verdadeiros cristãos. — Mas que mau cristianismo o que diz mal da sabedoria, e sem ela passa! — Neste caso prefiro a sabedoria, que é uma justiça prestada a Deus, ainda nesta vida. O sinal de uma falsa concepção religiosa é adiar a vida e fazer distinguir o santo homem do homem virtuoso. Esse erro é um pouco o de toda a Idade Média e talvez do catolicismo em sua essência. Mas o verdadeiro cristianismo deve ser purgado desse erro funesto. A vida eterna não é a vida futura, é a vida na ordem, a vida em Deus; e o tempo deve ensinar a ver-se como um movimento da eternidade, como ondulação do oceano do ser. O ser que tem consciência de si sob a categoria do tempo pode adquirir consciência da substância desse tempo, a qual é a eternidade. E viver, mantendo a sua consciência, *sub specie aeterni*, é ser sábio; personificando o eterno, é ser religioso.

Por que bizarro meandro de reflexões o véu de uma jovem fez-me chegar até Espinosa? — Ora! Tudo se liga e tudo se atrai no mundo, ao centro levam todos os raios. Não era, aliás, de felicidade que se tratava? E não é o verdadeiro amor o irmão da sabedoria?

2 de abril de 1864. — Aguaceiros e caprichos de abril, ondas de sol seguidas de raios de chuva, acessos de lágrimas e de riso do céu extravagante, rajadas, borrascas. O tempo assemelha-se a uma inconstante menina que, na mesma hora, vinte vezes muda de aspecto e de vontade. É um benefício para as plantas, e o afluxo da vida nas veias da primavera... Até a base, o círculo de montanhas do nosso vale está vestido de branco; mas de uma simples musselina que duas horas de sol dissipariam. Novo capricho, simples decoração prestes a enrolar-se ao sinal do maquinista.

Como bem se percebe a mobilidade infixável de todas as coisas! Aparecer e desvanecer-se, eis toda a comédia do universo, eis a biografia de todos os indivíduos, átomo ou planeta, seja qual for a duração do ciclo de existências que descrevam. Toda vida individual é uma sombra de fumaça, um gesto no vácuo, um clarão mais ou menos preguiçoso, hieroglifo um instante traçado na areia e que um sopro apaga no instante seguinte, a bolha de ar que vem abrir-se e crepitar na superfície do grande rio do ser, uma aparência, uma vaidade, um nada. Mas esse nada é no entanto o símbolo do ser universal, e essa bolha efêmera é o resumo da história do mundo.

O homem que ajudou imperceptivelmente a obra do mundo, viveu; o homem que disso teve certa consciência, viveu também. O homem simples serve por sua própria ação e como engrenagem; o pensador serve pelo pensamento e como luz. O meditativo que alenta e consola e sustém os companheiros de jornada, mortais e fugitivos como ele, faz melhor ainda: reúne as duas outras utilidades. A ação, o pensamento, a palavra (a palavra quer dizer toda comunicação, expansão, revelação), são três modos iguais da vida humana. O artesão, o sábio, o orador são todos eles obreiros de Deus. Realizar, encontrar, transmitir: as três coisas são trabalho, as três são boas, as três são necessárias. – Fogos-fátuos, podemos, contudo, deixar vestígios; meteoros, podemos prolongar a nossa inanidade perecível na memória dos homens ou pelo menos na contextura dos sucessos ulteriores. Desaparece tudo, mas nada se perde, e a civilização ou cidadela do homem não é senão a imensa pirâmide espiritual construída com os trabalhos de tudo o que viveu sob a forma de ser moral, como as nossas montanhas calcárias são formadas por despojos de miríades de milhões de seres anônimos que viveram sob a forma de animais microscópicos.

5 de abril de 1864. – Li pela segunda vez o *Prince Vitale*, com admiração e quase deslumbramento. Que riqueza de ideias, de fatos, de cores, que erudição, quanta malícia, quanto espírito, ciência e talento, e que incensurável perfeição no estilo! Que limpidez na profundidade! Exceto o abandono e a cordialidade, o autor reúne todo gênero de mérito, cultura e habilidade. Não se lograria ser mais penetrante, mais matizado e mais livre de espírito que esse fascinador irônico e camaleônico. Victor Cherbuliez, como a esfinge, pode tanger todas as liras e de tudo se diverte com *goetheana* serenidade. Parece que a paixão, a dor, o erro nenhuma influência têm sobre esta alma impassível. A chave desse pensamento é a Fenomenologia do Espírito de Hegel, retocada pela Grécia e pela França. Sua fé, se tem alguma, é a de Strauss: o Humanismo. Mas é perfeitamente senhor de si e de sua palavra, e se há de sempre abster de pregar alguma coisa prematuramente.

Nessa fonte profunda, bem no fundo, haveria um crocodilo? Há, em todo caso, o espírito mais ladino e despreocupado que se possa encontrar, e bastante vasto para tudo conter. Dir-se-ia mesmo que sabe tudo o que quer, sem ter o trabalho de aprender. É um Mefistófeles tranquilo, de uma consumada polidez, de uma graça risonha e de esquisita urbanidade. Mefisto é um delicado joalheiro; e este joalheiro é um músico sutil; esse fino construtor de frases de penetração tão grande zomba de nós. Sua malícia consiste em adivinhar tudo sem se deixar adivinhar a si mesmo, e em fazer pressentir que tem na mão fechado o segredo universal, mas que só pensa em abri-la no momento oportuno, e se lhe agradar... Victor Cherbuliez assemelha-se um pouco a Proudhon, e faz malabarismos com as antinomias, para impressionar o burguês. Assim se diverte a escarnecer de Lutero e da Reforma em favor da Renascença. As angústias da consciência não parecem o que lhe convém. Seu tribunal supremo é a razão. É bem hegeliano e intelectualista no fundo. Mas é uma organização magnífica. Apenas, deve ser antipático aos homens de dever que fazem da renúncia, do sacrifício e da humildade, a medida do valor individual.

19 de setembro de 1864. – Passei duas horas em companhia de uma bela alma, a de Eugénie de Guérin, a piedosa heroína do amor fraternal. Quantos pensamentos, sentimentos e dores nesse *Diário* de seis anos (1834-1840), que em trinta meses chegou a sua duodécima edição! Como faz sonhar, refletir e viver! Produz uma nostálgica impressão, aproximadamente como certas melodias esquecidas cujo acento comove o coração sem se saber por quê. Revi como caminhos longínquos, e fugas da juventude; ouvi confusas vozes, ecos do meu passado. Pureza, melancolia, piedade, mil recordações de uma antiga existência, de um jovem *eu*, formas indefiníveis e fantásticas como as sombras fugitivas de um sonho ao despertar começaram sua ronda, ante o leitor surpreendido.

20 de setembro de 1864. – Almocei sozinho, com Ali (o gato), bem entendido, que ainda me finca as suas garras no casaco para pedir pão, mais ou menos como as crianças fazem com sua mãe, e os homens com a Providência. O benefício parece ligar o benfeitor e não o favorecido. O que deu um deve dar dois e se a munificência se detém, o queixoso, o ofendido, é o que tudo recebeu e que espera sempre mais. Somos todos assim, e é bom que os animais nos chamem a nós mesmos com sua insolente ingratidão.

Da mesma forma no Estado, os que nada pagam julgam natural que os camponeses paguem ainda o dobro; os disciplinadores indignam-se de que os disciplinados reclamem uma vez, e que os seus iguais ou os seus superiores julguem fatigante ser perpetuamente seus burros de carga. Após a tirania da fraqueza, notemos as pretensões abusivas da ignorância e da incapacidade. As crianças, os tolos, os mal-educados se fazem um título de sua inferioridade para governar o mundo, como o meu gato de sua dependência, para arranhar a mão que o alimenta. O despotismo da força é uma injustiça, mas o despotismo da fraqueza é quase um absurdo.

A generosidade cavalheiresca, como todas as belas coisas, torna-se, por falta da medida, causa de um mal, hoje, universal, o esquecimento da justiça. É justo que a seu pai trate a criança como camarada? Que trate melhor a sociedade ao ladrão do que ao pobre? Que o velhaco valha o mesmo que o homem honrado, e que o incapaz tenha, já não digo os mesmos direitos, mas as mesmas funções que o capaz? Matando o respeito e o sentimento da desigualdade dos méritos adquiridos, tende o igualitarismo a construir uma sociedade grosseira, em que a idade, o sexo, a experiência, a virtude, não alcancem mais respeito nem considerações, e onde o fedelho da casa, o garoto das ruas, o ranhoso do colégio assumem um tom superior para com seus pais, seus mestres, seu pastor, para com todo o mundo, e, se necessário, com o próprio bom Deus.

Avec quelle irrévérence
Parle des Dieux ce maraud!

O respeito e a justiça não se separam. Quem nada respeita coloca-se a si mesmo acima de tudo, como o rei absoluto acima das leis. Todos esses pequenos igualitários são, pois, um formigueiro de pequenos tiranos. E a democracia, assim compreendida, não é mais do que a ceva dos egoísmos vaidosos, que não têm outra medida senão a aritmética e por vezes a pólvora. – Digamos melhor. Cada regime tem sua ameaça interior e seu perigo próprio. A democracia, afinal de contas, é a herdeira legítima da monarquia e da aristocracia. Mas sua doença latente, seu vício congênito é o desamparo do dever, a substituição deste pela inveja, pelo orgulho e pela independência, numa palavra, a abolição da obediência, trazida por uma falsa noção da igualdade.

Se a democracia não é senão o rebaixamento sistemático das superioridades legítimas e adquiridas, a decapitação invejosa dos verdadeiros méritos, identifica-se ela com a demagogia. – Mas nenhuma coisa dura senão quando é justa, e a democracia, tornada injusta, necessariamente perecerá.

Proteção de todos os seres fracos, manutenção de todos os direitos, honra a todos os méritos, emprego de todas as capacidades, essas máximas do Estado justo respeitam ao mesmo tempo a igualdade de direito e a desigualdade de fato, porque é a atividade individual, a energia espontânea e livre, o homem real que elas consideram e não uma fórmula abstrata.

Os princípios abstratos (como o da igualdade) dão o resultado inverso daquele a que aspiram. Assim a fraternidade conclui no Terror e na guilhotina. O respeito do homem pelo homem ou a igualdade conclui no desprezo do homem e na irreverência universal. – Melhorai o homem, tornai-o mais justo, mais moral, mais humilde, mais puro, eis a única reforma que não apresenta inconveniente algum correlato. As instituições não valem senão o que vale o tema que as aplica. O nome, o partido, o hábito, a opinião, o sistema são coisas quase insignificantes e frívolas ao lado do valor intrínseco dos indivíduos. Ortodoxo ou liberal, conservador ou radical, branco ou negro, rico ou pobre, realista ou republicano, direi mesmo católico ou protestante, cristão ou judeu, são distinções ainda superficiais, em relação à que eu entendo. – Diz-me do que gostas e dir-te-ei o que és, e não vales senão o que és.

(*Seis horas da tarde.*) – Reli da direita para a esquerda o volume de Eugénie de Guérin com uma atenção crescente. Tudo é coração, inspiração, elã, nessas páginas íntimas, impressionantes de sinceridade e brilhantes de secreta poesia. Alma grande e forte, espírito claro, distinção, elevação, vivacidade de um talento que se ignora, vida oculta e profunda, nada falta a esta Santa Tereza da fraternidade, a esta Sévigné dos campos, que deve prender-se com as duas mãos para não escrever em verso, tanto, nela, o dom da expressão era inato.

16 de outubro de 1864 (*meia-noite*). – Acabo de reler uma parte do diário de Eugénie de Guérin. Encantou-me um pouco menos que da primeira vez. A alma, tão bela como antes me parece, mas a existência de Eugénie é demasiado vazia e demasiado restrito o círculo de ideias que a sua atenção ocupam.

Que pena que uma tão rica organização não tenha sido posta em contato com número um pouco maior de livros e de homens diversos! Um jardinzinho, alguns pobres, alguns volumes devotos, isso é o bastante, sem dúvida, para a sua salvação; mas se podemos viver com um pedaço de pão e uma bilha de água por dia, uma dieta menos severa dá, no entanto, um conjunto de sensações menos reduzido. Uma alma é uma pedra de toque, e desejar-se-ia que uma alma de escol estimasse a maior soma possível de coisas humanas.

É maravilhoso e tocante ver quão pouco espaço é o bastante a um pensamento para desdobrar as suas asas; mas esse girar contínuo dentro de uma célula acaba contudo por cansar os espíritos que têm o hábito de abranger maior número de objetos no campo da sua visão. Em vez de um jardim, o mundo; em vez de um breviário, todos os livros; em vez de três ou quatro cabeças, todo um povo ou toda a história: eis o que a nossa natureza viril e filosófica reclama. Queremos mais ar, mais espaço, mais basto horizonte, mais conhecimentos positivos, e acabamos por sufocar no pequeno cárcere onde Eugénie se move, embora sopre ali a brisa do céu e ali chegue a luz das estrelas.

27 de outubro de 1864 (passeio a Treille, oito horas e meia da manhã). – Aspecto da paisagem hoje de manhã: lucidez perfeita; seria possível distinguir-se uma guarita em Vuache. Este claro sol batendo em cheio acendera todo o escrínio das cores outonais: o âmbar, o açafrão, o cobre, o ouro, o alaranjado, o enxofre, o ocre, o amarelo-vermelho, o *citron*, a água-marinha, o amaranto, resplandeciam sobre as últimas folhas, pendentes ainda aos ramos ou já rolando ao pé das árvores. Era delicioso. O cintilar dos fuzis, o canto dos clarins, o passo marcial dos nossos dois batalhões, com polainas, dirigindo-se ao campo de exercícios, a nitidez mordente das fachadas ainda úmidas, a transparente frescura de todas as sombras, respirava tudo uma alegria saudável e intelectual.

Há duas formas de outono: o tipo vaporoso e sonhador, e o tipo colorido e vivo; quase a diferença dos dois sexos. Não é a palavra *automne* de ambos os gêneros? Ou melhor, não será cada estação bissexual à sua maneira? Não terá cada uma a sua escala menor e sua escala maior, seus dois lados de luz e de sombra, de suavidade e de força? É possível. Tudo o que é completo é duplo: cada rosto tem dois perfis, cada bastão duas extremidades, cada medalha duas faces. O outono vermelho é a atividade vigorosa; o outono cinzento é o sentimento meditativo; um derrama-se no exterior, o outro fecha-se em si mesmo. Ontem, a gente pensava; hoje se vai fazer a vindima.

Quanto a mim, sinto-me alegre, contente e disposto, entrando em casa de volta do passeio e olhando o céu azul pela janela do meu quarto.

16 de novembro de 1864. – Soube da morte de... A vontade e a inteligência duraram até o derramamento nos meníngeos que tudo suspendeu. Uma bolha de ar no sangue, uma gota de água no cérebro, e o homem se desconcerta, a sua máquina se arruína, o seu pensamento se esvai e o mundo desaparece como um sonho ao clarear do dia. A que teia de aranha está suspensa a nossa existência individual! Fragilidade, aparência, nada. Se não fosse a nossa distração e o nosso poder de esquecimento, toda a magia que nos arrasta e nos rodeia não poderia parecer-nos mais do que um espectro solar nas trevas, uma visão inútil, uma fugitiva alucinação. Aparecido, desaparecido, – eis toda a história de um homem, como a de um mundo ou de um infusório.

O tempo é a ilusão suprema. É o prisma interior pelo qual decompomos o ser e a vida, o modo sob o qual percebemos sucessivamente o que é simultâneo na ideia. Os olhos não veem uma esfera inteiramente, ao mesmo tempo, embora a esfera exista por inteiro, ao mesmo tempo; é necessário gire a esfera ante os olhos que a observam, ou que passem os olhos em redor da esfera contemplada. No primeiro caso, é o mundo a desenrolar-se ou parecendo desenrolar-se no tempo; no segundo caso, é o nosso pensamento que analisa e recompõe sucessivamente. Para a suprema inteligência não existe o tempo; o que será, é. O tempo e o espaço são o esmiuçamento do infinito para uso dos seres finitos. Deus os permite para não estar só. É o modo sob o qual as criaturas são possíveis e concebíveis. Ajuntemos que seja também a escada de Jacó, de inumeráveis degraus, pelos quais a criação volve a subir até o criador, participa do ser, saboreia da vida, entrevê o absoluto e pode adorar o mistério insondável da infinita divindade. Este é outro aspecto da questão. Nossa vida não é nada, certamente, mas a nossa vida é divina. Um sopro da natureza nos aniquila, mas nós ultrapassamos a natureza penetrando além da sua fantasmagoria prodigiosa, até o imutável e o eterno. Escapar pelo êxtase interior ao turbilhão do tempo, perceber-se a si mesmo, *sub specie aeterni*, é a palavra de ordem de todas as grandes religiões das raças superiores; e essa possibilidade psicológica é o fundamento de todas as grandes esperanças. A alma pode ser imortal porque é apta a elevar-se até o que não nasce nem morre, até o que existe substancialmente, necessariamente, invariavelmente, quer dizer, até Deus.

Homme, enveloppe ainsi ta vie, ombre qui passe,
Du calme firmament de ton éternité.

(*Penseroso*)

17 de janeiro de 1865. – É grato sentir nobremente, isto é, viver numa montanha muito acima dos pântanos da vulgaridade. O americanismo manufatureiro, a demagogia cesariana conduzem igualmente à multiplicação da populaça, isto é, das multidões dominadas pelos apetites, aplaudindo o charlatanismo, votadas ao culto de Mamon e do prazer, e não adorando senão a força. Triste modelo do homem, esta maioria crescente!

Permaneçamos fiéis aos altares do ideal. – Seria possível que os espiritualistas se tornassem os estoicos de uma nova era de dominação dos Césares. Quem sabe se o cristianismo não se tornará de novo na Europa o hóspede das catacumbas? O naturalismo materialista tem vento pela popa, e prepara-se uma redução do nível moral de todas as camadas. Nada importa, desde que não perca o sal o seu sabor, e que os amigos da vida superior conservem o fogo de Vesta. A lenha pode sufocar a chama, mas, se a chama persiste, a fogueira será mais esplêndida por sua vez. – O prodigioso dilúvio democrático não fará o mal que a invasão dos bárbaros não pôde fazer, não afogará imediatamente os resultados da alta cultura; mas é preciso resignar-se a que comece por tudo enfear e por tudo vulgarizar, da mesma forma que a intrusão repentina da rua no salão submerge a boa sociedade, e reduz ao silêncio as pessoas educadas.

É claro que a delicadeza estética, a elegância, a distinção, a nobreza – é evidente que o aticismo, a urbanidade, o suave e o esquisito, o sutil e o matizado, tudo o que faz o encanto de uma literatura escolhida e de uma cultura aristocrática dissipa-se ao mesmo tempo com a sociedade que lhe corresponde. Não é a Beócia que se instala, mas é a multidão que reina; e da mesma forma que a mais humilde mulher de obreiro copia a moda da imperatriz, cada qual entende participar de todas as elegâncias e imagina quase seriamente que a palavra oficial igualdade igualiza realmente as coisas e os indivíduos.

Se, como diz Pascal,[9] (creio que foi ele), à medida que mais se desenvolve o homem, mais diferenças se encontram entre os homens, não se pode dizer que

---

[9] Pascal disse: "*A mesure qu'on a plus d'esprit, on trouve qu'il y a plus d'hommes originaux. Les gens du commun ne trouvent pas de différence entre les hommes*".

o instinto democrático desenvolva muito o espírito, pois que faz crer na igualdade dos méritos em virtude da semelhança das pretensões.

19 de janeiro de 1865. – Li as cem primeiras páginas das cartas de Eugénie de Guérin, que me encantaram. Coração sensível, bela alma, caráter nobre, espírito vivo e um estilo colorido, claro, breve, saltitante de naturalidade, tudo animando, em torno dela, uma inspiração encantadora e muita vida interior.

21 de janeiro de 1865. – Estou terminando a correspondência de Eugénie (1831-1847), 150 cartas... Que impressão me causou definitivamente esta leitura? Gosto de Sévigné de Cayla, e admiro-a. Mas a graça alada de seu estilo, a vivacidade encantadora de seu estilo, a vivacidade encantadora do seu espírito e a ternura da sua alma não me impedem de lastimar uma certa uniformidade demasiado sensível nessa correspondência. E comparando aquela formosa alma com este livro, não podemos impedir os suspiros. Debate-se em vão Eugénie contra a tríplice influência que pesa sobre seu gênio, sem que o perceba: um catolicismo devoto e fervoroso até à superstição, o celibato, a privação de recursos intelectuais suficientes. Melhor servida pelo destino, teria dado uma personalidade bem diferentemente grande e notável. O que é mais interessante nesta simpática fisionomia é a paixão devotada ao irmão. O que é mais instrutivo no volume é a piedade católica surpreendida, e francamente o resultado não é invejável. Quando se observa em que se torna uma bela alma religiosa sob essa disciplina, e o pouco de verdadeira paz que consegue ao preço da sua abdicação que a persegue, sente-se o coração tomado de verdadeira piedade dos cativos de um cristianismo infantil, e reconhece-se que o confessionário é a cidadela dessa religião.

Como terá liberdade a França, enquanto a religião das mulheres e a dos homens não puder ser a mesma, e enquanto a juventude for sacudida entre estes dois cultos inimigos, o papismo de um lado, negando o direito moderno e a ciência independente, e a filosofia de outro lado, negando todas as simulações de uma religião dissolvida em observâncias, e de um dogma que interpõe um mágico entre o fiel e Deus?

20 de março de 1865. – Soube que o curso superior do ginásio foi suspenso por indisciplina. É detestável a nossa juventude, e torna-se cada vez mais indócil e insolente. Sua divisa é à francesa: "O nosso inimigo é o nosso mestre". O menino quer ter os privilégios do moço, e o moço entende conservar os do garoto. No fundo, isso é a consequência regular do nosso sistema de democracia igualitária. Desde que a diferença de qualidade é oficialmente igual a zero em política, é claro que desaparece a autoridade da ciência, da função e da idade, e que o maroto trate no mesmo nível seus mestres na vida escolar. O contrapeso único ao igualitarismo é a disciplina militar. Contra os galões, contra o posto de polícia, contra o calabouço ou contra o fuzilamento, não há réplica. Mas, não é curioso que o regime do direito individual atinja simplesmente ao respeito da força? Jacobinismo conduz ao cesarismo, a bacharelice termina em artilharia, e o regime da língua conduz ao regime do sabre. Democracia e liberdade são coisas diferentes. A república supõe costumes; não há costumes sem o hábito do respeito; não há respeito sem humildade.

Ora, a pretensão de que qualquer homem tem as qualidades de cidadão, pelo único fato de haver nascido há vinte anos, equivale a dizer que o trabalho, o mérito, a virtude, o caráter, a experiência nada são; e dizer que cada qual se torna o igual de todos os outros mecânica e vegetativamente é naturalmente destruir a humildade. Esta pretensão anula até o respeito pela idade, porque se o eleitor de 21 anos vale tanto como o de 50, o indivíduo de 19 anos não tem nenhuma razão séria para crer-se em nada inferior ao que conta um ou dois anos mais do que ele. É assim que a ficção legal de ordem política acaba por levar a fim contrário ao seu objetivo. Esse objetivo é aumentar a soma de liberdade, e o resultado é diminuí-la para todos.

O Estado moderno se fundamenta sobre a filosofia do atomismo. A alma nacional, o espírito público, a tradição, os costumes desaparecem como entidades vãs; ficam somente as forças moleculares e a ação das massas para criar o movimento. A teoria identifica então a liberdade com o capricho. A razão coletiva e a tradição secular não são mais do que bolhas de sabão que o mais insignificante calouro rompe com um piparote. Cada um está só, e toda extravagância que tenha cem aderentes pode passar do estado de utopia ao de coisa decretada.

Significa isto rebelar-se contra a democracia? Absolutamente não. Ficção por ficção, é a menos má. Mas convém que não se confundam suas promessas com realidades. A ficção consiste nisto: o governo democrático postula que a quase totalidade dos eleitores sejam esclarecidos, livres, honrados e patriotas. Ora, isto é uma quimera. A maioria se compõe necessariamente dos mais ignorantes, dos mais pobres e dos menos capazes; portanto o Estado está à mercê do azar e das paixões, e termina sempre por sucumbir uma vez ou outra às condições temerárias feitas à sua existência. O que se condenasse a viver de pé, numa corda tensa, cairia inevitavelmente; não é necessário ser profeta para predizer esse resultado. *Aristón mèn ydor*, dizia Píndaro. Na minha opinião o que há de melhor atualmente é a sabedoria, e, na sua falta, a ciência. Os Estados, as igrejas, a sociedade se corrompem e desorientam: só a ciência não tem nada a perder, ao menos até à barbárie social. Infelizmente, a barbárie não é impossível. O triunfo da utopia socialista ou a guerra religiosa nos reservam talvez essa experiência lamentável.

3 de abril de 1865. – Que médico vale pelo poder uma centelha de felicidade e um único raio de esperança? A grande mola da vida está no coração. O ar vital da nossa alma é a alegria. A tristeza é uma asma complicada com atonia. A nossa dependência das circunstâncias ambientes vai crescendo com o nosso enfraquecimento, e o nosso esplendor, ao contrário, produz a liberdade. A saúde é a primeira das liberdades, e a felicidade nos dá a força que é a base da saúde. Tornar feliz alguém é pois rigorosamente aumentar o seu ser, duplicar a intensidade da sua vida, revelá-lo a si mesmo, torná-lo maior e por vezes transfigurá-lo. A felicidade apaga a fealdade e faz mesmo a beleza da beleza. Para duvidar disto é preciso jamais ter visto assomarem as rosas do amor às faces de uma jovem, ou despertar o fulgor das primeiras ternuras num límpido olhar. A própria aurora é inferior a essa maravilha.

Portanto, no paraíso, todos serão belos. Realmente, a alma boa sendo naturalmente bela, e o corpo espiritual não sendo senão a visibilidade da alma, sua forma imponderável e angélica, e embelezando a felicidade tudo o que penetra ou apenas toca, deixará de existir a fealdade, desaparecerá com o luto, o mal e a morte.

Para a filosofia materialista o belo é uma concorrência fortuita, e consequentemente rara; para a filosofia espiritualista o belo é a regra, a lei, o universal, a que toda forma tende logo que o acidente desaparece. É sempre a interrogação do ideal: existe o belo? Não é apenas uma ficção? Quem está com a razão, Platão ou Demócrito, os realistas ou os nominalistas? A alma é um produto, ou a produção do corpo? O tipo, a ideia governam a vida, pré-existem virtualmente ao desenvolvimento do ser individual, ou são uma retrospectiva miragem do ser adulto e enganado? Só depois é que foi inventada a finalidade do indivíduo? Somos nós filhos do Acaso que engendram o objetivo e julgam insensatamente que o avô é da raça do neto? Estas duas grandes concepções do mundo chocam-se em nossos dias mais violentamente do que nunca...

Por que somos feios? Por não estarmos em estado angélico, e porque somos maus, tristes e infelizes.

O heroísmo, o êxtase, a oração, o amor, o entusiasmo traçam a auréola ao redor da fronte, porque desprendem a alma que torna transparente seu envoltório e difunde-se depois à sua volta. A beleza, é, pois, um fenômeno de espiritualização da matéria; é um *emparaïzamento* momentâneo do objeto ou do ser privilegiado, e como um favor que caiu do céu sobre a terra para lembrar o mundo ideal. Estudá-la é, pois, platonizar quase inevitavelmente. Como uma poderosa corrente elétrica pode tornar os metais luminosos e revela a sua essência pela cor da sua chama, assim a vida intensa e a alegria suprema embelezam até ao deslumbramento um simples mortal. Assim o homem somente é verdadeiramente homem no estado divino. Em suma, o ideal é mais verdadeiro que o real, porque o ideal é o momento eterno das coisas perecíveis: é o seu tipo, a sua cifra, a sua razão de ser, a sua fórmula no livro do Criador e, consequentemente, sua expressão mais justa ao mesmo tempo que a mais sumária.

11 de abril de 1865. – Medi, sopesei e experimentei o *plaid* cinzento-pérola com o qual se queria substituir o meu abrigo montanhês. O velho servidor que há dez anos me acompanha em todas as minhas excursões e que evoca tantas recordações cheias de encanto, e mesmo tantas aventuras poéticas, me agrada mais do que seu esplêndido sucessor, embora este me seja oferecido por mão amiga. Mas pode alguma coisa substituir o passado? E as testemunhas da nossa vida, embora inanimadas, não têm para nós uma linguagem? Glion, Bougy, Villars, Albisbrunnen, Righi, Chamossaire, Rochemousse, Pipelune e tantos outros lugares deixariam algo de si mesmos nas malhas deste tecido... que faz parte de minha biografia íntima.

O *plaid* é, aliás, o único traje cavalheiresco do viajante atual, o único que pode ser útil a outros e não somente a ele, o único que pode prestar às senhoras os serviços mais variados. Quantas vezes o meu lhes serviu de coxim, de echarpe, de capa, de abrigo sobre as úmidas relvas da montanha, ou sobre os assentos de rocha, ou contra a frescura na sombra dos pinheiros, nas paradas, nas marchas, durante as leituras ou as conversações da vida montanhesa! Quantos amáveis sorrisos me proporcionou! Tudo nele me é querido, até os seus rasgões, porque a ferida e a cura são memórias secretas; são galões as suas cicatrizes. Foi uma aveleira em Jaman, foi uma correia em Frohnalp, foi um espinho em Charnex que fizeram os ferimentos; e em cada uma destas vezes foram agulhas de fadas que repararam os danos.

Mon vieux manteau, que je vous remercie,
Car c'est à vous que je dois ces plaisirs!

E não tem sido para mim um amigo no sofrimento, um defensor nos palheiros, um companheiro na boa e na má fortuna? Recorda-me aquela túnica do centauro, que não se arrancava sem arrebatar a carne e o sangue de seu dono. Por minha vontade não o sacrificarei, por piedade à minha desvanecida juventude e por gratidão ao destino. Tem este farrapo impressões alpestres por corrente e por trama afeições. Também canta à sua maneira:

Pauvre bouquet, fleurs aujourd'hui fanées!

E esta canção melancólica é das que comovem o coração, embora os ouvidos profanos não a compreendam e nem a escutem. Que punhalada esta palavra: "Foste!", quando o seu sentido nos é perfeitamente claro. Desde logo nos sentimos afundar gradualmente na cova. Este pretérito perfeito toca a finados por nossas ilusões sobre nós mesmos. O que passou, passou. Os cabelos grisalhos não volverão a ser negros; as forças, as faculdades, os atrativos da juventude partiram com os formosos dias:

Plus d'amour, partant plus de joie.

Como é duro envelhecer, quando se faltou à vida, quando nem a coroa viril nem a coroa paternal se tem! Como é triste sentir baixar a sua inteligência antes da execução de sua obra, e declinar o corpo antes de se ter visto a si mesmo nascer nos que devem cerrar os nossos olhos e honrar o nosso nome! – Como nos fere a trágica solenidade da existência quando ouvimos ao despertar, um dia de manhã, estas lúgubres palavras: "Demasiado tarde!".

Está invertida a ampulheta, o fim é chegado! Não colheste, tanto pior! Sonhaste, dormiste, esqueceste, tanto pior. Tolo e mau servidor, negligenciaste a felicidade e o dever, não fizeste valer o talento e as oportunidades que te foram concedidas. Isto te concerne. Cada um recompensa ou castiga a si próprio. A quem e de quem te queixarás? – Ai de mim!

Mornéx, 21 de abril de 1865 (*sete horas da manhã*). – Manhã embriagadora de beleza, fresca como um coração de dezesseis anos e coroada de flores como uma noiva. A poesia da juventude, da inocência e do amor inundou-me a alma. Até as leves neblinas que erravam no fundo das planícies, imagem do pudor que guarda os atrativos e envolve de mistério os mais doces pensamentos da virgem, tudo acariciava os meus olhos e falava à minha imaginação. Dia nupcial e religioso. Por isso as matinas que soavam nalguma aldeia longínqua harmonizavam-se maravilhosamente com o hino da natureza. Orai, diziam elas, adorai, amai ao paternal e generoso Deus! Era o acento de Haydn, a alegria infantil, a gratidão ingênua, o gozo radiante e paradisíaco onde o mal e a dor ainda não aparecem; o ingênuo e sagrado arrebatamento de Eva no primeiro dia de seu despertar no mundo nascente. – Enlevo e emoção, que boas coisas! É o pão dos anjos, o eterno alimento dos querubins e dos serafins. E a saúde, e o descanso e a comodidade, tudo o que me é dado!... Obrigado, boa Providência! Que o meu coração apregoe os teus louvores e dos teus benefícios, nenhum esqueça.

(*Oito horas.*) – Há cinco dias que estou aqui, e não havia sentido ainda o ar tão puro, tão vivificante e tão etéreo. Respirar é já uma beatitude. Compreendem-se as delícias da existência de pássaro, a emancipação da gravidade, a vida luminosa e empírea que flutua no espaço azul e que todos os horizontes liga num bater de asas. É indispensável subir a uma grande altura para conhecer essa libertação interior e a leveza do ser. Tem cada elemento a sua poesia, mas a poesia do ar é a liberdade. Ao trabalho, sonhador, ao trabalho!

30 de maio de 1865. – Uma das vantagens da maldade é atrair as vítimas para o seu terreno, onde a luta é bem desigual.

> *Et gonflé de poisons, il attend les morsures.*

Toda serpente fascina a sua presa. Herda a maldade pura esse poder de vertigem concedido à serpente. Entorpece o cândido coração que a vê sem compreendê-la, que a toca sem nela poder crer, e que em tal problema se precipita como Empédocles no Etna. *Non possum capere te, cape me*, diz a lenda aristotélica. Cada diminutivo de Belzebu é um abismo. Cada ato demoníaco é um sorvedouro de trevas. A crueldade nativa, a perfídia e a falsidade originais, mesmo no animal, lançam como clarões no insondável poço da perversidade satânica, que é uma realidade moral.

E, não obstante, um pensamento secreto me diz que o sofisma está no fundo da maldade humana, que a maior parte dos monstros gosta de justificar-se aos seus olhos, e que o primeiro atributo do Maligno é ser o pai da mentira.

— Antes de todo crime trata-se de corromper a consciência; e todo malvado bem-sucedido desse modo começa. O ódio pode ser até um assassínio, o odiento nisso quer ver somente uma higiene. É para fazer-se um bem que realiza o mal, como um cão raivoso morde para libertar-se de sua sede. Prejudicar, mesmo cientemente prejudicando-se a si mesmo, é um grau a mais, transforma-se num frenesi, que por sua vez se aguça, tornando-se ferocidade fria. Quando o homem segue, com o transporte da volúpia, os seus instintos de animal feroz ou venenoso, deve parecer ao anjo um delirante, um alienado, que acende a sua própria geena para nela consumir o mundo ou o que do mundo pode atingir a sua cobiça de demônio. A atrocidade recomeça uma nova espiral que mergulha mais ainda nas profundidades da abominação, porque os circuitos do inferno têm a propriedade de não terem término; e o progresso no horrível é ainda mais certo que o progresso no bom.

Parece que a perfeição divina seja um infinito do primeiro grau, mas que a perfeição diabólica seja um infinito de potência desconhecida. Mas não, porque o verdadeiro Deus seria o mal, e o inferno tragaria a criação. Na fé cristã e persa, o bem deve vencer o mal, talvez mesmo Satã ser redimido, obter a graça, isto é, a ordem divina ser restabelecida em toda parte. Outro ponto de vista seria a desolação irremediável, ao preço da qual o nada pareceria a salvação. O criador seria universalmente e invariavelmente maldito, e a criação seria apenas um cancro pavoroso condenado ao tormento crescente durante a espantosa duração da eternidade. Esta ideia é de arrepiar os cabelos.

Portanto, o mal deve ter um limite. O amor será mais potente que o ódio. Deus salvará a sua glória e a sua glória está na sua bondade. – Mas é bem certo que a maldade gratuita perturba a alma, porque estremece em nós as grandes linhas da ordem moral, arrebatando subitamente o véu que nos oculta a ação das forças tenebrosas e corrosivas, encarniçadas contra o plano divino. A nossa vista com isso é obscurecida e a nossa fé, escandalizada. – Ainda um dos inconvenientes da solidão: ela tudo exagera, ela nos entrega às borboletas azuis. *Vae soli!* Urge fortificar-se com as pessoas de coração, com os homens do dever, com os seres exemplares, com as belas almas.

25 de junho de 1865. – Por que chorou S. ontem apoiada a meu ombro? Eu o adivinhei sem dificuldade, mas isso é excessivamente delicado para explicar, é sobretudo complicado em sua causa. Uma lágrima pode ser o poético resumo de tantas impressões simultâneas, a quinta-essência combinada de tantos pensamentos contrários! É como uma gota daqueles elixires preciosos do Oriente que contêm o espírito de vinte plantas, confundido em um aroma único. Por vezes mesmo, é o excesso de alma que transborda a taça do sonho. O que não se pode, o que não se sabe, o que não se quer dizer, o que a si mesmo se recusa confessar; desejos confusos, penas secretas, lágrimas abafadas, resistências surdas, lamentos inefáveis, emoções combatidas, perturbações ocultas, temores supersticiosos, sofrimentos vagos, pressentimentos inquietos, quimeras contrariadas, mágoas feitas a nosso ideal, langores não aplacados, esperanças vãs, a multidão dos pequenos males indiscerníveis que no coração lentamente se acumulam num recanto, como a água que tomba sem ruído no côncavo de uma caverna obscura; todas essas agitações misteriosas da vida interior num enternecimento concluem, e o enternecimento se concentra num diamante líquido à borda das pálpebras. Se um beijo de ternura é por si um discurso inteiro condensado em um sopro único, uma lágrima de ternura contém o valor de muitos beijos, e por isso mesmo é de mais penetrante energia a sua eloquência. Eis por que o amor quando é intenso, apaixonado, doloroso não possui muitas vezes outra língua senão os beijos, e as lágrimas, e mordidas, por vezes.

As lágrimas exprimem ademais tanto a alegria como a tristeza. São o símbolo da importância da alma para conter a sua emoção e permanecer senhora de si mesma. A palavra é uma análise; quando estamos em extremo perturbados pela sensação ou pelo sentimento, a análise cessa, e com ela a palavra e a liberdade. Nosso único recurso, após o silêncio e o espanto, é a linguagem de ação, a mímica. A opressão do pensamento leva-nos ao grau anterior à humanidade, ao gesto, ao grito, ao soluço, e por fim ao desfalecimento, à síncope. Quer dizer, incapazes de suportar o excesso das nossas sensações como homens, recaímos sucessivamente no estado de ser animado, depois no de ser vegetal. Dante desmaiava a todo instante em sua viagem infernal. E nada pinta melhor a violência das suas emoções e o ardor da sua piedade.

E há poucas mulheres que não sofram algumas vezes desse excesso de alma. Mas, por pudor, por prudência, por altivez, é na solidão que elas aliviam de suspiros o coração. – São necessárias tantas circunstâncias reunidas para ousarem fazê-lo no seio da amizade, que isso raramente acontece. E, contudo, quanto mais rápido é o consolo, mais eficaz e mais doce, quando uma tal fraqueza concedemos a nós próprios!

S. estava toda transformada e toda feliz depois dessa confissão muda. Tinha o coração vazio da sua dor, de seu peso aliviado, quase como o da penitente absolvida por seu diretor espiritual.

Sem ser mulher, podemos conhecer necessidades análogas e sentir o mesmo desejo. Este mal é a nostalgia confusa da felicidade. Esta cura é o benefício da confissão, e da confissão liberta da fadiga de falar.

Gryon-sur-Bex, 8 de agosto de 1865. – Esplêndido luar sem uma nuvem. A noite é grave e majestosa. Dorme o rebanho dos colossos sob a guarda das estrelas. Cintilam na vasta sombra do vale alguns telhados perdidos, enquanto o órgão da torrente eleva a sua nota eterna ao fundo desta catedral de montanhas cuja abóbada é o firmamento...

Último olhar a esta noite azul e à paisagem imensa, e aos cimos e cumes conhecidos, a que alcatifam os raios de prata e as sombras verdes da rainha dos sonhos. Júpiter está prestes a deitar-se nos contrafortes do "Dent du Midi", e a voz do Avençon sobe em hálitos desiguais apesar da aparente paz desta hora noturna. Da cúpula estrelada nevam os flocos invisíveis do sonho que convidam ao sono casto. Nesta natureza, nada de voluptuoso e enervante; tudo é forte, severo e puro.

Noite propícia a todos os seres, aos desgraçados e aos felizes, aos leitos nupciais como aos leitos solitários. Repouso e rejuvenescimento, renovação e esperança. – Um dia está morto, viva o dia seguinte! – Meia-noite está soando. Mais um passo dado para o túmulo.

7 de janeiro de 1866. – A nossa vida não é mais que uma bolha de sabão suspensa a um caniço; nasce, estende-se, reveste-se das mais belas cores do prisma, foge por instantes à lei da gravidade; mas logo o ponto negro aparece, o globo de esmeralda e ouro no espaço se dissipa e se resolve numa simples gotinha de líquido impuro. Todos os poetas fizeram tal comparação, impressionante pela verdade. Aparecer, luzir, desaparecer; nascer, sofrer, morrer; não é sempre isso o resumo da vida, para o inseto, para uma nação, para um corpo celeste?

O tempo não é mais do que a medida da dificuldade de uma concepção; o pensamento puro quase não tem necessidade de tempo, porque percebe os dois extremos de uma ideia quase ao mesmo tempo. O pensamento de um planeta, a natureza não termina senão laboriosamente, mas a suprema inteligência resume-o num ponto. O tempo é, pois, a dispersão sucessiva do ser, como a palavra é a sucessiva análise de uma intuição ou de uma vontade. Em si, é relativo e negativo, e se desvanece no ser absoluto. Deus está fora do tempo, porque pensa de uma só vez todo pensamento; a natureza está no tempo, porque ela não é senão a palavra, o desenrolar discursivo de cada pensamento contido no pensamento infinito. Mas a natureza esgota-se nessa tarefa impossível, porque a análise do infinito é uma contradição. Com a duração sem limites, o espaço sem fim e o número sem termo, a natureza faz ao menos o que pode para traduzir a riqueza da fórmula criadora. Pelos abismos que ela abre para conter o pensamento, sem lograr jamais seu objetivo, pode medir-se a grandeza do espírito divino. Desde que este sai de si mesmo e quer explicar-se, a arenga amontoa universos sobre universos durante milhares de milhões de séculos, e não consegue expressar bem seu objeto, de modo que o discurso deve continuar sem fim.

O Oriente prefere a imobilidade como forma do infinito, o Ocidente prefere o movimento. É que tem este a paixão do pormenor e a vaidade do valor individual. Tal como uma criança a quem se dessem cem mil francos, acredita ele multiplicar a sua fortuna constando-a em moedas de vinte soldos ou de cinco cêntimos. Possuindo duas léguas quadradas de domínio, acredita-se maior proprietário, porque avalia a superfície em polegadas em vez de em toesas. A sua paixão do progresso prende-se em grande parte a uma enfatuação que consiste em esquecer o fim, absorvendo-se na gloríola dos pequenos passos dados uns após outros; se for preciso mesmo esta criança confunde transformação com melhora, reinício com aperfeiçoamento.

No fundo, o homem moderno tem imensa necessidade de distrair-se, tem secreto horror a tudo o que o diminui; por isso o eterno, o infinito e o perfeito são para ele um espantalho. Quer aprovar-se, admirar-se, felicitar-se, e consequentemente desvia os olhos de todos os abismos que lhe possam lembrar a sua nulidade. É isso o que faz a pequenez real de tantos dentre os nossos fortes espíritos, a falta de dignidade pessoal de nossos presumidos civilizados em comparação com o árabe do deserto; a frivolidade crescente das nossas multidões, cada vez mais instruídas, é verdade, mas cada vez mais superficiais na sua noção de felicidade.

É ainda o serviço que nos presta o cristianismo, esse elemento oriental da nossa cultura. Faz contrapeso às nossas tendências para o finito, para o passageiro, para o mutável, pondo em ordem o espírito pela contemplação das coisas eternas; platonizando um pouco as nossas afeições, constantemente desviadas do mundo ideal; trazendo-nos da dispersão à concentração, da vaidade mundana ao recolhimento; repondo calma, gravidade, nobreza em nossas almas agitadas por mil desejos mesquinhos. Assim como o sono é o banho de rejuvenescimento para a nossa vida de ação, a religião é o banho refrigerante ao nosso ser imortal! O sagrado tem uma virtude purificadora. A emoção religiosa rodeia a fronte com uma auréola e ao coração faz conhecer um desabrochar de inefável gozo.

Creio, pois, que os adversários da religião em si mesma enganam-se quanto às necessidades do homem ocidental, e que o mundo moderno perderia seu equilíbrio no momento em que pertencesse unicamente à doutrina imatura do progresso. Temos sempre necessidade de infinito, de eterno, de absoluto, e visto que a ciência se contenta com o relativo, abre ela um vácuo que é bom encher com a contemplação, o culto e a adoração.

"A religião é o aroma – dizia Bacon – que deve impedir a corrupção da vida", e especialmente hoje a religião no sentido platônico e oriental. O recolhimento profundo é, com efeito, a condição da atividade suscetível de beleza.

O retorno ao grave, ao divino, ao sagrado, é cada vez mais difícil, com a inquietação crítica introduzida na própria Igreja, com a mundanidade da predicação, com a agitação universal, mas o retorno é cada vez mais necessário. Sem ele não há vida interior. E a vida interior é o meio de resistir utilmente ao ambiente. Se o marinheiro não trouxesse em si a sua temperatura, não poderia ir do polo ao equador e permanecer o mesmo apesar de tudo; o homem que não tem asilo em si mesmo, que vive por assim dizer à sua frente, no turbilhão exterior das coisas, dos negócios, das opiniões, não é propriamente uma personalidade distinta, livre, original, uma causa, numa palavra, alguém. É parte alíquota de uma multidão, um contribuinte, um eleitor, um anônimo, mas não é um homem. É massa, número entre os produtores ou os consumidores, de forma humana, mas interessa apenas ao economista ou estatístico, que consideram os montes de areia sem ocupar-se dos grãos, coisa uniforme e indiferente. Esses *Polloi*, turba, tropel, multidão não são considerados como força maciça e elementar. Por quê? Porque as partes constitutivas isoladamente são insignificantes, porque se assemelham todas, e porque as adicionamos com as moléculas de água de um rio, medindo-lhes a quantidade e não as apreciando como indivíduo. Esses homens são pois estimados e sopesados à maneira dos corpos, porque não estão individualizados pela consciência à maneira das almas.

Quem segue com a corrente, quem não se dirige segundo princípios superiores, quem não tem ideal, nem convicção é somente uma parcela do mobiliário terrestre, um objeto movido, não personalidade-motora, um boneco, não uma criatura razoável, um eco, não uma voz. Quem não tem vida interior é escravo de seu meio, como o barômetro é obediente criado do ar imóvel, e a ventoinha, a humilde servidora do ar agitado.

12 de janeiro de 1866. – Passei algumas horas na companhia de Maurice de Guérin; li o seu Diário Íntimo (três anos, de 1832 a 1835), os seus versos, as informações de George Sand, Sainte-Beuve, Trébutien, du Breil, e Eugénie de Guérin, sobre aquele talento arrebatado em sua plena floração, aos 29 anos, e os dois fragmentos estranhos intitulados *Centaure* e *Bacchante*. Que se deve pensar do homem e do escritor? Suspenderei o meu julgamento até a leitura da correspondência. Quanto ao Diário, contém paisagens deliciosas, mas agora isso não me dá qualquer ideia precisa da cultura, dos estudos, das ideias e do alcance do homem que o escreveu. Não falando senão em termos muito gerais dos movimentos da vida interior, não desenha uma individualidade distinta e dela não assinala sobretudo as verdadeiras proporções, a verdadeira natureza. A mesma censura eu tinha já para fazer ao *Diário* de Lavater. O Diário assim compreendido é somente um confessionário quase impessoal, não caracterizando mais um pecador do que um outro, sem precisão biográfica ou histórica, enganador, portanto, pois não serve para reconstruir um homem na diferença específica dos homens de seu gênero. Impossível, por exemplo, ver naquele Diário o que fazia Maurice, a quem via, quais eram as suas ocupações, etc. Não se é levado a adivinhar que lhe eram familiares quatro ou cinco leituras, não se pode mesmo conjeturar a formação do seu talento. Esta a minha primeira restrição. – Quanto ao talento propriamente dito, ao aproximar-se a *Bacchante* do *Centaure*, perguntamo-nos a nós mesmos se não teria sido uma assustadora monotonia o limite daquela originalidade, e se a percepção visionária da vida da natureza, que é a força de Maurice como poeta, pode alimentar mais de uma obra, sem aborrecimento para o leitor, sobretudo para o leitor francês. O interesse de tal estudo parece-me antes psicológico do que artístico. É curioso encontrar o sentido hindu e bramânico num jovem escritor francês. Mas é, contudo, exagerar o valor da novidade, construir-lhe um pedestal semelhante ao que se talhou para aquele moço. Acho que entre seus três amigos, Du Breil, Trébutien e Kertonguy, este último conservou melhor os matizes, as proporções e o bom senso, e para expressar-me um pouco cruamente, avaliou-se exageradamente o irmão de Eugénie.

Feita esta reserva, experimento muita simpatia por Maurice, organização esquisita, sensitiva literária, inteligência intuitiva e sonhadora, caráter perturbado pela vida real, tímido, irresoluto, em suma, individualidade em que eu encontro mais de um parentesco com a minha, ao menos pelos lados fracos, tais como a incerteza quanto à sua própria vocação, a dificuldade e o medo de querer, o espírito de excessiva desconfiança e a espécie de paixão (ressaltada por um amigo) que impele perpetuamente a denegrir e torturar as suas próprias faculdades, submetendo-as ao incessante suplício de uma espécie de autópsia moral. *Me, me adsum qui feci.* – Para ser justo devo ainda confessar que se admiro a fineza e a multidão das impressões de Maurice, impressões poéticas, estéticas, morais que têm seu valor, sofro também por uma certa falta de ideias propriamente ditas, de vistas, de verdades, que afinal constituem a verdadeira riqueza de um espírito. O autor parece-me antes um sensitivo, um sonhador, um músico, do que um pensador. O que ele traz é um modo particular do sentimento da natureza, a intimidade com a força misteriosa de Ísis, o entusiasmo panteístico. Que em sua morte ele tenha sido cristão e católico, e que a sua família tenha insistido em dizê-lo e redizê-lo, teve o seu talento uma inspiração bem diferente, e sobre isso nenhum dos bons juízes se enganou.

21 de janeiro de 1866. – Esta noite, depois da ceia, não sabia por onde passear a minha soledade; tinha sede de conversação, de convívio, de sociedade. Veio-me a ideia de subir à casa dos R., a família modelo. Estavam à mesa. Passou-se depois para a sala; a mãe e a filha colocaram-se ao piano e cantaram um duo de Boïeldieu. As teclas de marfim daquele antigo piano de cauda, em que a mãe já tocava antes de seu casamento, e que durante 25 anos seguiu e traduziu em música os destinos da família, aquelas teclas estalavam e desafinavam um pouco; mas a poesia do passado cantava no fiel servidor, confidente das penas, companheiro das vigílias, eco de toda uma vida consagrada ao dever, aos afetos, à piedade, à virtude. Eu estava tão comovido, que nem posso dizer. Parecia-me ler um romance de Dickens. Nesse enternecimento estético havia apenas um retorno sobre mim mesmo, embora aqueles 25 anos tenham também passado sobre a minha cabeça, e eu tenha assistido ao casamento de A. R. Era um enternecimento puro, sem egoísmo e sem melancolia.

Tudo isso me parece um sonho, e não dou crédito a meus olhos no testemunho dos lustros que passaram. Que coisa estranha ter vivido e sentir-se tão longe de um tempo que nos é tão presente! Não sabemos se estamos despertos ou adormecidos. O tempo não é senão o espaço entre as nossas lembranças. Desde que deixamos de perceber esse espaço, o tempo desaparece. Toda a vida de um ancião pode parecer-lhe uma hora ou menos ainda. Ora, desde que o tempo se reduz para nós a um ponto, entramos na eternidade. A vida não é senão o sonho de uma sombra: eu o senti de novo esta noite, com intensidade. Percebo a mim mesmo apenas como aparência fugitiva, como o impalpável arco-íris que um instante flutua sobre a chuva, nesta formidável cascata do ser que tomba sem parar no abismo dos dias. Tudo me parece pois quimera, névoa, fantasma e não-ser, até meu próprio indivíduo. Estou em plena fenomenologia. Esquisito! Esquisito!...

Não é necessário repetir-me que a imagem deste mundo passa, tudo me parece fugir com asas de águia, e não ser a minha própria existência mais que um turbilhão que se vai dispersar. – Será que vou morrer? Será que estou velho? Será que me torno filósofo? Pelo menos o abismo das coisas eternas me parece próximo, tão próximo que o amor das coisas temporais e passageiras me parece ridículo. Para que se ligar ao que vai acabar? Sinto já o sopro da eternidade que passa pelos meus cabelos e me parece que olho do além-túmulo o mundo dos vivos. (*Meia-noite.*)

23 de janeiro de 1866. – Curiosas eu acho sempre as organizações puramente críticas, que não têm sentimento algum de responsabilidade, que de modo algum se preocupam com a sorte das massas humanas, das mulheres, das crianças, dos infelizes, e que riem de tudo. Se a sua influência dominar um dia, a sociedade se dissolverá, porque representam apenas o elemento negativo, corrosivo, destruidor do pensamento, e porque impelem ao egoísmo aristocrático do espírito. Para elas, o entusiasmo, a caridade, a pátria, a Igreja são fenômenos que não lhes concernem; de tudo se destacam e desinteressam. Todos os deveres são trabalho para outrem. O coração que nos encadeia a outrem, e a consciência moral que nos encadeia a um dever parecem duas coisas estranhas a essa categoria de homens. Seu erro é encarecer o valor da crítica. O ser sobrepuja à consciência do ser; a substância vale ao menos seu molde; a realidade é sem dúvida preferível à sua imagem; a afirmação é superior à negação; a invenção, a criação, a ação são mais do que a análise de si mesmas; pois a crítica deixada só se aniquila, e o seu objeto subsiste sem ela. Por mais que se faça, um alimento é ainda mais necessário do que a descrição desse alimento, e um grande homem vale mais que a sua sombra. Mefistófeles é um crítico sutil; mas sem a criação e o criador, que seria? Nada. Que é demolir, em comparação a fundar?

Concluo. Um pouco de crítica nos liberta; demasiada crítica nos desseca. Um ser puramente crítico é apenas um semi-homem, e não é ainda a melhor metade. Causa mais mal do que bem, pois sem exceção favorece as desagregações morais e sociais.

29 de janeiro de 1866 (nove horas da manhã). – Um gracioso lumbago intercostal beliscou-me ontem e dói-me ainda hoje; uma espécie de torcicolo na cintura, que sinto pela primeira vez... Sobre a cidade estendeu-se de novo a cortina cinzenta do nevoeiro; atmosfera embaciada e triste. Tangem ao longe os sinos para não sei que festa. Calma e silêncio, o resto. Salvo o crepitar do meu fogo, nenhum ruído perturba a minha solidão, o asilo dos meus sonhos e do meu trabalho. Vergado sobre a minha velha escrivaninha, uma faixa de lã à volta dos rins, como um árabe em repouso, vestido com meu quente casaco pardo, garatujo estas linhas entre a janela alta e a pequena lareira, tendo os pés numa raposa forrada. Sobre a minha cabeça se inclina a parede azul de mansarda. Alguns dicionários e outros livros colocados em duas estantes ao meu alcance, numa mesa rústica e num aparador envelhecido, são, com algumas cadeiras desiguais, toda a mobília desta água-furtada modesta, onde sem inspiração continua o homem maduro a sua vida de estudante, e o professor sedentário os seus hábitos de viajor.

Que é que faz o encanto desta existência tão despida e tão vazia aparentemente! A liberdade. Que me importam todas estas fealdades semi-indigentes, esta ausência de conforto e tudo o que falta em meu quarto? Essas coisas são para mim indiferentes. Sob este teto encontro luz, tranquilidade, abrigo. Estou perto de uma irmã e de seus filhos a quem eu quero muito. A minha vida material está assegurada. É o suficiente para um celibatário. Além disso, alguns bons corações visitaram a minha mansarda. Crianças brincaram aqui. Tenho aqui recordações. Não é, pois, inabitável, e talvez a deixarei menos friamente do que me parece. Não sou eu além disso um animal habitualmente mais ligado aos incômodos conhecidos do que apaixonado por doçuras não conhecidas? Sou, pois, livre sem passar mal. Portanto, estou bem aqui, e seria um ingrato se me queixasse. Por isso não o faço, e desejo que 95 pessoas sobre 100 estejam tão bem aquinhoadas como a minha preguiça. – É antes o coração que suspira e que desejaria mais e melhor. Mas o coração é um glutão insaciável – já se sabe – e, além disso, quem não suspira? É o nosso destino, aqui na terra. Somente, uns se atormentam à procura de satisfação, sem nada conseguirem; outros ao resultado se antecipam, e se resignam fazendo a economia de esforços estéreis e infrutuosos. Já que não podemos ser felizes, por que nos preocupar tanto? Convém limitar-se ao estritamente necessário, viver de regime e abstinência, contentar-se com pouco e dar valor somente à paz da consciência, ao sentimento do dever cumprido.

É verdade que isso não é uma estreita ambição e que se recai numa outra impossibilidade. Não, o mais simples é submeter-se pura e simplesmente a Deus.

Vouloir ce que Dieu veut est la seule science
Qui nous mette en repos.

Todo o resto, como diz o Eclesiastes, não é mais que vaidade e inquietação de espírito. Há longo tempo já que sei disso, que sinto assim, e que a renúncia religiosa me é doce e familiar. São as agitações exteriores, os exemplos do mundo e o arrebatamento inevitável pelo fluir das coisas que me fazem esquecer a sabedoria adquirida e os princípios adotados. Eis por que é tão fatigante viver. O eterno recomeço é fastidioso até o enfado. Seria tão bom adormecer quando o fruto da experiência se colheu, quando não se resiste mais à vontade suprema, quando se está afastado do seu próprio eu, quando se está em paz com todos os homens! E no entanto é preciso recomeçar o circuito das tentações, disputas, dissabores, esquecimentos, recair na prosa, no vulgar, no terra-a-terra! Como isso é triste e humilhante! Por essa razão é que os poetas retiram da luta mais depressa os seus heróis e não os arrastam, após a vitória, na rotina dos dias ingratos. Aqueles a quem amam os deuses morrem jovens, dizia a sentença antiga.

Sim, mas esse favor lisonjeia o nosso instinto secreto; é nosso desejo e não a vontade de Deus. Devemos ser rebaixados, postos à prova, atormentados, tentados até o fim. É a nossa paciência que é a pedra de toque da virtude. Suportar a vida, mesmo sem ilusões e sem esperança, aceitar o estado de guerra perpétuo até quando se ama somente a paz, não sair do mundo nem mesmo quando ele nos repugna como qualquer má companhia e como a arena das paixões vis, permanecer fiel a seu culto, sem romper com os sectários dos falsos deuses, não se evadir do hospital humano apesar da aversão do nosso olfato, e da nossa repugnância aos tropéis malsãos, ser paciente como Jó na sua miséria, eis o nosso dever. Quando cesse a vida de ser uma promessa, não cessa de ser uma tarefa; e mesmo o seu verdadeiro nome é provação.

(*Onze horas da manhã.*) – Uma interrupção destrói o sortilégio do pensamento, e quebra também o encanto da emoção; assim desci por alguns minutos, conversei com duas ou três pessoas, e eis-me agora numa região de ideias muito diferente. Parece que um sonho se dissipou, que um cativeiro mágico atinge a seu termo, e que o canto do galo faça evaporar os fantasmas de que nos cercavam a solidão e o crepúsculo. Mergulha-nos o meio-dia na realidade e arranca-nos à contemplação. Também isso é bom à sua hora. "Trabalha enquanto é dia."

5 de março de 1866. – Chove até onde se estende a vista do meu alto observatório. Uma coberta de chumbo cobre o vale. Aspecto de uma silenciosa tristeza. A atmosfera está cinzenta do Salève ao Jura, e das calçadas até as nuvens. Os olhos, a boca, todo o ser, não vê, não bebe, não toca senão cinzento. A cor, a alegria, a vida estão mortas. Cada um recolhe-se à sua concha. Que fazem os pássaros em semelhantes circunstâncias? Nós que temos teto e alimento, fogo na lareira, livros ao redor de nós, caixas de gravuras no armário, no coração ninhadas de sonhos e um turbilhão de pensamentos no fundo do tinteiro, achamos feia a natureza e desviamos nossos olhos; mas vós, pobres pássaros, que podeis fazer? Ter paciência, esperar, aprender. Em suma e, pensando bem, não é esse o papel de todos nós?

És paciente, ou para dizer melhor, adias, retardas, prorrogas, quê? A grande decisão. Que esperas? Não sei. Que aguardas? Ser mais jovem, mais corajoso, mais empreendedor? Loucura!

Mornex, 2 de abril de 1866. – Funde-se a neve outra vez, e a neblina úmida cobre toda a região. *Jupiter pluvius* acaricia de perto a Cibele; não há mais espaço algum entre os seus amores, que o discreto manto das nuvens projete, arrastando as suas dobras pelo solo. A galeria asfaltada que cerca o salão não é mais que um lençol d'água palpitante, estrelado sem cessar das gotas apressadas que tombam do céu.

No fundo da névoa, como uma serpente, move-se um trecho cinzento do Arve. Com a mão se toca o horizonte, e as três léguas cúbicas de chuva que se viam ontem converteram-se numa cortina opaca, ou melhor numa caverna flutuante, de que o meu observatório ocupa o centro, mas de que o olhar não pode atravessar nem a cúpula nem as muralhas cinzentas.

Este cativeiro transporta-se às Shetland, a Spitzberg, à Noruega, aos países oceânicos do nevoeiro, onde o homem, reconcentrado em si mesmo sente melhor pulsar seu coração e meditar seu pensamento, quando não os congela o frio. Tem certamente o nevoeiro a sua poesia, a sua graça íntima e o seu encanto sonhador. É durante o dia o que a lâmpada é durante a noite; impele o espírito ao recolhimento e converge a alma sobre si mesma. O sol nos derrama pela natureza, nos dispersa e nos dissipa; a bruma nos reúne e nos concentra; é, pois, cordial, doméstica, enternecedora. A poesia do sol tem algo da epopeia; a do nevoeiro algo de hino elegíaco ou do canto religioso. É filho da luz o panteísmo, engendra o nevoeiro a fé nos protetores próximos. Quando se encerra o mundo universal, torna-se a casa o pequeno universo. Nas névoas eternas ama-se melhor porque a única realidade então é a família, e na família, o coração. – A ação do nevoeiro é análoga, pois, ao efeito da cegueira, e a ação do sol ao efeito da surdez; porque o homem do ouvido é mais terno e mais simpático; o homem dos olhos é mais seco e mais duro. Por quê? Porque um vive sobretudo da vida humana e interior, e sobretudo o outro da vida natural e exterior. Ora, os maiores pensamentos vêm do coração, disse o moralista.[10]

Mornex, 3 de abril de 1866 (oito horas da manhã). – *Juchhe! Gloria!* A neve e o arco-íris de ontem cumpriram sua promessa, tinham razão os pássaros.

Esta manhã, não encontrou o sol nem uma nuvem no céu, e quando abri os olhos inundavam seus raios a minha janela e o vale alvejante. – Frescura matinal, limpidez do ar, nitidez mordente dos horizontes, clareza dos detalhes infinitos de uma vasta paisagem, desenhada, colorida, acariciada por uma luz deliciosa, alegria do ser em nós e fora de nós, tal é a compensação dos dois dias maus... Também multipliquei o meu gozo pelo emprego do binóculo. É um deleite do olhar perceber claramente as lonjuras. Só os míopes conhecem o contraste prodigioso que existe entre a visão confusa e a visão nítida. As vistas excelentes imaginam apenas a felicidade que aos primeiros oferece um óculo, e o pulsar de coração que se sente em desvendar as minúcias da imensidade. É como uma revelação. Uma segunda natureza mais viva, mais rica, mais jovem surge sob a primeira. Renascemos nós mesmos, e vemos com a embriaguez dos olhos de quinze anos.

6 de abril de 1866. – Li o primeiro volume de *Gentleman*, por Miss Mulock, livro mais atrevido do que parece, porque expõe à maneira inglesa o problema

---

[10] Pensamento de Vauvenargues.

social da igualdade. E a conclusão é que todos podem tornar-se *gentlemen* ainda quando nascidos na sarjeta. A seu modo esta narração protesta contra as superioridades convencionais e mostra que a verdadeira nobreza está no caráter, no mérito pessoal, na distinção moral, na elevação dos sentimentos e da linguagem, na dignidade da vida e no respeito a si próprio. Isto é preferível ao jacobinismo e é o inverso do igualitarismo brutal. Em vez de rebaixar a todo mundo, é o direito de subir que o autor proclama. Pode nascer-se rico; mas não se nasce *gentleman*. Essa palavra é o *schibboleth* de Inglaterra. Divide o universo em duas metades, a sociedade civilizada em duas castas. Entre os *gentleman*, cortesia, igualdade, decoro; abaixo, desprezo, desdém, frieza, indiferença. É sempre a antiga separação entre os *ingenui* e os demais, entre os *èleútheroi* e os *bánasoi*. É a continuação feudal da fidalguia e da plebe.

Que é em definitivo um *gentleman?* É um homem livre e bem-educado, existindo por si mesmo e sabendo fazer-se respeitar. É diferente do homem de honra: as maneiras, a linguagem, a polidez não bastam. São-lhe necessárias, ademais, a independência e a dignidade. Qualquer vassalagem, qualquer servilismo, qualquer familiaridade mesmo, com mais forte razão um ato desonroso, uma mentira, uma improbidade fazem perder o título de *gentleman*. — Em suma, o *gentleman* é o tipo inglês do homem acabado, e pode dizer-se do próprio rei que é mais ou menos *gentleman*... A domesticidade, sob todas as suas formas, suprime de duas maneiras o sentimento da igualdade: porque a dependência e a vulgaridade não podem confundir-se com a independência e a educação. — A igualdade permanece uma possibilidade e um direito; mas a desigualdade é um fato. A França insiste sobre o primeiro ponto, a Inglaterra sobre o segundo. A conciliação é dizer com Miss Mulock: Torne-se *gentleman* quem o quiser; a distinção pessoal é a flor da virtude e, como esta, é uma recompensa e uma conquista.

O *gentleman* lembra o sábio dos estoicos, o tipo do que se deve ser. É preferível que seja rendeiro e bem-nascido, mas isso não é rigorosamente indispensável: é difícil mas não impossível que ele seja comerciante ou industrial.

Se deve ganhar a sua vida, é preciso manter-se altivo, reservado, superior à fortuna e às circunstâncias e só apresentar as suas contas como um artista ou um médico, com uma espécie de pudor altivo, que conta com a delicadeza do próximo e não confessa nem os seus sofrimentos, nem as suas necessidades, nem as suas inquietações, nem nada que o constitua inferior àqueles de quem reclama a estima e repele a comiseração. O verdadeiro *gentleman* é ou deve mostrar-se acima de qualquer coação; não tem senhor e não age senão por condescendência ou por dever. Homem algum tem nada a ordenar-lhe, e quando obedece, é à lei impessoal, ou à palavra dada, ou ao contrato aceito, em suma, a si mesmo que obedece, ao que reconhece justo, equitativo, e não a um despotismo qualquer. – "Deus e o meu direito", eis a sua divisa. O *gentleman* é decididamente o homem livre, o homem mais forte do que as coisas, sentindo que a personalidade suplanta todos os atributos acessórios de fortuna, de saúde, de categoria, de poder, etc., e constitui o essencial, o valor intrínseco e real do indivíduo. Diz-me quem és e dir-te-ei o que vales. Esse ideal luta felizmente contra o grosseiro ideal, igualmente inglês, do capital, cuja fórmula é: quanto vale este homem? – No país onde a pobreza é um crime, é bom que se possa dizer que um nababo não é por si mesmo um *gentleman*. – O ideal mercantil e o ideal cavalheiresco contrabalançam-se, e se um causa a fealdade da sociedade inglesa e seu lado brutal, o outro lhe serve de compensação.

7 de abril de 1866. – Ao acordar, ocorria-me ainda a ideia do *gentleman*. – O *gentleman* é o homem dono de si mesmo, que se respeita e se faz respeitar. Sua essência é pois a soberania interior. É um caráter que se possui, uma força que se governa, uma liberdade que se afirma e se mostra e se regula sobre o tipo da dignidade. Esse ideal está, pois, muito próximo do tipo romano do *ingenuus consciens et compos sui*, e da *dignitas cum auctoritate*. Esse ideal é mais moral do que intelectual. Convém à Inglaterra que é sobretudo uma vontade. Mas do respeito a si mesmo derivam mil coisas, tais como o cuidado da própria pessoa, da linguagem, das maneiras, a vigilância do corpo e da alma, o domínio dos instintos e das paixões, a necessidade de bastar-se a si mesmo; a altivez que não implora e não quer favor algum, o cuidado de não se expor a nenhuma humilhação, a mortificação alguma, não se colocando sob a dependência de nenhum capricho humano, a preservação constante da honra e do amor-próprio: inteiramente o tipo do sábio à inglesa. Esta soberania, que só é fácil ao homem bem-nascido, bem-educado e rico, foi a princípio identificada com o nascimento, com a posição e, sobretudo, com a propriedade. A ideia do *gentleman* deriva, pois, do feudalismo; é a suavização do senhorio. Há de manter-se o *gentleman* irrepreensível, para não sofrer qualquer censura; para ser tratado com respeito, estará sempre atento em conservar as distâncias, em matizar as atenções, em observar todas as gradações da polidez convencional, segundo a classe, a idade, a situação das pessoas. Por isso mesmo, será imperturbavelmente reservado e circunspecto em presença de algum desconhecido, cujo nome e valor ignore e a quem poderia manifestar excesso ou falta de cortesia. Ele o ignora e o evita; se é interpelado, desvia-se; se lhe dirigem a palavra, irrompe logo com altivez.

Sua polidez é, pois, não humana e geral, mas toda individual e apropriada às pessoas. Essa a razão por que cada inglês contém dois: o que está voltado para o mundo, e o outro. O primeiro, o homem exterior, é um ouriço, uma cidadela, um muro anguloso e frio; o outro, o homem interior, um ser sensível, afetuoso, cordial e amante. Esse tipo formou-se num clima moral onde abunda a neve: o mundo inimigo, onde só o lar é hospitaleiro; a couraça impenetrável sobre um coração terno; a parte áspera volvida para o exterior, e o veludo voltado para dentro.

A análise do tipo nacional do homem acabado pode, pois, fazer-nos descortinar a natureza e a história de uma nação, como o fruto nos revela a árvore. – O inverso é ainda mais cômodo: com a história e o clima, constrói-se o tipo. Mas a primeira busca é uma descoberta, a segunda é somente uma observação. – A psicologia deve empregar os dois métodos, e controlar um pelo outro; começando ora pela semente para combater a planta, ora pela planta para combater a semente.

(*Mais tarde.*) – Se a filosofia é a arte de compreender, é claro que deve começar por saturar-se de fatos e de realidades, e que a abstração preserva a vista, como o abuso do jejum mata o corpo na idade do crescimento. Ademais só compreendemos o que encontramos em nós. E compreender é possuir pela simpatia, depois pela inteligência, a coisa compreendida. Longe pois de desmembrar, e de desarticular imediatamente o objeto a conceber, é preciso antes de tudo apreendê-lo em seu conjunto, depois em sua formação e, somente após, em suas partes. O processo é o mesmo para o estudo de um relógio ou de uma planta, de uma obra de arte ou de um caráter. É preciso contemplar, respeitar, interrogar e não massacrar o que se quer conhecer. É preciso assimilar-se as coisas, dar-se a elas, abrir-se docilmente à sua influência, impregnar-se da sua originalidade e de sua forma distintiva, antes de tratá-las duramente, anatomizando-as.

14 de abril de 1866. – Pânico, ruína, "salve-se quem puder" na Bolsa de Paris. Meus pobres fundos restantes baixam, baixam! Esta solidariedade dos interesses contrabalança o atomismo das afeições, pensava eu.

Em nossa época de individualismo e do "cada um por si, e Deus por todos", as trepidações dos fundos públicos representam as palpitações do coração. É a simpatia obrigatória lembrando um pouco o patriotismo do imposto forçado.

Somos constrangidos a ocupar-nos das tolices prussianas ou americanas, sentimo-nos emaranhados e comprometidos em todos os negócios do mundo, e é necessário interessar-se, contra a própria vontade, pela terrível máquina cujas rodas podem a cada instante pulverizar-nos. O crédito cria uma sociedade inquieta, a que sua base movediça, de construção artificial, ameaça continuamente em sua segurança. Ela esquece às vezes que dança sobre um vulcão. Mas o menor rumor de guerra lho faz lembrar sem piedade. A ruína é fácil para os castelos de cartas.

Este cuidado é insuportável para os humildes rendeiros, como eu, que, renunciando à perseguição da riqueza, teriam querido ao menos dedicar-se em paz aos seus modestos trabalhos. Mas não, o mundo está aí, e, como um verdadeiro tirano, grita-nos: "Paz, paz, não existe paz, quero que sofram, riam e saltem comigo!".

E quando se pensa que cinco ou seis marotos coroados, ou somente engaloados, têm nas suas mãos a tranquilidade universal, e podem martirizar a seu capricho o destino de vários milhões de seus semelhantes, isso causa certa irritação.

Aceitar a humanidade, como a natureza, e resignar-se ante a arbitrariedade individual como ante o destino, não é coisa fácil. Admite-se a dominação de Deus, mas abomina-se o déspota, se não é possível fuzilá-lo. Ninguém quer compartilhar do naufrágio de um navio no qual se foi obrigado a embarcar por violência, e navegou contra os seus desejos e contra a sua opinião. – E, contudo, é continuamente o caso na vida. Pagamos todos pela culpa de alguns. Mesmo, segundo a ortodoxia, uma só falta de um único homem é expiada pela humanidade até o fim dos tempos. A desproporção da culpa e da punição entrou em nossos hábitos de espírito, se bem que revolte o instinto de justiça. A solidariedade humana é um fato mais evidente e mais certo que a responsabilidade pessoal e até do que a liberdade individual. A nossa dependência predomina sobre a nossa independência, porque não somos independentes senão em nosso desejo, enquanto que dependemos da nossa saúde, da natureza, da sociedade, em suma, de tudo em nós e fora de nós. O círculo da nossa liberdade não é mais que um ponto. Esse ponto é aquele em que protestamos contra todas essas potências opressoras e fatais, aquele em que dizemos: "Esmaguem-me, não obterão o meu consentimento!". Podemos, pela vontade, levantar-nos contra a necessidade e recusar-lhe homenagem e obediência; é a liberdade moral. Mas, fora isso, pertencemos em corpo e bens ao mundo, somos seus brinquedos, como a poeira o é do vento, como a folha morta o é das ondas. Deus, à nossa dignidade respeita ao menos; mas o mundo nos rola com desprezo e furor em suas vagas, para constatar que somos coisa sua.

As teorias da nulidade do indivíduo, as concepções panteístas e materialistas forçam uma porta que já está aberta e abatem um homem que já está caído. Apenas cessamos de glorificar esse ponto imperceptível da consciência, e de celebrar o seu valor, de novo torna-se o indivíduo naturalmente um átomo da massa humana, a qual não é mais do que um átomo da massa planetária, que nada é no céu; não é, pois, o indivíduo senão um nada na terceira potência, com a capacidade de medir esse nada.

O pensamento conclui na resignação. A dúvida de si conduz à passividade, e a passividade, à servidão.

Para sair daí, impõe-se a submissão voluntária, a dependência religiosamente consentida, isto é, a reivindicação de nós mesmos como seres livres, ante o dever só, nos inclinando. O dever converte-se em princípio de ação, em fonte de energia, em certeza de nossa independência parcial do mundo, em condição da nossa dignidade e em sinal de nossa nobreza. Não pode o mundo fazer-me querer, nem fazer-me querer o meu dever; neste ponto sou senhor de mim, e meu único senhor, e trato com ele de soberano a soberano. Ele tem o meu corpo em suas garras, mas a minha alma lhe escapa e o desafia. Meu pensamento e meu amor, minha fé e minha esperança estão fora de seu alcance. O meu ser verdadeiro, a essência de minha pessoa, o meu próprio eu, permanecem inviolados e inacessíveis aos seus ultrajes e às suas cóleras. Nisto, somos maiores do que o universo, que tem a massa e não a vontade; volvemos a ser independentes mesmo ante a massa humana, que, também ela, não pode senão aniquilar a nossa felicidade, como a primeira massa não pode senão aniquilar o nosso corpo. – Não é, pois, a submissão, abatimento; ao contrário, é uma força.

28 de abril de 1866. – Li a ata das *Conférences Pastorales* de 15 e 16 de abril, em Paris. Lavra a discórdia no campo de Agramante. A questão do sobrenatural dividiu em duas a Igreja protestante de França. Os liberais insistem sobre o direito individual; os ortodoxos sobre a noção de Igreja. Não se pode negar que uma Igreja é uma afirmação, e que subsiste por um elemento positivo, por uma crença definida; o elemento crítico puro a dissolve.

O protestantismo é uma combinação de dois fatores: a autoridade das Escrituras e o livre-exame; desde que um dos fatores está ameaçado ou desaparece, o protestantismo desaparece, *Troja fuit*. Sucede-lhe uma nova forma do cristianismo como, por exemplo, a Igreja dos Irmãos do Espírito Santo, ou a do Teísmo cristão.

Por mim, não vejo nesse resultado nenhum inconveniente; mas os amigos da Igreja protestante, creio lógicos na sua recusa a abandonar o símbolo dos apóstolos, e os individualistas, ilógicos acreditando conservar o protestantismo sem autoridade. A questão de método separa os dois campos. Separo-me de ambos, no fundo. A meu ver, o cristianismo é antes de tudo religioso, e a religião não é um método; é uma vida, e uma vida superior e sobrenatural, mística por sua raiz e prática por seus frutos, uma comunhão com Deus, um profundo e calmo entusiasmo, um amor que irradia, uma força que age, uma felicidade que se difunde; em suma, a religião é um estado de alma. Têm seu valor as discussões sobre método, mas esse valor é secundário; não podem consolar um coração e nem edificar uma consciência. Por isso não me interessam nem me impressionam tais lutas eclesiásticas. Que uns ou outros tenham a maioria e a vitória, com isso nada lucra o essencial, porque a dogmática, a crítica, a Igreja não constituem a religião, e é a religião, o sentimento divino da vida que importa.

"Buscai primeiramente o reino de Deus e a sua justiça, e todas as outras coisas vos serão concedidas a mais."

O mais cristão é o mais santo; este critério é sempre o menos enganador: "É nisto que reconheceis os meus discípulos, se se amarem uns aos outros". Quanto vale o indivíduo, tanto vale a sua religião. Nesse critério coincidem o instinto popular e a razão filosófica. Se a religião é essencialmente um estado de alma, e se o fato subjetivo, interior, místico é a finalidade, a razão de ser de tudo mais na religião, pode dizer-se a um indivíduo: mostra-me o que és, e saberei o que vale a tua crença ou antes o valor que devo ligar às tuas fórmulas e a teus dogmas. O método é alguma coisa, mas o objeto é outra coisa; e se é preciso optar, é o objeto que deve ser o primeiro escolhido e garantido.

Sê piedoso e bom, heroico e paciente, leal e abnegado, humilde e caridoso: o catecismo em que isso tiveres aprendido está livre de censura. A salvação é superior ao processo da salvação, e a obra realizada ao projeto em esboço. Pela religião vive-se em Deus, e por todas essas discussões só se vive com os homens e com os "fraques negros". Não há, pois, equivalência. A perfeição como fim, um exemplo como amparo e o divino provado somente pela própria excelência: não é isto o cristianismo em resumo? Deus integralmente em todos, não é, por ventura, a sua consumação?

20 de setembro de 1866. – Temo que os meus amigos, os da velha-guarda, estejam descontentes comigo. Acham que nada faço, que engano a sua expectativa e as suas esperanças... Também eu estou descontente... O que interiormente me tornaria altivo parece-me inacessível, impossível, e me rebaixo em ninharias, em brincadeiras e em distrações. Tenho sempre tão pouca esperança, energia, fé e determinação. Somente oscilo entre a melancolia desolada e o quietismo condescendente. E contudo leio, falo, ensino, escrevo. Não importa, é como sonâmbulo. A tendência búdica entorpece a faculdade de livre disposição de si mesmo; dissolve a potência de ação; a desconfiança de si mata o desejo, e é sempre ao ceticismo interior que eu retorno. Gosto somente do sério e não posso levar a sério as minhas circunstâncias nem eu mesmo; zombo da minha pessoa, de minhas aptidões e aspirações e procuro denegri-las. Tenho perpetuamente piedade de mim, em nome do que é belo e admirável. Numa palavra, trago em mim um detrator perpétuo de mim mesmo; é o que me rouba todo impulso. – Esta noite, passei longo tempo com Carlos Heim, que, em sua sinceridade, nunca me fez um cumprimento literário. Como gosto dele e o estimo, está perdoado. Não ponho nisso amor-próprio, e contudo me seria agradável ser considerado por um amigo incorruptível. É doloroso sentir-se silenciosamente desaprovado... Quero experimentar satisfazê-lo e pensar num livro que possa agradar-lhe, tanto a ele como a Scherer.

6 de outubro de 1866. – Hoje recolhi na escada um gatinho amarelo muito feio e lamentável. Agora, está enrolado em cima de uma cadeira junto de mim; parece inteiramente feliz e nada mais deseja. Longe de ser selvagem, não quis divertir-se fora da minha presença, e seguiu-me de peça em peça enquanto eu ia e vinha. Não encontro nada de comer em casa, mas o que tenho dou-lhe, a saber, um olhar e algumas carícias; e isso lhe basta, ao menos por enquanto. Pequenos animais, crianças pequenas, vidas jovens, é tudo o mesmo, quanto à necessidade de proteção e ternura.

Dizia-me P. que todos os seres fracos se sentem bem perto de mim. Prende-se isso ao meu instinto de ama seca. P. tem razão, tive mil provas dessa influência particular, espécie de magnetismo calmante e benfazejo. Os animais vêm de boa vontade dormir nos meus joelhos; por pouco os pássaros não fazem ninho na minha barba como na touca dos santos de catedral. No fundo, esse é o estado natural e a verdadeira relação do homem com as criaturas inferiores. Se o homem fosse verdadeiramente bom e conforme a seu tipo, seria de coração adorado pelos animais, dos quais ele não é senão o tirano caprichoso e sanguinário. A lenda de São Francisco de Assis não é tão lendária como se crê, e não está bem provado que os animais ferozes tenham sido os primeiros em atacar o homem. Mas não exageremos nada e deixemos de lado os animais de presa, os carnívoros e os rapaces. Quantas outras espécies, por milhares e dezenas de milhares, que somente desejam a paz e com quem nós queremos somente a guerra brutal! Nossa raça é que é de muito a mais destruidora e maléfica, a mais temível das espécies do planeta; inventou, mesmo, para seu uso o direito do mais forte, um direito divino que lhe põe a consciência em repouso com os vencidos e com os aniquilados; pôs fora do direito tudo o que tem vida, exceto ela própria. Revoltante e manifesto abuso, insigne e indigno atentado à justiça, ato de má-fé e de hipocrisia que renova em ponto pequeno cada usurpador afortunado!

Para legalizar de algum modo as suas iniquidades, acumpliciam Deus. Os *Te Deum* são o batismo de todas as carnificinas que lograram êxito e os cleros têm tido benção para todos os escândalos vitoriosos. Tal proceder aplica-se de povo a povo e de homem a homem, porque começou do homem ao animal.

Há nisso uma expiação não observada, mas muito justa. Paga-se todo crime, e a escravidão recomeça na humanidade os sofrimentos impostos brutalmente pelo homem aos outros seres vivos. A teoria produz seus frutos. O direito do homem sobre o animal parece-me cessar com a necessidade, a imperiosa necessidade de defesa e de subsistência. Assim, a tortura e o assassínio desnecessários são covardias e mesmo crimes. Um serviço de utilidade imposto ao animal impõe ao homem um dever de proteção e de bondade. Em uma palavra, o animal tem direito sobre o homem, e o homem tem deveres para com o animal. O budismo exagera sem dúvida essa verdade, mas os ocidentais a desconhecem. Dia virá em que a virtude da humanidade seja mais exigente do que hoje. *Homo homini lupus*, disse Hobbes. Quando o homem for humano para o lobo, *homo Lupo homo*.

11 de novembro de 1866. – Que singular caderno, este! Acabo de relê-lo. Tornou-se-me estranho. Enquanto meu amigo J. H., natureza confiante e compacta, exerce pleno domínio sobre si mesmo, eu, ser difluente, ondulante, disperso, tenho dificuldade infinita em reunir as minhas moléculas, escapo-me continuamente a mim mesmo, a despeito das minhas meditações cotidianas e do meu diário íntimo. A força de coesão da individualidade é a vontade e sobretudo a continuidade do querer; não continuando nunca a ser eu mesmo, é claro que sou muitos e não apenas um. Meu nome é Legião, Proteu, Anarquia. O que me falta é uma força determinada e constante, um caráter. Vivendo sem pensar no futuro, não contando com coisa alguma, não querendo nada, como a pluma ao vento palpito e estremeço a todos os sopros mutáveis da atmosfera. Minhas leituras e meus trabalhos, meus projetos e meus gostos são sem sequência e sem alcance, porque neles não ponho nenhuma paixão, nenhum persistente interesse. Só existo nas coisas provisórias e por mim mesmo não sou tomado muito a sério. A desilusão de si mesmo e o desengano da vida cortam no homem o tendão de Aquiles. Ambição nula, indolência completa. Gostamos apenas da paz e do devaneio ornados de ternura.

> *Quand le bonheur n'est plus rien qu'un mensonge*
> *On veut dormir la vie, et prolonger le songe.*

A apatia benevolente, o desapego do velho parecem então o ponto de vista da sabedoria. É tão doce sair do turbilhão tempestuoso da existência vulgar, e olhar as loucuras da ilusão do alto de sua torre pacífica. Esta ironia serena e indulgente é, segundo Cícero, a recompensa da velhice. É o estado de alma concedida aos habitantes dos Campos Elísios, e procurado pelos religiosos anacoretas, iogues, sufis de todas as épocas e de todas as nações. O grave inconveniente dessa paz é ser uma gulodice e uma tentação. Tem-se acaso direito à recompensa antes do esforço e à coroa dos vitoriosos sem ter combatido? Pode alguém separar-se assim de sua espécie, e o coração, a consciência, a piedade não tornam em breve a lançar-nos no grupo dos homens, isto é, dos agitados e dos sofredores, quando desejava e possuía quase, a nossa alma, o repouso dos bem-aventurados? Não, convém distinguir em tua felicidade atual duas coisas; uma, excelente, é o desapego aos falsos bens e aos desejos enganadores; a outra, menos boa, é a excessiva desconfiança da vida e das mulheres. Convém dar o melhor exemplo possível. Pois bem! Para isso, tens dois deveres a cumprir: como homem, deves fazer mais gente feliz; como homem determinado, deves melhor fazer valer o teu talento. Não aprovas nem o celibato nem a improdutividade; portanto, a isso não te deves resignar tão facilmente. O teu inimigo é a timidez, que engendra a indolência. A tua necessidade é a coragem, a fé, a perseverança, a ação. É preciso saber violentar a natureza, quando ela erra em ser demasiado suave. Queima os teus barcos, obriga-te à energia, dá o salto perigoso, liga-te tu mesmo; é o grande progresso que te resta a cumprir. Pôr-se na dependência é condescender em tornar-se homem, é abaixar-se voluntariamente, é fazer um sacrifício, é enobrecer a si mesmo, pois só o heroísmo enobrece e é heroico sacrificar livremente o seu repouso, as suas comodidades, a sua segurança, os seus gostos à ideia de um dever. A razão diz: sê prudente; a consciência: sê temerário!

A razão exorta muito bem, mas a consciência não se considera vencida; inclina-se a todas as belas loucuras; o impossível é a sua secreta avidez.

13 de dezembro de 1866. – Jantei em casa de J. H., com dois franceses e quatro genebrinos, dos quais dois professores e dois regentes, mais duas senhoras, a esposa e a irmã do anfitrião. Estava esquecendo um inglês, M. H., que acompanhei, abrigando-o debaixo do meu guarda-chuva, há um instante, e cujas orelhas anglicanas devem ter sofrido esta noite, pois toda aquela gente é tão racionalista e anticristã quanto possível...

A conversação foi das mais vivas e das melhores alimentadas. Minha impressão é que o esclarecimento excessivo dos indivíduos trabalha para a tirania, e que essa forma de entender a liberdade fatalmente a destrói. Pensava na Renascença, nos Ptolomeus, no reino de Luís XV, onde a anarquia alegre do espírito tinha por correlativo o despotismo do poder, e inversamente na Inglaterra, na Holanda, nos Estados Unidos, onde se compra a liberdade política por opiniões estabelecidas e preconceitos necessários.

Para que a sociedade não se arruíne, impõe-se um princípio de coesão, consequentemente uma crença comum, princípios admitidos e indiscutíveis, uma série de axiomas práticos e instituições que não se subvertam a cada capricho da opinião corrente. Pondo tudo em discussão, compromete-se tudo. A dúvida é o cúmplice da tirania. "Se um povo não quer crer, é preciso que sirva", dizia Tocqueville. Toda liberdade implica uma dependência e tem suas condições. É o que esquecem os espíritos fundibulários, críticos negativos. Creem soprar sobre a religião; não sabem que não se destrói a religião e que a questão é somente saber qual se vai ter. Voltaire faz a força de Loyola, e reciprocamente. Entre eles, paz alguma, e para a sociedade colocada nesse dilema, tampouco. A solução está numa religião livre, de livre escolha e de livre adesão.

11 de janeiro de 1867. –

Eheu fugaces, Postume, Postume,
Labuntur anni...

Ouço distintamente o ruído das gotas de minha vida no abismo devorador da eternidade. Sinto que fogem os meus dias ao encontro da morte. Tudo o que me resta de semanas, de meses ou de anos para beber a luz do sol são para mim apenas uma noite, uma noite de verão, que nada significa porque vai logo acabar. Há poesia neste ponto de vista; mas deve redundar em energia laboriosa, não em melancolia infecunda.

Avant d'aller dormir sous l'herbe,
Fais ton monument ou ta gerbe.

Morte! Silêncio! Abismo! Apavorante mistério para o ser que aspira à imortalidade, à perfeição, à felicidade! Meu Deus, onde estarei amanhã, dentro em pouco, quando já não respirem meus pulmões? Quando um estranho escrever em minha última linha

Fim do diário de H. F. A.
falecido em...
na cidade de...

Onde estarão os que amo? Para onde vamos? Que somos? Diante de nós erguem-se constantemente os eternos problemas, em sua implacável solenidade. De todo lado, mistério! E nas trevas da incerteza onde ressoa lugubremente o *que sei eu* dos mortos, uma única estrela: a fé! Não importa! Não é necessário que nós vivamos, contanto que seja o mundo a obra do Bem, e que a consciência do dever não nos tenha enganado. Entretanto, mesmo no afastamento de Deus, devemo-nos a alguma coisa diferente de nós próprios; podemos consagrar-nos à nossa raça e imolar-nos pelo próximo.

Semear felicidade e fazer o bem: eis a nossa lei, a nossa âncora de salvação, a nossa razão de ser, o nosso farol. Podem sucumbir todas as religiões; basta que essa subsista, temos ainda um ideal que vale a pena de viver.

A religião do amor, do desinteresse e da abnegação dignificará o homem enquanto não forem os seus altares abandonados, e ninguém poderá destruí-los para ti enquanto te sintas capaz de amar.

11 de abril de 1867. – Desperta, ó tu que dormes, e levanta de entre os mortos! Necessitas sobretudo refazer e restaurar continuamente a tua provisão de valor. Uma tendência natural conduz-te ao fastio da vida, à desesperança, ao pessimismo.

"Homem feliz, o homem feliz do século" – segundo madame X. – é um *Weltmude*,[11] que airosamente representa seu papel ante o mundo, e que se aparta

---

[11] "Cansado do mundo."

o quanto pode de seu pensamento secreto, um pensamento triste até à morte, o pensamento do irreparável. A sua paz é apenas uma desolação bem contida; o seu bom humor, apenas a indiferença de um coração desencantado e o adiamento indefinido ou desenganado da felicidade. Sua sabedoria é a aclimatação na renúncia; sua mansidão é antes privação paciente que resignada. Numa palavra, sofre a sua existência sem alegria, e não pode ocultar-se a si mesmo que todos os proveitos de que ela é semeada não chegam a encher a sua alma até o fundo. A sede de infinito não está aplacada. Deus está ausente. Sob as minhas riquezas da superfície, está o vazio.

Para experimentar a verdadeira paz, impõe-se que nos sintamos dirigidos, perdoados, sustentados pela potência suprema; que nos sintamos em seu caminho, no lugar em que Deus nos quer, na ordem. Dá-nos força e calma, esta fé. Tu não a tens. O que existe parece-te arbitrário, fortuito, podendo ser ou não ser. Nada, em tuas circunstâncias te parece providencial, e tudo a teus olhos se apresenta entregue à tua responsabilidade, e é precisamente esta ideia que te desgosta do governo de tua própria vida. Precisavas entregar-te a um grande amor, a um nobre fim: desejarias viver e morrer pelo ideal, isto é, por uma santa causa, digna do teu devotamento; faltou-te esse emprego de ti mesmo. Uma vez demonstrada essa impossibilidade, ânimo não tiveste para nada e não fizeste mais do que brincar com um destino que não mais te enganava. *Nada!*

Desde que o deciframos, o enigma da esfinge arrebata-nos a coragem,

Le long effeuillement de nos illusions...

Que ironia!

Sibarita, sonhador, ocioso, irás tu, assim, até o fim, agitado entre o dever e a felicidade, sem tomar decisão resolutamente? Não é a vida uma prova de nossa força moral, e não são todas essas vacilações interiores as tentações da alma? Pode-se ter perdido o carro; mas que adiantam os arrependimentos e os gemidos? Devemos jogar com as cartas de nosso jogo. É providencial tudo quanto é dado, tudo quanto é irreparável, imposto, fatal, por exemplo, a tua idade, o teu sexo, o teu nome, os teus antecedentes, a tua situação atual, as tuas obrigações presentes. A pergunta é simplesmente esta: em tuas circunstâncias, que tens de melhor a fazer? É proibido atirar a corda depois da caçamba, desertar e abdicar. Portanto, convém resignar-te primeiro à natureza humana, e depois à tua condição individual.

15 de abril de 1867 (sete horas da manhã). – Borrascas chuvosas durante a noite. Minha velha caseira diz que as rajadas de vento parecem descargas de canhão. Caprichos de abril! À janela, tudo é cinzento e melancólico; os telhados estão polidos pela chuva. *Gleba putris* e cérebro mole. A primavera realiza a sua obra; e a idade implacável nos impele para a cova. Afinal, cada um por sua vez.

> *Allez, allez, ô jeunes filles,*
> *Cueillir des bleuets dans le blés!*

Melancolia! Languidez! Lassidão! O desejo de um grande sono invade-me, combatido no entanto pela necessidade de um sacrifício sustentado, por apetite heroico. Não são estas as duas maneiras de escapar a si mesmo? Dormir ou entregar-se, para morrer ao próprio eu: tal é o voto do coração. Pobre coração!

Weissenstein, 6 de setembro de 1867. – Vista maravilhosa, ofuscante de beleza! Acima de um mar de leite, inundado de luz matinal, e cujas ondas agitadas vêm bater ao pé das escarpas cobertas de matas do Weissenstein, paira em alturas sublimes a ronda infinita dos Alpes. A parte oriental do horizonte está afogada no esplendor das brumas ascendentes; mas, a partir do Tödi, toda a cadeia flutua, pura e clara, entre a planície nevada e o pálido azul do céu.

A assembleia dos gigantes celebra seu concílio sobre os vales e os lagos submersos em bruma. As Clárides, os Spannörter, o Titlis, o Sustenhorn e, mais além, os colossos berneses, desde os Wetterhörner aos Diablerets (a saber, os escarpados Schreckhörner, o afilado Finsteraarhorn, o trio do Eiger, do Mönch e da Jungfrau, o brilhante Bietschorn e a Blümlisalp semelhante a um telhado, o Doldenhorn, a parelha piramidal do Balmhorn e do Altels, seguido de Wildstrubel e do Wildhorn) e mais longe ainda os cumes valdenses (grande Muveran, Mosseron, Chamossaire, Torre d'Aï, Naye), valesianos (Dent du Midi), friburguesas (o Moléson) e de Chablais (as Cornettes), e, além destas altas cadeias, os dois reis da cadeia italiana: o Monte Branco, de um rosa suave, e até o pico azulado do Monte Rosa, que emerge de um entalhe do Doldenhorn – tal é a composição da assembleia assentada em anfiteatro. O perfil do horizonte assume todas as formas: agulhas, telhados, ameias, pirâmides, obeliscos, dentes, garras, pinças, cornos e cúpulas; o recorte dobra-se, levanta-se, torce e aguça-se de mil maneiras, mas sempre no estilo angular das serras. Os maciços inferiores e secundários são os únicos que apresentam cumes arredondados, linhas suaves e curvas.

Os Alpes são mais que um levantamento; são uma dilaceração da superfície terrestre. O granito morde o céu e não o acaricia. O Jura, pelo contrário, parece levantar nas espáduas o zimbório azul.

(*Onze horas.*) – O oceano de bruma iniciou o assalto das montanhas que o dominavam como altivos escolhos. Arrojou inutilmente suas espumas durante largo tempo sobre a fralda dos Alpes; mas, volvendo a si mesmo, conseguiu melhor resultado com o Jura.

Estamos, pois, envoltos por estas ondas viajoras. O mar de leite converteu-se numa vasta nuvem, que tragou a planície e os montes, o observatório e o espectador. Nessa nuvem, tinem as campainhas dos rebanhos e circulam os raios do sol. O espetáculo é fantástico! Partida do *musikdirector*. Partida de uma família de Colmar, chegada apenas à noite passada (quatro pessoas). A jovem e seu irmão, verdadeiros álamos. A jovem, muito linda, no gênero fino, de uma elegância provocadora, mas em nada tocando senão com a ponta dos dedos e a ponta dos dentes; uma gazela, um arminho; não sente curiosidade, não sabe admirar, e pensa mais em si do que em todas as outras coisas. É um pouco o inconveniente de uma beleza e de uma estatura que atraem todos os olhares. Aliás, citadina até à medula dos ossos, e desambientada na plena natureza a que de boa vontade se poderia chamar mal-educada. Não modifica sua "toalete" para ela e ostenta-se na montanha com seu chapeuzinho e sua imperceptível sombrinha, como se andasse pelo bulevar. É um dos gêneros de turistas tão comicamente desenhados por Toepffer. Caráter, enfatuação ingênua. Pátria, a França. Ponto de apoio, a moda. Talento, mas sem o espírito das coisas, a inteligência da natureza, o sentimento das diversidades exteriores do mundo e dos direitos da vida em ser o que é, à sua maneira e não à nossa.

Esse ridículo prende-se ao mesmo preconceito nacional que faz da França o Império do Meio, e os franceses leva ao desprezo da geografia e das línguas. O tipo vulgar das cidades que vimos em França é de uma tolice deliciosa, apesar de todo o seu engenho natural, porque nada compreende fora de si. Como certos frades do monte Atos, vive na contemplação de seu umbigo. Seu polo, seu eixo, seu centro, seu todo é Paris; menos ainda: o tom parisiense, o gosto do dia, a moda. Graças a esse fetichismo bem-organizado, há milhões de cópias de um só padrão original; todo um povo move-se como as bobinas de uma só fábrica ou como as pernas de um mesmo corpo de exército. É admirável e fastidioso: admirável como potência material; fastidioso para o psicólogo. Cem mil carneiros não são mais instrutivos que um só, mas dão cem mil vezes mais lã, mais carne e mais adubo.

Isto é tudo o que preocupa o pastor, ou seja, o amo. Sim, mas com isso fazem-se apenas quintas e monarquias. A república pede homens e reclama individualidades.

(*Meio-dia.*) – Arrebatadora perspectiva. Uma grande tropa de vacas atravessa correndo a pastagem, sob a minha janela, iluminada furtivamente por um raio de sol. O quadro tem a frescura de uma aparição; faz uma abertura na bruma que torna a fechar-se sobre ele como o obturador de uma lanterna mágica. Que pena ir-me daqui quando tudo é tão risonho em torno de mim, e quando a vida é de uma leveza eliseana!

10 de janeiro de 1868 (*onze horas da noite*). – Reunião filosófica na casa de Eduardo Claparède.[12] Questão na ordem do dia: da natureza da sensação. Claparède concluiu pelo subjetivismo absoluto de toda *empirie*, ou, em outras palavras, pelo idealismo puro. Isto é delicioso num naturalista. Só o eu existe, e o universo é apenas uma projeção do eu, uma fantasmagoria que criamos sem suspeitar, julgando-nos contempladores. É nosso número que se objetiva em fenômeno. O eu seria uma força radiante que, modificada sem conhecer o modificante, o imagina em virtude do princípio de causalidade, isto é, engendra a grande ilusão do mundo objetivo para explicar-se a si mesmo. A vigília seria apenas um sono mais coerente. Seria, assim, o eu, uma incógnita que engendra uma infinidade de incógnitas por uma fatalidade da sua natureza. A ciência resume-se na consciência de que mais nada existe, salvo a consciência. Em outras palavras: o inteligente sai do inintelígivel para a ele voltar de novo, ou melhor, explica-se o eu a si mesmo pela hipótese do não eu; mas não é, no fundo, senão um sonho que consigo mesmo sonha. Poder-se-ia dele dizer, com Scarron:

> *Et je vis l'ombre d'un esprit*
> *Qui traçait l'ombre d'un systême*
> *Avec l'ombre de l'ombre même.*

Esta abolição da natureza pelo naturalismo é consequente e é o ponto de partida de Schelling. Do ponto de vista da fisiologia, a natureza não é senão uma

---

[12] Zoólogo genebrino (1832-1871).

ilusão forçada, uma alucinação constitucional. Só escapamos a esse feitiço pela atividade moral do eu, que se sente causa, causa livre, e que, pela responsabilidade, rompe o prestígio e sai do círculo encantado de Maia.[13]

Maia! Esta seria a verdadeira Deusa? A sabedoria hindu já fez do mundo o sonho de Brama. É necessário com Fichte fazermos dele o sonho solitário de cada eu? O último dos imbecis seria, pois, um poeta cosmogônico, projetando o fogo de artifício do universo sob a cúpula do infinito. Mas por que nos afanamos tanto a fim de aprender alguma coisa? Ao menos em nossos sonhos, salvo no pesadelo, possuímos a ubiquidade, a onisciência e a liberdade completa. Despertos, seríamos, pois, menos engenhosos do que adormecidos?

16 de janeiro de 1868 (seis horas da tarde). – Bendita seja a infância que põe um pouco de céu entre as rudezas terrestres, e que muitas vezes serve para aproximar as almas num terreno neutro! Disse eu em algum lugar que nascimentos são o rejuvenescimento moral da humanidade, ao mesmo tempo que o meio de sua sobrevivência. O que resulta dos bons sentimentos à volta dos berços e da infância é um dos segredos da Providência geral; suprimi esse orvalho refrescante, e a confusão das paixões egoístas dessecará como o fogo a sociedade humana. Os adultos enfastiam-se inevitavelmente uns dos outros e acabariam por estar cada um em irritação contra todos, como os passageiros de um navio de longo curso, se a morte não renovasse as presenças, e sobretudo se passageiros novos, inocentes e frágeis criaturas, contra as quais ninguém tem motivos de queixa pessoal, não detivessem a situação, recolocando a ternura em meio da hostilidade árida, e o desinteresse em meio dos egoísmos embargados.

Bendita seja a infância pelo bem que faz e pelo bem que ocasiona, sem o saber e sem o querer, fazendo-se amar, deixando-se amar! O pouco de paraíso que ainda percebemos na terra é devido à sua presença. Sem a paternidade, sem a maternidade, creio que o próprio amor não bastaria para impedir que homens eternos se entredevorassem, homens, compreendamos, tais como os modelaram as nossas paixões. Os anjos não têm necessidade do nascimento e da morte para suportar a vida, porque a sua vida é celeste. Nossa vida, ao contrário, é uma agitação bélica perpétua, e a mais cara preocupação do homem, depois do cuidado de

---

[13] "Maia", no bramanismo, é a diversidade por oposição à unidade; a aparência e a ilusão por oposição à realidade, ao ser.

seu interesse pessoal, é, muitíssimas vezes, a arte de causar aborrecimento aos seus semelhantes. "Não é que isso me agrade, mas isso vexa o meu vizinho, e é sempre isso!" eis a fórmula dessa graciosa tendência.

Cuidemos de não antipatizar com o nosso ambiente e nossa espécie, pois aonde iremos para libertar-nos da nossa indisposição? E o pior é ter ojeriza de si mesmo, pois como saltar fora de sua sombra? Já que não podemos mudar as coisas, o mais simples é mudar nossa maneira de observá-las. Subverter o mundo é incômodo e inútil, é preferível renovar o seu próprio ser, e mudar a sua aspereza. O descontentamento envenena a vida; a aceitação pode restituir-lhe a sua poesia e uma severa beleza. A ideia religiosa de prova e missão, de tarefa e de dever, é necessária para vencer as irritações mórbidas do sentimento que colocam em cheque a razão. Todos os caminhos levam a Roma e à loucura. Poucos são os que levam ao bem, talvez um só; e não encontramos o início desse caminho senão afastando-nos de nós mesmos.

25 de janeiro de 1868. – Tenho a boca em estado lastimoso. A língua, a gengiva e os dentes doem-me todos juntos. Desde que o dentista pôs a mão, dois molares que nunca haviam doído estão sensíveis, e tudo parece em guisado. Ameaçadora inovação! Eis-me ingressado no rebanho dos *disodontados*, dos infelizes que, por culpa de seu maxilar, estão à mercê das intempéries e dos protéticos. Ignorava esta dependência e esta tristeza. Isso favorece o desgosto da vida, relembrando-nos a cada repouso a frase da Trapa: Irmão, é preciso morrer! Irmão, tu te desfazes, te tornas gradualmente poeira, e te curvas gradualmente para o túmulo.

Esta advertência lúgubre nada tem de divertida.

Frioleira, se o quiserem, cara me é a minha frioleira. É num caso como este que é primordial crer na imortalidade do seu ser, e pensar com o apóstolo que, se o homem exterior se destrói, o homem interior se renova dia a dia. E para os que disso duvidam e que não o esperam? O resto de sua carreira é somente o desmembramento forçado de seu pequeno império, o desmantelamento sucessivo do próprio ser pelo inexorável destino. É doloroso assistir a esta longa morte, cujas etapas são lúgubres e cujo fim inevitável. Compreende-se porque o estoicismo tenha mantido o direito ao suicídio. Qual é tua fé atual? Não te invadiu a dúvida universal, ou pelo menos bastante geral da ciência? Tu defendeste a causa da imortalidade da alma perante os céticos e, não obstante, após havê-los reduzido ao silêncio, não sabes bem se no fundo não és da sua opinião. Querias dispensar a esperança, e é possível que não tenhas suficiente força para tal, e que precises, como outro qualquer, ser sustentado e consolado por uma crença, e pela crença no perdão e na imortalidade, isto é, pela crença religiosa de forma cristã. A razão e o pensamento cansam-se como os músculos e como os nervos. Precisam de sono. E esse sono é a recaída na tradição infantil, na esperança comum. É tão fatigante manter-se num ponto de vista excepcional que se recai no preconceito por puro abatimento, assim como o homem de pé termina sempre por se deixar cair ao solo e retomar a posição horizontal. Não estamos pois à nossa altura senão por instantes. O meio nos encadeia e nos repõe ao nível geral, quando o nosso vigor diminui e o fogo da idade amortece em nós. E é graças a esta lei que o catolicismo torna a cativar no leito de morte a maioria das ovelhas que se haviam desgarrado durante a sua juventude. Daí também o provérbio: "Quando velho, até o diabo se faz ermitão".

Em que nos transformamos, quando tudo nos deixe, saúde, alegria, afeições, frescura dos sentidos, memória, capacidade de trabalho; quando o sol pareça resfriar-se, e despojar-se a vida de todos os encantos? Em que nos transformamos se não restar esperança alguma? Que fazer, distrair-se ou petrificar-se? A resposta é sempre a mesma: ligar-se ao dever.

> *Vis pour autrui, sois juste et bon,*
> *Fais ton monument ou ta gerbe,*
> *Et du ciel obtiens le pardon*
> *Avant d'aller dormir sous l'herbe.*

Não importa o futuro, se possuímos a paz de consciência, se nos sentimos reconciliados e na ordem. Sê o que deves ser, o resto cabe a Deus. A ele compete saber o que é melhor, cuidar de sua glória, fazer a felicidade do que dele depende, seja pela sobrevivência ou pelo aniquilamento. E mesmo que não houvesse um Deus santo e bom, que não houvesse senão o grande ser universal, lei do todo, ideal sem hipóstase nem realidade, seria o dever ainda a palavra do enigma e a estrela polar da humanidade em marcha.

16 de fevereiro de 1868. — Estou terminando o *Mainfroy* de About (primeiro dos *Mariages de Province*). Quanto espírito, quanta imaginação, quanta finura e sutileza! About é um verdadeiro neto de Voltaire, tem arremesso, malícia e asas; uma facilidade desenvolta sobre um fundo de sutil ironia, e uma liberdade interior que lhe permite rir de tudo, zombar dos outros e de si mesmo, sem deixar de divertir-se com suas ideias e mesmo com suas ficções. Está nisso a marca autêntica, a assinatura do espírito. Malignidade incoercível, elasticidade infatigável, zombaria luminosa, júbilo no perpétuo atirar de flechas inumeráveis que jamais esgotam o carcás, o riso inextinguível de um demônio elementar, a alegria inestancável, o epigrama radiante; há de tudo isso nos verdadeiros homens de espírito.

Stulti sunt innumerabiles, dizia Erasmo, modelo latino destes zombadores sutis. Os tolos, os vaidosos, os fátuos, os néscios, os afetados, os insubstanciais, os presunçosos, os pedantes, em suma, de todas as cores, de toda condição e de toda forma; todos os que tomam pose, se empoleiram, se ostentam, se empertigam, simulam, estudam atitudes, pavoneiam-se, afetam ciência, iludem, tudo isso é a caça do satírico, outros tantos alvos para seus dardos, outras tantas presas oferecidas às suas garras. E sabemos se é disso avaro o mundo.

É uma verdadeira benção! Um festim de cocanha servido perpetuamente ao espírito sarcástico; o espetáculo da sociedade humana apresenta-lhe umas núpcias de Gamache sem fim.[14]

Também, que bela colheita faz em seus domínios! Quantas caçadas e quanta caça ao redor do grande caçador! A contusão universal faz a sua saúde. Suas balas são encantadas, e ele é invulnerável. Sua mão é infalível como o seu olhar, e desafia réplicas e represálias, porque é relâmpago e vácuo, porque é incorpóreo, porque é mágico. Os homens de espírito não reconhecem nem toleram senão o espírito; toda autoridade os faz rir, toda superstição os diverte, e todo o convencionado excita-os à contradição. Só perdoam a força, e só toleram o perfeito natural. Contudo, dez homens de espírito não valem um homem de talento, nem dez homens de talento um homem de gênio. E no indivíduo o coração é superior ao espírito; a razão equivale ao coração, e a consciência supera a razão. Se, pois, o homem de espírito não é suscetível de zombarias, pode pelo menos não ser amado, nem considerado, nem estimado. Pode fazer-se temer, é verdade, e fazer respeitar a sua independência: mas essa vantagem negativa, resultante de uma superioridade negativa, não proporciona a felicidade. O espírito não basta, portanto, para tornar feliz nem quem o possui nem as pessoas de sua intimidade.

---

[14] Núpcias de Gamache, festim pantagruélico em alusão às núpcias daquele personagem de *Dom Quixote*.

L'esprit sert bien à tout, mais ne remplace rien.
Soyez donc gens d'esprit, mais surtout gens de bien.

8 de março de 1868. – A senhora... detém-me para tomar chá na companhia de três jovens amigas, três irmãs, creio. As duas mais moças são extremamente graciosas; tanto a morena como a loura. Colocado entre as duas encantadoras jovens, acariciei meus olhos com aqueles rostos delicados onde sorria a juventude em flor. Como essa eletrização estética é benfazeja para o homem de letras! Positivamente o restaura, por uma espécie de corrente de indução. Sensitivo, impressionável, absorvente como sou, a proximidade da saúde, da beleza, do espírito, da virtude, exerce uma poderosa influência sobre todo o meu ser, e reciprocamente eu me afeto e me infeto com igual facilidade em presença das vidas perturbadas e das almas enfermas. Miss C. H. dizia a alguém que eu devia ser "superlativamente feminino" nas minhas percepções. Esta sensibilidade simpática é a causa disso. Por pouco que o quisesse, teria alcançado a clarividência mágica de um sonâmbulo, e teria podido repetir em mim uma quantidade de fenômenos estranhos. Eu o sei, mas disso me abstive fosse pela indiferença, fosse pela razão. Quando penso nas intuições de toda espécie e de espécie oposta que tenho tido desde a minha adolescência, parece que vivi muitas dúzias e talvez centenas de vidas. Toda individualidade caracterizada molda-se idealmente em mim, ou antes, modela-me momentaneamente à sua imagem, e a mim basta apenas ver-me viver em tal momento para compreender essa nova maneira de ser da natureza humana. É assim que tenho sido matemático, músico, erudito, monge, criança, moça, mãe, etc. Nesses estados de simpatia universal, tenho mesmo sido animal e planta, tal animal determinado, tal árvore presente. Esta faculdade de metamorfose ascendente e descendente, de "deplicação" e de "reimplicação", assombrou por vezes meus amigos, até os mais sutis (Edm. Scherer). Liga-se ela sem dúvida à minha extrema facilidade de objetivação impessoal, que por sua vez produz uma dificuldade para individualizar-me a meu talante, para ser apenas um homem particular, com seu número e seu rótulo. Meter-me em minha própria pele sempre me pareceu curioso, algo arbitrário e convencional. Apareço aos meus olhos como caixa de fenômenos, como lugar de visão e de percepção, como pessoa impessoal, como sujeito sem individualidade determinada, como determinabilidade e formabilidades puras, e, por consequência, não me resigno senão com esforço a desempenhar o papel inteiramente arbitrário de um particular inscrito no registro civil de certa cidade, de certo país.

É na ação que me sinto desconcertado; o meu verdadeiro ambiente é a contemplação. Toda ambição, busca e procura é para mim um trabalho penoso, um enfraquecimento, uma concessão feita ao uso, por condescendência. Não respiro à vontade senão depondo esse papel de empréstimo e entrando de novo na aptidão para as metamorfoses. A virtualidade pura, o equilíbrio perfeito é o meu refúgio de predileção. Aí, sinto-me livre, desinteressado, soberano. Será um chamamento, uma tentação?

É a oscilação entre os dois gênios, grego e romano, oriental e ocidental, antigo e cristão. É a luta entre dois ideais: o da liberdade e o da santidade. A liberdade nos diviniza; a santidade nos prosterna. A ação limita-nos, a contemplação dilata-nos. A vontade localiza-nos; o pensamento universaliza-nos. Balança a minha alma entre duas, quatro, seis concepções gerais e antinômicas, porque obedece a todos os grandes instintos da natureza humana, e porque aspira ao absoluto irrealizável de outro modo que não seja a sucessão dos contrários. Precisei muito tempo para compreender-me, e sucede-me às vezes recomeçar o estudo desse problema resolvido, tão difícil nos é manter em nós um ponto imóvel. Amo tudo, e só detesto uma coisa: o aprisionamento irremediável de meu ser numa forma arbitrária, embora escolhida por mim. A liberdade interior seria, pois, a mais tenaz das minhas paixões, e talvez a minha única paixão. É lícita esta paixão? Assim creio, mas com intermitência, e disso não estou perfeitamente seguro.

17 de março de 1868. – A mulher quer ser amada sem razão, sem porquê: não porque seja bela, ou boa, ou bem-educada, ou graciosa, ou espiritual, mas porque é. Qualquer análise parece-lhe uma diminuição e uma subordinação de sua personalidade a alguma coisa que a domina e a mede. Nega-se, pois, a isso, e o seu instinto é justo. Desde que podemos dizer um *porque* não estamos mais sob o prestígio, apreciamos, pesamos, somos livres, ao menos em princípio.

Ora, o amor deve permanecer um sortilégio, uma fascinação, um feitiço, para que subsista o império da mulher. Mistério desaparecido, poder desvanecido! É indispensável que o amor pareça indivisível, irresolúvel, superior a toda análise, para conservar essa aparência de infinito, de sobrenatural, de milagroso, que constitui a sua beleza. A maioria dos seres desprezam o que compreendem e não se inclinam senão ante o inexplicável. O triunfo feminino consiste em apanhar em flagrante delito de obscuridade a inteligência viril que pretende luz. E quando as mulheres inspiram amor, têm precisamente o júbilo orgulhoso desse triunfo.

Confesso que tal vaidade é fundada. Contudo, o amor profundo parece-me luz e tranquilidade, religião e revelação, que despreza por sua vez tais vitórias inferiores da vaidade. As grandes almas nada querem que não seja grande. Todos os artifícios parecem vergonhosamente pueris a quem flutua no infinito.

19 de março de 1868 (nove horas da manhã). – Venta o aquilão frio; no entanto a cabeça permanece oca, e experimento como embaraços cerebrais. Não me sinto vigoroso, e por quê? Não o adivinho, a não ser por qualquer desperdício não percebido, qualquer *fuga* nervosa que não me assinalou sua passagem. É singular e desagradável. Fazer esperar um pequenino serviço é mais deselegante do que recusar polidamente um grande; pois para a recusa pode haver razões sérias; quanto ao retardamento, parece não haver senão pouca boa vontade. A pressa é tanto mais oportuna nas bagatelas quanto dispensa concessões nas coisas importantes. É o que uma mulher sobretudo não deveria nunca esquecer. Mas a negligência obriga a fazer mil tolices, que ela não mais permite reparar, como impedi-las não soube. Sejamos atenciosos para com os outros, e mantenhamos desperta a nossa presença de espírito. É um cuidado fastidioso, mas necessário. – O que chamamos pequeninas coisas é a causa das grandes, pois é destas o começo, o óvulo, o embrião; e o ponto de partida das existências decide ordinariamente de todo o seu futuro. Um ponto negro é o início de uma gangrena, de um furacão, de uma revolução, um ponto simplesmente. De uma desinteligência imperceptível pode sair finalmente um ódio e um divórcio. Qual foi a imperatriz carlovíngia que perdeu o trono por uma disputa de que o encurtamento de uma cabeleira fora a origem? Uma avalancha enorme começa pelo deslocamento de um átomo; o incêndio de uma cidade, pela queda de um fósforo. Quase tudo provém de quase nada, parece. Os cem primeiros francos de uma fortuna custam mais a ganhar do que às vezes milhões mais tarde. Mafoma teve mais dificuldade em criar os seis primeiros crentes em sua religião do que os seus sucessores em conquistar seis reinos. Só a primeira cristalização é trabalho de gênio; a agregação ulterior é trabalho de massa, de atração, de velocidade adquirida, de aceleração mecânica. A história, como a natureza, mostra-nos a aplicação da lei da inércia e da aglomeração, que formulam faceciosamente assim: nada surte bem como o bom êxito. Buscai o ponto, acometei com precisão, começai bem; tudo está nisso. Ou mais simplesmente: tende boa fortuna, porque o acaso tem um papel imenso nos negócios humanos. Os que melhor êxito alcançaram neste mundo, o confessam; o cálculo não é inútil, mas o acaso afrontosamente zomba do cálculo (Napoleão, Bismarck, Maquiavel), e o resultado de uma combinação não é de modo algum proporcional ao seu mérito. Do ponto de vista sobrenatural diz-se: esse pretenso acaso é a parte da Providência; o homem se agita, mas Deus o conduz (Fénelon). A infelicidade consiste na intervenção presumida determinar que falhe o zelo, a virtude, o devotamento, e surtir efeito o crime, a estupidez, o egoísmo, tantas vezes como o contrário, e até mais frequentemente. Rude provação para a fé, que recorre a esta palavra: Mistério! Isto é, reconhece logo que sua explicação nada explica, e não é consequentemente senão uma parolagem honesta, uma logomaquia piedosa. – É nas origens que está o principal segredo do destino. O que não impede que a sequência sobressaltada dos acontecimentos nos reserve também surpresas. Assim, à primeira vista, a história não é mais do que desordem e acaso; à segunda vista, parece lógica e necessária; à terceira vista, parece uma mistura de necessidade e liberdade; ao quarto exame, não se sabe mais o que dela se deve pensar, porque, se a força é a origem do direito e o acaso a origem da força, volvemos à primeira explicação, mas com a alegria de menos.

Teria razão Demócrito? Seria o acaso o fundo de tudo, não sendo todas as leis senão imaginações da nossa razão, a qual, nascida de um acaso, tem essa propriedade de fazer-se ilusão sobre si mesma e de proclamar leis que ela acredita reais e objetivas, mais ou menos como um homem que sonha um jantar acredita comer, quando não tem na verdade nem mesa, alimentos, nem conviva, nem nutrição? Tudo se passa como se houvesse ordem, razão, lógica no mundo, quando tudo é fortuito, acidental, aparente. O universo é apenas o caleidoscópio que gira no espírito do ser chamado pensante, o qual é ele próprio uma curiosidade sem causa, um acaso que tem consciência de todo o grande acaso e que com este se diverte enquanto o fenômeno de sua própria visão dura ainda. A ciência é uma loucura lúcida, que explica essas alucinações forçadas. O filósofo ri, porque não é ludíbrio de nada e porque persiste a ilusão dos outros. É semelhante ao maligno espectador de um baile que dos violinos todas as cordas tivesse cuidadosamente arrancado, e que visse, não obstante, agitarem-se músicos e pares dançantes, como se houvesse música. Enchê-lo-ia de júbilo a experiência, demonstrando que a universal dança de São Guido é contudo uma aberração do sentido interior, e que um sábio tem razão contra a universal credulidade. Não basta já se taparem os ouvidos numa sala de dança para acreditar-se alguém numa casa de loucos?

Para quem destruiu em si mesmo a ideia religiosa, o conjunto dos cultos sobre a terra deve produzir um efeito semelhante. Mas é perigoso pôr-se fora da lei do gênero humano e ter razão contra todos.

> *Vieux soldats de plomb que nous sommes,*
> *Au cordeau nos alignant tous,*
> *Si des rangs sortent quelques hommes,*
> *Nous crions tous: A bas les fous!*

Raramente são devotados os gracejadores. Por que o fariam? O devotamento é sério e cessar o riso é saírem eles do seu papel. Para devotar-se é preciso amar; para amar é preciso crer na realidade do que se ama; é preciso saber sofrer, esquecer-se, dar-se, numa palavra tornar-se sério. O riso eterno é o isolamento absoluto, é a proclamação do egoísmo perfeito. Para fazer bem aos homens, é necessário lastimá-los e não desprezá-los; e chamá-los, não: os imbecis! mas: os miseráveis! Os zombadores são irritantes, porque o espírito neles mata o coração, e porque se desinteressam da humanidade. O cético pessimista e niilista parece menos glacial que o ateu folgazão. Ora, que disse a sombra de Ahasverus?

> *Vous qui manquez de charité,*
> *Tremblez à mon supplice étrange:*
> *Ce n'est point sa divinité,*
> *C'est l'humanité, que Dieu venge.*

Mais vale perder-se do que salvar-se sozinho e é prejudicar a espécie querer ter razão sem dar em partilha a sua razão. É além disso uma ilusão imaginar a possibilidade de um tal privilégio, quando tudo prova a solidariedade completa dos indivíduos e quando ninguém pode pensar a não ser pelo pensamento geral, afinado por séculos de cultura e de experiência. O individualismo absoluto é uma tolice. Pode-se estar isolado em seu meio particular e temporário, mas cada um dos nossos pensamentos e cada um dos nossos sentimentos encontra, encontrou e encontrará seu eco na humanidade. O eco é imenso, retumbante para certos homens representativos que grandes frações da humanidade adotam como guias, reveladores, reformadores; mas não é nulo para ninguém. Toda manifestação sincera da alma, todo testemunho prestado a uma convicção pessoal serve para alguém e para alguma coisa, mesmo quando não o sabemos, e quando haja mão que se coloque sobre a nossa boca ou quando um nó corrediço nos aperte a garganta.

Uma palavra dita a alguém conserva um efeito indestrutível, como qualquer movimento se metamorfoseia sem aniquilar-se. Eis, portanto, uma razão para não rir, para não se calar, para afirmar-se e para agir; é que nós todos somos membros uns dos outros, e nenhum efeito é totalmente perdido.

Conclusão: deve-se ter fé na verdade, e julgar um dever mostrar essa fé por meio de ação. É preciso procurar o verdadeiro e distribuí-lo. É preciso amar os homens e servi-los, sem esperança de gratidão. Em vez de *àpékon kai àpékon*, convém dizer: abre-te e oferece-te.

Mornex-sous-Salève, 8 de abril de 1868 (*cinco horas da tarde*). – Dei esta manhã uma aula sobre a Escola estoica, com jovial desprazer para a maioria do auditório. Despedi-me de meu pequeno mundo cotidiano, fiz os arranjos e preparativos necessários, deixei a cidade sob um forte vento que levantava a poeira dos quarteirões, e duas horas mais tarde estava aqui instalado no Hotel Bellevue, em meu quarto do ano passado. A atmosfera tornou-se tempestuosa. Sob o céu coberto de pesadas nuvens, o vento sul sopra em rajadas e enche de bruma cinzenta a vasta amplidão. O hemiciclo longínquo das montanhas que se desenrola ante a minha janela delineia-se apenas vagamente através da atmosfera vaporosa. A paisagem está embaciada, quase ameaçadora; e no entanto experimento já um certo bem-estar e me felicito de haver deixado a cidade. Respiração mais livre, cabeça mais leve; estou escrevendo perto da minha janela aberta, e sinto que a acomodação já se faz. O sentimento de estranheza, ou antes de *estrangeireza*, que dá sempre um certo mal-estar, desaparece ao abrir o meu diário íntimo, e dá lugar ao sentimento de estar-se em sua própria casa.

Espero permanecer uma semana aqui e tomei as minhas disposições correspondentes. Como sempre nos últimos momentos coligaram-se quase os obstáculos e parecia verdadeiramente que os meus conhecimentos se tinham escalado pelo caminho para deter-me e fazer-me falta à hora. Manter firmemente o seu programa, mesmo nas pequenas coisas, é difícil e meritório... Brr! Um relâmpago!... Trovão, urro da borrasca, imensas pancadas espasmódicas de chuva, rompimento do véu das nuvens na direção do Monte Branco, que aparece em uma espécie de glória apagada. Minha casa como uma torre rasga o ar, e do meu quarto situado no cume, como um observatório, tenho as sensações de um gajeiro empoleirado no massame de um navio!... Três trovões, do *Môle* aos *Voirons*, tudo se afoga na névoa turbilhonante; rangem os batentes, e o vento que se engolfa em meu quarto obriga-me a tudo fechar... Luz renascente, mas estranha como o clarão de um eclipse que termina. As árvores, enlouquecidas, curvam-se e torcem-se em todos os sentidos... Reabro. A paisagem muito ganhou em colorido. É de um verde delicado, de um fusco profundo e de um cinzento bem suave. As terras e as rochas molhadas dão tons quentes que acariciam os olhos. Novo espasmo meteorológico: rajadas de vento furioso, vagas trêmulas de chuva num espaço cúbico de seis léguas, tromba lívida arrastada com a velocidade da flecha. Ver quase com arrogância este espetáculo singular, estar neste fenômeno grandioso sem ser por ele atingido, é um vivo prazer. Suavidade etérea da contemplação. É assim que o sábio olha a vida e que o grande poeta domina as paixões dos seus personagens... Um instante de sossego. Depois, novos furores. As cóleras da natureza como as dos homens são intermitentes. Seguem-se os acessos, mas obedecendo a um ritmo. Aproveitemos a lanterna mágica oferecida à minha curiosidade. Há meses não havia tido contato com a natureza. A ocasião é boa para entrar de novo em sua familiaridade.

9 de abril de 1868. – Passei três horas com o volumoso livro de Lotze (*Geschichte der Aesthetik in Deutschland*). O atrativo inicial foi decrescendo e acabou em fastio. Por quê? Porque o ruído do moinho adormece, e porque essas páginas sem alíneas, esses capítulos intermináveis e o incessante "ronron" dialético produzem-me o efeito de um moinho de palavras. Acabo por bocejar como um simples mortal diante dessas espessas e pesadas composições da Alemanha. A erudição e mesmo o pensamento não são tudo. Um pouco de espírito, de arremesso, de vivacidade, de imaginação, de graça não prejudicaria nada. Acaso, fica em vossa memória uma imagem, uma fórmula, um fato impressionante ou novo, ao depor esses livros pedantescos? Não, resta fadiga e nevoeiro. A terrível frase: "Comedores de salsichas, idealistas" (Taine) vos ocorre como uma vingança. Oh, a claridade, a precisão, a brevidade! Diderot, Voltaire e mesmo Galiani! Um pequeno artigo de Sainte-Beuve, de Scherer, de Renan, de Victor Cherbuliez levam-nos a gozar, a sonhar e a refletir, mais do que estas páginas alemãs, atulhadas até à beira, nas quais se vê o trabalho, sim, menos o seu resultado. Os Alemães amontoam as achas da fogueira, os franceses trazem faíscas. Poupai-me as lucubrações: dai-me fatos ou ideias. Ficai com vossa borra, vossa cuba e vosso mosto; quero vinho pronto, que cintile no copo, e estimule as minhas ideias, em vez de adormecê-las.

Mornex, 11 de abril de 1868. – Uma grande nuvem acaba de sacudir neve ainda sobre nós. Os flocos caíam em pleno sol. Luta do inverno e do verão. Assisto da janela aberta, mas envolto no meu xale. Os rumores da vida, longínquos latidos, golpes de martelo confusos, vozes de mulheres na fonte, cantos de pássaros nos vergéis inferiores fundem-se em harmonia vaga. Fumos elevam-se das nuvens a distância, mas não há traços de névoas; as terras não estão bastante amolecidas nem o sol bastante quente. A primavera preludia seus favores, mas é ainda severa. Adiantara-se ela demasiado na semana passada, e retoma uma atitude menos afável. O tapete verde da planície listra-se como um tigre e adamasca-se de sombras passageiras e móveis que por ali passeiam as nuvens. Estamos cerrados de sensações.

Mornex, 12 de abril de 1868 (*Dia de Páscoa, oito horas da manhã*). – Impressão solene e religiosa. Repicar de sinos por todo o vale. Os campos mesmo parecem exalar um cântico. – A humanidade necessita um culto; o culto cristão não é, pensando bem, o melhor entre os grandes cultos que existiram? A religião do pecado, do arrependimento e da reconciliação, a religião do renascimento e da vida eterna, não é uma religião de que se deva corar. Apesar de todas as aberrações do fanatismo estreito, de todas as superstições do formalismo estúpido, de todas as fealdades adicionais da hipocrisia, de todas as puerilidades fantásticas da teologia, o Evangelho consolou a terra e modificou o mundo. A humanidade cristã não é muito melhor que a humanidade pagã; mas seria bem pior sem uma religião e sem a sua religião. Toda religião propõe um ideal e um modelo; ora, o ideal cristão é sublime, e o modelo é de uma divina beleza. Podemos detestar todas as igrejas e inclinar-nos diante de Jesus. Podemos suspeitar dos cleros e proibir os catecismos, e amar o Santo e o Justo que veio salvar e não amaldiçoar. Jesus servirá sempre à crítica do cristianismo, e quando o cristianismo estiver morto, a religião de Jesus poderá sobreviver. Depois de Jesus-Deus, reaparecerá a fé no Deus de Jesus.

(*Cinco horas da tarde.*) – Grande passeio acompanhado por Cézargues, Eseri e pelo bosque de Yves; volta pela ponte do Loup. Tempo áspero e cinzento... Uma grosseira alegria popular, de blusa azul, de pífaro e tambor, acaba de fazer escala por uma hora debaixo da minha janela. Esse grupo exclusivamente de homens, cantou uma multidão de coisas, cantos báquicos, estribilhos, romanças, tudo pesadamente e feio. A Musa não tocou a gente destas regiões. Quando se alegra, perde a graça. Dir-se-ia que são ursos de bom humor. Sua poesia relativa é de uma triste vulgaridade, de uma desoladora insipidez. Estamos, contudo, graças à arte, acima do ignóbil, mas ficamos na trivialidade. Por quê? Em primeiro lugar, porque, a despeito da afetação do nosso democratismo, as classes curvadas para a gleba do trabalho são esteticamente inferiores às outras; depois, porque a poesia rústica e camponesa morreu, e porque tomando parte na música e na poesia das classes cultas, delas oferece o camponês apenas uma caricatura, não uma cópia. A democracia, não admitindo mais do que uma série entre os homens, prejudicou a tudo o que não é de primeira ordem. Como sem ultraje não podemos mais julgar os homens dentro da sua classe, são eles comparados unicamente às sumidades e parecem mais medíocres, mais feios, mais abortados do que antes. Se o igualitarismo eleva virtualmente a média, degrada realmente os dezenove vigésimos dos indivíduos abaixo de sua situação anterior. Progresso jurídico, retrocesso estético. Por isso veem os artistas multiplicar-se a sua besta negra; o burguês, o filisteu, o macaqueador do homem de gosto, o ignaro presunçoso, o pedante que se faz de entendido, o imbecil que se julga igual ao inteligente.

"A vulgaridade prevalecerá", como das gramíneas dizia Candolle. A era igualitária é o triunfo das mediocridades. É doloroso, mas é inevitável e é uma desforra do passado. Depois de haver-se organizado sobre a base das dessemelhanças individuais, organiza-se, agora, a humanidade sobre a base das semelhanças, e este princípio exclusivo é tão verdadeiro como o outro. A arte com isso perderá, mas a justiça ganhará. Não é a lei da natureza, o nivelamento universal, e quando tudo está no mesmo nível não está tudo acabado? Tende, pois, o mundo, com toda sua força, à destruição do que criou. A vida é a cega busca da sua própria negação; como se disse do malvado, também ela faz uma obra que a engana, trabalha para o que detesta, tece a sua mortalha e amontoa as pedras do seu túmulo. É muito natural que Deus nos perdoe, pois "não sabemos o que fazemos".

Assim como a soma da força é sempre idêntica no universo material, e dela apresenta não uma diminuição ou um aumento, mas metamorfoses, não é impossível que a soma do bem seja em realidade sempre a mesma e que, por consequência, todo progresso num ponto se compense em sentido inverso num outro ponto. Em tal caso, jamais deveríamos dizer que um tempo e um povo superam absolutamente um outro tempo e um outro povo, mas em que particularmente há superioridade. A grande diferença de homem para homem estaria então na arte de transpor de si mesmo o máximo de força mental disponível para a vida superior, em outras palavras, em transformar a sua vitalidade em espiritualidade, a sua força latente em energia útil. Esta mesma diferença existiria de povo para povo. A extração do máximo de humanidade de um mesmo fundo de animalidade formaria o objeto da concorrência simultânea ou sucessiva na história. A ortobiótica, a educação, a moral e a política seriam apenas variantes da mesma arte: a arte de viver. E essa arte, aplicação da química e da destilaria cosmética às coisas da alma, não é mais que a arte de desprender a pura forma e a mais sutil essência do nosso ser individual.

26 de abril de 1868 (*domingo ao meio-dia*). – Triste manhã. Uma noite má; fraqueza. Recebi de Berlim uma carta pouco alegre. Perdi o meu tempo em futilidades... Languidez, descontentamento, mesmo um certo enfado, vácuo, desalento. – Perspectivas melancólicas de todos os lados. Senti fugir a areia na clepsidra da minha vida e dissiparem-se as minhas forças sem resultado nem utilidade. Tédio de mim mesmo.

(*Dez horas da noite.*) – Visitas... Estive só, esta noite. Chove há várias horas. Deram-me as coisas uma série de lições de sabedoria. Vi as sarças espinhosas cobrirem-se de flores e todo o vale renascer ao sopro da primavera.

Assisti aos erros de conduta dos velhos que não querem envelhecer e que se rebelam dentro de seu coração contra a lei natural. Vi a atividade dos casais frívolos e as predicações palavrosas.

Vi tristezas vãs e isolamentos lamentáveis. Ouvi conversações pueris sobre a loucura e as pequenas canções festivas dos passarinhos. E tudo isso me disse a mesma coisa: Põe-te em harmonia com a lei universal, aceita a vontade de Deus, usa religiosamente a tua vida, trabalha enquanto é dia, sê sério e alegre ao mesmo tempo. É preciso saber repetir com o Apóstolo: "Aprendi a estar contente do estado em que me encontro".

17 de maio de 1868 (*onze horas da manhã*). – Por que experimenta o meu pobre coração uma espécie de estremecimento? Por que a meus olhos sobem as lágrimas? Que é que me emociona e me oprime desta forma? Ah! Bem o sei e bem o sinto; mas não posso dizê-lo nem escrevê-lo. – Parece-me também que os meus destinos se decidem, e essa decisão é uma crise, uma angústia, uma espécie de morte interior... Será isso possível? Chorei, chorei longamente. Tenho a visão e alma perturbadas. Que fazer, meu Deus? Incerteza, confusão, caos. Não ouso olhar a vida face a face; não sei mais onde está o dever, o que prescreve a sabedoria, o que aconselha a razão. Lastro e bússola, âncora e velame, parece faltar-me tudo ao mesmo tempo. Perplexidade, agitação, obscuridade, combates. Ternura, sufocação. Quero e não quero. Tentam-me as loucas temeridades, e assustam-me a borrasca, torvelinho, furacão. Como acho felizes os tentilhões e as crianças que ouço cantar, por minha janela aberta! Sobre a sua sorte não precisam pronunciar-se, tornar fatais e irrevogáveis decisões que ao futuro irremediavelmente comprometem, e que se podem deplorar até o túmulo e além do túmulo. Não se arriscam eles a mortalmente afligir ninguém. Estão de acordo consigo mesmos.

És fraco de coração como as mulheres; necessitas de imprudências para conservar a tua estima, e no entanto receias toda exaltação, porque temes em ti as reações anti-heroicas. Tens elances e não tens confiança em teus elances. Não podes suportar a ideia de fazer sofrer a quem te ama, nem o pensamento de uma humilhação, nem a perspectiva de um pesar, de um remorso ou de um arrependimento. Não tens a coragem de querer, porque a tua consciência, a tua razão e o teu coração não querem ceder, e porque resistes a toda arbitrária determinação. O homem indeciso atrai o raio e as desgraças e, como o pressente, foge das aventuras e não gosta de abandonar o porto.

(*Três horas da tarde.*) – Ofuscamento da vista. Acesso de ternura. Horror do deserto. Tudo me parece vão, vazio, inútil, exceto o amor. E por outro lado, o amor sem a paz da consciência não é senão uma vertigem ou um corroer do espírito. É indispensável sentir-se dentro da ordem, da regra, do dever para poder morrer e mesmo para poder viver. Infeliz, já não tens energia, vontade, heroísmo. Buscas somente o que acaricia os teus instintos demasiado femininos de simpatia e de afeição. A malária da indiferença esterilizou a tua inteligência e a tua parte de talento. E para isso não há remédio, pois queres o teu mal e não crês na cura. Todas as ambições viris estão extintas em ti. O gosto da luta, a ilusão dos sucessos, a paixão da vitória, a necessidade de poder e de influência, a sede de riqueza, o desejo da reputação, a curiosidade do espírito não são mais reativos capazes de morder tua indolência. A paz interior é o teu único desejo. Espalhar felicidade ao redor de ti e reduzir o mais possível a tua existência, tal é a única aspiração do teu instinto. Há em ti somente a estofa de um pobre pai de família; e também demasiado complicada e demasiado difícil para a tua idade e para as tuas aptidões, parece-te a vida conjugal e paternal. Para não incorrer em nenhuma destituição e em nenhuma humilhação, desejarias renunciar de boa vontade e antecipadamente a tudo. Incredulidade, timidez, preguiça, desencorajamento. – Eis o mal. É necessário causar satisfação aos que nos amam, que nos estimam, que têm fé em nós. Esta razão basta, e tal estimulante não perdeu a sua eficácia.

21 de maio de 1868. – Após o jantar, peregrinei pela *Prairie*. Violenta tempestade. Imensas rajadas, terríveis relâmpagos, furiosos trovões... Por que o amor – perguntava a mim mesmo – faz sempre pensar na morte? É que ele próprio é morte, a morte em nós mesmos, o aniquilamento do sombrio déspota em que fala o poeta persa, a extinção do egoísmo, da vida pessoal e solitária. E essa morte é uma vida nova; mas essa vida é bem uma espécie de morte. – Por que a mulher, ser nervoso, débil, tímido, não teme nenhum perigo quando está com aquele a quem ama? É que morrer sobre o coração amado é o seu sonho secreto. O paraíso para ela é estar *junto;* que seja no sofrimento, na alegria, nas delícias, no falecimento, é secundário. Não mais serem dois, não constituírem mais do que um só, a todo preço, em toda parte, sempre: eis a sua aspiração, o seu desejo, seu anseio, o seu instinto. A mulher só tem uma religião, o amor; o amor tem apenas um cuidado, a identificação extática, a combustão dos seres isolados e a sua união numa única chama. E ainda há pessoas que negam o misticismo e zombam dele, quando a metade da nossa espécie não tem outro culto, outra fé, outro ideal, quando o estado supremo entrevisto pela ternura, pela alta piedade e pela grande poesia é um testemunho daquela realidade moral! A misticidade, que indispõe a razão, é a pátria natural da alma. Seu método mais sumário atinge o mesmo resultado que a especulação; reconduz à Unidade, ao Absoluto. Quebra as barreiras temporárias e fictícias da individualidade. Faz brilhar no seio do finito o sentimento desbordante do infinito. É uma emancipação, uma metamorfose, uma transfiguração do nosso pobre pequeno *Eu*.

26 de agosto de 1868 (*sete horas e meia da manhã*). – Belo tempo claro e fresco. O despertar é decididamente mais favorável à razão do que ao sentimento, ao trabalho que ao devaneio, e consequentemente mais à independência pessoal do que à submissão voluntária. A lucidez não é tão própria à ternura como inquietação. Quando se vê através da emoção, não se vê talvez perfeitamente justo...

(*Nove horas da manhã.*) – Littré conduz-me ao *Roman de la Rose*, e a longa brejeirice alegórica do último canto me desagrada. Assim a imaginação é sempre mais vulnerável que os sentidos, e o sonho, mais perigoso que a realidade. Eis por que os seminaristas estão expostos à satiríase e as freiras à ninfomania. Os poetas eróticos fazem mais mal do que as raparigas fáceis. É o mistério que é o excitante; é o desconhecido que é o veneno. O casamento é o túmulo do amor físico, e isso é um grande bem. Do homem afasta a obsessão das ilusões carnais, e desembaraça a liberdade do espírito. O estímulo gerador é um impulso potente mas perturbador; é como uma nuvem carregada de eletricidade, uma tempestade capaz de fecundar. Mas acima da nuvem está o céu azul, o espaço livre, o éter; acima do desejo está o pensamento; acima das ilusões está a verdade; acima da paixão e das suas tempestades está a serenidade espiritual. Será que após todas essas tempestades do coração e todas essas agitações da vida orgânica que me têm de tal modo particularizado, localizado, aprisionado na existência individual, poderia afinal subir ao meu antigo empíreo, à região da pura inteligência, à vida desinteressada e impessoal, à indiferença olímpica pelas misérias da subjetividade, ao estado de alma puramente científico e contemplativo? Será que poderei afinal esquecer todas as necessidades que me prendem à terra e à humildade? Será que poderei tornar-me um puro espírito? – Ai! Não posso crê-lo sequer um só instante. Vejo diante de mim as enfermidades próximas, sinto que não posso dispensar afeições, sei que não tenho ambição e que as minhas faculdades estão em declínio. Lembro-me que tenho 46 anos, que meus dentes e meus cabelos me abandonam, que minha vista e minha memória estão enfraquecidas, e que todo o cortejo das minhas esperanças juvenis se dissipou. Portanto, não posso enganar-me sobre a sorte que me espera; o isolamento crescente, a mortificação interior, os longos arrependimentos, a inconsolável e inconfessável tristeza, uma velhice lúgubre, uma lenta agonia, a morte no deserto.

> *Ce qu'on rêva toute sa vie*
> *Rarement on peut l'accomplir...*
> *Lutte inutile, il faut mourir.*

Formidável impasse! O que ainda me é possível encontra-me enfastiado, e tudo o que teria desejado me escapa e sempre me escapará. O fim de todo elance é eternamente a fadiga e a decepção. Desencorajamento, abatimento, prostração, apatia, *spleen*; eis a série que é preciso recomeçar sem tréguas quando se rola ainda o rochedo de Sísifo. Não parece mais rápido e mais simples mergulhar primeiro a cabeça no abismo? Morrer, dormir... talvez sonhar, disse Hamlet. O suicídio não resolve nada se a alma é imortal. Não, não pode haver mais do que uma solução: entrar na ordem, aceitar, submeter-se, resignar-se, e fazer ainda o que for possível enquanto é dia. O que é preciso sacrificar é a vontade própria, as suas aspirações, o seu sonho. Uma vez por todas, renuncia à felicidade em boa hora. A imolação do eu, a morte a si mesmo, tal é o único suicídio útil e permitido. Em teu desinteresse atual, há despeito secreto, orgulho machucado, uma abdicação por contrariedade, um pouco de rancor, em suma, egoísmo, pois que há nele a busca prematura do repouso. O desinteresse não é absoluto senão na perfeita humildade que tritura o eu em proveito de Deus,

De quelque grand labeur, de quelque saint amour.

Tu não tens mais força, tu não queres nada; não é isso, é preciso querer o que Deus quer, é preciso ir da renúncia ao sacrifício, e do sacrifício ao devotamento. A abnegação que não se torna ativa é como a fé sem as obras; é de má qualidade.

A taça, que desejarias ver passar longe de ti, é a responsabilidade, é o suplício da vida; é a vergonha de existir e de sofrer como um ser vulgar que falhou em sua vocação; é a humilhação amarga e crescente de decair, de envelhecer desaprovando-te a ti mesmo, afligindo os teus amigos e roendo-te o fígado. Ruminar sem o fim o irreparável, ou embrutecer-se na vertigem parecem-te duas espécies de inferno. Como o nada seria mais suave do que este holocausto do eu! – "Queres ser curado?" era o texto da oração de domingo. "Vinde a mim todos vós que estais cansados e oprimidos, e eu darei repouso a vossas almas"...

"E se o nosso coração nos condenar, Deus é maior do que o nosso coração"...

(*Três horas e meia da tarde.*) – Retomei *Il Penseroso*,[15] do qual violei tantas máximas e esqueci tantas lições. Mas este volume é bem filho de minha alma e a sua musa é bem a vida interior. Quando quero reatar a tradição comigo mesmo, é bom reler esta coleção gnômica à qual se fez tão pouca justiça e que eu citaria de boa vontade se fosse de outro (mas, com exceção de Emile de Girardin, quem é autoridade para si próprio?). A mim é agradável poder sempre subscrever todos os pensamentos do volume e nele sentir-me nessa verdade relativa que se chama a conformidade consigo mesmo, o acordo da aparência com a realidade, a harmonia da palavra com o sentimento, em outras palavras, a sinceridade, a ingenuidade, a intimidade. É experiência pessoal em todo o rigor do termo.

---

[15] Livro de poesias – máximas de H.-F. Amiel.

... Uma necessidade acorda em mim, a de penetrar em meu talento, em meu melhor eu, em meu ser verdadeiro, na poesia do meu passado. Tenho a impressão de me ter extraviado na sentimentalidade enervante e me ter contrafeito na minha carreira oficial. A minha verdadeira natureza foi contrariada, desviada, atrofiada, por circunstâncias e num ambiente desfavoráveis. Deixei perder-se o fruto dos meus vastos trabalhos, das minhas pacientes meditações, dos meus estudos variados. É a forma de suicídio que adotei por uma espécie de estoicismo desencorajado. Viver para outrem, desprender-me por uma pátria e por uma sociedade simpática, era a minha vaga esperança ao voltar a Genebra. Mas em breve senti apertar-se o meu coração e toda esperança desvanecer-se; reconheci que estava malcasado pela vida e que, esposando Genebra, tinha esposado a morte, a morte do meu talento e da minha alegria. As compensações em particularidades que me foram concedidas não mudaram o fundo das coisas; o fundo é que me dei por perdido após o exame da situação. Vi que não poderia nunca entender-me com a minha família e a sociedade, que os seus deuses não eram os meus, que não éramos nem do mesmo barro, nem do mesmo céu; desde então um incurável desencorajamento apossou-se de mim e estancou-se toda ambição em meu ser. Conquistar, subjugar a estima desta palhoça? Pareceu-me isso demasiado mesquinho para desejá-lo, a coisa não valia a pena. Partir? Não desejava trabalhar senão por amor; e no estrangeiro teria de fazer a minha carreira por mim mesmo. Em suma, fiquei... Correspondi aos primeiros gestos de afeição que me foram feitos; mas não soube casar-me, porque eu quis conciliar a prudência, a honra e a ternura. Agora aqui estou, cansado, declinando, envelhecendo, com uma escrivaninha usada por companhia única, e um coração cheio de sonhos em luto, por toda riqueza. Não sei que partido tomar e que proveito tirar dos meus livros, dos meus amigos, da minha posição, da minha idade, dos meus resíduos de força e do meu conjunto de recordações. Sou um pouco assim como o guardião melancólico de um cemitério, ou como aquele bom velho que conta a história de *Paul et Virginie*.

O que me falta, e esta lacuna foi constante, é a vontade, a vontade dura que se determina por si mesma, sem amor e sem fraqueza, que quer porque quer, que tem a evidência do útil, ou a certeza do dever. No fundo, jamais quis nada a não ser uma coisa, agir por um grande amor e por uma grande causa. Precisava uma vida secretamente sublime, e jamais soube resignar-me à paródia do meu sonho. O ideal serviu para desolar-me interiormente, enfeando-me ainda a fealdade do real e a pobreza do possível. Desolação muda é isolamento! Jamais confessei as minhas mágoas profundas senão a meu diário. E o mundo em torno de mim ora me toma por um alegre companheiro que chegou à indiferença filosófica e que se arranjou de modo a não partilhar da oscilação dos destinos humanos, ora por um palerma que perdeu tolamente todas as probabilidades de obter os bens que todos desejam, ora por um original incompreensível e insociável que quer tudo fazer diferente dos outros; ora por um egoísta ferrenho, ora por um eremita revoltado e impertinente, ora por um preguiçoso que se faz de morto por indolência. O mundo jamais me olhou nos olhos ou no coração. Prefere imaginar que meu prazer é divertir-me com o repouso das jovens, ou fazer rimas em momentos perdidos. Ele não terá o meu segredo porque não o estimo nem amo suficientemente para isso, e porque me é ainda mais indiferente do que o sou para ele. Neste pequeno mundo ávido onde vivo, salvo um pequeno número de almas e de espíritos de escol, o resto não existe para mim, e está certamente mais longe de mim que os habitantes da Terra Nova ou de Formosa. O nosso verdadeiro mundo individual não se compõe senão dos seres que esperam em nós ou aos quais podemos fazer bem. O resto é apenas massa, meio ambiente, elemento, através do qual temos de navegar, sem prejudicá-lo, mas sem com ele entrar em outra relação, além da relação jurídica. Oh, miséria! Enquanto o coração canta: *Seid umschlungen Millionen!* recusa-se o mundo a toda cordialidade verdadeira, e cada qual se encontra recalcado em si mesmo.

(*Seis horas da tarde.*) – À questão! palrador inestancável e fútil. Tu disseste:

Se guérir c'est se vaincre et non pas discourir.

Que queres fazer?

(*Dez horas da noite.*) – Magnífica noitada. Passeio no cais até o farol da baía com o amigo H. Impressões marítimas. Luar.

1º de setembro de 1868. – A paixão é uma adorável maravilha. Experimento diante do seu mistério um recolhimento religioso. Sim, o amor é sagrado, e a sua santa loucura é mais nobre que todas as sabedorias. Escuto de joelhos o ditirambo da sua ternura e os hinos da sua exaltação, e ao recordar as minhas lembranças de ontem experimento um sobressalto e um deslumbramento interiores. Viver num coração de mulher, assistir de certo modo à sua devoção secreta, ouvir em segredo as litanias entusiásticas do seu culto, respirar o incenso embriagador desse altar em que arde a chama do êxtase é um privilégio raro e terrível. Parece que Ísis tenha erguido o seu véu e que se deva ser fulminado. É mais do que emocionante curvar-se sobre as profundezas desse abismo; aí arriscamo-nos à vertigem. A paixão é uma das formas da prece. Tudo o que nos transporta além de nós tem alguma coisa de sublime. E o sublime consola das fealdades da vida comum, acima da qual devemos pairar.

Villars,[16] *12 de setembro de 1868.* – Oh! a família! Se a superstição piedosa e tradicional de que cercamos a instituição deixasse dizer a verdade verdadeira a respeito, que contas teria ela de prestar! que martírios sem número ela tem dissimulado e inexoravelmente feito sofrer! quantos corações sufocados, feridos, dilacerados por ela! quantas prisões perpétuas, quantos *in pace*, quantas masmorras, quantos suplícios abomináveis em seus anais, mais sombrios do que os da Inquisição da Espanha. Encher-se-iam todos os poços da terra com as lágrimas que ela fez derramar em segredo; povoar-se-ia um planeta com os seres que ela tornou infelizes, e duplicar-se-ia a média da vida humana com os anos daqueles de quem a família soube abreviar os dias. Oh! as suspeitas, os ciúmes, as maledicências, os rancores, os ódios de família, quem disso mediu a profundeza? E as palavras venenosas, os ultrajes de que não nos consolamos, os golpes de estilete invisível, as segundas intenções infernais, ou somente as expressões indevidas e irreparáveis, os palavrórios funestos, que legião de sofrimentos não engendraram? A família arroga-se a impunidade das vilanias, o direito dos insultos e a irresponsabilidade das afrontas. Ela vos pune ao mesmo tempo por defender-vos dela e por terdes confiado nela. Nunca se é traído senão pelos seus, diz um provérbio famoso. A família pode ser o que há de melhor neste mundo, mas muitas vezes é o que há de pior. A parentela é a câmara das torturas, que sobreviverá a todas as idades-médias e que nenhuma filantropia virá abolir. Pode-se também compará-la ao campo funesto que vos dá joio ao cêntuplo, e que o vosso trigo abafa. Um erro é castigado por ela até à quarta geração, e seiscentas boas ações para com ela são enterradas cuidadosamente sob a pedra do esquecimento. Por quem somos mais desconhecidos, repelidos, invejados, vilipendiados, do que pela nossa família? Onde melhor podemos fazer a aprendizagem da zombaria e da ingratidão, do que na família? Há uma espécie

---

[16] Estação alpestre onde o autor passou algumas vezes suas férias.

de conjuração tácita para não apresentar senão os bons aspectos da família, e para subentender o resto: mentira oficial que os sermonários paternais e a poesia sentimental balançam como incensório. Foi também não se falando senão nos quaternos e nas quinas, que se fez a reputação das loterias e a miséria dos crédulos. O moralista sério, como o romancista sincero devem ser justiceiros e arrancar a máscara a esse ídolo tantas vezes atroz em sua hipocrisia.

Na verdade, a parentela é o campo das nossas provações, e nos dá infinitamente mais sofrimentos que felicidade. É preciso admiti-la como Sócrates admitia Xantipa, como o exercício providencial de nossa paciência e como ocasião constante de heroísmo obscuro.

Villars, 14 de setembro de 1868 (oito horas da manhã). Despertei às seis horas pela crepitação da chuva na areia do terraço. Abro os batentes. Estamos em plena nuvem; a casa está encapuzada pelo nevoeiro, e a chuva seca sobre nós sem cair, porque fazemos parte da esponja em que ela se forma. Este tempo convém ao meu estado de alma e me devolve o equilíbrio e a força.

Senti a fascinação da rotina, a atração do hábito, a doçura do esquecimento, o narcotismo do pântano. Assim o ciclo está completo em três meses. A sede de mutação conclui na quietude da continuação. Todas essas tempestades não produziram mais do que a usura do querer e o aborrecimento de inovar. A guerra incessante destrói mais do que o trabalho. Achei-me tão mal por ter descido da montanha da contemplação para o vale dos sentimentos humanos, que quase me arrependo de não haver conseguido empedernir-me o coração. Mas a ilusão não é mais possível; sei que não posso viver sem amor, amor do lar, da família, dos amigos e da pátria; e sei que família e pátria não me darão jamais felicidade, jamais me compreenderão. Estou, pois, condenado à sufocação gradual, a não ser que um casamento me dê ao mesmo tempo a independência absoluta do meio e a alegria interior. O desinteresse puro, o desapego, a renúncia tiram toda energia e não conduzem senão à imobilidade resignada. O desejo de morrer não é o que dá o meio de bem viver e de ser útil. Mas todas as borrascas do coração, todas as tempestades do sentimento obscurecem a visão clara do dever, as noções calmas do bom senso. Uma luz parece brilhar em ti, graças a uma semana de montanha e a um dia de cativeiro. Aproveita-a. Faz-se um pouco de silêncio na casa e em tua alma. Emprega essa trégua que te concede o destino... Nada mudar do que é, é apenas uma solução, pois é passar vergonhosamente sob as forças caudinas da tristeza. Contudo, rever, com a pena na mão, todas as possibilidades e escolher entre as desgraças a menor, pelo caminho da eliminação.

(*Onze horas da manhã.*) – Pensei na heroína da *Histoire Hollandaise*. Pode pois alguém chegar a dessecar-se à força de lágrimas; gasta-se a dor, gastando-nos ao mesmo tempo a nós. Cada um só pode sofrer até um certo limite; atingido este, é salvo pela morte ou pela apatia. É uma das compaixões da natureza. A dor de outrem renova e reativa a nossa; mas se outrem adormece, acabamos talvez também adormecendo, como uma criança depois dos soluços. Tal seria pois a terapêutica da paixão. Entrevejo, com uma espécie de vaga piedade, essa incapacidade de um sofrimento excessivo e demasiadamente prolongado, o embotamento vergonhoso da dor. Mas talvez aqui, segundo o meu costume, acuse-me eu demasiado cedo e me difame com demasiada força. Eu me atribuo como real uma tranquilidade apenas aparente. No fundo, só nos conhecemos quando postos à prova, e já me causei tais surpresas que não ouso fazer qualquer conjetura para situações novas. Não me aventuro mais a ter sobre mim opinião boa ou má, temeroso de vê-la desmentida pelos acontecimentos. Não sei mais o que vale o meu coração nem se vale alguma coisa. Será ele sério ou fútil, desmemoriado ou constante, volúvel ou fiel? Podem aceitar-se todas as apostas e eu mesmo ignoro qual seja a realidade. Parece-me que sou volúvel quanto a emoções e tenaz quanto à afeição; mas é certo isso, demonstrado? Não creio... Seria pois mais justo olhar as metamorfoses e os fenômenos da minha vida sentimental como exagerados para mais, antes que para menos. Duvidando de meu coração eu o calunio; e todos os fracos que se confiaram a mim protestam contra essa dúvida. Mas o que é verdade é que a tua altivez fazendo-te enrubescer de uma fraqueza demasiado feminina, e lastimar preliminares não reconhecidas, muitas vezes te colocou numa impassibilidade de empréstimo...

Em resumo, tranquiliza-te sobre o teu coração. Ele é melhor do que pensa o teu meio; e, a despeito dessa horrível educação defensiva que o detestável ambiente lhe impôs, tem ele ainda mais mansidão, sensibilidade, benignidade e ternura do que o necessário para tornar felizes aqueles que não o obrigarem a eriçar-se de espinhos a contragosto, e consentirem em deixar-se simplesmente amar.

Villars, 19 de setembro de 1868. – Sabe-se acaso, alguma vez, o fundo da história dos homens?..

Iniciar o jovem nos direitos e deveres sexuais, fazê-lo no momento útil e de maneira sã e conveniente é uma parte essencial da educação. Quanto a mim, que tinha, no entanto, em grau elevado todos os instintos delicados, todas as aspirações elevadas, todas as inclinações virtuosas, eu falhei na vida, porque não tive nem direção, nem conselho, nem encorajamento, nem iniciação, relativamente às coisas que concernem ao pudor, e porque, devido a isso, doentiamente exagerei todos os escrúpulos e abrasei-me como um monge, em vez de viver como um homem. Aos 39 anos eu era ainda virgem, e na hora atual sou ainda incansavelmente perseguido por Lilith, como um seminarista. Não é absurdo? E como de mim terá piedade um médico! Por quem e para que fiz eu este longo e vão sacrifício? Por uma ideia, por um preconceito, por um respeito de anacoreta. E quem me pune agora pela calúnia da minha persistente e ridícula castidade? Justamente o objeto do meu respeito, as mulheres, as virgens. O celibato é desprezado pelos deuses e amaldiçoado pelas mulheres. Tem os horrores da vida presente, e apenas os conventos prometem em compensação as palmas da vida futura. Numa palavra, não posso mais pensar senão com amarga ironia nessa loucura à qual sacrifiquei a minha saúde, a minha força e a minha existência, essa loucura da continência, considerada como virtude.

Experimento o que sentem as solteironas de quarenta anos, um surdo furor contra as quimeras da opinião às quais elas ofereceram em holocausto os profundos instintos da sua natureza. Parece-lhes que divinizaram uma ficção, e tomaram a voz de um preconceito pela voz da consciência. Morrer por um erro, por um pretenso dever é sempre nobre, mas morrer desiludido é uma grande aflição.

Isto é um arrebatamento da natureza revoltada. Este protesto vai demasiado longe. A pureza, a retenção, a castidade são certamente virtudes, e é escusado lastimar-se ter crido nelas e por elas ter sofrido...

Villars, 21 de setembro de 1868. – Delicioso efeito de outono. Tudo estava coberto esta manhã, e a cinzenta musselina da chuva passeou por todo o circo das nossas montanhas. Neste momento a faixa azul que apareceu primeiro atrás dos montes longínquos cresceu, subiu para o zênite, e a cúpula do céu, quase limpa de nuvens, deixa caírem sobre nós os pálidos raios de ouro de um sol convalescente ainda. Promete ser benigno e acariciante o dia. Tudo está bem quando acaba tudo bem.

Assim, depois da estação das lágrimas pode voltar uma doce alegria. Dize-te que entras no outono da tua vida, que as graças da primavera e os esplendores do verão passaram para sempre, mas que também o outono possui as suas belezas. As chuvas, as nuvens, as neblinas ensombrecem frequentemente a estação tardia, mas é suave ainda o ar; a luz acaricia os olhos ainda e as folhagens amarelentas; é a hora dos frutos, das colheitas e das vindimas; é a hora de fazer as provisões de inverno. Vacas leiteiras chegam até a altura do chalé e na semana próxima estarão mais abaixo que nós. Esse barômetro vivo indica-nos a hora de abandonar a montanha. Nada ganhamos e tudo perdemos em desprezar o exemplo da Natureza, e em fazerem-se regras arbitrárias de existência. A liberdade sabiamente compreendida não é mais do que a voluntária obediência às leis universais da vida. A tua vida está no seu mês de setembro. Aprende a reconhecê-lo e a acomodar-te consequentemente.

13 de novembro de 1868. – Estou folheando e lendo em parte duas obras de Secrétan (*Recherches sur la Méthode*, 1857; *Précis Élémentaire de Philosophie*, 1868). A filosofia de Secrétan é a filosofia do cristianismo considerado como a religião absoluta. Subordinação da natureza à inteligência, da inteligência à vontade, e da vontade à fé positiva: tal é o seu arcabouço geral.

Infelizmente falta o estudo comparativo, crítico, histórico, e essa apologética onde a ironia se liga à apoteose do amor causa uma impressão de ideia preconcebida.

A filosofia da religião sem a ciência comparada das religiões, sem uma filosofia desinteressada e geral de história, permanece mais ou menos arbitrária e factícia. O direito e o papel da ciência são pouco observados e mal estabelecidos nessa redução da vida humana a três esferas, a saber, as da indústria, do direito e da religião. O autor parece mais um espírito vigoroso e profundo do que um espírito livre. Não somente é dogmático, mas dogmatiza em favor de uma religião positiva que o domina, que o submete.

Além disso, o cristianismo sendo um X que cada Igreja define à sua maneira, o autor, usando da mesma liberdade, define o X a seu modo, de sorte que é, ao mesmo tempo demasiado e demasiado pouco livre quanto ao cristianismo como religião particular. Não evita o arbitrário e não tem bastante independência. Não satisfaz ao crente anglicano, luterano, reformado, católico; não satisfaz ao livre-pensador.

Essa especulação *schellingueana* que consiste em deduzir necessariamente uma religião particular, isto é, em fazer da filosofia uma serva da teologia cristã, é um legado da Idade Média.

Ora, depois de ter crido, trata-se de julgar. Um crente não é juiz. Um peixe vive no oceano, mas não pode abarcá-lo com o olhar, dominá-lo, nem por consequência julgá-lo. Para compreender o cristianismo é preciso colocá-lo em seu lugar histórico, em seu plano, fazer dele uma parte do desenvolvimento religioso da Humanidade, julgá-lo uma parte do ponto de vista cristão, mas do ponto de vista humano, *sine ira et studio*.

Mas de todos os objetos de estudo, nenhum existe onde as confusões sejam mais comuns, mais fáceis, mais obstinadas e mais ásperas do que as questões religiosas. O disparate ao infinito é a miséria ligada a esta ordem de problemas, e é o que aborrece as inteligências exatas e os espíritos livres. Para que exasperar os fanatismos vigilantes e furibundos, quando devem reerguer-se de todas as derrotas e renascer até das próprias cinzas? A ciência julga de sua missão ignorar a teologia e edificar o conhecimento da natureza e da história, desinteressando-se dessa rainha destronada, que pode sublevar tantas paixões e despertar tantas tempestades. A ciência livre não substitui a religião; mas obriga as religiões positivas a se tornarem mais espirituais, mais puras e mais verdadeiras em seus ensinamentos sobre o mundo e sobre o homem. Ela as constrange, como diz Diderot, a "ampliar o seu Deus".

16 de dezembro de 1868. – Estou em angústia por meu pobre e delicado amigo Carlos Heim. Copiei para enviar-lhe algumas poesias alemãs (Rückert, Salis, Tanner, Geibel). Elas devem suavizar as horas da transição, falando de esperança e de imortalidade. São, aliás, na língua amada, a que falava seu pai. Desde 30 de novembro não vejo uma única linha do querido enfermo, que me deu então o seu último adeus. Quanto essas duas semanas me pareceram longas! Como compreendi a necessidade ardente de receber as últimas palavras, os últimos olhares daqueles a quem se quis! Essas últimas comunicações são como um testamento; têm um caráter solene e sagrado, a que não é, sem dúvida, um efeito da nossa imaginação. O que vai morrer participa de certo modo da eternidade. Parece que um moribundo nos fala de além-túmulo; o que diz nos parece uma sentença, um oráculo, uma injunção. Julgamo-lo um semividente. E é certo que, para o que sente a vida escapar-lhe e abrir-se o ataúde, a hora das palavras graves soou. O fundo da sua natureza deve aparecer, e o divino que nele está não mais deve dissimular-se por modéstia, temor ou prudência.

Au lit de mort, l'ange s'est dévoilé.

Oh! não esperemos para sermos justos, compassivos, para dar-nos a conhecer a quem amamos, que eles ou nós sejamos atingidos pela doença ou ameaçados pela morte. A vida é curta e não temos nunca tempo demasiado para rejubilar o coração daqueles que fazem conosco a tenebrosa travessia. Apressemo-nos em ser bons.

26 de dezembro de 1868. – Meu querido e delicado amigo Carlos Heim morreu esta manhã em Hyères. É uma bela alma que volta ao céu. Teria podido ler a minha carta de anteontem? Não sei, mas ele terá talvez sorrido ao vê-la: e esse pensamento, esse sorriso de um moribundo conforta o coração. Deixou, pois, de sofrer! Será feliz neste momento?

22 de janeiro de 1869 (*onze horas e meia da noite*). Tremo de frio na minha mansarda, enquanto aquilo sacode as janelas e rouba-me todo o calor do meu fogão...

23 de janeiro de 1869. – ... De que me serve o sol brilhante e o céu azul? Uma camada espessa de geada sem brilho cobre as minhas vidraças, e me torna um cativo. Sinto-me sem sorte, enganado. Devagar, coração! como diria Corneille. Trata-se de retomar o domínio de si mesmo e de submeter o corcel interior que se revolta. Todas as pequenas misérias não saberiam vencer uma vontade viril. Um relâmpago de mau humor é já demasiado. No fundo, colhemos o que plantamos; e a maior parte das contrariedades vem da tua indiferença. Detestas ocupar-te das bagatelas domésticas; elas se vingam conjurando-se contra o teu bem-estar no momento em que isso te pode ser desagradável ao máximo. Não tens memória para as ninharias de guarda-roupa, despensa e rouparia; de quem a culpa? Desejarias esquecer esses cuidados vulgares, escapar a essa rede humilhante de necessidades imperceptíveis: todo esse mundo liliputiano castiga-te por teu desprezo. Por desdém, falta-te prudência e ordem nas coisas de casa, tu as ignoras e recusas interessar-te por elas: que sucede? Elas te causam arrependimento desse soberbo deixar correr.

No fundo, é a mesma falta que cometes com os homens, não cuidando de acariciar os amores-próprios, isto é, cativar os infinitamente pequenos. Todos os pequenos obstáculos tornam-se grandes, desde que não são levados em consideração: os sapos incham-se como bois, quando lhes ofendemos a honra, não lhes dando atenção.

Sei tudo isto; mas experimento uma espécie de repugnância insuperável em me ocupar de certos pormenores. E não querendo nem enfurecer, em respeito a mim mesmo, nem sujeitar-me a precauções que me parecem uma humilhação, chego sempre a desligar-me de boa mente da coisa que me escapa. Aplico-me à indiferença protetora e medicadora. Governar as coisas ou delas libertar-se: eis aí as duas boas normas. Deixar-se por elas perturbar ou dominar, numa palavra, depender delas é o que não posso tolerar. Variante do: tudo ou nada. A coisa preciosa é a liberdade interior, a de Epicteto. Quando já não estamos presos nem ao bem-estar, nem à saúde, nem à vida, nem à opinião, somos quase invioláveis.

27 de janeiro de 1869. – Qual é, pois, o serviço prestado pelo cristianismo ao mundo? A pregação de uma boa nova. Qual é essa nova? O perdão dos pecados. O Deus de Santidade amando ao mundo e reconciliando-o com ele por Jesus, a fim de estabelecer o reino de Deus, a cidade das almas, a vida do céu sobre a terra, eis tudo; mas isso é toda uma revolução. "Amai-vos uns aos outros como eu vos tenho amado." "Sede um comigo, como eu sou um com o Pai", tal é a vida eterna; eis a perfeição, a salvação e a felicidade. A fé no amor paternal de Deus, que castiga e perdoa por nosso bem, e que não quer a morte do pecador, mas a sua conversão e a sua vida: eis o móbil dos resgatados.

O que se chama cristianismo é um oceano a que vem confluir uma multidão de correntes espirituais, cuja origem se encontra em outra parte; como várias religiões da Ásia e da Europa, e sobretudo as grandes ideias da sabedoria grega, particularmente do platonismo. Nem a sua doutrina, nem a sua moral, tais como historicamente se constituíram, não são novas nem de um jato único. O elemento essencial e original é a demonstração prática de que a natureza divina e a natureza humana podem coexistir, confundir-se em uma só e sublime flama, que a santidade e a compaixão, a justiça e a misericórdia podem unificar-se no homem e consequentemente em Deus. O que há de específico no cristianismo é Jesus, é a consciência religiosa de Jesus. O sentimento sagrado da sua união com Deus pela submissão da vontade e o encanto do amor, essa profunda fé, tranquila, invencível, tornou-se religião. A fé que fora a de Jesus tornou-se a de milhares e de milhões de homens. Produziu esse archote um incêndio imenso. O revelador e a revelação pareceram tão luminosos, tão resplandecentes, que o mundo, deslumbrado, esqueceu a justiça e atribuiu a um só benfeitor todos os benefícios, herança do passado. A crítica religiosa é impossível à quase totalidade dos homens. Desde que se trata de questões religiosas, o julgamento é obscurecido pelos preconceitos, perturbado pelos terrores e pelos ódios, agitado pelas paixões, e veem-se os indivíduos mais distintos tornarem-se incapazes de método, de sangue-frio e de imparcialidade. Os espíritos livres (não digo hostis) contam-se por unidades.

Desde que se trata de coisas de fé, a lógica, a razão, a consciência moral cessam de funcionar normalmente; o absurdo não é mais absurdo, a contradição não é mais contraditória, a imoralidade não é mais imoral. O que não perde a cabeça é apenas um profano e um incrédulo.

A conversão do cristianismo eclesiástico e confessional em cristianismo histórico é a obra da ciência bíblica. A conversão do cristianismo histórico em cristianismo filosófico é uma tentativa em parte ilusória, pois que a fé não pode ser dissolvida inteiramente em ciência. Mas o deslocamento do cristianismo da região histórica para a região psicológica é o desejo de nossa época. Trata-se de libertar o Evangelho eterno. Para isso é necessário que a história e a filosofia comparada das religiões assinalem seu verdadeiro lugar ao cristianismo e o julguem. Ademais, é preciso separar a religião que professava Jesus da religião que tomou a Jesus por objeto. E quando se tiver posto o dedo sobre o estado de consciência que é a célula primitiva, o princípio do Evangelho eterno, será necessário ater-se a isso; é o *punctum saliens* da religião pura. – *Ama et fac quod vis*.

Talvez então o sobrenatural venha a dar lugar ao extraordinário, e os grandes gênios serão olhados como os mensageiros do Deus da história, como os reveladores providenciais pelos quais o espírito de Deus agita a massa humana. O que desaparece não é o admirável, mas o arbitrário, o acidental, o milagroso. Como os pobres lampiões de uma festa de aldeia ou os círios miseráveis de uma procissão, diante da grande maravilha do Sol, assim os milagres locais, pequenos, mesquinhos e duvidosos hão de extinguir-se ante a lei do mundo dos espíritos, ante o espetáculo incomparável da história humana, conduzida pelo onipotente dramaturgo que se chama Deus. – A futura filosofia da história estará para a de Bossuet como esta para os sermões afetados dos Loriquets de sacristia. *Utinam!*

3 de fevereiro de 1869. – "Como fazem os que olham a história com seu coração para não morrerem de tristeza?", perguntava ontem um publicista parisiense, a propósito da obra do americano Draper (*História do Desenvolvimento Intelectual da Europa*). Respondamos a essa pergunta: Que é que diminui de século para século? Não é tanto o mal que não faz mais do que se deslocar e mudar de forma; é antes, de um lado, a ignorância, e o privilégio, de outro. O que cresce é a ciência e a igualdade. A humanidade conhece sempre mais o mundo e a si própria; ela põe sempre mais ao alcance e ao uso de todos os frutos do trabalho de todos. Eis tudo. Mas isso basta talvez para justificar a história. Supondo essa evolução em seu termo; a igualdade absoluta dos direitos e dos benefícios de todos os seres humanos é realizada; mas se a história não termina, então, o que sucederá? A reconstituição da hierarquia espiritual, cada qual estimado precisamente em quanto vale, e realizando aquilo para que foi feito. Eis-nos na República platônica. Vinte ou trinta séculos ainda sem cataclismos geológicos, e a humanidade atingiria essa fase. Mas que adianta, se a soma do mal, isto é, do sofrimento e do pecado não diminuiu sensivelmente? O ideal ulterior será o análogo do Milênio, a santidade de todos, o bem realizado por todos, em outras palavras, o Céu sobre a terra, com a morte, a doença e a separação a mais. Para que, também, se a felicidade completa flutuar ainda ante essa terceira humanidade, arquejante sobre o globo terrestre domesticado e submetido? Ela há de aspirar sempre a melhor. A vida eterna será o seu sonho. Tanto vale alcançá-la imediatamente. O Evangelho eterno será a solução pedida. Para aceitar a história será, pois, indispensável uma fé. Para o ceticismo, o espetáculo dos destinos humanos é de amargura sem remédio e de uma melancolia sem fim, sempre na hipótese de que o cético tenha um coração, isto é, seja não um puro curioso, mas um homem.

 O positivismo, proscrevendo a noção de fim, mata a atividade porque atividade sem objetivo, sem esperança, sem direção não é mais que uma loucura. Que acontece na prática? É que uma sociedade muda somente o objeto de sua fé e, por exemplo, quando não crê mais na outra vida quer divertir-se nesta, e se destronou o Deus-espírito ela o substitui pelo culto do Bezerro de Ouro. O ateísmo é um travesseiro para uso de poucos somente. Uma sociedade ateísta, em todas as idades e nos dois sexos, dificilmente se concebe, enquanto o instinto de felicidade e talvez a necessidade da justiça absoluta subsistirem na alma humana. A fé superior e geral de uma sociedade é a sua religião. Para a época atual, essa religião não é mais a das Igrejas dominantes. A religião do Progresso, talvez a da Natureza, ou antes da Ciência e das leis abstratas, está em vias de substituir, nas classes cultas, a religião do Deus pessoal que se revela, que intervém pela ação sobrenatural. O milagre está intimado a desaparecer. O culto dos heróis, isto é, das almas extraordinárias, transformadas em faróis da humanidade, aprestará para o culto do Espírito que trabalha o universo e faz desabrocharem os dois, as flores e os altos pensamentos. Assemelhar-se-á profundamente o teísmo universal ao *panenteísmo* de Krause, e ao reino do Espírito Santo dos místicos cristãos. Crisipo, Aristóteles e Platão não anunciaram outra coisa. O mundo está feito para o bem; a ideia moral é a luz da natureza inteira, e a procura do bem perfeito é motor do universo. A concepção epicuriana e a concepção estoica, o mundo do acaso, da matéria e da força, de um lado, e de outro o mundo da ordem, do pensamento, do espírito – são as duas filosofias antagônicas. O positivismo, que nada quer propor, não é uma filosofia, mas a expectativa de uma filosofia. Não representa mais do que uma renúncia, uma privação, uma negação, uma paciência. "Contentemo-nos em observar os fenômenos e em descobrir as suas leis; as causas, os fins, os princípios nos são inacessíveis. Constatemos sem compreender. Tratemos seriamente as aparências e, sombras nós mesmos, joguemos com as sombras. Tudo é superfície." Esta sabedoria é um jejum forçado que somente se assemelha à ciência por uma análise imperfeita da faculdade de conhecer. Platão já demonstrou que se não conhecemos mais do que aparências nada conhecemos, e que a ciência das aparências somente era uma ciência com a condição de não ser mais uma aparência.

1º de março de 1869. – A imparcialidade e a objetividade são tão raras como a justiça, de que apenas são duas formas particulares. O interesse é uma fonte inesgotável de complacentes ilusões. O número dos seres que querem a verdade é extraordinariamente pequeno. O que domina os homens é o medo da verdade, a menos que a verdade lhes seja útil, o que equivale a dizer que o interesse é o princípio da filosofia vulgar, ou que a verdade está feita para nós, e não nós para a verdade. Como esse fato é humilhante, a maioria não quer naturalmente comprová-lo nem reconhecê-lo. E é assim que um preconceito de amor-próprio protege todos os preconceitos do entendimento, que nascem de um estratagema do egoísmo. A humanidade sempre condenou à morte ou perseguiu os que perturbavam a sua quietude interesseira. Só se aperfeiçoa contra a própria vontade. O único progresso desejado por ela é o aumento de gozos. Todos os progressos em justiça, em moralidade, em santidade, foram-lhe impostos ou arrancados por alguma nobre violência. O sacrifício, que é a volúpia das almas grandes, não foi jamais a lei das sociedades. Foi muitas vezes empregando um vício contra outro, por exemplo, a vaidade contra a cupidez, o espírito de gloríola contra a inclinação positiva, a avidez contra a preguiça, que os grandes agitadores venceram a rotina. Em uma palavra, o mundo humano é quase inteiramente dirigido pela lei da natureza, e a lei do espírito (justiça, beleza, moral, bondade), simples fermento desta grosseira pasta, nela abriu somente algumas brechas generosas.

Sob o ponto de vista do ideal, o mundo humano é triste e feio, mas comparando-o às suas origens prováveis, não perdeu o gênero humano completamente o seu tempo. Daí três maneiras de considerar a História: o pessimismo, quando se parte do ideal; o otimismo, quando se contempla o passado; o heroísmo, quando se pensa que todo progresso custa rios de sangue ou de lágrimas, e que o *melhor*, assim como a divindade mexicana, exige hecatombes de corações em chamas.

A hipocrisia europeia cobre o rosto ante as imolações voluntárias desses fanáticos da Índia, que se arrojam sob as rodas do carro de triunfo da sua grande deusa. Essas imolações, no entanto, não são outra coisa que o símbolo do que ocorre na Europa, como em outros lugares, a oferenda que de sua vida fazem os mártires de todas as grandes causas. Digamo-lo: a deusa feroz e sanguinária é a própria humanidade, que só avança pelo remorso e que só se arrepende pelo excesso de seus crimes. Esses fanáticos que se devotam são o protesto contínuo contra o egoísmo universal. Derrubamos somente os ídolos visíveis; mas subsiste em toda parte o sacrifício perpétuo, e em toda parte sofre a elite das gerações pela salvação das multidões. É a lei austera, amarga, misteriosa, da solidariedade. A redenção e a perdição mútuas são o destino da nossa raça. Assim o egoísmo é o móvel dos indivíduos, e o egoísmo é uma cegueira. O gênero humano realiza, pois, uma obra que o engana; é menos livre do que acredita e trabalha como os polipeiros do oceano para um edifício que ignora. Conclusão desse devaneio, que correu de rédeas soltas: submissão à ordem universal. Nenhuma revolta contra o seu tempo e contra as coisas. Entrar no concerto das forças e das ações históricas, pagar a sua dívida e o seu resgate, e confiar a Deus o resto. Não desprezar a sua espécie e permanecer campeão do bem, sem ilusão e sem amargura. A bondade afável e serena é mais do que a irritação, e mais máscula do que o desespero! Faz o que deves, aconteça o que acontecer.

18 de março de 1869. – Ao voltar de um passeio fora da cidade, a minha célula me causa horror. É um cárcere obscuro, atravancado, horrível como o casebre de Fausto. Fora, o sol, as aves, a primavera, a beleza, a vida; aqui, a fealdade, as papeladas, a tristeza, a morte. E, no entanto, o meu passeio foi dos mais melancólicos. Vaguei pelas margens do Ródano e do Arve, e todas as lembranças do passado e todas as decepções do presente e todas as inquietudes do futuro assaltaram meu coração como um turbilhão de pássaros noturnos. Contei os meus defuntos, e todas as minhas faltas puseram-se em ordem de batalha contra mim. O abutre dos meus pesares começou a roer-me o fígado. Os meus secretos pensamentos intumesceram-se como a pera amarga. O sentimento do irreparável me asfixiava como a argola do patíbulo. Parecia-me que eu faltara à vida e que a vida agora me faltava. – Ah! Como é temível a primavera para os solitários! Todas as necessidades adormecidas acordam, todas as dores cessadas renascem, o primitivo homem abatido e amordaçado levanta-se e põe-se a gemer. As cicatrizes sangram como feridas que se lamentam aporfiadamente. Já não se pensava mais em nada, conseguira-se o atordoamento pelo trabalho ou pela distração, e de repente o coração, esse prisioneiro posto incomunicável, queixa-se em sua prisão, e essa queixa faz vacilar todo o palácio no fundo do qual o haviam encerrado.

Maudit printemps, reviendras-tu toujours!

Que fosse possível subtrair-nos a todas as outras fatalidades, uma existe que nos volta a subjugar, é a do tempo. Lograste emancipar-te de todas as servidões; mas não contavas com a última, a dos anos. A idade vem e o seu peso toma o lugar das outras opressões reunidas todas. O homem mortal é uma variedade dos efêmeros. Olhando as encostas do Ródano que viram correr o rio durante dez ou vinte mil anos, ou somente as árvores da avenida do cemitério, que viram desfilar tantos enterros em dois séculos; reconhecendo os muros, os diques e os caminhos que me viram brincar quando criança; contemplando outras crianças a correrem sobre a relva dessa planície de Plainpalais em que se apoiaram meus primeiros passos, tive a áspera sensação da inanidade da vida e da fuga das coisas. Senti flutuar sobre mim a sombra da mancenilheira. Percebi o grande abismo implacável onde submergem todas essas ilusões a que chamamos seres. Compreendi que os vivos eram apenas fantasmas um instante girando sobre a terra, feita da cinza dos mortos, e bem depressa voltando para a noite eterna, como fogos-fátuos para o solo.

O nada de nossas alegrias, o vazio da existência, a futilidade das nossas ambições enchiam-me de um tranquilo desgosto. Do pesar ao desencanto, derivei até o budismo, até a lassidão universal. – Seria preferível a esperança de uma imortalidade bem-aventurada...

Com que olhos diferentes vemos a vida aos dez, aos vinte, aos trinta, aos sessenta anos! Os solitários têm consciência dessa metamorfose psicológica. Uma outra coisa também os admira: é a conjuração universal para esconder a tristeza deste mundo, para fazer esquecer o sofrimento, a doença, a morte, para sufocar as queixas e os soluços que partem de cada lar, para dar cores à espantosa máscara da realidade. Será por generosidade para com a infância e a juventude, será por medo, que velamos assim a verdade sinistra? Será por equidade, e conterá a vida tantos bens quanto males, ou maior número de bens?

Seja como for, é mais de ilusão que de verdade, que nos alimentamos. Cada um enovela a madeixa de suas esperanças enganosas, e quando a esgotou, cruza os braços para morrer, e deixa seus filhos e seus netos recomeçarem a mesma experiência. Cada um busca a felicidade, e a felicidade foge à busca de cada um. O único viático útil para a rota da vida é um grande dever e alguns afetos profundos. E mesmo as afeições perecem, ou pelo menos são mortais os seus objetos: um amigo, uma esposa, um filho, uma pátria, uma Igreja podem preceder-nos no túmulo; só o dever dura tanto como nós.

> *Vis pour autrui, sois juste et bon;*
> *Fais ton monument ou ta gerbe,*
> *Et du Ciel obtiens le pardon*
> *Avant d'aller dormir sous l'herbe.*

Esta máxima exorciza o espírito de rebelião, de cólera, de desalento, de vingança, de indignação, de ambição que sucessivamente agitam e tentam os corações cheios de seiva da primavera. – Oh, vós, santos do Oriente, da antiguidade e do cristianismo, falange de heróis, vós conhecestes a languidez e as angústias da alma; mas triunfastes.

Vós, que saístes vencedores do prélio, dai-nos a sombra de vossas palmas, e que o vosso exemplo reanime a nossa coragem!

No entanto, baixa o sol, é menos bela a natureza. A tempestade interior passou.

3 de abril de 1869. – Estou terminando o magnífico volume de Renan (*Les Apôtres*). Agita muitas coisas, problemas e ideias! É um deslumbramento. Contudo experimento sempre o sentimento de uma desproporção entre a causa e o efeito, entre o papel e o ator. Se os apóstolos e as suas alucinações não são mais do que isso, por que é tão considerável a sua obra? Se o embuste, a ilusão ou a burla são indispensáveis à religião, por que não se insurgir contra a religião? O ponto de vista estético, em Renan, domina tudo e explica esta aparente contradição.

Mornex, 6 de abril de 1869 (*oito horas da manhã*). – Tempo magnífico. Os Alpes resplandecentes sob a sua gaze de prata. Inundaram-me sensações de toda espécie: volúpia de uma boa cama, delícias do passeio ao sol nascente, encantos de uma vista admirável, conforto de uma excelente refeição, nostalgia de viagens ao folhear as vistas da Espanha (por Vivian), e das pastagens da Escócia (por Cooper), sede de alegria, fome de trabalho, de emoções e de vida, sonhos de felicidade, sonhos de amor; a necessidade de ser, o ardor de sentir ainda e de espalhar-me agitavam-se no fundo de meu coração. Súbito despertar de adolescência, crepitar de poesia, primavera da alma, novo impulso de asas do desejo. Aspirações conquistadoras, vagabundas, aventurosas. Esquecimento da idade, das cadeias, dos deveres, dos desgostos; ímpetos da juventude, como se a vida recomeçasse. Parece que o fogo atingiu a pólvora; a nossa alma aos quatro ventos se dispersa. Desejar-se-ia devorar o mundo, tudo experimentar, tudo ver. Ambição de Fausto; avidez universal; horror da sua cela; atira-se o hábito de frade às urtigas, e desejar-se-ia a natureza inteira estreitar em seus braços, junto ao coração. Ó paixões, basta um raio de sol para acender-vos todas em conjunto! A montanha fria e megera torna-se vulcão, e evapora a sua coroa de neve a um jato único do seu hálito ardente. Traz, a primavera, destas súbitas, inverossímeis ressurreições. Fazendo agitarem-se e ferverem todas as seivas, produz desejos impetuosos, inclinações fulminantes, e como furores de vida imprevistos e inextinguíveis. Rompe a rígida casca das árvores e a máscara de bronze de toda austeridade. Faz estremecer o monge na sombra de seu convento, a virgem atrás das cortinas de seu pequeno quarto, a criança nos bancos do colégio, o velho sob a rede dos seus reumatismos.

O Hymen, Hymenaee!
Notusque calor per membra cucurrit.

Todos esses frêmitos não são mais do que variantes infinitas do grande instinto da natureza; cantam a mesma coisa em todas as línguas; são o hino a Vênus, o suspiro pelo infinito. Significam a exaltação do ser que quer morrer para a vida individual, e absorver em si todo o universo, ou dissolver-se nele. O amor que tem consciência de si mesmo é um pontificado; sente representar o grande mistério e, no silêncio, religiosamente, recolhe-se para ser digno desse culto divino.

Mornex, 8 de abril de 1869, último dia (cinco horas da tarde). – Grande vista luminosa e calma. As andorinhas cortam o espaço. Defronte a mim, do lado de Bonneville, percebo as ruínas do castelo que deu seu nome a toda a província (Faucigny), ruínas que me conservam tantas recordações. A vasta paisagem parece olhar-me com olhos amigos. E contra a minha vontade, em presença do Monte Branco eterno e de todos estes cimos coroados de neve, sinto-me invadido por um pensamento melancólico.

> *Car l'éternelle harmonie*
> *Pèse comme une ironie*
> *Sur tout le tumult humain.*

A sombra começa a ocupar as planícies. Anda! Anda, judeu errante! O dia declina, a temperatura baixa, é preciso voltar ao trabalho, aos encargos, ao dever. Chama-te a cidade. Terminaram as tuas férias. Retoma o jugo, prende os grilhões a teus pés. Renuncia à montanha, ao ar livre, ao devaneio, à liberdade. Galé do ensino, liberto sob palavra, apresenta-te ao chamado. Salve, tranquila paisagem, querido anfiteatro de colinas verdes e de montanhas brancas, berço da minha juventude, asilo da minha maturidade, não tenho mais confidências a fazer-vos, mas vedes um sonhador que com amargura vos deixa, porque não sabe o que a sua vida será daqui a três meses, nem sequer amanhã.

24 de abril de 1869. – Será mais real Nêmesis que a Providência? O Deus ciumento mais verdadeiro que o Deus bom? Mais segura a dor, do que a alegria? Mais do que a luz, estarão as trevas certas de vencer? É o pessimismo ou o otimismo que tem razão? Quem melhor compreendeu o universo, Leibnitz ou Schopenhauer?

O homem que tem saúde ou o homem que sofre, qual deles o fundo das coisas vê melhor? dentre eles, qual se engana? Ah! o problema da dor e do mal é sempre o maior enigma do ser, depois da existência do próprio ser. Tem a fé postulado geralmente a vitória do bem sobre o mal; mas se não é o bem o resultado de uma vitória, mas uma vitória, implica uma batalha incessante, infinita; é a luta interminável e o êxito eternamente ameaçado. Ora, se a vida está nisso, não tem razão Buda em considerá-la como o próprio mal, visto ser ela agitação sem tréguas e guerra sem piedade? Encontra-se o repouso, então, somente no não ser. A arte de aniquilar-se, de escapar ao suplício dos renascimentos e à engrenagem das misérias, a arte de alcançar o Nirvana seria a arte suprema, o método da libertação. O cristão dizia a Deus: "Livra-nos do mal". O budista ajunta: "E para isso, livra-nos da existência finita, leva-nos de novo ao não-ser!". Julga o primeiro que livre do corpo pode entrar na felicidade eterna; crê o segundo que a individualidade é o obstáculo a toda quietude e aspira à dissolução da sua própria alma. O horror do primeiro é o paraíso do segundo...

Meu sofrimento mais profundo é que o sofrimento, o pecado e o isolamento são um mal, mas que a existência, mesmo individual, é um bem. Se o indivíduo, que é uma vontade, se sentisse completamente unido à vontade universal, teria morto o pecado. Se se sentisse unido com todos os outros homens, teria destruído o isolamento. E se tivesse um organismo puramente espiritual, teria suprimido o sofrimento. Almas santas, reunidas em sociedade junto a Deus e glorificando-o, é isso com efeito o paraíso cristão. Mas essa concepção repousa sobre muitas hipóteses: que há almas; – que a vida individual seja possível sem um limite, ou sem corpo; – que almas amigas se tornem a unir e se reconheçam; – que mães possam ser felizes enquanto seus filhos não o forem, isto é, amem menos ao entrar no reino do amor; – que seres progressivos possam tornar-se perfeitos, enquanto a perfeição e o progresso se excluem, etc. – Ah! quantas coisas duvidosas e contudo inteiramente necessárias para a fé!

Somente uma coisa é necessária: o abandono em Deus. Penetra na tranquilidade e deixa a Deus o cuidado de desenredar os novelos do mundo e dos destinos. Que importam o nada ou a imortalidade? O que deve ser, será. O que vier estará bem. Para atravessar a vida não necessita talvez o indivíduo ter fé no bem. Mas devemos ter tomado o partido de Sócrates, Platão, Aristóteles, Zenão, contra o materialismo, a religião do acaso e o pessimismo. Talvez mesmo devamos decidir-nos contra o niilismo búdico, porque o sistema da conduta é diametralmente oposto se trabalhamos para aumentar a própria vida ou para anulá-la, se se trata de cultivarmos as próprias faculdades ou de atrofiá-las metodicamente. Empregar o esforço individual para o aumento do bem no mundo, basta esse modesto ideal. Contribuir para a vitória do bem é o fim comum dos santos e dos sábios. *Socii Dei sumus*, repetia Sêneca, após Cleanto.

E dava o fabulista esta variante familiar, tornada proverbial:

Que chacun fasse son métier,
Les vaches seront bien gardées.

O que faz a sua obra individual, esse obedece à Lei e aos Profetas, está na ordem, trabalha na Grande Obra, rejubila a humanidade e os anjos. *Age quod agis*. Sê calmo, laborioso, resignado, e realiza a tua pequena missão com consciência. O céu e a terra não te pedem mais.

30 de abril de 1869. – Terminei a obra de Vacherot (*La Religion*), que me deixou pensativo. Tenho a impressão de que o seu conceito da religião não é rigorosamente exato, portanto sua consequência está sujeita a retoques. Se é a religião uma idade psicológica anterior à da razão, é evidente que deve desaparecer no homem, como os órgãos do embrião quando a rã está formada, com perdão da palavra; mas se é um modo de viver interior, pode e deve durar tanto como a necessidade de sentir, ao lado da de pensar. A questão é esta: teísmo ou não-teísmo? Se Deus é somente a categoria do ideal, a religião se desvanece, como as ilusões da adolescência. Se o Ser pode ser sentido e amado ao mesmo tempo que pensado, o filósofo pode manifestar religião, como ele se manifesta artista, orador, cidadão. Pode agregar-se a um culto sem abdicar. Eu me inclino a esta solução. Chamo religião a vida ante Deus e em Deus.

E ainda que Deus fosse definido como a vida universal, sempre que seja positivo e não negativo, a nossa alma, penetrada do sentimento do infinito, vive no estado religioso. A religião difere da filosofia, como o eu ingênuo difere do eu reflexivo, como a intuição sintética difere da análise intelectual. Penetramos no estado religioso pelo sentimento da dependência voluntária e da submissão contente ao princípio da ordem e do bem. É na emoção religiosa que o homem se recolhe; encontra o seu lugar na unidade infinita, e esse sentimento é sagrado.

Mas, apesar de tal reserva, rendo homenagem a esta obra, que é um belo livro, bem amadurecido e sério. O autor é também um nobre caráter.

13 de maio de 1869. – Dilaceramento das nuvens. Pelos intervalos azuis um vivo sol dardeja os seus raios travessos. Tempestades, sorrisos, caprichos, cóleras e lágrimas: em maio, a Natureza é mulher. Afaga a fantasia, comove o coração e fatiga a razão com o suceder das suas extravagâncias e a veemência inesperada de estranhas manifestações. Isto me recorda o versículo 213 do segundo livro das Leis de Manu: "Está na natureza do sexo feminino procurar aqui na terra corromper os homens; e é por essa razão que os sábios nunca se abandonam às seduções das mulheres". Foi, contudo, a mesma legislação que disse: "Onde as mulheres são consideradas, as divindades estão satisfeitas". E em outro lugar: "Em toda a família em que o marido está satisfeito de sua mulher e a mulher de seu marido, está assegurada a felicidade"; e ainda: "Uma única mãe é mais venerável do que mil pais". Mas, sabendo o que há de irracional e tempestuoso nesse ser frágil e encantador, conclui Manu: "A idade alguma deve a mulher governar-se à sua vontade".

Até hoje, em muitos códigos contemporâneos e circunvizinhos, a mulher é ainda menor durante toda a sua vida. Por quê? Pela sua dependência da Natureza e sua sujeição às paixões, que são diminutivos da loucura, ou, em outras palavras, porque a alma da mulher tem algo de obscuro, de misterioso, que se presta a todas as superstições e que amortece as energias viris. Ao homem, o direito, a justiça, a ciência, a filosofia, tudo o que é desinteressado, universal, racional; a mulher, ao contrário, introduz em toda parte o favor, a exceção, a preocupação pessoal. Quando um homem, um povo, uma literatura, uma época se feminizam, eles se abaixam e se amesquinham.

Quando a mulher deixa o estado de subordinação, em que ela tem todos os seus méritos, veem-se aumentar rapidamente os seus defeitos naturais. A igualdade completa com o homem torna-a disputadora: ao domínio fá-la tirânica. Honrá-la e governá-la será por longo tempo a melhor solução. Quando a educação tiver formado mulheres fortes, nobres e sérias, nas quais a consciência e a razão dominarem as efervescências da fantasia e da sentimentalidade, então se deverá dizer: Honrar a mulher e conquistá-la! Será verdadeiramente uma igual, uma semelhante, uma companheira.

No momento, ela o é somente em teoria. Os modernos trabalham no problema, não o resolveram, porém.

15 de junho de 1869.[17] – O déficit do cristianismo liberal é uma ideia demasiado fácil da santidade, ou, o que dá no mesmo, uma ideia demasiado superficial do pecado. O defeito dos liberastas encontra-se nos liberais, a saber: uma semisseriedade, uma consciência demasiado larga, uma salvação demasiado cômoda, uma religião sem crucificação real, uma redenção barata, uma psicologia demasiado frívola da vontade, e sobretudo da vontade perversa: numa palavra, uma espécie de mundanidade teológica. Às almas muito piedosas produzem o efeito de faladores um pouco profanos, que ofendem os sentimentos profundos vocalizando temas sagrados. Magoam o decoro do coração, inquietam os pudores da consciência por suas familiaridades indiscretas com os grandes mistérios da vida íntima. Mais parecem sedutores espirituais, agentes do Príncipe deste mundo, disfarçados em anjos de luz, retóricos religiosos à maneira dos sofistas

---

[17] Travava-se então em Genebra e em toda a Suíça protestante a mais viva discussão entre a ortodoxia e o "cristianismo liberal".

gregos, do que propriamente guias na via-crúcis que conduz à salvação. Não é às pessoas de espírito, nem mesmo de ciência, que pertence o império sobre as almas, mas àqueles que dão a impressão de ter vencido a natureza pela graça, de ter atravessado a sarça ardente, e de falar não a linguagem da sabedoria humana, mas a da vontade divina. Em suma, na ordem religiosa, é a santidade que faz a autoridade, e o amor ou a potência de devotamento e de sacrifício que vai ao coração, persuade e enternece.

O que as almas religiosas, poéticas, ternas, puras, menos perdoam é que se diminua ou rebaixe o seu ideal. Eis por que tocar em Jesus lhes parece um sacrilégio e por que abrir demasiadamente a porta do paraíso se lhes assemelha a um crime. Não se deve jamais colocar contra si um ideal; deve-se mostrar um outro, mais puro, mais alto, mais espiritual, se possível, e erguer, atrás do mais elevado cimo, um cimo ainda mais elevado. Assim não se despoja ninguém, tranquiliza-se fazendo ao mesmo tempo refletir, faz-se entrever um novo objetivo a quem desejaria mudar de objetivo. Não se destrói senão o que se substitui; e não se substitui um ideal a não ser satisfazendo a todas as condições do antigo, com algumas vantagens a mais. – Quantos protestantes liberais apresentam a virtude cristã com uma intimidade, uma intensidade, uma santidade maiores do que antes, e isso em suas pessoas e em sua influência; terão feito a prova pedida pelo Mestre: a árvore será julgada por seus frutos.

22 de junho de 1869 (*nove horas da manhã*). – Tempo sonífero. Quanto ao exterior, tudo é feio, cinzento e baço. Uma mosca morreu de frio em cima de minha *Révue Moderne*, em pleno verão! Que é a vida? – perguntava-me eu a mim próprio, olhando o animalzinho inanimado. É um empréstimo, como o movimento. A vida universal é uma soma total que mostra as suas unidades, aqui e ali, em toda parte, como em sua superfície deixa uma roda elétrica as faíscas crepitarem. Somos atravessados pela vida, não a possuímos. Admite Hirn três princípios irredutíveis: o átomo, a força, a alma; a força que atua sobre os átomos; a alma que atua sobre as forças. Distingue provavelmente almas anônimas e almas pessoais. A minha mosca seria uma alma anônima.

(*Mesmo dia.*) – Eis as igrejas nacionais a debaterem-se contra o cristianismo chamado liberal; Berna e Zurique começaram o fogo. Hoje, entra Genebra na liça. O Consistório, à hora em que escrevo, delibera sobre duas petições, uma para a supressão do credo na liturgia, outra para que pregue Fontanès. Vai começar a dança dos ovos. Acaba-se percebendo que o protestantismo histórico arrisca retratar-se, e não tem mais razão de ser entre a liberdade pura e a autoridade pura. É com efeito um estágio provisório, fundado no biblicismo, isto é, na ideia de uma revelação escrita e de um livro divinamente inspirado e constituindo consequentemente autoridade. Uma vez posta essa tese na categoria das ficções, desmorona-se o protestantismo. Será obrigado a recuar até à religião natural, ou religião da consciência moral. M. M. Réville, Coquerel, Fontanès, Cougnard, Buisson aceitam a consequência. São a vanguarda do protestantismo e os retardatários do livre-pensamento (Vacherot).

Sua ilusão consiste em não ver que uma instituição qualquer repousa numa ficção legal e que toda coisa viva apresenta um contrassenso lógico. Postular uma Igreja de livre exame, de absoluta sinceridade, é ser um lógico; mas realizá-la é outra coisa. A Igreja vive sobre algo de positivo e o positivo limita o exame. Confunde-se o direito do indivíduo que é ser livre, com o dever da instituição que é ser alguma coisa. Toma-se o princípio da ciência pelo princípio da Igreja, o que é um erro. Não se percebe que a religião é diferente da filosofia, e que uma quer unir pela fé, enquanto a outra mantém a solitária independência do pensamento. Para que o pão seja bom, é preciso fermento, mas o fermento não é o pão. Que a liberdade seja o método para atingir a fé esclarecida, de acordo, mas as pessoas que não se entendessem senão sobre esse critério e sobre esse método não saberiam fundar uma Igreja, pois podem diferir completamente quanto ao resultado. Supondo um jornal em que os redatores fossem de todos os partidos possíveis, esse jornal seria sem dúvida curioso, mas não teria opinião, nem fé, nem símbolo. Um salão de boa sociedade em que se discute polidamente não é uma Igreja, e uma disputa mesmo cortês não é um culto. Há confusão de gêneros.

14 de julho de 1869. – Lamennais! Heine! Almas atormentadas, uma por erro de vocação, outra pela necessidade de surpreender e de mistificar.

Ao primeiro faltava bom senso e alegria; ao segundo faltava seriedade. O francês era um dominador violento e absoluto; o alemão, um Mefistófeles gracejador que tinha horror ao filistinismo. O bretão era todo paixão e tristeza; o hamburguês, todo fantasia e malícia. Nenhum dos dois foi um ser livre e nem soube levar uma vida normal. Ambos, por uma primitiva falta, lançaram-se a uma disputa sem fim com o mundo. Ambos são rebeldes. Não combateram pela boa causa, pela verdade impessoal; ambos foram os campeões do seu orgulho. Ambos sofreram muito, e morreram no isolamento, renegados e amaldiçoados. Magníficos talentos, desprovidos de prudência, e que fizeram, a si mesmos e aos outros, muito mais mal do que bem!

Quanto maior poder intelectual se tem, mais perigoso é interpretar-se mal, empreender e começar mal a vida; é o mesmo quanto às armas de fogo: quanto maior alcance tem a carabina ou o canhão, tanto maior erro no tiro produz um simples desvio na pontaria. Que existências lamentáveis as que se gastam em sustentar um primeiro desafio, ou mesmo um erro, um lapso!

Essas guerras tolas, que invariavelmente acabam numa catástrofe, me inspiram profunda piedade. — E nós nos cremos livres, quando somos de ordinário os escravos da fatalidade, e da pior fatalidade, a das bagatelas! Um nada pesa sobre toda a nossa vida, e temos a estupidez de ser altivos:

> *Marionnettes du destin*
> *Ou pantins de la Providence,*
> *Chaque soir et chaque matin*
> *Se raillent de notre prudence.*

20 de julho de 1869. — Li cinco ou seis capítulos esparsos do *Saint Paul* de Renan. O autor é muitas vezes desagradável por suas ambiguidades e suas contradições alternativas, destinadas a agradar a todos os gostos. Em última análise, é um livre-pensador; mas um livre-pensador cuja imaginação flexível se põe de acordo com o epicurismo delicado da emoção religiosa. Parece-lhe grosseiro aquele que não se presta a essas graciosas quimeras, e limitado aquele que as leva a sério. Diverte-se com as variações da consciência, como do jogo de um caleidoscópio; mas é demasiado sagaz para delas zombar. O verdadeiro crítico não conclui e nada exclui; o seu prazer é compreender sem acreditar, e aproveitar-se das obras do entusiasmo, conservando-se livre de espírito e desembaraçado de ilusões. Este modo de proceder parece um malabarismo; isso não é mais do que a sorridente ironia de um espírito profundamente culto, que a nada quer ser estranho nem por coisa alguma enganado. É o perfeito diletantismo da Renascença. — Com isso, apreciações sem número e a alegria da ciência! Ver justo e de todas as maneiras ao mesmo tempo é com efeito algo de delicioso.

14 de agosto de 1869. – Em nome do céu, quem és tu? Que queres tu, ser inconstante e infixável? Onde está o teu futuro, o teu dever, o teu desejo? Quiseras encontrar o amor, a paz, o objeto que venha encher teu coração, a ideia que sustentarás, a obra à qual consagrarás o resto das tuas forças, a afeição que virá saciar a tua sede interior, a causa pela qual morrerias com júbilo? Mas algum dia encontrarás tudo isso? Necessitas tudo o que é impossível encontrar: a religião verdadeira, a simpatia séria, a vida ideal; necessitas do paraíso, da vida eterna, da santidade, da fé, da inspiração, que sei eu! Precisarias morrer e renascer, renasceres tu mesmo transformado e num mundo diferente. Não podes sufocar as tuas aspirações nem te criar ilusão sobre elas. Pareces condenado a rolar indefinidamente o rochedo de Sísifo, a sentir o corroer de espírito de um ser cuja vocação e cujo destino estão em perpétuo desacordo. "Coração cristão e cabeça pagã", como Jacobi; ternura e altivez; vastidão de espírito e fraqueza da vontade; os dois homens de São Paulo, caos sempre a ferver de contrastes, de antinomias, de contradições; humildade e orgulho; candura infantil e desconfiança ilimitada; análise e intuição; paciência e irritabilidade; bondade e aridez; negligência e inquietude; ímpeto e langor; indiferença e paixão; em suma, incompreensível e insuportável a mim mesmo e aos outros. Volto espontaneamente ao estado fluido, vago e indeterminado, como se toda forma fosse uma violência e uma desfiguração. Todas as ideias, máximas, conhecimentos, hábitos, apagam-se em mim, como a ondulação das vagas ou as pregas em uma nuvem; tem a minha personalidade o mínimo possível de individualidade.

Eu sou, comparado à maioria dos homens, como o círculo, às figuras retilíneas: em toda parte estou em mim, porque não tenho um eu particular e nominativo. Examinando bem, esta imperfeição tem algo de bom; quanto menos sou *um* homem, mais perto estou talvez do homem, e sou talvez um pouco mais homem. Sendo menos indivíduo, sou mais espécie. A minha natureza, prodigiosamente incômoda para a prática, é bastante vantajosa para o estudo psicológico. Impedindo-me de tomar partido, permite-me compreender todos os partidos...

Não é somente a preguiça que me impede concluir; é uma espécie de aversão secreta às prescrições intelectuais. Sinto que é preciso de tudo para fazer um mundo, que todos os cidadãos têm direito no Estado e que, se cada opinião é igualmente insignificante em si mesma, todas são partes arrancadas da verdade. Viver e deixar viver, pensar e deixar pensar, são máximas que me são igualmente caras. A minha tendência é sempre para o conjunto, para a totalidade, para o equilíbrio.

Excluir, condenar, dizer não, é que me é difícil, exceto com os exclusivos. Combato sempre pelos ausentes, pela causa vencida, pela verdade ou pela porção de verdade que foi esquecida: isto é, procuro completar cada tese, explorar cada problema, ver cada coisa por todos os lados possíveis. Há ceticismo nisso? Sim, como resultado; não, como fim. É o sentimento absoluto e do infinito, reduzindo a seu valor e pondo em seu lugar o finito e o relativo.

Mas igualmente aqui, a tua aspiração é maior que o teu talento; a tua percepção filosófica é superior à tua força especulativa; não tens a energia dos teus modos de ver; é superior o teu alcance à tua imaginação: por timidez deixaste a inteligência crítica devorar em ti o gênio criador.

Foi mesmo, acaso, por timidez? Meu Deus! Com um pouco mais de ambição e de felicidade terias tirado de ti o homem que não foste, e que a tua adolescência deixava entrever.

16 de agosto de 1869. – Estou impressionado e quase apavorado de representar tão bem o homem de Schopenhauer. "Que a felicidade é uma quimera e o sofrimento uma realidade; – que a negação da vontade e do desejo é o caminho da libertação; – que a vida individual é uma miséria de que só a contemplação impessoal liberta", etc. Mas o princípio de que a vida é um mal e o não-ser um bem está na base do sistema, e esse axioma não ousei pronunciá-lo de maneira geral, embora o admita para tais ou quais indivíduos. O que me agrada ainda no misantropo de Frankfurt é a sua antipatia aos preconceitos vulgares, aos estribilhos europeus, às hipocrisias dos ocidentais, aos sucessos passageiros.

Schopenhauer é um espírito desenganado, que professa o budismo em plena Alemanha e o desprendimento absoluto em plena orgia do século XIX. Seu principal defeito é a frieza completa, o egoísmo integral e altivo, a adoração do gênio e a indiferença universal, quando ensina a resignação, a abnegação, etc. O que lhe falta é a simpatia, a humanidade, o amor. Aqui, reconheço entre nós dissemelhança. Pela pura inteligência e pelo trabalho solitário, eu chegaria facilmente ao seu ponto de vista; mas desde que para o coração se apela, creio que a contemplação é insustentável.

A compaixão, a bondade, a caridade, o devotamento retomam seu direito e mesmo reivindicam o primeiro posto.

La grandeur la plus grande est encore la bonté.

Se alguma coisa é, Deus é; se Deus é, o que é, é por ele; a vida consequentemente não pode ser um mal; deve ser, ao contrário, a diminuição do mal e o aumento do bem. Logo, o crescimento do ser seria a lei universal. A conversão do ser em consciência, a espiritualização e a moralização crescentes seriam a razão da Natureza. Deus não aumenta; mas o amor se multiplica por ele, multiplicando os pontos amantes e amados; e o mundo seria o infinito laboratório da vida, elaborando a infinita multidão dos espíritos, que por seu turno elabora a verdadeira forma da existência divina, a saber, o infinito elevado à infinita potência pela imperecível fecundidade da inteligência e do amor.

Ergo-me, pois, contra o desolante pessimismo de Schopenhauer. A redução ao nada é uma coisa pior. A questão é teísmo ou não teísmo.

Charnex-sur-Clarens, 29 de agosto de 1869. – Agradável manhã... Vivi entre a vegetação a uns cem pés acima da aldeia, meditei com Schopenhauer, pairei acima das águas azuis, esqueci a minha pequena história e a minha mesquinha personalidade, segundo o meu velho hábito, e segundo o gosto do filósofo de Frankfurt. Os mosquitos, as formigas e outros insetos da floresta devoravam-se lá em cima mas eu tinha a liberdade de espírito... Schopenhauer louva a impersonalidade, a objetividade, a contemplação pura, a não-vontade, a calma e o desinteresse, o estudo estético do mundo, o afastamento da vida, a abdicação de todo desejo, a meditação solitária, o desdém à multidão, a indiferença a todos os bens cobiçados pelo vulgo: aprova todos os meus defeitos, a infantilidade, a minha aversão pela vida prática, a minha antipatia pelos utilitários, a minha desconfiança de todo desejo; numa palavra, corteja as minhas tendências, acaricia-as e justifica-as.

> *Redoutables flatteurs! présent le plus funeste*
> *Que puisse faire aux rois la colère céleste.*

Esta harmonia pré-estabelecida entre a teoria de Schopenhauer e o meu homem natural causa-me um prazer misturado com terror. Poderia *indultar-me*, mas receio homenagear a minha consciência. Sinto, aliás, que a bondade não suporta essa indiferença contemplativa e que a virtude consiste em vencer-se.

Charnex, 30 de agosto de 1869. – Alguns capítulos mais de Schopenhauer... – Schopenhauer crê na imutabilidade dos dados primeiros do indivíduo e na invariabilidade do natural. Duvida do homem novo, do aperfeiçoamento real e do melhoramento positivo num ser. Unicamente as aparências se refinam. O fundo permanece idêntico.

Confunde talvez o natural, o caráter e a individualidade? Inclino-me a pensar que a individualidade é fatal e primitiva, o natural muito antigo, mas alterável, o caráter mais recente e suscetível de modificações voluntárias ou involuntárias. A individualidade é coisa psicológica, o natural, coisa estética, só o caráter coisa moral. A liberdade e seu emprego não interessam às duas primeiras; o caráter é fruto histórico e resulta da biografia.

Para Schopenhauer, com o natural identifica-se o caráter, como a vontade com a paixão. Em resumo, simplifica demasiado, e considera o homem do ponto de vista mais elementar que baste com o animal. A espontaneidade vital e mesmo química é já chamada vontade. Analogia não é equação; comparação não é razão; similitude e parábola não são linguagem exata. Das originalidades de Schopenhauer, muitas evaporam-se quando as traduzimos em terminologia mais precisa e exigente.

(*Mais tarde.*) — Basta entreabrir os *Lichtstrahlen*, de Herder,[18] para sentir a diferença de Schopenhauer. Este está cheio de frases e notas que se desprendem do papel e se destacam em imagens precisas. Herder é muito menos escritor; as suas ideias se diluem no seu meio, e não se condensam de modo brilhante em cristais e pedras preciosas. Enquanto este último procede por camadas e correntes de pensamentos que não têm contornos definidos e isolados, o outro semeia ilhas salientes, pitorescas, originais, que gravam seu aspecto na recordação.

Assim diferem entre si Nicole e Pascal, Bayle e Saint-Simon. Qual é a faculdade que dá relevo, brilho, agudeza ao pensamento? É a imaginação. Por ela se concentra a expressão, se colora e se tempera. Individualizando o que toca, ela o vivifica e o conserva. O escritor de gênio muda a areia em vidro e o vidro em cristal, o minério em ferro e o ferro em aço; deixa o vestígio de sua garra em cada ideia que empunha. Toma muito do patrimônio comum e nada devolve; mas seus próprios roubos lhe são complacentemente deixados como propriedade privada. Parece que tem carta de privilégio, e o público lhe permite tomar o que deseja.

---

[18] Coletânea de pensamentos e fragmentos de escritos desse autor.

Charnex, 31 de agosto de 1869. – Vaguei pelas encostas silvestres. Li à sombra da nogueira da casa vermelha... Tempo pesado, vaporoso, congestivo.

CONTRASTES	ALTERNÂNCIA
HARMONIA	
EQUILÍBRIO	TOTALIDADE

Senti chocarem-se em minha consciência todos os sistemas opostos: estoicismo, quietismo, budismo, cristianismo. Schopenhauer inutilmente prega-me a abdicação, a resignação, a imobilidade, para atingir a paz, algo em mim reclama e protesta. A morte da vontade e do desejo, o desencantamento absoluto da vida: isto me é fácil, e por essa razão, precisamente, suspeito. Será a vida somente uma armadilha, uma ilusão, um engodo, um mal? Não posso ainda crê-lo. É o amor uma superstição? Uma contemplação? Um sacrifício? A felicidade não é mais do que uma mentira convencional? Não estarei, pois, jamais de acordo comigo mesmo, e não poderei nem praticar as minhas máximas, nem tornar máximas as minhas práticas? Se a impessoalidade é um bem, por que nela não obstinar-me, e se é uma tentação, por que a ela voltar depois de a ter julgado e vencido? Precisarias, contudo, saber uma vez o que mais tu amas, o que tu crês mais verdadeiro, o que te parece mais exato e melhor. – A profunda razão da minha desconfiança é que o último porquê da vida parece-me um engodo. O indivíduo é um logrado eterno que não obtém jamais o que procura e que a sua esperança engana sempre. O meu instinto está de acordo com o pessimismo de Buda e de Schopenhauer. Esta incredulidade persiste até no fundo de meus impulsos religiosos. A natureza é bem para mim uma espécie de Maia. Olho-a, por isso, apenas com olhos de artista. A minha inteligência permanece cética. Em que, pois, tenho fé? Não o sei. E que é que eu espero? Ser-me-ia difícil dizê-lo. Erro! Tu crês na bondade e esperas que o bem prevalecerá. Em teu ser irônico e desenganado há uma criança, um simples, um gênio entristecido e cândido, que acredita no ideal, no amor, na santidade, em todas as superstições angélicas. Todo um milênio de idílios dorme em teu coração. És um falso cético, um falso descuidoso, um falso alegre.

> *Borné par sa nature, infini dans ses voeux,*
> *L'homme est un dieu tombé qui se souvient des cieux.*

Charnex,[19] *8 de setembro de 1869 (nove horas da manhã)*. – Tempo magnífico. Uma hora de muda contemplação junto à minha janela. Vi chegarem e partirem as borboletas, os pensionistas, os gatos, as andorinhas, as fumaças, nesta vasta e esplêndida paisagem, onde a graça se une à severidade. Parecia-me que todos os seres se deleitavam na alegria de viver, neste ar balsâmico, sob os raios acariciantes deste sol de outono. Há uma certa felicidade nesta manhã, os eflúvios celestes banham complacentemente os montes e as margens; sentimo-nos, por assim dizer, sob uma benção. Nenhum ruído indiscreto e vulgar atravessa esta paz religiosa. Crer-se-ia estar num templo imenso onde tudo o que é belo na natureza e todos os seres têm o seu lugar. Não ouso nem me mover, nem respirar, tanto a emoção me oprime e temo afastar de mim o sonho, sonho em que os anjos passam, momento de santo êxtase e de intensa adoração.

> *Comme autrefois j'entends, dans l'éther infini,*
> *La musique du temps et l'hosanna des mondes.*

Como a boa mulher de Fénelon, permaneço sem palavras e apenas posso dizer: *Oh!* Mas esta exclamação tão nua é uma prece, um ímpeto de gratidão, de admiração e de ternura. Nestes instantes seráficos, sentimos vir aos lábios o grito de Paulina: "Sinto, creio, vejo!". Esquecemos todas as misérias, todos os cuidados, todas as penas da vida, unimo-nos à alegria universal, entramos na ordem divina e na beatitude do Senhor. O trabalho e as lágrimas, o pecado, a dor e a morte não existem mais. Existir é bendizer, a vida é a felicidade. Nesta pausa sublime, todas as dissonâncias desapareceram. Parece em tais momentos que a criação não seja outra coisa senão uma gigantesca sinfonia, que desabrocha aos pés do Deus de bondade a inesgotável riqueza dos seus louvores e dos seus acordes. Não duvidamos mais que seja assim, não sabemos mais se é de forma diferente. Nós próprios

---

[19] *Entre le clair miroir du lac aux vagues bleues*
Et le sombre manteau du Cubly bocager,
Dévale, ondule et rit, à travers maint verger,
Sous les noyers pleins d'ombre, un gazon de deux lieues.

C'est ici, c'est Charnex, mon nid dans les halliers,
Les Pléiades, le Caux, l'Arvel sont sur ma tête;
L'asile aimable et doux où mon loisir s'arrête:
Chillon, Vevey, Clarens, Montreux sont à mes pieds.
                (Amiel – *Jour à Jour*)

nos tornamos uma nota de concerto, e do silêncio do êxtase não saímos, senão para em uníssono vibrarmos no entusiasmo eterno.

14 de outubro de 1869. – Ontem, quarta-feira, morte de Sainte-Beuve. Grande perda!

16 de outubro de 1869. – *Laboremus!* parece ter sido a divisa de Sainte-Beuve, como de Septímio Severo. Morreu em pé e, até a véspera do dia supremo, empunhou a pena e venceu pela energia do espírito os sofrimentos do corpo. É hoje, a esta mesma hora, que o depõem no seio da mãe criadora. Manteve-se firme e recusou os sacramentos da Igreja; não professou nenhuma confissão. Pertencia à *grande diocese*, a dos investigadores independentes; nenhuma hipocrisia final se concedeu. Como Voltaire e Lamennais, quis tratar unicamente com Deus, ou talvez com a misteriosa Ísis. Como era solteiro, morreu nos braços do seu secretário. Tinha 65 anos. Era imensa a sua capacidade de trabalho e de memória, e conservou-se intacta.

Quais eram os seus comensais de sexta-feira? Scherer, Nefftzer, Weiss, Prévost-Paradol, Taine e alguns outros.

Que pensa Scherer dessa vida e dessa morte?

19 de outubro de 1869. – Belo artigo de Edmond Scherer sobre Sainte-Beuve, de quem o *Temps* faz o príncipe dos críticos franceses, o último representante da época do gosto literário, estando o futuro aberto aos astuciosos e aos embusteiros, à mediocridade e à violência. O artigo respira uma certa melancolia viril, que fica bem na necrologia de um mestre das coisas do espírito.

O fato é que Sainte-Beuve deixa um vazio maior do que Béranger e Lamartine; eram estes, já, grandezas históricas e longínquas, ajudava-nos ainda aquele a pensar. O verdadeiro crítico é um ponto de apoio para o mundo. É o juízo, isto é, a razão pública, a pedra de toque, a balança, o crisol que mede o valor de cada um e o mérito de cada obra. A infalibilidade do juízo é talvez o que há de mais raro, tanto reclama qualidades em equilíbrio, qualidades naturais e adquiridas, qualidades de espírito e de coração. Quantos anos e trabalhos, estudos e comparações são necessários para levar à maturidade o juízo crítico! Como o sábio de Platão, não é senão aos cinquenta anos que chega ao nível do seu sacerdócio literário, ou, para ser menos pomposo, da sua função social. Só então é que findou o exame de todas as maneiras de ser e que possui todas as nuanças da apreciação. E Sainte-Beuve associava a essa cultura infinitamente refinada, uma prodigiosa memória e uma incrível multidão de fatos e de anedotas armazenadas para o serviço do seu pensamento.

8 de dezembro de 1869 (oito horas da manhã). — Céu escuro, ar cinzento, tempo melancólico — esta paisagem corresponde ao estado de uma alma abatida, e de um coração sem esperança. A minha pequena camareira, modesta e em passos miudinhos, acaba de partir, levando as minhas cartas do dia. Fiz a minha refeição e eis-me aqui à escrivaninha, recolhido diante da minha obra. O trabalho conscencioso e sólido não é também o que menos engana? Não me sinto ainda bem estabelecido em minha nova residência. Não posso pôr no instante a mão num objeto qualquer, livro ou papel, roupa ou gravura. Pois não sei como tirar partido de meu quarto principal, com o qual eu mais contava. Diversas coisas estão espalhadas, sacodem ou claudicam. Em suma, o boêmio apesar da sua vontade não está instalado ainda. Um pouco de conforto seria, contudo, agradável. Mas como hoje de manhã dizia a minha camareira, "o bom Deus não quer que seja ninguém feliz". Essa ideia profunda que resume toda a filosofia cristã — porque é a glorificação piedosa do sofrimento — desceu à consciência dos mais humildes e dos menores. É imposta a infelicidade pelo bom Deus, pois a dor é um bem. Esse prodigioso paradoxo tornou-se tão simples e até popular. Isso quer dizer que esta vida não é mais do que uma prova da nossa paciência, e que a verdadeira vida vem depois.

O cristianismo é um engodo se a alma não é imortal, pois adia para o céu a justiça e a felicidade, e o equilíbrio moral é descontado pela fé nas promessas do futuro. A religião do sofrimento é a da esperança. "Felizes os que choram, pois que serão consolados!"

Daí concluo que não há meio algum igual à religião para popularizar as grandes ideias morais. E induzo daí que a exigência de autoridade sobre um ponto crescendo à proporção da liberdade sobre todo o resto, a democracia futura dispensará sempre menos a religião, e talvez até retrograde até o catolicismo, para fugir ao atomismo moral. As épocas incrédulas são sempre o berço de novas superstições. "Se um povo não quer crer, é preciso que sirva." Temos sempre uma religião e uma fé, como se faz prosa, embora sem o saber. A escolha não é, pois, entre a fé e a ciência, mas entre uma fé e outra, entre uma religião grosseira e outra melhor. É possível que a religião do bem, sem esperança de recompensa e de imortalidade, em outros termos, o estoicismo, torne-se um dia a fé da humanidade. Até aqui, ao menos, essa religião apenas satisfez às mais nobres almas, e o paraíso foi necessário aos cristãos e aos muçulmanos. O paraíso mesmo não sendo mais que um imperfeito símbolo da vida eterna, e consequentemente uma ilusão, por isso não teria sido menos real a sua virtude fortificante. O erro dos cérebros estreitos é não fazerem justiça à ilusão, isto é, à verdade relativa, puramente psicológica e subjetiva. Falta delicadeza crítica a todas as inteligências vulgares, que formam a ideia mais ingênua da verdade religiosa ou mesmo da verdade, porque não compreendem a natureza e as leis do espírito humano. A fenomenologia é carta cifrada para esses paquidermes, que vivem na superfície da sua própria alma. São os pesados, os espessos, os obtusos, que veem claro só em aritmética e mecânica, e são incompetentes no mundo moral. A geometria é seu domínio, o *fieri*, o vir-a-ser, a vida e, por consequência, a realidade última e profunda não é de seu alcance nem para o seu gosto.

Mas de que estava eu falando? Da necessidade de uma fé qualquer, para poder agir e viver. O ceticismo conclui rigorosamente no quietismo. Na dúvida, nos abstemos. A incerteza infinita impõe a absoluta imobilidade. Se pois a ação é obrigatória, é necessário uma esperança, uma persuasão, uma fé, para decidir a vontade livre. O interesse, o dever são motivos; mas todo motivo só tem valor por uma fé subentendida, a fé no bem, por exemplo, ou a fé no prazer. É verdade que essa fé é uma experiência; mas acreditar em sua experiência é ainda um ato de fé, que um verdadeiro cético pode interdizer-se. A base da minha certeza é, pois, a minha experiência íntima, mas o seu princípio é o ato de soberania pelo qual decido *motu proprio* e sem razão que a minha experiência é válida, que é verdadeira, que nela eu creio. A passagem da ilusão à verdade é, pois, uma espontaneidade do querer. O fundo da certeza é a nossa vontade. Sem a vontade, permanecemos no ceticismo. Sem ela, há consciência, mas não há ciência e não há realidade. Mas se o indivíduo é, no fundo, somente uma vontade, o universo também é somente uma vontade. E extinguindo-se a vontade, desaparece tudo, como um sonho. Vontade e imaginação, nisso estaria todo o homem e toda a natureza. A realidade é apenas a fantasmagoria infinita da Vontade primordial. Maia é o sonho de Brama. É uma das grandes *Weltvorstellungen* possíveis.

Schopenhauer dela fez o sistema.

(*Mais tarde.*) – Esta manhã tudo me enregelou: o frio da estação, a imobilidade física, e sobretudo *La Philosophie de l'Inconscient*, de Hartmann. Esse livro anuncia esta tese desolada: a criação é um erro; o ser tal como é não vale o nada, e a morte vale mais que a vida.

Tornei a sentir a amarga impressão que *Obermann* me causara em minha adolescência. A tristeza negra do budismo envolveu-me em suas sombras. Se, com efeito, unicamente a ilusão nos mascara o horror da existência e nos faz suportar a vida, a existência é uma cilada e a vida um mal.

Como Annikeris, o *Eeisidánatos*, devemos aconselhar o suicídio, ou antes, com Buda e Schopenhauer, devemos lutar pela extirpação radical da esperança e do desejo, que são a causa da vida e da ressurreição. Não renascer, eis a questão e eis o difícil. A morte é somente o reinício, quando é o aniquilamento o que importa. Sendo a individualização a raiz de todas as nossas dores, o mister consiste em dela evitar a infernal tentação e a abominável possibilidade. Que impiedade! E, não obstante, tudo isso é lógico; é a última consequência da filosofia da felicidade. O epicurismo redunda em desespero. Menos desoladora é a filosofia do dever. Mas a salvação está em conciliar o dever e a felicidade, na união da vontade individual com a vontade divina, na fé em que essa vontade suprema é dirigida pelo amor. Para não amaldiçoar a criação, é forçoso crer, apesar das aparências e experiências, que é uma obra de amor, e que o princípio universal é, ao mesmo tempo, sabedoria, santidade e bondade. Senão, que seja anatematizada! E invoquemos o nada.

23 de fevereiro de 1870. – Reconheci com terror as causas da minha obsessão de ontem. Estão no instinto de perversidade; no instinto de bravata; – e no instinto de suicídio. Por mais que se diga, o mal tenta porque é o mal, nem sempre necessita Satã disfarçar-se em anjo de luz para ser escutado e seguido; ele aguça a curiosidade, e isso basta. Fala-se no receio do perigo, mas o perigo exerce também uma forte e vertiginosa atração; queremos medir-nos com ele, e gozar da sua força. Apoiamo-nos no instinto de conservação, mas o instinto contrário é também real. O que nos é funesto incita em nós um gosto malsão, que não é cego mas depravado.

Assim o que mortificará nossa consciência e nosso interesse pode tentar-nos ainda. Como? Acariciando o nosso instinto de revolta que não quer temer nem a Deus nem ao diabo, que não admite o superior e que se insurge contra todo conselho e toda injunção.

Há, pois, em nós, o elemento satânico; um inimigo de toda lei, um rebelde que não aceita jugo algum, nem mesmo o da razão, do dever e da prudência. Esse elemento é a raiz de todo pecado: *das radicale Böse*, de Kant. A independência, que é a condição da individualidade, é, ao mesmo tempo, a tentação eterna do indivíduo. O que faz o que somos, é também o que nos faz pecadores. Levamos, pois, o pecado na medula, corre em nós como o sangue em nossas veias, está misturado em toda a nossa substância. Ou para melhor dizer: a tentação é o nosso estado natural, mas o pecado não é necessário. O pecado consiste na confusão voluntária da boa com a má independência; tem por causa a semi-indulgência outorgada a um primeiro sofisma. Cerramos os olhos ante os inícios do mal, porque são pequenos, e nessa debilidade encontra-se em germe a nossa derrota.

Principiis obsta, bem praticada essa máxima nos preservaria de quase todas as nossas catástrofes.

Não queremos outro amo senão o nosso capricho; o que equivale a dizer que o nosso eu mau não quer Deus, que o fundo da nossa natureza é sedicioso, ímpio, insolente, refratário, contraditor e menosprezador de tudo o que intenta dominá-lo, consequentemente contrário à ordem, ingovernável e negativo. A esse fundo é que chama o cristianismo o homem natural.

Mas o selvagem que existe em nós e que é nossa primeira natureza deve ser disciplinado, policiado, civilizado para dar um homem. E o homem deve ser pacientemente cultivado para tornar-se um sábio. E o sábio deve ser experimentado para tornar-se um justo. E o justo deve ter substituído a sua vontade individual pela vontade de Deus para tornar-se um santo. E esse homem novo, esse regenerado, é o homem espiritual, é o homem celeste, de que falam os Vedas e o Evangelho, os magos e os neoplatônicos.

17 de março de 1870 (*onze horas da manhã*). – Uma banda acaba de executar na rua alguns trechos, sob a chuva. Era um veludo para o homem interior.

Ó Pitágoras, se a música nos transporta assim ao céu, é que a música é a harmonia, que a harmonia é a perfeição, que a perfeição é o nosso sonho, e que o nosso sonho é o céu. Este mundo de lutas, de agruras, de egoísmo, de fealdade e de miséria, faz-nos involuntariamente suspirar pela paz eterna, pela adoração sem limites e pelo amor sem fim. Não é tanto do infinito que nós temos sede, mas da beleza. Não é o ser e os limites do ser que nos pesam, é o mal em nós e fora de nós. Não é necessário ser-se grande, contanto que se esteja na ordem.

A perfeição no relativo basta perfeitamente à nossa necessidade de absoluto. A ambição moral não tem orgulho; ela só deseja estar em seu lugar, e cantar bem a sua nota no concerto universal do Deus do amor. A santidade do servidor, sem poder, sem dignidade, sem ciência, é toda a felicidade que ela ambiciona. Ser apenas um verme, mas em conformidade com Deus, eis o voto de Cleanto e de Thomas de Kempis... Não sei se é o capítulo de Dixon sobre os *Shakers*[20] ou o fato da convalescença, ou o da música, mas sinto uma grande necessidade de mansuetude religiosa: "Tanto quanto dependa de vós, sede em paz com todos os homens!". O retiro, o trabalho, a meditação, a prece à maneira esseniana me sorriem como uma existência de eleição. Um interior afetuoso, tranquilo, piedoso, culto, é mais ou menos tudo o que me tenta. O instinto contemplativo e místico desperta em mim. Mas lembro-me que sou ondulante e diverso: *Homo sum, nihil humani...* Cumpramos a nossa missão.

30 de março de 1870. – Certamente, a Natureza é iníqua, sem pudor, sem probidade e sem fé. Só quer conhecer o favor gratuito e a louca aversão, e não sabe compensar uma injustiça a não ser com outra. A felicidade de alguns expia-se pois pela desgraça de muitos... É inútil argumentar contra uma força que é cega. Revolta-se a consciência humana contra essa lei e, para satisfazer o seu instinto de justiça, imaginou duas hipóteses, das quais para si própria fez uma religião: é a primeira a ideia de uma providência individual; a segunda, a de uma outra vida. Que sejam, os acidentes e infortúnios incompreensíveis, favores paternais de um Deus que nos quer experimentar, e a revolta, imediatamente, dá lugar ao espírito de submissão filial. Que as impressionantes iniquidades deste mundo reparadas devam ser posteriormente, numa existência melhor, onde haja alegria para todos os aflitos e onde more a justiça, e tornam-se, as provas desde logo, suportáveis. A fé, pois, numa proteção divina e a esperança de uma imortalidade reparadora, eis onde a humanidade vai buscar coragem, eis o genial processo pelo qual se reconcilia com as durezas do destino.

Está nisso um protesto contra a Natureza, declarada imoral e escandalizante. O homem crê no bem, e para não assinalar senão justiça, afirma que a injustiça que se lhe oferece mais não é que uma aparência, um mistério, um prestígio, e que se fará justiça.

---

[20] W. H. Dixon, *New America*, 1867.

Fiat justitia, pereat mundus!

É um grande ato de fé. E, já que a humanidade não se fez a si mesma, esse protesto tem alguma probabilidade de expressar uma verdade. Se há conflito entre o mundo natural e o mundo moral, entre a realidade e a consciência, é a consciência que deve ter razão.

De nenhum modo é necessário que o universo exista; mas é necessário que se faça justiça, e o ateísmo tem que explicar a tenacidade absoluta da consciência nesse ponto. A Natureza não é justa; nós somos produtos da Natureza. Por que reclamamos e profetizamos a justiça? Por que se volta o efeito contra a sua causa? O fenômeno é singular. Provém essa reivindicação de uma cegueira pueril da vaidade humana? Não; é o grito mais profundo do nosso ser, e é em honra de Deus que esse grito é lançado. Os céus e a terra podem aniquilar-se, mas o bem deve existir e não deve existir a injustiça. Tal é o credo do gênero humano. E é o bem. A Natureza será vencida pelo espírito, e o eterno prevalecerá contra o tempo.

1º de abril de 1870. – Acreditaria que para a mulher, consoante o voto da natureza e muitas vezes mesmo, segundo toda educação e predicação, a religião é o amor, que o amor é por consequência a autoridade suprema, a que julga o resto e decide do bem. Para o homem, o amor está subordinado ao bem, é uma grande paixão, mas não é a fonte da ordem, o sinônimo da razão, o critério da excelência. Parece, pois, que a mulher tenha por ideal a perfeição do amor, e o homem a perfeição da justiça. Foi neste sentido que São Paulo pôde dizer que a mulher é a glória do homem e o homem a glória de Deus. Assim, a mulher que se absorve no objeto da sua ternura, e faz do seu herói um ídolo, está, por assim dizer, dentro da Natureza, é verdadeiramente mulher, é rainha na arte de amar, de modo algum se deprime, irradia-se, realiza o seu tipo fundamental. Ao contrário, o homem que encerrasse a sua vida na adoração conjugal, e que acreditasse haver amplamente vivido, de si próprio fazendo o sacerdote da mulher amada, apenas seria um semi-homem, a quem a sociedade desprezaria e a quem talvez, secretamente, as próprias mulheres desdenhassem. A mulher que realmente ama deseja confundir-se na irradiação do homem eleito, quer que o seu amor torne maior o homem, mais forte, mais viril, mais ativo. Cada sexo assim está no seu papel: a mulher é de preferência destinada ao homem, e o homem à sociedade; e cada um deles só encontra a paz, a satisfação e a felicidade depois que descobriu essa lei e aceitou esse equilíbrio. O que seria idolátrico num deles não o é, pois, no outro. A finalidade de um ser decide do que faz parte da sua beleza. Assim a mesma coisa pode estar bem na mulher e mal no homem, ser valor naquela, fraqueza neste. Há, pois, a moral feminina e a moral masculina, como capítulos preparatórios da moral humana; abaixo da virtude angélica e sem sexo, há uma virtude *sexuada*.

E esta é a ocasião de um ensino mútuo, cada uma das duas encarnações da vida empenhando-se em converter a outra, a primeira pregando o amor à justiça, a segunda, a justiça ao amor; de onde resultam a oscilação e a média que representam um estado social, uma época, por vezes uma civilização inteira. Tal é, pelo menos, a nossa ideia, na Europa, da harmonia dos sexos na hierarquia das funções.

15 de abril de 1870 (oito horas da manhã). – Estou humilhado por de novo começar a série das misérias invernais: coriza, catarro, fadiga das pálpebras, do cérebro e dos rins. Será que a saúde quer ter apenas intermitentes sorrisos? Ser-me-á necessário sentir a carcaça em algum ponto sempre em avaria? Como a sombra noutro tempo, irá o sol prejudicar-me agora? Desconcerto-me, acaso, sem remédio?... O que acho de insuportável na minha situação é que me vou limando mais do que o razoável, que sem proveito e sem necessidade, secretamente eu me destruo, por simples ignorância do que me conviria ou pelo desgosto em cuidar de mim próprio... Toda destruição gratuita da vida, todo aniquilamento evitável de uma obra-prima, parece-me ferocidade ou vandalismo. Encontro aqui a minha antipatia contra o sofrimento estúpido, contra a desgraça facultativa, contra o devotamento mal entendido. Morrer por uma bela causa, muito bem, mas morrer por tolice, isso me repugna... Após amar-se tanto a ação inútil, é mister afazer-se à ideia da decrepitude acidental e da morte prematura, porque é também isso inútil... A natureza e os homens conspiram igualmente para demolir-nos e pulverizar-nos, antes de voltarmos à cinza nativa. Viver é defender-se, é vencer, é impor-se sem trégua e sem descanso; é continuamente conservar-se pela coesão renovada, afirmar-se pela vontade, dilatar-se pela produção; é cumprir um esforço contínuo de equilibrismo infatigável. Logo que o jogo nos fatiga e que a luta nos enfada, estamos perdidos. É como para o homem que viaja na zona intertropical: desde que não mata, é devorado. Viver é combater incessantemente a morte, a noite, o nada; é alimentar, como um Guebro, a chama da sua personalidade, é ser o protetor dessa individualidade fantasmática, o abutre guardião do tesouro imaginário, a custódia consciente desta alma de que somente a dor nos atesta a existência, mas que não tem mais consistência do que um sonho tenaz e um pesadelo crônico...

Crucificação! – É bem a palavra em que no dia de hoje é preciso meditar. Não estamos nós na sexta-feira santa?

> *L'art de la vie, ami, tu voudrais le connaître,*
> *Il est tout dans um mot: employer la douleur.*

Vais agora reprovar como vão o sofrimento, como inútil, tirânico, feroz, quando antes sabias dele tirar uma lição e um bem? Maldizê-lo é mais fácil do que abençoá-lo, mas é cair no ponto de vista do homem terrestre, carnal e natural. Por que o cristianismo submeteu o mundo, senão por sua divinização do sofrimento, por essa transfiguração maravilhosa do suplício em triunfo, da coroa de espinhos em coroa de glória, e de um patíbulo em símbolo da salvação? Que significa a apoteose da cruz, senão a morte da morte, a derrota do pecado, a beatificação do martírio, o *emparaisamento* do sacrifício voluntário, o desafio à dor?

"Ó, morte, onde está o teu aguilhão? Ó, sepulcro, a tua vitória onde está?" À força de trabalhar neste tema: a agonia do Justo, a paz na agonia, o esplendor na paz, a humanidade compreendeu que tinha nascido uma nova religião, isto é, uma nova maneira de explicar a vida e de compreender o sofrimento.

O sofrimento era uma espécie de maldição, de que se fugia: vai tornar-se uma purificação da alma, uma provação sagrada enviada pelo amor eterno, uma graça divina destinada a santificar-nos, um socorro que a fé aceitará, uma estranha iniciação à felicidade. Ó, potência da fé! Permanecendo tudo o mesmo, tudo no entanto mudou. Uma nova certeza nega a aparência; ela trespassa o mistério, coloca um pai invisível atrás da natureza visível, faz brilhar a alegria no fundo das lágrimas e a dor transforma na encarnação primeira da felicidade.

E para aqueles que acreditaram, eis que o túmulo se transforma em céu; sobre a fogueira da vida, cantam o hosana da imortalidade, para eles uma santa loucura renovou todas as coisas, e quando querem exprimir o que sentem, o seu arrebatamento os torna incompreensíveis; falam em *línguas*. A embriaguez entusiasta do devotamento, o desprezo da morte, a sede da eternidade, o delírio do amor pela crucificação, eis o que pôde produzir a inalterável doçura do crucificado. Perdoando a seus carrascos, e sentindo-se, apesar de tudo, indissoluvelmente unido a Deus, Jesus, do alto da sua cruz, acendeu um fogo inextinguível e revolucionou o mundo. Proclamou e realizou a salvação pela fé na misericórdia infinita e no perdão concedido ao arrependimento, apenas. Ao dizer: "Há mais alegria no céu para um só pecador que se converte que para 99 justos que não têm necessidade de arrependimento", fez da humildade a porta de ingresso ao paraíso.

Crucificai o eu indomável, mortificai-vos completamente, dai tudo a Deus, e a paz que não é deste mundo descerá sobre vós. Desde dezoito séculos maiores palavras não foram ditas, e, embora a humanidade busque uma aplicação cada vez mais exata e mais completa da justiça, ela secretamente só no perdão tem fé, só no perdão conciliando a inviolável pureza da perfeição com a piedade infinita pela fraqueza, isto é, só ele salvaguardando a ideia da santidade, permitindo ao mesmo tempo o desabrochar do amor.

O Evangelho é a nova da inenarrável consolação, da que desarma todas as dores da terra, e mesmo os terrores do Rei das Assombrações, a nova do perdão irrevogável, isto é, a vida eterna. A cruz é a garantia do Evangelho. Foi ela o seu estandarte.

A humanidade acreditou em Jesus, acreditou em sua palavra e em seu exemplo, acreditou mesmo nele e dele fez o seu Deus. Se o verdadeiro Deus é o que consola, que santifica e que fortifica, Jesus não conquistou sua divindade? Que o reconhecimento apaixonado do coração imponha algumas ilusões ao espírito, quem disso duvida? Mas onde está o crime?

É por suas afeições e adorações que a alma humana se eleva, e não somente a alma de cada indivíduo, mas a alma da humanidade.

7 de maio de 1870. – A fé que se aferra a seus ídolos e que resiste a toda inovação é uma potência retardante e conservadora; mas é próprio de toda religião servir de freio à nossa emancipação ilimitada e fixar a nossa inquieta agitação. A curiosidade é a força impulsiva, expansiva, irradiante, que, dilatando-se sem limite, nos volatilizaria ao infinito; a crença representa a gravitação, a coesão, a concreção que de nós fez corpos, indivíduos particulares. Uma sociedade vive da sua fé e desenvolve-se pela ciência. A sua base é, pois, o mistério, o desconhecido, o pressentido, o impenetrável, a religião; o seu fermento é a necessidade de conhecer. A sua substância permanente é o incompreendido ou o divino; a sua forma variável é o resultado de seu trabalho intelectual. A adesão inconsciente, a intuição confusa, o pressentimento obscuro que decide da fé primeira é, pois, capital, na história dos povos. Toda a história se move entre a religião, que é a filosofia genial, instintiva e fundamental de uma raça, e a filosofia, que é a última religião, ou seja, a visão clara dos princípios que engendraram todo o desenvolvimento espiritual da Humanidade. É algo que existe, que existia, e que seguirá existindo; mas esse algo mostra, com mais ou menos transparência e profundidade, a lei da sua vida e das suas metamorfoses. Esse algo é o absoluto. Quando fixo, chama-se Deus, e quando móvel, o mundo ou a Natureza. Deus está presente na Natureza, mas a Natureza não é Deus; há uma Natureza em Deus, mas não é o próprio Deus. Não sou isoladamente pela imanência nem pela transcendência. Considero que, no absoluto, o eterno é tão verdadeiro quanto o móvel, o espírito quanto a natureza, o ideal quanto o real, o número quanto o fenômeno, e que toda a fantasmagoria do ser é somente o ser sob a categoria do desdobramento sem aumentar o ser no que quer que seja. Da mesma forma que todas as metamorfoses químicas são indiferentes à balança, e que a formação ou dissolução de um sistema solar não muda de um átomo a quantidade de matéria cósmica, há mutação de estado, mas não crescimento, ou diminuição do ser no ser. Mesmo que a humanidade morresse, haveria uma grande floração perdida, mas que importa à eternidade? O absoluto como sujeito é o pensamento, como objeto é a natureza. Supondo que o absoluto cesse um instante a sua atividade interior, recaia no sono de Brama, é o universo que se desvanece; mas para recomeçar com o acordar do absoluto. Que o homem possa sonhar o sonho de Deus e reconstituir na sua mônada a arquitetura do infinito, eis aí a sua grandeza. Mas recomeça a obra sempre, porque cada vida é somente um relâmpago e cada espírito uma bolha de sabão irisada por esse relâmpago.

9 de maio de 1870. – Disraeli, em seu novo romance (*Lothair*), demonstra que as duas grandes forças atuais são a revolução e o catolicismo, e que as nações livres estarão perdidas se uma dessa forças triunfar. É exatamente a minha opinião. Mas enquanto na França, na Bélgica, na Itália e nas sociedades católicas, só pela conservação em xeque de cada uma dessas forças pela outra se podem sustentar o Estado e a civilização, a situação é melhor nos Estados protestantes, onde há uma terceira força, uma fé intermediária entre as duas outras idolatrias, que faz da liberdade não uma neutralização de dois contrários, mas uma realidade moral, subsistente por si mesma, tendo em si o seu centro de gravidade e seu móbil.

No mundo católico, a religião e a liberdade negam-se mutuamente; no mundo protestante, aceitam-se: logo, muito menos força perdida no segundo caso.

A cristandade católica está, pois, numa situação inferior, ela decaiu da primeira linha, é a raça anglo-saxônica que está em ascendente histórico na hora atual.

A liberdade é o princípio laico e filosófico, é a aspiração jurídica e social da nossa espécie. Mas como não existe sociedade sem regra, sem freio, sem limitação da liberdade individual e, sobretudo, sem limitação moral, convém que o povo mais livre legalmente tenha por lastro a sua consciência religiosa; é o que se encontra nos Estados Unidos. Nos Estados mistos, católicos ou ateus, sendo, a limitação, unicamente penal, leva à incessante contravenção: é o espetáculo que oferece a França cada vez que ela se aproxima da República.

A puerilidade dos livres-pensadores consiste em crer que uma sociedade livre pode sustentar-se em pé e ter coesão, sem uma fé comum e sem qualquer preconceito religioso. Onde está a vontade de Deus? Será a razão comum que a expressa ou um clero, uma Igreja que a conserva em depósito?

Enquanto a resposta é ambígua, duvidosa e vaga aos olhos da metade ou da maioria das consciências (e esse é o caso em todos os Estados de população católica), a paz pública é impossível e o direito público é vacilante. Se há um Deus, é necessário tê-lo por si; e se não há, seria necessário, em primeiro lugar, ter atraído todo o mundo à mesma ideia do direito ou do útil, isto é, ter reconstituído uma religião laica, antes de construir solidamente em política.

Alimenta-se o liberalismo de abstrações quando acredita possível a liberdade sem indivíduos livres, e quando ignora que a liberdade no indivíduo é o fruto de uma educação anterior, educação moral, que pressupõe uma religião libertadora. Pregar o liberalismo a uma população jesuitizada pela educação é recomendar o casamento a um castrado e a dança a um amputado. Como poderia caminhar uma criança de quem não desataram os cueiros? De que modo a abdicação da consciência própria conduziria ao governo da consciência própria? Ser livre é dirigir a si mesmo, é ser maior, emancipado, senhor dos seus atos, juiz do bem; ora, jamais emancipa o catolicismo ultramontano as suas ovelhas, as quais devem admitir, crer, obedecer, porque são menores para sempre, e porque unicamente o clero possui a lei do bem, o segredo do justo, a norma do verdadeiro. Eis aonde conduz a ideia de revelação exterior, habilmente explorada por um sacerdote paciente.

Mas o que me admira é a miopia dos homens de Estado do meio-dia, que não veem que a questão principal é a questão religiosa, e que, na hora presente, ainda não reconhecem que o Estado liberal é irrealizável com tanta religião antiliberal, e quase irrealizável com ausência de religião. Confundem conquistas acidentais e progressos precários com resultados definitivos.

Creio, ao contrário, que na França tudo é possível, e que de novo tudo pode estar perdido, quanto à liberdade. A França será socialista e comunista antes de ter podido realizar a república liberal, porque a igualdade é infinitamente mais fácil de estabelecer-se que a liberdade, e cortar cem árvores muito mais rápido que fazer crescer uma só. O socialismo é uma confissão de impotência. Existe alguma verossimilhança em que o rumor que se faz a pretenso favor da liberdade não resulte na supressão da liberdade; vejo que a Internacional, os irreconciliáveis e os ultramontanos visam igualmente o absolutismo, a onipotência ditatorial. Felizmente são muitos e se poderá pô-los em luta.

Se a liberdade deve ser salva, não o será pelos que duvidam, pelos fenomenistas, pelos materialistas, será pelas convicções religiosas, será pela fé dos indivíduos que acreditam deseja Deus o homem livre, mas puro, será pelos que aspiram à santidade, pelos devotos antiquados que falam da imortalidade, de vida eterna, que preferem a alma ao mundo inteiro, será pelos libertadores da fé secular do gênero humano.

No combate das luzes contra as trevas, creio, pois, que a religião purificada, o cristianismo primitivo será uma força equitativa. Ele é que afastará do falso progresso e da falsa liberdade, mantendo o ideal da vida humana santificada, e verdadeiramente nobre, isto é, digna do céu.

5 de junho de 1870. – O eficaz na religião está precisamente no que não é racional, filosófico ou eterno; está no imprevisto, no eficaz, no milagroso, no extraordinário, no anedótico. A religião é tanto mais amada quanto mais fé reclama, isto é, quanto menos crível é para o profano. O filósofo quer explicar os mistérios e resolvê-los em luz. O instinto religioso, ao contrário, reclama e busca o mistério, é o mistério que constitui a essência do culto e a força do proselitismo. Quando a cruz se tornou a loucura da cruz, fascinou as multidões. E ainda em nossos dias, os que querem dissipar o sobrenatural, esclarecer a religião e conservar a fé, veem-se abandonados, como os poetas que falassem contra a poesia, como as mulheres que desacreditassem o amor. O encanto da religião está na fé; a fé é a adoção do incompreensível; e mesmo a procura do incompreensível; e embriaga-se a fé com as suas próprias oferendas e exaltações multiplicadas. Do mesmo modo que a mulher amante, ela faz do sacrifício a sua volúpia, e quanto mais devotamento se lhe pede, mais feliz ela é.

É o esquecimento dessa lei psicológica que espanta os liberais; é o conhecimento dela que faz a força do catolicismo...

Parece que nenhuma religião positiva poderá sobreviver ao sobrenatural que constitui a sua razão de ser. A religião natural parece o túmulo de todos os cultos históricos. Todas as religiões concretas vêm morrer no ar puro da filosofia. Logo, enquanto a vida dos povos tenha necessidade do princípio religioso como móbil e sanção da moral, como alimento da fé, da esperança e do amor, enquanto as multidões se desviarem da razão pura e da verdade nua, enquanto adorarem elas o mistério, hão de permanecer, e com razão, na fé[, única região onde o ideal se apresenta a elas de uma forma atraente].[21]

9 de junho de 1870 (oito horas da manhã). – Desperto demasiado tarde, com uma hora de atraso para o primeiro trem de *Lausanne*, e renuncio à reunião da Sociedade de História, não sem um íntimo descontentamento de mim próprio, pois melhor seria encontrar-me entre colegas e consultar um pouco a opinião, do que mofar aqui na minha cela de alquimista. Mas é sempre a mesma coisa. Gosto de ser dispensado, pelo acaso ou pelo impossível. O *demasiado tarde* está de acordo com a minha apatia, e só aparentemente receio ver partir sem mim o *steamer*, o vagão, a oportunidade e a alegria.

Là-bas, là-bas!
Est le bonheur, dit l'espérance.

E como não estou voltado para a esperança, eu me digo a mim próprio:

Là-bas, là-bas!
Est l'ennui, la déception.

E permaneço quieto. No fundo, com este único elemento de mais ou menos na alma – a esperança – tudo muda. Toda a atividade do homem, todos os seus esforços, todos os seus intentos supõem nele a esperança de alcançar um fim; uma vez desvanecida a esperança, é insensato o movimento, não é mais do que espasmódico e convulso, como o do indivíduo que cai de um campanário.

---

[21] O trecho entre colchetes estava ilegível na primeira edição da tradução de Mário Ferreira dos Santos, e a lacuna foi perpetuada em edições posteriores. Como não foi possível ter acesso a essa parte do texto de Mário, traduzimos o trecho em questão com base no original em francês. (N. E.)

Debater-se ante o inevitável tem algo de pueril. Suplicar à lei da gravidade que suspenda a sua ação seria sem dúvida uma prece grotesca. Pois bem! quando se perde a fé na eficácia dos seus esforços, quando se diz: Tu não serás melhor deste que daquele modo; és incapaz de realizar o teu ideal, a felicidade é uma quimera, o progresso é uma ilusão, o aperfeiçoamento é uma armadilha; supondo as tuas ambições todas satisfeitas, em tais condições não encontrarias ainda senão vazio, saciedade, ressentimento,

> *Ixion, Sisyphe et Tantale,*
> *Les suppliciés de l'espoir,*
> *Démontrent à qui veut le voir*
> *Que toute espérance est fatale;*

percebe-se que é necessário um pouco de cegueira para viver, e que a ilusão é o motor universal. A desilusão completa seria a imobilidade absoluta. Quem decifrou o segredo da vida finita, e que dela chegou a ler a palavra oculta, escapa à Grande Roda da existência, saiu do mundo dos vivos, não é mais enganado, está realmente morto. Erguer o véu de Ísis ou face a face ver a Deus aniquilando o mortal temerário, tal seria a significação da crença antiga? O Egito e a Judeia tinham constatado o fato, unicamente Buda trouxe dele a chave: é que a vida individual é um não-ser que a si mesmo ignora, e que no mesmo instante em que chega esse não-ser a conhecer-se, a vida individual é abolida em princípio. Assim que a ilusão se desvanece, o não-ser retoma o seu reino eterno, o sofrimento da vida terminou, o erro desapareceu, o tempo e a forma cessaram de ser para essa individualidade libertada; rompeu-se no espaço infinito a bolha de ar colorida, e dissolveu-se a miséria do pensamento no imutável repouso do Nada ilimitado. O absoluto, se fosse espírito, ainda seria atividade, e é a atividade, filha do desejo, que é incompatível com o absoluto. A vontade é uma inquietação. O absoluto deve ser o zero de toda determinação e a única maneira de ser que lhe convenha é o Nada.

15 de junho de 1870 (cinco horas e meia da tarde). – Calor acabrunhante, céu coberto, luz de eclipse, aspecto melancólico de todas as coisas. Parece-me que atravessamos a cauda de um cometa e que vão os seres vivos extinguir-se na aridez deste ar espesso. A influência entorpecente apodera-se de meu cérebro e vem nublar-me o entendimento. Não reajo mais com vivacidade contra o mundo exterior, e não tenho mais a lúcida percepção da minha liberdade. Como é horrível a natureza e desolada a vida, quando as olhamos através do vidro amarelado dessa impressão; é como se o glóbulo do olho se injetasse de água de sabão. Tenho a sensação de afogar-me na fealdade. Nunca os meus batentes gastos, as minhas cortinas amareladas, os meus tapetes desbotados, a minha biblioteca onde os livros estão em ziguezague me pareceram tão desagradáveis ao olhar. Nunca o meu rosto se mostrou tão displicente e tão envelhecido. Ó luz, ó juventude, ó frescura, ó beleza, eu tenho vagas tentações de adorar-vos, a vós ausentes, vós que meu coração reclama e deplora, vós, bens dissipados e perdidos, vós, encantamento dos sentidos e da imaginação! Tenho verdadeira ojeriza por tudo o que manqueja, claudica, geme, e assume formas de mau gosto, tudo o que é gasto, mutilado, deteriorado, e sinto, como sentiria uma menina de quinze anos, uma aversão instintiva por tudo o que desagrada, por tudo o que é velho, inclusive a minha *Wenigkeit*. Sob o prestígio dessa aversão, proclamar-se-ia de boa vontade o direito divino do belo e o aniquilamento da fealdade sob todas as suas formas. Contudo, é tal a minha apatia que, repudiando a fealdade em tudo quanto me cerca e de mim depende, móveis, aposento, roupas, etc., absolutamente não sinto a coragem de criar a elegância e a graça em torno de mim, e de modelar as coisas ao sabor do meu ideal. Essa arquitetônica é a tarefa da mulher; é ela quem deve arrumar, ornar, decorar a vida. Eu sentiria uma espécie de vergonha em acomodar o meu interior como uma mocinha, e fazer sacrifícios de boa vontade para o bem-estar do meu indivíduo. Encanta-me um paraíso já pronto; mas fazer um ninho para mim só, repugna-me.

Aí! Nisto como em tudo mais, estou bem certo de morrer sem ter visto realizar-se o meu sonho. Renunciei por assim dizer em bloco à esperança de satisfazer-me um dia, fosse no que fosse; e isso me dá, senão contentamento, ao menos calma. Os suspiros debulhados não impedem a resignação fundamental. É mais fácil estrangular os desejos do que saciá-los: é o partido que tomei frequentemente, mesmo para as coisas que estivessem ao meu alcance.

16 de junho de 1870. – Leitura: reli *El Cid*, com todas as notas, notícias biográficas, dedicatórias comprovantes; e a biografia de Corneille por Louandre. Corneille é um excelente exemplo de falta de harmonia e de equilíbrio tão frequente entre os modernos e que teria revoltado o sentido estético dos antigos: sentimento do sublime, ignorância pueril do mundo; grandeza e inabilidade; heroísmo e falta de espírito; altivez e servilismo; altura de imaginação, conversação estúpida, pesada, cansativa; talento para escrever versos, incapacidade para lê-los toleravelmente; grande homem e grande parvo; não é esquisito que isso se encontre junto, e que uma bela alma revista a aparência de um imbecil e de um desengonçado? A que se deve isto? À nossa educação ridícula, sobretudo a do século dezessete, à nossa divisão social, que destrói o homem em proveito das classes, e classifica os indivíduos, sobretudo na monarquia, como os gêneros, espécies e famílias de insetos ou crustáceos nas montras de nossos museus. A civilização chamada cristã, durante dezoito séculos, foi incapaz de modelar homens completos, livres, nobres, como o Século de Péricles o fez. O exterior e o interior não se correspondem entre os modernos. É mais fácil realizar prodígios ou monstros do que homens verdadeiros; todos os excessos são mais realizáveis do que a beleza. Estamos tão afastados de poder organizar a vida individual e social segundo o ideal estético, que não temos sequer essa esperança em estado de utopia. Para nós, está entendido que a harmonia, o belo, são clarões excepcionais, dentro da nuvem do nosso mundo. O caráter mais saliente do nosso mundo histórico é por isso a contradição, em outras palavras, o desacordo, a dissonância, a fealdade e os trejeitos. E, para cúmulo, tentamos envaidecer-nos desse defeito grotesco, como o sapo que estabelecesse, com razões demonstrativas, que as verrugas fazem parte da distinção porque tem ele o dorso coberto dessas imundas rugosidades.

A enfatuação em que vivemos de nós mesmos, enquanto os verdadeiros homens são tão raros, é de uma truanice infeliz.

3 de julho de 1870. – Leitura: Gérusez (*Calvin; – Anne Dubourg; – Rabelais*). O ponto de vista francês, quando se trata do protestantismo, é sempre ridiculamente contraditório. O "chauvinismo" nacional parece incurável em sua fatuidade e lembra a da canção de La Palice. Duas coisas para ele estão entendidas: é que o gênio nacional é sacrossanto, e que os instituidores seculares, a saber o romanismo e a monarquia, suspeitos de abusos, são não menos indiscutíveis, salvo do ponto de vista revolucionário. Desde então o protestantismo, que de uma parte é pouco católico e respeita mal o absolutismo monárquico, e por outra parte teria prevenido a revolução, é repudiado de antemão, como tendo posto em risco de mudar a história da França. Este otimismo ingênuo que consiste em dizer: Não existe ninguém como nós, e estamos perfeitamente contentes do que somos – é realmente cômico.

Imagino um corcunda que quisesse tornar-se um belo homem sem perder a sua bossa. Os franceses, como todos os amáveis pecadores, prendem-se tanto aos seus pecados como à sua salvação, e concederão por miúdo o que se quiser, contanto que em bloco retomem todas as suas concessões. Não é tolice fazer a crítica das consequências de uma instituição sem remontar à instituição, e indignar-se ante a fogueira de Anne Dubourg, atirando pedras a Calvino? Escritores como Gérusez são irritantes por sua puerilidade. Compreendem somente a oposição zombadora e estéril, nunca o remédio heroico. Admitem Rabelais, a Fronda, a sátira Menipéa, Voltaire, mas receiam os caracteres que têm seriedade. Querem o efeito sem as causas, e a maçã sem a macieira: o que é um pecado de leso bom senso. "O triunfo de Calvino teria desnaturado a França!" Gérusez toma isso como argumento; é claro que se calçamos botas não estamos mais de chinelos. Mas a questão é saber se, para atravessar os charcos da história, um calçado vale mais do que outro. Será que a história da França desde Luís XI, suponho, nos mostra um povo modelo, moral, próspero, livre, feliz, invejável? Dizei sim, e não falaremos mais. Se disserdes não, então, o vosso otimismo cessa de sustentar a sociedade francesa, de que se podem mostrar os vícios secretos e as superstições profundas. Um dos vícios é a frivolidade que substitui o decoro público à verdade, e que desconhece absolutamente a dignidade pessoal e a majestade da consciência. O povo das aparências desconhece o ABC da liberdade individual e mantém-se numa intolerância bem católica em relação às ideias que não conquistem a universalidade, isto é, a maioria das adesões. Olha a nação a si mesma como um rebanho que constitui massa, número e força, mas não uma assembleia de homens livres onde os indivíduos tirem seu valor de si próprios. O francês eminente tira o seu valor de outrem; se tem galão, a cruz, a capa, a espada, a cimarra, numa palavra a função e a insígnia, então é tido por alguma coisa e se sente alguém. É a insígnia que declara o seu mérito, é o público quem o tira do nada, como o sultão cria os seus vizires. Estas raças acarneiradas, disciplinadas, sociáveis, têm antipatia pela independência individual; é preciso que nelas tudo derive na autoridade militar, civil ou religiosa, e o próprio Deus não existe enquanto não decretado. Seu dogma instintivo é, pois, a onipotência social, que trata como usurpação e sacrilégio a pretensão da verdade que queira ser verdadeira sem estampilhas, e a do indivíduo que queira possuir uma convicção isolada e um valor pessoal. Cada um deve proceder como todos, — essa fórmula tão francesa, contém em si a justificação de todas as tiranias, de todas as banalidades, de todas as perseguições e de todas as tolices.

Bellalpe,[22] *20 de julho de 1870 (três horas da tarde).* – O panorama é de uma grandiosa majestade. É a sinfonia das montanhas, uma cantata dos Alpes ao sol.

Estou deslumbrado e oprimido. E o que domina é a alegria de poder admirar, isto é, de poder sair de mim e entregar-me às coisas, como é próprio a meu estado de saúde. A gratidão mistura-se ao entusiasmo. Eu volto a mim mesmo. Que bênção do céu!

(*Oito horas da noite.*) – Passei duas horas ao pé do Sparrenhorn, num arrebatamento contínuo. – Submerso em sensações. Olhei, senti, sonhei, pensei.

Bellalpe, 21 de julho de 1870 (quatro horas da tarde). – Ascensão de Sparrenhorn (9.050 pés), depois do almoço. Este cume a que estamos encostados exige do turista duas horas e um quarto de caminhada (desci numa hora e um quarto). A sua ponta não é de muito fácil acesso, devido às pedras soltas e ao escarpado do caminho, que bordeia dois abismos. Mas, como se é recompensado!

Era perfeitamente belo o tempo. A vista abarca toda a série dos Alpes de Valesa, desde Furka a Combin, e mesmo além de Furka, alguns cimos de Tessino e de Grison; e voltando-se a vista ao lado oposto, percebe-se todo um mundo polar, de nevadas e geleiras que formam o reverso meridional do imenso maciço bernês do Finsteraarhorn, do Monch e da Jungfrau. Este maciço está representado pelo Aletschhorn, à cuja volta, em fitas, giram as várias geleiras de Aletsch, que se torcem defronte ao pico de onde eu as contemplava.

As cinco zonas superpostas: campos, bosques, relvas, rochedos nus, neves; e as quatro espécies de montanhas conforme a altura (montes cobertos de mata, relvados, rochosos, nevados). Entre os montes de primeira grandeza, principais tipos: mesa, o Monte-Leone, cúpula, o Fletscherhorn; zimbório, o Monte-Rosa; pagode, o Mischabel, com suas quatro arestas em arcobotantes e seu estado maior de nove picos em feixe; pirâmide, o Weisshorn; obelisco, o Cervin (pico, dente, corno, agulha).

Aos pares, revoluteavam ao redor de mim as mariposas; moscas curiosas e mosquitos de pernas de aranha; mas vegetação não havia, exceto alguns liquens. – Evolução trepidante de alguma nuvem branca acima da minha cabeça. – A garrafa vazia, com o nome dos turistas vindos desde 4 de julho, nomes

---

[22] Estação alpestre.

escritos em fragmentos de papel. – A grande vista vazia e morta da geleira superior de Aletsch, uma Pompéia glacial. – Gencianas azuis, amores-perfeitos, margaridas, ranúnculos, miosótis, anêmonas. Nada de eufrásias. Espessas relvas, elásticas. Algumas saxífragas. Permaneci uma hora no cimo. O dorso dos rochedos emerge do solo; depressões circulares à maneira de cúpulas relvadas, a transição entre a zona rochosa e a zona de relva.

Bellalpe, 22 de julho de 1870 (quatro horas e meia da tarde). – O céu brumoso e jaspeado, esta manhã, tornou-se perfeitamente azul, e os gigantes de Valais banham-se na luz tranquila.

De onde me vem esta melancolia solene que me assedia e me oprime? Acabo de ler uma série de trabalhos científicos (Bronn, "Lois de la Paléontologie"; Karl Ritter, "Lois des Formes Géographiques", etc.) e muitos outros artigos da *Revue Germanique* de 1859. Seria isso a causa da minha tristeza interior? Será a majestade da paisagem imensa, o esplendor do sol em declínio o que me dispõe a chorar?

"Criatura de um dia que te agitas uma hora", o que te sufoca, eu o sei, é o sentimento do teu nada. Os nomes de grandes homens (Humboldt, Ritter, Schiller, Goethe), que acabam de passar sob os teus olhos, lembram-te que nada soubeste fazer de todos os teus dons; esta Revista de 1859 censura secretamente o mesquinho emprego dos teus últimos onze anos; e esta grande natureza impassível te está dizendo que amanhã desaparecerás, efêmero, sem teres feito a tua obra, e sem teres vivido.

Talvez mesmo seja o sopro das coisas eternas que te produz o calafrio de Jó? Que é o homem? Esta erva que murcha a um raio de sol e que é lançada ao forno? Que é a nossa vida no abismo infinito? Sinto uma espécie de terror sagrado, e já não somente por mim, mas pela minha espécie, e por tudo o que é mortal. Sinto, como Buda, girar a Grande Roda, a roda da ilusão universal, e neste mudo assombro há uma verdadeira angústia. Ísis levanta a ponta do seu véu, e a vertigem da contemplação fulmina quem vislumbra o grande mistério. Não me atrevo a respirar nem a mover-me, parece-me que estou suspenso a um fio sobre o abismo insondável dos destinos.

Será isso um *tête-à-tête* com o infinito, a intuição da grande morte?

Créature d'un jour qui t'agites une heure,
Ton âme est immortelle et tes pleurs vont finir.

Acabar? Quando o abismo dos desejos inefáveis se abre no coração, tão vasto, tão hiante como o abismo da imensidade se abre ao redor de nós. Gênio, devotamento, amor, todas as sedes ao mesmo tempo acordam para torturar-me. Como o náufrago que vai perecer sob as vagas, como o condenado cuja cabeça vai rolar sob o machado, sinto loucos ardores ligarem-me à vida, arrependimentos em desespero afligirem-me e obrigarem-me a pedir misericórdia. E depois toda esta agonia invisível se resolve em abatimento. "Resigna-te ao inevitável! Põe luto sobre as miragens da tua juventude! Vive e morre na sombra! Faz, como o grilo, a tua prece da tarde. Extingue-te sem murmúrio, quando o Senhor da vida soprar em tua imperceptível chama. Foi com miríades de vidas incógnitas que se pôde construir cada gleba de terra. Os infusórios só se levam em conta quando são em milhares de milhões. Não te rebeles contra o teu nada." Amém!

Mas não há paz senão dentro da ordem. Estás tu dentro da ordem? Oh, meu Deus, não! Há de, pois, a tua natureza infixável e inquieta atormentar-te até o fim? Não verás nunca exatamente o que deves fazer. O amor do melhor ter-te-á interdito o bem. A ansiedade do ideal ter-te-á feito perder todas as realidades. A aspiração vaga e o desejo indeterminado terão sido suficientes para inutilizar as tuas aptidões e para neutralizar as tuas forças. Natureza improdutiva, que se acreditou destinada à produção, por erro te terás criado um supérfluo remorso, como a mulher que, por ignorância de seu sexo, estivesse inconsolável por ter faltado à paternidade.

As palavras de... me vêm à memória:

Chacun use, soit peu soit prou,
Au moins une cape de fou.

E também as de Scherer: Devemos aceitar-nos como somos.

Zurique, 8 de setembro de 1870. – Todos os exilados regressam a Paris: Edgar Quinet, Dufraisse, Louis Blanc, Hugo, etc. Associando as suas experiências, conseguirão eles fazer subsistir algum tempo a República?

Assim é de desejar. Mas não arriscaria meu dedo mínimo nessa possibilidade. Ao passo que a República é um fruto, dela se faz na França uma sementeira. Noutros países a República supõe a existência de homens livres, na França ela se faz e deve fazer-se tutora e instrutora; o que quer dizer que ela é artificial e contraditória. Ela coloca a soberania no sufrágio universal, como se este já fosse esclarecido, judicioso, razoável, e deve também morigerar aquele que, por ficção, é o senhor.

O passado justifica toda espécie de dúvida; cabe à França dar provas de arrependimento e de sabedoria. A conversão não é verossímil, mas não é impossível. Esperemos com simpatia, mas com circunspecção...

A França tem a ambição do *self government*, mas isso é apenas um desejo. Trata-se de mostrar a capacidade para tal. Há oitenta anos ela confunde a Revolução com a liberdade. Cabe-nos o direito de esperar vê-la em ação.

Basileia, 11 de setembro de 1870. – *Die Wacht am Rhein!* É tarde e ainda estou acordado, e o velho Reno murmura sob a minha janela e se choca nos arcos da ponte...

Basileia, 12 de setembro de 1870. – Como há dez anos, como há vinte anos, o grande rio glauco rola as suas ondas poderosas, os cavalos batem as patas na ponte dos doze arcos, a catedral vermelha lança as duas flechas para o céu; a hera dos terraços que bordam a margem esquerda do Reno pende das paredes como um manto verde; a infatigável lancha vai e volta como outrora; em resumo, as coisas parecem eternas, ao passo que os cabelos vão branqueando e se sente o coração envelhecer. Passei aqui como *zofingien*,[23] depois como estudante da Alemanha, depois como professor; volto no declínio da idade, e nada mudou na paisagem. Só eu mudei: *Eheu, fugaces, Postume, Postume.*

Esta melancolia da recordação, por mais trivial e pueril que seja, é bem verdadeira, é inestancável, e os poetas de todos os tempos não puderam escapar aos seus ataques...

No fundo, que é a vida individual? Uma variação do tema eterno: nascer, viver, sentir, esperar, amar, sofrer, chorar, morrer. Alguns acrescentam ainda: enriquecer, pensar, multiplicar-se, vencer, etc.; mas de qualquer forma que a nossa vida se extravase, se dilate ou se agite em convulsões, outra coisa não podemos fazer senão ondular mais ou menos a linha do nosso destino. Que tornemos um pouco mais saliente para os outros ou distinta para nós mesmos a série dos

---

[23] Membro da sociedade patriótica suíça de estudantes chamada de "Zofingue", nome da pequena cidade em que foi fundada, em 1819.

fenômenos fundamentais, que importa? O todo é sempre a agitação do infinitamente pequeno, e a repetição insignificante do motivo imutável. Na verdade, que se exista ou não exista, a diferença é tão perfeitamente imperceptível para o conjunto das coisas, que toda queixa e todo desejo são ridículos. A humanidade inteira não é mais do que um relâmpago na duração do planeta, e o planeta pode converter-se em gás sem que o Sol de tal fato se ressinta sequer por um segundo. O indivíduo é, pois, infinitesimal do Nada. Ele só é interessante para si mesmo e na medida de sua obtusidade. Que é a Natureza? É Maia, isto é, um fenomenismo incessante, fugitivo e indiferente, a aparição de todos os possíveis, e o jogo inesgotável de todas as combinações. Ora, diverte Maia a alguém, a um espectador, a Brama? Ou trabalha Brama para algum fim sério, não egoísta? Conforme o teísmo, quer Deus fazer almas e aumentar a soma do bem e da sabedoria, multiplicando-se a si mesmo em seres livres, facetas que repercutam a sua santidade e a sua beleza? Devemos confessar que esta concepção bem mais seduz os nossos corações. Mas será ela mais verdadeira? A consciência moral o afirma. Se o homem concebe o bem, o princípio geral das coisas, que não pode ser inferior ao homem, deve ser sério. A filosofia do trabalho, do dever, do esforço parece superior à do fenômeno, do jogo e da indiferença.

Maia, a caprichosa, estaria subordinada a Brama, o eterno pensamento, e por sua vez Brama, estaria subordinado ao Deus santo.

25 de outubro de 1870. – Cada função ao mais digno, cada lugar ao mais capaz, a cada um segundo o seu mérito: esta máxima domina todas as constituições e serve para julgá-las. Não é proibido à democracia aplicá-la, mas a democracia raramente a aplica, porque pretende, por exemplo, que o mais digno é o que lhe agrada, quando o que lhe agrada é raramente o mais digno. A democracia é uma mulher nervosa que dá o seu voto conforme seu capricho, e seu capricho no momento, e pouco se assemelha ao sábio que aprecia o mérito intrínseco das coisas e das pessoas, e faz abstração das suas circunstâncias acidentais. Em poucas palavras, o sistema democrático supõe que a razão guie as massas populares, quando, na verdade, elas obedecem mais frequentemente à paixão. Ora, toda ficção se expia, pois a verdade se vinga. E eis por que a democracia, tão bela em teoria, pode, na prática, atingir a notáveis deformidades.

Ai de nós! Qualquer que seja o meio empregado, a sabedoria, a justiça, a razão, a saúde não serão nunca senão casos particulares e o quinhão de algumas almas de escol. A harmonia moral e intelectual, a excelência sob todas as suas formas será sempre coisa rara de um grande valor, uma obra-prima isolada.

Tudo o que se pode esperar das instituições mais aperfeiçoadas é permitir à excelência individual produzir-se, não, porém, produzir o indivíduo excelente. A virtude e o gênio, a beleza e a graça serão sempre uma nobreza que nenhum regime poderá fabricar. Inútil por consequência obstinar-se pró ou enraivecer-se contra revoluções que apenas têm uma importância de segunda ordem, importância que eu não quero diminuir nem desconhecer, mas uma importância antes negativa, afinal de contas.

Que o meu carro ou meu vagão me sacuda um pouco mais ou um pouco menos, contanto que eu me firme, chegarei ao término da viagem, e é o essencial. A vida política rouba-nos demasiado tempo, pois não é mais do que o meio da verdadeira vida. Por maiores que sejam os inconvenientes de um apartamento habitável, não poderão ultrapassar os da mudança perpétua. Sob pretexto de aperfeiçoamento ou de acabado, tornamos a nossa existência bem incômoda, pois afinal se emprego o dia e a noite e o amanhã em refazer a minha cama, e isso para recomeçar no dia seguinte, sacrifico o fim ao meio, e o sono, que é o necessário, à cama, que é o insignificante. Se amasso o meu pão, quando é que o comerei? Se, para melhor correr, coso, descoso, recoso e aperfeiçoo sem fim o meu calçado, quando então, eu correrei? Não é preferível dormir no duro, comer seja o que for e andar de pés descalços, a ser escravo dessa mania tirânica?

A medida! Essa divina palavra da Grécia, como nós a esquecemos! Corrompemos e envenenamos as melhores coisas, por falta de proporção, de moderação e de bom senso. O homem natural, o homem vulgar não é mais do que um animal imoderado. A medida é o sinal da maturidade interior; o equilíbrio é a marca da sabedoria. *Rara avis*.

26 de outubro de 1870. – Siroco. Céu azulado. Toda a coroa das árvores caiu a seus pés. Tocou-lhe a mão do inverno. – Minha pobre caseira passa noites a correr de sua irmã doente ao marido também doente, e o dia a trabalhar. Por isso tem os olhos vermelhos e inchados. Pobre mulherzinha, que existência! Resignada, infatigável, não se queixa até que a surpreenda a morte.

Provam semelhantes vidas alguma coisa: que a ignorância verdadeira é a ignorância moral, que o trabalho e o sofrimento são o que toca a todos os homens, e que a classificação pela maior ou menor estupidez não equivale à por maior ou menor virtude. O reino de Deus não é para os mais esclarecidos, mas para os melhores, e o melhor é o que mais se devota. O sacrifício humilde, constante, voluntário, constitui pois a verdadeira dignidade humana. Eis por que está escrito que os últimos serão os primeiros. A sociedade repousa sobre a consciência e não sobre a ciência. A civilização é antes de tudo uma coisa moral. Sem honradez, sem o respeito ao direito, sem o culto do dever, sem o amor do próximo, em uma palavra, sem a virtude, tudo está ameaçado e tudo se derroca; e não são as letras, as artes, o luxo, a indústria, a retórica, o polícia, o secreta nem o guarda aduaneiro que podem manter no ar o edifício que peque pela base.

O Estado fundado apenas sobre o interesse e cimentado pelo medo é uma construção ignóbil e precária. O subsolo de toda civilização é a moralidade média das massas e a prática suficiente do bem. O dever é o que tudo suporta. Os que, na sombra, o cumprem e dão bom exemplo são pois a salvação e o sustentáculo deste mundo brilhante que os ignora. Dez justos teriam poupado Sodoma, mas necessitam-se milhares e milhares de pessoas honradas para preservar um povo da corrupção e da ruína.

Se a ignorância e a paixão comprometem a moralidade popular, convém dizer que a indiferença moral é a enfermidade das pessoas muito cultas. Essa separação entre as luzes e a virtude, entre o pensamento e a consciência, entre a aristocracia intelectual e a multidão honrada e grosseira, é o maior perigo da liberdade. Os requintados, os irônicos, os céticos e os belos espíritos indicam por sua multiplicação a desorganização química da sociedade. Eles são o amoníaco sutil flutuando sobre as imundícies. Exemplo: o século de Augusto e o de Luís XV. Os enfastiados gracejadores são egoístas que se desinteressam do dever geral e que, dispensando-se de todo esforço, não impedem desgraça alguma. A sua fineza consiste em não terem mais coração. Afastam-se por isso da verdadeira humanidade e se aproximam da natureza demoníaca. Que faltava a Mefistófeles? Não era o espírito certamente; era a bondade...

Assim, quando vejo os seres limitados, adoro o espírito. E quando vejo pessoas de espírito, eu me inclino para as pessoas de coração. Só o equilíbrio me contenta. A opção é um mal, mas, se é obrigatória, tomo o indispensável, e prefiro o que me impacienta ao que eu desestimo.

28 de outubro de 1870. – Uma coisa curiosa é o esquecimento absoluto da justiça que trazem os conflitos de nações. A quase totalidade dos próprios espectadores não julga mais senão através dos seus gostos subjetivos, das suas cóleras, temores, desejos, interesses ou paixões próprias: o mesmo é dizer que o seu julgamento é nulo. Julgar é ver o verdadeiro, é preocupar-se com o justo e por consequência ser imparcial; melhor: ser desinteressado; melhor ainda: ser impessoal. Quantos juízes haverá não recusáveis no conflito atual? Nem dez, talvez nem três. Coloca-se o ponto de honra em ser patriota, isto é, em não ser justo; e se é injusto com felicidade, com frenesi, e o que há de curioso, isso é motivo de vanglória. Tanto é mais fácil odiar ou amar apaixonadamente do que se elevar à verdadeira humanidade, ao ponto de vista sinceramente religioso. Esse horror da equidade, essa antipatia pela justiça, essa raiva contra a neutralidade misericordiosa é a erupção da paixão animal no homem, da paixão cega, feroz, e que tem o ridículo de considerar-se uma razão, quando é apenas uma força. Rendo graças a Deus por pertencer a um país e ter uma situação que me permitem despojar a minha alma de tais arrebatamentos e preconceitos vulgares, e não procurar mais do que a justiça, como um homem calmo, *sine ira nec studio.*

6 de dezembro de 1870. – *Dauer im Wechsel*, "a persistência na mobilidade", esse título de uma poesia de Goethe é a chave da Natureza. Tudo muda, mas com tão desigual rapidez, que uma existência parece eterna em relação a outra; assim uma idade geológica comparada à duração de um ser, assim o planeta comparado a uma idade geológica parecem eternidades, como a nossa vida comparada às mil impressões que nos atravessam em uma hora. De qualquer lado a que olhemos, nos sentimos assediados pela infinidade dos infinitos. A visão séria do universo causa espanto. Tudo parece de tal modo relativo que não se sabe mais o que tem um valor real.

Onde está o ponto fixo neste abismo sem limites e sem fundo? Não será o que percebe as relações, em outros termos, o pensamento, o pensamento infinito? Percebermo-nos no pensamento infinito, sentirmo-nos em Deus, aceitarmo-nos nele, e querermo-nos em sua vontade, numa palavra, a Religião, eis o imutável.

Que seja fatal ou livre esse pensamento, o bem é identificarmo-nos com ele. O estoico bem como o cristão abandonam-se ao Ser dos seres, a que um chama soberana sabedoria, e o outro, soberana bondade. São João disse: Deus é luz; Deus é amor. O brâmane diz: Deus é a inesgotável poesia. Digamos: Deus é a perfeição. E o homem? O homem, na sua imperceptível pequenez e na sua inexprimível fragilidade, pode perceber a ideia da perfeição, auxiliar a vontade suprema e morrer cantando hosana.

31 de dezembro de 1870 (*dez horas da noite*). – ... Mas vai terminar o ano. É o momento de recolher-se e de lançar um olhar sobre o passado.

Que fiz este ano e dele que lembrança me resta? Em minha família, a dispersão tornou-se maior, e o meu insulamento cresceu. Na Academia, entrevi e preparei a minha retirada, ensaiei até umas férias de seis meses. Trabalhei, contudo, só em serviços públicos: a Sociedade Intercantonal dos Estudos Superiores, a Sociedade Genebrina para o progresso dos Estudos, a Seção de literatura do Instituto Genebrino, a Sociedade de canto do Conservatório, disso sabem alguma coisa. Os concursos Disdier e Hentsch, as obras de Blanvalet, os manuscritos de Fournel, a questão ortográfica, a questão universitária, não me tomaram pouco tempo. Dei também auxílio a duas inteligências novas... Vi algumas partes da Suíça que me eram desconhecidas, revi Heidelberg, contemplei a luta da Alemanha e da França, e convivi com os homens. Cientificamente, parece-me ter tirado pouco proveito; mas fiz experiências morais, e observações variadas. Escrevi muitas cartas, bastantes versos, vários relatórios, e imprimi dentre estes um bastante substancial em sua brevidade.[24]

Não importa, parece-me que andei sonhando muito, entreguei-me à preguiça, diverti-me com coisas frívolas; e que poderia ter feito coisa melhor. Mas é o provisório que me esteriliza, pela dispersão, pela incerteza e pelo aborrecimento. Aliás, os pequenos males físicos e os cuidados da saúde sobrevieram inopinadamente, e a desilusão crescente sobre os homens, sobre o presente, sobre o futuro não era de molde a elevar-me. O que ainda me causa impressão suave são as provas de apego e gratidão, testemunhos de estima ou de simpatia. Creio mesmo que só a isso me prendo. Ora, essa cordialidade não me foi recusada. Se eu vi arrefecerem-se muitas de minhas amizades, aprendi a conhecer algumas novas almas, e pude sondar alguns nobres corações.

O que completamente negligenciei foi a minha reputação literária e o meu crédito na família. Minha inércia sobre esses dois pontos foi inteira, de um lado, por descuido, e por altivez, de outro. Não gostas de disputar o que se recusa porque queres ser independente das coisas e das pessoas do exterior.

Em suma, o ano foi passável, e antes foste tu quem falhou à boa fortuna, do que ela a ti. Teu defeito foi sempre o mesmo: indolência e apatia do querer. E a causa? A dúvida interior, a não-evidência.

---

[24] O autor se refere ao relatório "Les Intérêts de la Suisse Romande en Matière d'Instruction Publique".

O que está feito, está feito, dizia Jacob Fidele, há de se fazer melhor numa segunda vez. Por enquanto, rendamos graças.

A meia-noite aproxima-se. São Silvestre vai expirar. Seria mais agradável estar com almas simpáticas; mas é preferível estar só do que com indiferentes.

Será que odeio a alguém? Não. Posso, portanto, agradecer a Deus e adormecer em paz.

Vernex-sur-Montreux, 3 de janeiro de 1871. – Para mim, é evidente que a face noturna da consciência, que a parte oculta da psicologia, que a vida mística da alma é de uma realidade tão certa como o outro aspecto da existência humana. É ali que estão as origens e as chaves. Tudo sai das trevas, do desconhecido, do mistério. A dificuldade consiste, somente, em penetrar nessas trevas divinas com a lâmpada da ciência, e não à luz enganosa dos fogos-fátuos da imaginação. Metodizar essa quase-loucura, eis o problema. Desvendar a geografia do fundo dos oceanos é bem mais fácil.

O mundo dos germes, das larvas, dos fantasmas, das Mães,[25] dos segredos, é ou parece ser o inacessível e o inexpressável. Um horror sagrado lhe defende as margens, como as do sombrio Averno. Os gregos, adoradores da luz, acreditavam mesmo que os Olímpicos recuavam de espanto diante dos mistérios infernais, diante dos monstros da noite plutônica. Nós, modernos apaixonados pelas origens, não tememos subterrâneo algum. A raça audaciosa de Jafé quer pesar todos os mistérios na balança; e como para os antigos todos os deuses mergulhavam no *Fatum*, seu berço e seu abismo comum, assim para nós todas as superstições se consomem no altar de Ísis transformada em Ciência.

19 de janeiro de 1871 (*dez horas e meia da manhã*). – ... As dores profundas e pessoais devem ser silenciosas, porque ao tornarem-se objeto de arte elas se curam. O exercício de um talento consola. – E quando um pai que perdeu a filha pode a si mesmo dizer: Como expressei bem a dor paternal, como chorei pateticamente – falta ao respeito a quem ele chora, introduz o amor-próprio em sua aflição, lisonjeia o seu próprio eu sob o pretexto de culto aos mortos. A poesia da dor subjetiva não é pura e tocante senão quando é um monólogo interior, ou no máximo um

---

[25] Referência à expressão *die Mütter*, as mães, de Goethe: protótipos, formas abstratas, ideias geradoras das causas. (N. T.)

diálogo entre a alma e Deus. No instante em que ela admite ou convoca o público, torna-se vaidosa e por consequência, profana.

Aviso a quem de direito. Toma cuidado contigo mesmo. A nuança é delicada, e a fronteira fácil de transpor. Até no mais individual lirismo, deve ter o poeta um valor geral; exprime um estado de alma que pode ser o seu, mas que deve ser também o de muitos outros. Toda poesia íntima deve ser representativa, isto é, expressar e traduzir a alma humana e não fazer apenas o eu do poeta. O poeta deve ser o órgão dos leitores, e não fazer as honras da sua pessoa. Em termos de escola, deve objetivar a sua subjetividade ou generalizar os seus acidentes. A poesia é, pois, antiegoísta, e o pai que chora como poeta deve chorar por todos os pais incapazes de cantar como ele, mas capazes de sentir tanto como ele.

Convém não seja ele próprio lembrado e que não pense cada leitor senão em si. É ele, o lírico, que deve ser impessoal, à força de ser psicologicamente verdadeiro; cabe ao leitor estar encerrado no estreito âmbito do seu próprio sentimento. O poeta é pois o homem de todo o mundo, o que sofre, chora ou canta com outrem e por outrem. Supondo que nele o amor-próprio de artista pode estar reduzido a zero, e que fosse não mais um homem, mas o homem, ele seria o poeta perfeito.

A objetividade poética é a saúde. Assim como só temos consciência das nossas vísceras quando estão doentes, o verdadeiro poeta deve ser impessoal, e os seus sofrimentos puramente simpáticos, de outro modo a sua poesia torna-se mesquinha e enfermiça. Ele assiste ao sofrimento que o atravessa, mas a este envolve como o céu tranquilo envolve a tempestade. A poesia é uma redenção porque é uma liberdade. Longe de ser uma emoção, é o espelho de uma emoção; está fora e acima, tranquila e serena. Para cantar uma dor é preciso estar já curado, senão dessa dor ao menos convalescente. O canto é um sintoma de equilíbrio, é uma vitória sobre a perturbação, é o retorno da força. O poeta é para a sua própria vida, em ponto pequeno, o que Deus é para o mundo. Nela entra por sensibilidade, mas domina-a por essência. É contemplativa a sua natureza, e a atividade não é mais do que a sua maneira inferior de ser. Cantar é um intermédio entre o pensamento e a ação. A arte é um símbolo enfraquecido da obra do grande poeta, a Criação.

(*Cinco horas e meia da tarde.*) – ... A vida, a seiva, o ardor está naqueles que nos suplantam. Outra coisa não resta a fazer senão permanecermos firmes...

> *Sans trêve convertir la minute en pensée,*
> *Le jour en oeuvre utile et la vie en bonté,*
> *C'est suivre la sagesse et d'une main sensée,*
> *Tirer de la sagesse une félicité.*

Nesta arte, Goethe, Schleiermacher, Humboldt foram mestres. Enquanto nos renovamos, estamos vivos. A contínua metamorfose pela curiosidade, pela simpatia e pela produção, é a única defensiva que retarda não a morte, mas a mumificação. A fadiga que se isola, o mau humor que desconfia, a irritação que se retira, o despeito que se recusa, são faltas que precipitam os efeitos da idade, e que o espírito rapidamente enchem de areia. – Na colossal caravana que nos arrasta e nos leva a todos, o que perde pé é acotovelado, espezinhado, enterrado, esquecido em menos de um instante pelas multidões que, numerosas como gafanhotos, se renovam como as vagas. As celebridades irão sempre mais aumentando de superfície e diminuindo de duração. Trabalhar para a posteridade será um móbil quimérico. Mas a celebridade é um mísero escopo. Cumpre ser homem pelo respeito a si próprio e por zelo de artista, por pura consciência...

Para permanecer vivo, cumpre incessantemente rejuvenescer-se pelo retiro interior e pelo amor à maneira platônica. A alma deve sem repouso criar-se e experimentar-se em todas as suas modalidades e ressoar em todas as suas fibras, e suscitar a si própria novos interesses.

(*Onze horas e meia da noite.*) – O que li de Goethe hoje (*Epístolas; Epigramas; As Quatro Estações*) não leva a gostar dele. Por quê? Porque tem pouca alma. A sua maneira de entender o amor, a religião, o dever, o patriotismo, tem alguma coisa de mesquinho e de chocante... Falta a generosidade ardente. Uma secreta secura, um mal dissimulado egoísmo passa através do talento tão flexível e tão rico.

Saúda-se o poeta, mas mantém-se reserva com o homem que parece pouco capaz de devotamento e de sacrifício e que tem poucas entranhas para os pequenos e os deserdados deste mundo. Pereça o mundo, contanto que o poeta possa afagar tranquilamente a sua lira e cultivar as suas disposições pessoais! A indiferença à moral se vinga. Todos os pequenos "goethezinhos" arriscam-se a oferecer contrafações enfadonhas dessa negligência e a ser simplesmente velhacos boêmios. – Boa noite!

20 de janeiro de 1871 (dez horas da manhã). – Nenhuma carta. Paz e silêncio. Neste egoísmo "goethesco", há pelo menos isto de excelente: que respeita a liberdade de cada um e se rejubila com toda originalidade. Somente, não ajuda ninguém à sua custa, não se atormenta por ninguém, não se encarrega do fardo de nenhum outro; numa palavra, suprime a caridade, a grande virtude cristã. A perfeição, para Goethe, está na nobreza pessoal, não no amor. O seu centro é a estética, não a moral. Ignora a santidade e não quis jamais refletir sobre o terrível problema do mal. Spinozista até a medula, crê no destino individual, não na liberdade, nem na responsabilidade. É um grego dos bons tempos, que a crise anterior da consciência religiosa não aflorou. Representa pois um estado de alma anterior ou posterior ao cristianismo, o que os críticos prudentes da nossa época chamam de espírito moderno; e ainda espírito moderno encarado unicamente em uma das suas tendências, a saber: o culto da Natureza, pois Goethe é estranho às aspirações sociais e políticas das multidões, em absoluto não se interessa pelos deserdados, pelos fracos, pelos oprimidos, mais do que a própria Natureza, mãe descuidosa e feroz, surda para com todos os infelizes.

A nossa época é verdadeiramente curiosa: ela reprova a lei de Malthus e aplaude a lei de Darwin, sem ver que é a mesma coisa. Vogt,[26] por exemplo, é materialista e liberal, sem ver que o materialismo ou a deificação da força é a proclamação do direito do mais forte, o que justifica toda a tirania. A abolição de toda superstição e de todo credo religioso deixará contudo em pé as duas concepções do mundo, a concepção moral e a concepção fatalista. Não poderão jamais ser postos num mesmo saco os que acreditam no dever e os que somente acreditam no interesse. Suponhamos eliminado o cristianismo, resta a antinomia: epicurismo e estoicismo, que não pode ser resolvida. O problema metafísico e religioso retorna sempre apesar do que se faça. Tem o universo um objetivo, marcha para um fim, sim ou não? Tem o homem um dever, sim ou não? A ciência natural diz não, a consciência diz sim; que decidir?...

Não há incômodos para Goethe e para a sua escola. Explica-se: não há dissonância para os surdos. O que não ouve a voz da consciência, a voz do arrependimento e do remorso, nem sequer adivinha a ansiedade dos que têm dois senhores, duas leis, e pertencem a dois mundos, o da Natureza e o da Liberdade. Para aqueles, a escolha está feita. Mas a humanidade não sabe excluir. Todas as necessidades

---

[26] Carl Vogt, professor na Universidade de Genebra.

clamam simultaneamente em seu sofrimento. Ela ouve os naturalistas, mas escuta os religiosos; ela desejaria a felicidade fácil, mas não desejaria renunciar à felicidade elevada. É atraída pelo prazer, mas o devotamento a comove. Não sabe mais se odeia ou se adora o crucifixo. O que ainda mais lhe agrada é uma convenção amigável que reúne tudo: gozar em pessoa e deixar-se redimir pelo sacrifício de um outro; isto é, epicurismo e ortodoxia. Essas duas igrejas são as mais populosas, e terminarão, talvez, por se confundirem. O puro cristianismo com sua austera simplicidade, a regeneração e a morte de si mesmo, convertidas em ardente caridade, não será jamais a prática das almas vulgares, mas será ainda mais a teoria. Os belos princípios são o melhor travesseiro da hipocrisia; o pavilhão cobre a mercadoria; e quando não se pode pagar de fato, é o caso de pagar com palavras sonoras.

No fundo, que têm os cristãos, tomados em sua universalidade, a mais do que os pagãos? Uma angústia. Não são melhores, mas a si próprios fazem mais censuras. Eles fazem quase tanto mal como os outros, mas o fazem com má consciência. O que há, pois, de ganho, é um pouco mais de delicadeza e de escrúpulo. O ideal tornou-se mais alto. Havia outrora justos e sábios. Diz a humanidade agora: não há senão um Justo, um Bom e um Sábio, é Deus; nós somos todos pecadores, mas devemos tornar-nos perfeitos como é perfeito o Pai celestial. A grandeza da aspiração, eis a nossa grandeza única. O mundo antigo chegava ao equilíbrio, à unidade, à beleza. Tudo isso está perdido, mas há compensação.

Borné dans sa nature, infini dans sés voeux,
L'homme est um dieu tombé qui se souvient des cieux.

Isso também é antigo, pois a poesia cristã plagiou a Platão. Mas o mundo cristão platonizou mais do que o próprio Platão, e a nostalgia divina tornou-se o seu cunho e o seu selo.

Dispensará, a religião do futuro, a esperança e a imortalidade? Poderá dispensar a fé? Sim, se ela conseguir pôr o céu na terra e realizar aqui, para todos, a justiça. Ou então, se ela persuadir a humanidade ao suicídio universal. Tem, o otimismo ou o pessimismo, probabilidades de substituir ao cristianismo? Sendo este uma combinação de ambos aqueles, pois quer extrair o mal do bem, salvar o que estava perdido, e formar almas bem-aventuradas pela prova cruel da vida terrestre, o cristianismo tem mais probabilidades de vencer que de ser vencido nessa luta de ideias morais. A religião da salvação há de apresentar-se, depurando-se por si mesma, como religião da redenção. A sua parte mitológica, antropomórfica poderá cair: ela permanecerá a vitória sobre o Pecado, sobre a Dor e sobre a Morte, a união do Céu e da Terra, de Deus e da Humanidade pelo amor, e a glorificação do amor pela santidade. Sede perfeito e sereis venturoso; sede uno pelo querer com a vontade divina e sereis perfeito; amai a Deus e querereis com ele. É o alfa e o ômega da teologia.

(*Nove horas da noite.*) – Chegaste a uma encruzilhada da tua vida. Diversos caminhos se abrem à tua frente, mas não sabes qual tomar, desejarias mesmo não tomar nenhum e permanecer imóvel. Ora, essa é a única alternativa que te é proibida. És tu que és um excêntrico ou a vida que é bizarra. Tens horror da loteria, e te é preciso jogar. De onde provêm esta coordenação estrambólica e esta lei ridícula? Antipatizas com a ação que faz quase sempre o contrário do que desejas; e te obriga a agir a necessidade. Que pantomima!

Aqueles, por exemplo, que acreditam estarmos no mundo para divertir-nos, deveriam bem explicar essa paixão travessa e contrária ao destino, esforçando-se em colocar os peixes numa guitarra e os poetas num vespeiro.

Sei perfeitamente que os delicados a teu modo receiam sobretudo o que lhes seria bom e se inclinam para o que os prejudica; de modo que lhes seria antes boa a moderação, como para os recém-casados. Mas não é menos duro ser assim desprovido de luzes para a conduta de seus esforços, e de impulso secreto para o seu fim social.

(*Meia-noite.*) – Leitura de quinze sonetos e de nove poesias variadas de Goethe. A impressão que deixa essa parte dos *Gedichte* é bem mais favorável que a das Elegias e dos Epigramas; assim os *"Espíritos das Águas"*, *"Minha Deusa"*, *"Viagem de Harz"*, o *"Divino"* têm uma grande nobreza de sentimento. Jamais devemos apressar-nos em julgar essas naturezas múltiplas... Sem atingir ao sentimento da obrigação e do pecado, Goethe atinge à gravidade elevada pelo caminho da dignidade. A estatuária grega é que foi o seu catecismo de virtude...

4 de fevereiro de 1871. – O eterno esforço é o caráter da moralidade moderna, e até da maioria dos cristãos. Esse doloroso vir-a-ser substitui a harmonia, o equilíbrio, a alegria, isto é, o ser. Somos todos faunos, sátiros, silênios que aspiramos a tornar-nos anjos, fealdades que trabalhamos pelo nosso embelezamento, grosseiras crisálidas que geramos laboriosamente a nossa própria borboleta.

O ideal não é mais a serena beleza da alma, é a angústia de Laocoonte a debater-se contra a hidra do mal. A sorte está lançada. Há somente candidatos ao céu, condenados na terra.

> *Nous ramons notre vie en attendant le port;*
> *Nous souffrons dans tout le passage,*
> *Et ce n'est qu'au jour de la mort*
> *Que la sérénité brille en notre visage.*

Molière disse que o raciocínio bania a razão. É possível também que o aperfeiçoamento de que somos tão orgulhosos não seja mais do que uma pretensiosa imperfeição. O vir-a-ser parece ainda mais negativo do que positivo; é o mal que diminui, mas não é o bem; é o descontentamento generoso, e não a felicidade; é a busca incessante de um escopo inacessível, isto é, uma nobre loucura, não a razão; é a nostalgia do irrealizável, doença impressionante que não é contudo a sabedoria.

Essa tendência deprime a vida individual, que é apenas um meio para um resultado exterior ao qual deve ser sacrificada. A geração atual transforma-se em adubo para a vindoura, que fará o mesmo para a terceira, e assim a seguir. E desta longa série de tormentos, ao menos resultará uma geração mais satisfeita e mais harmônica? De modo algum, pois o descontentamento é proporcional ao crescimento dos recursos, e é entre os afortunados deste mundo que se encontra o maior número de demências e de suicídios. A perfectibilidade indefinida é portanto uma doutrina que se contradiz a si própria. O progresso, entendido da maneira vulgar, é um disparate oco. Acredita fazer a felicidade dos homens, e não o prova nem no presente, nem no futuro.

Cada ser pode atingir a harmonia, quando a alcança, está na ordem, e tão claramente ao menos representa o pensamento divino como uma flor ou como um sistema solar. O sistema vulgar do progresso leva-nos à vergonha da hora atual e ao desprezo do passado, indevidamente faz crer que é somente no fim das idades que valerá a pena viver. Perigosa e absurda heresia! O aperfeiçoamento não substitui a perfeição. A perfeição não se transforma, ela é. A perfeição é a harmonia interior. A harmonia nada busca fora de si mesma. Ela é o que deve ser; exprime o bem, a ordem, a lei, e isso tão bem hoje como dentro de dois mil anos. A harmonia expressa uma verdade, ela é superior ao tempo e representa o eterno.

8 de fevereiro de 1871. – Goethe e Schleiermacher, a harmonia presente e a perseguição do ideal; são os dois polos entre os quais eu oscilo. – Em que vos tornais? – perguntei uma vez a Victor Cherbuliez. "Eu? Eu não me torno, eu me contento em ser" – foi o que me respondeu. A minha consciência e o meu gosto se combatem ainda. Haverá meios de conciliá-los? Talvez. Comunicando aos outros a harmonia, parece que se reúne o dever e a felicidade, o bem e o belo, o *kalokágathon* de Sócrates. Humanizar os homens, eletrizá-los por indução, ajudá-los a viver da vida superior, e acender a sua lâmpada sem extinguir nem superexcitar a chama da ciência, talvez fosse a solução. Eu iria pois um pouco mais longe do que Rückert e Goethe, que pedem somente à rosa que seja rosa. Eu pediria à lâmpada que comunicasse a sua chama, que emprestasse a sua luz e mesmo que circulasse voluntariamente nos recantos tenebrosos, mas que ela atenda primeiro a si mesma e viva sua vida própria. Ninguém existe somente para si mesmo, mas ninguém existe somente para os outros. Para dar felicidade, é preciso ter felicidade. Para pregar a harmonia, impõe-se primeiro ser harmonioso.

9 de fevereiro de 1871. – Estou relendo as *Chansons du Soir* de Juste Olivier, com o coração magoado. Toda a melancolia do poeta passa para as minhas veias. Mas sofri literariamente, simpaticamente, não num retorno sobre mim, sobre o meu destino. Foi toda uma existência que se ergueu à minha frente, todo um mundo de tristes fantasias.

Quanto "Musette", a "Chanson de l'Alouette", o "Chant du Retour", "La Gaîté" são característicos! Quanto "Lina" e "À ma Fille" são cheias de frescor! Mas as obras superiores são: "Au Delà", "Homunculus", "La Trompeuse" e, sobretudo, "Frère Jacques", a obra-prima do autor, com "Les Marionnettes" e o canto "Helvétie". O mais sério simbolismo sob a alegria de um jogo infantil, a lágrima furtiva no sorriso malicioso, a sabedoria resignada e pensativa numa estrofe popular, o sublime incógnito, o todo em o nada, eis onde triunfa o poeta valdense.

Há para o leitor surpresa e enternecimento. E, no autor, há certa finura camponesa que se diverte furtivamente oferecendo simples avelãs em aparência quando essas avelãs contêm diamantes. Juste Olivier, como as fadas, adora essas delicadas mistificações. Dissimula os seus presentes. Tal é a sua simplicidade. Não promete nada e dá muito. É um pródigo extravagante, cuja franqueza é toda sutil e cuja malícia é toda ternura, a fina flor da terra valdense no que ela tem de mais sonhador e de mais amoroso.

10 de fevereiro de 1871. – Leitura: alguns capítulos vigorosos e berrantes de Taine (*Histoire de la Littérature Anglaise*). Experimento uma sensação penosa com esse escritor, assim como um odor de laboratório, um ranger de roldanas, como um ruído contínuo de máquina. O estilo tem algo da química e da tecnologia. Nele, a ciência chega a ser inexorável. Além disso, sente-se apenas clarividência, nenhuma delicadeza, nenhuma simpatia. É rigoroso e seco, é penetrante e duro, é forte e áspero; mas a isso falta completamente humanidade, nobreza, graça. Esta sensação azinhavrada, desagradável aos dentes, aos ouvidos, aos olhos e ao coração, isto é, que fere o gosto de todas as maneiras, prende-se a duas coisas provavelmente: à filosofia moral do autor, e ao seu princípio literário. O profundo desprezo da humanidade que caracteriza a escola fisiológica, e a intrusão da tecnologia na literatura, empreendida por Balzac e Stendhal, explicam a aridez secreta que se sente nestas páginas, e que adere à garganta como os vapores de uma fábrica de produtos minerais. Esta leitura é instrutiva em muito alto grau, mas é antivivificante; corrói, desseca, entristece. Não inspira nada, é como a vista de uma farmácia, de um museu osteológico ou de um herbário; apenas faz conhecer. Imagino que será isso a literatura do porvir, à moda americana, contraste profundo com a arte grega; a álgebra, em vez da vida, a fórmula, em vez da imagem, as exalações do alambique, em lugar da embriaguez de Apolo, a visão fria, em vez das alegrias do pensamento; em uma palavra, a morte da poesia, escorchada e anatomizada pela ciência. Esta crítica cheira a matadouro, a cloro e a reativos, e quase não lhe somos reconhecidos pelos sumários expostos, porque ela estanca ao mesmo tempo a fonte das ilusões e das criações. Ela entorpece como um anestésico, alegra como o necrotério. O que lhe falta não é a profundidade, nem a perspicácia, nem a informação, é amar e fazer amar.

15 de fevereiro de 1871. – As nações realizam, sem querer, a sua educação mútua, mesmo quando buscam apenas seu interesse egoísta. Foi a França que fez a Alemanha presente, ligando-se ao fim contrário há dez gerações; é a Alemanha que vai regenerar a França contemporânea apenas pretendendo pô-la em xeque-mate.

A França revolucionária terá ensinado a igualdade aos alemães que, por natureza, são hierárquicos; a Alemanha séria ensinará aos franceses que a retórica não vale a ciência, e que a aparência não vale a realidade. O culto do prestígio, ou seja, da mentira, a paixão da vanglória, ou seja do fumo e do ruído, é o que deve morrer para benefício de todos. É uma falsa religião que é destruída. Que os seus adoradores se desenganem e que vivam. A história não quer a morte do pecador, mas a sua conversão... Espero sinceramente que desta guerra sairá um novo equilíbrio, melhor que o precedente, uma nova Europa, onde o elemento germânico terá a supremacia, isto é, onde o governo do indivíduo por si mesmo será o princípio cardeal da sociedade, enquanto o princípio latino consiste em fazer do indivíduo o meio, a coisa, o instrumento da Igreja ou do Estado.

A ordem e a harmonia resultando da livre adesão e da submissão voluntária ao mesmo ideal constituem um outro mundo moral; é o equivalente em estilo laico do sacerdócio universal. O símbolo da sociedade modelo é uma grande sociedade livre musical, onde tudo se organiza, se subordina, se disciplina, por amor à arte e para executar uma obra-prima.

Ninguém é constrangido, ninguém é explorado, ninguém representa hipocritamente um papel interesseiro. Todos oferecem o seu talento, ou algum dinheiro, e contribuem, conscientemente e alegremente para a obra comum, para a superior finalidade que brilha ante seus olhos. Até o amor-próprio está obrigado a concorrer à ação coletiva, sob pena de prejudicar-se fazendo-se notar.

16 de fevereiro de 1871 (meia-noite). – Compreendemos as mulheres como a língua dos pássaros, pela intuição, ou de modo algum. O trabalho, o estudo, o esforço aqui não servem de nada: é um dom e uma graça. Para compreender esses enigmas vivos, é preciso amá-los; mas isso não basta, pois podemos adorá-las sem nelas chegarmos a ver mais claro. É preciso termos tido a boa fada junto ao nosso berço. Duas gotas de poesia em nossa primeira bebida e o ramo de manjerona sob o nosso pequenino travesseiro nos dotam dessa clarividência mágica. Os que a possuem exercem ao mesmo tempo uma atração indefinível sobre as mulheres, que adivinham esse poder e sentem-lhe o encanto, como ouve a seiva o chamado da primavera, como voa através da noite a falena para a longínqua cortina que peneira o vago clarão de uma lâmpada. O indivíduo dotado de lucidez simpática parece um feiticeiro. Mas é um liberador, e as mulheres bem o sabem. Para ele, as confidências, porque ele sabe compreender e consolar. Para ele, a gratidão apaixonada, porque ele tem a chave dos corações e porque guarda fielmente os segredos. Felizes os afilhados da fada, porque dão felicidade. Quem conhece a linguagem dos pássaros é iniciado em muitos outros mistérios. É rosa-cruz de nascença e grão-mestre na franco-maçonaria do amor.

18 de fevereiro de 1871. – É no romance que a vulgaridade média da sociedade alemã e a sua inferioridade às da França e da Inglaterra se percebem distintamente. A noção do *choquant* falta à estética dos alemães. A sua negligência é de má sociedade; a sua elegância não conhece a graça; eles não adivinham a enorme distância entre a distinção *ladylike* e a *Vornehmlichkeit* afetada. À sua imaginação faltam estilo, hábito, educação e sociedade; tem o atestado de plebeísmo até na sua roupa de domingo. A raça é poética, e inteligente, mas é comum e não mostra maneiras delicadas. A flexibilidade, a gentileza, as maneiras distintas, o espírito, a vivacidade, o gosto, a dignidade, o encanto são para outras.

Será que a liberdade interior de alma, a harmonia profunda das faculdades que tão frequentemente observei nas individualidades superiores daquele povo não chegarão à superfície? Os vencedores de hoje não civilizarão as suas formas? É pelo romance futuro que deles julgaremos. Quando tiverem romances absolutamente polidos e educados, serão senhores de si próprios. Até lá lhes falta o acabado, a polidez, a maturidade da cultura social; têm a humanidade dos sentimentos, mas não têm ainda o "conveniente" nem o "não sei quê". Possuem honestidade; são desprovidos de habilidade.

A repugnância de muitos de meus amigos pelos alemães não é uma prevenção absurda; mas é injusta porque acentua os defeitos desse povo a ponto de fazer esquecer as suas qualidades.

Falar da rigidez inglesa, da frivolidade francesa, da pesadez alemã não é ser falso, mas é confundir a verruga com o rosto. Quanto a mim, não sinto nenhuma antipatia etnográfica, e detesto os defeitos, não as raças, o pecado e não o pecador.

22 de fevereiro de 1871. – Tertúlia em casa de M. Sólida elegância. Umas trinta pessoas da melhor sociedade; feliz proporção de sexos e idades. Cabeças brancas, juventude, belos ombros, rostos espirituais. O todo emoldurado em tapeçarias de Aubusson, que formam suaves longes e um fundo encantador aos grupos vestidos com apuro...

Em sociedade, é preciso aparentar que vivemos de ambrosia e que só conhecemos preocupações nobres. As inquietações, as carências, as paixões não existem. Todo realismo sendo brutal é suprimido. Estas deusas são julgadas como se descessem do Olimpo e não estivessem sujeitas a nenhuma das enfermidades terrestres. Não possuem vísceras nem peso, não guardam da natureza humana mais que o necessário para a graça e a volúpia.

Numa palavra, o que se chama alta sociedade, permite-se momentaneamente a lisonja de uma ilusão, a de estar no estado etéreo e respirar a vida mitológica. Eis porque toda veemência, todo grito da Natureza, todo sofrimento verdadeiro, toda familiaridade irrefletida, toda manifestação franca de paixão, chocam e destoam nesse meio delicado; todas as cruezas destroem logo a obra coletiva, o castelo de cartas, a arquitetura prestigiosa erigida por consenso de todos.

É mais ou menos como o ríspido canto do galo, que desvanece todos os encantamentos e põe em fuga as feerias. As reuniões seletas trabalham sem sabê-lo numa espécie de concerto dos olhos e dos ouvidos, numa obra de arte improvisada. Essa colaboração instintiva tem um verdadeiro encanto porque é uma festa do espírito e do gosto, e transporta os atores à esfera da imaginação; é uma forma da poesia, e é assim que a sociedade culta recompõe com reflexão o idílio desaparecido e o desfeito mundo de Astreia.

Paradoxo ou não, creio que estes ensaios fugitivos de reconstrução de um sonho que não busca senão só a beleza, são confusas reminiscências da idade de ouro, que povoam a alma humana, ou melhor, aspirações à harmonia das coisas que a realidade cotidiana nos recusa e que somente a arte nos faz entrever.

23 de abril de 1871 (*dez horas da manhã*). – Experimentei ontem à noite uma vaga impressão cerebral, como de uma congestão futura: estas antecipações de tempestades sanguíneas são os pressentimentos da carne. Elas te dizem muito claramente: eis o teu fim; não irás mais longe, não te faças ilusões. Estes simples aviso seco produz quase tanto efeito quanto o pequeno sopro na visão de Jó; sente-se o abismo e eriçam-se os cabelos. Assim, em todas as direções toco os meus limites: o coração, os brônquios, os rins, a vista, o ouvido, os ossos, o estômago, o cérebro sucessivamente ameaçaram de cessar os seus serviços, e deixaram-me entrever o termo das suas complacências. Estou um pouco assim como um general cujo exército questiona, discute e se esquiva antes de amotinar-se, ou como um governo que vê relaxarem-se todos os laços do respeito e de obediência antes da recusa do imposto ou da ereção das barricadas. Estou nos prognósticos da demolição. Para um psicólogo, é até muito interessante ter a consciência imediata da complicação do seu organismo e do jogo das suas engrenagens. Parece que as minhas suturas se desamarram e se destacam justamente o bastante para que eu tenha a percepção do meu conjunto e o sentimento distinto da minha fragilidade. Isso faz da existência pessoal um espanto e uma curiosidade. Em lugar de ver apenas o mundo circundante, analisa-se a si mesmo. Em vez de sermos apenas um bloco, tornamo-nos legião, agrupamento, turbilhão, somos um *cosmo*. Em vez de vivermos pela superfície, tomamos posse da nossa intimidade. Percebem-nos, senão em nossas células e nossos átomos, ao menos em nossos sistemas orgânicos e quase em nossos tecidos. Em outros termos, a mônada central isola-se de todas as mônadas subordinadas para contemplá-las, e retoma em si a sua harmonia, quando vê turbar-se a harmonia plural e intermonádica. Assim como um rei, após a sua abdicação, retorna à vida privada.

A saúde é pois um equilíbrio do nosso organismo com as suas partes componentes e com o mundo exterior; ela nos serve sobretudo para conhecermos o mundo. A perturbação orgânica obriga-nos a reconstituir um equilíbrio mais interior, a retirar-nos para a nossa alma; e desde então é o nosso próprio corpo que se torna o nosso objeto, ele não constitui mais nós mesmos, embora ainda seja nosso; não é mais do que o barco em que fazemos a travessia da vida, barco de que estudamos as avarias e a estrutura sem identificá-lo com o nosso indivíduo. Onde reside em definitivo o nosso Eu? No pensamento, ou antes na consciência. Mas abaixo da consciência, há o seu germe, o *punctum saliens* da espontaneidade, pois a consciência não é primitiva, ela se torna. O problema consiste em saber se a mônada pensante pode recair no seu núcleo inicial, isto é, na pura espontaneidade ou mesmo no abismo tenebroso da virtualidade. Espero que não. O reino perde-se, o rei subsiste. Ou seria só a realeza que subsistiria, isto é, a ideia, a pessoa não sendo por sua vez senão a roupagem passageira da ideia durável. É Leibniz ou Hegel quem tem razão? O indivíduo é imortal sob a forma de corpo espiritual? É eterno sob a forma de ideia individual? Quem viu com mais justeza, São Paulo ou Platão?

É a teoria de Leibniz que mais me satisfaz, porque abre o infinito em duração, em agrupamento e em evolução. A mônada, sendo o universo virtual, não tem em excesso o infinito do tempo para desenvolver o infinito que nela própria está. Somente, seria preciso admitir ações e influências exteriores fazendo oscilar a evolução da mônada; seria preciso que a sua independência fosse uma quantidade móvel e crescente entre zero e o infinito, sem ser jamais completa e jamais nula, não podendo a mônada ser absolutamente passiva nem inteiramente livre.

12 de junho de 1871. – ... Meu pensamento volve-se para a preocupação do dia, para os problemas da França. Thiers, o polegar sobre a válvula demora a explosão da caldeira, mas é tudo. A guerra civil está em perspectiva. Ademais, o universal papão, o socialismo internacional dos obreiros, apenas esmagado em Paris, celebra a sua próxima vitória. Para ele não há nem pátria, nem recordações, nem propriedade, nem religião; não há nada nem ninguém, senão ele. Seu dogma é o igualitarismo, seu profeta é Malby, e Babeuf é seu deus. "O gozo é tudo, a riqueza é o meio, o trabalho é a fonte da riqueza; somos o trabalho e somos iguais. Portanto, pereça o mundo se não quiser organizar-se de acordo com a nossa ideia, o nivelamento absoluto dos bens e dos gozos! Detestamos toda a sociedade atual, com sua religião, seus costumes, seus capitais, suas metrópoles, suas funções e sua hierarquia; ela é injusta, pois que não somos nós os seus senhores. E nós a destruiremos. Para nós a vossa civilização é um vômito, enquanto não for nossa presa. Os bárbaros sujeitavam-se ao prestígio de Roma; nós não somos tão ingênuos. Odiamos o que amais, e somos irreconciliáveis."

Que responder a isso? Que a Internacional está bem na lógica do espírito revolucionário e representa a aniquilação de todo direito adquirido, o desprezo absoluto do direito de outrem; que ela é o catolicismo da vingança; que é o próprio espetáculo do luxo desenfreado das grandes capitais que ensina o desprezo da riqueza, a qual parece não o resultado do trabalho, mas o seu cancro roedor; que a sociedade francesa não podendo combater esta nova barbárie senão pela compressão, pelo clericalismo ou pela indignação hipócrita das classes melhor partilhadas, não pode esperar a cura do mal. Talvez até esse mal, que está incubado em toda parte, e que não é outra coisa senão a terrível guerra dos pobres contra os ricos, termine por incendiar a Europa.

Como resolver o conflito, se não há mais um só princípio comum entre os partidários e os adversários da sociedade atual, entre o liberalismo e o igualitarismo? A noção que uns e outros têm do homem, do dever, da felicidade, isto é, da vida e de seu fim, é bem diferente. Suspeito mesmo que o comunalismo internacional seja somente o aposentador do niilismo russo, que será o túmulo comum das raças envelhecidas e das raças servis, dos latinos e dos eslavos; é, nesse caso, o brutal individualismo à americana que será a salvação da humanidade. Mas creio que os povos marcham antes para a sua punição do que para a sabedoria. A sabedoria, sendo um equilíbrio, só se encontra nos indivíduos. A democracia, ao fazer dominarem as massas, dá preponderância ao instinto, à natureza, às paixões, isto é, ao impulso cego, à gravitação elementar, à fatalidade genérica. A oscilação perpétua entre os contrários torna-se o seu modo único de progressão, porque é a forma infantil, primitiva e simples do espírito limitado, que se entusiasma e se desliga, adora e amaldiçoa, sempre com igual precipitação.

A sucessão das tolices opostas dá-lhe a impressão da mudança que ela identifica com o melhoramento, como se Encelado estivesse menos mal sobre o lado esquerdo do que sobre o lado direito, embora o vulcão pese o mesmo. A estupidez de Demos somente é igual à sua presunção. É um adolescente que tem o poder e não consegue atingir a razão.

Razão tinha Lutero em comparar a humanidade a um ébrio camponês, sempre a cair de um dos lados do seu cavalo!

Não é que eu negue o direito da democracia; mas não tenho ilusão sobre o emprego que ela fará do seu direito enquanto rara for a sabedoria e abundante o orgulho. O número faz a lei, mas o bem nada tem que ver com a cifra. Toda ficção se expia, e a democracia repousa nesta ficção legal, de que a maioria tem não somente a força, mas a razão, que ela possui a sabedoria ao mesmo tempo que o direito. Ficção perigosa porque é lisonjeira. Os demagogos sempre afagaram o sentido íntimo das massas, como se amima um gato a que se quer agradar. As massas serão sempre inferiores à média. Por outra parte, a idade da emancipação baixará, a barreira do sexo cairá, e a democracia chegará ao absurdo, entregando a decisão dos mais graves problemas aos mais incapazes.

Será o castigo do seu princípio abstrato da igualdade, que dispensa o ignorante de instruir-se, o imbecil de julgar-se, a criança de ser um homem e o mau de emendar-se.

O direito público, fundado na igualdade virtual, far-se-á em pedaços por suas consequências. Desconhece a desigualdade de valor, de mérito, de experiência, isto é, o trabalho individual; concluirá no triunfo da escória e da vulgaridade. Paga-se a adoração das aparências. O regime da Comuna parisiense foi a amostra do que acontece ao poder em tempos de intumescência furibunda e de suspeita universal. Um furioso dura três dias e encontra imediatamente um mais furioso do que ele para declará-lo traidor. O *steeple chase* do frenesi é confundido com o serviço da ideia revolucionária. Trata-se apenas de ser arrebatado e de poder sustentar um "crescendo". O delírio é considerado inspiração délfica.

> *Voilà donc quels vengeurs s'arment pour ta querelle!*
> *De quells impurs bourreaux tut e fais maquerelle*
> *O Révolution!*

> *Va, fais du monde entier sauter la Sainte-Barbe,*
> *Stupide et folle, vois Satan rire en as barbe*
> *De ton illusion.*

Contudo, a humanidade tem a vida resistente e sobrevive a todas as catástrofes. Somente é irritante que tome sempre pelo caminho mais longo, e deva esgotar todos os erros possíveis antes de dar um passo definitivo para o melhor. As inumeráveis tolices facultativas são a causa de meu mau humor. A quem se admire disso, perguntarei se permaneceria impassível diante de um interlocutor que experimentasse todas as palavras antes de encontrar a palavra própria e balbuciasse todas as letras do alfabeto antes de pronunciar com justeza essa infeliz palavra?

Tanto é majestosa a história da ciência, quanto é insuportável a história da política e da religião; a marcha do mundo moral parece um abuso da paciência de Deus.

Alto! A misantropia e o pessimismo nada têm de reconfortantes. Se a nossa espécie nos causa tédio, tenhamos o pudor dos seus males. Estamos aprisionados no mesmo navio e devemos soçobrar com ele. Paguemos a nossa dívida e deixemos a Deus o resto. Solidários com os sofrimentos da nossa raça, demos um bom exemplo; é tudo o que nos é pedido. Façamos o bem que pudermos, digamos a verdade que soubermos ou que pensarmos saber, e quanto ao mais sejamos submissos, pacientes e resignados. Deus cumpre a sua missão, cumpramos a nossa.

15 de agosto de 1871. – Reli pela segunda vez *A Vida de Jesus*, de Renan, décima sexta edição popular. O que é característico nesta análise do cristianismo é que o pecado aí não representa nenhum papel. Ora, se alguma coisa explica o grande êxito da Boa Nova entre os homens é que ela trazia a libertação do pecado e, numa só palavra, a salvação. Contudo conviria explicar religiosamente uma religião, e não esquivar o centro do seu assunto. Este "Cristo de mármore branco" não é o que deu força aos mártires e que enxugou tantas lágrimas. O vencedor do Pecado e da Morte é um pouco mais do que um delicioso moralista e do que um iniciador na religião sem sacerdote. O autor não cuidou este aspecto e, se destrói uma multidão de preconceitos prejudiciais, falta-lhe gravidade moral, e confunde a nobreza com a santidade. Fala como artista sensível de um assunto comovedor, mas a sua consciência parece desinteressada no assunto. O diletantismo religioso é uma variante da indiferença; a piedade real e sincera aí não se engana. Como confundir o epicurismo da imaginação concedendo-se as doçuras de um espetáculo estético, com as angústias de uma alma que busca apaixonadamente a verdade?

Os nossos amadores de estudos religiosos divertem-se com as credulidades ingênuas do passado, e delas se oferecem a sensação, como quem se faz grego com Homero, sem consequência. Essa ironia hipócrita de uma devoção inteiramente artística impacienta as naturezas positivas, que de longe sentem a mistificação. Mais valeria, pensam elas, um inimigo franco do que um enganador de luvas brancas, que transforma a religião em múmia, recobrindo-a toda de faixas.

Há em Renan um resto de astúcia seminarista; ele estrangula com cordões sagrados e degola com ares de beato. Essas desdenhosas doçuras são admissíveis com os clérigos mais ou menos capciosos, mas quanto às almas sinceras dever-se-ia uma sinceridade mais respeitosa. A eterna afetação de crítico que zomba, às ocultas, do seu auditório, tem algo de inumano e de glacial. Admito a ironia contra a presunção ignara, contra o charlatanismo e a convenção, mas não a aprovo como método universal, pois falta-lhe lealdade, coragem e bondade. Escarnecei do farisaísmo, mas falai retamente às pessoas honestas. O desdém transcendente é uma boa defensiva do egoísmo, não é porém uma obra de caridade e de fraternidade.

Charnex, 22 de setembro de 1871 (quatro horas da tarde). – Um rasgão na cúpula chuvosa deixa passar um raio branco que explode em meu quarto como um riso sardônico, e desaparece mais depressa do que veio.

Após a refeição, passeio até Chailly, entre dois aguaceiros... Paisagem cinzenta, mas vasta, um punhado de raios de sol caindo sobre o lago, claridades longínquas, montanhas rodeadas de vapores, e, apesar de tudo, beleza da região. Não cansa esta vista acidentada e acariciante. Acho encanto nas paisagens de chuva; as cores surdas são mais aveludadas, e os tons mates tornam-se mais suaves. A paisagem é, então, como um rosto que chorou; menos belo sem dúvida, porém mais expressivo.

Atrás da beleza superficial, alegre, radiante, palpável, a estética descobre toda uma ordem de beleza oculta, velada, secreta, misteriosa, parente da beleza moral. Essa beleza não se revela senão aos iniciados, e por isso, precisamente, é mais suave. É algo assim como o gozo refinado do sacrifício, como a loucura da fé, como a volúpia das lágrimas; não está ao alcance de todo o mundo. Seu atrativo é singular, e causa a impressão de um perfume estranho ou de uma bizarra melodia. Quando se chega a tomar gosto, com isso a gente se deleita, por isso se apaixona, porque nisso se encontra

Son bien premièrement, puis le dédain d'autrui,

e é tão agradável não ser da mesma opinião que os tolos. Ora, isso não é possível com as coisas evidentes e as incontestáveis belezas. O encanto é o nome dessa beleza maçônica e paradoxal que escapa ao vulgo e faz sonhar.

Eis porque a fealdade, quando tem encanto, encanta plenamente. Uma esfinge que agrada, enfeitiça o seu amoroso, pois tem dois filtros por um. Ao lado do encanto, a beleza simples parece insípida, pobre e quase estúpida. Que figura faz uma pequena pensionista de traços regulares e tez rosada, mas insignificante, perto de uma mulher de fisionomia atormentada, mas cintilante de espírito e de paixão?

As fealdades transparentes, que em ocasiões oportunas a alma transfigura, são ainda uma bela porção no mundo, e lisonjeiros sucessos podem registrar. (Pauline Viardot, Jenny Lind, Mme. de Staël.) É gentil ter uma certa máscara quando se pode usá-la para os que valem a pena. A beleza clássica pertence por assim dizer a todos os olhos, ela não pertence a si mesma; a beleza maçônica é um segundo pudor que não se desvela senão para os olhos desiludidos e não favorece senão o amor.

Por isso, a minha amiga S., que estabelece desde logo relação com a alma não vê a fealdade das pessoas quando se interessa por elas; como a mãe não vê a fealdade do seu recém-nascido. Quanto a ela, ou gosta ou não gosta, e são belos os de quem gosta, e feios os de quem não gosta. Não é mais complicado. A estética dissolve-se para ela na simpatia moral; vê somente com o seu coração; volta a folha do capítulo do belo e passa para o capítulo do encanto. Posso fazer o mesmo; mas pela reflexão e num segundo movimento, enquanto a minha amiga o faz involuntariamente, e antes de tudo; ela não tem a fibra artística; a prosa, o útil, o bom lhe são suficientes. A necessidade da correspondência perfeita entre o interior e o exterior das coisas, entre o fundo e a forma não pertence à sua natureza. Ela não sofre com a fealdade; dificilmente a percebe. Quanto a mim, apenas posso esquecer o que achar chocante, não posso deixar de ser chocado. Irritam-me todos os defeitos corporais, e a não-beleza no belo sexo choca-me tal como uma dilaceração, como um solecismo, como uma dissonância, como uma mancha de tinta; numa palavra, como uma desordem. Em compensação, a beleza me deleita, me restaura, me fortifica como um alimento maravilhoso, como a ambrosia olímpica.

> *Que le bon soit toujours camarade du beau,*
> *Dès demain, je chercherai femme,*
> *Mais comme le divorce entre eux n'est pas nouveau,*
> *Et que peu de beaux corps, hôtes d'une belle âme,*
> *Assemblent l'un et l'autre point...*

não termino porque é preciso resignar-me. Beleza de alma em um corpo com saúde é já uma rara benção, e se ainda encontramos coração, sentido, pensamento e valor, podemos prescindir dessa adorável gulodice que se chama beleza, e quase desse tempero delicioso que se chama graça. Prescinde-se disso com um suspiro, como de algo supérfluo; feliz, já, de possuir o necessário.

> *J'ai vu beaucoup d'hymen, aucun d'eux ne me tentent:*
> *Cependant des humains presque les quatre parts*
> *S'exposent hardiment au plus grand des hasards;*
> *Les quatre parts aussi des humains se repentent...*

E os que não se casam, mais ainda. Certamente a vida em casal é um problema delicado; mas a vida solitária é uma monstruosidade. O homem não vive sem a mulher, segundo o Senhor e segundo a natureza. Somente as raças latinas, com sua vil ideia da mulher, tornam o casamento uma espécie de duelo doméstico entre duas vontades. O verdadeiro casamento é um estado normal, salutar, fortificante, santificante, mas é necessário nele manter-se dentro do ponto de vista religioso.

29 de dezembro de 1871. – Li Bahnsen (*Critique de l'Évolutionnisme de Hegel-Hartmann, au Nom des Principes de Schopenhauer*). Que abominável escritor. Como a silva na água, ele produz uma nuvem de tinta que oculta o seu pensamento nas trevas; a sua linguagem parece imaginada para ocultar o que ele quer dizer, e quanto mais explica menos se compreende. – E que doutrina! Um pessimismo encarniçado que acha o mundo absurdo, "absolutamente idiota", e que censura a Hartmann por ter deixado subsistir um pouco de lógica na evolução do universo, quando essa evolução é eminentemente contraditória (dialética) e quando não existe um pouco de razão (lógica) senão no mesquinho cérebro do raciocinador. – De todos os mundos possíveis, o que existe é o pior. Sua única desculpa é que ele tende por si mesmo à destruição, isto é, ao suicídio. A esperança do filósofo é que os seres razoáveis hão de abreviar a sua agonia e apressar a volta de tudo ao nada. – É a filosofia do satanismo desesperado, que não tem sequer as perspectivas resignadas do budismo a oferecer às almas desenganadas de toda ilusão. Deus é somente o *Welt-Krokodil*, que goza do suplício de todos os seres debatendo-se na luta pela impossível felicidade. O indivíduo pode apenas protestar e amaldiçoar. Este sivaísmo frenético deriva da concepção que dá como origem do mundo a vontade cega, princípio de tudo. Professa que o mundo é uma criminosa monstruosidade, obra de uma onipotência em delírio.

Nur werth, dass es zu Grunde gehe.

Evolucionismo, fatalismo, pessimismo, niilismo: não é curioso ver desabrochar essa terrível e desoladora doutrina na época precisamente em que a nação alemã festeja a sua grandeza e os seus triunfos? O contraste é tão chocante que obriga a meditar.

Essa orgia do pensamento filosófico identificando o erro com a própria existência, e desenvolvendo o axioma proudhoniano – Deus é o mal – conduzirá as turbas à teodiceia cristã, que não é nem otimista nem pessimista e que declara acessível a felicidade, a que chama vida eterna.

A acritude blasfematória da doutrina traz epítetos de mau gosto, tais como "o lacaio de Jeová", "O Deus-Satã", etc., que impedem de acreditar seja uma simples aposta de teórico paradoxal. Estamos diante de um teófobo, a quem a fé no bem faz espumar de furor, e a quem a alegria dos inocentes faz saltar de desprezo. Para apressar a libertação do mundo, destrói no ovo todas as consolações e todas as esperanças e todas as ilusões, e põe no lugar do amor da humanidade que inspirava *Çakya Muni*, o fel mefistofélico que mancha e desseca e corrói todas as coisas. Irra!

21 de janeiro de 1872. – ... Há almas que vivem pelo amor e pela religião, que não procuram senão o bem e o belo, que se dilatam no sacrifício. São mais que desinteressadas, são devotadas. É a pequena igreja, o escol das almas nobres. Eis o bom exemplo, eis o verdadeiro ponto de apoio.

25 de janeiro de 1872. – Em Berna, a revisão marcha com violência no sentido bernês de centralização interessada.[27] A exploração brutal dos cantões

---

[27] Na Assembleia Federal, tratava-se de um projeto de revisão da Constituição.

fronteiriços, lesados em todos os seus interesses econômicos, prossegue sem constrangimento. Não mais do que os homens, têm os povos a força de se conterem pela sabedoria. Exageram os seus princípios e diretamente caminham para Nêmesis. A democracia não se modera mais do que um elemento e percorre o ciclo dos seus destinos, como um tufão ou um macaréu. A sua base de direito é a vontade da maioria numérica, e a sua ficção consiste em admitir que essa vontade é por acréscimo esclarecida, judiciosa e previdente. Ora, é uma psicologia ridícula aquela que à inteligência dá a vontade por guia e por mentor, e faz ser o pai conduzido pelo filho, o oficial por seus soldados, o chefe pela massa, os conhecedores pelos ignorantes, a razão pela paixão, a cabeça pela cauda. A tolice na espécie é confundir o direito com a competência e as luzes. A maioria tem o direito de fazer a lei; deduz-se daí que a fará bem? Um filho de família, sendo maior, tem o direito de arruinar-se por suas loucuras e por suas faltas; mas não é pena? A nossa democracia, professando que o povo tem sempre *razão* em sua maioria numérica, confunde a razão do mais forte com a razão do mais clarividente. Esta ficção repousa por seu turno na pretensa igualdade dos eleitores, igualdade de direito que se torna igualdade de valor social, cívico ou pessoal; ficção primeira, cujo sofisma está velado por motivo de razão de Estado... O princípio da igualdade dos direitos, afastando como incongruentes o fato da desigualdade dos méritos, ou imaginando que a multidão escolhe sempre o mais meritório e não o mais agradável, esse princípio acaricia a vaidade dos cidadãos e faz a desgraça da coisa pública. Quanto ao mais, ver Sócrates e os seus diálogos com os democratas da época. Quando o exército, os impostos, as finanças, a instrução e a diplomacia estão entre as mãos dos demagogos, não dura o Estado longo tempo. Pessoalmente, sou de parecer que cada um cumpra a sua função, e prefiro o governo das superioridades reais. Mesmo supondo um oficial rude, eu o admito, se é um bom oficial. Creio mesmo que um excelente pastor vale mais para um rebanho de carneiros do que o governo de uma dezena de carneiros, estúpidos embora zelosos.

Em outros termos, as ficções me desagradam porque deslumbram os tolos; gosto que as coisas sigam bem, ainda mesmo que ficasse descontente o amor-próprio dos néscios; para mim, as formas de governo são meios e não fim, e julgo a democracia por seus resultados. Se ela chegar a ponto de mandar fazer relógios pelos cozinheiros e de fazer incapazes governarem, sob o pretexto de que ela disso tem o direito e de que nunca deixa de ter razão, rio-lhe na cara. Dessas ficções grotescas zomba a força das coisas. Faltando mecânicos, a locomotiva se há de desviar ou saltar da linha; faltando homens de Estado, a república seguirá à mercê das ondas ou naufragará.

O grande defeito da democracia é o de todos os déspotas: o fraco por seus aduladores e cortesãos, o favoritismo para com as incapacidades agradáveis, em outros termos, aversão aos capazes independentes. Entre nós, as superioridades insinuam-se ainda às vezes através das malhas da eleição, mas a maioria dos eleitos é já do grande monte, e até da pacotilha de última qualidade.

Quando se vê quem propõe as grandes leis (pena de morte, separação da Igreja e do Estado, seguro obrigatório, instrução pública, etc.), fica-se estarrecido: é sempre a suficiência considerando-se competência, a vontade crendo-se pensamento, a cauda ensinando a cabeça...

O que há de fastidioso neste mundo é que são os ignaros que dirigem os que sabem, e os ilusionados que arrastam em suas tolices os que não compartilham das suas ilusões. Sempre, e em toda parte, a vontade supera de fato a inteligência, o que equivale a dizer que zomba a força da razão; e que o sentido fatal do movimento histórico está às avessas do bom senso. Por isso Demócrito ri e Heráclito chora diante do espetáculo das coisas humanas. Não há nada de consolador senão a marcha da ciência, porque a ciência escapa a esse turbilhonar ridículo da política civil e religiosa, e porque aumenta continuamente o seu capital de verdades adquiridas e provadas.

O Estado e a Igreja aborrecem-me igualmente quase. Nenhuma consideração tenho para com o público, nenhuma admiração pelo meu tempo. Saboreio a ciência verdadeira e gosto das belas almas. Eis o que me resta das minhas viagens através do mundo e das coisas.

Que produit l'idéal? le désabusement.

O mundo humano só interessa pelas minúcias; pelo conjunto é desolador e fatigante. Quanto mais o conhecemos, mais nos gela o entusiasmo. Somente as almas de escol, os gênios, os nobres caracteres, nos reconciliam com esta desagradável turba e esta lamentável história.

28 de janeiro de 1872. – Viver é curar-se e renovar-se todos os dias, é também reencontrar-se e reconquistar-se. O diário é o confidente, o consolador, o médico do solitário. Este cotidiano monólogo é uma forma de prece, uma conversação da alma com seu princípio, um diálogo de Deus. É ele que restaura nossa integridade, que nos reconduz da perturbação à clareza, da agitação à calma, da dispersão à posse de nós mesmos, do acidental ao permanente, e da especialização à harmonia. Como os magnéticos ele nos põe de novo em equilíbrio. É uma espécie de sono consciente, em que cessando de agir, de querer, de estender-nos, reentramos na ordem universal e buscamos a paz. Escapamos assim ao finito. O recolhimento é como um banho da alma na contemplação, e o diário outra coisa não é senão o recolhimento, de pena na mão.

Le monde fait silence et l'âme entend son Dieu.

Isso me recorda um pensamento ao travesseiro. Esta manhã eu me dizia: na tua idade, conviria deixar os pormenores e empregar o teu esforço e o teu desejo somente em conjuntos, em grandes coisas. À dispersão discursiva, faz suceder o costume dos sumários, das sínteses, das recapitulações gerais, dos balanços. É certo que o estudo é sem termo e a ciência sem fim. Mas o indivíduo é mortal e, antes de morrer, deve, contudo, traçar a moral da sua existência e extrair das suas experiências individuais o que há de melhor para os outros e de mais útil a seus sucessores. Faltam-te os três grandes móveis do escritor: o amor-próprio, a necessidade material, o apelo simpático de um público encorajador. Restam-te, porém, dois móveis não usados: a doçura de causar prazer aos que te amam ainda, e também a consciência religiosa do dever humano.

Nem teus amigos nem Deus te forçam, mas solicitam o teu zelo, respeitando a tua liberdade: dá-nos o teu coração.

Rends gloire ou témoignage à temps, avec amour,
Ton âme de la vie a bientôt fait le tour,
Qu'au jugement elle soit prête.

Direito algum tem o mundo ao teu amor, tem direito apenas à tua justiça. E como ele próprio não é justo, tens contra ele o direito de defensiva, de reserva, de silêncio; tu não és obrigado a entregar-te aos animais ferozes, nem tampouco aos escarnecedores, aos malévolos, aos suspeitosos, aos indiferentes. Mas a bondade gratuita, a generosidade voluntária, a servidão por caridade, é ainda melhor do que a justiça. É preciso amar aos homens, não que eles o mereçam, mas porque é belo o amor, porque Deus é amor. É preciso suplantar o seu instinto de pudor e seu instinto de justiça pelo devotamento que se oferece sem esperar, que dá sua reciprocidade, que procede sem lassidão, e que é superabundante, sem calcular.

7 de fevereiro de 1872. – Como é difícil pôr em contato a fé dos simples com os resultados da ciência histórica e crítica, sem ares de ímpio e sem escandalizar o pobre crente! Talvez, ao menos, seja preciso que o tom grave e piedoso do iniciador tranquilize um pouco aquele a quem ele deixa em confusão. A consciência deste último deve sentir uma outra consciência diante de si, e não uma ciência indiferente ou velhaca. Os erros sagrados têm vida mais dura que nenhuma verdade; não se deve degolá-los senão com respeitoso cutelo. O que o padre abençoou está embalsamado por séculos, embora uma obscuridade, embora um crime. É propriedade da fé assegurar asilo ao que ela protege, asilo inviolável mesmo à verdade. Assim defende-se a fé religiosa contra o próprio Deus, se Deus não der a senha e não mostrar a patinha branca à porta que deseje ver aberta. É, pois, a fé, uma coisa terrível, pois que pode ser cega por piedade e maldizer aquele a quem acredita adorar, enquanto o desconhece, fora de certos trajos. Como a sentinela histórica, ineptamente sublime, ela pode cruzar a baioneta diante do seu imperador e exclamar: "*Petit caporal, on ne passe pas!*".

Sem a fé, se faz; mas pode a fé amordaçar toda ciência. Que é pois esse Proteu? Vem de Deus ou do diabo?

A fé é uma certeza sem provas. Sendo uma certeza é um enérgico princípio de ação. Sendo sem provas, é o contrário da ciência. Daí, os seus dois aspectos e os seus dois efeitos. É na inteligência que está o seu ponto de partida? Não. O pensamento pode abalar ou afirmar a fé, não engendrá-la. Está na vontade a sua origem? Não. A vontade boa pode favorecê-la, a má impedi-la, mas não se crê por vontade, e a fé não é um dever. A fé é um sentimento, porque é uma esperança; é um instinto, porque precede a todo sentimento exterior. A fé é a herança do indivíduo ao nascer, o que liga ao conjunto do ser, é, por assim dizer, o cordão umbilical da sua alma. O indivíduo desprende-se dolorosamente do seio materno, e somente chega a isolar-se com esforço da natureza ambiente, do amor que o envolve, das ideias que o banham, do berço que o contém. Nasce na união com a humanidade, com o mundo e com Deus. O traço dessa união original é a fé. A fé é a reminiscência daquele vago Éden de que nosso indivíduo saiu, mas em que habitou no estado sonambúlico anterior à sua vida individual.

A nossa vida individual consiste em separar-nos de nosso meio, em reagir sobre ele para dele tomar consciência, e para constituir-nos em pessoas espirituais, isto é, inteligentes e livres.

A nossa fé primitiva não é mais do que a matéria neutra que a experiência da vida e das coisas refaz, e que, em consequência dos nossos estudos de toda espécie, pode perecer completamente em sua forma. Nós próprios podemos morrer antes de termos sabido encontrar a harmonia de uma fé pessoal que satisfaça ao nosso espírito e à nossa consciência, ao mesmo tempo que ao nosso coração. Mas a necessidade de fé não nos abandona jamais. É o postulado de uma verdade superior que tudo põe de acordo. É o estimulante da investigação; dá a perspectiva da recompensa, mostra o fim. Eis aí, pelo menos, a fé excelente. A que não é mais do que um preconceito de infância, que não conheceu jamais a dúvida, que não conhece a ciência, que não respeita nem compreende, nem tolera convicções diferentes, essa é uma estupidez e uma aversão, a mãe de todos os fanatismos. Pode-se pois dizer da fé o que Esopo afirmava da língua:

> *Quid melius lingua, lingua quid pejus eadem.*

É muitas vezes a fé, o contrário da boa-fé, e o homem de fé assemelha-se então, a ponto de equivocar-se, ao homem sem fé. Para desarmar em nós a fé, dos seus dentes venenosos, devemos subordiná-la ao amor da verdade. O culto supremo do verdadeiro é o meio de depurar todas as religiões, todas as confissões, todas as seitas. A fé apenas deve estar em segundo plano, porque ela tem um juiz. Quando ela se faz a si própria juiz de tudo, o mundo cai na escravidão; a cristandade, do século III ao XVI, oferece disso a prova. O mal da catolicidade atual está na falsa autoridade, que corrompe a consciência e reprova a verdade científica. A ciência, para vencer o papismo, deverá revolucionar não somente o romanismo, mas o cristianismo. A verdade, que é de Deus, deverá tornar manifesta a teologia que é do homem, e a hierarquia, que é do Maligno. A fraude enxertada na superstição, ambas fabricaram este compacto sufocante onde se estiola em espírito a maior parte da cristandade. Nisso será preciso o ferro e a chama, a chama da ciência e o ferro da crítica. Uma vez depurada, vencerá ela a fé grosseira? Esperemo-lo. Tenhamos fé num melhor futuro. Eis contudo, aqui, a dificuldade. A fé limitada atém muito mais energia do que a fé esclarecida; o mundo pertence mais à vontade que à sabedoria; não é, pois, seguro que a liberdade triunfe sobre o fanatismo. A desgraça é que o caráter está do lado dos espessos, e que nunca a independência do pensamento terá a violência de um preconceito.

A solução está em dividir a tarefa. Após aqueles que tiverem separado o ideal da fé pura e livre, virão os violentos, que a farão entrar nas coisas adquiridas, nos preconceitos e nas instituições. Não é já o que sucedeu ao cristianismo? Depois do meigo Jesus, o impetuoso São Paulo e os ásperos concílios. Na verdade que foi isso que corrompeu o Evangelho. Mas, enfim, o cristianismo fez contudo mais bem do que mal à humanidade. Assim avança o mundo pela putrefação sucessiva de ideias cada vez melhores. Assim o senhor da história reduz a dose do mal pela inoculação perseverante do bem. O erro cede gradualmente à verdade. Tifão vê renascer perpetuamente Osíris para sua confissão e sua derrota.

19 de junho de 1872. – Continua a confusão no Sínodo parisiense.[28] O obstáculo é o sobrenatural. Sobre a ideia do divino seria possível o acordo; mas não, não é disso que se trata, é preciso separar o joio do bom trigo. O sobrenatural é o milagre. E o milagre é um fenômeno objetivo, fora de toda causalidade precedente. Ora, o milagre, assim entendido, é impossível de comprovar-se experimentalmente, e, ademais, os fenômenos subjetivos, de bem diversa importância em relação aos primeiros, deixam de ser incluídos na definição. Não se vê que o milagre é uma percepção da alma, a visão do divino atrás da Natureza, uma crise psíquica análoga à de Eneas, quando do último dia de Ílion, que faz ver os poderes celestes dando impulso às ações humanas. Não há fatos milagrosos para os indiferentes; só as almas religiosas são capazes de reconhecer o dedo de Deus, isto é, o sobrenatural em certos fatos a propósito dos quais lhes tombam as vendas dos olhos. Os espíritos chegados à imanência permanecem incompreensíveis aos fanáticos da transcendência. Jamais adivinharão estes que o panenteísmo de Krause é dez vezes mais piedoso que a sua dogmática do sobrenatural. A paixão que mostram pelos fatos objetivos, isolados e passados, impede-lhes ver os fatos eternos e espirituais. Só podem adorar o que lhes vem do exterior. Desde que a sua dramaturgia é interpretada simbolicamente, tudo lhes parece perdido, exatamente como para toda mitologia. A sua fé liga-se à imaginação, não à razão. A sua consciência é perturbada desde que se choque a análise com a sua noção

---

[28] Um Sínodo das Igrejas reformadas da França procurava determinar as condições de crença constitutivas do protestantismo.

do milagre. Precisam de milagres locais, desaparecidos e incontroláveis, porque para eles o divino está nisso apenas.

Ora, numa época de sufrágio universal, esta fé não pode deixar de predominar sobretudo nas raças consagradas ao dualismo cartesiano, que acham claro o incompreensível e abominam o que é profundo. Todas as mulheres acharão mais plausível o milagre local do que o milagre universal, e a intervenção visível e objetiva de Deus, mais do que a sua ação psicológica e interior. O mundo latino, por sua forma mental, está condenado a petrificar as suas abstrações e a não penetrar jamais no santuário íntimo da vida, no foco central onde as próprias ideias ainda não estão divididas, determinadas e modeladas. O espírito latino objetiva tudo, porque se mantém fora das coisas e fora de si mesmo. É como o olho, que só vê o exterior, e que não se vê a si mesmo senão artificialmente e de longe, pela superfície refletora de um espelho. O espírito germânico habita em si mesmo, e tem consciência de si até o centro. Para este último, a imanência é um modo de sentir e de pensar; para o espírito latino, é uma monstruosidade ou uma hipótese.

30 de agosto de 1872. – Leitura: Ch. Secrétan (resumo analítico da *Philosophie de la Liberté*, 1849); O. H. Jaeger (*Die Freiheitslehre als System der Philosophie*, 1859, [*rudis indigestaque moles*, ilegível]). As lucubrações *a priori* enfastiam-me hoje tanto como qualquer outra coisa. Todos os escolasticismos me são nauseabundos. Tornam-me duvidoso o que demonstram, porque em vez de investigar afirmam desde o início. O seu objeto é construir trincheiras em torno de um preconceito, não é descobrir a verdade. São obstáculos, e não auxílios. Acumulam nuvens, e não raios de luz. Ligam-se ao processo católico que exclui a comparação, a informação, o exame prévio. Trata-se para eles de escamotear a adesão, de fornecer argumentos à fé, suprimir a investigação. Para eu ser persuadido, é necessário que não haja decisão antecipada e que se comece pela sinceridade crítica; é preciso orientar-me, mostrar-me as questões, a sua origem, as suas dificuldades, as diversas soluções tentadas e o seu grau de probabilidade. É preciso respeitar a minha razão, a minha consciência e a minha liberdade. Todo escolasticismo é uma captação; a autoridade toma a atitude de quem vai explicar-se, mas é apenas atitude, e a sua deferência não é senão ilusória. Os dados são viciados, e as premissas preconcebidas. O desconhecido é suposto conhecido, e tudo mais se deduz daí. Começam por uma tese sobre Deus e concluem que uma fritada de ovos é criminosa na sexta-feira, e no domingo, lícita. As construções especulativas da missa ou da salvação são curiosidades mais ou menos engenhosas, mas nada têm que ver com a verdade, pois a teologia bramânica ou árabe fez a mesma coisa por dogmas bem diversos e bem diversos ritos. Será que um teólogo e um retórico não demonstram tudo o que se quer e, se falam sozinhos, não têm sempre razão? A filosofia é a completa liberdade do espírito e, consequentemente, a independência de todo preconceito religioso, político ou social. Em seu ponto de partida, não é cristã nem pagã, não é monárquica nem democrática, não é socialista nem individualista, é crítica e imparcial; ama só uma coisa: a verdade. Tanto pior se isso perturba as opiniões preconcebidas da Igreja, do Estado, do meio histórico onde nasceu o filósofo. *Est ut est aut non est.*

A filosofia é a dúvida, primeiro, e depois a consciência da ciência, a consciência da incerteza e da ignorância, a consciência dos limites, das nuanças, dos graus, dos possíveis. O homem vulgar de nada duvida e de nada suspeita. O filósofo é mais circunspecto. É, mesmo, impróprio para a ação, porque, vendo menos mal do que outros o fim, mede demasiado bem a sua fraqueza, e não se engana sobre as suas probabilidades.

O filósofo é o abstêmio no meio da embriaguez universal: percebe a ilusão de que as criaturas são dóceis joguetes; é menos enganado do que ninguém por sua própria natureza. Julga mais judiciosamente do fundo das coisas. É nisto que consiste a sua liberdade: ver claro, não ser embriagado, dar-se conta. A filosofia tem por base a lucidez crítica. Seu vértice seria a intuição da lei universal, do princípio primeiro e do fim último do universo. Não se enganar é o seu primeiro desejo, compreender é o segundo. A emancipação do erro é a condição do conhecimento real. Um filósofo é um cético que procura uma hipótese plausível para explicar-se o conjunto das suas experiências. Quando imagina que encontrou essa chave, ele a propõe a outros, mas não a impõe.

Gryon-sur-Bex, 19 de setembro de 1872. — Acabo de reler J.-J. Rousseau, *Lettre à l'Archevêque de Beaumont,* com um pouco menos de admiração do que há... dez ou doze anos, não sei bem. Essa precisão de entalhador que não se fatiga nunca, fatiga com a continuação. O estilo intenso dá a impressão de um livro de matemáticas. Sente-se necessário deter-se com alguma coisa de fácil, de natural e de alegre. A língua de Rousseau é um prodigioso trabalho, que dá gosto a uma recreação.

Mas, quantos escritores e quantas obras derivam do nosso Rousseau! Eu ia encontrando, enquanto seguia, os pontos de ligação de Chateaubriand, Lamennais, George Sand e Proudhon. Este, por exemplo, calcou o plano da sua grande obra, *De la Justice dans l'Église et dans la Révolution*, sobre a carta de Rousseau a Beaumont; os seus três volumes são um rosário de cartas a um arcebispo, e a eloquência, a audácia, a erudição fundem-se numa espécie de ironia fundamental.

Quantos homens num homem, quantos estilos num grande escritor! Rousseau, por exemplo, criou muitos gêneros. Pintura alpestre, eloquência política, unção religiosa laica, a dialética apaixonada, o estilo legislativo, lapidar, a refutação ponto por ponto, o egotismo apologético... Que sei mais? A imaginação transforma-o, e ele é bastante para os mais variados papéis até para o do lógico puro. Mas como a imaginação é o seu eixo intelectual, a sua faculdade dirigente, há em cada uma das suas obras uma semissinceridade e uma semiaposta. Sente-se que o seu talento fez consigo mesmo a aposta de Carnéades, a de não perder nem uma causa, embora má, desde que nela se tenha empenhado a honra. É, de resto, a tentação de todo talento: subordinar as coisas a si próprio e não si próprio às coisas; vencer por vencer, substituindo-se o amor-próprio à consciência.

Nada mais exige o talento do que triunfar por uma bela causa; mas, de boa vontade é *condottiere*, e contenta-se bastante de levar a vitória aonde leva a sua bandeira. Não sei mesmo se um sucesso, quando a causa é fraca e má, não é infinitamente mais lisonjeiro para o talento, que não partilha então com ninguém o seu sucesso.

O paradoxo é a gulodice dos homens de espírito e a alegria dos homens de talento. É tão agradável ter razão contra todos e atordoar o bom senso banal e a insipidez vulgar! O amor, a verdade e o talento não coincidem pois; as suas tendências diferem e muitas vezes também os seus caminhos. Para obrigar o talento a servir quando o seu instinto é comandar, impõe-se um sentido moral muito vigilante e um caráter vigoroso. Os gregos, artistas da palavra, eram artificiosos desde os tempos de Ulisses, sofistas na época de Péricles, retóricos, cortesãos e astutos até o fim do Baixo-Império. O seu talento gerou o seu vício. Napoleão, virtuose de batalhas, não soube deter-se antes da sua ruína: o talento foi causa da sua perda.

Quanto a Rousseau, ele mesmo explica a sua carreira literária. "Uma miserável questão de Academia, agitando-me o espírito contra a minha vontade, lançou-me a um mister para o qual não havia nascido; um sucesso inesperado aí mostrou-me atrativos que me seduziram. Multidões de adversários atacaram-me sem entender-me, com um estouvamento que me deu disposição, e com um orgulho que me inspirou talvez. Defendi-me, e de disputa em disputa, senti-me arrastado à carreira quase sem nela ter pensado..." (Início de *Lettre à l'Archevêque de Beaumont*).

Abrir, como Rousseau, a sua brecha pela polêmica é condenar-se à exageração e à guerra perpétua. Expia-se a celebridade por uma dupla amargura, a de não ser-se jamais inteiramente verdadeiro e de não poder retomar a livre disposição de si mesmo. Altercar com todos é atraente, mas perigoso.

9 de outubro de 1872. – Tomei o chá em casa de M. Estes interiores à inglesa são amáveis. São a recompensa e o resultado de uma longa civilização e de um ideal seguido com perseverança. Qual? O da ordem moral fundada no respeito de si próprio e dos outros, no respeito do dever, numa palavra, na dignidade. Os donos da casa testemunham consideração a seus hóspedes; as crianças tratam respeitosamente a seus pais; cada um e cada coisa está em seu lugar. Sabe-se mandar e obedecer. Esse pequeno mundo é governado e parece andar por si só; o dever é o *genius loci*, mas o dever com essa tinta de reserva e de domínio sobre si, que é o tom britânico. Os filhos dão a medida desse sistema doméstico: são felizes, sorridentes, confiantes e, contudo, discretos. Nota-se que se sentem amados, mas que se sentem também subordinados. Os nossos conduzem-se como superiores, e quando uma ordem precisa vem limitar a sua importunidade transbordante, veem nisso um abuso de poder, um ato arbitrário. Por quê? Porque em princípio acreditam que tudo gira em torno deles. Os nossos podem pois ser gentis e afetuosos, porém não são agradecidos e não sabem conter-se.

Como obtêm esse resultado as mães inglesas? Pela regra impessoal, invariável e firme, em outros termos, pela lei, que educa para a liberdade, enquanto o decreto só nos conduz à emancipação e às queixas. – Tem esse método a imensa vantagem de criar caracteres avessos ao arbitrário e submissos à justiça, sabendo o que se lhe deve e o que eles devem, vigilantes de consciência e exercitados no domínio de si próprios. Em toda criança inglesa sente-se a divisa nacional: Deus e o meu direito. Em todo lar inglês sente-se também que o *home* é uma cidadela ou, melhor ainda, um barco. Por isso nesse mundo a vida de família vale o que ela custa; tem sua doçura para os que dela suportam o peso.

13 de outubro de 1872. – Que é que mereço, em suma? Trabalhei tanto, sofri tanto? Posso queixar-me das severidades, das injustiças do destino? Não. Certamente fui dos bem aquinhoados, fui relativamente privilegiado. Apenas, julgo esta felicidade mesma um pouco insípida, e a vida, bastante pobre. – Dela tiraste todo o partido possível? De modo algum; faltou-te habilidade, vontade, energia. – De quem te queixas? De ninguém. De que te queixas? De não ter realizado um só dos sonhos da tua juventude. De quem a culpa? Da desarmonia entre ti e as circunstâncias, mais sucintamente da tua não--adaptação. Não soubeste fazer um meio à tua imagem, e não soubeste senão resignar-te à tua própria vida, sem nela te comprazeres. Poderias ter tido melhor sorte? Talvez. Poderias ter tido mais coragem? Certamente. Mas esse desgosto precoce, essa antipatia à luta inútil, esse sentimento do impossível não são a primeira das tuas fatalidades?

Um pássaro obrigado a viver prisioneiro, um peixe obrigado a viver no ar não são felizes. O eterno constrangimento das nossas melhores tendências e dos nossos mais vivos gostos acaba por quebrar em nós a grande mola da existência, o desejo. A perpétua experiência da nossa fraqueza e das nossas recaídas afasta--nos a última ilusão que nos fortifica, a esperança. A série interminável das decepções e dos desenganos, das perdas e dos arrancamentos, gasta em nós a força que consola, a fé. E assim despojada, que é a nossa vida? Uma fastidiosa defensiva contra um despojamento maior ainda, um apelo que se disfarça em serenata, o simulacro de uma grande parada para mascarar uma derrota, a aparência de uma festa ao redor de uma falência, em outros termos, um penhor que a nossa altivez mantém, uma comédia representada por decoro, mas com a morte na alma. Triste.

14 de outubro de 1872. – Há um tempo já terrivelmente longo que eu nada exijo de mim mesmo, e que vegeto como as plantas. O único interesse verdadeiro de minha vida são algumas afeições. O resto é apenas pretexto. Estou ainda nesta velharia romanesca: o amor como atrativo, móvel, razão, foco da existência. Se não estivesse bem certo de algumas simpatias sérias, se ninguém estivesse preso a mim, não teria o menor gosto em viver.

Rejubilar os que se apegam a mim, quase não conheço mais outra felicidade. E sinto que somente a caridade sobrevive à fé e à esperança. Sinto que o ato de caridade substituiu para mim o ato estético e científico, e para nada mais sou bom senão para ser bom. Essa afabilidade da velhice, essa mansuetude antecipada é a compensação da impotência, consequência da não ambição, do descostume e da preguiça. – Tenho ao menos a alegria secreta de não sentir inveja e de prodigar a jovens talentos os encorajamentos e os conselhos que não obtive eu próprio. A ambição pessoal fatiga-me; mas posso ser ambicioso, inventivo, infatigável para outros. É uma especialidade inofensiva, e onde não é de temer a concorrência. O meu próprio eu gastou em curiosidade sobre si mesmo a força que outros empregam em dilatá-lo e pô-lo em relevo. Uns querem dominar a matéria ou os homens, fazerem-se ricos, influentes, poderosos, célebres; eu não procurei senão conhecer-me ou antes experimentar-me. Procurei dispensar tudo, fora do necessário, e o necessário para mim é um pouco de independência material e uma afeição. O despojamento mais completo parece-me acima das minhas forças. Privado de afeição e reduzido à miséria, parece-me que eu morreria bem depressa, pois mesmo com as minhas vantagens, estou apenas por um fio. Ninguém é menos preso do que eu ao próprio corpo, e o desgosto de ser já me atormentou muitas vezes. Creio que a minha memória não tem mais coesão do que as minhas moléculas, e que enfim a desagregação já começou, em vida. O contemplador antes assiste à sua vida, do que a conduz, é antes espectador do que ator, procura antes compreender que fazer. Será que esta maneira de ser é ilegítima, imoral? Somos obrigados à ação? Este desapego é uma individualidade a respeitar ou um pecado a combater? Sempre estive indeciso neste ponto, e perdi anos em censuras ineficazes e chances inúteis. A minha consciência ocidental e penetrada de moralismo cristão perseguiu sempre o meu quietismo oriental e a minha tendência búdica. Não ousei aprovar-me, e não soube corrigir-me. Nisto como em todo o resto, permaneci hesitante, partilhado, confuso, perplexo, incerto, e oscilei entre os contrários, o que é uma forma de salvaguardar o equilíbrio, mas que impede toda cristalização.

    Tendo entrevisto cedo o absoluto, não tive a arrogância indiscreta da individualidade. Com que direito fazer-me de um defeito um título? Não soube ver necessidade alguma em impor-me aos outros e alcançar bons êxitos. Jamais tive a evidência senão das minhas lacunas e das superioridades de outrem. Não é assim que se faz o seu caminho. Com aptidões variadas e inteligência passável, não tinha impulso dominante nem talento imperioso, de modo que, capaz, senti-me livre, e, livre, não descobri o que era melhor. O equilíbrio produziu a indecisão, e a indecisão crônica esterilizou todas as minhas faculdades.

8 de novembro de 1872 (*nove horas da manhã*). – Tempo coberto. Eu me sinto mal desperto por ter estado com a cabeça demasiado baixa e haver-me deitado depois da meia-noite. É o contrário do despertar alegre e da elasticidade inquieta. Talvez fosse melhor romper com esse costume, deixar os postigos entreabertos e levantar-me ao clarear do dia. Seria melhor para a minha vista e para o meu cérebro; mas isso não se fará.

> *Vouloir est un ennui, changer est un effort,*
> *La vie est après tout un tissu d'habitudes;*
> *D'ailleurs nouveaux projets, nouvelles attitudes*
> *Valent-ils bien la peine? on est si vite mort!...*

Como diz Louisa:[29] "o coração enervado cede à fatalidade"

> *Quand vient l'amour avec le bonheur pour amorce,*
> *Nous le regardons fuir d'un oeil désenchanté,*
> *Nous demeurons passifs, nous n'avons pas la force,*
> *Le coeur énervé cède à la fatalité.*

Pobre Louisa! Nós nos fazemos estoicos e temos sempre ao flanco o dardo envenenado, *lethalis arundo*. Como todas as almas apaixonadas, que queres, Louisa? Os contrários ao mesmo tempo, a glória e a felicidade. Que adoras? A Reforma e a Revolução, a França e o contrário da França. E o teu talento possui também as duas qualidades opostas; a intimidade e o brilho, o lirismo e a fanfarra. E quebras o ritmo dos versos ao mesmo tempo em que cuidas da rima. E te balanças entre Valmore e Baudelaire, entre Leconte de Lisle e Sainte-Beuve, isto é, os teus gostos também reúnem os extremos. Disseste:

> *Toujours extrême en mes plaisirs,*
> *Jadis, enfant joyeuse et folle,*
> *Souvent une seule parole*
> *Bouleversait tous mes plaisirs.*

Mas que belo teclado possuis, que alma forte e que riqueza de imaginação!

11 de novembro de 1872. – Por gracejo, tenho algumas vezes falado na vantagem de ser estrangeiro, em Genebra. O cidadão tem todos os encargos financeiros

---

[29] Louisa Grefert, autora de *Stoïques*, 1870.

e outros que são pesados de levar, e a sua recompensa é votar, o que é um penoso trabalho perpétuo. Paga, portanto, muito caro as varas com que é chicoteado. O estrangeiro, com uma simples permissão de permanência, que custa alguns soldos, usufrui todos os bens, inclusive a educação gratuita, e escapa a todos os impostos, taxas, empréstimos, que sofremos em seu lugar. Conclusão: por que não podemos requerer a situação de estrangeiro? O que impede afinal de desejá-lo é o patriotismo. E, contudo, da pátria que é que resta, quando todos os elementos que a compõem se dissiparam? Quando não há mais em comum a religião, o espírito público, os desejos, as esperanças, a fé política, as convicções, quando não nos sentimos mais em nosso meio nas ideias, nas vontades, nos gostos do ambiente, quando não temos mais ascendentes nem descendentes, em suma, quando estamos sem raízes e sem laços no país? A pátria torna-se um mito; mas por mais que se faça, ela permanece uma afeição.

Eu me sinto muito isolado da Genebra real; mas o fantasma ideal de Genebra diz-me ainda alguma coisa. Superstição? Seja. Fé sem motivo? De acordo. Mas o coração precisa de objeto e mesmo de quimera. Amam-se as coisas e as pessoas não pela felicidade que vos dão ou vos prometem; mas estupidamente, sem saber por que, ou nobremente, sem esperança de recompensa.

18 de novembro de 1872. – Manhã de sonhos. Perguntei por carta a duas pessoas se elas conheciam a minha individualidade; supondo que os seus julgamentos coincidam, provavelmente ambos tenham razão. Quanto a mim, perdi a chave de mim mesmo e não conheço mais a coisa especial, o meu dom particular, a coisa para a qual nasci, por consequência a minha força, a minha missão, o meu encargo.

Edlen Seelen vorzufühlen
Ist der wertheste Beruf.

"Pensar hoje o que será admitido e popular dentro de trinta anos." Eis duas respostas: as de Goethe e de Schopenhauer. Quanto a mim, preferia dizer: Compreender todos os modos da natureza humana e fazer bem tudo o que se faz. – Esta última divisa parece indicar pouca originalidade, pouca força criadora, inventiva, pouca vontade, uma espécie de indiferença para a ação. Agir corretamente, sentir e pensar com justeza, não é o ideal de um artista, de um ambicioso, de um orador, mas simplesmente de um crítico atento e de um homem honrado. Dominar os homens, subverter as coisas não me compete. Contemplar, adivinhar, amar, consolar, foi sempre a minha inclinação. Meu talento é a neutralidade desinteressada e a impersonalidade do espírito; meu gosto é a vida das afeições. Tenho a inteligência objetiva e o coração terno. O que me é antipático é a vida vulgar tecida de preconceitos, de paixões, de interesses ao mesmo tempo egoístas e ardentes, estreitos e resolutos. O que me é insuportável é agir por minha conta e para mim mesmo. Não sei interessar-me por minha pessoa, por minha carreira, por meus projetos, por meu futuro. Isso me parece grosseiro, ignóbil e vil. E como o mundo é a arena onde todos os apetites lutam por satisfazerem-se, não me sinto deste mundo, entregue aos ambiciosos, aos fortes e aos astutos.

Entre o relativo que me oprime e o absoluto que eu desespero de alcançar, vacilo descuidosamente e não chego a agir senão quando é em extremo necessário, uma vez que é, toda ação, uma loteria, salvo quando é um dever positivo. Na dúvida, abstém-te, diz o provérbio: ora, em toda ação facultativa, eu duvido; e em toda decisão especulativa, eu hesito. Não tenho o que faz a determinação, isto é, a ilusão que toma o partido da vontade e a acredita boa porque é sua. Para mim, tenho sempre o secreto pensamento de que o contrário do que vou dizer ou fazer talvez fosse igualmente verdadeiro ou igualmente bom. Falta-me a enfatuação de mim mesmo ou a obstinação da vontade que substitui a enfatuação. Não sou nunca suficientemente da minha opinião e do meu partido para trabalhar energicamente em seu sentido. Não tenho de modo algum a evidência do que me convém ou do que convém que eu faça. A minha sagacidade, o meu tato, a minha resolução, o meu zelo podem servir apenas para outrem.

Singular organização: verdadeiramente búdica e monástica. Seria feito para o devotamento, desde que tomasse uma ternura devotada, a conduta dos meus interesses pessoais. E o destino teve a ironia de condenar-me ao *self government* desde a minha infância, ao isolamento e ao celibato em minha idade madura. Para que me serviu a minha independência? Simplesmente para abster-me. Não soube construir uma existência a meu agrado; nada mais fiz do que me encolher debaixo da minha carapaça para suportar as intempéries exteriores. E, ainda, não ousei ser estoico ou budista até o fim, com uma lógica intrépida. Não fui nem oriental nem ocidental, nem homem nem mulher completamente, permaneci amorfo, átono, agâmico, neutro, morno e dividido. Irra!

23 de novembro de 1872. – Em toda parte, polêmicas, disputa, zizânia; como é fatigante o mundo! A impossibilidade da paz foi convertida pelo orgulho da nossa raça em título de grandeza; mais ou menos como os corcundas, se fossem maioria, decretariam que a gibosidade é o ornamento do homem. A oscilação entre os erros contrários parece a lei da nossa espécie; a sabedoria, isto é, a conciliação dos contraste, é o quinhão apenas de alguns privilegiados. O mundo humano está entregue aos partidos, e os partidos são parcialidades que se ignoram, mas se entremordem. Que prova tudo isso? Que tem razão Heráclito: que a maioria dos bípedes ápteros são criaturas mal dotadas, em que dominam a estupidez e a malignidade.

Quanto mais um homem é verdadeiramente homem, mais ele está isolado; à medida que cresce em clarividência e em bondade, menos semelhantes tem; se fosse perfeito, seria um único exemplar. Assim, a excelência faz o vácuo em torno dele e o separa do seu meio, do vulgar, da multidão. Felizmente a caridade o impele a atravessar de novo o abismo. Menos merecem os homens a sua complacência e o seu amor, mais a eles se devota. Quanto menos gosta deles, mais tenta ser-lhes útil. Quanto mais os reconhece ininteligentes e maus, mais a piedade sufoca a repugnância. Extrai da sua superioridade um motivo não de desdém, mas de apostolado.

As disputas religiosas e políticas te aborrecem; a eterna infância das multidões apaixonadas, que são senhoras de tudo na democracia, causa-te saciedades e náuseas perpétuas; a necessidade de em todos os assuntos discutir frioleiras, de redemonstrar sem trégua as verdades elementares; o tédio dos preconceitos correntes, das repulsas usuais, dos truques familiares te desgosta e te enfada; a certeza de que a melhor ideia estará sempre em desvantagem na preferência das massas te desencoraja. Portanto, falta-te energia e amor ao próximo. Torna-te frio a desilusão. É certo que mudar o mundo te parece uma quimera, e que achas bastante difícil reformar a ti mesmo. Aprender a ver com mais justeza, a trabalhar melhor é o bastante para a tua ambição. Ajuntemos a isso o auxílio a todos os que o peçam e que esperem em ti, e eis-nos ao fim dos teus sacrifícios. Não tens a noção distinta de um encargo mais geral de almas, de uma missão pública, de um dever para com aqueles que não te chamam e não te dão a palavra. Não tens nenhum prurido de proselitismo, de propaganda ou apenas de publicidade. O sentimento da universal suficiência, que o regime democrático produz, arrancou-te até mesmo o desejo de discussão.

28 de novembro de 1872. – Aniversário da morte de S.,[30] do nascimento de M., e do casamento de H.; as três grandes circunstâncias da vida para três de meus amigos caem na mesma data ou antes no mesmo dia do ano. Nascer, duplicar a sua existência, morrer são os três grandes momentos jurídicos e religiosos. Há quantos anos entrou S. em seu repouso; há quantos M. está na terra? E há quantos anos casou H.? Não sei mais. É-me coisa indiferente o tempo, e não deixa marca em minha memória. As datas relativas às coisas do exterior me interessam e tomam ainda algum valor para o meu pensamento; mas a minha própria vida não se categoriza cronologicamente, não me vejo *sub specie temporis;* as divisões de semanas, meses, anos, décadas não se ligam a nada em minha alma e lhe permanecem estranhas. Por quê? Porque a ação não é a minha forma de existência e porque somente a ação nos entrosa no mundo exterior regido pelo calendário. A vida interior, como o sonho, nada tem que ver com as linhas e os entalhes artificiais da duração. A minha autobiografia, como a história da Índia, seria para mim, se eu perdesse estes cadernos de diário, impossível de reconstruir. Não percebo em mim nem marcha, nem progresso, nem crescimento, nem acontecimentos. Sinto-me *ser* com maior ou menor intensidade, tristeza ou alegria, saúde ou lucidez, mas nada sucede em minha vida e não percorro um caminho, afastando-me de um ponto fixo e aproximando-me de um termo desejado. A minha ambição (se não é grande demais e imprópria a palavra) é experimentar a vida, tomar consciência das maneiras de ser da criatura humana, é sentir e pensar, não é querer, em outras palavras, é contemplar. Pela contemplação, a eternidade devora o tempo. E eis por que só me apercebo do tempo já passado e dos anos decorridos por observações exteriores – vendo, por exemplo, um dos meus camaradas feito avô –, mas não por percepção pessoal e direta.

A minha certidão de batismo prova-me que já ultrapassei meio século; mas atingiria o dobro sem que me habituasse ainda ao mundo e nem sequer ao meu próprio corpo. Parece-me curioso o decorrer do tempo, e o estranho ainda tanto ou mais do que há 25 anos. Assisto à minha própria lanterna mágica, mas o "eu" que olha não se identifica com o espetáculo. Sou para mim mesmo o espaço imóvel no qual giram o meu sol e as minhas estrelas. O meu espírito é o lugar dos meus fenômenos; tem dentro de si o tempo, e por consequência está

---

[30] Uma das amigas de Amiel, a quem este no *Diário Íntimo* chama, às vezes, Sïbylle.

colocado à margem do tempo. Ele é para si mesmo o que Deus é para o mundo, eterno por oposição ao que aparece e desaparece, começa e termina, ao que se metamorfoseia continuamente.

1º de dezembro de 1872 (*nove horas e três quartos da manhã*). – Que sonho singular. Eu devia sofrer a pena capital dentro de dois dias. Parece que a tinha merecido, pois não experimentava a menor indignação. Mas o curioso é que eu não tinha a lembrança do crime, que a minha consciência estava perfeitamente tranquila, e que não temia absolutamente a morte. Em suma, era ao mesmo tempo culpado e inocente, nada tinha a censurar nem à vida nem à morte. Este sonho não seria devido à combinação de uma "*gnoma*" de 27 de novembro ("A vida e a morte são indiferentes", e da minha conferência de 29 sobre a pena de morte?). Talvez conviesse mesmo adicionar, como terceiro elemento, o Determinismo (de que o concurso Disdier também me sobrecarregou o entendimento), que suprime a culpabilidade do criminoso. Ou, ainda, seria a frase de Otelo sobre si próprio: "Assassino, homem de honra", sobre a qual teria trabalhado a minha imaginação?

O que secretamente me deu prazer ao despertar foi o sentimento de que mesmo em sonho não podia identificar-me com um celerado, e que se de fato houvesse praticado algum homicídio, teria sido sem ciência minha, como um sonâmbulo que ao cair do telhado esmagasse um passante.

Uma outra explicação que me vem para o meu sonho é o exercício de leitura trágica feito esta última quinzena, exercício no qual o leitor empresta a sua voz e a sua pessoa a terrores ou ferocidades estranhas, de sorte que ele não é o que é, que ele não experimenta realmente o que representa por complacência. Da mesma forma, sonhando, era um criminoso sem crime, e devia ser executado sem terror. Crendo-me seriamente perdido, eu tinha a segurança de quem percebe a ficção. Tinha a ilusão sem tê-la. Representava para mim próprio a comédia, enganando a minha imaginação sem poder enganar a minha consciência. Esse poder que tem o sonho de juntos fundir os incomparáveis, de unir o que se exclui, de identificar o sim e o não, constitui a sua maravilha e ao mesmo tempo o seu simbolismo.

Em sonho, a nossa individualidade não está fechada: envolve, por assim dizer, o que a rodeia, é a paisagem e todo o seu conteúdo, inclusive nós. Mas se a nossa imaginação não é nossa, se é impessoal, a personalidade é apenas um caso particular e reduzido das suas funções gerais. Com mais forte razão, quanto ao pensamento. O pensamento poderia existir sem possuir-se individualmente, sem concretizar-se num eu. Em outros termos, o sonho conduz à ideia de uma imaginação libertada dos limites da personalidade, e mesmo de um pensamento que não é mais consciente. O indivíduo que sonha está disposto a dissolver-se na fantasia universal de Maia. O sonho é uma excursão aos limbos, uma semiliberação do cárcere humano. O homem que sonha não é mais do que o lugar de fenômenos variados de que ele é espectador contra a sua própria vontade; é passivo e impessoal, é o joguete das vibrações desconhecidas e dos duendes invisíveis.

O homem que não saísse do estado de sonho não chegaria à humanidade propriamente dita, mas o homem que não tivesse jamais sonhado não conheceria senão o espírito já feito, e não poderia compreender a gênese da personalidade; seria semelhante a um cristal, incapaz de adivinhar a cristalização. Assim a vigília sai do sonho, como o sonho emana da vida nervosa, e como esta é a flor da vida orgânica. O pensamento é o vértice de uma série de metamorfoses ascendentes que se chamam a natureza. A personalidade encontra então em profundidade interior o que perde em extensão, e compensa a riqueza da passividade receptiva com o privilégio enorme da direção de si próprio que se chama a liberdade.

O sonho, ao enredar e suprimir todos os limites, faz-nos sentir bem a severidade das condições ligadas à existência superior; mas só o pensamento consciente e voluntário faz conhecer e permite agir, isto é, só ele é capaz de ciência e de aperfeiçoamento. Gostemos, pois, de sonhar por curiosidade psicológica e para nosso recreio; mas não maldigamos do pensamento, que faz a nossa força e a nossa dignidade. Comecemos como oriental e terminemos como homem do Ocidente: são as duas metades da sabedoria.

9 de dezembro de 1872. – Qual é a verdade da ordem moral que não se altera vulgarizando-se e que não se torna falsa tornando-se popular? Assim a liberdade, a igualdade, a santidade, a piedade, a fé, o livre exame, o progresso, e tantos outros. Toda verdade é relativa, limitada, matizada, condicional. Ora, o popular sobre ela se arroja como o touro sobre o vermelho, não vê mais do que ela, isola-a, exagera-a, tem-na por absoluta, e de uma verdade faz um erro. O homem tem certo prurido de verdade, mas não atinge a verdade senão depois de esgotar as combinações possíveis; isso quer dizer que a multidão tem uma afinidade natural para o erro e segue sempre pelo mais longo e mais tortuoso dos ziguezagues para o fim que se propõe. Lembra a estupidez dos besouros numa caixa, ao atirarem-se contra todas as paredes, antes de descobrirem a saída. Os povos são a própria imprevidência e experimentam todos os enganos que a razão indicara, porque veem apenas aquilo em que tocam. O espírito consiste em antecipar a experiência e em fazer economia dos erros em que a tolice cairá. Nesse sentido, as multidões não têm espírito; elas somente conhecem o atrativo, a paixão, o preconceito, e assemelham-se aos animais, despojados do seu instinto.

O sufrágio universal, cômodo para cortar as questões de legalidade, viciaria ao contrário, por sua própria natureza, todas as questões de verdade. A verdade científica, moral, religiosa, artística, sempre avançou devido às minorias, aos indivíduos esparsos, e sempre teve contra si as multidões, que escarnecem, zombam, perseguem, martirizam o excelente onde quer que se mostre, e não o aceitam nunca. Quando esse efeito parece faltar, é que ficou ainda bastante pudor público para que seja ouvida a voz dos bons juízes, e que se envergonhou a plebe de julgar ela própria. Mas que ela se leve a sério, e que tendo a força e o direito ambicione, além disso, decidir sobre o que é verdadeiro, sobre o que é belo, sobre o que é santo, e o nível de tudo baixa, baixa até à grosseria. *Ne sutor ultra crepidam.*

O que todos praticam com a melhor boa vontade, e o que todos fazem da pior maneira, é o julgamento, é a crítica.

O que há de mais fácil e de mais usual é julgar; o que há de mais difícil e de mais raro é julgar bem. – Por quê? Porque, para julgar, basta estouvamento e necedade, e porque para julgar bem, impõe-se muita reflexão e sabedoria...

Um louco, que se julgasse louco, estaria em princípio curado, pois que a sua loucura estaria subordinada à sua razão. Um tolo, capaz de medir a sua tolice, seria um homem de espírito que teve um acidente. Mas as multidões são loucas e tolas sem o saberem, o que torna o seu caso incurável ou pelo menos desesperador.

(*Dez horas da noite.*) – Uma formiga que se divertisse com as cóleras ou os interesses ou as vaidades do seu formigueiro não seria uma formiga patriota. Um homem que brinca com o que apaixona os que o cercam não é mais considerado um homem sério. O espírito que ri de si mesmo é o antípoda do sério; inversamente, o sério parece cômico ao espírito que não é enganado por sua ilusão. O sério é pois uma fé, uma credulidade, um partido prévio; um crítico puramente crítico será antes alegre (poderia citar provas vivas, *nisi odiosa essent exempla*). O sério é no indivíduo a sua parte sensível e vulnerável, a coisa à qual se atém; que essa coisa seja a sua bolsa, a sua honra, a sua convicção, a sua veneração, a sua pátria, a sua mãe, o seu título, pouco importa. Desde que essa coisa foi ameaçada, ele cessa de rir e põe-se em defensiva. É a parte empenhada e não livre do seu ser. O próximo tem a intuição de que não nos pode atingir senão pelo nosso lado sério e que, se rimos de tudo, escapamos a toda servidão, a toda associação e encadeamento. Tem razão. O sério é o nosso cordão umbilical, o que nos liga à humanidade.

Não és um homem sério? Bastante pouco num sentido, pois permaneceste muito mais livre de espírito que a maior parte dos homens da tua idade, e podes divertir-te com muitos interesses que te deixam indiferente, mas aos quais emprestam eles uma importância de estado. Não sendo casado, nem ambicioso, nem magistrado, nem homem de partido, nem homem de dinheiro, nem chefe de família, a superfície do teu sério é muito mais reduzida. Ela está no seu mínimo. Algumas afeições, as condições materiais da independência e da saúde, a lei moral, eis tudo ou quase tudo.

Não inspirando nem temor nem esperança, não podendo ser nem classificado nem explorado, como seria levado a sério? Como isso, eu fujo a toda pose, busco a sombra, apago-me, finjo-me de morto, quero ser procurado e não me oferecer. Esse modo de proceder reduz-me a zero. Quem pois contaria comigo?

Felizmente me agrada mais a independência que o poder, que a celebridade, que a riqueza, e tenho quase a independência.

11 de dezembro de 1872. – Dormi, como um pequeno São João, as minhas sete horas e meia, de um bloco; sono azul e sem sonho. Torno a encontrar o céu cinzento, escuro e chuvoso que há muito nos faz companhia. Tempo suave e triste. Creio que os meus vidros embaciados contribuem para esse aspecto desagradável do mundo exterior. A chuva e o fumo têm turvado a limpidez da sua superfície.

Et remplacé la transparence
Par la diaphanéité.

Quantas cortinas entre nós e as coisas! O humor, a saúde, todos os tecidos do olho, as vidraças da nossa cela, a bruma, a fumaça, a chuva ou a poeira, e a própria luz, e tudo isso variável ao infinito. Heráclito dizia: "Não nos banhamos duas vezes no mesmo rio". Eu direi: Não vemos duas vezes a mesma paisagem, porque o espectador é um caleidoscópio e uma janela é outro.

> *Que le monde est bizarre et que l'homme est étrange!*
> *Le spectateur changeant d'un spectacle qui change*
> *Croit qu'il reste le même et qu'il tient le réel...*

Que é a loucura? É a ilusão à segunda potência. O bom senso estabelece relações regulares, um *modus vivendi* entre as coisas, os homens e ele próprio, e tem a ilusão de que atinge a verdade estável, o fato eterno. O desvairo não percebe sequer o que vê o bom senso, e tem a ilusão de ver melhor. O bom senso confunde o fato de experiência com o fato necessário, e toma de boa-fé o que é, pela medida do que pode ser; a loucura não percebe mais a diferença entre o que é e o que ela se figura; confunde o seu sonho com a realidade.

O real é verdadeiro e necessário: ilusão simples. O real é real: ilusão na segunda potência ou ao quadrado. Pode haver uma ilusão cúbica? Não seria o caso, se a consciência do louco tivesse consciência da sua loucura, mas a tivesse *in petto*, por sabedoria?

A sabedoria consiste em julgar o bom senso e a loucura, e em prestar-se à ilusão universal sem se deixar enganar por ela. Entrar no jogo de Maia, desempenhar de boa vontade o seu papel na tragicomédia caprichosa que se chama Universo, é o mais conveniente para um homem de gosto, que sabe folgar com os que folgam, e ser sério com os sérios.

Parece-me que o intelectualismo conclui nisso. O espírito, enquanto pensamento, chega à intuição de que toda realidade não é mais do que o sonho de um sonho. O que nos faz sair do palácio dos sonhos é a dor, a dor pessoal; é também o sentimento da obrigação, ou o que reúne as duas coisas, a dor do pecado; é, ainda, o amor; numa palavra, é a ordem moral. O que nos arranca aos encantamentos de Maia é a consciência. A consciência dissipa os vapores do *kief*, as alucinações do ópio e a placidez da indiferença contemplativa. Impele-nos à engrenagem terrível do sofrimento humano e da responsabilidade humana. E o desmancha-prazeres, o toque de alvorada, o canto do galo que afasta os fantasmas é o arcanjo armado de espada que afasta o homem do paraíso artificial. O intelectualismo assemelha-se a uma embriaguez que saboreamos; o moralismo está em jejum, é uma fome e uma sede que se recusam a adormecer. Ai! pobre de mim!

6 de janeiro de 1873. – Li as sete tragédias de Ésquilo. O *Prometeu* e as *Eumênidas* são ainda as maiores entre as maiores; têm a sublimidade dos profetas.

Ambas pintam uma revolução religiosa, uma profunda crise da vida da Humanidade. *Prometeu* é a civilização arrancada à inveja dos deuses; as *Eumênidas* são a transformação da justiça e a troca do talião implacável pela expiação e pelo perdão. *Prometeu* mostra o martírio de todos os salvadores; as *Eumênidas*, a glorificação de Atenas e do Areópago, isto é, de uma civilização verdadeiramente humana. Quanto essa poesia é magnífica, e como todas as aventuras individuais da paixão parecem mesquinhas ao lado desse colossal trágico dos destinos.

20 de janeiro de 1873. – Passei a manhã com Cantu: História das Repúblicas Italianas, das Cruzadas, da Idade Média em geral, da Liga Hanseática.

Que é a história universal? O esgotamento das combinações e dos erros possíveis. Tende ela à justiça? Sim, sob a forma do nivelamento distributivo ou da participação de todos em tudo; ela conduz à igualdade de condições, depois à igualdade dos bens. Aspira ao melhor e jamais encontra o bem; se o tivesse encontrado, ela o destruiria no mesmo instante. O bem é um equilíbrio; o equilíbrio seria a morte da história. Os indivíduos podem realizar em si próprios a sabedoria. Desta, as nações não podem realizar senão a aparência, a saber, a igualdade na liberdade.

Imaginemos que o gênero humano tenha morrido de velhice, tenha acabado a sua idade geológica, para que teria ele servido? Para converter em ideia toda a soma da vida planetária nele encarnada; e melhor do que isso, para traduzir o poema do *cosmos* na língua especial de Cibele. A nossa humanidade será um acorde e um compasso da colossal sinfonia que executam os mundos subordinados ao sol. Ela representa um mundo composto da quinquagésima potência; mas, relativamente às humanidades dos nossos planetas coordenados, é apenas uma unidade em um número.

Tornar-se espírito é penetrar na vida eterna. Será eternizar a sua individualidade? Será tomar de novo o seu lugar no círculo dos invisíveis? A que conduz a morte? A voltar a Deus. Que o efeito seja uma reabsorção no ser universal ou uma adoração pela personalidade persistente, o que for, estará bem, pois será a ordem divina. Se Deus é amor, deve convir-lhe ser amado. Mas o indivíduo sem o limite, sem a forma e a vida, que pode ser? Disso, nada sabemos. Podemos crer em Deus sem que daí decorra a imortalidade da alma; podemos crer no bem sem crer em Deus. A aceitação estoica da ordem e do destino está acima de todas as revoluções religiosas e de todas as crises teológicas. Se as enérgicas esperanças, as poderosas afeições, as aspirações profundas fossem argumentos, tornar-se-ia plausível a sobrevivência. Mas que fazer dos maus que temem reviver, e da metade do gênero humano que suspira pelo não-ser? Poder-se-ia imaginar a imortalidade facultativa, concedida à fé ardente, até que ela própria peça para dormir o sono eterno. Conquistar-se-ia a imortalidade como a liberdade, por um esforço que Deus respeite e recompense. É certo que a vida espiritual, fora do erro e do pecado, torna-se sedutora; a vida de contemplação e de amor me atrairia; mas os sonhos paradisíacos estão todos formados de contradições interiores, que antes acusam o jogo da imaginação que a visão do pensamento lúcido. As coisas finais são assunto de fé e de conjectura. Sobre elas nada se *sabe*. Geralmente, cremos a respeito o que acreditou um antepassado, uma bela alma religiosa: um Pitágoras, um Platão, um Buda, um Jesus. As crenças e os cultos não são mais do que o prolongamento de uma emoção e de uma intuição primeira, e sua confissão dez milhões de vezes repetida não poderia aumentar o valor do seu conteúdo e da sua certeza. Contenta-se o homem de ir aonde vai o que ele ama, quer na vida, quer na morte, quer na imortalidade, quer no aniquilamento. Mas é preciso reconhecer que, à vista da fraqueza humana, a fé na imortalidade dá uma bravura, uma esperança, uma serenidade interiores que preparam melhor para o combate da vida. Se é uma ilusão, ela é benfazeja. Se é uma quimera, ela fortifica.

31 de março de 1873 (quatro horas da tarde). –

> *En quel songe*
> *Se plonge*
> *Mon coeur, et que veut-il?*

Há uma hora que sinto uma inquietação indefinível; reconheço o meu velho inimigo.

Agnosco veteris vestigia flamae.

É a nostalgia do desconhecido, a febre sem nome, a sede de felicidade, a agitação das velhas cinzas, o renascimento dos desejos juvenis, a tentação das asas, a ascensão da seiva primaveril. É um vazio e uma angústia, a falta de alguma coisa: de quê? De amor, de paz, de Deus, talvez.

É um vazio, certamente, e não uma esperança; é uma angústia também, pois não se mede o mal nem o remédio.

É a sede de ternura, a necessidade de carícias, de simpatia, de vida a dois, e também de viagem, de alegria para os olhos. É a languidez da volúpia.

> *Le renouveau me trouble: ô nature cruelle!...*
> *O printemps sans pitié, dans l'âme endolorie,*
> *Avec tes chants d'oiseaux, tes brises, ton azur,*
> *Tu creuses sourdement, conspirateur obscure,*
> *Le gouffre de langueus et de la rêverie.*

(*Sete horas da noite.*) – Levei até ao vigésimo primeiro verso esta queixa contra as malignidades da primavera.

De todas as horas do dia, quando o tempo está bom, é à tarde, pelas três horas, que acho sobretudo terrível. Jamais sinto mais do que então, "o vazio espantoso da vida", a ansiedade interior e a dolorosa sede da felicidade.

Essa tortura da luz é um fenômeno estranho. Assim como faz sobressaírem as manchas de um traje, as rugas do rosto e as cãs de uma cabeça, ilumina o sol, com inexorável claridade, as feridas e as cicatrizes do coração? Dá vergonha de ser? Em todo caso, a hora brilhante pode inundar a alma de tristeza, dar inclinação à morte, ao suicídio e ao aniquilamento, ou a seu diminutivo, o atordoamento pela volúpia. É a hora em que o indivíduo tem medo de si próprio e desejaria escapar à sua miséria e à sua soledade,

> *Le coeur trempé sept fois dans le néant divin.*
> (Leconte de Lisle)

Falam em tentações da hora tenebrosa do crime; é preciso acrescentar a isso as desolações mudas da hora resplandecente do dia. Tanto numa como noutra, Deus desapareceu; mas na primeira, o homem segue o olhar dos seus olhos e o grito da sua paixão; na segunda, está desconcertado e sente-se completamente abandonado.

> *En nous sont deux instincts qui bravent la raison:*
> *Le goût du suicide et la soif du poison.*
> *Coeur solitaire, à toi prends garde!*

2 de abril de 1873 (*quatro horas da tarde*). – Torrente de impressões infixáveis e contraditórias, durante a leitura de uma multidão de jornais, durante a conversação a três, com De., Do. e H., na praça da *Taconnerie*.

Mal entrei em casa, senti a nostalgia do indefinível, a sede da volúpia, a inquietude do amor, o tédio de mim próprio e da minha solidão, a acídia do claustro. A leitura de algumas *lieder* de Goethe vem apenas aguilhoar esse desejo de vida e esse desgosto do ascetismo puritano.

Todas as renúncias monásticas parecem então uma piedosa burla, uma enorme ficção, e, para falar mais cruamente, uma besteira. A tentação de mandar às favas a opinião e os preconceitos e de fazer Minerva dançar a cachucha como a grã-duquesa de Gerolstein, o desejo da loucura, o prurido da extravagância e do prazer, vêm deturpar os professores como os monges. Sentimo-nos prestes a parodiar a sabedoria e insultar a dignidade, como convenções ridículas e ridículas atitudes profissionais. É a "crise" tão engraçadamente pintada por Feuillet, é a fadiga da virtude, a dúvida dos princípios, o acordar na natureza tiranizada, a vingança de Calibã por tanto tempo subjugado pelas fórmulas mágicas do espírito superior, Próspero; é a "carmagnole" da carne que se aborrece do seu pedagogo e do seu tirano, o decoro; é o desejo do novo, do desconhecido, da embriaguez; é o ardor carnavalesco que vem perturbar todos os hábitos das boas maneiras; é a malícia de Belzebu que rompe o freio da mortalidade e quer a sua festa de asno, o seu sabá, a sua missa negra, a sua hora de saturnais. Este sopro alegre e anacreôntico, essa titilação orgíaca que reaparece um minuto na primavera, mesmo nas existências graves e ordenadas, teve outrora um lugar bem diferente nas instituições religiosas da humanidade. Cultos inteiros deram vazão a essa necessidade de arrebatamento frenético, a essa raiva de vida tão aparentada a mutilações, ao suicídio... Esse furor divino tem uma vazão bem simples e bem natural, a que canta o *Pervigiliuc Veneris*... mas, na falta dessa solução, ela escuma em poesias, em transportes, em tormentas, como a eletricidade contrariada torna-se relâmpago e raio retumbante.

Aqui ainda a virgindade e a continência produzem tempestades, magníficas sem dúvida, mas mórbidas, de que estão libertos os esposos. A imaginação é um fulminato, o mais inflamável de todos, que o desejo confuso da geração tem a propriedade de fazer explodir. A esse tumulto colossal, dir-se-ia tratar-se do céu e da terra, quando é questão apenas de um ponto: João se entenderá com Joana? Quanto ruído por um beijo a mais ou a menos! Uma chuva miúda acalma um vento forte. A Átila, uma pastora voluptuosa doma. Uma padeira extingue Rafael. Dalila, com suas tranças, faz mais do que todo um povo para vencer Sansão...

Em suma, a função sexual é o mais terrível dos tributos que nos tenha imposto a natureza. E de todas as maneiras de escapar a esta servidão, a mais segura, a única boa, é a obediência à sua lei. A calma está no uso, não na privação ou na mutilação. Cura-nos, a mulher, da curiosidade, do desejo e da loucura do sexo. Cura o mal que ela própria causa. Ela atenta, mas satisfaz; excita, mas acalma. E reciprocamente. Não chega pois, cada sexo, à humanidade equilibrada senão pelo outro sexo. A sexualidade é uma imperfeição de que o indivíduo somente se corrige pela companhia do outro sexo... A vida, a história, a literatura, o direito, a sociedade só têm por juízes esclarecidos os indivíduos que franquearam a iniciação natural e olharam nos olhos de Ísis. Sem a posse por excelência não se possui uma ideia correta sobre a natureza das coisas, é-se estranho à experiência universal. Com a posse, não se é um grande sábio, mas passou-se no exame inferior e chegou-se a fazer a primeira inscrição nas matrículas da vida geral. Essa iniciação é uma imensa desilusão, mas uma desilusão salutar. Ela ensina que a volúpia não é nada ou quase nada, que não é mais do que uma falsa promessa e o símbolo de alguma coisa de excelente, isto é, o amor. O amor, o próprio amor não é mais do que a forma exaltada e fugitiva de alguma coisa de melhor, que é a ternura; e a ternura não é mais do que uma aplicação da caridade ou da divina piedade. Compadecer-se da vida, ajudá-la, favorecê-la, consolá-la, incubá-la, por assim dizer, é o ponto de vista dos grandes corações, que se tornaram maternais, não importa o sexo. Para eles não há mais voluptuosidade, embriaguez, sensualidade, egoísmo; a sua alegria é dar alegria, a sua felicidade é tornar feliz ou combater o sofrimento e, por conseguinte, o pecado. É uma falsa esperança, a de encontrar alegria fora do bem. Tudo compreende a caridade, tudo suporta e tudo desculpa, porque tem entranhas de mãe e a paciência da bondade. Há para ela infelizes, ignora se há culpados.

3 de abril de 1873. — Visita aos meus amigos. Chega a sobrinha deles com dois filhos, e fala-se na conferência do padre Hyacinthe.

As mulheres entusiastas são curiosas quando falam dos oradores e dos improvisadores. Imaginam que a multidão é inspiradora e que a inspiração basta para tudo. É isso bastante ingênuo e infantil, como explicação de um verdadeiro discurso, em que nada se deixa ao acaso, nem o plano, nem os argumentos, nem as ideias, nem as imagens, nem mesmo a extensão, e no qual tudo é disposto com o maior cuidado! Mas as mulheres, em seu amor ao maravilhoso e ao milagre, preferem ignorar tudo isso. A meditação, o trabalho, o cálculo dos efeitos, a arte, em uma palavra, diminui-lhes o valor da coisa, que elas preferem caída do céu e enviada do alto. Querem o pão e não podem suportar a ideia do padeiro. O sexo é supersticioso e detesta compreender o que deseja admirar. Vexar-se-ia de renunciar a seus preconceitos sobre o sentimento, e fazer uma concessão mais ampla ao pensamento. Quer acreditar que a imaginação substitui a razão, e o coração a ciência, e não indaga por que as mulheres, tão ricas de coração e de imaginação, não podem fazer uma obra oratória, isto é, combinar na unidade uma multidão de fatos, de ideias e de movimentos. Tais mulheres não adivinham sequer a diferença entre o calor de uma arenga popular, que é apenas uma erupção apaixonada, e o desenvolvimento de um aparato didático que quer estabelecer alguma coisa e convencer o auditório. Assim, para elas, o estudo, a reflexão, a técnica não são nada; o improvisador sobe ao tablado, e Palas, inteiramente armada, sai dos seus lábios para conquistar os aplausos da assembleia deslumbrada. Daí resulta que os oradores se subdividem, para elas, em dois grupos; os artífices, que fabricam à luz da lâmpada os discursos laboriosos, e os inspirados, que só tiveram o trabalho de nascer. Elas não compreenderão jamais a frase de Quintiliano: *Fit orator, nascitur poeta*. O entusiasmo produtivo é talvez uma luz, mas o entusiasmo receptivo assemelha-se muito a uma cegueira. Este último baralha os valores, confunde as nuanças, ofusca toda crítica sensata e perturba o julgamento. O "eterno feminino" favorece a exaltação, o misticismo, o sentimentalismo, o lirismo, o fantástico. É o inimigo da clareza, da visão calma e racional das coisas, é o antípoda da crítica e da ciência.

A influência preponderante das mulheres é inteiramente a favor das religiões e dos sacerdotes, e subsidiariamente dos poetas, em detrimento da verdade e da liberdade. Essa influência é uma embriaguez análoga à embriaguez amorosa e à névoa sanguínea. Por isso Atena prefere os machos, e Proudhon mostrou que a elevação das mulheres destruiu a sociedade antiga, porque é sua recíproca a efeminação dos homens.

Sempre tive muita simpatia e predileção pela natureza feminina; a sua fragilidade torna-se a meus olhos mais visível pelo próprio excesso das minhas complacências anteriores. A justiça e a ciência, o direito e a razão são coisas viris, e a imaginação, o sentimento, o sonho, a quimera seguem após. Quando se pensa que o romanismo se mantém pelas mulheres, sente-se a necessidade de não entregar as rédeas do governo ao eterno feminino, cujo encanto é no fundo perigoso e enganador.

Sexta-feira Santa, 11 de abril de 1873 (onze horas da manhã). – Acabo de reler toda a história da última semana de Jesus, e muitos artigos sobre a ressurreição, sobre a unidade religiosa, sobre a Fé e a Ciência. Remoí muitas ideias e muitas dúvidas. Senti o peso da solidão. Maré de indecisões. Uma nuvem de pontos de interrogação. Esqueço todos os meus resultados adquiridos. Tenho frio, estou triste. Tudo é incerto, e a fé não prova nada quanto à verdade intrínseca e objetiva das coisas; a fé não é mais do que a medida de uma alma por suas aspirações.

Neste momento, em que é que eu creio? Na beleza da alma de Jesus, na nobreza de certas individualidades. Por exemplo, creio no admirável caráter de S.; mas o creio porque o vejo, porque o experimento. Como Dante, de boa vontade olharia o céu nos olhos de uma mulher inspirada. A fé é um engano voluntário e por amor; é a partilha de uma ilusão, de um sonho, de uma esperança, de um ideal. A única realidade da fé é uma realidade moral, é a comunhão das almas que se reconhecem em seu desejo; essa realidade é psicológica. A fé religiosa é a necessidade de sair do seu próprio isolamento e de ligar-se a outras almas. A religião não prova a existência de Deus, prova apenas uma faculdade do homem, a necessidade de pôr-se em harmonia com o conjunto das coisas, e de sentir-se com o infinito. Ela nasceu de um sentimento, o inquieto e profundo sentimento do mistério; ela o satisfaz por um instinto, a fé, que é uma fórmula provisória do mistério, e por um ato, a prece ou o culto, que é um testemunho de submissão ao princípio divino. Unir-se com seus semelhantes e unir-se com o eterno desconhecido, segundo o processo ou o rito de tal grande alma revestida de um caráter sagrado: eis o que faz israelita, budista, muçulmano ou cristão. Amar, glorificar, querer o que amou, glorificou ou quis aquele que se toma por guia, por iniciador e por modelo, eis o que faz e o que manda fazer a faculdade religiosa. A religião transmite-se como uma imantação, por intermediário; estende-se, propaga-se, inocula-se como um vírus moral pela região confusa, inconsciente de nós mesmos, a que nos faz amorosos sem o sabermos, pela faculdade mimética e receptiva da alma. A fé é uma magnetização à qual nos entregamos, e que dá uma certeza sem prova, uma tranquilidade que dispensa motivos, um bem-estar indefinível.

20 de abril de 1873. – Ontem à noite, levei minha irmã ao concerto da Sociedade de Canto Sagrado. Ouvi o *Messias*, de Haendel; com melancolia. Por quê? Devido a muitas recordações melhores; depois pensei em Berlim, nos meus bons anos, no professor Gervinus. Senti também a poesia da crença ortodoxa e a severa beleza daquela música. Mas, apesar de tudo, a impressão das ruínas dominou; ruínas do meu ser, arqueologia das crenças e das obras de arte, fugacidade e fragilidade de todas as formas, absorção inevitável de tudo o que viveu. Impressão de abismo e de voragem. Tudo é sonho. Só Deus permanece.

> *O gouffre, je te sens; je te vois, morne abîme!*
> *Tout ce que nous croyons grand, noble, glorieux,*
> *Siècles et nations, les mondes e les dieux,*
> *Que sont-ils? moins que rien; un soupir de l'infime*
> *Qui traverse un instant l'éternité des cieux...*
> *O stupeur formidable et vision sublime!*
>
> *Rien n'existe, sinon l'inexorable loi.*
> *L'être n'est que chimère, apparence, vaine ombre.*
> *La triple immensité de l'espace, du nombre,*
> *Du temps, vaste sépulcre, engloutit tout en soi,*
> *Dans l'océan sans fond de l'infini tout sombre;*
> *L'homme croit vivre, e vit seulement par la foi.*

21 de abril de 1873. – Percorri o bosque, vaguei, errei sem destino, disse frioleiras, tergiversei. Dever-se-ia suprimir o inútil, buscar o indispensável, simplificar os seus votos, concentrar-se, resumir-se. Nisso pensavas há três anos, e te propunhas várias revoluções ao mesmo tempo.

Depois, não podendo realizar a principal, deixaste correrem as coisas, conforme teu hábito. De ti de novo apossou-se a vida de cada dia; tornou-se, a incúria, a tua sabedoria. Como a avestruz, puseste a cabeça debaixo da asa para não mais veres o perigo nem o inimigo. O que te ajudou a viver foram três amizades femininas, uma, sobretudo, que se fez íntima e séria e que te fez conhecer uma tão nobre alma. Mas a doçura do presente levou-te a desviar os olhos das ameaças do futuro. Melhor acomodado, melhor cercado, com melhor saúde, esqueceste com delícias as dores futuras e as medidas provisionais; a tua antipatia à previdência livremente se expandiu...

Ó, cuidadoso descuidado! O que tu detesta é querer, é decidir-te, porque duvidas sempre das tuas luzes e não sabes o que é o melhor... É sempre a isso que te conduz o teu segundo instinto, o instinto da fraqueza que não suporta, sequer em ideia, a humilhação. O teu primeiro instinto é a atividade por amor, e também por impulso estético. O que te falta é bem a aspereza viril do querer e o atrevimento de teu interesse próprio. A tua infelicidade é teres a natureza feminina sem seres mulher. Queres ser chamado e não te impores. Não tens a dose de ambição e de combatividade necessárias. Faltam-te a audácia, a esperança, a coragem. Jamais soubeste brutalizar o teu estilo, precipitar a fortuna, galvanizar a tua sensibilidade. Que lástima!

29 de abril de 1873. – Antes dos cinquenta anos o mundo é o quadro onde pintamos o nosso retrato; depois dos cinquenta anos, quando o nosso indivíduo nos entristece e envelhece, devemos esquecer-nos em alguma coisa de melhor e de maior do que nós, a pátria, a ciência, a arte, a humanidade. É o meio, senão de rejuvenescer, ao menos de escapar à morte antecipada, de vencer a tristeza, deixando um bote que soçobra por um barco que abre as suas velas. Cuidado com o descontentamento, que provoca a ojeriza e o desprezo não somente ao náufrago, mas também aos únicos meios de salvação. Teu instinto é deixar o que te deixa; mas essa altivez faz em torno de nós o isolamento. Mais vale fazer abstração de si mesmo, das suas preferências, das suas pretensões, dos seus direitos, dos seus gostos, não esperar considerações, nem justiça, nem simpatia, nem bondade, e não pensar senão no bem e na felicidade de alguma coisa de grande e de durável, como uma instituição ou uma comunidade. Não é, isso, em outras palavras, pôr-se a serviço de Deus?

23 de maio de 1873. – O erro fundamental da França está na sua psicologia. Sempre acreditou que uma coisa dita era uma coisa feita, como se a retórica pudesse impor-se às inclinações, aos hábitos, ao caráter, ao ser real; como se o verbalismo substituísse a vontade, a consciência, a educação, a regeneração. A França procede por discursos, canhonaços e decretos; imagina assim mudar a natureza das coisas; e não faz senão ruínas e frases. Jamais compreendeu a primeira linha de Montesquieu: "As leis são as relações necessárias que derivam da natureza das coisas".

Não quer ver que a sua impotência para organizar a liberdade vem da sua própria natureza, das noções que tem do indivíduo, da sociedade, da religião, do direito, do dever, da maneira como educar as crianças. Seu sistema é plantar árvores pela copa, e ela se admira do resultado! O sufrágio universal ao lado de uma religião má e de má educação popular é o balanço perpétuo entre a anarquia e a ditadura, entre o vermelho e o negro, ente Danton e Loyola. Obstinada em sua ilusão, corre ainda atrás de sua cauda. Quantos bodes expiatórios irá degolar ainda antes do *mea culpa*?...

15 de julho de 1873 (sete horas da manhã). – Tristeza. Tosse violenta, multiplicação dos fios de prata, sentimento do impossível e do irreparável, impressão de loucura e de tolice, lassidão da vida, aborrecimento de mim próprio, humilhação, desgosto. Percepção da minha própria decadência. Visão clara do que me será recusado. Afasto o pensamento, mas não posso nem me resignar nem querer. Abafo os meus desejos, não podendo suprimi-los nem satisfazê-los. Demasiado altivo para queixar-me da sorte, desencorajado demais para lutar contra ela, demasiado consciente para contar comigo próprio ou com o mundo, não sei que atitude tomar ante o destino. Não sou nem um feliz nem um desgraçado. Sou um náufrago a quem nada convém. Sou uma aspiração decepcionada e uma vida que falhou. A dúvida destruiu em mim até a faculdade de esperar; mal creio no que tenho, tanto me é presente a fragilidade de todo bem. Sinto que tudo, que tudo escapa; se eu apertasse a mão de uma mulher leal e dissesse: queres ser minha, tenho a prévia impressão de que a morte gelaria quase de imediato aquela mão na minha. É tão pérfida, e tão cruel a vida, que não lhe peço nada, para fugir à sua tirania. Aproveito do que ela me dá, sem contar com nada, como não conto com o bom tempo.

... Batem à minha porta. É a criada que me traz uma carta. Dir-se-ia um truque teatral ou uma resposta da Providência. A carta vem de Céligny; é de certa amiga muito cara, a que me pediu que pensasse nela em minhas horas negras. Há realmente nisso uma coincidência tocante e que pode tornar pensativo.

17 de julho de 1873 (dez e meia da noite). – Céu límpido e formigante de estrelas. Sensação de vácuo. Não será contra a natureza ser assim absolutamente só? Em todo caso, isso é contra a minha natureza. Sou sociável, afetuoso, terno mesmo; quem o suspeitaria? Sufoco no abandono; mas finjo estoica indiferença. Esta noite, concerto, fogo de artifício; mas ir sozinho, para quê? Dei uma volta na Planície, depois voltei para roer-me o fígado à vontade.

23 de julho de 1873. – Três coisas me congelam rapidamente: ser suspeito, não ser compreendido ou descobrir uma necessidade de independência. A primeira me ofende, a segunda me desencoraja, a terceira me desinteressa. Abro a quem quer sair, retiro-me de quem me quer estimar menos, calo-me com quem cessa de entender-me. Assim o próximo é sempre senhor das relações que nos aproximem.

Selon qu'il a semé chacun récolte en moi.

Nada posso mudar a isso, e nem o desejo. É preciso que eu dispense aqueles que me dispensam a mim; assim o exige a sua liberdade e a minha dignidade. Doloroso ou fácil, esse sacrifício deve ser feito. O que o favorece é o esfriamento preparatório. Se o amor de outrem me torna escravo, a sua injustiça ou o seu desdém me liberta. Romper me é quase impossível, mas aceitar uma ruptura não me é demasiado difícil. Em outras palavras, tenho o coração fraco e a altivez rija. Desde que se separam de mim, eu me separo. Enquanto suponho um mal-entendido, posso abundar em diligências e explicações. Mas disputar um coração que negocia a sua retirada, isso não é do meu feitio. Esse terrível aviltamento do amor (que a ninguém aproveita, pois que o amor não é uma gratidão e endurece-se por suas iniquidades, bem longe de atingir o arrependimento), essa vã e insensata prosternação, foram-me poupadas, graças ao céu. Sei perfeitamente que a formidável prova da paixão delirante foi-me também poupada, e que eu não senti toda a minha felicidade, todo o meu futuro, toda a minha esperança, depender de uma carta única, de um único ser, de uma única vontade desse ser ou de um único capricho dessa carta. Essa servidão absoluta desculpa muitas coisas. Da mesma forma os furores da traição sofrida me são pessoalmente desconhecidos; jamais fui traído, embora mais de uma vez tenham sido pérfidos comigo.

Assim, embora a minha vida secreta tenha tido os seus tormentos, não atravessei os piores suplícios, os do amor desconhecido, do amor traído, da paixão tornada loucura, nem a separação de uma esposa ou de um filho amado. Relativamente fui privilegiado. As provações da miséria, da humilhação prolongada, das cruéis enfermidades físicas passaram longe de mim. Tenho muitas graças a render a Deus pelo meu destino, que antes foi contemplativo do que ativo, mas que recolheu mais bens do que males sofreu.

Conclusão: levemos os fardos uns dos outros e, por conseguinte, pensemos menos na defensiva pessoal do que na caridade. Se podemos ser úteis a alguém, sejamo-lo, embora sem muita esperança nem encanto. Semeemos sem contar os grãos.

25 de julho de 1873. – A tua renúncia é inconsolada, não estás de acordo com as circunstâncias, suportas sem concordar com elas, não tens paz alguma, porque não tens mais esperança, nem objetivo, nem fé...

Eis aí pois esses momentos caóticos de que fala Otelo. Anoitece em minha alma. Tudo é turvo e confuso. Não vejo mais sentido em minha vida; não há mais resultados adquiridos; não tenho mais consciência de um talento, de um costume, de uma única máxima, e coisa alguma eu percebo, a não ser o meu próprio nada e o desejo de não ser. Oh negro turbilhão! E, no entanto, como os astros no céu, no raio de luz que filtra através dos meus postigos, vejo dançarem azulados átomos; e essa escada de Jacó transporta o meu espírito por entre as magnificências do universo; no espaço andam chilreando as andorinhas; vozes de crianças brincam sob as galerias; estamos em julho, e muitas casas, nas cinquenta milhas quadradas em torno, a minha visita com agrado acolheriam. Os livros, as montanhas, a viagem, o espetáculo humano me estão abertos ou me chamam. Não será esta desolação muda um acesso de hipocondria, uma loucura, uma ingratidão? Será pois não ter nada o não ter tudo?

Não será este abatimento a ambição concentrada? Este afastamento não será simples arrufo, isto é, despeito, insubordinação, quase revolta? Acomodar-se com o real, com as suas imperfeições e os seus limites, converter os seus suspiros em força ativa e benfazeja, aceitar a sua sorte e o seu quinhão, reconciliar-se com o próximo e as circunstâncias tais como são, divinizar as suas experiências e descobrir uma intenção paternal nas alegrias e nas dores que fizeram a malha dos nossos dias, tal é o meio de encontrar de novo a força e a paz.

Scheveningen, 18 de agosto de 1873. – Notemos o corso de ontem. – Ar tônico. Paisagem clara, viva e transparente, o mar alegre, de um certo azul cinzento e esbranquiçado, que nada tem que ver com o azul e o índigo do Mar Jônico. Lindos efeitos de praia, de marinhas e de lonjura; a silhueta dos campanários da capital destacava-se em recorte. Belas esteiras de ouro sobre as vagas, quando o sol baixou das faixas de vapor do céu, antes de entrar nas brumas do horizonte marinho. Multidão considerável. Scheveningen e Haia, a vila e a capital, inundavam o terraço das mil mesas e submergiam os estrangeiros e os banhistas.

As matronas, amas-de-leite, as crianças e as moças com seus penteados cobertos de vermelho, seus aventais brancos ou negros, e seus lenços presos à cintura, passeavam os talhes apertados, roupas cheias de pregas, que apagam a diferença das idades. Alguns oficiais (marinha ou cavalaria). Judias louras de nariz adunco e lábios sensuais. Trajes variados, modas francesas. Pequenos chapéus de toda espécie, gorro, com abas, com fitas flutuantes ou renda esvoaçante; todas as gamas da cor, cinza e rosa, cinza e azul, rosa e negro, azul e branco, rosa e vermelho, branco e vermelho. As mulheres bonitas, não muito raras; formas elegantes flexíveis, ondulosas; atitudes naturais e distintas eram menos frequentes.

A orquestra tocou Wagner (*Lohengrin*), Auber e valsas. Que fazia toda aquela gente? Estava gozando a vida; a metade que se movia circulava em redor da metade que se mantinha sentada.

Mil pensamentos vagavam no meu cérebro: o direito e o valor da moda europeia; o ócio; o domingo; a estética das cores; o simbólico da roupa; o que era preciso de história para tornar possível o que eu via (domingo, música, vestidos, ócios, classes sociais, estado holandês, cosmopolitismo, etc.). A Judeia, o Egito, a Grécia, a Germânia, a Gália, e todos os séculos, de Moisés a Napoleão, e todas as zonas da Batávia à Guiana tinham colaborado nessa reunião. A indústria, a ciência, a arte, a geografia, o comércio, a religião de todo o gênero humano encontram-se em cada combinação humana: e o que a nossos olhos está num ponto é inexplicável sem tudo o que já foi. O entrelaçamento dos dez mil fios que tece a necessidade para produzir um único fenômeno é uma intuição estupenda. Sentimo-nos em presença da Lei, entrevemos a oficina misteriosa de Ísis. O efêmero percebe o eterno.

> *Donc ne fléchissons point, la crainte est insensée;*
> *Si notre Père occupe et le temps et le lieu,*
> *Toujours, ravissante pensée,*
> *Partout, nous habitons en Dieu.*

Que importa a brevidade dos nossos dias, pois que as gerações, os séculos e os próprios mundos nada mais fazem que reproduzir sem fim o hino da vida, nos cem mil modos e variações que compõem a sinfonia universal?

O motivo é sempre o mesmo; só tem, a mônada, uma lei; todas as verdades são apenas diversificações de uma única verdade.

O universo é a alegria de Brama e a vontade do Eterno. Representa a riqueza infinita do Espírito querendo em vão esgotar todos os possíveis, e a bondade do Criador que quer fazer participar do ser tudo o que dorme nos limbos da onipotência.

Contemplar e adorar, receber e dar, ter lançado a sua nota e movido o seu grão de areia, é tudo o que é preciso para o efêmero; isso basta para motivar a sua aparição fugitiva na existência.

... Um escaravelho de élitros transparentes cai no meu papel e vem beber a tinta destas linhas. Também ele encontra o que precisa e é a minha pena que o dessedenta. Estaria previsto no livro dos destinos que em 18 de agosto de 1873, às onze horas da manhã, um genebrino daria este prazer a este inseto? Não o penso.

Mas está escrito: Quem procura encontra, e é determinado que todos os seres encontrem o seu equilíbrio. Somente a natureza apenas conhece o combate; e o homem conhece também a benevolência, e mesmo a caridade.

> *Edel sey der Mensch,*
> *Hülfreich und gut.*
> (Goethe)

Que aceite para si mesmo a lei do esforço, a necessidade da luta, o dia do trabalho, mas que seja compassivo, fraternal, generoso, atencioso para o próximo.

(*Mesmo dia.*) – Ontem à noite, depois do concerto, a esplanada de ladrilhos atrás dos hotéis, e os dois caminhos que conduzem a Haia, formigavam de movimento. Parecia-me estar num dos grandes "boulevards" parisienses, à saída dos teatros, tantos os carros, ônibus, fiacres.

O escoamento durou quase uma hora. Depois, cessado o tumulto humano, resplandeceu a paz do firmamento estrelado, e aos sonhadores clarões da Via Láctea nada mais respondeu senão o longínquo murmúrio do oceano.

Amanhã, aqui, teatro. A *Soupe aux choux* está anunciada; o amigo Marc saúda-me assim nos confins do continente.

Benvenuto! Que faz ele agora, ele, o atleta infatigável, o inesgotável homem de letras? O *Journal des Débats*, a *Bibliothèque Universelle*, a *Revue des Deux Mondes* constantemente publicam prosa sua, e o seu volume sobre a literatura genebrina deve estar no fim da impressão; sua nova casa vai receber os primeiros locatários. Ele não malgasta a vida e sabe explorar o seu tempo e a marcha do mundo. Tem razão. Ele tudo fez em tempo oportuno, e eu nada, eis a diferença entre nós. Por isso ele está conhecido e alegre, ao passo que eu estou só, estéril e na sombra. É justo.

Que se interpôs entre a vida real e tu? Que muralha de vidro interditou-te o gozo, a posse, o contato das coisas, deixando-te somente a vista? É a excessiva timidez. De desejar, tu enrubesceste; fizeste do desinteresse um ponto de honra inútil; e te condenaste à renúncia supérflua e ao afastamento gratuito. Foste por ti mesmo tratado benevolamente como o foi Sancho pelo médico de Barataria, e te reduziste à abstinência e à privação sem necessidade. Funesto efeito da timidez agravada por uma quimera. Essa renúncia por antecipação, a todas as ambições naturais, esse sistemático afastamento de todos os anelos e de todos os desejos era talvez uma ideia falsa; assemelha-se a uma insensata mutilação, a um eunuquismo fanático ou poltrão. Essa ideia falsa é também um medo.

La peur de ce que j'aime est ma fatalité.

E creio bem que esse medo a qualquer paixão nasceu da necessidade de independência combinada com o sentimento de uma secreta fraqueza. Não se afronta o perigo quando não se tem o impulso da temeridade ou o pressentimento da vitória. Descobri muito cedo que era mais simples abdicar de uma pretensão que satisfazê-la,

Car le néant peut seul bien cacher l'infini,

e não podendo obter tudo quanto estaria na aspiração da minha natureza, a isso renunciei em bloco, sem sequer ter o trabalho de determinar pormenorizadamente o que me teria seduzido; para que agitar as suas misérias e pintar aos próprios olhos inacessíveis tesouros? Assim antecipei em espírito todos os desenganos, segundo o método estoico. Somente, ó falta de lógica, deixei por vezes sobrevirem os lamentos, e olhei com olhos vulgares uma conduta fundada em princípios excepcionais. Era preciso ser ascético até o fim e contentar-se da contemplação, sobretudo na época em que os cabelos embranquecem. Mas, quê? Eu sou um homem e não um teorema. Um sistema é impassível e eu sofro. A lógica necessita apenas de consequência, e a vida tem mil necessidades; o corpo quer a saúde, a imaginação exige o belo, o coração reclama o amor, o orgulho pede a consideração, a alma suspira pela paz, a consciência chora pela santidade, todo o nosso ser tem sede de perfeição e de felicidade; e incompletos, vacilantes, mutilados, não podemos fingir a insensibilidade filosófica; estendemos os braços à vida e murmuramos: por que enganaste a minha espera? Não fiz mal em seguir um caminho solitário? Esta renúncia não foi um erro? Onde está a sabedoria? Não está na contradição, mas não está tampouco na tristeza árida.

Es irrt der Mensch, so lang er strebt.

Scheveningen, 19 de agosto de 1873 (*oito horas da manhã*). — Bem-estar. Sono ininterrupto, graças a uma ventilação do meu quarto discretamente experimentado. Passeio matinal. Choveu esta noite; a areia está mosqueada na superfície, como pela varíola. Nuvens espessas. O mar, riscado de veios fulvos e verdes, retomou o aspecto grave do trabalho. Está entregue à sua tarefa, sem ameaça, mas sem moleza. Fabrica as suas nuvens, conduz areias, visita e banha as suas praias de espuma, eleva as suas ondas para a maré, leva os barcos e alimenta a vida universal. Encontrei um lençol de areia fina encrespada pela água como o rosado véu palatino da boca de um gatinho, e em alguns lugares semelhante a um céu pedrento.

Tudo se repete por analogia e cada pequeno cantão da terra reproduz em forma reduzida e individual todos os fenômenos do planeta. Mais longe, encontro um banco de conchas, prestes a se reduzirem a migalhas, e entrevejo que a areia dos mares bem poderia ser o detrito da vida orgânica das idades anteriores, a pirâmide arquimilenária das gerações inúmeras de moluscos que trabalharam na arquitetura das praias como bons obreiros de Deus. Se as dunas e as montanhas são a poeira dos vivos que nos precederam, como duvidar que a nossa morte sirva tanto como a nossa vida e que nada se perca do que é cedido por empréstimo? O mútuo empréstimo e o serviço temporário parecem a lei da existência. Somente, os fortes exploram ou devoram os fracos, e a desigualdade concreta dos quinhões na igualdade abstrata dos destinos vem inquietar o sentimento de justiça.

(*Mesmo dia.*) – Carta de meu sobrinho. O calor em Paris está insuportável, diz-me ele. Estas cartas de algumas linhas são características. Nasce-se negociante, e então não se adivinha sequer que a pena pode pintar as coisas e comunicar pensamentos ou impressões. Trocar fatos e algarismos não é correspondência, é comércio.

Seu irmão tem mais instinto literário. Tem brilho e imagens na palavra; observa e sabe expor o que vê. Mas não experimenta nenhum desejo de comunicar-se comigo, não esperando deslumbrar-me. Em sua idade, o amor-próprio retém a pena. Aliás esta geração é utilitária; e, como eu não posso servi-la no que ela busca, o êxito e o sucesso, nada temos a dizer-nos. É muito simples, e disso não me ofendo nem admiro. O que deve ser, é. Além disso, sob outros aspectos, e com os homens de pensamento que têm de 25 a 30 anos, também me sinto na *landwehr*. Um novo espírito governa e inspira a geração que me sucede. É um singular fenômeno sentir-se nascer a erva sob os pés, e desarraigar intelectualmente. Convém falar aos da mesma idade; os mais jovens não vos escutam mais. Somos reputados envelhecidos, gastos, *ad acta*. O pensamento é tratado como o amor, não se lhe quer um único cabelo branco. "A própria ciência ama os jovens, como antigamente fazia a Fortuna." A civilização contemporânea não sabe que fazer da velhice; à medida que deifica a experiência natural, desdenha da experiência moral. Por aí se reconhece que o darwinismo triunfa; é o estado de guerra e a guerra quer a juventude do soldado; não admite a idade nos chefes a não ser quando têm a força e a têmpera dos veteranos rijos. Atualmente, é preciso ser forte ou desaparecer, renovar-se constantemente ou perecer. Todo aquele que vacila é calcado aos pés ou abandonado. Dir-se-ia que a humanidade atual tem, como os pássaros migradores, uma enorme viagem a fazer através do espaço; não pode mais sustentar os fracos e levar os retardatários. O grande assalto do futuro torna-a dura e sem piedade para os que desfalecem no caminho. A sua divisa é: Chegue quem puder. *Vae Victis!*

O culto da força teve sempre os seus altares, mas parece que à medida que mais se fala em justiça e humanidade, o outro deus vê crescer o seu império. Isso se liga provavelmente ao domínio crescente das ciências fisiobiológicas. A natureza está construída ao tipo da força, e o Deus moderno é a natureza.

Scheveningen, 21 de agosto de 1873. – Os ladrilhos e as vogais têm em holandês o mesmo nome *Klinkers* (os sonoros). Aqui tudo é de ladrilhos, as casas, os palácios, os caminhos, os canais; a areia cozida serve para combater a areia movediça, a água doce, o vento, a vaga, *similia similibus curantur*; a língua é muda sem as vogais, e o holandês gosta das vogais duplas. A Holanda não se concebe sem os ladrilhos. Além disso, o cimento branco dos ladrilhos pardos (feito de conchas pulverizadas) é duro como mármore, e trinta anos de chuva sobre estas casinhas deixam-nas intatas e limpinhas como pequenas garrafas...

Diferença extrema do ar dentro e fora da duna, mesmo dos dois lados de uma casa se ela está sobre a duna; não somente outra temperatura, mas outro efeito fisiológico. O ar do mar é vivificante, tônico, oxidado; o ar de dentro é mole, frouxo, tépido, flácido. O meu quartinho está no ar fluido e doce. A vinte pés dele, encontro a brisa marinha. Assim como a espuma é fosforescente, esta brisa tem alguma coisa de elétrico. Ela reanima, ao passo que a atmosfera abrigada é enfastiante. – Há, portanto, duas Holandas em cada holandês; o homem do *polder*, esbranquecido, pesado, pálido, fleumático, lento, paciente e impaciente; o homem da duna, do porto, da praia, do mar, que é tenaz, temperado, perseverante, resistente, empreendedor. A sua síntese está na prudência calculadora e na obstinação metódica do esforço.

Scheveningen, 22 de agosto de 1873 (oito horas e meia da manhã). – Por que os médicos aconselham mal com tanta frequência? Porque nunca individualizam bastante o seu diagnóstico e o seu tratamento. Classificam o enfermo numa gaveta convencionada de sua nosologia, e cada enfermo é contudo um "hapax".[31] Como um sistema tão grosseiro e tão superficial poderia permitir uma terapêutica judiciosa?

... Os doutores esperam capturar a água com sua rede, aprisionar o sutil e volátil em suas categorias aproximativas; têm a coragem ou antes a audácia de aplicar os seus processos elementares a casos de uma ordem de complicação superior. São ferreiros que ousam manipular um relógio microscópico; são envernizadores que julgam restaurar uma tela de Rafael; são escolares que, por saberem arrancar as asas das moscas, creem-se capazes de repô-las. O verdadeiro médico vê dissolverem-se os quadros gerais em casos particulares. Toda enfermidade é um fator simples ou complexo que se multiplica por um segundo fator sempre complexo, a saber, o indivíduo que dela sofre; de modo que o resultado é um problema especial, reclamando sempre uma solução especial, sobretudo à medida que nos separamos da infância, da vida rústica, campestre ou militar. As mulheres, os homens de letras, os artistas depois dos 45 ou 50 anos, são maquinarias excessivamente complicadas e delicadas, nas quais só se deveria tocar com escrúpulo e grande respeito. Um recém-vindo, a menos que tenha intuição transcendente, não faz com elas senão descompô-las, trabalhá-las mal, quando não é pior. A frase de Tibério é sempre verdadeira; mas não sei que descuido irrefletido e que vaga esperança nos fazem recomeçar sempre a mesma falta. "Longe, lá está a saúde, longe, lá"... e com mais força mordemos de novo a isca.

Ai! Com ou sem esperança vamos de Caribdes para Cila.

Sede fortes, tudo está nisso; se não o sois, sede prudentes e resignados, é tudo quanto resta às pessoas da segunda mesa, para falar como La Fontaine.

(*Mais tarde.*) – Tempo chuvoso. Cinzento geral. Horas favoráveis ao recolhimento e à meditação. A sexta e a segunda-feira são aqui dias de espera. Agradam-me estes dias, em que a gente retorna a conversar consigo próprio, e em que se volta à vida interior. Têm um aspecto sossegado, tocam em bemol e cantam em modo menor. O solo está como atapetado de veludo, e as horas deslizam por ele

---

[31] "Hapax" – um caso especial.

em chinelas de seda, sem o menor ruído ao passarem. Volvemos então o arminho para dentro e a alma se acalenta em sua intimidade.

Somos apenas pensamento, mas nos sentimos existir até o centro. As próprias sensações se transformam em sonhos. É um estranho estado de alma; assemelha-se aos silêncios no culto, que são, não os momentos vazios da devoção, mas os momentos cheios, e que o são porque em vez de estar polarizada, dispersa, localizada em uma impressão particular, a alma encontra-se então em sua totalidade e dela tem consciência. Ela saboreia a sua própria substância. Não está mais pintada, colorida, vibrada, afetada; está em equilíbrio. É então que ela pode abrir-se e entregar-se, contemplar e adorar. É então que ela entrevê o imutável e o eterno envolvendo todos os fenômenos do tempo.

Encontra-se no estado religioso, na união com a ordem, ao menos a união intelectual; porque para a santidade é preciso mais: é preciso a união de vontade, a perfeição do devotamento, a morte do eu, a absoluta submissão.

Sinto bem distintamente que a minha paz atual não é senão da primeira espécie; que se prende à ausência de dor e de resistência; que é uma graça e por assim dizer uma voluptuosidade. É por conseguinte frágil e dependente. Está à mercê do primeiro sofrimento físico, da primeira dor que pode oferecer-me o homem ou a mulher, a natureza ou o mundo. É um ínterim, um repouso. Sou por isso reconhecido, como diante de uma calmaria no decorrer da tempestade; mas não posso iludir-me quanto à sua duração.

A paz psicológica, o acordo perfeito, mas virtual, não é mais do que o zero, potência de todos os números; não é a paz moral, vitoriosa de todos os males, experimentada, real, positiva e capaz de desafiar novos temporais. A paz de fato não é a paz de princípio. – Há duas felicidades, a de natureza e a de conquista; dois equilíbrios, o da Grécia e o de Nazaré; dois reinos, o do homem natural e o do homem regenerado.

Por que, pois, após haver conhecido e saboreado muitas vezes a mais sólida dessas beatitudes, retornar insensivelmente à outra? Por que descer do espírito à natureza, do ponto de vista divino ao ponto de vista humano?

Sem dúvida por fraqueza carnal; mas também sem dúvida por causa das crises religiosas contemporâneas. A menos que se tenha uma firme e obstinada fé, como não vacilar sobre os seus próprios princípios e sobre a sua própria religião?

Aliás, estou sempre em transformação, e me perco continuamente. A minha fluidez infixável é uma propriedade, talvez uma enfermidade da minha natureza;

esta facilidade às metamorfoses progressivas ou regressivas tira-me os benefícios das convicções fortes e dos caracteres temperados.

Quando podemos tudo compreender, é difícil endurecermo-nos numa forma convencional. Quando não sentimos a nossa individualidade e dela não temos o amor-próprio ou o respeito, é quase impossível sermos compactos, homogêneos, consequentes em nossa maneira de sentir ou de agir. Não somos um rochedo em meio das ondas, mas antes uma baliza, fixada, é verdade, por sua âncora, mas que flutua com as marés e os ventos ao redor do ponto a que está presa, e que não se mantém senão cedendo.

Scheveningen, 30 de agosto de 1873. – ... O oceano bramia sozinho no silêncio da hora matinal. Parecia que fosse retomar o seu domínio, e enrolar os palácios e as dunas, como o apocalipse no último dia o lençol das estrelas. Eu o encontro esta manhã eriçado de cinco colinas de espumas, e de uma cor de tempestade, que indica o humor feroz deste leão formidável. Mas os rumores da vida, o ruído do trabalho, a ressonância dos carros nos *Klinkers*, o assobio da máquina a vapor próximo às minhas janelas, abafam agora a grande voz das vagas, ou antes a relegam para mais longe. Enormes nuvens cinzentas sobre o fundo branco voam com a velocidade da flecha para o Norte. Os juncos ondulam nas dunas como o trigo nos trigais; e os mantos rasteiros de areia fina dançam diante da brisa como os fumos de um vulcão ou os fogos-fátuos de um pantanal. Apesar de alguns raios pálidos que lançam aqui e ali uma espécie de chicotada de luz, a paisagem envolta num horizonte cinza, embaciado e sombrio, tem uma tristeza setentrional. Felizmente aqui tudo muda depressa, e os dias uniformemente ameaçadores, tal como o de ontem, são pouco comuns na estação corrente.

... Já o céu se aclara sensivelmente. Os seus véus diminuem. As leves faixas de Ísis caem uma após outra. Reaparece o seu sorriso, como uma promessa no fundo da ameaça. Mas o azul celeste faz-se esperar ainda. Esperemos.

Amsterdam, 11 de setembro de 1873. – O doutor acaba de sair. Achou que tenho febre e julga imprudência partir antes de três dias... De resto, experimento aqui como em Scheveningen, como sempre, que os médicos, tratando-me conforme seus esquemas gerais, invariavelmente me fazem mal. Esta gravata molhada, que me inspirou uma secreta apreensão, na realidade enrouqueceu-me a voz e deixou uma impressão de aperto pulmonar.

Manipulando-me como a generalidade, arruínam-me depressa.

Se não fosse recear a responsabilidade e desconfiar demasiado de mim próprio, eu não deveria executar nenhuma prescrição não aprovada pelo meu instinto, e não me entregar senão à minha experiência. Infelizmente, logo que adoeço, lanço a corda após a caçamba e recaio nos cândidos olvidos da fé, da fé nos outros. E no entanto foi sempre enganada essa minha fé. Não me lembro quase de nenhum conselho que fosse puramente bom, nem de um médico que tenha sido para mim um amigo penetrante e seguro.

Esse duplo fato contraditório, do renascimento de uma esperança ingênua depois de todas as decepções e de uma experiência quase invariavelmente desfavorável, explica-se como todas as ilusões, por uma vontade da Natureza, que quer ou que sejamos enganados ou que estejamos agindo como se o fôssemos ainda.

Não se verifica o mesmo, por exemplo, quanto às promessas da voluptuosidade, esse engodo perpétuo das criaturas vivas? A imaginação ofusca a memória, e o prestígio, vinte vezes de pouco valor convencido, consegue fascinar o olhar e inflamar o desejo.

O ceticismo é mais sábio, mas paralisa a vida, suprimindo o erro. A maturidade de espírito consiste em entrar no jogo obrigado, dando-se o ar de quem é por ele enganado.

Essa complacência afável, corrigida por um sorriso, é ainda o partido mais engenhoso. A gente se presta a uma ilusão de óptica, e essa concessão voluntária assemelha-se à altivez. Uma vez prisioneiro na existência, é preciso tolerar de boa vontade as suas leis. Enfurecer-se contra ela conduz somente a cóleras inúteis desde que vos vedamos o suicídio.

A humildade submissa, ou o ponto de vista religioso; a indulgência desenganada como uma chispa de ironia, ou o ponto de vista da sabedoria mundana: essas duas atitudes são possíveis. A segunda basta para as amarguras e as contrariedades; a outra é talvez necessária nas grandes dores da vida. O pessimismo de Schopenhauer supõe ao menos a saúde do pensamento para sustentar-se contra tudo mais. Mas é preciso o otimismo estoico ou cristão para suportar os suplícios da carne, da alma e do coração. É preciso crer que o todo ao menos é bom, ou que a dor é uma graça paternal, uma prova purificadora, para escapar às tenazes do desespero. É certo que a ideia de uma imortalidade bem-aventurada servindo de porto às tempestades desta vida mortal, e recompensando a fidelidade, a paciência, a submissão, a coragem dos passageiros, é certo que essa ideia, força de tantas gerações e fé ligada à Igreja, dá um consolo inexprimível aos que são castigados, sobrecarregados e feridos pelas penas e pelo sofrimento. Sentir-se nominativamente vigiado e protegido por Deus, dá à vida uma dignidade e uma beleza particulares. O monoteísmo facilita a luta pela existência. Mas o estudo da natureza deixa em pé o monoteísmo, e sobretudo as revelações locais que se chamam mosaísmo, cristianismo, islamismo? Essas religiões, fundadas em um *cosmos* infantil e numa história quimérica da Humanidade, podem afrontar a astronomia e a geologia contemporâneas?

É verossímil a imortalidade individual? E sem essa imortalidade, em que se torna todo o sistema escatológico das consolações e das esperanças religiosas do monoteísmo?

A evasiva atual, que consiste em distinguir a ciência e a fé, a ciência que nega todas as antigas crenças, e a fé que, quanto às coisas extramundanas e inverificáveis, se encarrega de afirmá-las, essa evasiva não pode sustentar-se sempre. Cada concepção do *cosmos* exige uma religião que lhe corresponda. A nossa época de transição não sabe em que se tornar entre os seus dois métodos incompatíveis, o método científico e o método religioso, entre as suas duas certezas que se contradizem.

A conciliação deve ser procurada, parece, na linha adotada por Secrétan e Naville, no fato moral que é também um fato, e que, progressivamente, reclama para a sua explicação um outro *cosmos*, distinto do *cosmos* da necessidade.

Quem sabe se a necessidade não é um caso particular da liberdade e a sua condição?

Quem sabe se a natureza não é um laboratório destinado a fabricar seres pensantes, que cheguem a ser criaturas livres?

A biologia se insurge e, com efeito, a suposta existência das almas fora do tempo, do espaço e da matéria é uma ficção da fé, menos lógica do que o dogma platônico. Mas a questão permanece aberta. A noção de fim, mesmo quando expulso da Natureza, reputando-se uma noção capital do ser superior do nosso planeta, é um fato, e esse fato postula um sentido à história universal. Oscilo e divago. Por quê? Porque não tenho credo. Todos os meus estudos traçam pontos de interrogação, e para não concluir prematura ou arbitrariamente, eu não concluí.

Crítico, dubitativo, contemplativo, numa palavra, cético por humildade, indecisão e amplitude de pensamento; tal seria a minha situação atual. Que seria preciso para sair dela? Um livro a fazer. O que me falta é a concepção e a continuidade.

Aliás tudo contribui para dispersar-me: a falta de saúde, a falta de um lar, a privação de um interesse dominante, de um grupo de homens querendo ou buscando ou aprofundando as mesmas questões; não conheço nem sociedade, nem partido, nem escola, nem igreja, nem bandeira à qual pertença.

Barbarus hic ego sum, quia nom intelligor illis!

Daí esse vazio inquieto de uma vida fixada, que não achou o seu centro, o seu apoio, a sua alegria, a sua obra, que nem sequer descobriu o seu talento e determinou o seu fim. Ai! Teria desejado não agir a não ser por amor, e como foi necessário pensar em defender-me e calcular meu interesse, isso me desgostou, e cheguei à inércia, ou pelo menos ao mínimo de ação.

Clarens, 24 de setembro de 1873. – Eis-me em Clarens, com um grande sentimento de bem-estar. O meu quartinho agrada-me. Olha para o levante. A noite está prodigiosamente estrelada e nunca vi cintilar deste modo o firmamento; dir-se-iam olhos que pestanejavam. Entrevejo nas trevas o vago perfil das montanhas amadas, e à minha direita o disperso luminoso das luzes de Vernex e Montreux. Há não sei quê de tranquilo e de afortunado nestas margens, que me saúda e me acaricia. A gratidão e quase a esperança voltam-me ao fundo do coração, à distância de um lanço de pedra do lugar em que escolhi a minha derradeira morada. Será que o túmulo nos constrói uma pátria, e que em nenhuma parte se vive melhor do que no lugar onde se desejou morrer? Gente querida, um trabalho dentro da profissão e por fundo uma bela natureza, parece-me que isso me seria bastante. A mundanidade, a ambição, a política, a vanglória, nada são para mim. Bem pouco bastaria a meus desejos; mas esse pouco é demasiado e eu não o terei jamais.

Clarens, 26 de setembro de 1873. – Acabo de passar duas horas meditativas num campo de repouso que enxergo da minha janela... O meu desejo de repousar aqui aumentou com essa visita... Qual é a ideia comum a todos estes mortos que paira sobre os seus túmulos? A fé na ressurreição, a segurança na salvação por Jesus Cristo. Será que os milhões e milhões de criaturas que adormeceram nessa esperança foram enganados por uma ilusão? Isso seria horrível de pensar, se houve imensos sacrifícios a essa ilusão e se perdemos a vida presente em proveito de uma quimera ulterior. Mas não, esta esperança ajuda a viver melhor e consola. Ela não é, pois, uma cilada...

(*Mais tarde.*) – Nada se pode sem a fé; ora, eu não tenho fé no desconhecido; detesto a loteria e não me sinto nem levado, nem sustentado, nem inspirado por uma Providência. Por isso eu sou sim e não, flutuante e disperso em todos os meus caminhos, livre e sem gosto algum pela responsabilidade; obrigado a escolher ao acaso e não consentindo nisso; numa palavra, obstinando-me por falta de coisa melhor e por desconfiança de toda ação.

Por isso a minha vida é sem brilho, cinzenta, ambígua, como o céu de hoje. Todos os cimos estão invadidos pelo nevoeiro horizontal, e uma luz pálida envolve os cerros e a região.

4 de outubro de 1873. – Sonhei por longo tempo à luz da lua que banha meu quarto com seus raios cheios de confuso mistério.

O estado de alma em que nos submerge esta luz fantástica é de tal modo crepuscular que a análise vagamente o sonda, e balbucia. É o indefinido, o intangível, quase como o ruído das ondas formado de mil sons misturados e fundidos. É a ressonância de todos os desejos insatisfeitos da alma, de todas as surdas penas do coração, unindo-se numa vaga sonoridade que expira em vaporoso murmúrio. Todas essas queixas imperceptíveis que não chegam à consciência, ao adicionar-se dão um resultado, traduzem um sentimento de vazio e de aspiração, ressoam melancolia. Na juventude, essas vibrações eólias ressoam esperança; prova de que estes mil acentos indiscerníveis bem compõem a nota fundamental do nosso ser e dão o timbre de nossa situação em conjunto.

Dize-me o que sentes em teu quarto solitário, quando a lua cheia te visita e que tens apagada a tua lâmpada, e eu te direi a tua idade e saberei se tu és feliz. Este raio lunar é como uma sonda luminosa lançada nos poços da nossa vida interior, e que deles nos deixa entrever as ignoradas profundezas. Mostra-nos a nós próprios e leva-nos a sentir não tanto as nossas fealdades, os nossos erros e as nossas faltas, como as nossas tristezas. – Talvez que para outros seja o estado da consciência que se revela então. Depende isso da conduta, sem dúvida, e das circunstâncias. O amoroso, o pensador, o ambicioso, o culpado, o doente não são afetados da mesma forma. Quanto a mim e atualmente, que me ensina sobre mim mesmo esse raio noturno? Que não estou na ordem e que não tenho paz verdadeira, que a minha alma não é mais do que um abismo inquieto, tenebroso e devorador, e que não estou em regra nem com a vida nem com a morte.

7 de outubro de 1873 (*nove horas da noite*). – Novo acontecimento pior do que o precedente: morte de *** aos 45 anos, no domingo, 5 do corrente. Jantei à sua mesa a 22 de setembro e a 29, em Burier. Dir-se-ia que a morte me segue as pegadas e abate os meus companheiros esperando atingir-me. Duas mortes súbitas em quatro dias. É terrível... Um aguaceiro desde o aparecimento da lua; céu coberto e enegrecido. Sentimento indefinível de vazio e de inquietude. Essas mortes súbitas, as trevas do futuro e as lacunas do presente, a fragilidade das existências, a instabilidade de todas as coisas, a inconsciência da minha vida e as aspirações insatisfeitas do meu coração, tudo isso passa e repassa diante de mim como vaga visão e me dá uma espécie de desordem da imaginação e algo semelhante a uma intranquilidade de consciência. "Hoje mesmo a tua alma te será novamente pedida." Essa ameaça bíblica ressoa a meus ouvidos. Estarei pronto? Não ouso dizer que sim. Poderia ter feito mais e melhor do que fiz; mas não sou necessário a ninguém; e, salvo três ou quatro pessoas que sentiriam certamente um pouco a minha falta, o mundo será indiferente à minha desaparição e não a dirá uma perda. Posso, portanto, retirar-me sem provocar muitas lágrimas e sem desordenar demasiadas coisas. O meu nome não me vai sobreviver, mas que importa? Se Deus me perdoa ter sido pouco ambicioso, demasiado sensível e chegar demasiado rápido ao desencorajamento, estou de todo consolado da minha caridade e do meu nada. Irei dormir em Clarens, em paz com os homens e resignado à vontade de Deus...

Assusta-me a vida mais que a morte, porque a primeira cria e multiplica as responsabilidades, e a segunda libera, dispensa e licencia. Dissolveu-se o meu credo; mas creio em Deus, na ordem moral e na salvação; a religião para mim é viver e morrer em Deus, em todo abandono à vontade santa, que é um fato da natureza e do destino. Creio mesmo na Boa Nova, isto é, que o pecador volta a alcançar a graça de Deus, pela fé no amor do Pai que perdoa.

15 de outubro de 1873. – ... Bom! Eis-me tal como Montaigne, desfigurando-me por minha conta e desiludindo-me além do necessário. Será, o prazer de fustigar-se, o refinamento do amor-próprio, para ocupar-se ainda de si mesmo fazendo-se justiça ou para provar-se que não se é enganado pelos próprios instintos? Será um resto da consciência que prefere condenar-se a vencer-se, e que toma a dianteira sobre a censura para desarmá-la? Não, tudo bem observado, não há tanto maquiavelismo nesta maneira de agir; não há senão o velho hábito da análise psicológica e o descostume do esforço moral. Atrai-me e interessa-me a contemplação, fatiga-me a luta, desgosta-me a derrota. Não é pior do que isso. O curioso é que, sendo eu estéril, seja simpático aos produtivos, é que, sendo sem energia moral, seja amado por almas fortes, é que, não tendo mais culto efetivo, seja procurado por naturezas religiosas. É provável que seja eu julgado mais favoravelmente pelos outros do que por mim mesmo, e que os meus amigos não meçam a extensão da minha fraqueza e da minha miséria.

18 de outubro de 1873. – Jantei e demorei em casa de R. Animei as crianças. Esforcei-me por fazer dançar um professor de filosofia, de Saxe, em homenagem a quem se oferecia a velada... Não sei que humor folgazão me levava a brincadeiras com aquelas gravidades sonolentas. É a tentação das mulheres travessas, que dizem gracejos aos jogadores de xadrez. O gracejo parece uma tão grande liberdade de espírito junto à macaquice séria; as libélulas gostam de inquietar os grandes quadrúpedes estúpidos. O contraste exagera a liberdade. Toma cuidado com isso, todavia. Uma barba grisalha e um professor de filosofia não podem ser impunemente faceciosos nem mesmo alegres. Facilmente são julgados sem dignidade nem caráter. Não deves mais ultrapassar o matiz da jovialidade, sob pena de ater o aspecto de quem esquece as conveniências, e ser olhado como um jogral de taberna fora de tempo. Salvo com as pessoas verdadeiramente espirituais, não convém mais na tua idade sair do decoro esperado da tua profissão. É muito perigoso divertir; os que riram murmuram a seguir, como única recompensa. O brinquedo mesmo gracioso não é de aconselhar a não ser com os íntimos, isto é, com os que nos conhecem sob o aspecto grave. Os outros aí podem ver vaidade, mau gosto, escárnio, e disso fazerem uma acusação contra nós. Às pessoas dessa índole convém esconder as asas, e aparecer encouraçado da majestade romana. Sob essas vestes, eles não reconheceriam nem sequer a própria Minerva. Os homens não acreditam no mérito que zomba das aparências, isto é, do essencial segundo eles.

Por aversão ao pedantismo afetado ou à pesadez estúpida, guarda-te de parecer brincalhão. Ao contrário, traz a cabeça como um santo sacramento e não sorrias a não ser com um ar contido e misterioso, como falam ao sicrano. Diz com compunção que os divertidos são desagradáveis, e que é preferível passar por um palerma consciencioso do que por um bobo diserto. Por mais que te pareça burlesca e recreativa a gravidade do próximo, disso não deixes nada a perceber, pois tais pessoas não são pacientes nem afáveis. Toma cuidadosamente o tom do ambiente em que fales, se não queres ser mal compreendido e mal julgado. Soa a meia hora em Saint-Pierre. Começou o domingo. Fim das férias. Segunda-feira abre-se o semestre de inverno e o primeiro ano da Universidade de Genebra. O tempo de rir e vagar passou. Eis-te retomado pela função, pelo dever, pelo trabalho. Põe as tuas asas num estojo, e reveste o manto solene do doutor em ofício. Ufa!

22 de janeiro de 1874. – O que há de fastidioso neste mundo é que o erro se reproduz sozinho, e em toda parte, enquanto a verdade não tem um milhão de repetições voluntárias para abalar o crédito do erro.

> *L'homme est de glace aux vérités,*
> *Il est de feu pour le mensonge.*

O homem defende-se tanto quanto pode contra o verdadeiro, como uma criança contra um remédio, como o homem da caverna platônica contra a luz. Ele não prossegue voluntariamente em seu caminho, faz-se arrastar recuando. Esse gosto natural pelo falso liga-se a muitas causas: à herança dos preconceitos, o que produz um hábito inconsciente, uma escravidão; à predominância da imaginação sobre a razão, o que infecta o entendimento; à predominância do querer sobre a inteligência, o que vicia o caráter. O gosto vivo, desinteressado, persistente do verdadeiro é extraordinariamente raro. A ação e a fé põem em servidão o pensamento, ambas para não serem constrangidas e incomodadas pela reflexão, pela crítica e pela dúvida. A humanidade considerada em massa é tão prática como a animalidade, e tão incapaz de afastar-se do útil ou do agradável. A *teoria*, a vida de pensamento, como o dizia Aristóteles, pertence a poucos privilegiados. Mas são esses raros indivíduos que tornam a humanidade progressiva e enfim superior às outras espécies.

29 de janeiro de 1874. – Os criminalistas que fazem a teoria da pena, fazendo abstração da justiça, assemelham-se aos cozinheiros que combinam um jantar fazendo abstração do apetite dos convidados ou do seu estômago. Se punir não é obra de justiça, punir não é justo, e toda a teoria repousa no vácuo; é a penalidade que está errada e que se deve extirpar. Ainda ontem, eu falava com um dos nossos juízes e convenci-me das misérias de princípio que governam as nossas mais importantes instituições. Sempre frações da verdade tomadas pelo todo, pontos de superfície tomados pelo centro do assunto, acessórios tomados pelo essencial. E é com essas confusões que se fabricam as leis que dirigem os tribunais, as assembleias, os conselhos, as multidões. As cascas são tomadas pelo próprio fruto; três erros equivalem a uma verdade. A massa humana, em todo assunto que tenha diversos lados, parece impossibilitada de ver mais de um de cada vez e, sobretudo, de vê-los todos em sua relação verdadeira. O que é mais raro é um espírito justo, objetivo e imparcial. É verdade que ninguém insiste nisso e que cada qual prefere a sua paixão, o seu preconceito, o seu interesse à justeza do pensamento. Eis por que há uma dinâmica da história; as multidões não apresentam em sua ação mais que resultantes de forças que elas mesmas desconhecem, portanto cegas e irresistíveis. As multidões querem ser livres e não adivinham nem sequer o que seja liberdade; quando os seus instintos não experimentam nenhum constrangimento, elas se creem livres; por um jugo quebrado, elas se creem libertas de todos os outros. A liberdade é um ideal, do qual somente o sábio se aproxima. Todos os outros são escravos sem o saberem, quase tanto como o animal.

4 de fevereiro de 1874. – Nos povos muito sociáveis, o indivíduo teme acima de tudo o ridículo, e o ridículo é ser julgado original. Ninguém quer pôr-se de lado, cada qual quer ser como todo o mundo. Esse "todo o mundo" é a grande potência, é o soberano e chama-se *a gente.* A gente veste, a gente come, a gente passeia, a gente envia presentes, a gente sai, a gente entra assim e não "assado". Esse "a gente" tem sempre razão, faça o que fizer. Dir-se-ia o padixá, ou então o papa infalível. Os súditos de *a gente* prosternam-se mais que os escravos do Oriente perante o seu sultão. A veleidade do soberano decide sem apelação; o seu capricho é a lei e os profetas.

A gente tem três faces e por consequência três bocas. A primeira boca declara o que *a gente* diz ou faz, e chama-se o costume; a segunda declara o que *a gente* pensa, e chama-se opinião; a terceira declara o que *a gente* julga belo ou bem, e chama-se moda. Depois que as três bocas falaram, cada qual sabe o que é preciso saber. Entre os povos felizes, *a gente* é o cérebro, a consciência, o juízo, o gosto e a razão de todos; cada qual encontra pois tudo decidido sem que se entremeta; está dispensado do enfadonho trabalho de descobrir seja o que for. Contanto que imite, copie e repita os modelos fornecidos por *a gente*, nada há mais a temer. Faz a sua salvação nesta vida e na outra.

A inclinação natural desses povos, fortificados pela disciplina social, pela educação histórica, pelos cuidados prolongados do Estado e da Igreja, produziram este belo resultado, o nivelamento completo de todas as individualidades, a substituição de toda alma pessoal pela alma banal, o espírito de imitação universal.

Costuma-se dizer a língua de *si*, a língua de *yes*, a língua de *já*, a língua de *oïl*. Creio que se poderia dizer da mesma forma o povo de *a gente*, e ajuntar que os povos de *a gente* serão sempre o contrário dos povos da consciência. Representarão o poder coletivo, a força social, talvez a graça, a vivacidade, o espírito, mas não conhecerão jamais a liberdade individual e a originalidade profunda.

(*Meia-noite.*) – Continuei Havet (*Les Origines du Christianisme*). Agrada-me a obra, e desgosta-me. Agrada-me pela independência e pela coragem; desgosta-me pela insuficiência das ideias fundamentais, pela imperfeição das categorias.

Assim, por exemplo, o autor não tem uma ideia clara da religião; a sua filosofia da história é superficial. É um puro jacobino. "República e livre-pensamento", ele não sai daí. É o mesmo ponto de vista de Barni; racionalismo honesto, seco, estreito, que se contenta com pouco e repete à saciedade: Esmaguemos a infame, segurem o meu urso! Esta opinião estreita e frágil é o recurso dos espíritos altivos a quem escandaliza a fraude colossal do ultramontanismo: mas, antes amaldiçoar a história do que compreendê-la. É a crítica do século XVIII, toda negativa, em suma. Ora, o voltairianismo não é mais do que uma das metades do espírito filosófico. Hegel liberta de bem diferente modo o pensamento.

Havet comete ainda um outro erro. Ele faz cristianismo = catolicismo romano = Igreja. Sei bem que a Igreja romana faz a mesma coisa, e que para ela a assimilação é legítima, mas cientificamente é inexata.

Tampouco devemos identificar o cristianismo e o Evangelho, nem este com a religião em geral. A precisão crítica deve dissipar essas confusões perpétuas em que abundam a prática, a predicação, etc. Aclarar as ideias, distingui-las, limitá-las, situá-las é o primeiro dever da ciência quando se apodera das coisas caóticas e complexas, como os costumes, os idiomas ou as crenças. A mistura desordenada é a condição da vida; a ordem e a claridade são o sinal do pensamento sério e vitorioso.

Noutro tempo, as ideias sobre a Natureza é que eram um tecido de erros e de imaginação incoerentes; agora as ideias psicológicas e morais é que são um ninho de superstições extravagantes e de visões atrasadas. Os currais de Augias da época atual estão nas noções religiosas, históricas, pedagógicas e antropológicas. O melhor resultado deste *babelismo* seria constituir ou esboçar uma ciência do homem que fosse ciência.

15 de fevereiro de 1874. – O que sempre me admira é a espécie de transporte impetuoso com o qual as mulheres tomam partido contra os acusados. Aos olhos delas, um indiciado é um culpado. Longe de desconfiarem da sua própria paixão, dela se glorificam; a sua antipatia é contra a imparcialidade, contra a calma, contra o espírito de justiça. Que se tornariam os tribunais, meu Deus, se aí as mulheres se assentassem para julgar? Nem um de nós, nem uma delas desejariam ser pesadas nessa balança e não ter outra garantia da sua honra, além do veredicto cego e veemente de seres incapazes de perfeita equidade. Suspeito e condenado, acusado e convicto, julgado e executado, com as senhoras, é tudo a mesma coisa. Vinte erros de sua parte, sucessivos e provados, não lhes dão nem mais modéstia em suas acusações nem mais reserva em seu proceder, nem mais caridade em seus julgamentos. *Cosi Fan Tutte.* Elas não conhecem senão o amor e o ódio e não lobrigam sequer as fronteiras da justiça. Essas doces criaturas são verdadeiramente ferozes desde que não são mais parciais. Por isso, cuidado com as mulheres teólogas, as mulheres políticas, as mulheres socialistas, cuidado com as *tricoteuses*, as petroleiras, as que acendem fogueiras. Tendo horror à razão, são presa de todas as intransigências, e podem chegar a todos os excessos. Quando domina o elemento feminino, a exaltação, o orgiasmo é iminente; as religiões, as artes, a poesia, os costumes, os Estados alteram-se e entram em decadência. Acreditei demasiado na mulher, é preciso agora mudar de opinião. O seu papel deve ser subordinado para ser salutar. Seria funesta a sua preponderância.

Parece-me até que o exagero do elemento feminino já chegou. Proudhon, o robusto misógino, não tem absoluta falta de razão em sua cruzada antimulheresca (vide seu livro *La Justice*). A ciência, a razão, a justiça, todo o melhor do patrimônio da nossa espécie está ameaçado pelo advento da mulher, a qual é sentimento, imaginação, capricho, paixão, credulidade, favor, mas sem respeito aos interesses gerais.

"A mulher é a desolação do sábio", desde que ela tem o orgulho da sua fragilidade e a obstinação das suas fraquezas. É, pois, necessário que ela obedeça. Mas o recurso é de pouco valor, pois é preciso ainda persuadi-la, ganhá-la, condescender às suas incríveis argumentações...

O que me prende a S. é que ela tem as belas qualidades viris, uma retidão rigorosa, o amor ao verdadeiro, o instinto da justiça e a prática da caridade; em suma, é ela uma nobre criatura, que reage contra os desagradáveis instintos de seu sexo, sem dele desprezar as virtudes.

16 de fevereiro de 1874. – Percorri a obra de James Fazy (*Cours de Législation Constitutionelle, 1873*). É a apologia e a apoteose do radicalismo, considerado como método e como expressão da inteligência coletiva das sociedades. Estou estupefato com a prodigiosa fraqueza dessa teoria...

Uma coisa contudo me interessa nesse velho batalhador,[32] é que ele agora provoca à luta científica as duas escolas: doutrinária e socialista. Por que não o fez ele antes da sua carreira revolucionária? A sua obra teria sido menos misturada de erros, de fraude, e de inconvenientes. Mas essa bravura tardia lhe deve ser contada, embora se possa duvidar da sua sinceridade. Esse poderoso demagogo, nosso Cleonte, sempre teve a faculdade cômoda de não ouvir as objeções e de não ver senão o que lhe agradasse ver. Por isso, o "senso íntimo das massas" tornou-se "a inteligência coletiva das sociedades", mas o papel das paixões cegas e que cegam não foi jamais percebido ou antes reconhecido pelo teórico a quem esse fato teria embaraçado. Às multidões que já são a força e, mesmo, dentro da ideia republicana, o direito, Cleonte sempre clamou que elas eram além disso a luz, a sabedoria, o pensamento, a razão, o que constitui o truque de todos os charlatões políticos, para inspirar em seguida ao pretenso deus o que lhe convém querer e decretar. Adular a multidão para fazer dela um instrumento, tal é o jogo desses escamoteadores e prestidigitadores do sufrágio universal. Como todos os sacerdotes velhacos, prosternam-se ante o ídolo que exploram, e aparentam adorar o títere cujos fios manejam.

A teoria do radicalismo é uma exibição malabarista, porque supõe uma premissa cuja falsidade conhece; fabrica o oráculo, cujas revelações finge adorar; dita a lei que pretende receber; proclama que a multidão cria um cérebro, enquanto o hábil é o cérebro que pensa pela multidão e lhe sugere hipnoticamente o que é suposto que ela inventa.

Lisonjear para reinar é a prática dos eunucos de todos os sultões, dos cortesãos de todos os absolutismos, dos favoritos de todos os tiranos. É antiga e banal; mas

---

[32] Fazy promovera, em 1846, uma revolução em Genebra, sendo chefe do governo radical por muitos anos.

não é por isso menos odiosa. Rastejar perante um autocrata me parece menos vil e menos vergonhoso do que rastejar ante as multidões, porque há no primeiro caso a escusa da majestade histórica e a possibilidade da ilusão sincera, ao passo que

La grande populace et la sainte canaille

não podem fazer nascer semelhante prestígio. Assim Bossuet não parece tão degradado como Anitus, e Aman diante de Assueros é menos ignóbil que os sórdidos marotos da Comuna parisiense.

Criado por criado e lacaio por lacaio, a alma danada de um Richelieu ou de um Napoleão parece-me quase menos baixa do que os incensadores da plebe e os exaltados dos clubes políticos. A idolatria de um homem, por temível que ela seja, é, afinal de contas, superior à idolatria de um pólipo ou de uma hidra; e a multidão é

La bête aux mille têtes,

como diz Heráclito, e repete La Fontaine.

Tirano por tirano, o mais perigoso não é o que tem apenas uma vida e um estômago, mas o que é indestrutível e insaciável, é a populaça abandonando-se aos seus apetites e aos seus furores. Os seus cortesãos, dizendo-lhe que ela é deus, arriscam-se a transformá-la em uma besta feroz.

A política honesta não deve adorar senão a justiça e a razão, e pregá-la às multidões, que representam em média a idade da infância e não a da maturidade. Corrompemos a infância se lhe dissermos que ela não pode enganar-se e que tem mais luzes do que aqueles que a precedem na vida. Corrompem-se as multidões quando se lhes diz que são a sabedoria, a clarividência, e que possuem o dom da infalibilidade.

Montesquieu observou com finura que quanto maior é o número dos sábios que se reúnem, menor é a sabedoria que se obtém (crítica das assembleias deliberantes demasiado numerosas). O radicalismo pretende que quanto maior é o número de iletrados que se reúnem, pessoas apaixonadas ou irrefletidas, sobretudo jovens, mais luz se vê resplandecer. Isso é bem a recíproca da outra tese, mas é um mau gracejo. É verdade que, em álgebra, A multiplicado por A, dá bem $+ A^2$, mas as trevas multiplicadas por si próprias jamais produziram um raio de luz. O que brota de uma multidão é um instinto ou uma paixão; o instinto pode ser bom, mas a paixão pode ser má. E nem o instinto dá uma ideia clara, nem a paixão dá uma resolução justa.

A multidão é uma força material, dá força de lei a uma proposição, mas o pensamento sábio, maduro, que tudo leva em conta e que, por consequência, tem verdade, esse pensamento não é jamais engradado pela impetuosidade das massas. As massas são a matéria da democracia, mas a forma, isto é, as leis que exprimem a razão, a justiça e a utilidade geral, é produzida pela sabedoria, que não é uma propriedade universal.

O paralogismo fundamental da teoria radical é confundir o direito de fazer o bem com o próprio bem, e o sufrágio universal com a sabedoria universal. Sua ficção legal é a da igualdade real das luzes e dos méritos entre os que ela declara eleitores. Ora, os eleitores podem muito bem não querer o bem público, e ainda o querendo, grosseiramente enganar-se sobre a maneira de realizá-lo. O sufrágio universal não é um dogma, é um instrumento; conforme o povo ao qual é entregue, o instrumento mata o proprietário ou lhe presta grandes serviços.

24 de fevereiro de 1874. – Conferência de V. no Templo Novo, sobre o cristianismo liberal. Hábil, medida, interessante. Tema: "Eu sou o caminho, a verdade e a vida". A primeira parte, sobre os dois caminhos (paganismo e judaísmo), fraca e inexata. A segunda parte, sobre a essência do cristianismo, muito superior à outra. O dogmatismo, coisa secundária, a vida moral, coisa primária. Viver segundo o espírito de Jesus, eis o cristianismo...

O ponto vulnerável dessa maneira de compreender a religião, que não obstante é nobre e pura, ei-lo aqui: a noção da santidade é ainda aí um tanto vulgar, a necessidade da salvação por um renovamento completo, por um batismo do fogo, por um segundo nascimento não se encontra aí. A psicologia da consciência não é bastante trágica e bastante profunda. Ora, foi por ela que o cristianismo conquistou o mundo: "Estamos perdidos, podemos ser salvos. Deus tanto amou o mundo que deu seu filho ao mundo, a fim de que quem quer que nele acreditasse, não perecesse, mas tivesse a vida eterna. Morto por nossas faltas, ressuscitado para nossa justificação". É nisso que está historicamente o poder de atração, de fascinação e de exaltação espirituais que possui o cristianismo. Foi o sobrenatural, o sobre-humano que transportou os homens. É pela fé que salva a religião, justifica, redime, dá segurança e força, ardor e tranquilidade. Será o cristianismo da redenção substituído pelo cristianismo da emulação e do agradecimento? É duvidoso. As multidões não veem Deus senão no mistério e no sobrenatural; tudo o que é compreensível é natural; ora, o que é natural não é divino.

Tal é o seu raciocínio instintivo. Uma religião fácil e clara perde o seu prestígio sobre as almas. Uma crença sem amarguras, sem sal, sem maravilhoso permanece sem possibilidades de influência enérgica sobre o coração e sobre a vontade. A fé não quer saber, é o crepúsculo que é a sua força. Como a força em nós é inversa à luz, é a religião mais impenetrável à razão que nos dará o máximo de energia. A fé somente é sem mistura no fanatismo cego. Quanto mais esclarecida, menos impetuosa. Quando é totalmente transformada em conhecimento, não tem mais ação e não impele mais à ação. Parece, pois, ser preciso escolher. Se a ação é o essencial, a fé é necessária, e o mistério é necessário à fé. Se pomos a verdade acima de tudo, a crítica da fé é boa, e essa crítica dissolve a fé, isto é, toda religião positiva.

A filosofia da religião é a explicação deste curioso fato psicológico, da antinomia entre a Vontade e o Pensamento, entre a energia centrífuga e a energia centrípeta. É uma aplicação da metamorfose das forças. A religião é uma força precisamente porque ela não é luz. A filosofia é luz, e enquanto luz não é força. Podemos imaginar que o equilíbrio entre a fé e a razão é o estado desejável para o indivíduo, o que representa a suma da vida mais intensa; mas não podemos dizer que seja da essência da fé procurar a luz, nem da essência da razão abdicar perante a fé. As categorias mais cômodas para exprimir a relação dos dois termos da nossa antinomia são as de Aristóteles e de Leibnitz: a fé é a matéria ou a virtualidade da razão; a razão é a forma ou a atualidade da fé. Em outras palavras, a religião para permanecer eficaz não deve resolver-se em filosofia; mas a sua própria eficácia prende-se ao fato de não ser mais do que uma verdade latente, implícita, virtual, obscura. Não há religião séria sem trevas, como não há fé ardente sem fanatismo.

27 de fevereiro de 1874. – Que é uma revolução? É uma sedição que conseguiu apossar-se do poder em nome de certo princípio que pôs na sua bandeira. Para ser vitoriosa, é-lhe necessário um lema bem achado que atraia as multidões, e um guia que conduza o movimento. Geralmente, uma revolução dá totalmente o contrário do que prometeu, porque a bandeira era para os ingênuos e os condutores tinham intenções mais pessoais. Os ambiciosos sabem explorar os pretextos, arregimentar as cóleras, apaixonar os crédulos e fazer das virtudes de outrem os animais de tiro de seu carro. Os revolucionários hábeis assemelham-se aos sacerdotes de todos os tempos; fazem a favor deles próprios a fé alheia produzir. Uma revolução pode ser uma necessidade, mas por isso não é menos, na prática, uma decepção parcial ou total para os que a ajudaram, com candura. Em política, ninguém escapa de ser enganado a não ser tornando-se velhaco ou zombeteiro. Aí, não se vai nunca de um mal a um bem, mas de um inconveniente a outro; feliz quando o último é menor que o penúltimo; é o que se chama o progresso. A doença do animal político é incurável; para o seu mal, porém, há narcóticos e suavizações, e há também médicos mais brandos e mais agradáveis do que outros seus confrades. O doente gosta um pouco dos que o aliviam, mas sobretudo daqueles que (fosse por simples charlatanismo) lhe prometem a cura.

São os pensadores, os filantropos que acham as fórmulas do melhor; são os homens de bem que as aplicam; são os astutos que delas se aproveitam. A invenção da colmeia pertence a Deus, o mel é feito pelas abelhas; são os zangões que comem a melhor parte.

A exploração dos simples pelos hábeis é tão velha como o mundo e muda incessantemente de máscara. Os chefes da Internacional ou da demagogia são os herdeiros diretos dos brâmanes, e a sua hipocrisia é talvez mais vergonhosa; pois se o sacerdote fala em nome de Deus acaba por ser sincero; ao passo que o charlatão clubista sabe até o fim, perfeitamente, que ele fabrica a paixão popular perante a qual se ajoelha com pretensa devoção. Ele dirige o monstro com ares de obedecer-lhe, *Omnia serviliter pro dominationes.* Puxa os cordões do boneco, do ídolo sagrado, do qual se supõe que ele escute os oráculos com filial admiração. Embusteiro por embusteiro, prefiro o outro. A ficção sacerdotal é de uma ordem menos baixa que a ventriloquia jacobina. Autoridade por autoridade, é menos aviltante ser conduzido pelo cérebro da sociedade que por seus pés ou por suas entranhas.

Mas se o futuro nos fornece a escolha entre duas tiranias (o socialismo clerical e o socialismo ateu), o presente nos dá a possibilidade ao menos da liberdade individual; e como este bem nos vem de 1789, a despeito de todas as fraudes e de todos os charlatanismos intermediários, aceitemos as revoluções em benefício de inventário, e admitamos os princípios e repudiemos os escamoteadores que os fizeram frutificar em seu benefício.

Os homens, as multidões, sujam todas as ideias em que tocam, mas é a condição da história. É preciso resignar-se a isso. A ideia de Deus e a ideia da justiça foram o motivo de mil coisas horríveis, o pretexto de mil abominações; mas, sem elas, tudo seria ainda pior no mundo. O progresso secular consiste somente no maior valor do útil, na pequena vantagem arrebatada pelas forças do bem sobre as forças do mal. Portanto, é infantil a indignação. Os velhacos são por seu turno iludidos pela Providência; pois o mau realiza uma obra que o engana, e buscando somente o seu próprio interesse trabalha a seu pesar e sem que o saiba, por um interesse mais geral. Somente o homem generoso, nobre, devotado, colabora diretamente na grande obra; o egoísmo para isso contribui sem querer. Um tem a glória, e o outro, a vergonha do resultado. A providência tira o bem do mal; isso não quer dizer que os maus não sejam maus; quer dizer que o Mestre da história é ainda mais hábil do que eles.

29 de abril de 1874. – Singular recordação! No fim do passeio da Treille, lado do Oriente, olhando a ladeira, vi reaparecer em imaginação um pequeno atalho que existia em minha infância, através das sarças então mais espessas. Há quarenta anos, no mínimo, que essa impressão se havia dissipado. A *revivescência* dessa imagem esquecida e morta fez-me sonhar. A nossa consciência é pois como um livro cujas folhas, voltadas pela vida, sucessivamente se cobrem e mascaram, a despeito da sua semitransparência; mas, embora o livro esteja aberto à página do presente, ao nosso olhar pode trazer o vento, durante alguns segundos, até mesmo as primeiras páginas.

A uma página por dia, a minha vida estaria na página 19.000, isto é, na folha 9.500. Acabo de entrever por acaso a folha 1.800, uma imagem dos noves anos.

Será que na morte, por exemplo, cessarão as folhas de recobrir-se, e veremos todo o nosso passado ao mesmo tempo? Será isso a passagem do sucessivo ao simultâneo, isto é, do tempo à eternidade? Compreenderemos então, em sua unidade, o poema ou o episódio misterioso da nossa existência, soletrada até então frase por frase? Será isso a causa dessa glória que envolve tantas vezes a fronte e o rosto dos que acabam de morrer? Haverá nesse caso analogia com a chegada ao cimo de um grande monte, de onde aos olhos do viajante se desdobra toda a paisagem de uma região, antes percebida apenas de longe em longe, aos fragmentos. Pairar sobre a sua própria história, dela adivinhar o sentido no concerto universal e no plano divino, é o começo da felicidade. Até então se sacrificara, a gente, à ordem, agora se saboreia a beleza da ordem.

Havíamos sofrido sob a direção do regente da orquestra, tornamo-nos ouvinte surpreso e encantado? Nada era possível vermos além do nosso trilho estreito, dentro do nevoeiro; um maravilhoso panorama, perspectivas imensas, a nossos olhos deslumbrados de repente se desenrolam.

Por que não?

Conhecer como fomos conhecidos, não mais sofrer, não mais viver, ser, ser sem pecado, ser sem sombra, ser sem esforço, eis a esperança cristã, eis o paraíso; eis o céu. Seria duro renunciar a esse asilo que deseja a fé.

Essa promoção em grau, como recompensa da prova, é o sustentáculo, o estimulante, o consolo de uma multidão de almas. O coração dá saltos à ideia de um sacrifício sem compensação. A outra vida, a imortalidade da alma, não é o que liberta do desespero a todos os que são vítimas dessa existência, os aflitos, os caluniados, os deserdados, os perseguidos, os miseráveis, e os infortunados de toda espécie? E, contudo, um desejo não é uma prova. É duro renunciar a esta fé; mas se Deus o quis assim, se não há sobrevivência e imortalidade, e se esta fé não é mais que uma ilusão pedagógica e protetora, impõe-se contudo adaptar-se e acomodar-se a tal plano.

Por que seria o indivíduo indestrutível, quando a espécie humana é perecível, quando a sua aparição não é mais do que um episódio da história de um planeta de forma alguma eterno? A existência fora do espaço, a existência fora do tempo são-nos conhecidas somente por intuições do espírito. A sua possibilidade é uma conjetura; a sua realidade é duvidosa. Sabeis acaso o que é o espírito? Ora, a supor o Espírito (isto é, Deus) eterno, será que daí se segue a imortalidade humana? De modo algum. Ela será se houver convindo ao ser imutável que seja assim. Ela será *se* ela tem de ser. Mas, tem de ser, em realidade? Falta a demonstração. Por isso, ela não é senão objeto de fé, se bem que Sócrates, Platão, Kant a tenham tornado admissível e plausível à razão. Quanto a mim, inclino-me à imortalidade facultativa; o ardente desejo de aniquilamento seria igualmente atendido. A cada um segundo os seus votos. Assim a divindade deixaria cada qual fazer a sua sorte, punir-se ou recompensar-se por sua própria escolha. A vida não é com efeito nem um mal nem um bem, é o veículo da dor e da alegria. A eternidade dos maus parece horrível, o aniquilamento dos bons parece um erro. Ora, Deus é justo e se ele concede a sobrevivência, ele não dá a felicidade a quem não a merece, mas pode conceder a quem maldiz o ser a dispensa de ser. Por essa instituição, a liberdade da alma estaria respeitada, a justiça divina estaria intata, e as aspirações da criatura à felicidade poderiam ser satisfeitas. O inferno estaria fechado e um paraíso final seria possível – *Utinam*!

31 de maio de 1874. – Poesias filosóficas de Madame Ackermann. Eis aí vertida em formosos versos a desolação lúgubre que tantas vezes eu atravessei ao impulso da filosofia de Schopenhauer, de Hartmann, de Comte, e de Darwin. Que trágico e terrível talento. Que assunto o da abolição da fé e morte de todos os deuses!

En es-tu plus heureux? es-tu du moins content?
— Plus triste que jamais. — Qui donc est-tu? — Satan,

disse Vigny. Esta mulher tem audácias temerárias e lança-se aos maiores assuntos.

A ciência é implacável. Suprimirá todas as religiões? Todas as que concebem falsamente a natureza, sem dúvida. Mas se tal concepção da natureza não pode dar equilíbrio ao homem, que sucederá? O desespero não é uma situação durável. Será preciso uma cidade moral sem Deus, sem a imortalidade da alma, sem esperança. O budismo e o estoicismo apresentam-se.

Mas, supondo que a finalidade seja estranha ao cosmos, é certo que o homem tem fins; o fim é, pois, um fenômeno real, embora circunscrito. Talvez a ciência física tenha por limite a ciência moral, e reciprocamente. Mas se as duas concepções do mundo são antinômicas, qual deve ceder?

Inclino-me sempre a crer que a natureza é a virtualidade do espírito, que a alma é o fruto da vida, e a liberdade, a flor da necessidade; que tudo se sustém e nada se substitui. A nossa filosofia contemporânea coloca-se no ponto de vista dos jônicos, dos *physikoi*, dos pensadores naturalistas. Tornará a passar por Platão e por Aristóteles, pela filosofia do bem e do fim, pela ciência do espírito.

3 de julho de 1874 (sete horas da manhã). — O calor fez-me acordar às duas horas. Abri os postigos; lua alaranjada, bela noite tranquila. Agora o que me assalta é o aborrecimento de fazer um projeto, de tomar um partido, de empregar a minha liberdade.

Singular indivíduo! Tenho aversão ao governo da minha vida, ao cuidado de querer. Agir é o meu suplício. Não gosto nem da dependência nem da liberdade; não sei nem esperar nem decidir-me; desejaria ser dispensado de ser; desejaria não ser mais eu próprio, pois não me sinto dentro da ordem, não creio na felicidade, nada espero do futuro, não tenho nem bússola, nem farol, nem porto, nem finalidade. Não sei nem o que eu sou, nem o que eu devo, nem o que eu posso ainda. Amar e pensar seriam o voto da minha natureza, e é preciso agir, o que me é execrável.

(*Oito horas da manhã.*) — A revolta contra o bom senso é uma ingenuidade da qual eu sou muito capaz, mas este excesso de puerilidade não é duradouro.

Reconheço em seguida as vantagens e os frutos da minha situação. Tomo consciência de mim com mais calma. Desagrada-me, sem dúvida, perceber o que está perdido sem remédio, o que me é inacessível, o que me será sempre recusado, proibido; mas meço também os meus privilégios, aprecio a minha sorte particular, dou-me conta do que tenho e não somente do que me falta. Escapo então ao terrível dilema do *tudo ou nada*, que me faz recair sob a segunda alternativa. Parece-me então que podemos sem rubor contentar-nos com ser alguma coisa e alguém.

Ni si haut, ni si bas...

A volta brusca ao informe, ao indeterminado é o resgate da minha faculdade crítica. Todos os meus hábitos anteriores subitamente se liquefazem; parece-me que recomeço a ser, e que, por consequência, todo o capital adquirido desapareceu de pronto. Sou um perpétuo recém-nascido, que não consegue ossificar-se num molde definitivo; sou um espírito que não se ligou a um corpo, a uma pátria, a um preconceito, a uma vocação, a um sexo, nem a um gênero. Estarei ao menos seguro de ser um homem, um europeu, um telúrico? Parece-me tão fácil ser outra coisa, que acho arbitrária essa escolha. Não saberia levar a sério uma estrutura toda fortuita cujo valor é puramente relativo. Uma vez tateado o absoluto, tudo o que poderia ser diferentemente do que é, parece *adiaphoron*.

Todas estas formigas que perseguem fins particulares fazem sorrir. Da lua olhamos a nossa cabana; das alturas do sol contemplamos a terra; do ponto de vista do hindu a pensar nos dias de Brama, consideramos a nossa vida; vemos o finito sob o ângulo do infinito e, desde então, a insignificância de todas as coisas tidas por importantes torna o esforço ridículo, a paixão burlesca e o preconceito cômico.

Clarens, 7 de agosto de 1874. – Dia perfeitamente belo, luminoso, límpido, brilhante. Passei a manhã no "Oásis"[33] com o número de agosto da *Bibliothèque Universelle* sobre os joelhos. Inumeráveis sensações, doces e graves, solenes e tranquilizantes. A sociedade dos mortos. Esplendor da paisagem circundante. Mistérios das folhagens. Rosas desabrochadas, borboletas, murmúrio de pássaros. A nota lúgubre (os pássaros negros, o gato rastejante). Duas senhoras cuidam da relva de um túmulo. Biografia de Michelet e de Gleyre, dois dos *nossos* homens recentemente desaparecidos. O sentimento da natureza entre os israelitas (Furrer). – Reconheci que o Oásis de Clarens é bem o lugar em que eu desejaria dormir.

---

[33] O autor chama "Oásis" ao cemitério de Clarens.

Clarens, 1º de setembro de 1874. – Ao despertar, olhei o futuro com olhos perturbados. Trata-se realmente de mim?[34] Demolição espantosa! Face costurada e pavorosa, maxilar em frangalhos, dilacerada a garganta; incapacidade de trabalho enérgico; fraqueza, dependência em toda linha. Humilhações incessantes e crescentes! A minha escravidão torna-se mais pesada e mais estreito o meu cárcere! Vai sequestrar-me a operação, por um mês.[35] E após isso não terei mais saúde que antes. O que é execrável nas minhas circunstâncias é que a libertação não virá jamais, e que um inconveniente segue a outro, sem dar-me trégua, nem mesmo em perspectiva, nem mesmo em esperança. Todas as possibilidades se fecham sucessivamente; é difícil ao homem natural escapar à raiva surda de um suplício inevitável.

(*Meio-dia.*) – Natureza indiferente? Poder satânico? Deus bom e santo? Três pontos de vista. O segundo é inverossímil e horrível. Apela o primeiro para o estoicismo. Medíocre tem sido a minha combinação orgânica. Durou o que pôde. A cada qual o que lhe toca; é preciso resignar-se. Ir-se de uma só vez é um privilégio; tu perecerás por fragmentos. Submetamo-nos. Seria insensata e inútil a raiva. Pertences à metade mais favorecida, e a tua sorte é superior à média.

Mas só o terceiro ponto de vista pode dar-nos alegria. É, porém, sustentável? Há uma providência particular que dirige todas as circunstâncias de nossa vida e que, por conseguinte, nos impõe as nossas misérias dentro de finalidades educativas? Será compatível, esta fé heroica, com o conhecimento atual das leis da natureza? Dificilmente. Mas pode subjetivar-se o que esta fé torna objetivo. O ser moral pode moralizar os seus sofrimentos utilizando o fato material para sua educação interior. Ao que não pode mudar chama a vontade divina, e querer o que Deus quer devolve-lhe a paz. A Natureza não está ligada nem à nossa persistência nem à nossa moralidade. Deus ao contrário, se Deus existe, quer a nossa santificação, e se o sofrimento nos purifica, podemos consolar-nos de sofrer. É o que constitui a extrema vantagem do credo cristão: é o triunfo sobre a dor, a vitória sobre a morte. Não há mais do que uma coisa necessária: a morte ao pecado, a imolação da vontade própria, o sacrifício filial dos seus desejos. O mal é querer seu próprio eu, isto é, a sua vaidade, o seu orgulho, a sua sensualidade e até mesmo a sua saúde.

---

[34] Refere-se a um parecer médico desfavorável.
[35] Pequena operação de um tumor no rosto.

O bem consiste em querer a sua sorte, em aceitar o seu destino e unir-se a ele, em querer o que Deus ordena, em renunciar ao que Ele nos proíbe, e em fechar os olhos ao que ele nos leva ou nos recusa.

Em teu caso particular, o que de ti se afastou foi a saúde, isto é, o de que mais gostarias, a mais segura base de toda independência; mas sobra-te o bem-estar material e a amizade. Não tens ainda nem a servidão da miséria, nem o inferno do isolamento absoluto.

Saúde de menos significa viagem, matrimônio, estudo e trabalho suprimidos e comprometidos. É a vida reduzida dos cinco sextos de atrativo e de futilidade.

Thy will be done!

Charnex, 14 de setembro de 1874 (meio-dia). – Duas horas de conversação com S.,[36] conversação íntima, com uma vista admirável diante de nós. Havíamos seguido um atalho nas alturas. Sentados na grama, os pés apoiados contra o tronco de uma nogueira, e conversando de coração aberto, os nossos olhares vagavam pela imensidade azul e pelos contornos daquelas risonhas margens. Tudo era acariciante, azulado, amigo. Maravilha-me sempre ler nesta alma profunda e pura. É um passeio ao paraíso. "Há quinze anos – disse-me ela – que o estudo, e julgo conhecê-lo. Precisaria de uma proteção diária, pois confia demais e não desconfia bastante. A fonte da sua felicidade está em si mesmo, e como tornar os outros felizes lhe basta, é suficiente deixar-se amar pelo senhor, sem pretender ser-lhe indispensável ou, sequer, dar-lhe nada."

Charnex, 21 de setembro de 1874. – Alvorada magnífica. Depois, longa batalha de névoas. A esta hora, vitória do sol. O cinzento reabsorve-se no azul, um esplêndido dia de outono vem acariciar "o país amado de Deus".

Pequeno passeio com S., que tem pesadelos há três noites, sufoca-se ao fim de cem passos, tem extinções da voz quase todos os dias, numa palavra, está fraca, abatida, extenuada, e perdeu numa semana boa parte do que havia ganho aqui. Não penso senão com tristeza e cuidado, quase com terror, que ela vai retomar em breve o fardo dos seus deveres e do seu trabalho, aumentando ainda, e mais pesado. É quase impossível que ela não sucumba. E por outro lado essa extenuação impede também outros projetos. O trágico circula pois sob a

---

[36] Uma das suas amigas, a que muitas vezes chama Seriosa.

écloga, a serpente rasteja sob as flores. E se penso em mim, outras ansiedades de novo igualmente me arrebatam. O futuro é turvo, e nada aí se acomoda a meu grado. Os fantasmas afastados há duas ou três semanas aguardam-me atrás da porta, como as Eumênides espreitavam Orestes. A operação, a bronquite, a pensão, o professorado, os compromissos literários não atendidos, tudo me atormenta e me inquieta.

> *On ne croit plus à son étoile,*
> *On sent que derrière la toile*
> *Sont le deuil, les maux et la mort.*

Tampouco posso casar-me, nem tornar feliz nenhuma das três que aceitariam partilhar do meu destino. De todos os lados, impasse. Ademais, irresolução, apatia e desesperança. Não ouso olhar face a face o impossível e aceitar e escolher o que quer que seja.

Fui feliz durante meio mês, e sinto que esta felicidade foge. Já não há mais pássaros, mas, ainda, borboletas brancas ou azuis. As flores se tornam raras. Algumas margaridas pelos prados, colchicos, e chicórias azuis ou amarelas, alguns gerânios selvagens contra os muros carcomidos, e bagas louras de alfeneiros, eis tudo o que encontramos. Arrancam-se as batatas, derrubam-se as nozes, inicia-se a colheita de maçãs. As folhagens iluminam-se e mudam de tom; avermelham-se nas pereiras; tomam tons cinzentos nas ameixeiras, amarelecem nas nogueiras, e tingem de nuanças ruivas a grama em que se espalham. É o reverso dos dias formosos e o colorido de outono. Já não se evita mais o sol. Tudo se faz mais sóbrio, mais tênue, mais fugitivo e mais temperado. A força partiu, a juventude passou, a prodigalidade findou, encerrou-se o verão. O ano está em seu declínio e se vai curvando para o inverno; acerca-se à minha idade, pois vai marcar domingo o meu aniversário. Todas essas consonâncias formam uma harmonia melancólica. Uma boa velha desta cidade dizia, outro dia, a S.: "Este lugar lhe tem feito bem, está com rosto melhor, *passará o inverno*". Estas palavras, que S. nos repetiu alegremente, deram-me calafrios. Será fatídico? Eu...

26 de setembro de 1874. – O amor contém em si o princípio da própria dissolução. Desde que nos recobramos em nossa unidade, em nosso eu, em nossa liberdade, embora apenas por um dia, sentimos que a vida em casal não é mais que provisória, episódica, passageira, e que o amor conhecerá o seu fim. É o lado melancólico do amor. A amizade nada apresenta de semelhante, porque ela não tem ilusão no ponto de partida e porque jamais sonhou a identificação das vontades e dos destinos.

De resto, isso não é verdadeiro senão quanto ao amor paixão, ao amor partilhado, ao amor entusiasta. É claro que o amor maternal, o santo amor, aquele que dá sem ilusão, sem precisar reciprocidade, está liberto dessa lei da morte. Mas a caridade samaritana é a alegria da alma; é compatível com todas as renúncias e desencantos do coração. É tão rica em perdões e em indulgências quanto é suscetível e absoluto o coração. Ela não é o amor.

Só penetramos na religião quando está perdida ou decepcionada a esperança do coração. Quando não podemos tocar com as nossas mãos a perfeição sobre a terra, pedimo-la ao céu. O claustro é o asilo dos náufragos.

29 de outubro de 1874. – Terminei a biografia de Pestalozzi, uma história lamentável. Os salvadores são pois fatalmente mártires. Somente a dor fecunda as ideias novas. Lei terrível e revoltante! Evidentemente sofremos uns pelos outros e uns para os outros. A pena, quando não a falta, é reversível. Pestalozzi é um espécime do gênio sem talento. Faltaram-lhe todos os talentos: não sabia falar, nem escrever, nem administrar, nem governar, nem contar. Com um grande pensamento e um grande coração, jamais soube expor claramente o seu método nem ser suficiente às condições práticas de uma qualquer das suas inumeráveis empresas. Teve todas as inabilidades e todos os dissabores imagináveis. Foi horrivelmente infeliz. E, não obstante, é o pai da pedagogia moderna e da educação popular.

12 de dezembro de 1874. – Querer, isto é, penetrar na engrenagem dos obstáculos e das resistências, arriscar-se à derrota, tomar a medida de sua fraqueza, abrir o abismo do insaciável desejo, amedronta-me há longo tempo. A minha iniciação constante foi a renúncia, o desapego, ou seja, a extirpação do desejo. Mas o desejo do bem faz sofrer como outro qualquer desejo, pois que não está jamais satisfeito. Foi pois quietista e budista espontaneamente. Não está nisso o ponto de vista cristão. A existência de Deus e a imortalidade da alma, essas duas premissas da moral cristã, tornaram-se, com efeito, teus olhos, teses incertas, e o não-sofrer, o menos-sofrer permaneceram o único fim da existência assim despojada.

S. indaga-me qual o meu credo. Ai! A esta hora me seria muito embaraçante defini-lo, pois há longos anos não me tenho interrogado sobre esse ponto. Não sei grande coisa e não sei em que acredito. Sendo a crença subjetiva, parece-me sem valor intrínseco, e posso divertir-me em olhar a minha, se me resta uma, como se olha um sonho, mas sem confundi-la com a verdade. Budista, estoico, sonhador, crítico, a neutralidade substitui os juízes prévios. Sou talvez apenas um psicólogo.

Hyères, 22 de dezembro de 1874. – Diz Gioberti que o espírito francês apenas toma a forma da verdade e a exagera, isolando-a, de modo que dissolve as realidades de que se ocupa. Expresso a mesma coisa pelo termo especiosidade. Ele toma a sombra pela presa, a palavra pela causa, a aparência pela realidade, e a fórmula abstrata pelo verdadeiro. Não se afasta do papel moeda intelectual. Seu ouro é ouropel, o seu diamante é *strass*; o artificial e o convencional lhe bastam. Fala-se a um francês de arte, de linguagem, da religião, do Estado, do dever, da família, e percebe-se por sua maneira de falar que o seu pensamento permanece fora do assunto, que não penetra na sua substância, na sua medula. Ele não procura compreendê-lo em sua intimidade, mas somente dizer a respeito algo de especioso. Esse espírito é superficial e nada envolve; belisca com finura e contudo não penetra. Quer gozar de si mesmo a propósito das coisas, mas não tem o respeito, o desinteresse, a paciência e o esquecimento de si, que são necessários para contemplar as coisas tais como elas são. Longe de ser o espírito filosófico, é disso uma falsificação falhada, porque não ajuda a resolver nenhum problema e permanece impotente para apreender o que é vivo, complexo e concreto. A abstração é o seu vício original, a presunção a sua singularidade incurável, e a especiosidade o seu limite fatal.

A língua francesa nada pode exprimir de nascente, de germinante; pinta somente os efeitos, os resultados, o *caput-mortuum*, e não a causa, o movimento, a força, o vir-a-ser de qualquer fenômeno. É analítica e descritiva, mas nada faz compreender, porque não expõe os inícios e a formação de nada. Assim a cristalização nela não é o ato misterioso de passar do estado fluído ao estado sólido, é já o produto do ato. Ela não pode representar o conjunto dos movimentos de uma alma a não ser por uma grosseira imagem de arquitetura (a *disposição* moral), como se o estado musical do coração fosse um mosaico de pedaços justapostos, etc. – Longe de ser psicológica, filosófica, poética, é mecânica e geométrica. É exterior e formal, isto é, analisa os pormenores do objeto que deseja fazer conhecido, mas dele não atinge o âmago.

A sede do verdadeiro não é uma paixão francesa. Em tudo o parecer é mais apreciado que o ser, mais apreciado o exterior do que o interior, mais o feitio do que a fazenda, mais o que brilha do que o que serve, mais a opinião do que a consciência. Isso quer dizer que o centro da gravidade do francês está sempre fora dele, nos outros, no público. Seu juiz supremo é *a gente*. *A gente* diz, *a gente* faz, *a gente* pensa assim, *a gente* se veste de tal forma, *a gente* julga de tal modo. Os indivíduos são zeros; a unidade que os torna um número lhes vem de fora; é o soberano, o escritor do dia, o jornal favorito, numa palavra, o árbitro momentâneo da moda.

Os franceses isolados nada são, e quando se juntam cinquenta tornam-se de um lado escravos de um *a gente* qualquer, mas por outro lado formam uma tirania. A compensação da sua servilidade para com a opinião é a sua intolerância para com o imprudente que desejasse permanecer livre. A independência de um particular parece uma injúria pessoal a toda a falange do *servum pecus*. Tudo isto pode derivar-se de uma sociabilidade exagerada que mata na alma a coragem da resistência, a capacidade do exame e da convicção pessoal, o culto direto do ideal...

Hyères, 2 de janeiro de 1875. – Dia cinzento. Apesar da minha poção, passei mal à noite. Um momento, mesmo, pensei asfixiar-me, pois não podia mais nem respirar nem aspirar, a face congestionada e a boca aberta. Eu me tinha sentado precipitadamente em minha cama. É provavelmente dessa maneira que morrem os catarrosos. Se não estivesse suando tanto, teria saltado imediatamente à minha pena e escrito duas palavras como instruções funerárias, pois desejo sempre dormir em Clarens, e a surpresa da morte arrisca a contrariar esse desejo...

Ouço bater nos meus ouvidos a pulsação da artéria. Será por uma congestão ou pela asfixia que eu morrerei? De qualquer modo, sinto estar apenas por um fio. Talvez chegue a romper algum vaso com os esforços que fiz para tomar alento e para libertar a respiração das válvulas enferrujadas que a estrangulam.

Serei tão fraco, vulnerável, sensitivo? Em vão, S. me acredita ainda capaz de uma carreira, eu sinto que a terra foge a meus pés e que depender da minha saúde é já uma obra sem esperança. No fundo não vivo senão por complacência e sem sombra de ilusão. Sei que nenhum dos meus desejos será realizado, e há longo tempo que nada mais desejo. Aceito apenas o que vem a mim, como a visita de um pássaro à minha janela. Eu lhe sorrio, mas bem sei que tem asas o visitante, e que longo tempo não vai demorar. A renúncia por desesperança tem uma doçura melancólica. Ela olha a vida como se a visse do leito de morte, quando a julgamos sem amargura e sem vãos arrependimentos.

Não espero mais restabelecer-me, nem ser útil, nem ser feliz. Espero que os que me têm amado hão de amar-me até o fim; desejaria lhes ter feito bem e deixar-lhes uma doce lembrança. Quisera extinguir-me sem revolta e sem fraqueza. Isso é quase tudo. Será demasiado, ainda, esse resto de esperança e de desejo? Que seja o que Deus quiser. Entrego-me às suas mãos.

Hyères, 27 de janeiro de 1875. – Tempo maravilhoso. A Arcádia continua. Mar dourado, cúpula azul, planície aveludada. Serenidade luminosa e límpida da atmosfera. Nitidez pura das linhas e dos contornos. As ilhas nadam como cisnes em um fluido de ouro. Impressões mitológicas. Alacridade interior. Renovação de juventude. Gratidão e felicidade. Banho de poesia, emoção. Olho passarem as horas suaves sem ousar mover-me, temeroso de fazê-las fugirem. Desejaria domesticar a felicidade, esse pássaro esquivo e caprichoso. Desejaria sobretudo partilhar com outros, e penso em minha pobre sensitiva curvada ao peso do trabalho e tiritante sob as brumas geladas do inverno genebrino.[37]

Por que não está aqui? Enviei-lhe duas cartas em três dias com alguns raminhos de erva perfumada. E a minha literária afilhada,[38] que tem um olhar tão exercitado, gozaria, ela, bastante das delícias da luz e da beleza desta amorosa paisagem? Desejaria dar-lhe um pouco desta alegria elementar que entra em minhas veias com a brisa marinha e os raios da luz matinal.

Percorri pelo óculo de alcance, durante longo tempo, a planície, o mar e o horizonte. Sobem fumos dos telhados; beatas passeiam com guarda-sol entre os canteiros da sua horta; algumas palmeiras e eucaliptos emergem suas copas estranhas por sobre a flora provençal; rebocadores ao longe puxam lanchões, e no espaço amarelo-pálido acima das ondas, voejam pássaros marinhos. Ruído de enxada e de eixos, reflexo longínquo do golfo unido como um lago, calma do eremitério no alto da sua colina. Paz, amplitude e esplendor.

Estas manhãs felizes causam uma impressão indefinível. Embriagam e extravasam-nos. Sentimo-nos como arrebatados a nós mesmos e dissolvidos em raios, em brisas, em perfumes, em impulsos. Ao mesmo tempo experimenta-se

---

[37] "Mais delicada que uma sensitiva, ela não vive senão pelo pensamento e pelo coração. Não é mais do que um sopro, mas um sopro divino." (*Diário Íntimo*, 27 de julho de 1873.) É a Seriosa que se refere Amiel, isto é, a Fanny Mercier.
[38] Mlle. Berthe Vadier.

a nostalgia de não sei que Éden inalcançável. Estando ao nosso lado a mulher amada, é preciso ajoelhar, juntamente orar e, depois, desfalecer num beijo.

Lamartine, nos *Préludes*, exprimiu admiravelmente essa opressão da felicidade para uma criatura frágil. Suspeito que o motivo dessa opressão é a invasão do infinito na criatura finita. Há nisso uma vertigem que exige a absorção. Aspira à morte, a sensação demasiado intensa da vida.

Para o homem, morrer é tornar-se Deus. Ilusão emocionante. Iniciação no grande mistério.

(*Dez horas da noite.*) – Foi um dia adorável do princípio ao fim. Das três às cinco horas, passeio a Beauvallon com R. Foi para mim esse passeio um encantamento contínuo. Arrebata-me a natureza meridional, por seus contrastes com a nossa. Não me canso de estudar as suas secretas harmonias de colorido, de formas, de planos, de linhas. As únicas notas desagradáveis neste concerto dos olhos são os carvalhos do Norte, com as suas folhas tiritantes e secas; dir-se-iam maltrapilhas numa elegante sociedade, ou fantasmas de mortos numa festiva reunião. E que precocidade! Pervincas em abundância, botões de ouro, anêmonas vermelhas, heliotrópios, jasmins, crisântemos. E a gama de verde, em todos os tons! E que variedade de sítios, de contornos, de aspectos, produzida com algumas rochas, alguns bosquetes, dois ou três cerros, bosques cerrados e terrenos dispostos em tabuleiros. Cada minuto renova as combinações. Eu tinha uma sensação de caleidoscópio, e uma espécie de certeza das analogias desta paisagem com as da Grécia. Há um certo recanto silvestre e bravio onde um ninfeu estaria em seu lugar, há um carvalho verde com um rochedo ao pé que me parecia uma ode de Horácio ou um esboço de Tibur. E o que completa a semelhança é o mar que sentimos próximo, embora não o vejamos, e que se encontra de repente ao fim da perspectiva com uma curva do vale.

Descobrimos uma certa casinha de campo com gatos, cão, um carrinho amarelo de duas rodas, e um jardinzinho espesso, cujo proprietário bem podia ser tomado por um rústico da Odisseia. Mal sabia falar francês, mas não lhe faltava uma certa segurança grave. Traduzi-lhe a inscrição latina do seu relógio de sol, *Hora est benefaciendi*, que é bela e lhe deu grande prazer. O lugar seria inspirador para fazer um romance. Somente não sei se a casinhola teria um quarto tolerável, e seria preciso viver de ovos, de leite e de figos como Filemon.

Hyères, 15 de fevereiro de 1875. – Belo tempo. Um tumulto de pássaros. Releio os dois discursos acadêmicos de Alexandre Dumas e do conde d'Haussonville, saboreando cada palavra e pesando cada ideia. Esse gênero é uma gabolice do espírito, pois é a arte de "exprimir a verdade, com toda a finura e cortesia possíveis", a arte de estar perfeitamente a gosto sem abandonar a elegância, de ser sincero com graça, e de causar prazer mesmo criticando.

Herança de tradição monárquica, essa eloquência particular é a da gente de sociedade melhor educada e dos gentis-homens de letras. A democracia não a teria inventado, e, nesse estilo, delicado, a França pode dar exemplos a todos os povos rivais, pois ele é a flor da sociabilidade requintada sem insipidez, que engendram a corte, o salão, a literatura e a boa companhia, por uma educação mútua continuada durante séculos. Esse produto complicado é tão original em sua espécie, como a eloquência ateniense, mas é menos são e menos duradouro. Se um dia se americanizar a França, esse gênero perecerá sem salvação.

Hyères, 16 de abril de 1875. – Experimentei já todas as emoções da partida. Paguei as minhas pequenas contas na cidade, percorri lentamente as ruas e a colina do castelo, recolhendo as formas e as lembranças, revisei minhas roupas, limpei os meus ternos e as malas. Saboreei gota a gota a amargura do afastamento. Mas por que tenho ainda o coração pesaroso? É que me parece ter amado muito pouco, e não ter feito aqui o que devia fazer. Não reabri os *Méandres*,[39] não escrevi as duas notas prometidas; não estou curado. A consciência geme tanto como o coração. Aliás, acabo de ser saudado por mil impressões primaveris. Colheita de ferro, debaixo da minha janela, nos jardins não há senão rosas, íris, goiveiros amarelos, etc., todas as cores brilham ao mesmo tempo na colina; entre os canteiros de conchinhas, a erva recente faz ressaltar o verde fundamental, como as crianças animam uma população de adultos e de pessoas maduras, e flores de toda espécie atapetam as margens das culturas e dos caminhos... Com o olhar tornei a desenhar o golfo, as ilhas, as linhas onduladas dos Maures e do Esterel, dos Salins, dos Pasquins, do Ermitage. Esforcei-me por gravar na minha retina a paisagem com as suas linhas, a sua luz, o seu conjunto e os seus pormenores.

---

[39] Título destinado a uma coleção de versos do autor.

10 de junho de 1875. – O pessimismo contemporâneo desgosta-me até a medula. É o sistema da desolação, e como a promessa do desespero. E o que profundamente fere é a força dos seus argumentos. Um pensador sem *parti pris* sofre de todas as dores de todos os sistemas. A sua vida é a inoculação em si mesmo de todas as doenças espirituais da humanidade.

11 de junho de 1875. – Céu estriado de cirros, temperatura encantadora... O azul devora pouco a pouco as nuvens, o bem suplanta o mal; rasgão no pessimismo, mas um pormenor desfaz-se no conjunto. Em suma, é a vida um bem? Eis a questão. Melhor seria que não existisse o mundo? Tal é o problema.

17 de junho de 1875 (sete horas da tarde). – Esta manhã, às oito horas e três quartos, desço até a casa de meu vizinho R.; canto-lhe a minha nova canção, ele anota-a no pentagrama e eu volto com a coisa no bolso. S. julgou-a boa, e minha afilhada, muito boa.

Esta me explica os elementos da notação musical, claves, velocidade, tons, medida, notas, pausas, escalas. É muito cômico, depois de ter composto uma ária que se considera correta e agradável, ver tudo o que se fez sem saber, bemóis, dieses, cadências, compassos, etc. Foi pois em *fá*, em 4 tempos, e em 22 medidas que ditei esta manhã ao amigo R. Estou contente por ter aprendido. Assim Jourdain maravilhava-se de tudo o que havia num A ou num B, e Vestris do que encerrava um minueto. A ciência tem um inconveniente, o de espantar a candura produtiva. Quem ousaria dançar, se devesse calcular com antecedência as sábias combinações dos nervos, dos músculos, e dos ossos, necessárias para esse exercício. O mais humilde camponês bem-dotado pode fazer a melodia para uma canção e a própria canção. Os nossos requintados e civilizados das cidades acham a coisa tão difícil que deixam o encargo ao compositor profissional.

Habitualmente nos extenuamos em preparativos e em ansiedades. *Das Beste geschieht ohne so viele Umstände.* Um pouco de ingenuidade e de confiança levam muito mais longe do que tantos embaraços e formas. A circunspecção vem do maligno. Ela detém claramente o impulso inventivo, como o acordar põe fim aos êxitos estranhos do sonâmbulo. É bom muitas vezes termos feito uma coisa antes de perguntar-nos como a faremos, se a faremos, se ela é possível.

Este pequeno exemplo insignificante faz-me tocar com o dedo um erro que tive constantemente em minha vida, o de não ousar, de refletir demais, duvidar demais das minhas forças, do meu talento, dos meus conhecimentos adquiridos, das circunstâncias, etc. O processo de Marc Monnier (como outrora de Goethe) consiste em atirar-se exatamente numa tentativa literária, numa obra nova, e romper assim o encanto perigoso do temor e do adiamento. – Uma vez caído n'água, urge debater-se e inventar a natação. A questão é iniciar com coragem; se esperamos saber por onde seria melhor começar, não chegamos nunca ao início, pois o estudo do método é, em si mesmo, sem fim.

16 de agosto de 1875. – A vida não é mais do que uma oscilação cotidiana entre a revolta e a submissão, entre o instinto do eu, que é dilatar-se, deleitar-se em sua inviolabilidade tranquila, se não na sua realeza triunfante, e o instinto de alma que é obedecer à ordem universal, aceitar a vontade de Deus.

O que te torna mais difícil a abnegação é que, nove vezes sobre dez, a necessidade te aparece como tirânica e brutal, como opressiva e cega, não como divina, isto é, como boa, paternal, santa e misericordiosa. Ora, diante da força, mesmo irresistível, a tua consciência não se inclina...

A renúncia fria da razão desenganada não é a paz. Não há paz senão na reconciliação com o destino, quando o destino parece religiosamente bom, isto é, quando o homem se sente diretamente em presença de Deus. Só então a vontade aquiesce. E não aquiesce mesmo inteiramente senão quando ela adora. É a evidência interior que lhe faz dar o *salto mortale*. Pois, fora do amor de Deus, não há resignação perfeita, abolição séria do eu, aceitação verdadeira, submissão cordial e sincera, abnegação real, porque não há contentamento. Assim a alma não se submete às durezas da sorte senão descobrindo uma compensação magnífica: a ternura do Todo-Poderoso. Se ela perde o visível, compensa-se pelo invisível. Isso quer dizer que não pode acostumar-se à miséria nem à fome, que ela tem horror ao vácuo e que precisa a felicidade da esperança ou da fé, quando vê perderem-se os bens positivos, as felicidades da vida presente. Pode mudar de objeto, mas necessita de um objeto. Renunciará a seus ídolos precedentes, mas reclama um outro culto. A alma tem fome e sede de felicidade, e é em vão que tudo a abandona, ela jamais aceita o abandono. A tua grande miséria é o eterno recomeço, ou seja, a impossibilidade de fixar o teu espírito num grande pensamento, o teu coração numa afeição suprema, a tua vontade em um desígnio permanente...

28 de agosto de 1875 (seis horas e meia da manhã). – Chamou-me a atenção uma palavra de Sainte-Beuve sobre Benjamin Constant: *consideração*. Ter ou não ter a consideração parece a Madame de Staël uma coisa capital; tê-la perdido, uma desgraça irreparável; conquistá-la, uma necessidade urgente. Que é, afinal, esse bem? É a estima do público. Que é que a merece? A honorabilidade do caráter e da vida, ligada a uma certa soma de serviços prestados e de triunfos conseguidos. Não é a boa consciência, mas se lhe assemelha um pouco, como o testemunho do exterior quando não do interior. A consideração não é a reputação, e menos ainda a celebridade, a ilustração ou a glória; não se prende à habilidade, e não segue sempre ao talento ou ao gênio. É a recompensa concedida à constância no dever, à probidade da conduta. É a homenagem prestada a uma vida considerada irrepreensível. É um pouco mais do que a estima e muito menos que a admiração. Um homem considerado não é um homem considerável, mas os homens consideráveis não conseguem sempre conservar a consideração.

A consideração pública é uma doçura e uma força. Estar dela privado é um infortúnio e um suplício de todos os dias.

Eis-me, aqui, aos cinquenta e três anos sem ter dado nunca a esse pensamento o menor lugar em minha vida. Não é curioso? Buscar a consideração foi para mim um tão insignificante motivo, que não tive sequer essa noção, e que talvez essa palavra falte nas treze mil páginas deste diário íntimo.

A que se deve esse fenômeno? A não ter o meio que me rodeia, a galeria, o público jamais sido para mim senão uma grandeza negativa. Nada pedi jamais ao público nem dele nada esperei, nem sequer a justiça, e constituir-me em sua dependência, solicitar o seu favor ou os seus sufrágios, pareceu-me um ato de baixeza e de vassalagem, ao qual se negou instintivamente o meu orgulho. O ambiente pareceu-me poder prejudicar, magoar e atormentar, e tentei escapar à sua ingerência tirânica, como nos defendemos das vespas, dos mosquitos e de outros incômodos exteriores. Mas, eis tudo. Trabalhar em proporcionar-me um belo enterro é uma preocupação que me foi sempre estranha.

Não pretendi sequer atrair um grupo, um jornal, o voto de um simples eleitor. E, no entanto, o meu prazer estaria em ser acolhido, amado, estimulado, bem-vindo, e obter o que eu próprio prodigalizei: benevolência e boa vontade. Mas correr atrás da consideração, da fama, a estima, oh não! Isso me pareceu indigno de mim, um atentado ao pudor, quase uma degradação. Nem sequer pensei nisso.

Ter-me-ei, talvez, desconsiderado, emancipando-me da consideração?

É provável que tenha decepcionado a expectativa pública retirando-me por delicadeza interior. Sei que o mundo, encarniçado em vos fazer calar quando falais, irrita-se com o vosso silêncio quando chegou a arrebatar-vos o desejo da palavra. É como uma plateia brutal que, desde que antipatiza com um ator, apupa-o à vontade e não quer que ele se detenha ou se retire.

É verdade que para calar com toda segurança de consciência, seria preciso não ocupar nenhum emprego público. *In petto*, eu me digo agora que um professor está moralmente obrigado a justificar o seu título por publicações; que isso é prudente em consideração aos estudantes, às autoridades e ao público, que isso é necessário à sua própria consideração e talvez à sua situação. Mas este ponto de vista não me foi familiar. Tentei dar os meus cursos conscienciosamente, e fiz face a todos os penosos trabalhos subsidiários, da melhor forma possível. Mas, não pude rebaixar-me a lutar com o desfavor, tendo o desengano e a tristeza na alma, sabendo e sentindo que se tenha sistematicamente "feito o vácuo ao redor de mim", e adotado quanto a mim a tática das alfinetadas, engenhosamente combinada com a do silêncio; numa palavra, estando desgostoso do nosso público e do nosso jornalismo e só desejando não ter mais contato com eles. Percebe-se pois que associei inabilmente a maneira de proceder dos dois sexos. Receei femininamente a desconsideração, e não soube procurar virilmente a atenção pública, o renome. Prejudicaram-me igualmente o medo e a indiferença. Oh, filtro da simpatia!

Necessitaria mais combatividade, ambição, rudeza, energia, brutalidade, do que eu tive. Conheci a desesperança precoce e o desencorajamento profundo. Natural de mulher amante, cujo coração foi enganado e ferido. Incapaz de interessar-me em meus talentos por mim mesmo, deixei tudo perecer quando perdi a esperança de ser amado por eles e por meio deles. Gelou-me o frio do ambiente. Como a tartaruga, retirei-me, cabeça e patas, sob a minha carapaça.

Ermitão contra meus desejos, também não encontrei a paz na soledade, porque a minha consciência íntima não foi mais satisfeita que o meu coração.

Não é tudo isso um destino melancólico, uma vida despojada e frustrada? Que é que eu soube tirar dos meus dons, das minhas circunstâncias particulares, do meu meio século de existência? Que é que eu fiz a minha terra produzir? Será que toda a minha papelada reunida, a minha infinita correspondência, as minhas treze mil páginas íntimas, os meus cursos, meus artigos, minhas rimas, minhas notas diversas, outra coisa são do que folhas secas? Para quem e para que terei sido útil? Será que o meu nome vai durar um dia a mais do que eu, e para alguém alguma coisa significará?

Vida nula. Muitos fluxos e refluxos e muitas garatujas, para nada. O resumo: *Nada*! E para cúmulo da miséria, não é uma vida gasta a favor de algum ser adorado, nem sacrificada a uma futura esperança. A sua imolação terá sido vã, a sua renúncia inútil, a sua abnegação gratuita, e a sua aridez sem compensação... Engano-me; terá tido a sua secreta riqueza, a sua doçura e a sua recompensa; terá inspirado algumas afeições de grande preço, terá causado alegria a algumas almas; a sua vida oculta terá tido algum valor. Aliás, se ela não foi nada, compreendeu muito. Se não esteve dentro da ordem, terá amado a ordem. Se faltou à felicidade e ao dever, ao menos sentiu o seu nada e pediu o seu perdão.

Il eut quelques talents, de l'âme et d'esprit,
Mais, de coeur faible et tendre, il se tut et souffrit.

(*No mesmo dia, nove e meia da manhã.*) – Afinidade em mim com o gênio hindu, imaginativo, imenso, amante, sonhador, especulativo, mas desprovido de brutalidade viril, de personalidade ambiciosa, de egoísmo dominador e absorvente, numa palavra, de vontade. O desinteresse panteístico, o desvanecimento do eu no grande todo, a doçura efeminada, o horror do homicídio, a antipatia da ação encontram-se também no meu ser, pelo menos tal como ficou, com os anos e as circunstâncias. Fui demasiadamente condenado ao retiro e demasiadamente vivi com as mulheres, para não me transformar num brâmane. Contudo havia em mim também um ocidental.

O que me foi difícil foi conservar o preconceito de uma forma, de uma nacionalidade e de uma individualidade quaisquer e não sentir o direito do contrário; daí a minha indiferença pela minha pessoa, pela minha utilidade, pelo meu interesse, pela minha opinião do momento. Que importa tudo isso? *Omnis determinatio est negatio*. A dor nos localiza, o amor nos particulariza, mas o pensamento livre nos *despersonaliza*, e nos faz viver no grande Todo, mais vasto ainda do que Deus, pois que Deus, como espírito, é oposto à matéria e, como eterno, é oposto ao mundo. Ser um homem, isso é mesquinho; ser homem, está bem; ser o homem, só isso atrai.

Sim, mas em que se torna com essa aspiração bramânica a subordinação do indivíduo ao dever? A volúpia seria não ser individual, mas o dever é executar o seu pequeno trabalho microscópico. O problema seria cumprir a sua tarefa cotidiana sob a cúpula da contemplação, agir em presença de Deus, estar religiosamente em seu pequeno papel, e fazer assim duas coisas ao mesmo tempo.

> *Homme, enveloppe ainsi tes jours, rêve qui passe,*
> *Du calme firmament de ton éternité.*

Torna-se a dar assim ao pormenor, ao passageiro, ao temporário, ao insignificante, a beleza e nobreza. Dignifica-se, santifica-se a mais mesquinha das ocupações. Tem-se assim o sentimento de pagar o seu tributo à obra universal, à vontade eterna. Reconciliamo-nos com a vida e cessamos de temer a morte. Estamos na ordem e na paz.

1º de setembro de 1875 (oito horas da manhã). — Pensei na minha ansiedade estrangulada, quando escrevo para publicar; cada palavra me custa, e a pena hesita a cada linha, visto o cuidado da palavra adequada e a multidão das possíveis que emergem a cada frase. Compor é um suplício, porque de antemão somente posso fazer um plano grosseiro, e cada pormenor fica para ser encontrado durante o trabalho. Deplorável costume a que eu não posso chamar método.

(*Onze horas da noite.*) — Trabalhei no meu artigo várias horas, e apenas com dificuldade pude esboçar algumas páginas tanto as lacunas se fazem sentir no momento em que tomo a pena.[40] Descobri novas fontes. Leituras: retomei Mme. Necker, Chateaubriand (*Mémoires d'Outre-Tombe*, vol. VIII). Dor de cabeça, tanto no jantar como na ceia. Evidentemente esta espécie de contenção imóvel de uma obra malfeita, que não prossegue e mastiga a frase, é uma grande fatiga para o cérebro. Não tenho o plano, não tenho o detalhe, não tenho o fluxo nem o estro, e o esforço infrutuosamente prolongado me dá a tensão de uma ideia fixa.

Compor exige uma concentração, uma decisão e uma fluidez que eu não tenho mais. Não posso fundir juntamente os meus materiais e as minhas ideias. Ora, o domínio imperioso da coisa é indispensável se quisermos dar-lhe uma forma. Impõe-se tratar duramente o assunto e não temer com ele ser injusto. Impõe-se transmudá-lo em sua própria substância. Essa espécie de arrogância confiante me falta. Toda a minha natureza tende para a impersonalidade que respeita o objeto e

---

[40] Refere-se à sua nota sobre Madame de Staël, publicada no tomo II da *Galerie Suisse*.

a ele se subordina; por amor à verdade receio concluir, decidir. Depois volto atrás constantemente; em vez de correr, giro em círculo; temo ter esquecido um ponto, forçado um matiz, posto uma palavra fora do seu lugar, enquanto precisaria visar ao essencial e talhar em grandes traços. Não sei fazer sacrifício, nem abandonar o que quer que seja. Timidez prejudicial, consciência inoportuna, vã sutileza fatal! No fundo, jamais refleti sobre a arte de fazer um artigo, um estudo, um livro, nem segui séria e metodicamente a aprendizagem de autor; isso me teria sido útil e eu tinha medo do útil. Impor-se-iam exercícios graduados na intenção do trabalho. O costume e a rotina ter-me-iam dado a facilidade, a segurança, a alegria, sem as quais a inspiração se extingue. Ao contrário, tomei dois hábitos de espírito opostos: a análise científica que esgota a matéria, e a notação imediata das impressões móveis. A arte da composição permanece entre dois pontos: quer a unidade viva da coisa e a gestação sustentada do pensamento. Tornei-me pois incapaz de compor? Será que se recomeça aos 53 anos? Será que se refaz a educação e a natureza?

Esperaste aprender a nadar sem te atirares na água, obter forças sem descer à arena, esquivar-te ao sofrimento adiando-o, encontrar a tua medida sem correr o risco da derrota; foste indolente, tímido, orgulhoso, imprevidente: de quem a culpa? Perdeste todas as carruagens, portanto, caminha a pé ou senta-te.

2 de setembro de 1875 (*oito horas da manhã*). – Compor não é tão terrível. Tu te fazes montanhas e fantasmas de tudo. Bastaria somente um pouco de gradação e um pouco de prática. Nesta arte, como em tudo, te contentaste com laboriosos preparativos, te esgotaste nas bagatelas do início e nas aquisições preliminares, te empenhaste apenas em compreender, e não em possuir. Não saíste dos prelúdios, por falso pudor, e por tolo desinteresse, por excessiva desconfiança de ti mesmo e por terror diante da perfeição. Natureza de enamorado tímido, que tem medo de ser demasiado feliz e teme uma boa fortuna, porque teme a fraqueza própria. A glória jamais foi um estimulante para mim, mas sempre tive o pavor da vergonha, e o horror da humilhação.

Permanecendo em nosso quarto, segundo o conselho de Pascal, jamais sabemos o que podemos e, não tendo medida alguma do nosso valor social, não nos arriscamos por entre os homens.

Compor é conduzir um exército, um exército de pensamentos e de imagens a um fim de antemão determinado. A posse de um assunto é somente uma das condições requeridas para essa campanha literária. É preciso saber manobrar e, sobretudo, é preciso determinar claramente o seu propósito. Esse propósito é atingir o público ou uma parte do público, esclarecê-lo, convencê-lo ou diverti-lo.

Percebo que o que me detém presentemente é a obscuridade do fim, a indecisão sobre o que pode ser realizado nas condições acordadas. Permaneço sempre entregue ao estudo e não propriamente à realização da obra. Flutuo, balanço, hesito, dou voltas na execução, porque não fiz resolutamente a escolha de um ponto de vista, de um auditório, de um objetivo e das disposições apropriadas. Como Marte, preocupo-me com demasiadas coisas, enquanto uma só era necessária.

Para prosseguir com coragem, é preciso saber aonde se vai, por que se vai. É preciso sentir forças, e um desejo, ter no bolso um itinerário e dinheiro, é preciso estar alegre e determinado.

Compor é pois mostrar caráter. Compor seria para ti uma higiene moral, uma disciplina de intelecto, uma espécie de exercício de penitência que poderia ser proveitoso, pois isto seria uma vitória sobre ti próprio, seria fazer obedecer a tua preguiça, a tua pusilanimidade, a tua indecisão, seria constranger a tua fraqueza a um ato de força, a tua dispersão estéril a um momento de fecundidade...

25 de outubro de 1875. – Ouvi a primeira lição de Taine (sobre o *Antigo Regime*). Trabalho extremamente substancial, claro, instrutivo, compacto, denso. Leitura monótona, pouco agradável e até pouco elegante. A sua arte consiste em simplificar, à francesa, em grandes massas brilhantes; o seu defeito é o tenso, o anguloso e o rígido. Seu grande mérito é a objetividade histórica, a necessidade de ver a verdade. Ademais, espírito amplo e aberto, liberdade de pensamento e precisão de linguagem.

26 de outubro de 1875. – Sempre limites e obstáculos crescentes e privações multiplicadas. É o contrário da expansão...

A quem e a que pode servir esta contrição impiedosa? A renúncia é uma defensiva, mas não tem mais valor real do que um dente de menos ou uma perna cortada. A educação moral é uma compensação para os que esperam uma sobrevivência. Mas para mim que não tenho essa esperança, de nada serve esse sacrifício. Resta ao menos isto: a inveja ou a revolta são vis, fica bem, pois, interditá-las; e fazer o bem sem recompensa é a máxima dos corações nobres. Nada mudarei, portanto, em minha conduta: somente, a melancolia é o inverso de uma força que impele, enquanto a felicidade nos concede asas.

Se ao menos eu acreditasse numa Providência individual! Mas não tenho nenhum desses pontos de apoio tão cômodos e tão fortalecedores. Meu único sustentáculo é a afeição que me devotam. Minha existência não tem senão essa alegria e esse reconforto. Está pois suspensa por um cabelo. Que imprudência não ter mais razão de viver e pontos de apego, a não ser isso! Uma doença e, menos ainda, um desses acasos, que criam as desinteligências e desviam os corações, podem reduzir-me à penúria e à angústia. Estou à mercê da sorte. Impossível enganar-me sobre a fatal fragilidade do meu estado atual. Tudo o que posso é esquecê-lo e distrair-me. É seguro que um acidente pode arrancar-me o resto de saúde e as duas amizades que me tornam a vida suportável.

Mas que fazer? Posso eu subtrair esses tesouros ao acaso da destruição? Não. Devo recomendá-las à boa Providência? É uma vã medida, que consola a fé, mas que nada muda ao acontecimento. Resta somente resignar-se a esta absoluta dependência e dela extrair a moralização que contém, como se atrás dela houvesse uma intenção paternal e uma direção protetora. O deus que as religiões colocam no céu e fora de nós talvez não esteja senão no fundo de nós próprios. Esse Deus é a voz do bem, é a secreta admiração da virtude. É verdade que o que se acha no efeito deveria achar-se virtualmente na causa. Se Deus está em nós, ele está na origem das coisas. Se o bem é o nosso fim, é também o nosso princípio. Haveria, pois, ao menos uma Providência geral, é a força restituidora e medicatriz que mantém a vida universal a despeito da perturbação e da morte incessantes. O que quer a vida para o bem e o bem para o melhor, essa força primordial e indefectível, é o que se chama Deus. *In Deo movemur, vivimus et sumus.* Esta persuasão é a religião filosófica que pode sobreviver a todos os cultos supersticiosos, imaginativos e lendários, a todas as crenças tornadas alegorias. O essencial é que o homem pressentiu sempre uma ordem superior da qual era órgão e agente e contemplador e neófito, da qual devia ser, ele, o arauto e o herói.

Que importa depois disso que o indivíduo seja mais ou menos feliz, que desempenhe um papel, que se dilate ou não? A obra universal cumpre-se apesar de tudo... Há sempre consideravelmente forças perdidas e vítimas inúteis, porque o erro desempenha um papel imenso na história da opinião e da ação humanas; é pena sem dúvida ser do número dos aniquilados e dos desconhecidos; mas, há um serviço silencioso que cada um pode sempre prestar, é o de ser bom, justo, corajoso, paciente. O que faz andar a grande máquina social é ainda mais a soma dos trabalhos inglórios, das virtudes humildes, dos méritos anônimos, do que a bulha dos contramestres, oficiais e diretores. A imortalidade do nome é uma gulodice reservada aos eleitos da fortuna: pode-se dispensar esse privilégio, e há mais estoicismo em privar-se dele do que em persegui-lo. O contentamento na mediocridade e no esquecimento tem alguma beleza, quando tenhamos estofo para maior grandeza. Abauzit podia dispensar o elogio retumbante de Rousseau, e Rousseau não podia dispensar a glória. Este foi o grande homem, mas o outro foi o sábio.

(*Mais tarde.*) – Todas as origens são segredos; o princípio de toda vida individual ou coletiva é um mistério, isto é, alguma coisa de irracional, de inexplicável, de indefinível. Vamos até o extremo: toda individualidade é um enigma insolúvel, e não se explica nenhum início. Com efeito, tudo o que chegou a ser explica-se retrospectivamente, mas o início do que quer que seja não chegou a ser. Representa sempre o *fiat lux*, a maravilha inicial, a criação, porque não é a continuação de nada diferente, aparece somente entre as coisas anteriores que lhe fazem um meio, uma ocasião, um ambiente, mas que assistem à sua aparição sem compreenderem de onde veio.

Talvez também não haja indivíduos verdadeiros, e nesse caso não há início, salvo um só, o golpe primordial, o primeiro movimento. Todos os homens formariam somente o homem em dois sexos; o homem estaria por sua vez no animal, o animal, na planta, e o indivíduo único seria a Natureza viva, reconduzida à matéria viva, ao hilozoísmo de Tales.

Entretanto, mesmo nesta hipótese onde não haveria mais do que um único início no sentido absoluto, restariam inícios relativos, símbolos múltiplos do outro. Toda vida, chamada individual por complacência e por extensão, representaria em miniatura a história do mundo, e desta, aos olhos do filósofo, ela seria como o resumo microscópico.

3 de janeiro de 1876. – O amor-próprio nacional, assunto de estudo curioso. Eis ainda uma força que resiste à verdade. Esse amor-próprio, como o do indivíduo, é um *Noli me tangere*. É uma variante da justiça própria, isto é, da cegueira voluntária, da ilusão desinteressada. Essa tola vaidade canta um *Te Deum* pelas fealdades que ela pretende sejam belezas. Parece-me ouvir um coro de corcundas glorificando a bossa e a gibosidade. Para sentir o ridículo absoluto desse conto, é preciso ter o espírito livre.

Parece-me que não estou mais tenazmente preso a nenhuma nacionalidade e a nenhuma igreja; de ano para ano a imparcialidade crítica aumenta em mim, e é o tipo do homem acabado, completo, harmonioso, superior, verdadeiro, que me serve para julgar todas as caricaturas diversas, arrogando-se o privilégio do tipo. Não me sinto nem francês, nem inglês, nem russo, nem suíço, nem genebrino, nem europeu, nem calvinista, nem protestante, nem nada de particular. Sinto-me homem e simpático a tudo o que é humano; mas só dou relevância ao ideal. Os preconceitos de religião, de língua, de nacionalidade, de regime político, de classe social, de partido, de agrupamento não me aprisionam, eu os julgo, eles me são inferiores e indiferentes. Guardo certa antipatia à fraude, à astúcia, à mentira e, portanto, às instituições que vivem disso; mas se o romanismo não tem a minha estima, não é tanto como cristão ou como protestante que eu lhe tenho aversão, mas como homem. O sacerdotalismo assim entendido parece-me funesto no Tibete como em Madri. A insolente usurpação do sacerdote me parece chocante em nome do verdadeiro, em nome da moral, em nome da dignidade humana. As denominações já não exercem prestígio sobre mim, e que alguém se diga meu correligionário, meu concidadão, meu parente, meu confrade, meu colega, meu co-herdeiro, meu pastor, meu polícia, isso me é igual; a meus olhos o título é sem valor, porque não prova absolutamente nada, e porque uma presunção, com vezes desmentida, é insignificante. Diz me o que tu és, o que tu vales, pessoalmente, no momento oportuno; as tuas papeladas, distintivos, assinaturas, librés não valem mais do que as propagandas de feira ou os reclames dos jornais. Creio em certos indivíduos, creio fundado em provas. Quanto ao resto, permaneço na dúvida filosófica. Não creio mais no homem, na mulher, na Igreja, na pátria, em geral; desejo fazer a escolha e a classificação. A vida começa pela confiança e o crédito ilimitado aberto a todos; conclui na restrição universal, salvo exceções merecidas. Quando não há mais a amargura da decepção, resta ao menos a prudência, que não impede nem a benevolência, nem a piedade. Não é necessário enganar-se a si próprio para ser bom. Não mais confiar na retidão, na integridade, no reconhecimento, na fidelidade, na discrição, na reciprocidade, na justeza, na justiça, na boa vontade, não impede de dar e dar-se com uma resignação tranquila.

30 de janeiro de 1876. – Saída após o jantar. Vou a dois passos, à casa de Marc Monier, ouvir o *Luthier de Crémone*, comédia em um ato e em verso, de Coppée, lida pelo autor. Festa estética, uma gulodice literária. A obra é uma pérola. Está em repetição no Teatro Francês. Com ela sentimo-nos em plena poesia, e cada verso é uma carícia para o gosto.

Felizes daqueles que são senhores de sua arte e que fazem experimentar as delícias da liberdade. Além disso, ver desabrochar o verso é uma sensação deliciosa, sobretudo quando ele desabrocha melhor do que o teríamos feito nós próprios. Vemos ferver a champanhe e a saboreamos ao mesmo tempo. E que estilo tem este jovem mestre! Sentimos aí o homem dotado, a facilidade luminosa, a ordem involuntária que encontra o molde, a forma, a elegância, a nitidez, divertindo-se. Esse tem talento até às pontas dos cabelos. Magro, moreno, nervoso, tez portuguesa e olhos sem brilho, lembra o violino de que fala, frágil e vibrante, sensitivo e apaixonado.

Mas tem do parisiense a agudeza e a graça, a finura e a malícia, o que é necessário para fazer aceitar as coisas simples, ingênuas, cordiais, ousadas, a um povo requintado.

À força de arte voltar à natureza: tal é o delicioso problema das literaturas arquicompostas como a nossa. Rousseau também combateu as letras com todos os recursos da arte de escrever, e enalteceu as delícias do selvagismo, com todas as habilidades do civilizado mais astuto. É mesmo essa união dos contrários que encanta: a doçura picante, a inocência sábia, a simplicidade calculada, o sim e o não, a sabedoria louca; é no fundo essa ironia suprema que lisonjeia o gosto das épocas avançadas, digamos semipervertidas, que desejam duas sensações ao mesmo tempo, como o sorriso de Gioconda reúne duas significações opostas. A satisfação traduz-se, então, também pelo sorriso ambíguo que diz: estou sob o encanto, mas não estou enganado; acho-me dentro e fora da ilusão. Eu vos cedo, mas vos adivinho. Sou complacente, mas sou altivo. Experimento sensações, mas sou livre. Tendes talento, eu tenho espírito; estamos quites e nos entendemos. *Musa ales*. Que contraste prodigioso entre um cérebro como o do amigo K. e o de Coppée, entre o filósofo teutônico e o artista parisiense! Solidez, constância, pesadume, uniformidade, abstração de um lado, e do outro malícia, vivacidade, leveza, colorido, música. O cíclope e a toutinegra não são mais diferentes. Ambos incapazes de penetrar no papel um do outro; reciprocamente antipáticos. O próprio do crítico é ter uma psicologia mais completa e reproduzir esses dois tipos contrários (e todos os outros) com a mesma fidelidade.

1º de fevereiro de 1876. – Passei o serão em La Passerine,[41] em quarteto. Conversamos do infinitamente grande e do infinitamente pequeno. S. não pode ainda compreender que um milímetro cúbico é tão vasto relativamente ao ponto matemático, como o globo o é relativamente a uma lêndea. O espírito não exercitado considera sempre o limite das suas percepções sensíveis como o limite das coisas. Parece-lhe o grande mais claro que o pequeno, porque o grande é um múltiplo de si mesmo, ao passo que não sabe mais analisar o que deve ser medido diferentemente. O pensamento em seu cérebro parece-lhe explicável, mas num cérebro mil vezes menor parece-lhe um mistério.

Encontrando as mulheres em toda a parte o incompreensível, adaptam-se rapidamente e adquirem o costume de tudo converter em questões de fé e de opinião. A diferença entre o cognoscível e o incognoscível não lhes é clara jamais. A crítica científica não é o seu assunto; elas não brilham senão em análise de sentimentos.

Colocar-se em todos os pontos de vista, fazer viver a sua alma por todos os modos, isso está ao alcance do ser pensante, mas é preciso confessar que pouquíssimos aproveitam a permissão. Os homens estão em geral aprisionados e atarraxados nas suas circunstâncias, mais ou menos como os animais. Quase não desconfiam disso, porque não se julgam. Colocar-se dentro de todos os seus estados e perceber do interior a sua vida e o seu ser, é a função do crítico e do filósofo.

25 de fevereiro de 1876. – Pregar é uma obra vã; mostrar o exemplo é duas vezes melhor, pois persuade mais e não sacrifica o pregador. Idêntica observação quanto ao professorado. Seria melhor escrever livros; os estudantes ficam mais agradecidos, e maior honra se conquista.

O devotamento e a abnegação podem, pois, ser uma tolice. O mundo prefere o egoísmo sem dúvida, e a sociedade encontra nisso maiores proveitos. Singular aplicação do provérbio: Caridade bem ordenada começa por si próprio.

O coração suspira por um regime onde cada qual pensasse sobretudo em seu semelhante, regime de amor fraternal e de irradiante simpatia, onde o bem comum resultasse do universal esquecimento de si mesmo. Mas o mundo está construído sobre um outro plano. Repousa sobre o interesse pessoal e sobre o amor-próprio.

---

[41] Amiel intitulava "L'Ile d'azur", ou "La Passerine", o salão de sua amiga Seriosa, que vivia com sua mãe e a irmã.

Que cada qual se ocupe energicamente de sua tarefa, de seu mister, de sua fortuna, de sua reputação, de seu crédito, que se esforce em ultrapassar os seus iguais, em eclipsar os seus êmulos, em proporcionar à sua família, à sua cidade, à sua pátria, proporcionando-se, primeiro a si mesmo, a riqueza, a glória, a superioridade, é tudo o que lhe é pedido. O mundo sempre escarneceu ou triturou os entusiastas, os sonhadores, os generosos, os que de si próprios se esquecem. Explora-os e não os venera, salvo em teoria e séculos após a sua morte, para fazer acreditar que tem uma alma grande. Mas sua prática vai numa direção e a sua insígnia não é mais que um artifício. A moral é para a boa aparência, a realidade tem as suas máximas próprias. O Evangelho é citado à entrada, mas, na botica, é Mercúrio que é deus.

O sofisma inconsciente, a contradição interesseira, encontram-se em toda parte entre os povos chamados cristãos, como no próprio clero. Lei de ironia: Quanto mais etéreas são as máximas, mais grosseiro é o fundo. A indignidade prática terá as mais hipócritas orelhas e as mais suaves palavras.

Quem não se faz temer um pouco, muito amar não se fará jamais. Quem não se defender será sempre vilipendiado e, longe de admirar-se a sua doçura, será ela desprezada. O mundo não respeita senão a força e não reconhece senão a força que se lhe impõe. *Mundus vult decipi*, dizia Erasmo. O mundo quer ser iludido, é verdade, mas quer também ser constrangido e ser forçado. É de natureza censuradora, azeda, anárquica, estéril, e instintivamente absolve os que o maltratam, o açoitam, o conduzem e o domam. Somente quer ser lisonjeado. É o que fazem os demagogos. O público em seu conjunto é um rebanho de tolos, mas convém fazer-lhe crer que ele é a sagacidade, o gosto, a justiça, a razão; é o que fazem os jornalistas e os críticos. Ditam-se aos patos as suas opiniões, em ostensiva prosternação diante deles. É o método do cortesão ambicioso com todos os déspotas. O animal de cem mil cabeças é o sultão atual e o coroam como a seus predecessores de uma cabeça.

26 de fevereiro de 1876. – Esta noite, uma carta anônima, de letras disfarçadas e empregando o *tu*, ataca-me como professor, pretende que "meus alunos desertam o meu curso, consideram-me um maçante repetidor de ideias gerais, e que já se fez um movimento secreto para pedir a minha substituição, em suma, que uma tempestade me ameaça"... Julgo que o covarde prazer de afligir e de inquietar é o móvel do autor anônimo do bilhete. Não ignoro que o ódio vela sempre ao redor de nós e ao redor de mim.

Não obstante, por mais que faça, esses enredos me desgostam. Não posso desconhecer, tampouco, que o meu curso não me satisfaz, que me torno impróprio ao ensino, por falta de memória e de facilidade de expressão, o que me interdita a improvisação. As vantagens do meu curso, a exatidão, a precisão, a ordem, a proporção, o método não são o que impressiona os alunos, nem de passagem, nem retornando aos períodos ultrapassados. Eles só prestam atenção a uma coisa, que meto o nariz em minhas notas, e que meus papéis têm aspecto de desordem. A aparência é contra mim. Por outro lado, eu não posso recomeçar a vida, nem o meu trabalho nem as minhas maneiras, porque o meu interesse principal está agora longe, e não sou bastante louco para sacrificar os meus últimos anos numa obra estéril e inútil.

Se, pois, os meus defeitos superam as minhas qualidades e fazem esquecê-las, é preferível o divórcio. Que me considerem tal como sou, que me peçam o que tenho, ou que me deixem partir, quero dizer, aposentar-me.

Ao mesmo tempo que se desprezam as cartas anônimas, convém aproveitá-las para fazer o meu exame de consciência. Ora, eu sinto perfeitamente as minhas lacunas, as minhas fraquezas, a minha falta de força e os meus erros. É antes testemunho encorajador de que eu preciso, porque sempre duvido ser útil, ser suficiente, e porque se pode facilmente persuadir-me de que não sirvo para nada.

Outra lição. Para aliviar a matéria, afastei a bibliografia, e talvez meus alunos concluam disso que não estou ao corrente de nada. Evitei a vaidade da erudição, a ostentação dos recursos, e fui por isso punido.

Esquecendo o meu interesse, que é parecer uma autoridade, eu me apago diante da coisa, penso apenas no próprio curso; e a consequência é que pareço um zero aos ouvintes a quem a coisa não cativa. São duas maneiras que não podem conciliar-se; sou impessoal, e a nossa gente não se afasta das questões de pessoas.

Além disso, nada me incomoda, estou perfeitamente afastado de minha toga e de meus trabalhos. Tudo isso me é indiferente, estranho, inferior. Não sei nem se quero nem posso valorizar-me; pôr-me em relevo, impor-me, ganhar, impulsionar.

Isso recai pois sempre numa falta de equilíbrio entre a minha natureza e o meio. Nenhuma adaptação. Não gostam de mim, não me compreendem, não me aceitam no que tenho de melhor, e perseveram em querer-me diferente do que sou. Eis aí as minhas velhas penas que renascem. Eu as tinha esquecido, elas, porém, não me esquecem. Como isso vem a calhar com os projetos literários destes três ou quatro meses próximos, que exigiam saúde, calma de espírito, alegria, entusiasmo!

Maldição!... Sobre quem? Meu Deus, sobre ninguém, no máximo sobre a crueldade do acaso. Lastimo estas circunstâncias desagradáveis, porque tiram felicidade, força e não criam senão tristeza e esterilidade. Esforço-me por não ofender, por não afligir, por não extinguir, nem oprimir ninguém. Mas por mais profunda que torne a solidão em redor de mim, e embora interponha entre a minha vida e o mundo uma vasta zona de renúncia, não obstante isso os dardos envenenados atravessam esse espaço e me atingem. – Oh melancolia!

19 de março de 1876. – Os espíritos bem formados são uma imperceptível minoria entre as multidões, as massas e os milhões que formam o público; mas são o escol e têm, eles só, importância quanto à qualidade. As massas têm a seu favor o número, a força e mesmo o direito; mas não têm nem a razão, nem o gosto, nem a excelência, nem a distinção. A sua tendência natural é para a falsa grandeza, para a falsa magnificência, para o medíocre brutal, e tendo a democracia feito crer aos homens na igualdade de cultura e na equivalência das opiniões, eles não se constrangem mais em suas preferências e em seus aplausos.

Moralidade. Para diminuir as possibilidades de caricatura póstuma, convém simplificar, durante a vida, os traços de sua aparência pública. Convém escolher por si mesmo o que deve durar na recordação de outrem, pôr em relevo o que se tem de melhor e de mais forte, dar, senão uma definição, ao menos um sinal de seu ser.

Convém concentrar-se, resumir-se numa obra que alcance sucesso.

O sucesso é monumento e documento autobiográfico.

Se morreres amanhã, que restará de ti? Bagatelas esparsas, alguns versos, alguns relatórios, papeladas professorais. Que se dirá de ti? Ele tinha talentos diversos, mas pôs em escondê-los toda a paciência que outros empregam em produzi-los. Teria podido fazer-me um nome, e preferiu o incógnito, Amém! Dele não diremos nada. Tens um lugar em algumas crestomatias (entre outras a de Staaf), és mencionado na *Revue des Écrivans Suisses* de Daguet, na *Genève et ses Poètes* de Marc Monnier. No Instituto, na Universidade, em Genebra, serás esquecido em alguns meses. Será talvez o *Roulez tambours!* e a tua *Escalade* que persistirão alguns anos ainda na memória popular. E eis tudo. Não tudo. A minha afilhada há de procurar erguer-me um gracioso mausoléu em um dos seus romances.[42] Mas, em suma, vale esse resultado em meio século de estudos, de experiências, de meditações e de ação? *Pulvis et umbra sumus*.

15 de abril de 1876 (véspera da Páscoa). – Esta oscilação moral entre a desesperança e o amor, entre Zenon e Jesus, entre meu homem antigo e meu melhor eu, reaparece em minha alma em todas as épocas. A experiência da vida leva-me inevitavelmente ao pessimismo; depois o ideal protesta e retoma o comando.

Alterno entre a visão desoladora e fria da realidade e a visão religiosa dos nossos destinos. O coração e a consciência tomam sua desforra da razão. É ser contraditório, ilógico, sem unidade? Não são humanos esses dois instintos, essas duas tendências, esses dois princípios? Não é natural a melancolia quanto ao que é mortal e perecível, compreendida aí a nossa vida? Não é legítimo e são o retorno ao que triunfa da morte, do mal, da tristeza? Felizes, sem dúvida, as almas que em si próprias sabem manter sem descanso a tendência superior, o sentimento do divino e do indestrutível, a chama sagrada. Quanto a mim, somente posso retornar aí, após longas excursões ao deserto, e reacendê-la após longos desfalecimentos.

O que há de divino em nós é a força do sacrifício, a faculdade do devotamento, o santo amor, a caridade, a imolação voluntária pela salvação dos outros ou pela glória do Bem; é a dignidade da espécie, sua flor e sua coroa. Isso não gera a imortalidade individual, mas é isso a coisa imortal, sobrenatural, sobre-humana, e humana contudo. Foi porque ardia essa chama no coração de Jesus que o mundo fez de Jesus o homem-Deus. É porque a humanidade não merece o sacrifício, que o sacrifício é tão grande e o martírio tão nobre. É somente quanto à reciprocidade e à justiça que o homem tem direito sobre nós; mas amar sem causa, superabundar em perdão, em atenção, em piedade, em generosidade, em bondade, é ser filho do céu, é ser como imaginamos ser o próprio Deus, é imitar o Nazareno.

16 de abril de 1876 (Páscoa). – O que me falta é coesão, tenacidade, consciência, resistência, o vigor egoísta do ser que se apropria de tudo quanto pode e retém à volta do seu próprio eu, do seu interesse, da sua vontade, coisas, pessoas, impressões, ideias, para afirmar-se e dilatar-se em sua personalidade. Quanto

---

[42] Berthe Vadier escreveu uma biografia de Amiel, que foi publicada cinco anos após a morte deste, sob o título *Henri-Frédéric Amiel*.

a mim, sou mais imaterial, desinteressado e purificado; o meu ser sutil desembaraça-se de toda substância, como uma espécie de obstrução grosseira de suas malhas. Natureza crítica e contemplativa, eu me aproximo do espírito puro, da forma sem matéria. Toda a minha bagagem, meu conjunto adquirido, limita-se a uma aptidão e a um método, e torna-se simples virtualidade. Não tenho mais nada, mas sou alguém. Não tenho mais extensão, mas a extensão está em mim, em estado potencial. Esta sutileza etérea faz a minha passividade aparente; sou apenas possível, reabsorvido, implícito, como uma força voltada ao estado latente. Sou apenas uma capacidade indeterminada, e não um talento estabelecido, provado, em exercício e em função...

É certo que há em mim algo de inapreensível, de incoercível, de indefinível, de desligado e de sutil, que é o espírito, cujos recursos, metamorfoses e caprichos desafiam o cálculo e zombam dos classificadores. Ao lado dessa chama leve, tudo parece pesado, mumificado, cristalizado, espesso, uniforme, opaco, pedante. O Espírito é um fogo-fátuo que permite chafurdarem os tolos, os vaidosos, os filisteus, os animais de rotina, os ruminantes, os crustáceos, e não tem a menor veleidade de provar-lhes que ele tem asas. Ri da sua imbecilidade e diverte-se com os seus erros. Todos os cativos, os limitados, os amordaçados, creem-se livres, e tratam os livres de extravagantes. É um prazer que lhes devemos permitir.

Alto! Essa liberdade absoluta do espírito tem dois inconvenientes: tornaria inumano para os inferiores, que furiosamente se julgam os superiores; faria esquecer ao homem a sua dependência de Deus e do pecado. O homem livre deve conter a sua alegria pela bondade e pela humildade. Toda vantagem cria um dever e gera uma responsabilidade. O espírito não dispensa dar um bom exemplo; deve tranquilizar se possível a extrema suscetibilidade dos medíocres e dos numerosos! É preciso que ele se faça perdoar pelos invejosos, ciumentos, corcundas idiotas, por sua indulgência, bonomia e modéstia. De outro modo, tem todos contra ele e não pode prestar serviço, isto é, falta à sua vocação.

19 de abril de 1876 (*meio-dia*). – Cessou a chuva. Pipilam os pardais bem tristemente. A manhã escoou-se no refolhear os três cadernos 137, 138 e 139, que precedem a este, isto é, em realizar-me a mim mesmo. Despersonaliza-me o diário íntimo de tal forma que sou para mim um outro, e tenho de refazer o conhecimento biográfico e moral desse outro. Este poder de objetivação torna-se uma causa de esquecimento. Os meus estados anteriores, as minhas configurações e metamorfoses, escapam-me como acidentes transitórios. Tornam-se estranhos para mim, objetos de curiosidade, de contemplação ou de estudo; não afetam a minha substância íntima; não os sinto meus, em mim, eles não são eu. Não sou pois uma vontade que se continua, uma atividade que se acumula, uma consciência que se enriquece: sou uma flexibilidade que se torna mais flexível, mudança que se acelera, uma negação de negação e uma reflexão que se reflete como dois espelhos em face um do outro. A leve moldura de cada um deles é a única medida da quantidade de imagens recíprocas que se enquadram indefinidamente um no outro. A minha identidade encontra-se entre o eu e o tu, mas é demasiadamente fluida!

É a onfalopsíquica. – O desfalecimento de meu ser será bem facilitado, pois percebo a mim mesmo como aos fantasmas de madrugada, já diáfano, inconsciente, vaporoso, ilusório. Minha vigília a si mesma se conhece como o sonho de um sonho. Não tenho nem peso, nem solidez, nem fixidez, e não tenho o preconceito opaco que pesa sobre os olhos humanos, o preconceito da existência. A impessoalidade sutilizou até o princípio pensante, até o eu.

Esse estado búdico deve ser impossível fazê-lo compreender a todos esses aprisionados que não podem sair do seu indivíduo e que se acreditam positivamente reais, porque têm mãos que agarram os pés e porque têm consciência de querer.

Parece-me que o que encadeia a existência é a dor. Quem sofre não pode imaginar que não sofre; é levado a um ponto particular, torna-se subjetivo. O limite da objetividade é, pois, o sofrimento. Pelo pensamento seríamos deuses e nos dissolveríamos em espíritos; é a dor que nos reduz à nossa humanidade.

20 de abril de 1876. – Passei o serão em casa de S., a quem, conforme seu pedido, li algumas dúzias de páginas de meus dois últimos cadernos deste diário...

Notei, de passagem, um tique do meu estilo espontâneo, a superabundância dos matizes sinonímicos. Há tateio minucioso na ideia e necessidade de completar. É mau, é bom? Ignoro-o. Em vez do traço único e central, emprego uma saraivada de traços, provavelmente porque estou meditando, isto é, buscando. Quando se sabe o que se quer dizer, pode-se proceder pela fórmula simples; quando se pensa com a pena na mão, rodeia-se e cerca-se o assunto. Daí dois estilos bem diferentes.

30 de abril de 1876. – O professor foi feito para os alunos e não o contrário, como o médico para os doentes, e o sábado para o homem. Convém, portanto, falar-lhes em sua língua, cativá-los à sua maneira, condescender com o seu modo, pois que não querem ou não podem absolutamente colocar-se no teu. Intrinsecamente o curso será por isso menos bom, menos aperfeiçoado, menos completo; mas o professor deve pensar mais nas pessoas do que nas coisas. Sua missão é pedagógica. Se deixar implantar-se a desatenção ou a deserção, pouco importa o valor do próprio curso; a finalidade falhou. O estado paga-o para que interesse os seus ouvintes e os prenda ao estudo. Como? Isso é com ele. Mas, eis justamente o que me é antipático na profissão, a necessidade da finura, do cálculo oratório, da sedução retórica, dos truques para fazer valer a si próprio, dos condimentos, das alusões, em suma, da cozinha e dos artifícios do professorado à francesa...

Não posso tolerar a eloquência, quando se trata de pura instrução. Há nisso uma espécie de captação e de fraude, que me parece uma infidelidade à matéria, uma baixeza para quem a emprega, um desprezo por todos aqueles a quem a dirigimos. Mas essa leal austeridade é considerada insuficiência pelo vulgar, que quer que o seduzamos, *mundus vult decipi*; esse respeito é qualificado de frieza; as ideias parecem apenas vácuo para essas inteligências preguiçosas, maciças, positivas. O povo clama pelo bezerro de ouro, pelas superstições, pelo abuso, e obriga os seus condutores a lhe darem o de que ele gosta, o vinho capitoso. Devolvei os nossos ídolos, tratai-nos como brutos e estaremos contentes; mas dizei-nos que somos deuses e criadores de deuses. É certo que o método do sucesso é dirigir-se aos instintos inferiores, às velhas tendências, aos hábitos inveterados. Os antigos cordéis são sempre os melhores.

Mas a questão é esta: queres tu porfiar em teu método pessoal ou fazer concessões à matéria-prima do teu auditório? Melhor seria fazer concessões, tentar agradar. Somente, isso te é possível? Recortar assuntos particulares, desenvolvê-los mais, improvisar mais livremente seria talvez um meio de congregar os alunos que se afastam. Mas será demasiado trabalho para nada. As opiniões feitas e as repugnâncias contraídas impedem toda percepção das mudanças sobrevindas. A impopularidade não me conjura, porque não se retrata e não se julga novamente. O que está feito está feito, o que está dito está dito. Está-se classificado entre os professores de quem se deve fugir; o interdito universitário persiste apesar de tudo o que se faça em oposição. Há pois uma verdadeira infantilidade em reclamar contra essa sentença cega e surda. É dar socos numa parede. Duas outras saídas: abandonar aí uma carreira estéril e ingrata; ou então deixar correr a água, considerar o lugar como uma pensão de aposentadoria e trabalhar, esperando, em publicações literárias. Essa é a atitude de uma quantidade de velhos professores e a compensação dos belos anos consumidos num serviço muito pouco remunerador. Tenho 26 anos de serviço, e sacrifiquei por esta pobre carreira as coisas mais preciosas, o casamento, a reputação, uma vida mais a meu gosto. Ainda que no presente os serviços fossem pagos por mais do que o que valem, a equidade não reclamaria. Antes, com isso, a minha altivez é que seria ferida. Todavia, a primeira saída me tentaria mais... Mas eu desejaria sair pela boa porta, com as honras da guerra, e não como um fugitivo.

Não percebo senão impasses e humilhações. Isso não põe de bom humor. Eis por que tenho horror de pensar no futuro. Para ele sigo, cada vez pior, olhos fechados para salvaguardar ao menos a hora presente contra a ansiedade, a amargura e o desespero. O trabalho é apenas um escudo protetor. Trata-se sempre de mascarar o abismo, de enganar a fome insaciada, de sufocar as mágoas do coração, de ter um sorriso num jogo perdido. Quando tudo cai debaixo d'água, a saúde, os amigos, a memória, as ilusões, as crenças, refugiamo-nos sucessivamente nos pontos não submersos do ser; e assim eis-me rimador de circunstância, e jogador de xadrez de ocasião. A não olhar senão as suas brechas invasoras, a gente se tornaria raivoso.

13 de maio de 1876. – Belo dia. Encerrei as *Etrangères*,[43] ao menos as 61 traduções, porque restam o apêndice e as notas ainda para corrigir. Acaso sinto alívio, alegria, orgulho, esperança? Nem tanto. Não experimento absolutamente nada, ou pelo menos a sensação é tão confusa, que não posso analisá-la. Estaria antes tentado a dizer-me: Quanto trabalho para um tão mesquinho resultado! *Much ado for nothing!* Os ritmos novos deixam-me indiferente. E, contudo, a obra está acabada. Mas que importa a tradução em verso! Já não tenho interesse nisso. Meu espírito pede outra coisa e a minha atividade também... Que vai dizer Edmundo Scherer desse livro? Isso me interessará, pois sua crítica é impiedosa.

15 de maio de 1876. – Esta manhã, corrigi as provas finais das *Etrangères*. É assunto terminado. A teoria em prosa com que finaliza o livro causou-me prazer, agradou-me mais do que a segunda parte. (Ritmos novos.) O conjunto da obra é um problema resolvido, o da tradução em verso francês, considerado como uma arte especial. É ciência aplicada à poesia. O todo não é de natureza a desconsiderar um filósofo, pois não é mais do que psicologia aplicada.

---

[43] *Les Etrangères, Poésies Traduites de Diverses Littératures*, de H.-F. Amiel.

21 de maio de 1876. – Que fiz desde setembro último? Um trabalho sobre Madame de Staël; *Les Etrangères*, 2.000 versos mais ou menos. *L'Escalade de 1602*, 450 versos, *Charles le Téméraire*, 1.200 versos.

Presidi algumas sessões, fiz realizar um concurso de literatura, corrigi provas, reli La Fontaine, escrevi muitas cartas. Mas eis tudo. Devo ter prodigiosamente perdido tempo, vagamundeado, devaneado, tripudiado, mal trabalhado. Ah! Esquecia: estudei o século XV, com os cronistas e os *Volkslieder*, com os historiadores J. de Müller, Barante, Vuillemin, de Gingins, Daguet, Laurent, Zellweger, Comines, Delamarche, Cantu, Lavallée, Michelet: revi muitas poesias em diversas línguas antes de haver adotado os meus 61 trechos espécimes para as *Etrangères*. Reli Victor Hugo, Coppée, Sully-Prudhomme; li o quarto ano da *Critique Philosophique*. Por que pois parece-me ter dormido? Porque o todo não difere muito de nada, e porque nove meses perdidos não são para a minha consciência mais do que fumo leve. Impossível levar-me a sério. Tudo o que faço parece-me um nada, uma brincadeira, uma forma de enganar o vácuo ameaçador que sinto em mim. Não tenho nem resignação, nem serenidade, nem esperança.

31 de maio de 1876. – Todo o movimento do universo não é senão matéria para o pensamento. O espírito procura dele isolar-se para submetê-lo. A meditação é uma retirada para dentro de nós mesmos, constrói uma célula invisível, que seja um observatório e um laboratório, onde os fenômenos turbilhonantes sejam peneirados, escolhidos, analisados, convertidos em leis gerais, em ideias, em modos de espírito. Ela supõe duas coisas, a comunicação com o mundo, e a faculdade de abstrair-se dele.

Não temos necessidade de procurar o mundo, porque ele vem a nós por si; é a defensiva que é mais difícil. A dissipação é o fato de natureza, mas o recolhimento útil supõe muita arte, disciplina, precauções e medidas.

Devemos imitar o aparelho óptico, pelo qual, sendo dados os raios luminosos diretos e refletidos que enxameiam e estremecem no espaço, o indivíduo chega a tomar consciência das formas, dos corpos, das cores e das distâncias. Devemos fabricar-nos o análogo da pupila, do cristalino, da retina. O nosso espírito deve descobrir os melhores aparelhos para o seu funcionamento, os quebra-luzes, as lentes, os compassos, os prismas que lhe permitam apoderar-se do seu objeto, a verdade.

12 de julho de 1876. – Miséria sobre miséria... Ao despertar, embrutecimento dos sentidos e acessos de tosse, pálpebras doloridas, incapacidade, tristeza. A toalete, a primeira refeição, as fricções, o ar fresco refizeram-me um pouco, e o enervamento é menor. Mas ainda estou deprimido. Ó, a saúde! Estar disposto, alegre, contente, com apetite, com alegria, com forças, que benção! Ai! Agora não tenho mais dentes para comer e tudo me é difícil, o sono, a digestão, o trabalho, a viagem. Não posso suportar a luz solar, o suor, o travesseiro de penas, o leito quente nem frio, etc. Em suma, sou horrivelmente sensitivo e débil, ou antes vulnerável e delicado. Tudo me ofende e não me adapto a quase nada. Isto não pode prosseguir assim. É preciso ou fortificar-me ou desaparecer. Os enervados são infelizes. Não voltam senão laboriosa e artificialmente ao equilíbrio e à saúde; a sufocação aproxima-se, e eles a experimentam em todas as minúcias.

Uma outra prova de gasto geral dos meus nervos são as perdas. Tudo me abandona, os cabelos, os dentes, a memória e a vontade. Sinto que me tiram os aros e as tábuas se afrouxam, o meu pobre barril desunido nada mais pode conter em seus flancos. O desencorajamento e a indiferença aceleram esta demolição, porque me desligo do que se desliga de mim.

Em suma, todos os meus acessórios e dependências nativas, todas as minhas riquezas adquiridas me são sucessivamente retiradas. Despojamento precoce, penosa prova.

Après tant de malheurs, que vous reste-t-il? – Moi.

Este "eu" é a consciência central, o eixo de todos os ramos suprimidos, o suporte de todas as mutilações. Em breve, não tenho mais do que isto: o pensamento, nu. A morte reduz-nos ao ponto matemático; a destruição que a precede nos comprime por círculos concêntricos, cada vez mais estreitos, para esse último e inexpugnável asilo. Saboreio antecipadamente o zero no qual se extinguem todas as formas e todos os modos. Vejo como penetramos na noite, e inversamente encontro como saímos dela. A vida não é senão um meteoro de que eu abarco a curta duração. Nascer, viver e morrer tomam um sentido a cada fase da nossa existência. Perceber-se como um foguete, assistir a seu próprio e fugitivo fenômeno, é psicologia prática. Prefiro ver o mundo, que é um fogo de artifício mais vasto e mais rico; mas, quando estreita a doença o meu horizonte e me reconduz à minha miséria, a minha miséria é ainda um espetáculo para a minha curiosidade. O que me interessa em mim, não obstante os meus desgostos, é que encontro um exemplar autêntico da natureza humana, por consequência um espécime de valor geral. A minha refeição compõe-se apenas de um prato, mas é ainda uma refeição. A amostra faz-me compreender um vasto conjunto de situações análogas e uma multidão de meus semelhantes.

A supor que esse eu persista após a dissolução do seu organismo atual, seria curioso para ele comparar uma outra forma de consciência e de pensamento, suponho a dos seres de Marte, Júpiter, e outros planetas do nosso sistema, ou dos habitantes de Sírius ou de outros sóis.

Tomar consciência de todos os modos possíveis do ser constituiria uma ocupação suficiente pelos séculos dos séculos, ao menos para as consciências finitas que emergem do tempo. É verdade que elas poderiam envenenar essa felicidade progressiva pela ambição do absoluto e do todo ao mesmo tempo. Mas pode responder-se que as aspirações são necessariamente proféticas, pois que elas não puderam nascer senão sob a ação da mesma causa que lhes permitirá realizarem-se. A alma não pode conceber o absoluto senão porque o absoluto existe; a consciência da perfeição possível é a garantia de que o perfeito existirá.

O pensamento é eterno; é a consciência do pensamento que se faz gradualmente através das idades, das raças, das humanidades. Tal é a doutrina de Hegel. A história do espírito seria a aproximação do absoluto, e o absoluto difere nos dois extremos dessa história. Ele *era* no início, ele *se sabe* à chegada, ou antes, avança na posse de si próprio com o desenrolar da criação. Assim pensava igualmente Aristóteles.

Se a história do espírito e da consciência é a própria medula e a essência do ser, então estar encurralado na psicologia pessoal não é sair da questão, é estar no assunto, no centro do drama universal. Esta ideia é consoladora. Tudo nos pode ser arrebatado; se nos resta o pensamento, estamos ainda presos por um fio mágico ao eixo do mundo. Mas nós podemos perder o pensamento e a palavra. Resta então o sentimento simples, o sentimento da presença de Deus e da morte em Deus; é um último vestígio do privilégio humano, o de participar do todo, de comunicar com o absoluto.

Ta vie est un éclair qui meurt dans son nuage,
Mais l'éclair t'a sauvé s'il t'a fait voir le ciel.

14 de julho de 1876. – Recebi: *Échos Poétiques* (estribilhos para o Tiro federal de Lausanne)... Espuma de cerveja, terceira qualidade; ranço de rimas incorretas e banalidades enfadonhas, que o popular considera poesia; grosseiros botões de cobre que confunde com joias.

Ó, patriotismo de cantina, foste feito para tornar desagradável tudo o que tão pesadamente manipulas; depois de ti, não ousamos mais cantar a pátria, a liberdade, a carabina, como nos repugna beber no copo em que o palafreneiro sujo encostou os seus lábios. Mas por que esta náusea?

> *Nous sommes de ce monde où les plus belles choses*
> *Ont un pire destin.*

Todas as grandes ideias estão destinadas ao acanalhamento. As palavras mais nobres devem ter curso nas tabernas, como o nome supremo de Deus termina por entrar em todas as blasfêmias. O que é mais santo, maior, mais etéreo, mais misterioso é condenado a essa degradação inevitável. O próprio manto da deusa, ou de Nossa Senhora, de degrau em degrau, chega ao monturo. O esgoto é o herdeiro universal de todas as magnificências da história. E por que não? É o direito dos grosseiros e dos numerosos de se embebedarem por sua vez do que entusiasmou os pensadores, os heróis e os santos. Os idiotas dormem no leito dos gênios. Isso lhes dá uma ilusão de amor-próprio. As coisas delicadas devem habituar-se a esta perspectiva de serem um dia atingidas por negras mãos pesadas. Mas prefiro tal sorte para elas, à de serem exploradas pelos velhacos, hipócritas e trapaceiros. É preciso optar entre esses dois males. Esperar para as verdades o asilo das almas dignas de compreendê-las e de honrá-las é uma quimera. As multidões envilecem-nas, delas tiram os astutos meios de fraude e domínio. O verdadeiro escol humano, que está por inteiro no ponto de vista de qualidade, nada significa pela quantidade.

Resignemo-nos. É preciso que vozes avinhadas e roucas gritem o Progresso, berrem a Liberdade, vociferem a Fraternidade. As obras-primas de arte plástica chegam à praça pública sob a forma de grotescas imagens. Que importa! Se o enfeamento da cópia encontra olhos cada vez mais ignaros, há conveniência mútua. A estampa que seduz a criança ou o selvagem faz recuar o artista, mas encontrou o seu público. Heine não quis compartilhar do ateísmo com o seu sapateiro. Que ganhava ele com isso? Podem os homens recitar o mesmo símbolo, eles não o compreendem senão conforme a sua medida, a sua cultura e o seu alcance.

Os requintados têm todos a mesma superstição que as mulheres inglesas, a da distinção. São antiplebeus, anti-igualitários; só reconhecem iguais entre os que são da mesma natureza. Não concordam em considerar nulas as diferenças de cultura, de educação, de nobreza nativa, de clarividência e de gosto, e em tratar os desengonçados, os malcriados, os vilões no nível de companheiros. Para eles, as miçangas, os latões, a zurrapa não podem ser confundidas com o diamante, com o aço, com o fino licor. Em suma, percebem apesar de tudo as diferenças e os graus. O espírito democrático quer ver apenas as semelhanças. A verdadeira crítica consiste em ver as duas coisas no mesmo instante. O escritor popular é aquele que lança mão do que há de comum em todas as camadas sociais, e que se dirige a essa média de preconceitos, de sentimentos, de paixões que não atingem as diversidades particulares. Ser popular, ser nacional, isso te seria possível, se encontrasses um pouco mais de simpatia, de acolhimento, de justiça, embora pessoalmente as tuas afinidades com o teu meio, e com a tua dupla pátria genebrina e suíça, sejam bem pouco assinaladas. Mas a impessoalidade te é tão fácil. Somente quando alguém se recusa a reconhecer-te, a necessidade da defensiva te lança na frieza e tu exageras os contrastes para não deixar esquecê-los. O condescendente deixa adormecerem os seus direitos se não são contestados; uma negação insolente obriga a valorizá-los. Desaprovar o que se tem de melhor é uma covardia. Inclinar-se ante os erros da sensaboria ou as arrogâncias da inferioridade é uma baixeza. Disso, eu não me sinto capaz.

O desdém vale mais do que a cólera, a piedade mais do que o desdém, a indulgência mais do que a piedade, e a bondade mais do que a indulgência.

16 de julho de 1876. – Das minhas quatorze mil páginas de diário, se foram salvas quinhentas, é bastante, é talvez demais. Uma única urna basta para conter as nossas cinzas e para conservar o nosso nome durante algumas gerações ainda, se somos daqueles que tiveram a aparência de um nome. Dos bilhões de homens que viveram, quantos deixaram um traço glorioso? Um sobre cem milhões. Todos os outros fazem parte do húmus histórico e anônimo que acumulam os séculos. Poucos de entre nós escapam à fossa comum do esquecimento. O Livro de memória tem poucos lugares e não os cede senão aos privilegiados. É já difícil deixar uma recordação durável em mais de dois ou três corações amantes.

22 de julho de 1876. – Leitura: cinquenta páginas de Töpffer (*Bibliothèque de mon Oncle*). Saí decepcionado. Prestígio destruído. As minhas impressões de outrora o colocavam muito alto. Uma verdadeira multidão de imperfeições me aparece no que eu acreditava uma obra-prima (as incoerências, os truques, a afetação, os tiques, a ausência da unidade moral). Valor muito misturado. Originalidade bastante laboriosa. Estas revisões críticas a dez ou vinte anos de distância deslocam muito, frequentemente, os valores relativos. Os *distinguo* sobrevêm e abundam. O perfeito resiste, mas o que é confuso, sugerido, artificial, desce de categoria. O que surpreende em Töpffer é a falta de homogeneidade no pensamento, no tom, no estilo. As páginas não se ligam em conjunto e não parecem ser da mesma idade nem da mesma pessoa. As impropriedades de termos, os erros de francês não são raros. Um filão de jocosidade bastante vulgar atravessa este talento cuja força está no pitoresco, e cujo encanto nos ímpetos de sensibilidade e de bom senso, alternando com a malícia.

23 de julho de 1876 (*dez horas da noite*). – Acabamos de ler a *Bibliothèque de mon Oncle*, primeira parte, e começamos a *Voyage autour de ma Chambre*. Este livro é mais elegantemente escrito e mais homogêneo que o outro; mas percebe-se demasiado o mistério, a brincadeira; a obra genebrina tem mais seiva, mais coração, mais pitoresco, mais sentimento sério, mais se apossa de vós e por melhores caminhos. E, no entanto, revi apenas os dois primeiros namoros de Júlio, isto é, Heloísa e Miss Lucy. A judia é ainda muito superior se não falham as minhas reminiscências.

Um pouco mais de ingenuidade e de verossimilhança embelezaria bastante esta deliciosa novela, cujo defeito é a disparidade das páginas e dos tons. Ver ao mesmo tempo com os olhos dos quinze anos e dos cinquenta é possível, contanto que seja o mesmo personagem que se conte e que se julgue; mas a intervenção do autor, um terceiro personagem, com suas malícias pessoais, isso nos estraga a realidade da história.

Em que reside o encanto do "humor"? Em fazer-nos viver de muitas formas ao mesmo tempo. Estamos ao mesmo tempo alegre e triste, iludido e desiludido, jovem e velho, terno e zombador. Mas a arte do romancista "humorista" é manter apesar disso a unidade do personagem e permanecer nos dados da sua própria ficção. Ao pecar contra essa regra, desvanece o prestígio e rompe a bolha irisada que gostamos de encher com ele; essa inadvertência nos incomoda, nos desgosta, é um sonho que se desfaz; o encantador nos acorda do encantamento por sua culpa e nós nos irritamos contra ele. O segredo da ficção feliz é pois também uma lógica, lógica da fantasia, da ilusão, do sentimento, mas apesar de tudo lógica, isto é, encadeamento das partes, convergência dos efeitos, unidade de impressões. Esse segredo é igualmente o do estilo, o do teatro. É a concentração de mil conveniências delicadas, a da concordância dos próprios contrastes, a simulação da vida que resolve continuamente o problema.

O que se conta deve parecer "acontecido", e o que conta deve ser o primeiro a acreditar na coisa: do contrário não estamos mais na poesia, mas na prosa. Gela-nos a ironia, e o inverossímil deixa-nos indiferente: o poeta, pois, deve ser um mágico sincero que não zombe nem do seu auditório, nem da sua arte. A zombaria é forçosamente estéril e infecunda; destrói tudo e não cria coisa alguma: o romancista, pois, deve ser ingênuo, ao menos de pena na mão.

Pour me tirer des pleurs il faut que vous pleuriez.

Assim a própria loucura tem o seu método, a fantasia tem a sua espécie de razão, a aparência da vida tem o seu mistério, como a vida. Tanto vale dizer que toda produção tem a mesma lei profunda: produzir é gerar; a fagulha da existência não se comunica senão no amor, e no amor há sempre ilusão, porque há ideal.

24 de julho de 1876 (*oito horas da manhã*). – Inconveniente do Diário Íntimo: é demasiado complacente com as nossas lamentações; substitui a ação medicadora pela descrição dos males; deriva de ordinário para a apologia; é antes um epicureísmo do que uma disciplina, ao menos quando se tenha passado da moral à psicologia e quando se substituiu a contemplação à santificação, Montaigne a Pascal. O Diário Íntimo é uma forma de sonhar, e por conseguinte de vagar sem destino. É ociosidade ocupada, uma recreação que simula trabalho. Não há trabalho sem finalidade útil, sem esforço e sem espírito de sequência. Ora, escrevo aqui sem finalidade qualquer, sem continuidade de ideia e sem direção marcada. Para que me serve este interminável solilóquio? Para pensar e para escrever, ou antes para defender do entorpecimento completo a faculdade de reflexão e da expressão. É alguma coisa. Mas, ao mesmo tempo, este processo bastante cômodo impede-me de fazer um livro e de construir uma teoria. Ora, a indolência não entretém a força. O deixar-andar não aguça, não aumenta aptidão alguma. O eterno enovelamento não leva a conquistar vitória alguma.

A préluder sans fin l'oeuvre ne vient jamais.

O monólogo sem freio, sem limite e sem intenções, se impede o aniquilamento, enfraquece contudo. Conduz à inércia pela repetição contínua e fastidiosa, e ao esgotamento pelo desperdício vão. É uma corrente de seiva, uma fístula que arruína, uma porta de escoamento... Essa tolice funde, mina, devora, consome a vida sem proveito para ninguém. É o holocausto à deusa estéril, à Inutilidade.

Assim terás chocado ovos de pedra toda a tua vida, primeiro devotando-te por dever a obras infecundas e a seres ingratos, a seguir eternizando por tua conta os prelúdios da espera e os suspiros do desencorajamento; finalmente recusando-te por orgulho a fazer valerem os teus restos (como se pudessem dar a tua medida, a medida de tuas primeiras capacidades ou de tuas ambições) e refugiando-te nas bagatelas. Inadaptação a teu meio, ruptura com as circunstâncias, desgosto da tua sorte, coração doído, endurecer-te e abster-te, distrair-te disseminando-te... Esta história é melancólica! Assemelha-se a uma vida falhada.

Sim, mas de quem a culpa: és tu de condenar-se ou de deplorar-se? Teu clima interior contraiu a tua alma, o teu talento, o teu caráter. Desejarias ser aceito, urgia impor-te à força. Esta necessidade encheu-te de náusea. A animosidade, o ódio, a suspeita, a perfídia ou simplesmente a desinteligência, e a ininteligência incuráveis do próximo fizeram cair teus braços. E a desesperança tranquila arrebatou-se até a tentação da luta. Este mundo é darwiniano, e tu não és deste mundo. O desacordo é fundamental.

26 de julho de 1876. – Reli o caderno 141[44] antes de coser o subsequente. O diário é um travesseiro macio; dispensa a análise dos assuntos, acomoda-se com todas as repetições, acompanha todos os caprichos e meandros da vida interior e não se propõe finalidade alguma. Este diário representa a matéria de 46 volumes de 300 páginas. Que prodigioso desperdício de tempo, de pensamento e de força! Não será útil a ninguém, e mesmo quanto a mim, ele me terá servido antes para esquivar a vida que para praticá-la. O diário faz as vezes de confidente, isto é, de amigo e de esposa; faz as vezes de produção, faz as vezes de pátria e de público. É um engana-sofrimento, um derivativo, uma escapatória. Mas esse *factotum* que substitui tudo não representa bem o que quer que seja. Lembra-me

---

[44] Na capa do caderno 141 figuram estas palavras: "20 de junho - 25 de julho de 1876, cem páginas em um mês, esse número ultrapassa de muito a média".

aquele móvel de que fala Töpffer, ao mesmo tempo guarda-chuva, bengala, assento, e que era insuficiente em qualquer das utilidades. O diário é coisa pior, de acordo. Mas em viagem simplificamos a bagagem, e a minha vida provisória não se afasta do estado de viagem...

(*Onze horas da noite.*) – Que é que constitui a história de uma alma? É a estratificação dos seus progressos, a soma das suas aquisições e a marcha do seu destino. Para que a tua história sirva de lição a qualquer um e interesse a ti mesmo, convém que seja libertada dos seus materiais, simplificada, destilada. Estas quatorze mil páginas são apenas o montão das folhas e das cascas da árvore de que se trataria de extrair a essência. Uma floresta de cinchonas vale apenas uma barrica de quinino. Todo um roseiral de Esmirna condensa-se num frasco de perfume.

Este palavrório de 29 anos resume-se talvez em nada, interessando-se cada um quase só por seu próprio romance e por sua vida pessoal. Não terás talvez nunca o tempo de relê-lo tu mesmo. Assim... assim, quê? Terás vivido, e a vida consiste em repetir o tipo humano e o ritornelo humano como o fizeram, o fazem e o farão pelos séculos dos séculos, legiões de teus semelhantes. Tomar consciência desse ritornelo e desse tipo é alguma coisa, e quase nada podemos fazer a mais. A realização do tipo é mais perfeita e mais alegre o ritornelo se as circunstâncias são propícias e clementes, mas que tenham as "marionetes" feito isto ou aquilo...

Trois p'tits tours, elles s'en vont!

tudo isso cai no mesmo abismo, e dá mais ou menos no mesmo. Enfurecer-se contra a sua sorte, debater-se para escapar à saída inevitável é quase pueril. Quando a duração de um centenário e a de um inseto são quantidades sensivelmente equivalentes, e a geologia ou a astronomia nos permitem olhar essas durações desse ponto de vista, que significam as nossas imperceptíveis algazarras, os nossos esforços, as nossas cóleras, as nossas ambições, as nossas esperanças?

Para o sonho de um sonho é risível levantar pretensas tempestades. Valem muito para nós os quarenta milhões de conchinhas que povoam uma polegada cúbica de giz? E valem mais, para um selenita ou para um jupiteriano, os quarenta milhões de homens que constituem a França?

Ser uma simples mônada consciente, um nada que se conhece como o fantasma microscópico do universo: é tudo o que nós podemos ser.

28 de julho de 1876 (*onze horas da noite*). – Leitura: Töpffer (*Le Presbytère*, primeira parte). A paisagem é um pouco frouxa, e a história apresenta inverossimilhanças. Mas como a pintura das fantasias da adolescência é delicadamente feita! Os patos, o cão, a Pernette são encantadores. Prévère e Reybaz, Carlos e Luísa são cheios de vida e de realidade. É evidente que o extraordinário não é indispensável à arte, as coisas e as pessoas de todos os dias são matéria suficiente, deve-se apenas saber representá-las e reproduzi-las com verdade, relevo e graça, conservar-lhes o caráter e a cor e, acima de tudo, vê-las. Ver o pitoresco e o poético em tudo o que nos cerca e nos toca é o talento original, bem diferente do talento derivado, que só percebe através das formas literárias criadas por outros, e somente retira o seu magnetismo de um outro ímã. O que extrai diretamente da natureza conserva o privilégio da novidade. Pode ser incorreto, é ao menos inventivo e, por este lado, tem alguma coisa de durável. O estilo de imitação, o contragolpe de repercussão está para o estilo de origem assim como no arco-íris duplo o primeiro arco está para o outro, assim como o esplendor está para o reflexo.

O mundo e o homem estão em toda parte; onde quer que estejamos existe aí tudo quanto é necessário para a arte. Não é, pois, o tecido que falta, é o obreiro, é o observador engenhoso e o industrioso estilista. Como tirar partido desta árvore, deste muro, desta anedota, desta impressão, deste concurso particular de raios e de circunstâncias? Eis o problema. Os homens de gênio tornam as bagatelas importantes e fazem o valor das coisas. Milhares de sítios e de vilas superam *les Charmettes* de Rousseau, mas Rousseau lhes foi recusado. Assim, os assuntos abundam, é o dominador que falta. O grande espírito engrandece tudo; de nada faz, o inventor, alguma coisa; aquele que pensa extrai de um grão de areia mais tesouros, do que o irrefletido, de uma ilha inteira.

A arte suprema é, pois, a arte de fecundar todos os assuntos, o método inovador e criador de tudo arrancando a fagulha oculta, a palheta de diamante, a nota expressiva, o traço característico, o acento ou a lição.

Tout ce qu'il a touché se convertit en or.

8 de agosto de 1876. – A mulher é uma passividade amante que recebe a ideia e a centelha e não se eletriza sozinha. Só a virilidade começa alguma coisa espontaneamente, é uma origem, um *punctum saliem*. Portanto o princípio feminino é subalterno, vem após e em segundo lugar. É o homem que de natureza é o senhor na arte, na legislação, na ciência, na indústria; a mulher é aluna, discípula, serva, imitadora. A cortesia cavalheiresca inutilmente o dissimula, não há igualdade entre os sexos. Indispensáveis um ao outro, um é condutor, o outro, conduzido. O carneiro é o senhor da ovelha; o contrário seria uma aberração e uma monstruosidade. O orgulho das mulheres americanas trará uma reação; tudo o que são essas senhoras devem-no ao homem; que este se canse em sua generosidade e as deixe entregues a seu próprio mérito, o mergulho expiatório lhes fará medir a imensidade da sua ingratidão.

A natureza quis a subordinação da mulher; o homem civilizado dignifica a sua companheira, submete-se voluntariamente à graça, à doçura, à fraqueza, cria-lhe um direito protetor, dá-lhe um lugar privilegiado. Mas se o obrigado, negando o benefício, pretende ter ganho o que lhe foi dado e não dever nada a ninguém, o benfeitor poderá deter-se de uma vez nesse caminho.

A ilusão é esta: a superioridade constitui um dever moral do superior para com o inferior; mas a inferioridade não constitui nenhum direito legal do inferior sobre o superior. A generosidade é bela e nobre, mas é facultativa; o coxo, exigindo que o amparem, faz desaparecer o desejo de ajudá-lo. O homem tem satisfação em proteger a mulher, mas, que a mulher o intime imperativamente a servi-la e protegê-la, em seguida o gosto nisso desaparece naquele a quem uma súplica teria enternecido. Substituindo a esfera legal à esfera moral, a emancipação das mulheres dessecará a sociedade como a caridade legal destrói a caridade real, como o amor por ordem esterilizaria o leito conjugal. Pedindo mais que a igualdade civil e a igualdade econômica, as mulheres jogam um jogo perigoso. Hão de pedir-lhes a igualdade de serviços, e será bem feito.

14 de agosto de 1876. – A ingenuidade confiante, isto é, o abandono, é o traço distintivo da boa natureza alemã. Com ela, há mais segurança do que com qualquer outra, porque há mais franqueza, probidade, simplicidade. Aqui o homem está mais próximo do homem, a mão toca na mão, o coração fala ao coração, com menos véus e rodeios, sutileza e precauções. *Die Treue* é ainda a virtude dominante. Daí também a suscetibilidade com os gracejadores, o constrangimento com os hábeis, a antipatia pelos astuciosos, a admiração ingênua da elegância, e também a exageração afetada das maneiras distintas. Quando o alemão tem de sair de sua bonomia, não sabe mais que fazer. Choca-me a falta de nobreza, mas tenho um fraco pela candura afetuosa, pela lealdade do *Gemüth* que só na benevolência recíproca sente-se à vontade. Não é comprar muito caro o imediatismo das relações humanas o pagá-la com uma familiaridade um pouco vulgar. A boa franqueza tem também o seu encanto.

Mas cuidado com as disputas nesse ambiente: a sua crueza degenera de imediato em grosseria. Quando se está sem luvas as garras não tardam em aparecer. É então que se mede o valor da polidez, da dignidade, da reserva. Da mesma forma, o burlesco alemão é insuportavelmente baixo. Sendo o natural já sem elevação, é evidente que ao descer um ou dois degraus se deve atingir o trivial, o brutal e o ignóbil.

Assim tudo se compensa. Eis por que não poderíamos colocar uma nação acima de outra. Mas, com os indivíduos não se dá o mesmo; eles podem reunir as qualidades de várias nações e atenuar os defeitos correspectivos. Assim, sem gostar dos defeitos alemães, franceses, italianos, ingleses, genebrinos, por exemplo, há em toda parte pessoas distintas de que posso gostar e que posso estimar. Muitas vezes me acreditaram aqui, empolgado pela Alemanha, o que é um perfeito erro; mas eu sei o que vale a Alemanha. Em Lausanne julgam-me muito genebrino e, no entanto, Deus sabe se é de meu gosto o espírito genebrino.

21 de agosto de 1876. – A tendência crescente dos pensadores contemporâneos é rejeitar a liberdade, a imortalidade, o teísmo. A doutrina da Evolução tende a substituir as outras. Tudo o que a contraria, o dualismo, a revelação, a liberdade moral, é energicamente atacado. No fundo, há erros diversos. Apoia-se a fé no mistério, que ela não explica, mas que aceita. Quer a ciência constatar, controlar, verificar, explicar, e nada aceita sem garantia. Se a fé pudesse e quisesse convir em que ela nada sabe do que acredita, reconheceria mais facilmente, a ciência, que o desconhecido é imenso e que o incognoscível é mais vasto que o desconhecido.

A fé é uma antecipação imaginária do conhecimento, uma explicação provisória e hipotética, que o sentimento encontra ou acolhe, mas que confunde com uma verdade provada e demonstrada. Ora é a fé um estimulante da investigação e por consequência um meio de descoberta; ora é uma barragem e um obstáculo a toda busca e a toda inovação. No primeiro caso, é a fé filosófica na verdade; no segundo caso, é a fé eclesiástica num dogma, numa fórmula, num sistema. Uma crê na verdade oculta, mas real; a outra crê na verdade aparente e recebida. É pela fé no paradoxo que é atacada a fé ortodoxa. A fé na ciência luta contra a fé religiosa. Ou antes duas religiões estão em luta. A Tradição e a Revolução, o antigo e o novo, o espírito conservador e o espírito inovador entram na refrega.

29 de agosto de 1876. – Não é sã e normal a minha vida porque está entregue a todos os turbilhões interiores e não realiza plano algum. Vivo não somente o dia a dia, mas passo por todas as maneiras de ver e de sentir, sem regra fixa, sem desígnio deliberado, sem unidade de caráter e de conduta. Nada quero, deixo-me flutuar a todos os ventos do ar e a todas as correntes da onda, como uma folha morta que tivesse a propriedade de sentir a si própria. Não sou mais que uma consciência psicológica, um meio onde se passam fenômenos que eu não dirijo e que me contento de anotar. Vejo-me viver, como se segue um sonho, por curiosidade forçada. É ser um pensamento, menos que isso, uma percepção interior, um esfigmômetro registrador, não é ser um homem. Um homem faz da sua vida uma obra e deixa uma obra; a sua atividade tem um fim e torna-se um trabalho; suas tendências se classificam e selecionam, ele se torna um caráter, um indivíduo, alguém. Tu permaneces na indeterminação, na virtualidade; estás apenas em promessa, em esperança, em perspectiva... Como as nuvens, esperas que te leve o vento, que o sol te doure, que o calor te erga.

Passaste da moral à psicologia, da atividade voluntária e responsável à passividade meditativa, da vida viril à existência vegetal, da realidade à fantasia. Não sendo a sociedade mais do que uma arena, não és mais deste mundo, não falas mais a sua língua e ninguém mais te compreende... Cristãos, judeus, muçulmanos, materialistas, estoicos, epicuristas não sabem que fazer de ti; nem tampouco os economistas. Teu quietismo búdico seria expulso até de nossos últimos conventos. Os evolucionistas te julgariam um aerólito, um exemplar barroco e anormal, uma monstruosidade ridícula. O perigo desta esquisitice é o isolamento absoluto. É escusado romper com sua época, pois para ela isso é indiferente. Ela não se embaraça com seres enigmáticos, e os rejeita desdenhosamente entre os não-valores. Para ser deste mundo é preciso servir para alguma coisa, ter forma, figura, peso, cor, propriedades constantes, uma energia própria, e penetrar na engrenagem das paixões, dos preconceitos, dos interesses, das instituições, dos serviços que constituem a sociedade. Que se faria de um selenita ou de um saturnino caído na multidão humana? Não poderia nem andar, nem falar, nem compreender, e nada a fazer de melhor lhe caberia do que morrer sem demora. Compreendo perfeitamente que a minha cultura adquirida não forma corpo comigo, que estou no interior dela e prestes a destacar-me, como uma borboleta de sua crisálida. O fato de ser um homem, um genebrino, um europeu, um indivíduo do século XIX, de ter aprendido isto ou aquilo, não é mais do que um acidente superficial. Toda esta particularização é fortuita, e parece-me um envoltório que pode cair sem dificuldade. Sinto entre mim e uma forma qualquer do ser sensível apenas distâncias bem transponíveis. Se me acordar japonês, mulher, louco, criança, camelo, jupiteriano ou selenita, não clamarei contra o impossível. O templo e o espaço não existem solidamente para mim, e por consequência todas as metamorfoses são fáceis. Já em 1846, há trinta anos, durante duas semanas, senti o meu corpo fora do meu verdadeiro eu, olhava-o com curiosidade, como uma coisa estranha, e o ruído de meus passos sobre o assoalho fazia-me volver a cabeça. Não há, pois, aderência enérgica entre a minha aparência e a minha realidade, entre a minha forma e a minha substância. A minha mônada central tolera tal ou tal agregação como sua expressão provisória; mas não se ilude sobre a fragilidade dessa configuração. Sua essência é polimórfica e, por conseguinte, fundamentalmente indeterminável, embora momentaneamente determinada...

A minha individualidade consiste em não ter nenhuma e em conter todas em potências, em senti-lo, e disso ter consciência. Para definir-me, é preciso inverter o método da definição, e em vez de classificar-me especificando-me, especificar-me fazendo-me classe, gênero, tipo. O meu indivíduo consiste em não ser ninguém, como Ulisses, mas em ser personalidade não individual, personalidade geral. Eu sou anônimo, porque nome algum me caracterizaria. Sou amorfo porque toda forma determinada seria uma espécie de mentira. Nada sou (de particular), porque posso ser tudo (não digo o todo). Cuidado com os inconvenientes, infeliz selenita!

Espírito proteico, é preciso consentir em permanecer em tua casca, para ser e agir em alguma parte. O que é necessidade para os outros deve ser para ti concessão, condescendência, aceitação. O eterno deve tornar-se histórico, o espírito deve fazer-se carne, a possibilidade deve encerrar-se em um de seus casos algébricos para que tenha realidade. Essa encarnação é um rebaixamento, sem dúvida, é uma queda comparada ao estado divino. Mas essa queda metafísica é uma nobreza moral, visto ser um sacrifício consentido.

É talvez desagradável que o mundo seja; mas uma vez existente a humanidade, sua redenção sucessiva repousa sobre o trabalho secular dos espíritos que se resignam a seu cativeiro e trabalham no lugar onde os predecessores deixaram a tarefa coleta...

Do ponto de vista moral, tu aceitarias a encarnação, o abaixamento, a determinação, a solidariedade, a participação na obra coletiva, embora em quantidade infinitesimal, trabalharias por humildade e religião; farias como todo o mundo, ao menos como as melhores almas.

Não é isso a passagem do Helenismo ao Evangelho, do Olimpo a Getsêmani? Do culto da alegria à religião do sofrimento? A busca da beleza transforma-se em caridade. O filho de Deus se faz servidor, o justo vota-se à cruz para salvar o que estava perdido, o feliz aceita o sofrimento para consolar tudo o que sofre. O belo parecia superior ao sublime; agora, o sublime parece mais belo do que o belo. O pecado surge como a doença universal, e sanear os outros, purificando-se primeiro a si mesmo, parece o dever de todos. Ora, a indiferença, a indolência, a apatia, o desencorajamento, a incúria são o contrário da luta contra o pecado. Percebe-se que a indulgência para consigo próprio é uma cumplicidade com o mal, e diz-se que a abdicação não é permitida, que o bom exemplo é um dever. Se a desesperança não é uma revolta, é, no entanto, uma falta, pois não faz bem a pessoa alguma e aumenta a soma do mal. Estamos todos condenados à dor, à mutilação e à morte. Os que mais receberam e mais têm a perder devem também o exemplo da magnanimidade.

8 de setembro de 1876 (*oito horas da manhã*). — Tempo cinzento, frio, carrancudo. Uma tosse violenta põe-me como vinagre nos olhos. Melancolia.

A imaginação antecipa os males e os ressente ou antecipadamente os descreve; isso diminui a surpresa quando eles se apresentam; sim, a surpresa, não o sofrimento. Coisa curiosa, julgamo-los mesmo cruéis por chagarem para acabar de matar os seus feridos; isto é, nos acreditávamos quites pelo sofrimento prévio e imaginário. Nossa imaginação tem alguma coisa de ruminante; duas vezes digere as suas dores. Ela de leve prova o seu cálice, depois dele saboreia as fezes. Aflige-se do que vai perder, depois do que perdeu.

Mas em mim, tudo isso não conduz ao esforço defensivo, à ação, à revolta. Tudo isso é apenas o sonho dúplice da minha passividade atenta. A ideia de escapar ao meu destino, de fazer o meu destino, nem sequer me aflora. Sinto como oriental; vejo, ouço rolar o carro da fatalidade; será para mim? Talvez. Mas o pensamento de deter as suas rodas ou de evitá-las parece-me infantil. O esforço supõe a esperança; ora, eu não sei mais esperar. O mínimo de vontade que me resta, gasta-se em aceitação e resignação.

Assisto imóvel ao meu desmembramento. Esta inércia búdica é a prova do intelectualismo, da conversão de todas as forças do ser em simples consciência refletida. A meditação do zero sobre si mesmo, o desvanecimento de todos os fenômenos na substância do eu e do eu no vácuo, isso é bem o nirvana psicológico. Um nada que se percebe, eis o pensamento puro.

12 de setembro de 1876. – Em todo assunto, seria conveniente que o crítico tivesse o espírito da coisa, um pouco de competência e de modéstia. É na verdade que essas qualidades constrangem e que, para ser decisivo, é melhor dispensá-las. Mas ao inteligente que não conhece os seus limites falta inteligência; o crítico que não pode criticar-se não é um verdadeiro crítico. Compreender é quatro vezes mais difícil que julgar, compreender é penetrar objetivamente nas condições do que é, ao passo que julgar é simplesmente emitir uma opinião individual.

Isto me faz pensar em Edmond Scherer que não se apercebe sempre da diferença entre o seu gosto pessoal e uma sentença imparcial. Em poesia como em estética, ele tem algumas opiniões preconcebidas e alguns hábitos irrefletidos, de que não sente a subjetividade. O que diminui a sua superioridade crítica é um traço de caráter, a confiança em si. Um ceticismo decisivo é uma singularidade curiosa. Explico-o, como tantas outras coisas, pela lei da ironia. Quando se duvida de todo o resto, não se duvida da sua própria sagacidade. Da mesma forma, quando a "Santa-Hermandad" condenava em nome do Deus das misericórdias, era impiedosa sem escrúpulo. Quando fazem voto de pobreza pessoal, são rapaces em benefícios da ordem. De nada serve atribuir-se alguma virtude, visto que encontra sempre a compensação cômica, sem conhecimento nosso, em algum lugar. Damos sempre assunto a riso.

Qual é o teu ridículo? Na verdade, transbordar em máximas de que não segues nenhuma, esgotar-te em compreender a sabedoria sem praticá-la, preparar sempre o nada, viver sem viver. A contemplação que não ousa ser puramente contemplativa, a renúncia que não renuncia inteiramente, a contradição crônica, eis o teu caso. O ceticismo inconsequente, a irresolução não convicta mas incorrigível, a fraqueza que não quer aceitar-se e não pode converter-se em força, tal é a tua desgraça. Seu aspecto cômico é a capacidade de conduzir os outros tornando-se incapacidade de conduzir-se a si próprio, é o sonho do infinitamente grande detido pelo infinitamente pequeno, é a aparência da perfeita inutilidade dos dons. Chegar à imobilidade pelo excesso de movimento, à impotência pelo excesso de tentações, ao zero pela pletora dos números, é estranhamente ridículo e tristemente engraçado; e a menos hábil das comadres disso pode fazer chacota.

Extremamente subjetivo pelo sentimento e objetivo pelo pensamento, a tua individualidade é ser impessoal e o teu desgosto é deveres ser individual. A tua lacuna está no querer, o princípio da tua abstenção está na dúvida, e a dúvida provém da impossibilidade de ver tudo, ligada à probidade que repele a resolução antecipada e a decisão arbitrária. Em outras palavras, és mal-adaptado à condição humana e morrerás sem teres realmente aberto o teu fardo, porque teu ambiente não pôde nem acomodar-te nem acomodar-se contigo.

Teu próprio eu condenado a não ser mais do que ele mesmo, enquanto seu instinto profundo é ser o não-eu, eis a espécie de suplício de que não podes sair. Conviria limitar-se e isso te é talvez impossível, seja porque nisso não consente a tua alma, seja porque não sabe o teu espírito o que deveria ser escolhido. A indeterminação na desesperança, eis o ponto em que se mantém o teu ser central e que tu encontras sempre em tua consciência sob as tuas distrações, empreendimentos e diversões de detalhe.

Minha alma é um abismo cujo desejo nada jamais satisfaz, e a que a extirpação do desejo ainda não acalmou. Ela deseja poder dar-se inteiramente, com amor, fé, entusiasmo, e nenhum objeto pôde absorvê-la nem mesmo iludi-la. Essa aspiração imensa e confusa é uma sede que não se extingue. Pergunta-se qual a diferença entre ela e o sofrimento dos réprobos? É que este é o remorso eterno, e que a outra pode vagamente esperar seja a felicidade seja o aniquilamento.

Não sou pois nem revoltado, nem submisso: nova ambiguidade. O estado inquieto, instável, indefinível, ansioso é o meu estado. O enigma que se sabe enigma, o caos que se conhece, a desordem que se sente e que não se desenreda, tal é a minha situação. Além disso, mesmo após ter a intuição atravessado e iluminado o abismo com seus grandes raios luminosos, a visão descuida-se e emaranha-se a seguir e o esforço deve ser recomeçado. O espírito individual não consegue apreender-se em sua essência, talvez porque a sua essência consiste em não ser individual.

19 de setembro de 1876. – Leitura: Doudan (*Mélanges*, 250 páginas do tomo I). É delicioso! Espírito, graça, finura, imaginação, pensamento, há de tudo nestas cartas. Quanto sinto não haver conhecido esse homem, que é o francês em sua forma superfina, um delicado que nasceu sublime (frase de Sainte-Beuve), afastando-se do público por um demasiado vivo amor à perfeição, mas que em vida e no seu círculo foi considerado igual aos melhores! Só lhe faltou a dose de matéria, de brutalidade e de ambição necessária para tomar o seu lugar ao sol. Mas, apreciado na melhor sociedade de Paris (o mundo dos de Broglie), não procurou outra coisa. Faz-me lembrar Joubert.

20 de setembro de 1876 (*oito horas da manhã*). – Prossegui em Doudan até a 129ª carta. Tinha ele 42 anos e decaía já, queixando-se de perpétua dor de cabeça, temeroso e caseiro em extremo. No entanto viveu 30 anos mais. Será esse o meu futuro? Não penso. Para isso é preciso um peito sólido e funções vegetativas em bom estado. Ora, é nas vias respiratórias que estou afetado. Tenho um caranguejo nos brônquios. Isso não poupa a sua vítima como as indisposições nervosas.

Um pálido sol acutila com seu raio matinal o Palácio da Justiça defronte de mim. Esse raio não é quente nem luminoso; sorri como um velho. Não é o "sorriso gigantesco" que Doudan atribui a Vinet, é o sorriso da resignação triste, um claro fugitivo e sem consequência.

(*Mais tarde.*) – O espírito consiste em satisfazer o espírito de outrem dando-lhe dois prazeres de uma só vez, o de ouvir uma coisa e de adivinhar uma outra, isto é, ação dupla. Assim Doudan quase nunca enuncia de maneira direta o seu pensamento, mas o disfarça e o insinua pela imagem, pela alusão, pela hipérbole, pela lítote, pela ironia leve, pela cólera fingida, pela humildade falsa e pela malícia amável. Quanto maior a diferença entre o que se diz e o que se deve adivinhar, maior e mais agradável surpresa para o interlocutor ou para o correspondente. Essa maneira sutil e encantadora de expressar-se permite ensinar tudo sem pedantismo e tudo ousar sem ferir. Tem algo de aéreo e de ático, mistura o sério e o brinquedo, a ficção e a verdade com uma graça leve que La Fontaine e Alcibíades não desaprovariam. Essa brincadeira socrática supõe uma liberdade de espírito que domina a enfermidade e o mau humor. Essa alegria delicada só pertence às naturezas esquisitas, cuja superioridade se oculta na sutileza e se revela no gosto. Que equilíbrio de faculdades e de cultura reclama! Que distinção demonstra! Só um valetudinário seria capaz desta morbidez de tato, em que o pensamento viril se une à vivacidade feminina. O excesso, se há excesso, consiste talvez na efeminação do sentimento. Doudan já não pode suportar senão o perfeito, o perfeitamente harmonioso, e tudo o que é rude, áspero, poderoso, imprevisto, brutal, dá-lhe convulsões. O atrevido em todo gênero lhe excita os nervos. Este ateniense da época romana tem o epicurismo do ouvido, da visão e do espírito. O vinco de uma pétala de rosa o faria estremecer. Lembra aquela princesa de contos de fadas que sentia através de doze almofadas a dureza de uma fava introduzida em sua cama.

Une ombre, un souffle, un rien, tout lui donnait la fièvre.

O que falta a este delicado é a força, tanto a força criadora como a força muscular. Seu círculo não é tão largo como eu presumia. O mundo clássico e a Renascença, o horizonte de La Fontaine é o seu horizonte. Está bastante desambientado nas literaturas germânicas ou eslavas. Não entreviu a Ásia. Para ele a humanidade não excede muito aos limites da França. A Natureza não é para ele uma Bíblia. Em música e pintura é muito exclusivo. Em filosofia não passa de Kant. (É verdade que o volume de sua correspondência não o conduz senão apenas até 1843.) Em resumo, é o homem de gosto superfino, e engenhoso; mas não é um crítico completo, e com mais forte razão não é um poeta, nem um filósofo, nem um artista. Era um conversador admirável, um epistolário delicioso, que poderia tornar-se um autor se se concentrasse. Esperemos o segundo volume para retomar esta impressão provisória e retificá-la. (Ele detesta Port-Royal, e em Vinet encontra apenas espírito: isso o classifica.)

(*Meio-dia.*) – Folheei de novo todo o volume, saboreei todo esse aticismo, e tornei a pensar nessa organização tão original e tão distinta. Doudan era um psicólogo penetrante e curioso, um perscrutador das aptidões, um educador das inteligências, um homem de muito gosto, espírito, de nuança e delicadeza; mas a sua lacuna estava na energia perseverante do pensamento, na paciência, na execução. Era antes parteiro do que genitor. Contentou-se toda a sua vida em prodigalizar germes fecundos, sem chocá-los e amadurecê-los. Timidez, desinteresse, preguiça e despreocupação fecharam-no dentro do papel de conselheiro literário e de juiz do campo de luta, quando poderia tomar parte do combate. Mas vou censurá-lo? Palavra que não! Em primeiro lugar, seria atacar os meus aliados; depois, ele escolheu talvez o bom partido.

Não assinalou Goethe, de um modo geral, que junto a todos os homens célebres encontram-se indivíduos que não chegaram à celebridade, e que eram, no entanto, pelos primeiros considerados seus iguais ou seus superiores? Descartes, creio, disse a mesma coisa. A fama não corre atrás dos que a temem. Zomba dos amorosos enregelados de timidez e respeitosos que merecem os seus favores, mas que não os arrancam. A fama é uma virago que deve ser solicitada ou mesmo forçada,

Et veut dans son amant un bras qui la fouaille.

O público só se entrega aos talentos atrevidos e imperiosos, aos empreendedores e aos hábeis. Não crê na modéstia, e nisso não vê mais do que uma afetação de impotência. Conclusão: o Livro de ouro contém somente uma parte dos gênios reais; nele figuram apenas os que voluntariamente procederam à efração da glória. O próprio Evangelho, num outro sentido, diz que a entrada do céu é para os audaciosos, e que são os violentos que conseguem alcançá-la.

15 de novembro de 1876. – Li a brochura de Laveleye,[45] com quem estou de acordo, assim como com tudo que tenho lido desse escritor, que me é simpático. Sua tese é que o puro Evangelho pode fornecer a religião do porvir, e que a abolição de todo princípio religioso, como pede o socialismo atual, é tão funesta como a superstição católica; é a conclusão de Laurent (*Religion de l'Avenir*). O método protestante teria sido o caminho dessa transformação do cristianismo sacerdotal em simples Evangelho. Laveleye não crê que a civilização possa continuar sem a crença em deus e na outra vida. Talvez esqueça que o Japão e a China provam o contrário. Mas basta provar que o ateísmo generalizado produziria uma baixa moral da média, para que convenha desviar-se dele. Entretanto, está aí apenas a religião utilitária. Uma crença útil não é por isso uma verdade. E é a verdade, a verdade científica, estabelecida, comprovada, racional, a única que satisfaz hoje aos desenganados de todas as classes. Talvez seja preciso dizer: a fé governa o mundo, mas a fé atual não está mais na revelação nem no sacerdote; está na razão e na ciência. Há uma ciência do bem e da felicidade? Eis aí a questão. Dependem, a justiça e a bondade, de uma religião particular e determinada? Como formar homens livres, honrados, justos e bons? Esse é o problema? A arte de purificar a religião está subordinada a esse interesse superior.

Enquanto prosseguia, vi novas aplicações da minha lei da ironia. Cada época tem duas aspirações contraditórias que se repetem logicamente e que se associam na realidade. Assim no século passado o materialismo filosófico era partidário da liberdade. Agora os darwinianos são igualitários, ao passo que o darwinismo prova o direito do mais forte. O absurdo é a característica da vida; os seres reais são contrassensos em ação, paralogismos animados e ambulantes.

---

[45] "L'avenir Religieux des Peuples Civilisés".

O acordo consigo próprio seria a paz, o repouso e talvez a imobilidade. A quase universalidade dos homens não concebe a atividade, e não a pratica senão sob a forma de guerra, guerra interior da concorrência vital, guerra exterior e sangrenta das nações, guerra enfim consigo próprio. A vida é, pois, um eterno combate, que quer o que não quer e não quer o que quer. Daí, o que eu chamo a lei da ironia, isto é, a burla inconsciente, a refutação de si por si próprio, a realização concreta do absurdo.

É necessária essa consequência? Não creio. O combate é a caridade da harmonia, e a harmonia que é a associação dos contrários é também um princípio de movimento. A guerra é a pacificação brutal e feroz, a supressão da resistência pela destruição ou pela escravidão dos vencidos. O respeito mútuo valeria mais. O combate nasce do egoísmo que não reconhece outro limite senão a força estranha. As leis da animalidade dominam quase toda a história. A história humana é essencialmente zoológica; e apenas tardiamente se humaniza, e só nas belas almas que amam a justiça, a bondade, o entusiasmo e o devotamento. O anjo só transparece raramente e dificilmente no animal superior. A auréola divina só aparece em clarões fugitivos ao redor das frontes da raça dominadora da terra. As nações cristãs manifestam plenamente a lei da ironia. Professam a burguesia do céu, o culto exclusivo dos bens eternos; e jamais a áspera procura dos bens perecíveis, o apego à terra, a sede de conquista foram mais ardentes do que nessas nações. A sua divisa oficial é precisamente o contrário da sua aspiração positiva. Sob uma falsa bandeira, fazem o contrabando e o corso com uma cômica segurança de consciência. É uma fraude hipócrita? Não, é a aplicação da lei da ironia. É tão usual o embuste que se torna inadvertido ao delinquente. Todas as nações se desmentem cada dia, e nenhuma sente quanto é ridícula. É preciso ser japonês para perceber as contradições burlescas da civilização cristã. É preciso ser selenita para compreender a fundo a necedade do homem e a sua ilusão constante.

O filósofo também cai sob a lei da ironia, pois após ter-se mentalmente desfeito de todos os preconceitos, isto é, ter-se impersonalizado a fundo, tem de entrar de novo em seus farrapos e em sua larva, comer e beber, sentir fome, sede, frio, e portar-se como todos os outros mortais após haver momentaneamente procedido como ninguém. É aqui que o esperam os poetas cômicos; as necessidades animais vingam-se dessa excursão ao empíreo e lhe gritam com zombaria: Tu és barro, tu és nada, tu és homem!

26 de novembro de 1876. – Leitura: segunda parte de *Mademoiselle de Saint--Maun*.[46] Quanto talento, espírito, saber, estilo! É joia de pedras finas, cintilante de mil fogos. E, no entanto, o coração não se satisfaz. O romance mefistofélico deixa triste. Esta sociedade meio decomposta, estas mulheres artificiosas têm alguma coisa do Baixo-Império. Este mundo requintado está singularmente próximo da corrupção. Não há um só personagem que não possua espírito para vender, mas que não tenha transmudado a sua consciência em espírito. Estas elegâncias são apenas a máscara da imortalidade. Estas histórias de coração, nas quais não há mais coração, produzem uma estranha e penosa impressão.

Não podendo Victor comover, fez-se mágico. Suas mulheres são nixos (demônios fêmeas) que arrastam o homem a perder-se. São funestos os seus encantamentos. Definitivamente, esta literatura é malsã. O leitor, mesmo deslumbrado, sente que está no falso, mas traga a beberagem de Circe; entrevê a fraude, a magia, e cede, contudo, mas conserva mal-estar e vergonha. O prazer que dá esta leitura assemelha-se pois a um prazer culpável. A imaginação e os sentidos atordoaram a alma. Mau êxito, pois é análogo ao de Impéria. Victor é um mágico; mas abusa de sua varinha de condão e pensa demasiado exclusivamente em agradar aos devassos.

4 de dezembro de 1876. – Muito pensei e tornei a pensar em Victor Cherbuliez que enche a *Revue des Deux Mondes*, pois aí se encarrega do romance, da alta política e da crítica de arte. É um escritor consumado, o nosso melhor desde Rousseau. O romance é talvez ainda a parte mais contestável da sua obra, porque aí falta ingenuidade, entranhas, ilusão. Mas quer saber, que estilo, que finura e que espírito, quantos pensamentos em toda parte e que domínio do idioma! Ele me assombra e eu o admiro. Nele o que menos me agrada são as gentilezas obsequiosas ao chauvinismo francês; Cherbuliez tem somente um preconceito, e é um preconceito útil. Eu refiro as temeridades generosas e as audácias desinteressadas. É um homem superior, mas não é uma alma grande, um coração ardente, nem uma consciência profunda. A sua categoria não é a bondade, mas o pensamento.

É um espírito vasto, fino, hábil, cheio de recursos, é um requintado de Alexandria, arquiculto em todos os sentidos, não se devotando, porém, a coisa alguma, e substituindo pela ironia que deixa livre, o *pectus* que torna sério. Pascal diria: ele não subiu da ordem do pensamento à ordem da caridade. – Não

---

[46] Autor: Victor Cherbuliez.

sejamos ingratos; um Luciano não vale um Santo Agostinho, mas não deixa de ser Luciano. Os que liberam os espíritos prestam serviço, como os que persuadem as almas. Os libertadores têm o seu papel após os condutores; os negativos e os críticos têm a sua função ao lado dos convictos, dos inspirados e dos afirmativos. O positivo em Cherbuliez não é o bem, a vida moral ou religiosa, mas o belo. O ponto sério para ele está na estética; e o que respeita é o idioma. Está pois na sua vocação, pois ele é escritor, é escritor excelente, superfino, exemplar. Não inspira amor, mas devemos render-lhe homenagem.

5 de janeiro de 1877. – Azar sobre azar. Apanhei ontem um resfriado e luxei levemente um joelho em alguma falsa posição durante o sono.

Sinto-me inteiramente desgraçado esta manhã, semissufocado pelas mucosidades e catarros, embaraçado para andar, dor na têmpora direita, e o cérebro tenso (o que mais temo, pois é com a meditação que eu me defendo contra os outros aborrecimentos). Desperdício ativo de forças, desgaste surdo dos órgãos superiores, decadência cerebral: que dura prova, e da qual ninguém suspeita!

Os outros lastimam que embranqueças, que percas os dentes e que adquiras rugas, que envelheças exteriormente. Que é isso? Nada, quando sentimos as nossas faculdades intatas. Esse benefício foi concedido a tantos homens de estudo, que eu o esperava um pouco. Ai! Será necessário também disso fazer o sacrifício? O sacrifício é quase fácil quando o cremos imposto, ou antes exigido por um Deus paternal e uma Providência particular. Mas não tenho essa alegria religiosa. Essa mutilação de mim mesmo me diminui sem beneficiar a ninguém. Se eu ficasse cego, quem teria proveito com isso? Resta-me somente um motivo: a resignação viril ante o inevitável, e o exemplo aos outros; a pura moral estoica.

Será, pois, inútil, esta educação da alma individual? Quando o nosso planeta tiver terminado a voluta dos seus destinos, para quem e para quê, no céu, terá isso servido? Para dar uma nota na sinfonia da criação. Tomamos consciência da totalidade e do imutável, depois desaparecemos, nós, átomos individuais, mônadas clarividentes. Não é isso o bastante? Não, isso não é bastante, porque se tudo se torna a perder, não há progresso, crescimento, benefício, não há mais do que jogo químico e equivalência de combinações. Brama devora depois de haver criado. Se somos um laboratório do espírito, que ao menos cresça o espírito por nós. Se realizamos a vontade suprema, que disso tenha Deus a alegria. Se a humildade confiante da alma o regozija mais do que a grandeza do pensamento, entremos no seu plano, nas suas intenções. É isso viver para a glória de Deus, para usarmos a linguagem teológica. A religião consiste na aceitação filial da vontade divina, qualquer que ela seja, desde que a percebamos distintamente. Ora, é duvidoso que o declínio, a doença e a morte estejam no programa de nossa existência? O que é inevitável, não é o destino? E não é o destino a designação anônima do que ou daquele que as religiões chamam Deus? Descer sem murmúrio a corrente dos seus destinos, atravessar sem revolta a iniciação dos despojamentos sucessivos, das diminuições sem limite, sem outro limite que o zero, eis o que é necessário. A involução é tão natural como a evolução. Entramos gradualmente nas trevas, como saímos gradualmente do seu seio. O jogo das faculdades e dos órgãos, o aparelho grandioso da vida, volta a entrar, peça por peça, na caixa. Começamos pelo instinto, é preciso sabermos terminar pela clarividência; é preciso vermo-nos decair gradualmente e expirar. O motivo musical, uma vez esgotado, deve encontrar o seu repouso e refugiar-se no silêncio.

19 de janeiro de 1877 (*dez horas da manhã*). – Tempo magnífico, azul e prata. Conferência com meus discípulos (sobre a pena de morte). Passeio, depois. As árvores dos Bastions e da Treille levemente acinzentadas banhavam-se numa luz festiva. O ar elástico é são, dava desejos de caracolar a cavalo. Eis o inverno sob a sua forma estética e benfazeja. Parecia-me encontrar as belezas másculas da justiça após as prostrações da sentimentalidade. Um pouquinho de severidade tem o seu encanto. O estilo precioso repousa da suavidade sonhadora e vaga. – A boa educação e a sociedade normal não podem dispensar o temor. É bom ser levemente mordido pelo frio, mantido em respeito pela censura, esporeado pela fraqueza. Cuidado com a moleza! Todos esses pensamentos me vinham depois daquelas aborrecidas argumentações contra a pena de morte, razões onde o sofisma e a afetação de sensibilidade se unem para enervar o sentimento do verdadeiro e do justo. Que péssimas razões meu Deus! nesses raciocínios: análises malfeitas, axiomas sem valor, quartos de verdade afogados em três quartos de erros! Teorias caolhas, corcundas, cambaias, capengas, que se tomam por Antinoos! São essas parvoíces que se tornam populares. Sua simplicidade convém às multidões que não refletem e não veem nunca senão um lado dos assuntos que têm diversos. A arte de dirigir a opinião é o contrário da busca do verdadeiro, é a arte de manejar as falsas aparências. A sentimentalidade e a imaginação ajudam todas as fraudes. A campanha contra a pena de morte (desde Victor Hugo) prova-o suficientemente.

21 de janeiro de 1877 (onze horas da manhã). – Céu azul, belo sol. Será que prefiro a aristocracia, a monarquia, o despotismo? Absolutamente não. Destruiria eu a democracia se isso dependesse de mim? De modo algum. Os regimes não são bons nem maus em si mesmos, e o regime democrático tem isto de bom, que significa teoricamente o homem. É a estupidez humana que me irrita. Mas, para que os tolos me deixem tranquilo, eu lhes concedo o direito de existirem, de se dilatarem e de erguerem os pés para o ar. O meu mau humor não é mais do que preservação pessoal. Ponto pior para os que não querem tirar partido dos meus dons e não sabem que fazer deles; eu somente exijo o que lhes sou, a liberdade. Torno-me, aliás, cada vez mais *unbrauchbar*; pois não sei uivar com os lobos, e a minha própria condescendência torna-me cada vez menos sociável. Quantos são os indivíduos com os quais eu me sinto em harmonia, em consonância espiritual, com quem a troca me seja fácil, agradável, segura, benfazeja? Quantos homens? Dez, sete, três, dois? Não ouso contar. Chegamos a entender-nos sobre um ponto, diferimos em quatro. É melhor contar os que estimamos, sem estar de acordo com eles; seria maior o número. Assim, não confesso as minhas incompatibilidades, e, mais do que isso, não lhes dou ocasião de nascer, fugindo dos clubes, dos círculos, das sociedades oficiais.

Tenho necessidade de harmonia, de acordo, de compreensão, de abandono, e é para permanecer benévolo e indulgente que mantenho ou aumento a distância. Prefiro não ver os precipícios que não posso suprimir. É melhor ignorar as pessoas do que discutir com elas e combatê-las. Parece-me estéril e vã a polêmica.

Et pour avoir la paix, je garde le silence.

Se, por acaso, sinto amargura, quatro, cinco, dez ou vinte penadas e o meu diário íntimo bastam para dissipá-la. Ela escoa-se em solilóquio, o que não faz mal a ninguém e me devolve o equilíbrio interior.

3 de fevereiro de 1877. – Saí com uma frota, como diz Schiller, e é com uma tábua que entro no porto. Que mortandade de esperanças, que morticínio de ilusões! Tudo me estava aberto e era possível; agora me escondo no meu canto, disputando a minha saúde à natureza e a minha tranquilidade aos homens. Levei a existência de um sonhador e não terei deixado sinal do meu pensamento. Terei vivido; era muito, no tempo do Terror; mas isso é pouco notável no presente. Terei feito uma bem pequena carreira, mais do que modesta, sem rumor, sem aventuras, sem efeito, e sem traço.

6 de fevereiro de 1877. – Passei o serão em *La Passerine* e conversei sobre a anarquia das ideias, sobre a incultura geral, sobre o que mantém o mundo de pé, sobre a marcha segura da ciência em meio das superstições e das paixões universais, etc.

O que é raríssimo é a justeza de espírito, a ordem, o método, a crítica, a proporção, a nuança. O estado comum dos pensamentos é o desconcerto, a confusão, a incoerência, a presunção; o estado comum dos corações é o estado passional, a impossibilidade de ser equitativo, imparcial, acessível, aberto. As vontades precedem sempre a inteligência: os desejos precedem a vontade, e o acaso gera os desejos; de modo que as pessoas não exprimem senão opiniões fortuitas que não merecem ser levadas a sério, e que não têm outras razões a dar senão este argumento pueril: "Sou, porque sou". A arte de chegar ao verdadeiro é muito pouco praticada, não é mesmo conhecida, porque não há humildade pessoal, nem mesmo amor ao verdadeiro. Queremos muito os conhecimentos que nos armem a mão ou a língua, e que sirvam à nossa vaidade ou à nossa necessidade de força; mas a crítica de nós mesmos, dos nossos preconceitos ou das nossas inclinações, nos é antipática. O homem é um animal voluntário e concupiscente que se lança ao exterior, e se serve do pensamento para satisfazer as suas inclinações, mas que não serve a verdade, que abomina a disciplina pessoal, que detesta a contemplação desinteressada e a ação sobre si próprio. Irrita-o a sabedoria, porque o põe em confusão e porque ele não quer ver-se tal como é.

A maior parte dos homens não são mais do que novelos emaranhados, teclados incompletos; caos tórpidos ou violentos, ridículos exemplares da verdadeira espécie, pavorosas criaturas do ideal. O que torna quase irremediável a sua situação é que eles se comprazem nela.

Não é possível curar um enfermo que se acredita em perfeita saúde.

7 de fevereiro de 1877. – Cada coisa deve ser tratada segundo a sua natureza, e cada vez mais verifico que a objetividade, a impersonalidade são o voto e o dom do meu ser. A facilidade em colocar-se no ponto de vista para cada assunto, em descobrir as condições próprias de uma ciência, de uma arte, de uma obra, de uma existência quaisquer, e por consequência em tratar de direito como jurisconsulto, de teologia como teólogo, da prática como prático, de pedagogia como pedagogo, essa flexibilidade é rara. Cada um está aprisionado; cada um tem o seu tique, o seu limite, a sua curvatura de espírito; vê perfeitamente nas coisas de sua alçada, mas a sua competência é estreita. A onicompetência seria própria do espírito perfeitamente justo e harmonicamente culto em todos os sentidos. Nada enredar, nada fazer atropeladamente, nada desconhecer, dar às coisas seu devido lugar; discernir o valor, a medida, a originalidade, a categoria de cada uma, classificá-las, pesá-las, é próprio do crítico e do crítico filósofo. Poder refazê-las é o que cabe ao talento que penetrou até a essência de cada uma, e que se identifica com a causa de que essas coisas são os efeitos. Compreender e reproduzir são controle recíproco um do outro. As duas atividades são as duas provas de potência de objetivação do espírito. Suponho que foi a cultura filosófica que me comunicou esta necessidade e este costume de tender para o centro real pela reunião dos contrastes, de desgostar todas as maneiras de ser, todas as combinações, todas as formas do pensamento a propósito de cada coisa, numa palavra, este gosto de totalidade esférica, que me caracteriza.

Tudo o que é parcial ou partidário choca-me tanto como o que é falso, deslocado, desproporcionado. Tudo o que supõe outra coisa, tudo o que pode ser de outro modo, não tem sobre o meu espírito qualquer autoridade.

O sentimento do absoluto, do perfeito, do ideal, do completo acompanha-me sempre, mesmo sem ciência minha. Por isso, o que chamam considerável, importante, capital, parece-me precisamente do talhe das bagatelas; e inversamente acho em absoluto que não existem bagatelas. A terra não é mais do que um grão de areia, e um grão de areia é um pequeno mundo: isso depende do ponto de vista.

Estou, portanto, emancipado da superstição das grandezas, dimensões, etc., livre do espaço e do tempo, liberto da história; não me encerro em nenhum dos compartimentos nacionais, locais, profissionais. É o privilégio da impersonalidade.

Essa liberdade interior é uma volúpia íntima de que não suspeitam os cativos que se vangloriam de suas algemas, variedade de répteis muito orgulhosos de não terem asas. Eles não sabem sequer o que seja um espírito, o que seja o espírito. Eles transferem esse conhecimento para o que chamam o céu, a outra vida, a eternidade. Ora, isso não é interdito ao pensamento, mas seria necessário o desinteresse. Além disso, reconheço que muitas outras condições indispensáveis faltam à maioria dos homens, a quem a necessidade animal, as paixões, a ignorância, os cuidados, a dor, a doença exilam do mundo superior.

Olha-te como um privilegiado. Sê humilde, reconhecido, generoso. Tenta espalhar o que tu recebeste, e fazer à tua maneira, conhecer o método da liberdade.

11 de fevereiro de 1877 (onze horas da noite). – Numerosas partidas de xadrez e de damas.

O interesse que encontro nos jogos de combinação é duplo: o exercício geométrico primeiro, depois a experimentação psicológica. Cultivar a sua própria faculdade de cálculo, estudar o caráter e as operações mentais dos seus parceiros é puro prazer e também proveito. Há mesmo utilidade em jogar com outros mais fracos, dando-lhes as maiores vantagens possíveis; a gente se habitua a não cuidar muito nessa luta, mas forma-se o tato, pois é preciso adivinhar a espécie de erro que o adversário cometerá e a extensão das imprudências que se podem arriscar impunemente com um dado indivíduo. É um cálculo constante e delicado das probabilidades, mais sábio e mais frutuoso do que o simples cálculo do jogo correto. O primeiro serve para a vida, o segundo é apenas um problema matemático. No jogo comum, todos os dados estão no tabuleiro; no jogo desigual a grande incógnita está em outro lugar, está no espírito da pessoa que temos à nossa frente; é preciso adivinhar o seu método inconsciente, a sua ilusão provável, a dose da sua penetração, a natureza das armadilhas que o prenderão; é preciso dominá-lo pela clarividência, presumir até os seus caprichos, pressentir as suas ambições, as suas inquietações, as suas fugas, as suas tintas; em suma, é preciso envolvê-lo e compreendê-lo, a ele mesmo. Lembro-me que aos dezenove anos eu sentia na palma da minha mão enluvada toda a organização da pessoa que comigo valsava; havia advertência magnética, intuição pelo contato. É alguma coisa análoga que eu experimento no jogo desigual de que falava: aí também há apalpamento intelectual, arqueação mental, intuição psicológica, estudo humano, aproximação de uma individualidade, decifração de um hieróglifo, penetração do invisível. A perspicácia torna-se mais aguda e mais fina, acelera-se e aumenta por essa análise sutil.

A adivinhação psicológica é bem um dos meus dons, talvez o mais evidente. Repetem-se os seres em minha alma tais como são, e basta-me explicá-los em mim para conhecê-los. Pela simpatia, eles me afetam e me oprimem e me invadem; assombram-me e desconcertam-me; depois retorno a mim pela reflexão e pela análise, e quando eles estão compreendidos, eu estou livre, de novo na indiferença e na elasticidade. O meio dessa adivinhação é duplo: uma impressionabilidade de eletroscópio, e o hábito de interpretar os matizes. Sua condição prévia é o equilíbrio interior, com uma benevolência geral, que não tenha nem vivacidade, nem exclusão, *sine ira et studio*, numa palavra, desinteresse.

5 de abril de 1877. – Voltei a pensar na tertúlia benfazeja de ontem, onde as doçuras da amizade, os encantos da mútua compreensão, as delícias da admiração estética e o prazer do bem-estar se entrelaçavam e se aliviavam tão bem. Não havia uma ruga naquela pétala de rosa. Por quê? – Porque "tudo o que é puro, tudo o que é virtuoso, tudo o que é excelente, tudo o que é amável e digno de elogio" se achava reunido. "A incorruptibilidade do espírito suave e tranquilo", o riso inocente, a fidelidade ao dever, o gosto fino, a imaginação hospitaleira formam um meio atraente, repousante, salutar. *In petto* abençoei a minha ilha de azul, e senti que aquele recinto das férias do *Trifolium*[47] era uma festa tanto para os outros como para mim.

Rendre heureux est encor le plus sûr des bonheurs.

Lá aonde levamos a alegria, é quase certo que a encontramos,

Le mérite est petit, la récompense est grande.

Iluminar um instante uma alma como a de Seriosa me parece uma piedade, uma boa obra, uma ação virtuosa. Fazer bem a uma filha do céu que carrega simpaticamente os fardos de tantos corações aflitos e de tantas vidas sofredoras é uma bênção e um privilégio de que eu sinto o valor. Há uma espécie de felicidade religiosa em retemperar a força e a coragem dos caracteres nobres. Surpreendemo-nos de possuir esse poder, de que não somos dignos, mas queremos ao menos exercê-lo com recolhimento. Sinto intensamente que o homem, em tudo o que faz ou pode fazer de belo, de grande, de bom, não é mais do que o órgão e o veículo de algo ou de alguém mais alto do que ele. Este sentimento é religião. Religião é desapropriação. O homem religioso assiste com um estremecimento de sagrada alegria a esses fenômenos de que é intermediário sem ser a origem, de que é o teatro sem ser o autor, ou melhor, sem deles ser o poeta. Empresta-lhes sua voz, sua mão, sua vontade, seu concurso, mas com o cuidado de apagar-se respeitosamente para alterar o menos possível a obra superior do gênio que se serve momentaneamente dele.

Impersonaliza-se, aniquila-se por admiração. Seu próprio eu deve desaparecer quando é o Espírito Santo quem fala, quando é Deus quem age, quando é uma incompreensível maravilha que se realiza. Assim o profeta ouve o apelo, assim

---

[47] "Trifolium" designa as senhoritas Fanny e Pauline Mercier com a mãe destas.

a jovem mãe sente mover-se o fruto de suas entranhas, assim o predicador vê correrem as lágrimas do seu auditório. Enquanto sentimos o nosso eu, somos contrariados, limitados, egoístas, cativos; quando estamos de acordo com a ordem universal, quando vibramos em uníssono com Deus, o nosso eu se desvanece. Do mesmo modo, em um coro perfeitamente sinfônico, é-nos preciso desafinar para ouvir-nos a nós mesmos. O estado religioso é o êxtase tranquilo, o entusiasmo recolhido, a contemplação comovida, a adoração calma. Mas, quão raro é este estado para a pobre criatura acessada pela necessidade, pelo mundo mau, pelo pecado, pela enfermidade, pelo dever!

Esse é o estado de felicidade íntima; mas o fundo da existência, o tecido geral dos nossos dias é a ação, o esforço, a luta, a dissonância. Muitos combates renascentes, tréguas curtas e sempre ameaçadas, eis o quadro da condição humana.

Saudemos, pois, como a um eco do céu, como o anúncio de uma economia preferível, esses rápidos instantes de perfeito acordo, essas pausas entre duas tempestades. Em si a paz não é uma quimera e uma impossibilidade; mas, nesta terra, não é mais do que um equilíbrio instável, isto é, um acidente.

"Felizes dos que procuram a paz, porque são chamados filhos de Deus!"

26 de abril de 1877. – Folheei novamente o *Paris*, de Victor Hugo (1867). Durante dez anos, os desmentidos ao profeta acumularam-se, mas a confiança do profeta em suas imaginações não diminuiu. Como! A humildade e o bom senso ficam bem somente nos liliputianos. Guliver não se condena e não se desdiz jamais. Victor Hugo não vê nunca o que lhe desagrada, ignora soberbamente tudo o que não previu.

Não sabe que o orgulho é um limite do espírito, e que um orgulho sem limite é uma pequenez da alma. Se ele se classificasse a si mesmo entre os outros homens e a França entre as outras nações, veria com maior precisão e não cairia nas suas exagerações insensatas e nos seus vaticínios extravagantes. Mas a clarividência, a proporção, a justeza jamais se encontrarão em suas cordas. Devotou-se ao titânico, ao desmedido e ao ilusório. O seu ouro está sempre misturado com chumbo, as suas intuições, com infantilidades, a sua razão, com loucura. Não pode ser simples, natural, límpido, luminoso; como um incêndio, ele só alumia cegando.

Em uma palavra, admira, mas impacienta; emociona, mas castiga. Permanece sempre pela metade ou pelos dois terços no falso, e esse é o segredo do mal-estar que faz perpetuamente sentir. O grande poeta não pode desembaraçar-se do charlatão que existe nele. Enche sempre a voz, toma atitudes, se intumesce, não conhece a alegria de ser verdadeiro, de ser conforme ao verdadeiro.

Algumas grossas alfinetadas da ironia voltairiana teriam desinchado esse gênio balão e o teriam tornado mais forte, reconciliando-o com o bom senso. É quase uma desgraça pública que o mais poderoso poeta da nação não tenha melhor compreendido o seu papel, e que, ao contrário dos profetas hebreus que castigavam por amor, ele incense por sistema e por orgulho. A França é o mundo; Paris é a França; Hugo é Paris. Eu sou o alfa e o ômega, o Sinai e o Tabor. Povos, prosternai-vos!

2 de maio de 1877. – Notícias do vasto mundo. A Inglaterra declara-se neutra na guerra russo-turca, mas começou a fazer jogo encoberto no Egito, onde ela domina as alfândegas, a marinha, as estradas de ferro, as finanças, o canal, esperando acampar aí as suas tropas de ocupação, 25.000 cipaios que esperam em Bombaim a ordem de partida. – A Inglaterra sempre identificou a sua utilidade com o seu direito, e achou que o seu interesse era uma razão suficiente e legítima. Nela, arrogância do egoísmo torna-se candura. O mundo deve inclinar-se ante o que convém à Albion. *Primo mihi* é a máxima eterna do insular.

> *Sa justice,*
> *C'est son utilité, son besoin, son caprice.*

Fico sempre estupefato do cinismo dessa política, cuja base é simplesmente o uso da força, em outros termos, a brutalidade, isto é, a barbárie. E ser o mais forte, satisfazer amplamente seus apetites e apenas seus restos deixar aos outros, eis a teoria e a prática inglesas. As virtudes cristãs são um ornato individual que serve para dissimular a tendência nacional. Essa tendência é anticristã, mesmo anti-humana; é a tendência darwiniana e animal, o aniquilamento do fraco pelo poderoso, a sobrevivência do mais forte. A Inglaterra é um apetite. Essa nação, olhada do exterior, é em relação às outras nações o que são os rapaces e os carniceiros, pensa somente em seus negócios e vantagens. A indústria, o comércio, a conquista, todos os meios lhe são bons para manter-se a mais rica, a mais forte, a mais independente, a mais robusta entre as suas congêneres. Tem indivíduos generosos e nobres, desinteressados, em suma, mas o ideal nacional é grosseiro, o papel da nação para com os outros povos é revoltante. O orgulho cúpido e o egoísmo ilimitado não inspiram nem simpatia nem respeito. Os revezes da Inglaterra não afligiriam ninguém, porque seus proveitos não são nunca proveitos do gênero humano. Seu triunfo é até um mau exemplo histórico. Gostamos de ver triunfar unicamente a justiça; ora, o que menos preocupa a Inglaterra é ser justa para o que não é inglês. O único sacrifício que ela tenha feito a uma causa desinteressada foi a abolição do tráfico de escravos, e essa abolição foi ainda para ela talvez o meio de aumentar a sua força naval e de reivindicar o direito de inspeção. O serviço que ela presta sem o querer à humanidade civilizada é explorar os países virgens, povoar as terras desertas, estimular a produção universal pela concorrência e mostrar em ação a liberdade política. Mas um inglês é o homem diminuído por todos os lances de luxo, na natureza humana, é o homem *treinado* como cavalo de corrida ou o atleta, para um fim predeterminado. Dá sempre a impressão do desejado, do parcial, do tenso, e o natural nele é a exaltação de uma força primitiva. Raspai a epiderme e encontrareis o escandinavo, o *berseker* indomado. Mas assim ele se defende contra a efeminação musical da Itália, contra a preguiça do Oriente, contra a preocupação galante e libertina da França, etc. Se indigna o senso cristão e delicado, oferece ao menos amostra de vida enérgica e sã; é um bárbaro envernizado de cultura, que se engana somente quanto ao seu deus real, o qual é *Thor* e não o Crucificado.

Ademais, qual é a nação que valha mais? Não há uma em que o mal não venha contrabalançar o bem. Cada qual é uma caricatura do homem. Prova de que nenhuma delas merece suprimir as outras, e que todas devem receber de todas. Alternativamente me impressionam as qualidades e os defeitos de cada uma; é isso talvez uma felicidade para o crítico. Não tenho nenhuma preferência pelos defeitos do Norte ou do Meio-dia, do Ocidente ou do Oriente, sentir-me-ia embaraçado para assinalar as minhas predileções. De resto, elas me são a mim mesmo indiferentes, pois o problema não é gostar ou censurar, mas compreender. Meu ponto de vista é filosófico, isto é, imparcial e impessoal. O único tipo que me agrada é a perfeição, é o homem apenas, o homem ideal. Quanto ao homem nacional, eu o tolero e o estudo. Não o admiro. Somente posso admirar os belos exemplares da espécie, os grandes homens, os gênios, os caracteres sublimes, as almas nobres, e esses exemplares se encontram em todos os compartimentos etnográficos. Minha "pátria de eleição" (para falar como Madame de Staël) é a dos indivíduos escolhidos. Nenhuma debilidade sentimental eu sinto pelos franceses, alemães, suíços, ingleses, polacos, italianos, nem tampouco pelos brasileiros ou pelos chineses. A ilusão patriótica, chauvinista, familiar, profissional, não existe para mim. Sentiria ao contrário com mais vivacidade as lacunas, as fealdades e as imperfeições do grupo ao qual pertenço. Começa a minha impersonalidade crítica por desembaraçar a mim mesmo desses preconceitos supersticiosos e dessas presunções enganosas. Não pertenço sequer ao meu próprio sexo. O meu interesse, longe de ditar a minha maneira de ver, curva-me em sentido contrário. A minha inclinação é ver as coisas tais como são, abstração feita do meu indivíduo, correção feita de todo desejo e de toda vontade. O aprisionamento em um eu particular me repugna. A objetividade é o que me é necessário. A minha antipatia não é pois por este ou aquele, mas pelo erro, o julgamento antecipado, o preconceito, a tolice, o exclusivismo, o exagero. Gosto somente da justiça e da justeza. As impressões, vivacidades, indignações, extravagâncias estão em mim apenas na superfície; a tendência fundamental é a imparcialidade e o desapego. Liberdade interior e aspiração a estar no verdadeiro, eis o meu gosto e o meu prazer.

22 de maio de 1877. – Ninguém duvida de mim sem encontrar em mim um cúmplice. Na realidade, eu no cômico me percebo mais voluntária e mais facilmente do que no sério. A importância que atribuí ao meu Ensaio[48] é uma atitude de convenção, para criar-me um interesse, e de algum modo causar prazer à minha afilhada. Em meu mais profundo pensamento, tudo isso me é indiferente, e me parece liliputiano. Ao comparar-me, tenho uma espécie de satisfação relativa, mas em si, julgo essas frioleiras inúteis, e esses sucessos ou insucessos insignificantes. É preciso divertir-se em alguma coisa e quando a gente se diverte, fazê-lo corretamente, por questão de honra. Gosto de ganhar as minhas apostas, mas é um desejo puramente platônico.

Prender-se a alguma coisa é pôr-se na dependência do público, e eu não poderia tolerar que tremesse diante de tal senhor, nem ter necessidade dos seus sufrágios para viver. Atiro-lhe o que me agrada, como se lança uma palha a um regato. Mas que mergulhe a palha ou sobrenade, naufrague ou aporte, isso é apenas uma distração e uma curiosidade para mim. Somente a minha imaginação está empenhada, não o meu coração.

Não creio no público, não creio em minha obra, não tenho ambição propriamente dita; e faço bolhas de sabão para fazer alguma coisa.

---

[48] Refere-se Amiel ao "Appendice" de sua coleção de poesias estrangeiras traduzidas, o qual traz como subtítulo "De quelques ressources nouvelles pour la traduction en vers et peut-être pour notre poésie".

30 de maio de 1877 (*meio-dia*). – Lição sobre os hebreus e o gênio judaico. Não podendo ser-lhes simpático, tento ser justo para com eles. Esse povo do acidente, do privilégio, e da eleição era repugnante em todos os seus instintos, lascividade, crueza, rapacidade, perfídia, falta de honra e de altivez. Mas Jesus era judeu, isso redime tudo. Os filósofos que amaram o gênero humano não gostaram dos judeus (Voltaire, Hegel, Renan). Impressionaram-se com o nimbo prestigioso que a nossa educação dá a esse pequeno povo desmesuravelmente superestimado e tão pouco amável, que não é criador nem inventivo, nem generoso, nem espiritual.

A maneira judaica de compreender a religião desgosta da própria religião. Imaginar-se que Deus é judeu, que palhaçada lúgubre! Todas as nações tiveram uma ideia análoga, somente os outros povos terminaram pela conciliação e pela tolerância, por um Olimpo e um Panteão. O direito dos outros foi alguma coisa para eles. Os judeus teimosos e egoístas disseram: Pereça antes a humanidade que a nossa crença! A fé entre eles sempre teve razão da razão, e triunfos da justiça. A obstinação fanática é a sua segunda natureza. Mas a fé judaica é o maior tipo de fé conhecido, pois que espera ainda o Messias desde o retorno de Babilônia, isto é, após 24 séculos de decepção. A fé assim entendida é petrificação, mumificação, ou pelo menos uma contração tetânica da alma, que não mais pode voltar atrás. É uma curiosidade psicológica, que merece atenção, mas quase nada de admiração, porque a admiração deve ser reservada para a grandeza sublime, não para a tenacidade maníaca. Não importa; o judaísmo terminou por imprimir o seu molde a uma parte da humanidade, pois o espírito religioso dominante na Igreja cristã é ainda a fé no acidente, na exceção, na intervenção local, sobrenatural, arbitrária de Deus, na eleição e no privilégio, no milagre e no favor. Em suma, é a concepção infantil. O semita não pode elevar-se acima desse ponto de vista. Seu Deus é um pedagogo parcial e vigilante, que procede somente por casos particulares, e não por meio de regras universais. O semita não concebe nem a lei natural nem a lei moral, é antifilosófico por instinto; não há lei, há somente mandamentos pessoais, emanados da iniciativa de Deus. O semita é puramente autoritário; o verdadeiro não tem para ele nenhuma evidência direta, trata-se sempre de obediência ou de aceitação a respeito de tal ou tal homem, enviado de Deus. Uma vez verificada a carta de crédito, todos devem crer, devem submeter-se, custe o que custar. A persuasão interior da razão que compreende ou da consciência que aprova não é mais do que uma superfetação. É a religião das crianças, dos escravos espirituais. O homem aí é sempre crédulo, está sempre em tutela, em poder do seu condutor, seja esse condutor o sacerdote atual ou o profeta de outrora. A religião assim entendida confisca em princípio a liberdade do homem; tende a mantê-lo no estado de menoridade perpétua.

3 de junho de 1877. – A intimidade feminina, a intimidade platônica e santa que me foi tantas vezes concedida, sempre foi no entanto uma fonte de dores, para uma das duas partes, ou mais exatamente para ambas. Mas como proceder? O que me faz morrer foi antes o que faz viver. O amargo decorre do mel. A Natureza nunca é generosa senão parcialmente, e em aparência. Encontramos o nosso tormento em nossa alegria, a nossa punição em nosso privilégio. Para casar-me, teria sido necessário encontrar uma igual, meu complemento, aquela que tivesse satisfeito integralmente o meu ser. Ora, jamais encontrei aquela com quem a ideia de passar toda a vida e toda a eternidade não me causasse um pouco de temor. Sempre percebi o lado de sombra, o limite, a insuficiência, o obstáculo, o ponto ameaçador, e não pude ter a ilusão necessária para a fé. Essa percepção crítica de modo algum impede a amizade, isto é, a afeição que perdoa, encoraja, ergue, suporta, melhora, mas dissipa o prestígio, impede essa admiração encantada que faz ver, em uma determinada mulher, a mulher, a desejada, a única, a suficiente, a esposa, em suma.

4 de junho de 1877. – Grande concerto na "Salle de la Réformation": *Roméo et Juliette*, de Hector Berlioz. A obra intitula-se: "Sinfonia dramática para orquestra e coros". A execução foi muito boa e, não tendo a obra sofrido nenhuma transplantação filológica, pode ser julgada diretamente e tal qual. Berlioz tem a mania da originalidade e a ciência da orquestração. Que produziu ele? A sua obra é interessante, atraente, cuidada, curiosa, mas na totalidade nos deixa frios. Se aplico o raciocínio à minha impressão, chego a explicá-la. Subordinar o homem às coisas, anexar as vozes como suplemento à orquestra é uma ideia falsa. Converter dados dramáticos em simples narração é degradar, deliberadamente. Isso quer dizer que o gênero é falso. Um *Roméo et Juliette* onde absolutamente não se encontra a Julieta nem o Romeu é uma coisa extravagante. Condenar almas que têm a palavra a se traduzirem apenas pelo gesto, reproduzir um quadro a simples *crayon*, dar preferência ao inferior, ao obscuro, ao vago, sobre o superior e o claro, é um esforço em contraposição à sensatez. Viola-se a jerarquia natural das coisas, e esta não se viola impunemente. O músico fabrica uma série de pinturas sinfônicas, sem nenhuma ligação interior, verdadeiro rosário de enigmas, de que só um texto em prosa dá a chave e constitui a série. É a arte decorativa e chapeada que se ilude sobre si mesma. A usurpação da música instrumental sobre a vocal atinge o ridículo. A única voz inteligível que aparece na obra é o padre Lorenzo; o seu sermão não pôde ser dissolvido em acordes, e canta-se distintamente. Ora, a moralidade do drama não é o drama, e o drama foi escamoteado pelo recitativo. Quantos rodeios, pobre compositor, para mascarar uma verdadeira impotência, a de traduzir a paixão na sua língua natural! A caça à genialidade não é mais do que um artifício destinado a lograr o público! Não podendo atingir o belo, torturamo-nos para apresentar o novo. Falsa originalidade, falsa grandeza, falso gênio! Assim os salta-notas nos inundam com seus *caprices*, mingau informe que nos deve fazer ilusão sobre a vacuidade de substância e de ideias.

Assim a moda nos atira poeira nos olhos quanto à sua esterilidade fundamental. Esta arte borrada, retorcida, ambiciosa e turbulenta me é antipática. A ciência que simula o gênio não é mais do que uma variante do charlatanismo.

Berlioz é um crítico cintilante de espírito, um músico sábio, engenhoso e inventivo, mas não tem as virtudes elementares da sua função, crê poder realizar o mais quando não pode realizar o menos. É um excêntrico sem faculdade geradora. Há trinta anos, em Berlim, tive a mesma impressão depois de ouvir *L'Enfance du Christ*, executada sob a sua própria direção. Nele não encontro a arte sã e fecunda, a verdadeira e sólida beleza.

Lizst deve ser da mesma linhagem.

9 de junho de 1877. — Eu não sou feliz, é desnecessário dizê-lo. Não sou resignado. Absolutamente não tenho paz. Alterno entre a indolência e o cuidado. O centro da minha calma é a desesperança. Não aceitei o que me magoa, não quero olhar o que me feriria. Oculto aos outros, e mesmo tento ignorar a raposa que me corrói as entranhas. Tenho a atitude do estoico, mas dele não tenho o orgulho nem o vigor. No fundo da minha aparente serenidade aninha-se a tristeza incurável. Estou calmo diante da destruição, mas trago a morte na alma porque sinto esta vida falhada, e nada espero em compensação. Nada, nada, nada! *Nada.*

11 de junho de 1877. — Resignar-se não é uma covardia, e se nisso pomos bom humor, não é sequer uma humilhação. As enfermidades, as carências, os constrangimentos são o nosso quinhão; mais vale ceder a isso brincando que encolerizar-se contra essas misérias como ofensas à nossa majestade. Esquecer o irreparável, aceitar o irremediável, ir ao encontro do inevitável é muito mais sábio do que se consumir ou se irritar numa luta estéril.

2 de julho de 1877. – Como é rara a saúde entre os homens de letras! E, no entanto, que fazer sem ela? Literato é quase sinônimo de sofredor, valetudinário, estragado, doentio, abatido: tanto pior para a literatura. Os delicados, os enfermiços, os achacosos, os adventados, os cacoquimos são enfraquecidos, e estes, como os enervados, não representam o homem normal, que é o homem são, nem a Natureza que é invulnerável. O desenvolvimento moral acomoda-se com a caquexia, que é uma longa provação da alma; mas o desenvolvimento artístico reclama a saúde, que é harmonia, beleza, força, alegria.

A educação pelo sofrimento faz os bons, desperta a poesia, mas as obras sãs devem ser geradas pela saúde. Os melancólicos, os hipocondríacos, os ascetas, os aflitos, os sofredores engendram apenas produtos sem vitalidade. A dor tem alguma coisa de bom na qualidade de acidente, é funesta quando constitui o fundo da vida. É preciso tê-la sentido e atravessado para ser humano, mas é preciso estar longe dela para ser produtor. É desagradável que o médico seja um doente; é preciso estar curado para bem julgar e atacar o mal. O artista, o escritor devem sentir-se em estado de poder, de verve, de exuberância, para fazer boa obra; ora, isto é o contrário da depressão, do abatimento, da astenia, da debilidade, que resultam da tristeza.

3 de julho de 1877. – A alma só procede por ziguezagues e oscilações. A vida interior não é mais do que a resultante de contradições infinitas. O sentimento é móvel como as vagas ou como as nuvens. O contemplador impessoal que nada quer fazer nem desfazer, mas somente perceber e compreender, está condenado a ver repetições sem término e sem repouso, porque a alma atravessa todos os estados, todos os modos, todas as vibrações, e recomeça sempre essas metamorfoses inquietas, retorna contudo a seu defeito, a seu tique fundamental, como à sua toca.

Teu defeito peculiar é o devaneio turbilhonante, que nada busca e a nada leva. Tu te contentas de anotar o que se agita em ti, te recolhes sem outra finalidade que o recolhimento, esquecendo o passado e o futuro, esquivando a ação, temendo tudo o que compromete, engrena, entrava; isto é, fazes da meditação um ópio, uma espécie de atordoamento, uma escapatória à obrigação, um estratagema inconsciente para evitar as censuras da consciência. Esse devaneio de pena na mão tem o aspecto de uma busca de ti mesmo, quando na verdade é uma fuga de ti mesmo. É tido como coisa que te fortifica, quando ele te depaupera. É um epicurismo que finge ascetismo, um sonho vago que simula pensamento. Ilude o teu ser verdadeiro, engana a tua fome, mas te ajuda a vencer o grande deserto da vida. Quem não possui lar, nem filho, nem esposa, nem interesses poderosos, nem ilusão de glória, nem carreira e ambição, aquele a quem nada encoraja nem atrai, nem ampara, que se sente quase inútil à pátria, à ciência, à Igreja, à humanidade, como não buscaria atordoar-se? Só fechando os olhos ao que falta ou divertindo-se na descrição das suas misérias, pode guardar um pouco de bom humor.

4 de julho de 1877. — Mas este "devaneio turbilhonante" tem um inconveniente mais grave ainda do que os que eu notava ontem. Desabituou-me do pensamento consequente, da construção racional, da especulação filosófica.

Não sei mais dominar completamente um assunto, limitar umas pelas outras todas as ideias particulares que ele encerra, preparar um curso, um livro, até uma lição ou um artigo. O vagamundear cigano substituiu a exploração metódica; os lamentos soltos da harpa eólia quase me arrebataram a capacidade de compor-me uma sinfonia. Em uma palavra, o Diário Íntimo prejudicou-me artística e cientificamente. Ele não é mais do que uma preguiça ocupada, e um fantasma de atividade intelectual. Sem ser ele próprio uma obra, impede as outras obras, das quais dá a impressão de ocupar o lugar... Mas quê? Podemos fazer-nos diferentes do que somos? Jamais me tratei como meio do instrumento de outra coisa. Não vi em mim uma dada máquina de ganhar dinheiro, de fabricar leis, de escrever livros. Tomar consciência da natureza humana foi o meu gosto mais antigo e mais vivo: por que maldizê-lo ou vilipendiá-lo agora, este gosto raro e não ilegítimo?

15 de julho de 1877. — Impressão curiosa. Tudo me deixa livre, vago, disponível. Posso determinar-me numa direção qualquer e não experimento nenhum impulso solicitante. Estou no estado neutro de equilíbrio e de indiferença, como uma esfera suspensa à ponta de um fio ou flutuando no ar imóvel.

Quero partir ou ficar, ir ao norte ou ao meio-dia, trabalhar ou distrair-me? Parece-me que todos os partidos me estão abertos... Mas esqueço que devo mudar-me; fazer uma cura para a minha garganta; e que tenho não poucas outras obrigações certas além dos deveres sociais e das utilidades a considerar. A indeterminação absoluta é pois somente uma aparência momentânea, ligando-se à minha negligência de pouca memória e também ao fato de nada me preocupar nem me perturbar na minha célula, de não ter visitas a fazer, nem cartas a escrever, nem lições para dar, de não esperar nada nem ninguém, e de poder desvairar sem que nada me chame à ordem. Este ócio puro e completo é tão raro em outras existências, que devo constatar a sua presença e a sua doçura. Representa o mínimo de preocupação e embaraço, cujo proveito se possa desejar, ou o máximo de quietude e despreocupação que se possa atravessar e possuir. É delicioso ser-se o seu próprio senhor, e não obedecer a quem quer que seja, saborear a sua liberdade, a sua tranquilidade. Certamente, esta felicidade é demasiado curta para ser prejudicial, embora seja epicúrea.

(*Sete horas da tarde.*) – Brilhante pôr do sol, efeito de luz holandesa, ar límpido, sombras fortes, colorido muito vivo das folhas, esplendor úmido e quase melancólico. Os dias parecem, já, encurtar-se. Não sei que coisa adverte que o tempo é curto e que passa o verão.

Experimentei também a necessidade de renovar-me, de mudar o movimento circular dos hábitos cotidianos, de ver e realizar algo novo. Apareço-me como absurdo e incrustado e enterrado, sem necessidade e por pura tolice. Convém desmumificar-se, dar pasto fresco aos olhos e à imaginação; conversar outra vez com os homens, usar da liberdade. Quando temos asas é um pecado não nos servirmos delas; quando temos dinheiro devemos gastá-lo; quando não somos um galé, convém deixar o banco, deixar o remo pelo *alpenstock*, os livros pela natureza, a nossa cova de estudo pela "feira das vaidades". Vai-te folhear as paisagens do bom Deus, as coisas estranhas, a humanidade viva. Tens necessidade de observar, de conversar, de viajar, de sacudir a indolência dos teus músculos.

Restaura-te, recria-te. Renovar-se é rejuvenescer. A tua vida exige mudança e revolução, um outro curso de ideias e um refrescamento nervoso. Toda espécie de coisas devem ser modificadas para te reporem no estado normal. O espírito pode ter um apetite súbito de mutação, e nesse estado, as coisas costumeiras, os rostos familiares o aborrecem. Está como saciado e, para retomar o apetite, pede outros alimentos, uma outra cozinha.

Mesmo quem teme o desconhecido dele tem pois necessidade numa certa medida; o *statu quo* absoluto é pois contra a natureza. O conservantismo imóvel, a vida de convento são erros. A fixidez é sã, com a condição que seja completada por seu contrário. A arte da vida consiste em unir a continuidade à inovação, a persistência ao progresso, a identidade à mudança. Imitemos o tempo, que transforma as nossas faces, mas gradualmente, de forma que são as mesmas e se tornam outras. – A existência bem regulada deve combinar, em seu tecido, uma ou duas constantes com três ou quatro variáveis. A saciedade momentânea que tu ressentes prova que violaste a lei higiênica e que a uniformidade teve mais do que a sua parte. Restabelece o equilíbrio; muda de ar, de ocupação, de meio, de horizonte. Voltarás em seguida com mais prazer a teus interesses ordinários, a teu ambiente costumado, a teu regime habitual.

Coisa bizarra. A tua vida é uma das mais monótonas que se possa imaginar; todos os meses, todas as semanas, todos os dias da semana, aí se assemelham. Governa-a a rotina maquinal. Parece pois que a repetição eterna e a uniformidade cotidiana não devem assustar-te e contudo uma das ansiedades que te dá a ideia do casamento é o temor da saciedade e talvez da revolta. Aquele que não saia de casa durante meses, estremece ao pensar em ser condenado por algumas semanas à prisão e a não locomover-se. Queremos teoricamente ser livres, isto é, poder renunciar à nossa servidão, se ela nos cansar ou desagradar. É pois o irreparável que nos inquieta; ser prisioneiro, mesmo num paraíso, nos é desagradável; a perpetuidade da cadeia, mesmo que fosse a cadeia de ouro ou a cadeia de flores, nos assusta; prendermo-nos previamente, alienar a nossa vontade para sempre, quando a sabemos móvel, mutável, indócil, parece-nos uma temeridade, quase uma loucura. É o juramento que amedronta, porque ele afirma e nós ignoramos, e porque promete o que não depende de nós, a indestrutibilidade do amor, o imutável apego, a invariável ternura. Podemos jurar morrer por uma bandeira, permanecer fiéis à honra, levar a nossa cruz, porque querendo-o podemos fazê-lo; mas não podemos jurar um amor sem fim, porque não amamos quando queremos, e porque o sentimento zomba das nossas ordens. Mesmo na hora atual, com mais de cinquenta anos, não me conheço bastante para presumir de mim dez ou vinte anos para o futuro, ao menos sobre casos particulares. Sei bem que hei de amar sempre a perfeição, isto é, a bondade, a saúde, a beleza, a justiça, a harmonia, a verdade, a virtude. Parece-me que poderia até jurar. Mas a minha ideia atual sobre tal coisa, o meu sentimento atual sobre tal pessoa serão os mesmos? Nada sei.

Como procedem os outros? Enganam-se de boa-fé; dispõem aturdidamente da eternidade e ao futuro entregam o cuidado de esclarecê-los sobre a validade das suas promessas e sobre a constância da sua natureza. Comovidos, emocionados, comprometem-se por toda a vida; são sinceros; mas o são quanto podem ser, e os juramentos nada impedem, nem a frieza, nem os arrependimentos, nem as revoltas, nem os ódios, nem as faltas, nem as separações morais. O juramento agrava as culpabilidades, eis tudo. Para que desconhecer a natureza das coisas? Uma cláusula sub-reptícia ou extravagante é eivada de nulidade. Pode afirmar-se por juramento que se ama, não, porém, que se amará. Fazei, pois, jurar e prometer a honestidade, a doçura, a paciência, a fidelidade, a proteção, o amparo, está bem; mas não façais prometer e jurar amor perpétuo, isso é vender a pele do urso, é usurpar o futuro, é enganar ambas as partes, é uma armadilha.

Só nos comprometamos ao que depende de nós e ao que é justo. Quanto ao amor gratuito, ao perdão, à generosidade, ao heroísmo, ninguém tem o direito de exigi-los de nós, isso é nossa reserva inalienável...

17 de julho de 1877. – Repassei ontem o meu La Fontaine. Observei as lacunas. Não tem mariposa nem rosa, nem rouxinol. Não utiliza nem o grou, nem a codorniz, nem o dromedário, nem o lagarto.

Não tem nenhuma recordação cavaleiresca. A história da França data para ele de Luís XIV. Sua geografia real tem apenas algumas léguas quadradas, e não atinge o Reno nem o Loire, nem as montanhas, nem o mar. Não inventa nenhum assunto de fábula, e toma preguiçosamente os temas já feitos. Etc., etc.

Mas, apesar de tudo isso, que adorável escritor, que pintor, que observador, que cômico, que satírico, que narrador! Eu não me canso de o reler, embora saiba de cor a metade das suas fábulas. É o único dentre os nossos autores cujo volume possa substituir todo o resto e fornecer uma citação, um a propósito para todas as circunstâncias públicas ou privadas, uma epígrafe para todas as crônicas mensais.

Pelo vocabulário, pelo torneado, pelos tons, pelos idiotismos, a sua linguagem é talvez a mais rica da bela época, porque combina sabiamente o arcaísmo e o classicismo, o gaulês e o francês. Variedade, finura, malícia, sensibilidade, rapidez, concisão, suavidade, graça, alegria e, sendo necessário, nobreza, gravidade, grandeza, tudo se encontra no fabulista. E o adequado dos epítetos, e o adágio incisivo, os esboços rápidos, e as audácias inesperadas, e o traço que fica, não se sabe o que lhe falta, tantas são as aptidões diversas que possui. Compare-se o seu "Lenhador e a Morte" com o de Boileau (feito depois) e poder-se-á medir a prodigiosa diferença entre o artista e o crítico que pretendia dar-lhe uma lição. Dá-nos, La Fontaine, a visão do pobre camponês da monarquia, e Boileau mostra-nos apenas um carregador de lenha fatigado. O primeiro é um testemunho histórico, o segundo não é mais do que um rimador de escola. Um é pitoresco, concreto, vivo, patético; o outro é frio, seco, nu e correto. Assim, com La Fontaine pode-se reconstruir toda a sociedade da sua época, e se acha que o simplório champanhês com seus animais é o único Homero de França.

São tantos os seus retratos humanos como os de La Bruyère, e Molière não é mais cômico do que ele. Qual é o seu lado vulnerável? É talvez um epicurismo bem pouco ideal, e é por isso, sem dúvida, que La Fontaine é antipático a Lamartine. A fibra religiosa é estranha à sua lira, e não parece ter conhecido o cristianismo nem as sublimes tragédias da alma. Horácio é seu profeta, e Ninon, a sua Egéria. A boa Natureza é a sua deusa, e Montaigne, o seu Evangelho. Em outras palavras, seu horizonte é o do Renascimento, e ele jamais ouviu falar de Bossuet e de Fénelon, do Papa e da Igreja galicana.

Esta ilha pagã em plena sociedade católica é muito curiosa. Esse paganismo é de uma perfeita ingenuidade. Ademais, Rabelais, Molière, e Saint-Evremond são bem mais pagãos do que Voltaire. Parece que para o francês inteiramente francês, o cristianismo é apenas um rótulo, um costume que não adere à pele, e *a fortiori* nada tem que ver com o coração, com o homem central, com a natureza profunda. Este desdobramento é visível em Chateaubriand; é comum na Itália. É o efeito das religiões políticas: o sacerdote separa-se do leigo, o crente do homem e o culto da sinceridade. A fabricação de consciências artificiais é um dos resultados do romanismo, como o assinalou d'Azeglio. Neste caso, o artista procede bem, ignorando uma religião que é somente um dominó, e permanecendo na religião natural. A máscara devota é o inverso da poesia, como da beleza. Nada é tão feio como um capuchinho, nada é tão repulsivo como um Tartufo, nada é tão desagradável como a ficção hipócrita. Um paganismo franco e honesto vale muito mais. Inclino-me a crer que o fingimento tradicional, isto é, a duplicidade semivoluntária da consciência é a chaga secular e milenária da cristandade. Nesta, o homem natural leva o estandarte da crucificação e não crucifica senão a boa-fé. Afetamos e professamos uma religião, mas vivemos segundo um outro princípio. O Deus real é bem diferente do Deus oficial. A fraude enche a grande política, enche a conduta privada dos fiéis. O culto universal é o das aparências.

Prefiro La Fontaine, embora seja a hipocrisia "uma homenagem que o vício presta à virtude". Esta eterna ficção degradou o ocidental. Nove vezes sobre dez, são os cristãos trapaceiros, se os compararmos a muçulmanos, trapaceiros de piedade, comediantes de religião.

(*Onze horas da noite.*) – Leitura: Madame de Souza (*Adèle de Sénange*)... em *Adèle de Sénange* encontrei certo personagem que tem o cacoete dos sinônimos. Eu me disse a mim próprio: Cuida de ti, também propendes para esse lado, *hic tua res agitur*. Ao buscar o justo matiz do teu pensamento, percorres a escala dos sinônimos, e muitas vezes é por tríades que a tua pena procede. Atenção! Evita todos os cacoetes, todos os sestros, todas as rotinas: são fraquezas. Convém servir-se indiferentemente das medidas um, dois, três, quatro ou cinco, conforme o assunto e a ocasião. Proceder pela palavra única dá vigor; pela palavra dupla, dá clareza, ao nomear as duas extremidades da série; pela palavra tripla, acaba fornecendo o início, o meio e o fim da ideia; pela palavra quádrupla ou quíntupla dá-se riqueza, pela enumeração.

Sendo o tateamento o teu defeito principal, recorres à pluralidade das locuções que são retoques e aproximações sucessivas; a isso recorres ao menos neste diário escrito sem nada preparar. Quando compões, é antes dois que se torna a tua categoria. Conviria exercitar-se na palavra única, isto é, no traço de mão erguida, sem arrependimento. Para isso, deverias curar-te da hesitação. Vês em excesso formas de dizer; um espírito mais decidido cai diretamente sobre a nota justa. A expressão única é uma intrepidez que implica a confiança em si e a clarividência. O sonâmbulo e o animal não sopesam, o instinto é quase infalível. Para atingir o toque único, é preciso não duvidar, e tu duvidas sempre.

> *Quiconque est loup agisse en loup;*
> *C'est le plus certain de beaucoup.*

Eu me pergunto se, a querer revestir um caráter diferente do meu, ganharia eu nisso alguma coisa. A minha maneira ondulosa nascida do escrúpulo tem ao menos os dois méritos de ser exaustiva e sincera. Se ela se fizesse curta, afirmativa, resoluta, não seria de empréstimo? Resposta: nenhum estilo subjetivo e uniforme é o teu processo. A tua natureza é flexível, tem pois, tu o *estilo do assunto*. Somente varia os temas para teres como variar os tons, o torneado, as medidas, os ritmos e o compasso do teu estilo.

O diário íntimo não sendo mais do que uma sonhadora meditação, um solilóquio não embaraçado pelo tempo, percorre a floresta ao acaso sem buscar uma finalidade. A conversação do eu com o eu não é senão um esclarecimento gradual do pensamento. Daí as sinonímias, os retoques, as repetições, as ondulações. Quem afirma é breve, quem busca é longo, quem confessa é flexuoso, quem sonha anda em linha irregular.

Tenho o sentimento de que existe apenas uma expressão justa, mas para encontrá-la quero escolher entre tudo o que se lhe assemelha, e por consequência o meu instinto põe em jogo as séries verbais, a fim de descobrir a nuança que traduz mais exatamente a ideia. É mesmo à minha ideia que eu volto e torno a voltar em todos os sentidos, a fim de melhor conhecê-la, dela tomar consciência. Ao pé da letra, penso com a pena na mão, desembrulho-me e explico-me por pura curiosidade. É claro que a forma de estilo correspondente a esse divertimento não pode ter as qualidades de um pensamento que já se possui e quer somente comunicar-se aos outros, com nitidez, autoridade, rapidez. O diário observa, disseca, analisa, contempla, esquadrinha, tateia; o artigo pretende fazer refletir; o livro deve demonstrar. Conclusão. O Diário Íntimo não é uma preparação ao ensino nem à arte da composição. Não ensina nem a falar nem a escrever, nem a pensar com sequência e método. É um relaxamento psicológico, uma recreação, uma gulodice, uma preguiçosa atividade, uma falsa aparência de trabalho. Poderia ser um livro de contabilidade moral; mas há muitos anos que este ponto de vista disciplinar se me tornou estranho. Tento compreender-me, mas não me governo e não me censuro mais seriamente. Não sei mais o que seja o ascetismo, nem a obra da santificação cotidiana, nem a perseguição encarniçada de um fim qualquer. Deixo-me viver, sentir, estudar, pensar, e olho para dentro da minha alma, como para uma caixa de fenômenos, sem nada modificar pela intervenção brutal e pedantesca do meu querer. O desencorajamento fez o meu desapego, o desapego caiu na contemplação. Posso ainda trabalhar na felicidade e no aperfeiçoamento de outrem; quanto a mim, parece-me que ando ao redor de mim mesmo, sem desejo, sem progresso, sem objeto. Não me torno mais, sou. Desejo apenas ser pensante e amante, e não sofrer. Eu me suprimi por assim dizer do número das coisas eficientes e finais, afastei-me da sociedade humana, risquei-me da lista das existências individuais consideradas apenas por suas necessidades, seus esforços, seus efeitos, sua própria ação sobre as coisas ou sobre os seres, numa palavra, pela sua vontade.

Cheguei a ser um espírito puro, inacessível às tiranias da natureza ou da humanidade, acima do sofrimento ou do prazer, das lágrimas e do riso? Ai, não! O homem seria um deus se pudesse bastar-se. Não me propus ser um deus, nem tampouco ser consequente, insensível, santo ou célebre. Nada absolutamente eu me propus. Deixei-me respirar, crescer, viver e sonhar. Engraçado homem... "monstro incompreensível"!

21 de julho de 1877 (*onze horas da noite*). – Noite soberba. Firmamento estrelado, conversação de Júpiter e de Febo defronte à minha janela. Efeitos grandiosos de trevas e de raios em meu pátio calvinista: Mantegna, Rembrandt, G. Doré teriam deleitado os seus olhos.

Uma sonata subia do abismo negro, como uma oração de arrependimento escapando ao lugar dos suplícios. O pitoresco fundia-se em poesia, e a admiração, em emoção.

30 de julho de 1877. – A. S. faz uma observação muito justa sobre Renan,[49] a propósito do livro *Les Évangiles*. Faz ressaltar a contradição entre o gosto literário do artista, que é fino, pessoal e seguro, e as opiniões do crítico, que são emprestadas, velhas e vacilantes. Essa hesitação entre o belo e o verdadeiro, entre a poesia e a prosa, entre a arte e a erudição, é com efeito característica. Renan saboreia vivamente a ciência, mas é, acima de tudo, escritor, e sacrificará, sendo preciso, a frase exata à bela frase. A ciência é antes o seu material do que o seu objetivo; o seu objetivo é o estilo. Uma bela página tem para ele dez vezes mais valor que o descobrimento de um fato ou a retificação de uma data.

Neste ponto, sinto como ele, pois uma bela página é bela por uma espécie de verdade mais verdadeira do que o registro de fatos autênticos. Rousseau era dessa opinião. Um cronista pode achar oportunidades para retificar Tácito; mas Tácito sobrevive a todos os cronistas. Sei muito bem que a tentação estética é a tentação francesa, isso eu tenho lastimado frequentemente. Contudo, se eu desejasse alguma coisa, seria a condição de escritor, de grande escritor. Deixar um monumento *aere perennius*, uma obra indestrutível que fizesse pensar, sentir, sonhar, através de uma série de gerações, essa glória seria a única que eu teria o desejo de alcançar,

---

[49] Referência a um artigo de Auguste Sabatier, no *Journal de Genève*.

se não estivesse privado até desse desejo. Tal livro seria a minha ambição, se a ambição não fosse vaidade, e vaidade das vaidades.

(*Mais tarde.*) – Apesar dos séculos transcorridos, somente o espírito se desembaraçou na Germânia, a estátua não saiu do seu estojo, e da própria cabeça apenas a fronte foi modelada. O alemão é bárbaro desde as faces até a planta dos pés. Ergue-se nele o fauno até as orelhas exclusivamente. Basta olhar a máscara dos seus grandes homens atuais, de Bismarck, Moltke ou do imperador Guilherme, para reconhecer uma argila grosseiramente amassada, uma raça forte mas espessa, calculadora mas rude. Esteticamente, aborrecem, e do lado das mulheres como dos homens, são imperfeitos de aparência, de porte, de forma, de manifestação. Falta igualmente a graça, a distinção, a nobreza, a dignidade, a beleza. A vulgaridade germânica é dez vezes vulgar, a corrupção germânica, a chantagem alemã, dez vezes mais feias do que em outros lugares. Eles são condenados a ser honestos, sólidos, sérios, sob pena de não terem mais nada, assemelhando-se nisto à mulher que perde tudo ao perder o seu pudor. Em meus anos juvenis, os aspectos vis da Alemanha me escapavam. Eu os cobria da minha simpatia e os submergia na minha benevolência. O mesmo já não posso dizer hoje. Gosto de muitos alemães e de muitas coisas na Alemanha; mas não guardo nenhuma venda nos olhos, e os defeitos me são tão desagradáveis como a ninguém.

Bains d'Ems, 9 de agosto de 1877 (*noite*). – A justiça consiste em reconhecer o direito dos outros, o direito recíproco, mútuo, equivalente, das outras nações, dos povos, das sociedades, o direito da humanidade. Não serão os pequenos povos os que melhor podem elaborar as noções de justiça internacional? Os grandes possuem todos os apetites mais violentos e os interesses mais apaixonados. São os análogos dos grandes carniceiros. A justiça supõe a nobreza da alma e o desinteresse. Uma federação de pequenos povos livres, que pedem somente independência, parece a pátria natural das ideias históricas mais humanas, o solo das teorias depuradas de civilização. Um inglês, um alemão, um francês, um russo, um americano têm sempre um pensamento oculto sobre a supremacia, a hegemonia da sua nação. Sem que o saibam, querem a glória de seu povo e creem na sua superioridade. Um holandês, um dinamarquês, um suíço escapam a essa tentação e a essa ilusão. Não seriam eles quem desejaria americanizar, afrancesar, russificar, germanizar a Europa. De antemão eles sentem a vantagem e o direito da diversidade. São mais libertos dos preconceitos de nacionalidade, de raça, de confissão, de linguagem. E o suíço tem talvez ainda a posição mais privilegiada, pois sua pátria fala quatro línguas, tem três religiões, e vinte e cinco comunidades políticas. Sabe pois melhor em que condições nos podemos aliar e viver em comum, sem demasiado nos oprimirmos uns aos outros.

Na verdade, o triunfo crescente do darwinismo, isto é, do materialismo, ou da força em filosofia, ameaça a noção de justiça. Mas, terá esta a sua vez. A lei humana superior não pode surgir da animalidade. Ora, a justiça é o direito ao máximo de independência individual compatível com a mesma liberdade para outrem; em outras palavras, é o respeito do homem, do menor, do adulto, do fraco, do pequeno, e das coletividades humanas, das associações, Estados, nacionalidades; é garantia concedida a todos os agrupamentos espontâneos ou refletidos, que podem aumentar a soma do bem e satisfazer o voto dos seres pessoais. A exploração de uns pelos outros ofende a justiça. O direito do mais forte não é, pois, um direito, mas um simples fato que só tem direito enquanto não haja protesto nem resistência. Assemelha-se ao frio, à noite, à gravidade, que se impõem até encontrar-se o aquecimento, a iluminação, a mecânica. Toda a indústria humana é uma emancipação da natureza bruta; os progressos da justiça são da mesma forma a série de retrocessos sofridos pela tirania do mais forte. A medicina consiste em vencer a enfermidade, e o bem consiste em vencer a ferocidade cega e os desenfreados apetites da besta humana. Vejo pois sempre a mesma lei: a libertação crescente do indivíduo, a ascensão do ser para a vida, para a felicidade, para a justiça, para a sabedoria.

A sôfrega voracidade é o ponto de partida, a generosidade inteligente o ponto de chegada. Deve a larva tornar-se borboleta, e a criancinha um sábio e um justo.

Bains d'Ems, 11 de agosto de 1877. — Todos os presentes cantaram em coro no salão a *Loreley* e algumas outras melodias populares. O que, em nossa terra, só se faz pelo culto, faz-se também na Alemanha pela poesia e pela música. As vozes misturam-se, sem familiaridade imodesta. A arte partilha o privilégio da religião.

Isto não é francês, nem inglês, e, creio, nem mesmo italiano. Este espírito de devoção artística, de colaboração anônima, de comunhão desinteressada na harmonia é germânico; faz contrapeso a certos torpores prosaicos da raça, que é sentimental, mas também sensual.

Ems, 13 de agosto de 1877. — Creio que foram Schopenhauer e Hartmann que desvelaram mais cruamente a escamotagem da Natureza, e todos os ardis em que a sexualidade enlaça os indivíduos. O pessimismo escapa a essa enganadora tirania da inclinação erótica. A quem se engana, aqui?...

O amor tem o instinto do suicídio, pois impele às carícias, e a suprema carícia o mata; e, se ela é recusada, mata o amoroso. É pois uma chama que precisa arder, isto é, destruir o seu alimento, isto é, anular-se a si mesma. – A sabedoria consiste em mudar o incêndio de um dia em luz e fogo contínuo, isto é, em fazer vida que dure com o amor; pois o coração gelado ou o abrasado destroem igualmente o homem...

Ems, 14 de agosto de 1877. – Que é um homem bem-educado? É o que conhece e pratica todos os menores deveres da polidez. Sabe portar-se, conduzir a sua vida, tem formas, maneiras, modos de proceder; sabe variar as atenções, porque adivinha todas as conveniências. Entra, sai, saúda, pergunta, responde, paga, reclama, oferece, diferentemente do indivíduo comum e vulgar. As suas atitudes, o seu silêncio, a sua maneira de sentar-se ou de comer indicam o hábito da boa sociedade. O princípio desses efeitos inumeráveis e diversos é o respeito de si mesmo e dos outros, manifestado em todas as nuanças possíveis, conforme as circunstâncias e as pessoas.

Que é um espírito culto? É o que atravessou um grande número de aprendizagens da reflexão, e que pode observar de um grande número de pontos de vista. A cultura é proporcional à quantidade das categorias de que dispõe uma inteligência. Quanto maior é o número de maneiras de ser possíveis que se tem, de modos, de moldes, de formas, de métodos, de recursos adquiridos, mais se é culto. O homem culto compreende muitas coisas, mas não é necessariamente inventivo, engenhoso, espiritual. É somente exercitado, receptivo, aberto. Seus primeiros dons podem ser medíocres, ele, porém, os valorizou pelo trabalho. Uma semicultura pode estragar o natural (é o caso de todos os burgueses, filisteus, "*parvenus*", pomposos e pedantes do universo); mas um feliz natural completamente culto produz o verdadeiro diletante, o amador judicioso, o conhecedor esclarecido, o público que se deseja a si mesmo todo artista e todo escritor. A cultura puramente científica não basta para fazer um espírito culto. Impõe-se ainda o conhecimento dos homens, isto é, o domínio de mais de uma língua, a viagem, a literatura. São ainda as letras que mais cultivam: *litterae humaniores*. Um homem instruído não somente flexibilizou e formou as suas faculdades, mas guardou conhecimentos positivos. O homem culto pode aprender tudo; o homem instruído tem já provisões acumuladas.

Um homem bem-educado, culto e instruído é muito mais agradável do que um erudito que pode ser um espesso, ou do que um sábio especialista de quem não se sabe que fazer fora da sua especialidade.

Clarens, 23 de setembro de 1877. – Bela manhã azulada e poeticamente vaporosa. Por uma hora errei pela estrada de Belmont, gracioso belvedere que reproduz em miniatura o caminho-terraço de Charnex... Com os olhos, com os ouvidos, com os pulmões aspiro o ar puro, as sensações de toda espécie que se elevam desta suave paisagem matinal. Lençóis de raios oblíquos, o *Dent du Midi*, todo branco, emergindo de um vasto anel de névoas; encostas ondulosas e forradas de matas, lago espelhante e inconstante, montanhas de esmeralda e de ametista, rendado das nogueiras, sombras que se arrastam, vinhas amadurecendo, maçãs vermelhas, borboletas, alguns casais que passam para a igreja, algumas velas sobre a água, os trens discretos com seu penacho de fumo, o Oásis com as suas rosas, os seus ciprestes e os seus salgueiros chorosos; tudo isso neste encantador anfiteatro limitado pelas *Pléiades*, pelo *Cubly*, o *Caux*, o *Sonchoz*, o *Arvel*, o *Dent du Midi* e o *Grammont*. Toda a região parecia um incensório, e a manhã era uma prece.

Como é bom aqui contemplar, viver, sonhar e morrer.

Uma leve brisa faz ondular a franja do toldo de tela riscada que protege o meu balcão. Alguns cantos de pássaros, um ruído surdo de rodas, algumas vozes de mulher sobem ao meu quarto aberto. Mas, sente-se o repouso dominical em não sei que silêncio mais vasto que envolve esses pequenos ruídos próximos. É inútil dizer-se, tem a sua beleza este recolhimento, e a eterna atividade parece escravidão. A alma deseja recolher-se em si mesma, escutar as vozes do imutável, viver por sua parte eterna, escapar ao movimento, experimentar a paz; ela tem a sua necessidade dominical. É a hora do culto, é a função religiosa, é o lugar do divino.

31 de outubro de 1877. – Será um sinal de maturidade ou de declínio? Sinto uma grande lassitude moral ante a obrigação de manter-me em pé na torrente das publicações filosóficas e permanecer ao nível; isso me aborrece até. A minha curiosidade dos fatos novos não está esgotada; mas o eterno cancelamento e reinício das ideias sobre as coisas me sacia e me oprime. No fundo, como Schopenhauer, tenho escasso gosto em professar a filosofia, como em inculcar a poesia, em ensinar a religião. A minha vocação não é mais do meu gosto, e a desconfiança de mim mesmo, a dúvida sobre os resultados, a indiferença, a indolência, o ceticismo tornam-me impróprio talvez para ela. O espírito crítico devorou tudo. Além disso, três meses de distração me tornaram estranho a toda essa modalidade do ser. Tornei-me literato, epicúreo, valetudinário e preguiçoso. Meu velho eu não é mais eu; mal me reconheço. O desapego despojou-o das aquisições de toda a sua vida; está despido do seu ser antigo como os meus ossos maxilares estão privados dos seus dentes. Este estado de penúria interior, de miséria e de vazio, de incerteza e de indiferença é uma estranha provação. Parece-me sair de uma longa doença ou mesmo do túmulo; e eu pergunto ao meu ser atual: Quem és tu? Que podes tu? Que sabes tu? Não sinto em mim vontade alguma, e flutuo como um simples resto de naufrágio. Devo assustar-me desta situação anormal? É um estado mórbido? Parece-me que sim, pois assim não podemos ser úteis nem a nós nem aos outros; a carreira viril está terminada; sou um homem gasto, acabado; a honra murmura, a altivez enrubesce, a consciência reclama. Cada qual tem o seu dever particular, além do dever geral de fazer alguma coisa. Deves ser um professor grave; deves aplicar-te a algum trabalho importante; deves economizar o resto das tuas forças, em vez de largar a corda após a caçamba. E quanto ao que depende da tua escolha, deves escolher o que ninguém fará melhor do que tu ou pode fazer em teu lugar, ou faria tão proximamente. Deves jogar o teu jogo e não o jogo de outrem, jogar com as tuas cartas e não com as cartas que te faltam, jogar imediatamente, e não te propor vagamente a jogar.

Retoma o governo de tua vida, a administração e a exploração dos teus dias, a responsabilidade de ti próprio, a atividade, a vontade. Regula os teus assuntos, o teu tempo, as tuas ocupações, o teu descanso, o teu trabalho. Põe fim resolutamente às férias, e à ociosidade. Acorda, tu que dormes, e sai de entre os defuntos. Não estás ainda dispensado. As veleidades, a dispersão, a negligência devem ser lançadas pela porta.

6 de novembro de 1877 (*oito horas e meia da manhã*). – Surpreendo em flagrante o meu instinto. Os quatro versos que precedem[50] não têm quase nenhuma relação com a ocasião que se supõe tê-los produzido. Foi a palavra

---

[50] A quadra a que alude Amiel conclui as reflexões da véspera à noite. Ei-la:
Pourquoi de ses ennuis recommencer la gamme?
Ruminer ses chagrins, c'est deux fois en souffrir.
A tous délaissements accoutumons notre âme,
Sans révolte sachons renoncer et mourir.

délaissement que fez correr a minha pena, depois um verso deu três outros, e um desagrado imperceptível levou-me a pensar em muitos outros maiores, e uma impressão pessoal cresceu e generalizou-se. Assim foram feitos os *Méandres*.[51] Menos traduzem as minhas circunstâncias individuais do que as utilizam. As impressões passageiras tornam-se simples textos para observações mais altas e mais duráveis. A poesia muda tudo o que ela toca e mesmo o que ela reflete, de um nada faz alguma coisa, pois de um acidente ela sobe à lei, de um caso particular ao tipo, do fato à ideia, do real ao ideal. E essa tendência verifica-se tão bem num único verso como num poema inteiro, na expressão de um sentimento todo subjetivo, como na de uma visão contemplativa, no relato de uma ação ou num quadro descritivo. A língua generaliza já forçadamente, a poesia encarna generalizações, vivifica pensamentos, isto é, gera realidades de escol, um mundo mais nobre e mais escolhido que o mundo positivo. Presta às coisas o serviço que a fé religiosa espera, para os fiéis, da ressurreição; ela as reproduz mais belas, mais puras, maiores, cercadas de uma auréola de imortalidade. O poeta é, pois, o profeta de um outro modo de existência, o visionário de uma natureza e de uma humanidade transfiguradas, enquanto a prosa é a língua deste mundo presente. O poeta é um habitante do Olimpo em passagem pela existência inferior, é Apolo na corte de Admeto, e é quase verdadeiro ao pé da letra chamar à poesia a linguagem dos deuses.

A inteligência de assimilação antecipa quase sempre a experiência íntima e pessoal. Assim, falamos de amor muitos anos antes de conhecê-lo, e acreditamos conhecê-lo, porque lhe damos um nome, ou porque repetimos o que dele dizem os outros ou o que dele contam os livros. Há pois ignorâncias de vários graus, e graus de conhecimento completamente ilusórios. É mesmo o aborrecimento perpétuo da sociedade, esse torneio de verbosidades impetuosas e inestancáveis, que têm o ar de saber as coisas porque dela falam, o ar de crer, de pensar, de amar, de procurar, enquanto tudo isso é apenas ruído vão, aparências, vaidades, palavrório. O pior é que, estando o amor-próprio atrás desse palavrório, essas ignorâncias frequentemente são ferozes de afirmação, tomam-se essas parolagens por opiniões, apresentam-se os preconceitos como princípios. Os papagaios consideram-se seres pensantes, as imitações dão-se como originais, os fantasmas de ideias entendem ser tratados como substância, e a polidez exige que entremos nessa convenção. É fastidioso.

---

[51] Coletânea de poesias do autor, publicada mais tarde sob outro título: *Jour à Jour.*

A linguagem é o veículo desta confusão, o instrumento desta fraude inconsciente. Babelismo, psitacismo: esses males são prodigiosamente aumentados pela instrução universal, pela imprensa periódica e por todos os processos de vulgarização atualmente espalhados. Todos agitam maços de papel moeda e poucos apalparam o ouro. Vivemos sobre signos e mesmo sobre signos de signos, e jamais tivemos, verificamos, sentimos, experimentamos as coisas. Julgamos de tudo e não sabemos nada.

Quão poucos são os seres originais, individuais e verdadeiros, que valem a pena de ser *escutados!* Seu verdadeiro eu está mergulhado numa atmosfera de empréstimo. Só aparece em seu querer; aí somente eles são sinceros, por aí somente entramos em contato com a sua natureza real. Todos os seres considerados como força, como caráter, valem a pena de ser *olhados.* Mas quão poucos são algo mais do que as tendências, algo mais do que animais envernizados simulando, pela linguagem e pela posição ereta, uma natureza superior! A presença neles da consciência que protesta contra a sua maneira de ser, e da razão que percebe muitas vezes a vacuidade, a inanidade do seu verbalismo, coloca-os somente um pouco acima da animalidade. Com efeito, a imensa maioria da nossa espécie representa a candidatura à humanidade; nada mais. Virtualmente somos homens, poderíamos ser, deveríamos ser; mas não somente não somos anjos, não chegamos sequer a realizar o tipo de nossa raça. Os aparentemente homens, as cópias, as caricaturas, as contrafações de homens enchem a terra habitável, povoam as ilhas e os continentes, os campos e as cidades. Quando se quer respeitar os homens, é preciso esquecer o que eles são e pensar no ideal que eles desmentem, mas que trazem oculto em si, no homem justo, nobre, grande, inteligente, bom, inventivo, inspirado, criador, verdadeiro, leal, fiel, seguro, no homem superior, numa palavra, no exemplar divino que chamamos uma alma. Os únicos homens que merecem o nome de homens são os heróis, os gênios, os santos, os seres harmoniosos, fortes e completos. Uma lira quebrada e sem cordas será uma lira? Uma espada sem punho e sem lâmina será uma espada? Um cantor de voz desafinada será um cantor? Um cavalo de três patas será um cavalo? Somos pois apenas amostras de rebotalho, de pacotilha, de "bricabraque" e de papel de embrulho, cacos, escórias, muitas vezes esboços apenas delineados numa palavra, simples frações de homens.

Poucos indivíduos merecem ser escutados; todos merecem ser olhados com uma curiosidade compassiva e uma clarividência humilde. Não somos nós todos, náufragos, mutilados, doentes, maníacos, condenados à morte? Que cada um trabalhe no seu aperfeiçoamento e não censure senão a si próprio; tudo irá um pouco melhor para cada um. Por maior impaciência que nos proporcione o próximo e por maior indignação que nos inspire a nossa raça, estamos encadeados juntos, e os companheiros de chusma têm tudo a perder nas injúrias, reproches e recriminações mútuas. Calemo-nos, ajudemo-nos, suportemo-nos, e amemo-nos até. Na falta de entusiasmo, tenhamos piedade. Guardemos o látego da sátira, o ferro ardente da cólera; mais valem o bálsamo e o vinho do Samaritano piedoso. Pode extrair-se do ideal o desprezo; é melhor dele extrair a bondade.

(*Onze horas da manhã.*) – O solitário é muito mau juiz do valor relativo dos dons que possui; é na praça pública que ele disso chega a ter conhecimento. Para ele, em seu eremitério, os seus diamantes valem tanto como seixos. É muito possível que o que ele tem por bagatela e nonada tenha um alto preço para as pessoas de fora. Assim, para ti, estas 14.000 páginas de Diário parecem-te repetições e ritornelos, porque a vida interior gira em círculo. Quem sabe se outros aí não encontrarão atrativo mais sério, instrução, edificação até? O autor de *África* pouco valor dava aos seus pequenos sonetos amorosos, e esses sonetos é que fizeram a sua glória. A maior parte das celebridades são talvez célebres por coisas diferentes do que lhes parecia o melhor da sua obra. O mundo tem a sua medida, não digo que seja a melhor, mas historicamente é a única que serve. Tu jamais consentiste em olhar-te com os olhos do público e da opinião e em subordinar-te a esse julgamento exterior, porque isso é o processo dos espertos e dos utilitários. Não te quiseste explorar como se fosses mina, como uma usina, como uma floresta, como um rebanho de gado, procurando o que tem curso, o que se vende, o que brilha no mercado social ou literário. Essa altivez é permitida, mas tu a levaste um pouco longe. É preciso respeitar-se a si mesmo, mas o perfeito desdém pelas preferências correntes, pelo gosto público, pela moda, é uma imprudência. Nós próprios não sabemos mais quanto valemos, e nos tornamos cada vez mais tímidos. Somos ultrapassados por todos os beócios que têm faro e tenacidade; e é pena, afinal...

19 de novembro de 1877. – Senti hoje que o texto escrito, as correções e as variantes embruteciam a imaginação e paralisavam a verve. Após ter buscado longo tempo como escrevedor, o lápis na mão, eu me levantava e, depois de três voltas pelo quarto, a coisa vinha livremente por si mesma. A poesia deve ser cantada ou ditada; o esforço laborioso do homem curvado sobre a sua mesa a espanta e a põe em fuga. Quando os olhos estão fascinados pelos caracteres gráficos, o espírito já não voa mais, e apenas se arrasta. É preciso falar o seu pensamento e cantar os seus sonhos; a improvisação e o ditado são libertadores do talento. Percebo isso um pouco tarde.

9 de dezembro de 1877. – Esta tarde li uma parte das *Cariatides* de Banville. Esforço-me em vão por gostar dessa maneira de entender a poesia. Os parnasianos esculturam urnas de ágata e de ônix, mas que contêm essas urnas? Cinzas. O que falta aí é o sentimento verdadeiro, é a alma, é a vida moral, é o sério, é o patético, é a vida elevada e a sinceridade. O talento é prestigioso, mas o fundo é vazio. A imaginação quer tudo substituir. Encontram-se metáforas, rimas, música, e cor; o que não se encontra é o homem. Essa poesia superficial e factícia pode encantar aos vinte anos; mas que podemos dela fazer aos cinquenta? Banville me faz pensar em Pérgamo, em Alexandria, nas épocas de decadência, em que a beleza da forma esconde a indigência do pensamento e a anemia do coração.

Experimento com intensidade a repugnância que essa escola poética inspira à gente sincera. Dir-se-ia que ela não tem o cuidado de agradar senão aos libertinos, aos embotados, aos requintados, aos corrompidos, e que ignora a vida sã, os costumes regulares, as afeições puras, o trabalho ordenado, a honestidade e o dever. Esta boêmia elegante não vale mais do que a boêmia crapulosa.

É arte de cortesã. É fanfarronada de vício. É uma afetação, e porque é uma afetação, é uma escola imbuída de esterilidade. O leitor deseja no poeta mais do que um saltimbanco da rima e um ilusionista de versos; quer encontrar nele um pintor da vida, um contemplador, um amigo, um semelhante, um ser que pensa, que ama, que tem consciência, paixão, arrependimento, e não um simples farsante fazendo malabarismos com a volúpia. Julga-se por seus pontos a escola, cuja bandeira é a *arte pela arte*. Ela desgosta o leitor dos seus deuses e do seu culto, porque sob essas grandes palavras aparece a perfeita frivolidade. Este pseudopaganismo é apenas uma atitude. Não empolga o homem atual. Não é mais do que uma poeira de ouro lançada sobre um cadáver.

19 de dezembro de 1877. – O mundo e tu, um para o outro olham com olhos estranhos. Ele não te compreende, tu não mais o compreendes. Não há em breve nada mais de comum entre ambos. Assim devem sentir os centenários, quando tudo o que eles amaram já desceu para o túmulo. É o dessecamento árido, o areamento, a petrificação contra a qual desejava lutar Gúdula.[52] Nisso ela vê a invasão da morte. Seguramente, é o contrário da vida. Não experimento, contudo, senão muito pouco vazio, langor ou tédio. Se é o perecimento, não é muito doloroso: as revoltas da carne aí não aparecem mais. Dir-se-ia uma serena tísica da vontade, um marasmo lento da alma. Parece-me sair de um longo desfalecimento. Epimênides saindo da sua caverna devia experimentar impressões análogas.

Duas intensidades de contemplação: no primeiro grau, é o mundo que se volatiliza e se torna um puro sonho; no segundo grau, é o nosso eu que, por sua vez, não é mais do que uma sombra, o sonho de um sonho. Fantasmagoria bramânica.

24 de março de 1878. – Um sexo que prefere o favor à justiça, a superstição à sabedoria, a opinião ao conhecimento, o erro à verdade, deve ser posto à margem das grandes questões e das grandes decisões históricas. Tem apenas as faculdades do tenente e não as do general. É nulo e seria temível como juiz, como legislador, como revolucionário, como fundador, como inventor. Convém utilizá-lo para todas as coisas, mas não deixar-lhe a direção suprema de nada. Conceder-lhe a perfeita igualdade de funções e de direitos com o outro sexo seria colocar perfeitamente em xeque a humanidade e a civilização. As exceções aparentes não provam nada. Algumas mulheres extraordinárias não impedem seja a média o elemento sentimental, apaixonado, retardatário, rotineiro, passivo, da sociedade. Faz-se o progresso não por elas, mas apesar delas. O progresso é essencialmente o progresso na verdade, e é o homem que inventa, que encontra, que descobre, inova, empreende, experimenta, o homem que cria e conquista. *Cuique suum.* O macho tem muitas fraquezas e muitos erros; mas tudo seria pior se ele deixasse de ser o senhor. A ginecocracia deve ter sido uma triste época e não é de desejar o seu retorno. A simples efeminação de uma raça é já decadência...

Será curioso se a era democrática terminar pela emancipação total das mulheres, o que porá fim aos hábitos da democracia. As mulheres têm todas a propensão aristocrática, detestam a vulgaridade e a igualdade; seu gosto é pela distinção, pelo favor arbitrário, pela desigualdade dos méritos. O seu primeiro cuidado será compor uma boa tirania a seu gosto, a ditadura do padre e do artista. A desforra será engraçada.

---

[52] Refere-se o autor a Fanny Mercier.

O liberalismo em política e em religião é a última coisa que as mulheres hão de amar e praticar. O respeito pela ciência é o antípoda de sua inclinação.

25 de março de 1878. – A tendência feminina é a assimilação rápida e usurpadora. Convertem decididamente as reminiscências em achados pessoais. Creem que aconteceu... A necessidade crítica de indicar as suas fontes, de reconhecer os seus empréstimos, de citar os seus credores, de fazer justiça aos outros, não é propriamente feminina. O eco aspira à originalidade.

O pequeno elemento adicional de recombinação coloca-se como igual à criação-mater. O talento de discípulo considera-se equivalente ao gênio magistral. E essa ilusão tem a sua boa-fé, ou pelo menos guarda-se de qualquer exame de consciência, que pudesse inquietá-la. Não se quer fazer a diferença entre dar à luz e engendrar, entre explorar e inventar, entre o poder de imitação e o de inovação. A lua que reflete imagina-se por isso uma luz, em si mesma, e se crê *in petto* um pequeno sol. A avidez receptiva e a facilidade reprodutiva são contudo apenas qualidades secundárias da inteligência. Somente o macho trabalha as coisas e realiza o novo. O espírito feminino absorve as ideias dos homens e afigura-se tê-las extraído da própria natureza. Esse furto perpétuo e inconfesso é a comédia das épocas de cultura. As damas representam muito bem os argentários que fazem convergir para os seus cofres os escudos produzidos pelo trabalho incessante dos outros homens e que se estimam superiores àqueles que os trazem, porque são eles que arrebatam. Os zangões da colmeia intelectual zombam das abelhas que fabricam o mel e acreditam-se mais do que colaboradores.

A *imaginativa* não é inteiramente a imaginação. A mulher não produz as ideias fecundas, mas encontra os detalhes, dispõe, dá brilho, arremata, aperfeiçoa, observa as negligências, embeleza os exteriores. Representa a graça e o gosto, a finura e o cuidado. Numa palavra, uma obra bem feita deve ser criada e desbastada pelo homem, acabada pela mulher. A um a arquitetura, à outra a "toalete". As obras-primas supõem com efeito o gênio e o talento, um fornecendo a matéria e as proporções, outro eliminando as asperezas e os defeitos. E as mais humildes obras não supõem menos o concerto de duas forças, que estão ambas no artista, mas de que uma de ordinário predomina em um dos sexos. Por isso, acho-me feliz e favorecido de rever a dois tudo o que faço desde alguns anos. Este auxiliar e este controle me são utilíssimos, sem falar da grande vantagem de ter, em lugar de uma simples copista, uma secretária inteligente, simpática e zelosa.[53]

27 de março de 1878 (meia-noite). – Continuei Rousseau[54] (*Correspondance; Origine de l'Inégalité*, e polêmica a isso relativa). Como é difícil deter-se em um juízo definitivo sobre um homem que provocou e autorizou todas as antipatias, e cuja vida desmente os princípios, cuja divisa e cujo talento se contradizem! etc., etc. Cada dia passo por impressões opostas, e alternativamente o desestimo ou o admiro. A disparidade entre o talento e o caráter, entre os costumes e o pensamento, entre o homem e o autor provoca sensações dolorosas. Dá pena observar um ser enigmático e discordante. – Consciência pouco delicada e imenso orgulho; talento de fogo e gosto pela pose; desarmonia em tudo, sobre tudo. Governado pela impressão e pela imaginação; o pensamento ao serviço da paixão. Talvez vítima de uma ambiguidade, a que está no fundo da sua vida e dos seus livros: a Natureza.

A natureza humana é a tendência, o apetite, o instinto? – Paradoxal, avesso a todos os preconceitos; refratário, explosível; inimigo de todo constrangimento; perseverante toda a vida. Espécime em apoio do sistema de Schopenhauer, em que a inteligência é escrava, sem o saber, da vontade inconsciente, do impulso cego e irrefletido. Epicurista, aparentado estoico; voluptuoso mascarado de austero; é a

---

[53] Em fevereiro de 1879, após vários anos de relação com a família Benoît, Amiel passou a seu hóspede, seu pensionista, no número 13 da Rua Verdaine. Foi guia e conselheiro literário de Mlle. Valentine Benoît, que, com o pseudônimo de Berthe Vadier, havia já publicado contos e comédias infantis. Essa amizade foi muito apreciada por Henri-Frédéric Amiel, como se vê pelo seu *Diário*, no qual Berthe Vadier é a sua "afilhada literária". – "Ela é a minha neófita, a minha aluna, a minha iniciada" (9 de setembro de 1880). – "Longas palestras a propósito de cada página de nossas leituras em comum, leituras bíblicas, científicas ou literárias. A minha afilhada recolhe o que tantos outros apaixonadamente desejaram, mas também ela teve a coragem de tornar isso possível, fazendo-me um vinho e um abrigo para a saúde e para a doença, para o trabalho e a recreação. Além disso, ela só procura compreender-me e comprazer-me... A mamãe por sua vez é toda maternal. Em uma palavra, não é uma pensão em que eu me ache bem, é uma família que passa para mim a solicitude com que cercou o irmão e o pai hoje falecidos. Eis por que o estado de doença é aqui uma doçura e não um pavor." (11 de setembro de 1880).

[54] Amiel preparava uma conferência para as festas do centenário da morte de Rousseau, em julho de 1878, conferência publicada na obra *J. J. Rousseau Jugé par les Genevois d'Aujourd'hui* (1879).

imaginação que é o centro do seu ser. São sempre os outros (e a sociedade sendo preciso) que estão errados. Ele, ele é o único que tem razão, o único bom, o único justo, e a trombeta do juízo final pode soar... sabe-se o resto. Antípoda da psicologia cristã. Nem humildade, nem penitência, nem conversão, nem santificação. O homem natural faz a apoteose do homem natural; o pecador tira do seu pecado a prova de que ele é o melhor dos homens. Inteiramente ao inverso do publicano, é nas costas dos outros que ele faz penitência.

Quando confessa uma falta, é o próximo ou são as circunstâncias a causa primeira; ele é pois a vítima, e não o culpado. Uma falsa noção do mal e do pecado, noção devida à resistência do eu a toda humilhação, é pois o eixo da sua vida, a origem de todos os seus erros. Seu próprio eu jamais soube renunciar, mortificar-se, crucificar-se. O fenômeno do novo nascimento ficou-lhe desconhecido. Amou e aprovou a si mesmo e para consigo mesmo foi indulgente até o fim. Repeliu com indignação, primeiro as acusações injustas dos seus contemporâneos, depois as censuras justas da sua consciência. Desejou seduzir a sua própria consciência, e até a severidade divina, pela magia da sua argumentação. Não é um sábio que busca o verdadeiro, é um poderoso advogado que quer ganhar a sua causa. No fundo, não tem senão o ar de um filósofo; é um orador que sabe entusiasmar-se por sua tese e que ao pôr o sofisma ao serviço da sua paixão não é mais sofista momentaneamente, pois se engana a si próprio. Tal é a maravilha perigosa da imaginação. Ela chega a iludir-se de boa-fé.

14 de abril de 1878. – Talvez a necessidade de pensar por si mesmo e remontar aos princípios seja de todo próprio apenas do espírito germânico. Os eslavos e os latinos de boa mente são dominados pela sabedoria coletiva, pela tradição, pelo uso, pelo costume, pelo preconceito, pela moda; ou então os quebram como escravos revoltados, sem perceberem por si próprios a lei inerente às coisas, a regra verdadeira, não escrita, não arbitrária, não imposta. O alemão deseja tocar a Natureza; o francês, o espanhol, o russo detêm-se na convenção. É sempre a velha pendência dos filósofos gregos: *thései e physei?* A raiz do problema está na relação de Deus e do mundo. Imanência ou transcendência, isto decide a pouco e pouco a significação de todo o resto. Se o espírito está no exterior das coisas não se deve conformar com elas. Se o espírito está destituído da verdade, deve recebê-la dos reveladores. Eis o pensamento desprezando a Natureza e sujeito à Igreja, eis o mundo latino.

22 de abril de 1878. – Carta da prima Júlia... Estas boas parentas de idade são difíceis de satisfazer pelos homens ocupados.

Queixa, se não escrevemos. Queixa, se escrevemos pouco. Queixa, se expomos o quadro das nossas ocupações e preocupações, e porque desejamos pô-las ao corrente do que se passa. Em vez de se rejubilarem por trabalharmos e de entrarem nas circunstâncias, queixa e quase censura. Não podem e mesmo não querem compreender a vida dos homens, principalmente dos homens de estudo. Estas eremitas do devaneio são amedrontadas pelo mundo, desambientadas na ação. Estas galinhas ingênuas olham sempre com o estupor do assombro os seres que elas conheceram no ovo, e lançam exclamações, ao verem alguns tentarem os espaços do ar, outros vogarem nas planuras da água. Infelizes águias! Infelizes cisnes! Infelizes patos! Infelizes canários! Ousam vocês deixar o pouso e o galinheiro, temerários? – Essas lamentações são um pouco fatigantes, e essas admoestações, um pouco burlescas. Mas que adianta!

Ninguém muda mais aos setenta anos, e uma piedosa boa alma de senhora aldeã, meio cega, não pode mais alongar o seu ponto de vista nem imaginar existências sem relação com a sua.

Por que ponto se ligam ao ideal estas almas envoltas por minúcias da vida cotidiana? Pelas aspirações religiosas. É a sua fé a sua tábua de salvação. Conhecem a vida superior; a sua alma tem sede do céu. Ignoram as cem mil particularidades geográficas da Europa, mas não ignoram a Europa. Todas as suas opiniões são imperfeitas, mas a sua experiência moral é grande. O seu pensamento está cheio de trevas, mas a sua alma está cheia de luz. Não podemos falar com elas das coisas da terra, mas estão maduras para as coisas do coração. Se não nos podem compreender, cabe a nós irmos a seu encontro, falar-lhes a sua linguagem, penetrar na sua esfera de ideias, em seu modo de sentir. Impõe-se abordá-las por seu lado nobre, e para testemunhar-lhes mais respeito, fazê-las abrirem o escrínio dos seus mais caros pensamentos. Quando se enrugam e secam as folhas da vinha, é mais doce a uva, e mais vermelha. Há sempre alguma pepita de ouro no fundo de toda velhice honrada. Tentemos colocá-la em plena luz e demos-lhe ocasião de mostrar-se aos olhares afetuosos. Isso é possível.

19 de maio de 1878. – É uma ciência a crítica? Sim, num sentido, pois que podemos fazer o catálogo das suas condições prévias e dos seus exercícios preliminares: mas é sobretudo um dom, um tato, um faro, uma intuição, um instinto, e, neste sentido, ela não se ensina e não se demonstra, ela é uma arte. O gênio crítico é a aptidão para discernir o verdadeiro sob as aparências e nas confusões que o ocultam: para descobri-lo apesar dos erros do testemunho, das fraudes da tradição, da poeira dos tempos, da perda ou alteração dos textos.

É a sagacidade caçadora que nada engana por longo tempo e que nenhum estratagema despista. É o talento do juiz de instrução que sabe interrogar as circunstâncias, e que faz jorrar um segredo desconhecido da prisão de mil mentiras. O verdadeiro crítico sabe tudo compreender, mas não consente em ser enganado, e não faz a nenhuma convenção o sacrifício do seu dever, que é encontrar e dizer a verdade. Com os vivos, com as instituições presentes, com tudo o que é vindicativo, armado, ameaçador, irritável, pode ele ser impelido a cuidados e a prudências, a atenções e a silêncios que o vexam; mas deseja ver claro, se não ousa ou não pode fazer ver claro. As afetações, as poses, as máscaras, os charlatanismos, os ardis, as fraudes têm-lhe aversão. Ele deve ser para o falso como a voz temida e lendária que faz dizerem os caniços:

Midas, le roi Midas a des oreilles d'âne.

Onde está o crítico aberto e indulgente, mas incorruptível e infalível, o Éaco da literatura, sem fraqueza e sem mau humor? Quantos existem? Qual deles tomou a divisa de Jean-Jacques: *Vitam impendere vero?* Que pena!

20 de maio de 1878. – A erudição suficiente, a cultura geral, a probidade absoluta, a retidão do golpe de vista, a simpatia humana, a capacidade técnica, quantas coisas são indispensáveis ao crítico, sem falar da graça, da delicadeza, da cortesia, do trato!

L'esprit bien rarement arrive à la justesse

O crítico perfeito não existe. Contentemo-nos com o crítico passável, isto é, esclarecido e honesto.

20 de junho de 1878 (nove horas da manhã). – Com que assombrosa rapidez o meu trabalho e o meu pensamento se me tornam estranhos e desconhecidos! Acabo de ter disso a prova. Eu devia fazer a lista das questões de exame, e tive grande dificuldade em encontrar de novo os próprios cursos, e os temas tratados; e já foi muito se com meus planos detalhados consegui sair do embaraço. Eu perderia as pernas e a cabeça se elas não estivessem presas a mim.

Poderiam roubar-me as notas ou misturá-las, e meus 29 anos de professorado teriam de recomeçar. Esta nulidade de coesão e de apropriação é uma grande miséria; penetro cada dia na privação e no despojamento inicial. Tenho somente a nua-propriedade, a investidura imaginária dos meus conhecimentos; sou pobre e vazio. Meu estudo sobre Rousseau não estará terminado, que as vinte mil páginas lidas para tal fim estarão apagadas da minha memória; sinto que o meu espírito é como as geleiras que repelem do seu seio as terras, as pedras e os blocos; ele exsuda tudo o que lhe vem de fora; mantém-se na sua pureza formal. Quer a flexibilidade e repudia a riqueza, os materiais, os fatos. A menor doença, um choque, uma queda fariam do livro da minha inteligência um livro branco. Provavelmente a tendência a exteriorizar-me de mim mesmo, a separar-me de mim pela crítica constante, produziu esta fraqueza do meu espírito para reter as imagens, os sinais e as coisas, todo esse mistifório que constitui a erudição. A famosa equação de Fichte Eu = Eu torna-se quase a minha fórmula. Meu pensamento é o nirvana de todo conhecimento particular. A indiferença pelo provisório, acessório, acidental, relativo, terminou por produzir uma semi-impotência para guardar uma provisão qualquer. Assim a luz corrói as cores... Alto! Há males que aumentamos, ao examiná-los. Este é do número. A filosofia evaporou a minha faculdade mnemônica, tornando-me onímodo e neutro. Colocou-me na situação de além-túmulo, onde o mundo não é mais para a alma do que uma vaga lembrança, e onde todos os fenômenos se fundem na sua própria lei.

15 de julho de 1878. – Alívio. Se, de pena na mão, eu medito, isso me arranca ao sofrimento moral; esqueço os horrores da vida prática, penetro no estado contemplativo. O pensamento é quase impessoal; abre a região da calma. Os próprios monstros são apenas curiosidades, imagens, para quem neles pensa; já não está sob a sua ascendência.

20 de julho de 1878 (*sete horas e meia da manhã*). – Vantagem do estilo nobre: dissimula a mediocridade dos bosquejos ou das comparações. "Um calor de cão" seria bastante vulgar; a "ardente canícula" – torna-se épico. Ora, a canícula é o mês em que o cão domina, o cão, isto é, Sirius; é o mês (de 24 de julho a 24 de agosto) em que Sirius se eleva e se deita ao mesmo tempo que o sol, e como esse mês é o mais quente do estio, pareceu que disso a causa fosse o cão: *cum hoc, ergo propter hoc*. Estirando a língua, o cão exprime a sede; o cão celeste causa a sede. Assim procede a imaginação popular, e a astronomia enobrece tudo. Graças ao Egito, um calor de cão tornou-se do belo estilo. E a regra geral é que o familiar torna-se sublime, fazendo atravessar a imaginação alguma lembrança de ordem elevada, histórica ou natural. Exemplo: os termos de caça e de cavalariça, até as exceções de animais, acham-se do grande estilo em francês, devido à cavalaria e à nobreza que os empregou; os termos de ciência são reputados pedantes, e os termos profissionais, julgados baixos, porque os gentis-homens deles não se serviram. Essas repugnâncias tradicionais conservam-se na democracia e sobrevivem ao regime social que as engendrou. O que se chama gosto consiste em despertar somente ideias consoantes com o efeito a obter, as quais não desconcertem a impressão produzida e até, se possível, a aumentem. O gosto escolhe pois com cuidado as cores, os sons, as palavras, as imagens, para evitar as disparidades e todos os encontros desagradáveis; multiplica as harmônicas ao redor da nota fundamental, as alusões agradáveis, ao redor do motivo que desenvolve. O gosto é o tato literário. O orador, o poeta, o compositor procedem como a florista. Trata-se de criar o buquê mais expressivo e mais encantador. Toda obra de arte graciosa é um *salam*,[55] e todo *salam* quer persuadir. O gosto é o método instintivo de agradar.

(*Tarde.*) – O dr. Z. confessou-me francamente que do meu mal o resultado possível era a morte por sufocação, e até por três causas de sufocação: o enfisema, a intumescência da cartilagem tireoide e as viscosidades laríngeas. Tenho três mudos do serralho[56] que me prendem o cordão. É difícil que escape a todos eles.

26 de julho de 1878. – Todas as manhãs desperto com a mesma sensação de estar gasto e acabado, de debater-me em vão contra a maré ascendente que vai devorar-me. Devo perecer sufocado, e os três sufocadores estão a trabalhar, e o seu progresso os anima a prosseguir. Um enche, em baixo, a cavidade aérea, outro estrangula a respiração, o terceiro tenta obstruir o orifício respiratório. O último, além disso, pelos esforços espasmódicos que me impõe, espera fazer romper algum conduto no interior. Há qualquer coisa de odioso para nós em sentirmos

---

[55] *Salam* (palavra árabe) significa buquê de flores dispostas de forma a oferecer uma significação simbólica. Significa também saudação.

[56] Servidores dos antigos sultões otomanos, encarregados das execuções sumárias, que só podiam se expressar por sinais. Aqui talvez haja uma alusão à tragédia *Bajazet*, de Racine, na qual a personagem de mesmo nome é estrangulada pelos mudos do serralho. (N. E.)

trabalharem assim os agentes de Shiva por nossa destruição; devorado por dentro, assistimos a esse homicídio do qual nós próprios fazemos as honras; é contra a natureza. Isto parece um suplício da Inquisição.

Não podemos aborrecer os outros com nossos gemidos, aliás inúteis.

Não podemos nada empreender, quando cada dia traz consigo um novo aborrecimento. Não podemos sequer tomar um partido numa situação confusa e incerta, em que prevemos o pior, mas onde tudo é duvidoso. Temos diante de nós ainda alguns anos ou somente alguns meses?

Será morte lenta ou catástrofe acelerada? E que fazer se devo conservar-me no quarto ou no leito? Quero dizer, quem cuidará de mim? Onde poderei abrigar o meu fim? Como suportarei os dias e como os encherei? Como chegar até o fim com calma e dignidade? Não o sei. Faço mal tudo o que faço pela primeira vez. Ora, aqui tudo é novo; nada é preparado, repetido, experimentado; terminamos ao acaso. Que mortificação – para quem amou demasiado – a independência! – depender de mil coisas imprevistas. Ignora o que fará, e em que se tornará: nada pode prever. Desejaria falar destas coisas com um amigo de bom senso e capaz de bons conselhos; mas não encontro esse amigo. Não se atreve a alarmar as duas afeições que lhe são mais dedicadas, e está quase seguro de que os outros se hão de esforçar somente por distraí-lo, e não penetrarão na verdadeira situação.

E a esperar (a esperar quê? a saúde? a certeza?), as semanas correm como a água, e consome-se a força, como um círio fumegante. A clarividência iguala os progressos do mal, mas não tenta remediá-los; tem a preguiça fatalista do muçulmano e a irresolução pura do cético sincero. Para que decidir-se, quando todos os partidos são maus e quando nos atemos demasiado pouco a isto ou aquilo? Contentar-se com o menos mau certamente é muito sábio; mas isso é um mesquinho motivo.

Somos acaso livres para nos deixarmos ir sem resistência, para a morte? É um dever a conservação de si próprio? Devemos, em consideração aos que nos amam, prolongar o mais possível esta luta desesperada? Parece-me que sim; mas é ainda uma violência. É preciso então fingir uma esperança que não temos, ocultar o desânimo absoluto que sentimos. Por que não? É generoso aos que sucumbem não diminuir o ardor dos que batalham ou dos que se divertem. Somos todos, do maior ao menor, condenados à morte.

> *Un peu plus tôt, un peu plus tard,*
> *Ce n'est pas grande différence.*

(*Mais tarde.*) – Assim duas vias paralelas me conduzem ao mesmo resultado: a meditação paralisa-me, a fisiologia condena-me. A minha alma sente-se morrer, o meu corpo sente-se morrer. De toda maneira chego ao fim. Se me abandono a mim mesmo, a tristeza me corrói; e a medicina me diz também: "Não irás mais longe". Estes dois veredictos parecem indicar a mesma coisa, é que não tenho mais futuro, e que devo fazer as minhas malas.

Tal coisa parece absurda à minha incredulidade, que desejaria ver nisso um sonho mau. Por mais que diga o espírito: "É assim" – o assentimento interior se rebela. Ainda uma contradição. Não tenho a força de esperar, e não tenho a força de resignar-me. Não creio mais e creio ainda. Sinto que estou acabado, e não posso imaginar que eu esteja acabado. Será isto já loucura? Mas, não: é a natureza humana surpreendida em flagrante: é a vida que é uma contradição real, pois que é morte incessante e ressurreição cotidiana, pois que ela afirma e nega, destrói e reconstrói, reúne e dispersa, abaixa e reergue ao mesmo tempo. Viver é morrer parcialmente e parcialmente renascer; é perseverar neste turbilhão de dois aspectos contrários, é ser um enigma.

Se o tipo invisível desenhado por esta dupla corrente, entrando e saindo, se esta forma que preside às tuas metamorfoses tem ela própria um valor geral e original, que importa continue o seu jogo durante algumas luas ou alguns sóis a mais. Ela fez o que tinha de fazer, representou uma certa combinação única, uma expressão particular da espécie.

Esses tipos são sombras, são manes. Os séculos parecem ocupar-se em sua fabricação. A glória é o testemunho de que um tipo aos outros tipos pareceu mais novo, mais raro, mais belo do que os outros. Os homens vulgares são almas também; somente, eles não têm interesse a não ser pelo Criador e por um bem restrito número de indivíduos. Sentir a própria fragilidade é bom, mas vê-la com indiferença é mais elevado ainda. Medir a própria miséria é útil, mas advertir qual é a sua razão de existir é mais útil ainda. Vestir luto por si próprio é ainda uma vaidade; só devemos lamentar a perda do que vale, e lamentar a perda de si próprio é demonstrar, sem saber, que nos dávamos importância. Ao mesmo tempo, é desconhecer o seu verdadeiro valor. Não é urgente viver; mas o que importa é não deformar o próprio tipo, permanecer fiel ao seu ideal, proteger a sua mônada contra a alteração e a degradação. Se isso não é possível, torna-se desejável o Nirvana. Mas será isso impossível?

Não pudeste realizar o teu sonho; esse não é o problema, pois o nosso sonho compreende o nosso ambiente, o nosso meio, a sociedade humana, tantas coisas que não dependem de nós. Mas não podes proteger o teu tipo, realizar a tua originalidade? Isso depende mais de ti. És, provavelmente, um experimentador psicológico. Nesse caso, estas 14.800 páginas de diário íntimo são um efeito da tua vocação. Dialogaste com o teu próprio Eu, como a macieira produz maçãs. Isso não aumenta o patrimônio da ciência. Mas prova talvez alguma coisa: que não deve ser a vida interior, mais do que um caminho errado? Que essa variedade de claustro não vale mais do que o claustro? Que não serve para grande coisa o desuso da vontade, num mundo construído sobre o plano da guerra universal? Que são quase prejudiciais num homem as virtudes feminis? Que a timidez e a exagerada vergonha podem tornar inúteis os mais belos dons? Que aumenta a irresolução com os anos, e que o não-querer prolongado torna-se impotência do querer? Mas esse resultado seria terrivelmente mesquinho. Qual é a tua originalidade valiosa? É provavelmente a flexibilidade psicológica, que te permite compreender e reproduzir os estados de alma e de consciência mais diversos. Desenredar as meadas difíceis, e libertar leis imprevistas, é talvez a isso que deverias daqui para diante limitar-te, após uma longa dispersão das tuas buscas. Concentra-te, pois, no papel de Édipo; mal te sobra tempo. Não te prendas e não te lances mais senão a problemas que valham a pena e que só reclamem um mínimo de erudição e de memória. Deixa talvez também adormecer a construção sintética, a composição, que é um quebra-cabeças, e aproveita as tuas disposições para a análise. Faze o que mais te agrada e o que te resulta melhor; será um duplo proveito. Tu te gastaste em fazer o que convinha às coisas; não empregues, agora, o espírito das coisas senão em compreender as tuas circunstâncias, e pensa em salvar o que há de mais interessante no cafarnaum das tuas intuições e das tuas experiências pessoais. Ninguém sobrevive senão por coisas que não podem ser substituídas...

 Eu teria desejado não sofrer e manter-me na impessoalidade do pensamento; era a minha segunda posição, uma vez perdida a primeira, a da harmonia afetuosa e recíproca com um meio simpático. Mas a segunda posição está igualmente perdida: a morte do desejo não dá o repouso.

> *Vide affreux d'un coeur sans désir,*
> *Peut-on le sentir et survivre?*
> *Peut-on respirer sans poursuivre*
> *Un but, um rêve, un avenir?*

(Vinet)

Haverá maior possibilidade em manter uma terceira posição? A da humildade submissa que se resigna ao empequenecimento, que se consola de todos os seus naufrágios e que consente em cultivar um jardinzinho numa ilhota, com ou sem companheira, e pelo tempo que agradar ao Senhor da vida. A felicidade da plenitude, a imobilidade do nada agradavam mais ao meu orgulho; em ambas as formas, o Eu estava invicto. O mais difícil é aceitar a mutilação, o amesquinhamento, a volta à poeira e à banalidade. A renúncia em bloco tem ainda não sei que de majestoso; mas o despedaçamento é injurioso. O arrancar pelo a pelo da sua juba é insuportável ao leão. Estar tranquilo diante da morte exige menos domínio de si que permanecer tranquilo com as extorsões intermináveis do despojamento. Lei de ironia. Há um quarto de século que prego a renúncia a mim próprio, e creio que ainda não me tinha renunciado, embora tivesse renunciado a muitas coisas. É sempre a história da Sibila; e deseja-se o mesmo prêmio do último livro, que de todos os outros, antes que fossem queimados.

11 de agosto de 1878. – Refleti nas dificuldades da obra do demônio, quero dizer da composição e do estilo. As exigências são inumeráveis, e seguem por pares, que se contrariam. Em mim quase toda a força viva é absorvida pelos atritos, isto é, pelas reflexões, preocupações, ansiedades, escrúpulos, que vêm subitamente embaraçar o impulso, e paralisam meu poder criador. Todas as partes do meu ser se conservam em xeque, e visando a harmonia, chegam à imobilidade. Compor é resolver este esquisito problema de agir como sonâmbulo com as circunspecções do homem desperto; de duvidar sem duvidar, de ser seguro, alegre, ousado, nas suas palavras, sendo, ao mesmo tempo, dividido entre as coisas, inquieto, ansioso, em seu coração. É estar deitado em pé, arrebatado a sangue-frio, é realizar o absurdo, entorpecer o bom senso.

É evidente que o que me perturba é a crítica interior chegando muito cedo.

Car se regarder voir peut empêcher de voir.

Todos os escrúpulos são aceitáveis quando se delibera, mas em ação é preciso ser da sua própria opinião e bater impetuosamente como uma gralha que derruba nozes. Aquele que se analisa, se combate, e se discute perpetuamente a si mesmo, destrói o seu impulso. A hesitação na frase, na palavra, na ideia, no fundo e na forma, extingue o espírito criador. O medo rouba a alegria, e a alegria que se apaga gela o talento...

A consciência, a timidez, a hesitação, a falta de memória tornam a composição quase impossível. A procriação quer mais arrebatamento e confiança. Por isso o teu estilo exala odor do óleo.[57] É feito e não nascido. Falta-lhe a vivacidade, a graça, a alegria, a felicidade, o natural. Uma prática coerente da arte de escrever teria aumentado a tua flexibilidade; mas jamais usaste o bom método, o que pronuncia o seu discurso antes de escrevê-lo, e que desse modo vai do vivo ao vivo, da forma esboçada à forma definitiva. Tu procedes diferentemente, pelo hábito professoral e didático. Analisas teu assunto por si mesmo, sem te permitires o divertimento pessoal que te agradaria ou o diálogo com o leitor que a este agradaria. És demasiado ausente, demasiado sério, demasiado tenso, demasiado pontifical. A tua indisposição gratuita só te proporciona o mau humor dos outros. Quanto mais te esforças menos realizas com êxito; é a lei...

Meu Deus, assim como a composição, é para ti o resto. Nada sabes colher, nada terminar. Não ousas, a desconfiança te sufoca.

(*Mais tarde.*) – O que acho mais difícil na composição é a rigorosa ligação das partes, quando nada queremos esquecer, nada repetir, e nada colocar fora de lugar. A convergência de efeito representa, no estilo acadêmico, a unidade de ação no teatro. Tudo o que retarda, ou desvia, ou destoa, tudo o que obscurece é mau.

12 de agosto de 1878. – Lições a tirar desta última experiência:[58] 1º) tornaste a tua tarefa possivelmente difícil, querendo tudo ler, tudo examinar; 2º) não ousando concluir, resolver, decidir-te mais depressa; 3º) tomando o teu assunto de muito alto, de muito longe; 4º) exigindo demais do teu discurso, do teu estilo, e de ti próprio.

Essas monografias enciclopédicas, resumindo oitenta volumes em trinta páginas de estilo lapidar e sentencioso são um quebra-cabeça. O que custam não é pago jamais por ninguém, e delas só se dizem estas duas palavras pouco lisonjeiras:

---

[57] Quer dizer, a expressão traduzida, estilo demasiadamente trabalhado à luz das lâmpadas.
[58] "Caractéristique Générale de J.-J. Rousseau." – Posteriormente escreveu Amiel no *Diário*: "É a única das minhas obras que esteja segura de ser lida em 1978... Julguei como eu desejaria ser julgado se fosse Jean-Jacques em vez de ser apenas Henri-Frédéric. Parece-me que fiz compreender em sua grandeza a obra de nosso concidadão, fazendo ao mesmo tempo a crítica do homem, de suas teorias e de seu talento. Parece-me difícil dizer mais coisas em quarenta páginas".

denso e minucioso. Por consciência, imaginaste seres tu próprio o Tribunal dos Mortos, e pesar os destinos de uma alma...

Faltou-me bom senso, isto é, despendi dez mil francos para produzir um feixe de espargos. O feixe pode ser soberbo; custa infinitamente caro. Fui um perfeito louco. Admitamos que este trabalho seja declarado passável, é sempre um simples espécime de crítica, que não servirá a Rousseau, e não servirá a mim mesmo, que há de deixar indiferentes os meus concidadãos e não me há de conquistar amigos, em outros lugares. Por vinte pessoas que me ficarão gratas terei consumido meses; é difícil ser mais tolamente pródigo do seu esforço.

Após isso, é preciso reconhecer que sem a pressão das circunstâncias eu não teria feito esse trabalho; que esse trabalho vale mais do que nada; que é da minha natureza abordar os assuntos por sua face mais elevada; que ter procurado a justiça não dá pesares nunca; que ter escrito trinta páginas em bom estilo não faz jamais enrubescer. Vejamos, perdoa-te. Somente, não aceites mais encargos oficiais, renuncia a todos os discursos públicos. Não tens mais voz, não contas com simpatia e boas graças, não tens afinidade com o público; não tens sequer o desejo de agradar-lhe. Contenta-te em escrever, e, ainda, se isso te causa prazer, sobre assuntos do teu gosto e de tua escolha, descansadamente, sem precipitação nem obrigação. Escrever, ademais, não é publicar. Compõe para tua satisfação pessoal, não ponhas à luz meridiana senão o que tem probabilidades de ser útil ou de ter acolhida. Tu não desejarias, por toda a glória de Rousseau, ter a quarta parte das suas desgraças. Não sendo ambicioso, não te atormentes, pois, por parvoíce ou candura.

(*Onze horas da manhã.*) – A verdadeira utilidade a tirar de uma obra seria começar por ela uma outra, para aproveitar imediatamente inumeráveis apreciações que revela a prática da arte. Assim tirar-se-ia proveito dos estudos, capitalizar-se-ia a experiência, aumentar-se-ia a virtuosidade. Quando penso que sempre adiei o estudo sério da arte de escrever, por temor diante dela e por secreto amor à sua beleza, enfureço-me da minha tolice e do meu respeito. Tive como escrúpulo em surpreender o segredo dos mestres, desarticular as obras-primas para minha utilidade. E quando fui obrigado a escrever, fi-lo ao acaso, aos tateios, como timorato amador, como escolar respeitoso. Não tenho profissão, nem como professor, nem como filósofo, poeta ou escritor. Sou em tudo um noviço, sem autoridade e segurança. A razão desta insuficiência é menos a incapacidade que a indecisão. A timidez não ousou apropriar-se de um domínio e dizer: Isto é meu. Nenhuma das minhas aptidões chegou à maestria, à segurança interior. Não descobri sequer o meu dom especial, a minha individualidade, a minha originalidade, e não tive outra máxima senão tomar o espírito das coisas e fazer da melhor forma possível qualquer que fosse a coisa a fazer. Assim não explorei melhor o meu talento do que a minha fortuna. Deixei que tudo se perdesse por cavalheiresca incúria, por aversão à habilidade. Meu pobre rapaz, como tu foste besta!... E deu-se o mesmo quanto às coisas do coração. Não tiraste partido de nenhum dos favores do destino.

27 de agosto de 1878. – O organismo é uma armação arriscada como o crédito; é, apenas, gás e cinza momentaneamente tecidos pelo capricho da vida. Esta montanha de células é trabalhada pela tendência a voltar aos elementos. A existência individual não é mais do que um meteoro, uma efervescência, uma fosforescência que aparece e desaparece. Sombra de uma sombra, forma vã, fantasma que se vislumbra. O que constitui a sua realidade é uma resistência passageira à destruição, uma reação contra as influências do exterior. Viver é reagir, é sobretudo irradiar. A passividade é o estado inerte. Não vale a pena estar vivo, se se antecipa a morte pela apatia...

Dormir, sonhar, pensar, agir são os quatro graus do ser. É ser planta, animal, contemplador, homem...

Será certo que a hierarquia precedente esteja correta? Aristóteles considerava a contemplação mais divina do que a ação? Esta, como todo fruto de geração, tem uma grande parte da cegueira e da impetuosidade. É preferível ver claro? A produção voluntária e consciente, se fosse possível, acumularia dois privilégios. Imaginamos que o espírito puro, que Deus sabe o que faz ao fazer; mas os nossos inspirados, os nossos inventores, os nossos gênios fazem o que não sabem, são arrastados, levados, impelidos por uma secreta força, de que são antes agentes do que senhores, e antes veículos que condutores.

Em todo caso, há também uma fecundidade de ideias; e a potência cerebral consiste em combinar e em construir alguma coisa. Tudo o que é descosido, esparso, confuso, é apenas matéria e não é uma produção, é apenas um estofo e não uma obra. As obras são ações intelectuais. O pensador em sua cela age pois também, com a condição que ele se proponha um fim, que elucide uma ideia, que ajude o trabalho da espécie. É o trabalhar mal que é desperdício de tempo; é a confusão do inútil que é condenável.

Será, por exemplo, que essas 14.906 páginas servirão para alguém ou para alguma coisa? Esclarecerão um problema? Fornecerão materiais a uma ciência? Duvido. Serviram-me elas para viver, mas a minha vida para que serviu? Um pobre professorzinho, um aprendiz de escritor, um quarto de sábio, um oitavo de poeta: isso não tem valor, isso não deixa traço algum.

30 de agosto de 1878. – Importância de uma palavra em filosofia. Schopenhauer diz: Toda vida é ação, toda ação esforço, todo esforço dor, logo a vida é um mal. Pessimismo. – Não é, porém, verdade que toda ação seja esforço, muitas vezes a ação é impulso, isto é, alegria, sentimento de poder; o pássaro que no ar se conserva não sofre por voar, nem o passeante por passear. O simples fato de faltar uma palavra leva a confundir, aqui, o emprego da força com o esforço, a expansão com a vontade, a ação com a fadiga. Distingamos duas atividades conscientes: a atividade espontânea e a atividade desejada; a primeira é quase tão leve como a atividade inconsciente. Tudo o que se faz com prazer, com amor, com entusiasmo, é feito facilmente.

31 de agosto de 1878. – A hora é propícia. Luz, temperatura, sonoridade são agradáveis. Nada atormenta. Aproveitemo-nos disso. Gozemos, em vez de apalpar os nossos sofrimentos e as nossas mortificações. Toleramos os outros, porque não tolerar a nós mesmos? É pecado denegrir-se sem descanso e olhar-se sob o seu pior aspecto. O pintor de retratos esforça-se por descobrir a atitude, a pose que valoriza todas as linhas do seu modelo. Por que fazer perpetuamente o contrário contigo mesmo, e observar encarniçadamente as tuas faltas, as tuas brechas, os teus defeitos, as tuas fraquezas, os teus esmorecimentos? Não poderias olhar-te com um pouco mais de complacência ou de caridade, fazer-te a ti mesmo as honras da tua pessoa? Certamente, já não és jovem, não és belo, nem elegante, nem forte, a tua capacidade de trabalho é fraca, não é mais seguro que tenhas espírito; mas, afinal, em Genebra, não és inteiramente da grossa maioria. Tens alguma instrução, algum talento, um pouco de gosto, prestaste alguns serviços; ocupas um lugar, se não brilhante, ao menos estimável entre os letrados e os pensadores genebrinos. Na história literária deste país o teu nome está quase certo de obter uma linha. Esta *aurea mediocritas* tem seu prêmio.

23 de setembro de 1878. – O sentimento nada pode prometer, porque não sabe em que se tornará e não depende da vontade. Os juramentos da paixão não são registrados por Júpiter. Que valem pois os juramentos conjugais? Pode-se prometer a fidelidade e a obediência; mas pode-se prometer a duração do amor? O juramento, mesmo sendo sincero, é louco; por isso, só é cumprido raramente, exatamente como se não tivesse sido feito. O homem espera diminuir a sua fraqueza negando-a. Toma a atitude de bravo, para ocultar o seu medo. Tenta prender a sua mobilidade por sua assinatura. Pobres estratagemas! Mais valeria prometer somente o que depende de nós, a probidade e a integridade. O coração não se deixa encadear por nenhum processo jurídico; mas a consciência também escapa aos sofismas do coração. O dever dos esposos subsiste, quando o encanto e a atração da vida comum desapareceram. Amam tão longamente quanto podem, e ajudam-se honestamente quando já não amam.

Contudo, isso faz círculo vicioso. O esposo que reclama o amor, quando lhe cabe inspirá-lo, tem o direito a seu favor, e, não obstante, é ridículo; há melhor prova de que o juramento aqui não é mais que uma ficção legal, uma medida apenas de decoro? – E, por outro lado, obter por coação o que só tem valor se dado por jubiloso consentimento é desencorajante, digamos melhor, nauseabundo. Disso concluo que um casamento só é de aconselhar, quando é irresistível. Só se deve esposar o ser necessário. Neste caso, qualquer que seja o resultado, pode-se dizer a si próprio: estava escrito, era o meu destino. Deus o quis, resignemo-nos. Como uma obra de arte nada vale sem inspiração, uma decisão irreparável nada vale sem um arrebatamento sobrenatural. Precisamos da ilusão de que Deus nisso tenha posto a sua mão; de que nós obedecemos a uma sugestão providencial. Entre os nossos cálculos aproximativos e uma resolução irremediável, existe a incomensurabilidade. Os votos perpétuos são uma traição à fraqueza humana, que pode muito bem ligar-se a ela mesma presunçosamente, mas que não devemos ligar por nossas próprias palavras, porque ela tem o direito de arrepender-se, e a sua liberdade não pode ser alienada uma única vez para todo o sempre.

25 de outubro de 1878. – Exercícios de engenhosidade intuitiva: metagramas, logrifos, palavras em estrela, palavras quadradas silábicas, problemas pontilhados, problemas alfabéticos, extremos rimados e o inverso (versos para terminar). – O *Journal de la Jeunesse* (Hachette, 1878) contém disso uma opulenta coleção. Para que servem tais exercícios? Para tornar mais aguda a sagacidade, alargar o espírito em todos os sentidos, torná-lo mais atento, mais pronto, mais flexível, mais fino. Charadas, anagramas; enigmas, mesmo rébus não são inúteis. O fim é sempre o mesmo, cultivar a aptidão adivinhadora, o instinto criptológico. Não há nenhum mal em desenvolver o Édipo que dorme em nós. Deve-se saber retornar, descobrir as pistas, imaginar os ataques, inventar os métodos, renovar os processos, esgotar os possíveis. Quem sabe interrogar as coisas e achar o seu segredo, é apto para o estudo como para a prática. Ademais, isso faz parte do meu princípio: tomar o espírito das coisas, colocar-se em tudo. A inteligência é o instrumento universal; ela contém todos os moldes e todos os modos. Um psicólogo não desdenha coisa alguma e os jogos são mina que ele está longe de desdenhar.

4 de novembro de 1878 (*dez horas da manhã*). – Noite bastante miserável. Acordei três ou quatro vezes devido à minha bronquite; entranhas arruinadas. Melancolia, inquietude. É possível que sufoque, numa destas noites de inverno. Entrevejo a conveniência de estar preparado, e de pôr a última demão em algumas produções que tenho na pasta. Há também as providências quanto a Clarens, o meu testamento, os meus negócios, a minha correspondência, que preciso regularizar. Dar ordem a tudo, a fim de não deixar depois dificuldades nem embaraços, nem incômodos, nem queixas, ou pelo menos não as merecer. Buscar deixar uma boa recordação e saudades.

Para começar, passa a esponja nas injúrias sofridas e nas tuas amarguras; perdoa a todos, não julgues ninguém, nem mesmo os que não te compreendem ou te fazem mal. Não vejas nas malevolências e inimizades mais do que mal-entendidos. "Tanto quanto dependa de nós, estejamos em paz com todos os homens."

No leito de morte, não deve mais o espírito ver senão as coisas eternas. Todas as mesquinharias do tempo se desvanecem. O combate está terminado. É permitido recordar somente os benefícios recebidos e adorar os caminhos de Deus. É natural concentrar-se no sentimento cristão da humildade e da misericórdia. "Pai, perdoa as nossas ofensas, como nós perdoamos aos que nos ofenderam."

Prepara-te como se a Páscoa próxima fosse a tua última Páscoa, porque os teus dias para o futuro serão curtos e maus, e os augúrios são desfavoráveis.

7 de novembro de 1878. – Com a minha afilhada conversei, hoje, sobre o engana-vista em pintura, e a propósito disso, sobre a ilusão poética e artística que não quer ser confundida com a própria realidade. O engana-vista deixa iludir a sensação; a arte verdadeira só pretende encantar a imaginação, sem burlar a vista. Quando vemos um bom retrato, dizemos: "está vivo"; – em outras palavras, nós lhe emprestamos a vida.

Quando vemos uma figura de cera, sentimos uma espécie de pavor; aquela vida que não se move nos dá uma impressão de morte, e nós dizemos: é um fantasma, é um espectro. Neste caso, vemos o que falta, e o exigimos; no outro, vemos o que se nos oferece e oferecemos de nossa parte. Dirige-se, pois, a arte, à imaginação; tudo o que apenas se dirige à sensação está aquém da arte, quase fora da arte. Uma obra de arte deve fazer trabalhar em nós a faculdade poética, induzir-nos a imaginar, a completar a percepção. E só fazemos isso à imitação e à instigação do artista. A pintura-cópia, a reprodução realista, a imitação pura deixa-nos frios, porque o autor é uma simples máquina, um espelho, uma placa iodada, e não uma alma.

A arte só vive de aparências, mas essas aparências são visões espirituais, sonhos fixados. A poesia representa-nos uma natureza tornada consubstancial à alma, porque não é mais do que uma recordação comovida, uma imagem vibrante, uma forma sem peso, enfim, um modo da alma.

As produções mais objetivas são apenas expressões de uma alma que se objetiva melhor do que as outras, isto é, que se esquece mais de si própria ante as coisas, mas sempre são, estas, a expressão de uma alma; daí o que se chama o estilo. O estilo pode não ser senão coletivo, hierático, nacional, quando o artista é ainda o intérprete da comunidade; tende a tornar-se pessoal à medida que a sociedade aceite a individualidade e deseje ver a sua expansão.

A originalidade é a individualidade do estilo, como o estilo é o molde psicológico dos objetos a apresentar, ou antes o traço involuntário do moldador.

6 de dezembro de 1878 (onze horas da noite). – Leitura: von Loeper (*O Fausto de Goethe*).

Goethe é aqui tratado como um antigo ou como Dante. Apoteose do homem e da obra. Introdução, comentários, bibliografia. Variantes. E contudo nada se assemelha menos do que o Fausto a uma criação inteiriça, onde tudo se coordena e faz bloco. É antes uma catedral construída durante sessenta anos e sem plano primitivo, sem unidade rigorosa. Não é uma tragédia, mas um *Mysterium*. E esse *Mysterium* que deve representar a vida humana e a luta do ser finito contra o infinito deixa uma impressão de lacuna. Fausto não é o homem central, porque tem pouco coração, e pouca consciência. Seu entusiasmo é cerebral; é uma poderosa inteligência, não é uma grande alma, nem um belo caráter, nem um herói, nem um mártir. A secura e o egoísmo surgem através dessa organização pensante.

Sua recepção no Paraíso cristão é uma violência feita à lógica, uma conclusão arbitrária, um *Deus ex machina*. Ele é salvo pela intercessão das mulheres; mas não o mereceu. Fausto é um Abelardo, um Paracelso, um Bruno, um feiticeiro e um pesquisador, mas ignora a humildade, o sacrifício, a caridade, a santidade. Está fora da esfera religiosa e mesmo da vida moral, porque não se preocupa com o dever e com o seu dever. É o lado glacial dessa obra de gênio. Podemos interessar-nos por Fausto, porque ele sofreu, não podemos amá-lo, porque o seu ideal não é nem puro nem benfazejo.

24 de dezembro de 1878 (meio-dia). – Um belo tempo, brilhante e duro. Última lição sobre Espinosa, clara, compacta e, creio, convincente. Os discípulos não suspeitam quantas coisas são necessárias para preparar esta coisa tão simples, a exposição completa de um tema de filosofia em três quartos de hora, com a sua apreciação, a história ulterior e o porquê da sua influência. Tudo parece natural, fácil, insignificante à inexperiência, e ela tanto agradece a clareza simples e concisa de uma lição como a luz do dia. Para ser justo, dever-se-ia comparar, dever-se-ia imaginar o trabalho de exegese, de redução, de construção, de medida, de informação que supõe a coisa. Ora, que imaginam eles? São ingenuamente ingratos como todos os escolares, e como somos todos nós, crianças para com nossos pais, homens para com a sociedade, fiéis para com a nossa Igreja, mortais para com o nosso Deus. Só temos consciência do nosso mérito e das nossas pretensões, e não de tudo o que nos é concedido gratuitamente. Jamais aqueles que são estragados pelos mimos disso se apercebem senão quando cessa o favor e a privação começa.

28 de dezembro de 1878. – Experimentei ontem um pequeno *impetus philosophicus*, para falar como Bacon. Foi uma escapada sobre o Infinito em matemática por meio das variações de um triângulo. Sem dificuldade, chega-se por aí ao infinito de quarta potência. Essa pequena aprendizagem não deve ser inútil ao espírito, porque habitua à precisão, à análise completa, e à exploração exaustiva de um assunto.

Se a mais elementar das formas finitas abre sobre o infinito 23 portas para começar, e em seguida muito mais, pode-se dizer:

> *L'infini nous entoure; il est si près de nous,*
> *Qu'un enfant même peut l'entendre.*

Tomar consciência do sentido dos termos é sair da grosseria comum, que somente vê mais ou menos e em bruto, e tudo encurta à sua medida.

No fundo, o poético, o imenso, o sublime estão em toda parte, mas raramente sabemos nós percebê-los. Assim os Judeus não conheciam senão dois ou três números sagrados (7, 12, 40), mas Pitágoras viu que o número, isto é, todos os números tinham um sentido divino, um valor simbólico, e continham um mistério sagrado. Assim Leibniz viu na última parcela da matéria a mônada, e essa mônada é a chave da própria teologia. É a nossa insipidez que torna a vida insípida...

5 de janeiro de 1879. – Empenha-te em observar-te de fora e mesmo de longe, e responde a esta pergunta: Por que tantas mãos femininas te foram estendidas? Por que de tantos lados surgiram simpatias por ti? – Que é de admirar? Primeiro tu compreendes e amas as mulheres; a seguir delas tens necessidade. Tu lhes fazes bem, e elas to devolvem. Nada há de maravilhoso na atração mútua quando há benefício recíproco. A afinidade é apenas a tradução de uma harmonia. Somente, a tua inclinação é de natureza estética, desinteressada, cordial, enquanto o amor viril é de ordinário uma forma da apropriação, quer possuir, dominar, encadear, abarcar o que ama. É a grosseria ordinária que faz parecer inconcebível a tua maneira. O amor platônico, o amor espiritual é no entanto uma possibilidade, digo melhor, uma realidade, mas parece que é bem raro. Os outros conhecem entre os dois sexos apenas o amor sexual, que pensam dignificar tornando-o exclusivo e ciumento. Reservam para a vida futura o santo amor, a atração angélica, o que é fundado na admiração. Por que esse adiamento? Será que o apego proporcional à perfeição não é uma lei divina? Será que uma lei divina não é eterna? Será que não se pode, uma lei eterna, aplicar sem demora?

10 de janeiro de 1879. – Despersonalizo-me com tal facilidade, que me confundo momentaneamente com outros; a minha maneira própria de ser perde-se na multidão e eu não sei mais o que sou como indivíduo, porque o meu indivíduo não me interessa mais do que os seus análogos e os seus congêneres. Gosto de ter consciência de toda vida, e se tem a minha vida algum atrativo para a minha curiosidade, é simplesmente porque é mais disponível para mim e mais acessível ao meu estudo. Não sou para mim próprio mais do que um laboratório de fenômenos, um espécime psicológico da humanidade. A mim é agradável ter-me ao alcance da mão como objeto de experiência e de observação, mas a necessidade quase universal de fazer o seu pequeno Eu sobrepujar às pessoas e às coisas, de aumentar a sua esfera de domínio e de propriedade, de fazer-lhe uma grande carreira, de torná-lo importante, poderoso, ilustre, esse instinto me é quase estranho; conheço-o apenas sob a forma negativa, a repugnância a ser violentado em minha natureza ou em minha independência, a resistência à injustiça, à astúcia e à opressão. Esse ardor avassalante e conquistador do Eu, que se acredita próprio à humanidade inteira não é mais do que um fato geral, como a gulodice ou a luxúria. Não está na essência da espécie; nem no seu ideal. A sede da morte encontra-se também, e a necessidade de entregar-se a alguma coisa de maior que o próprio indivíduo não é tão extremamente rara; as naturezas verdadeiramente religiosas sabem-no bem e o provam.

13 de janeiro de 1879. – Perdi muito tempo em procurar um diário e pôr em ordem os meus livros e papéis sobre as mesas. Tristeza. Verifico sempre o acúmulo, o atraso, o esquecimento; os erros da minha indolência, as fraquezas da minha memória, as veleidades ineficazes; estou humilhado e aflito. Impossível mesmo lembrar que bilhetes ontem escrevi. Uma noite cava um abismo entre o eu de ontem e o de hoje. A continuidade criada pelo querer e pelo esforço no mesmo sentido, eu não a conheço. A perseverança, a constância, a pertinácia não me são mais conhecidas que de nome. Minha vida é descosida, sem unidade de ação, porque as minhas próprias ações me escapam... Provavelmente, a minha força mental, empregando-se em possuir a si mesma, sob a forma de consciência, deixa ir tudo o que povoa de ordinário o entendimento, como a geleira repele todas as pedras e blocos caídos em suas fendas, a fim de permanecer cristal puro. Ao espírito filosófico repugna preocupar-se com fatos materiais, recordações insignificantes. O pensamento somente se entrosa no pensamento, isto é, em si mesmo, no movimento psicológico. Enriquecer a sua experiência é a sua única ambição.

O estudo interior do jogo das suas faculdades torna-se o seu prazer e mesmo a sua aptidão e o seu hábito. A reflexão não é mais que o aparelho registrador das impressões, emoções, ideias que atravessam o espírito. A mutação processa-se tão energicamente que o espírito é não só desvestido, mas despojado de si mesmo, e por assim dizer dessubstanciado. A roda gira tão depressa que se funde em torno do eixo matemático, única coisa que permaneceu fria, porque é impalpável e sem espessura.

Tudo isso está muito bem, mas é muito perigoso. Enquanto fazemos parte do número dos vivos, isto é, enquanto estamos mergulhados no meio dos corpos, dos interesses, das lutas, das vaidades, das paixões, e também dos deveres, convém renunciar a esse estado sutil; convém consentir em ser um indivíduo determinado, tendo um nome, uma posição, uma idade, um organismo, uma esfera de atividade particular. Inútil ser a impessoalidade uma tentação; convém de novo tornar-se em um ser aprisionado em certas condições da duração e do espaço, um indivíduo que tem seus congêneres, seus vizinhos, amigos, inimigos, uma profissão, uma pátria, que deve alimentar-se, alojar-se, examinar a sua roupa branca, pagar as suas contribuições e os seus fornecedores, velar por seus negócios, numa palavra, proceder como o primeiro animal ou o primeiro passante. Há dias em que todos esses pormenores me parecem um sonho, em que me admiro da escrivaninha que está sob as minhas mãos do meu próprio corpo; em que me pergunto se há uma rua diante da minha casa e se toda essa fantasmagoria geográfica e topográfica é bem real. A extensão e o tempo tornam-se então simples pontes. Assisto à existência do espírito puro, vejo-me *sub specie aeternitatis*.

Não será o espírito a capacidade de dissolver a realidade finita no infinito dos possíveis? Em outras palavras, não será o espírito a virtualidade universal? Ou o universo latente? Seu zero seria o germe do infinito, que se expressa em matemáticas pelo duplo zero ligado (∞).

Consequência: o espírito pode fazer em si a experiência do infinito; no indivíduo humano desprende-se às vezes a chispa divina que lhe faz entrever a existência do ser-forte, do ser-base, do ser-princípio, no qual tudo repousa como uma série na sua fórmula geratriz. O universo não é senão uma irradiação do espírito; as irradiações do Espírito divino são mais do que aparências para nós, têm uma realidade paralela à nossa. As irradiações do nosso espírito são reverberações imperfeitas do fogo de artifício lançado por Brama; a nossa ciência todavia tem por controle poder predizer os fenômenos (astronomia); engendrar novos fenômenos (química), ou reconstituir o passado explicando-o (linguística, filosofia da história). Os nossos erros, os nossos sonhos, as nossas quimeras somente a nós pertencem. Elas engendram também alguma coisa, o mundo subjetivo das superstições e dos monstros. A grande arte não é grande senão porque tem conformidades com a ordem divina, com o que é (música, artes plásticas, poesia).

O ideal é a antecipação da ordem pelo espírito. O espírito é capaz de ideal porque é espírito, isto é, porque entrevê o eterno. O real, ao contrário, é um fragmento, é transitório. Somente a lei é eterna. O ideal é, pois, a esperança indestrutível do melhor, o protesto involuntário contra o presente, o fermento do futuro.

É o sobrenatural em nós, ou antes, o superanimal, a razão da perfectibilidade humana. Quem não tem ideal contenta-se com o que é; não discute o fato, que se torna a seus olhos idêntico ao justo, ao bem, ao belo.

Mas por que não é perfeita a irradiação divina? Porque dura ainda. O nosso planeta, por exemplo, está em meio das suas experiências. A flora, a fauna continuam. A evolução da humanidade está mais próxima da sua origem que do seu encerramento. Ora, a espiritualização completa da animalidade parece singularmente difícil, e isso é a obra da nossa espécie. Inopinadamente sobrevém o erro, o pecado, a doença, o egoísmo, a morte, e ainda as catástrofes telúricas. A construção do bem-estar, da ciência, da moralidade, da justiça para todos está esboçada, mas apenas esboçada. Mil causas retardadoras, perturbadoras, dificultam este gigantesco trabalho, no qual tomam parte as nações, as raças, os continentes. Na hora presente, a humanidade ainda não está constituída em unidade física, e a sua educação como conjunto ainda não começou. Todos os ensaios de ordem foram cristalizações locais, rudimentos de organização momentânea. É agora que as possibilidades se aproximam (a união dos correios, dos telégrafos; exposições universais; viagens ao redor do planeta; os congressos internacionais, etc.). A ciência e os interesses ligam as grandes frações da humanidade que as línguas e as religiões separam. O ano em que se projetar uma rede de caminhos de ferro africanos, indo das margens até o centro, pondo em junção, por terra, o Atlântico, o Mediterrâneo e o Oceano Índico, bastará para caracterizar uma nova era. O fantástico tornou-se o concebível; o possível tende a tornar-se o real. Transforma-se o planeta no jardim do homem. O homem tem por principal problema tornar possível a coabitação dos indivíduos da sua espécie, isto é, encontrar o equilíbrio, o direito, a ordem dos tempos novos. A divisão do trabalho permite-lhe tudo procurar ao mesmo tempo; indústria, ciência, arte, direito, educação, moral, religião, política, relações econômicas, tudo está em gestação.

Assim tudo pode ser levado a zero pelo espírito, mas esse zero é fecundo, contém o universo e em particular a humanidade. Não se fatiga mais o espírito em seguir o real no inumerável do que em tomar consciência dos possíveis? O ∞ pode sair de zero ou a ele retornar.

14 de janeiro de 1879. – Grande dor de cabeça. Todas as coisas me contrariam e me irritam, cada qual mais vivamente: cartas que recebo, lição a dar (que não está preparada), a lenha que não queima, o aborrecimento de uma sessão desagradável a presidir esta semana, um acidente para mim inexplicável, e sobretudo a consciência de uma vergonha, de uma humilhação para dizer melhor, de um sofrimento irreparável. Refletindo sobre tudo isso, recordo que, com exceção do sr. de Banville, nenhum dos parisienses a quem escrevi ou enviei alguma coisa há dois anos sequer me acusou recepção; e até os meus conhecidos, como Edmond Scherer, Victor Cherbuliez, Coppée, Taine, Pelletan, tomaram a mesma atitude. Até Rambert, até Tallichet não me têm mais em consideração. É isso descer muito? Parece que me tornei louco, que estou nulo, ao menos para a unanimidade desses votos. Esta revelação não causa prazer sem dúvida, e é permissível um pouco de revolta, porque temos 24 horas para maldizer os nossos juízes. Mas isso não vai durar.

Entrevejo com curiosidade como o humor pode tornar-se acerbo. É, para o amor-próprio mortificado, a maneira indireta de vingar-se. O eu não quer permanecer numa depressão e se oferece um pequeno acesso de tirania feroz. Sofreu, quer fazer sofrer. Feriram-no, ele fere. E, tudo isso, instintivamente, por uma espécie de movimento reflexo. Como triunfar do mau humor? Primeiro, pela humildade: quando se conhece a própria fraqueza, por que se irritar de a perceberem os outros? São pouco amáveis, sem dúvida, mas estão dentro da verdade. A seguir, pela reflexão: afinal de contas permanecemos o que somos, e se demasiado nos estimávamos, isso é apenas uma opinião a modificar; a incivilidade do próximo nos deixa tais como éramos. – Sobretudo pelo perdão: há somente um meio de não detestarmos os que nos fazem mal e são conosco injustos, é fazer-lhes o bem; vencemos a nossa cólera pela benignidade; não os mudamos, a eles, com essa vitória sobre os nossos próprios sentimentos, mas dominamos a nós mesmos. É vulgar indignar-nos pelo que nos diz respeito; devemos indignar-nos só pelas grandes causas. Não arrancamos da nossa ferida o dardo envenenado senão pelo ditame da caridade silenciosa e afável. Por que permitir à malignidade humana que chegue a exasperar-nos? E à ingratidão, à inveja, à própria perfídia, que nos irritem? Não as anulamos com recriminações, queixas ou castigos. O mais simples é passar a esponja em tudo isso. Os aborrecimentos, os rancores, os arrebatamentos perturbam a alma. O homem é justiceiro; mas há um mal que não lhe cabe punir: é aquele de que é vítima. Impõe-se um processo de cura para tais males. O fogo tudo purifica.

> *Mon âme est comme un feu qui dévore et parfume*
> *Ce qu'on jette pour le ternir.*

19 de janeiro de 1879. – Para todos nós, o mundo é apenas a ocasião de afirmar-nos a nós mesmos, e neste sentido todos os espíritos são subjetivos; mas a diferença é que uns têm mais notas livres em seu teclado e podem reproduzir as melodias do exterior desnaturando-as menos, e que outros ressoam como o sino ou o tambor ou a corda virola de um relógio, isto é, com o mesmo som mais ou menos intenso, mas monófono. A polifonia, a policromia são o sinal da vocação crítica. Os espíritos compactos, maciços, unissonoros, unicolores podem ser originais e ter valor em si próprios, mas são feitos para serem classificados e não para classificar, para serem enganados, não para compreender.

Um cão contempla um bispo; é a escusa de todos os espíritos grosseiros tentando julgar um espírito fluido. Já ouvi suficientes tolices sobre Victor Cherbuliez? Mas estarão, um dia, os beócios advertidos acerca de si próprios? Terão eles alguma vez o pudor de recusar-se e o instinto de calar-se? Não. Estariam então na fronteira da Ática; respirariam o ar do Citero. Entrever a sua própria tolice é dela escapar-se a meio. Condenar-se é entrar em conversão. Envergonhar-se é deixar de ser o que se é. Será que um peru alguma vez terá vergonha da sua qualidade específica de peru?

É a bondade que limita voluntariamente a fineza. O espírito entregue a si próprio seria impiedoso, porque a multidão das inteligências se assemelha a um curral ou a uma fauna; para o espírito sutil tudo é plebe; para o espírito olímpico tudo é pântano e aborrecimento. É a bondade que põe anteparo aos raios elétricos demasiado agudos da clarividência; é ela que se recusa a iluminar as fealdades e as misérias do hospital intelectual; é ela que afasta a classificação do próximo de acordo com o princípio da tolice ou antes do discernimento. Ela teme um privilégio; prefere ser humilde e caritativa, esforça-se em não ver o que lhe entra pelos olhos, isto é, as imperfeições, as enfermidades, os desvios, os reumatismos e os obscurecimentos espirituais. Coloca um capuz sobre a sagacidade, para não magoar inutilmente os outros; ou, se a sagacidade notou, a bondade toma a palavra antes dela para fazer observar uma linda conchinha no árido areal, uma palheta de ouro no bloco vulgar, um ramo de manjerona no feixe de palha seca e inodora. A sua piedade toma ares aprovativos. Triunfa de suas náuseas para encorajar e reerguer.

Observou-se muitas vezes que Vinet elogiara coisas fracas. Isso não era ilusão do seu sentido crítico; era caridade. "Não apaguemos o pavio que ainda queima." E eu acrescento: "Não contristemos jamais sem utilidade". O grilo não é o rouxinol; para que dizer-lhe isso? Entremos na ideia do grilo, isso é mais novo e mais engenhoso. É o conselho da bondade.

O espírito é aristocrático, a bondade é democrática. Em democracia, a igualdade dos amores-próprios na desigualdade dos méritos cria praticamente uma grande dificuldade. Uns saem-se disso amordaçando a sua franqueza com a prudência; outros, corrigindo a sua perspicácia pela doçura. Parece que seja, a benevolência, mais segura que a reserva. Aquela não fere nem mata. É o partido que escolhi.

É mais agradável golpear as pessoas, como fazia Boileau; mas é arrogar-se um direito que não se tem. É preciso tolerar que cada um viva, e cada animal segundo a sua espécie. Havendo ocasião, é preciso ajudar cada um a desenvolver-se segundo a sua natureza. Só na mais estreita intimidade podemos dizer o fundo de nosso pensamento; somos obrigados a guardar o segredo dos outros, embora o tenhamos descoberto e não recebido para guardar; somos verdadeiramente senhores apenas do nosso próprio segredo; aquele, podemos dispensá-lo; podemos revelar as nossas tolices, lacunas, defeitos, erros; somente não devemos fazê-lo senão para dar coragem ou luz ao interlocutor, pois nos entregamos nós próprios à sua crítica, e quem sabe se disso mais tarde não vai ele abusar?

A caridade é generosa. Arrisca-se de boa vontade e, apesar de cem experiências sucessivas, não supõe mal na centésima primeira.

Não podemos, ao mesmo tempo, ser bons e cautelosos, nem servir a dois amos; o nosso próprio egoísmo e o amor.

Convém ser conscientemente ousado para não assemelhar-se aos sagazes deste mundo, que o seu interesse jamais esquecem e que só pensam nisso. É preciso saber ser enganado. É o sacrifício que o espírito e o amor-próprio devem fazer à consciência. É o crédito que se abre à alma; é o que fazem os filhos de Deus.

Não foi Bossuet quem disse: Só as belas almas sabem tudo o que há de grande na bondade?

21 de janeiro de 1879. – Contam-me a primeira sessão de Bouvier [59] (sobre a Bíblia). Como sempre, ele tenta conciliar a ciência com a fé, e a cosmologia real com o Gênesis de Moisés. Os teólogos não se consolam de ver que só a Bíblia da Natureza tem autoridade para a ciência. Mas a ciência não oferece ideal; são as

---

[59] Auguste Bouvier, professor na Faculdade de Teologia, pregador e escritor; amigo de Amiel.

religiões que oferecem o ideal popular; o ideal popular da vida é indispensável. A melhor religião para nós será a que nos der mais força e consolação.

A religião ocupa de início o lugar de ciência e de filosofia; a seguir deve conservar apenas o seu lugar, que é a emoção íntima da consciência, a vida secreta da alma em comunicação e em comunhão com o querer divino e a ordem universal. A piedade é a restauração cotidiana do ideal, a volta ao equilíbrio de nosso ser interior, sacudido, perturbado, impelido, irritado, exacerbado pelos acidentes diários da existência. A prece é o bálsamo espiritual, o cordial precioso que nos devolve a paz e a coragem. Ela nos lembra o perdão e o dever. Ela nos diz: Tu és amado, ama; tu recebeste, dá; tu deves morrer, realiza a tua obra; vence a tua cólera pela generosidade; vence o mal pelo bem. Que importa a opinião cega, o teu caráter desconhecido, as ingratidões sofridas? Tu não és obrigado a seguir os exemplos vulgares, nem a seres bem-sucedido. Faze o que deves, aconteça o que acontecer. Tens um testemunho, a tua consciência; e a tua consciência é Deus que te fala.

1º de fevereiro de 1879 (quatro horas da tarde). – Um espetáculo curioso me esperava na ponte do Monte Branco. Um turbilhão de várias centenas de gaivotas rodopiavam descendo abaixo da ponte, mergulhando no rio, de novo, subindo como foguetes, gritando, batendo asas, alcançando no ar as migalhas que lhes atirávamos; era atordoante como um carrossel aéreo, sem trégua e sem repouso. Por dez cêntimos de pão fresco, era possível distrair-se por meia hora. Doze cisnes majestosos deslizavam em meio dessa populaça aquática, que os aborrecia com a sua turbulência febril e insolentemente voraz. Alguns corajosos pardais arriscavam-se no pilar da ponte, para apanhar qualquer migalha esquecida. Aquelas gaivotas, em conjunto, pareciam uma nuvem de neve, e levavam a imaginação até os fiordes noruegueses. As asas têm, é verdade, um pouco de cinzento em cima e de negro em baixo; mas o branco domina. São granizos voadores.

25 de fevereiro de 1879. – Um vento forte toda a noite; e agora a neve. A natureza está positivamente convulsa e frenética nestes últimos tempos. O furacão de 20 de fevereiro deve recomeçar amanhã; o observatório de Nova York o predisse. É das Bermudas que nos chega este vento furioso. O sábio tem agora a inspeção do planeta; mas, se denuncia os fugitivos não pode ainda obrigá-los a retornar à prisão. Ele diz: cuidado! Tomai as vossas precauções! É já alguma coisa. Os males previstos podem ser em parte minorados e reparados. Tapar as escotilhas e carregar as velas equivale a cortar as garras à tempestade. O essencial não é impedir um fenômeno exterior, mas dele preservar-se. Que importa que caia geada se podemos pôr ao abrigo as colheitas, ou mais simplesmente se as próprias perdas estão cobertas pelo seguro. Não é necessário governar o vento, se podemos governar-nos apesar do vento. Que a natureza siga as suas leis, contanto que, neutralizando uma lei pela outra, o homem proteja o seu querer e alcance os seus fins. Sopre o vento, se com o vapor navegamos contra ele, se com a eletricidade dispensamos o vapor, se com a química e a mecânica nós manejamos forças que zombam das forças exteriores. O furacão é, para nós, apenas um corcel arquejante; o telégrafo o precede de três ou quatro dias em espaços relativamente restritos, tais como a largura do Atlântico. Pode imprimir-se em San Francisco um discurso pronunciado em Londres, oito horas antes que Londres o tenha ouvido. As novidades mais recentes do Afeganistão nos chegam por Nova York, isto é, percorrem três vezes o caminho direto.

3 de março de 1879. – A política judiciosa tem por critério a utilidade social, o bem público, o maior bem realizável; a política oca, jactanciosa e insensata parte da ideia dos direitos do indivíduo, direitos abstratos cuja extensão se afirma, não se demonstra, pois o direito político do indivíduo é precisamente o que está em discussão. A escola revolucionária esquece sempre que o direito sem o dever é um compasso com uma única perna. Ensoberbece o indivíduo ao fazê-lo ocupar-se apenas de si mesmo e do que lhe devem os outros, mas silencia quanto à recíproca, e nele extingue a capacidade para devotar-se a uma obra geral. O Estado torna-se uma loja; o interesse é o seu princípio (utilitarismo inglês); ou então é uma arena onde cada gladiador se esforça apenas pela sua honra (radicalismo francês). Em ambos os casos, o egoísmo é o motor do indivíduo.

A Igreja e o Estado deveriam abrir ao indivíduo duas carreiras inversas: no Estado, deveria o indivíduo merecer, isto é, conquistar os seus direitos por serviços; na Igreja, deveria praticar o bem, apagando os seus méritos pela humildade voluntária.

O americanismo volatiliza a substância moral do indivíduo, que tudo subordina a si próprio e crê o mundo, a sociedade, o Estado feitos para ele, para lhe servirem de cabeça de turco. Esse ponto de vista difamante, e de flibusteiros, tem alguma coisa de repugnante. Essa ausência de gratidão humana, de espírito de deferência e de instinto de solidariedade, torna-me frio. É um ideal sem beleza e sem nobreza.

Consolação. O igualitarismo compensa o darwinismo, como um lobo impõe respeito a outro lobo. Ambos, porém, são estranhos ao dever. O igualitarismo afirma o direito de não ser devorado pelo próximo, o darwinismo constata o fato de que os grandes devoram os pequenos, e acrescenta: tanto melhor. Nem um nem outro conhecem o amor, a fraternidade, a bondade, a compaixão, a submissão voluntária, o devotamento de si próprio.

Todas as forças e todos os princípios agem ao mesmo tempo no mundo. A resultante é antes boa. Mas a guerra é feia, porque desloca todas as verdades e porque só apresenta em batalha erros contra erros, partidos contra partidos, isto é, metades de seres ou monstros contra outros monstros. Uma natureza estética não se acomoda com esse espetáculo, quer perceber a harmonia e não o contínuo ranger das dissonâncias. Essa união sempre adiada a impacienta. Os bastidores repugnam-lhe, ela desejaria a ilusão teatral; pede a refeição e deseja sair dos temperos culinários. Um número de jornal é uma fotografia dessa confusão de Babel nas ideias, nos interesses, nas tendências. É preciso admitir esta condição das sociedades humanas: o ruído, o ódio, a fraude, o crime, a ferocidade dos interesses, a tenacidade dos preconceitos; mas o filósofo suspira e nisso não pode pôr seu coração.

Le combat du volvon avec le vibrion

dá-lhe náuseas, e ele precisa contemplar do alto a História e ouvir frequentemente a música das esferas eternas.

13 de março de 1879. – Leitura: Hermann Grimm (Goethe estudado como um dos grandes tipos da imaginação poética).

Estas análises químicas do gênio me fazem sempre rir; pois subentendem a possibilidade de refazer o que elas decompõem. Ora, o que é próprio do gênio e mesmo da vida é justamente a concreção, a fusão dos elementos que a química não pode senão desassociar. A ciência, que é admirável no domínio das coisas quantitativas, ponderáveis, mensuráveis, é ridiculamente palerma nas coisas da alma, do coração, do gosto. Dir-se-ia um ferreiro que quer forjar asas de borboleta ou olhos de mosca. Essa pesadez pedantesca é mais própria dos teóricos alemães que de ninguém.

Par la sambleu, Messieurs, je ne croyais pas être
Si plaisant que je suis.

É preciso muita ingenuidade para acreditar-se no assunto, quando se destrói o fenômeno que se trata de explicar. Seria o mesmo que estrangular um coelho, para encontrar o segredo da vida no seu estômago. Aqueles que empreendem a fabricação de talentos estão na mesma situação. O que se ensina nunca é mais do que secundário, o que se aprende não é o talento, mas a arte de servir-se dele. Ninguém jamais conhece bem senão o que encontrou por si próprio. O talento amadurecido estimula os talentos nascentes, mas por seu exemplo, não por preceitos.

Só compreendemos o que repetimos em nós mesmos, o que encontramos em nossa própria natureza. O mimetismo psicológico é a arte de penetrar. A adivinhação, a intuição, por coisa alguma se substituem; e enganam-se os grosseiros se acreditam com as suas chaves falsas, suas escalas e suas lanternas surdas poderem entrar em toda parte. Não podem sequer compreender a primeira menina que lhes apareça, a menor criança presa às saias de sua ama. Os obtusos o são em toda parte, mesmo armados de óculos, de balanças e de bisturis. Será que examinando minuciosamente os poetas não produzem, os gramáticos, efeito cômico? Numa palavra, a incompetência está em toda parte porque a presunção dos espessos não conhece limites. Em todo assunto, é indispensável ser da família, da casa, do ofício, ter o instinto e o sentido da coisa, para falar sem disparate e sem palavras inúteis.

15 de março de 1879. – Leitura: Stahl (*Les Histoires de mon Parrain*); Légouvé (alguns capítulos de *Nos Filles*). Esses escritores põem o espírito, a graça, a alegria e o contentamento ao lado dos costumes honestos; querem mostrar que a virtude não é tão enfadonha, e que o bom senso não é tão fastidioso. São moralistas persuasivos e cativantes contistas. Trabalham no reerguimento da França, e excitam o apetite do bem. Essa gentileza oferece contudo um perigo. A moral açucarada passa certamente, mas pode temer-se que ela tenha sido aceita pelo açúcar, e que o senso moral nada tenha ganho. Os sibaritas toleram um sermão bastante gentil, delicado para lisonjear a sua sensualidade literária; mas neles é o gosto que é fascinado, não é a consciência que se desperta. São pois lisonjeados, mas não comovidos; a sua vaidade é satisfeita e o seu princípio de conduta não é atingido.

Moralizar fazendo rir, instruir divertindo, são dois métodos preconizados nas idades de fraqueza, mas são provavelmente duas ilusões. Alegrar, instruir, moralizar são gêneros que se podem misturar e associar, sem dúvida, mas que é preciso saber separar para obter efeitos reais e francos. A criança cujo espírito é bem formado não gosta, aliás, das histórias que tenham artifício e embuste. O dever exige a obediência, o estudo reclama aplicação, o brinquedo não exige mais do que bom humor. Converter a obediência e a aplicação em brinquedo agradável é efeminar a vontade e a inteligência. A natureza deu à criança ossos e dentes, por que recusar-lhe a ocasião de mastigar e de fatigar-se? Não quereis que ela venha a ser um homem?

Conclusão. Os esforços para pôr a virtude em moda são louváveis, mas, se honram os escritores, provam a anemia moral da sociedade. Aos estômagos não estragados é escusado tanta coisa para lhes dar o gosto do pão.

17 de março de 1879 (*onze horas da noite*). – Refiz a minha lição sobre o positivismo. Impressão de aborrecimento, cada vez que toco nessa pretensa doutrina, tão pobre de apreciações novas como de resultados interessantes. Esse Comte não tem traço de verve, de espírito, de fecundidade. Não tem mais do que uma única ideia, diluída com insuportável prolixidade, e essa ideia não é justa, não é nova, não é grande. Quando se tira de Comte o que ele tomou de Hume, de Broussais, de Saint-Simon, de Turgot, resta apenas a miscelânea difusa e pretensiosa do empirismo vulgar. Quando se depena esse falso pavão, não se encontra mais do que um frango banal convencido de si mesmo. É irritante. E a admiração votada à coisa e ao homem impacienta como toda exageração estúpida.

23 de março de 1879 (*meio-dia*). – Reli este caderno. Choca-me pelas numerosas repetições. Mas estas repetições têm um lado útil: são verificações, controles. Quem quer agradar, as evita; mas quem só se ocupa do verdadeiro, as tolera. As anotações barométricas, higrométricas, etc. são como podem ser; seguem as variações do tempo e a uniformidade das suas variações; representam somente o que é, e não traçam curvas inventadas. A arte excede-se em realizar o novo, temerosa de saciedade; a observação assinala o real como ele se apresenta. Talvez haja uma ou diversas constantes nessas variações cotidianas do pensamento ou do sentimento: isso será para distinguir mais tarde. Há variações de estação, ou de anos, ou de idade? Interrogações de pé. Terei jamais tempo de reler estas quinze mil páginas ou delas tirar alguma utilidade científica? É duvidoso. Elas ao menos me terão servido para viver, como todos os outros hábitos higiênicos, a fricção, o ato de lavar-se, o dormir, a alimentação, o passeio, etc. A principal utilidade do Diário Íntimo é restabelecer a integridade do espírito e o equilíbrio de consciência, isto é, a saúde interior. Se, ademais, é instrutivo ou recreativo, está bem, mas isso é super-rogatório. Se aguça o espírito da análise, se mantém a arte de exprimir-se, tanto melhor; mas poderia dispensar essas vantagens. Se serve de memorando biográfico, isto, ainda, é acessório.

31 de março de 1879 (onze horas da noite). – É difícil mudar subitamente de ocupação e de maneira de ser, e passar de um curso histórico para um curso teórico. A velocidade adquirida, a força de inércia oferecem obstáculo a essa inversão mental. Para facilitar a crise, mandei retirar do meu quarto todos os livros que me serviram este inverno, e empreguei duas horas a pôr em ordem e em rolo todas as folhas soltas que compunham o curso que acabo de terminar. Varri todas as velhas recordações, e reabri notas e livros relativos ao meu curso de verão. Mas aqui, como sempre, experimentei uma impressão desoladora, a da penúria, da insuficiência, do vazio, do envelhecido. Parece-me que não sei mais nada, que precisaria tudo subverter, tudo refazer, ter muita matéria nova à disposição. Por outro lado, sinto que isso é temerário e absurdo, que não tenho o tempo necessário, que é melhor utilizar o que está feito, aperfeiçoar o que está esboçado, retificar o que é inseguro, completar o que tem lacunas. No fundo, eu desejaria empreender algumas buscas novas, embora essas monografias não se ligassem entre si; mas um curso deve apresentar um assunto em sua unidade, em seu conjunto, e eis-me indeciso entre os dois métodos que concluem em planos bem diferentes. Qual vale mais? Um dos processos faz avançar a ciência, o outro parece mais necessário aos alunos. Com um, caminha-se para a descoberta, com o outro se assegura o país conquistado, dele se faz o mapa e a ocupação.

1º de abril de 1879. – Psicologizei o dia inteiro. Operada a crise, penetrei nesse modo de pensamento, despertei em mim a aptidão, o interesse e a recordação, necessárias para esta espécie de investigação. Esta crise assemelha-se ao fenômeno da conversão. Trata-se de romper com seus hábitos, de revestir um novo homem, numa palavra, de fazer o impossível ou o que tal se considerava. Essa transformação, que é mais do que uma simples mudança da superfície ou um retorno estratégico da atividade, é uma violenta sacudida que abala todas as nossas profundidades; podemos aproximá-la da crise que atravessa o inseto em metamorfose.

No fundo é uma provação moral. A necessidade torna-se virtude. A tendência é maltratada, o desejo dominado pelo querer, a inércia vencida pelo dever. É mais ainda que o trabalho mecânico mudado em calor e em eletricidade. É a larva transformada em borboleta.

7 de abril de 1879. – Mais valeria uma vida plena e despedaçada que uma vida vazia e deserta... Mas a minha vida não foi deserta nem vazia; foi, em suma, a de um contemplativo que fez sacrifícios ao dever e conheceu muitas afeições. É verdade que não lhe foi concedida a ternura filial, nem conjugal e paternal; mas conheceu talvez tanto melhor o amor e a amizade. Manteve afastada a paixão; mas a simpatia, a benevolência, a dileção desinteressada e benéfica, o amor platônico, a cordialidade humana superabundaram em sua vida. Queixar-se-á do seu quinhão? Não. Se há outra mais atraente e invejável, a sua foi a que ambicionam os sábios. Atividade desinteressada, afeições suaves, ócio e liberdade, paz meditativa, eis o que teve. A sua independência real foi maior que a de ninguém. Jamais sofreu a influência da vontade de outrem, e sentiu-se senhor de si próprio desde a idade de treze anos. O lugar dado à sua fantasia, à livre disposição do seu tempo foi enorme. Abriu-lhe a vida interior todos os seus caminhos. Pôde, para sua recreação, escrever quinze mil páginas de reflexões onde o devaneio se recolhe a seu modo. Tudo isso deve ser contado.

Segunda-feira de Páscoa, 14 de abril de 1879 (*oito horas e meia da manhã*). – Ó delícia, dormi e retorno quase ao estado normal. Os telhados estão brancos, o inverno também retorna, mas que importância tem isso? É a saúde que é o sol. Tiremos algumas lições desta rude experiência de três dias.

Sou eminentemente destrutível: uma pequena desordem num ponto bem depressa compromete a máquina inteira. Tenho pois muito pouca força de resistência, de vitalidade propriamente dita.

Uma vez na engrenagem do sofrimento, dela não creio mais sair; tenho muito pouco dessa força que se chama esperança; nada espero do futuro, não apelo a nenhum deus compassivo, e no médico já não tenho fé; retiro-me para a apatia estoica, que se assemelha muito à desolação melancólica, pois tudo me parece perdido.

A doença me causa sobretudo vergonha; humilha-me como um defeito físico, como um ridículo, como um olho inchado ou uma espádua torcida. Isso equivale a dizer que não conto com a caridade complacente dos meus semelhantes, e que a sua comiseração, tal qual é, me assusta.

A doença torna incapaz, e eu tenho horror de expor-me à zombaria dos inferiores ou dos iguais.

A doença torna dependente, e eu receio a dependência; temo causar incômodos, ser aborrecível, repugnante, fatigante. Não prevejo mais do que um caso agradável, o de um acidente cirúrgico, de um ferimento militar, aos cuidados de amorosa mulher; então o mal é estético, e a convalescência, deliciosa. Mas para todos os males vis e deformantes, para as misérias crônicas, o meu instinto seria o do gato, esconder-me e desaparecer.

A doença é um golpe em nossa liberdade e em nossa dignidade, e é por isso que ela é sobretudo temível ao homem de ócio e de comodidade. Acreditá-la enviada por uma zelosa ou paternal divindade é um engenhoso estratagema da consciência humana, que a enobrece para combatê-la, como armava um cavaleiro a um vilão para poder cortar-lhe a cabeça. Em realidade, a natureza é sem entranhas, sem caráter nem honra, e gosta de devorar tudo o que da melhor forma não se defende contra a morte.

É tarde demais para regular os seus interesses na espera desse sinal, a doença, porque, se certas doenças detêm apenas a atividade exterior, outras atingem imediatamente os nervos e até o cérebro, isto é, suspendem o pensamento, a clarividência, a recordação e a justiça.

A doença deve também ensinar a bondade atenciosa. Pensemos em que muita gente, sem confessá-lo, é doente, que muitos têm o seu espinho secreto, o seu espinho desconhecido, a sua provação oculta, o cilício e a cruz que se ignoram, e que isso não se levar em conta é arriscar-se a ser cruel. Mesmo os que estão alegres e com saúde não o estarão sempre, bem poderia o seu triunfo não ser longo; a prosperidade eterna não é coisa própria da nossa espécie, é o quinhão sem igual de 1/10.000.000 dos mortais. De coração, entremos, assim, na condição humana. Fazemos parte de uma raça dolorosa, que deve lutar sem termo contra a fome, o frio, a miséria, a ignorância, a brutalidade, a doença, a paixão, a injustiça, e que deve contentar-se do menor mal e do menor progresso, esperando cada um a derrota e a destruição. Paguemos o nosso tributo de piedade e de trabalho. Colaboremos com paciente piedade na obra de espécie. Demos um pouco de alegria a todos estes galés da existência, a todos estes condenados à morte. Está nisso a nossa razão de ser e também a nossa recompensa.

21 de abril de 1879. – Por que toda esta sinonímia nas páginas do meu Diário? O instinto que me leva a essa luxuriância deve ser bastante complexo. Julgo que o desejo de rememorar-me o vocabulário, o de notar as minúcias e aspectos das coisas, o tateamento sobre o traço essencial, são causas concomitantes desse luxo terminológico. Talvez tenha esse luxo um inconveniente: dispersa o espírito e arrebata-lhe a precisão. Seria talvez preciso impor-me a disciplina, duas semanas por mês, de excluir toda sinonímia. Três mais ou menos não substituem o traço justo. Este é único. O meu processo ordinário envolve o objeto e gira em torno; o outro processo toca o centro e marca o traço característico. Convém ter os dois métodos à sua disposição para não ser escravo de nenhum e não contrair nenhum tique. É verdade que no Diário Íntimo a pena não cuida de si mesma, e salta conforme o seu ritmo natural, mas é melhor que tenha todos os ritmos. Parece-me ademais que essa flexibilidade está ao meu alcance, digamos melhor, está nos meus gostos. Aborrece-me a afetação; quando a isso me deixo levar é por lassidão. O único estilo que me agrada é o estilo da coisa. Sim, mas o obstáculo está nos hábitos anteriores. O instinto evita o que lhe é desconhecido, pois o caminho a abrir é sempre penoso. Quantas formas literárias desprezei; a narração alegre, o raciocínio concatenado, a improvisação alada, a crítica leve, a eloquência, isto é, o sólido e o agradável. A minha forma habitual é saltitante ou laboriosa, falta-lhe a graça e a alegria. Por quê? Porque essas qualidades resultam da conversação, e Genebra condenou-me ao silêncio meditativo do monólogo.

27 de abril de 1879. – A minha indiferença é antes adquirida que original. O que é antigo em mim é a desesperança, e a reflexão preferida à ação. O mal de Hamlet é também o meu mal. É, igualmente, a tendência de uma grande parte dos pensadores alemães, e o fundo búdico da doutrina de Schopenhauer. O impulso animal e a vontade são inferiores ao pensamento.

5 de maio de 1879. – Não é senão ao defender-me de um ataque, que eu penso nas injustiças voluntárias que cometeram contra mim. Não me observando, eu esqueceria todas as afrontas e assim estaria em falta de dignidade. A necessidade da defensiva obriga-me a violentar a minha natureza. Por gosto próprio, eu prefiro a complacência benevolente que nenhuma observação desfavorável registra; e apesar da aparência contrária, este diário é um processo higiênico para voltar à indulgência. O trabalho da pena alivia o meu sofrimento. A minha confidência a mim próprio desafoga-me o coração. E nunca estou mais disposto a abrir um novo crédito aos que me irritaram senão depois de fechar estas páginas. É que no fundo, esperando bem pouco mudar as coisas ou as pessoas, não amando nem a queixa, que é inútil, nem a censura, que agarra o mal, esforço-me apenas em mudar a minha impressão e retornar ao equilíbrio. Os aborrecimentos e os pesares colocam a alma no estado subjetivo; o solilóquio de novo a conduz ao estado impessoal. Não é esse o ritmo dos meus dias? O mundo agita-me e perturba-me, e eu reconquisto a serenidade como posso, ora pelo contato com as afeições verdadeiras, ora pela meditação. Não desejo acusar nem censurar ninguém, não me cabe fazer a minha apologia, não aspiro senão a encontrar a calma e a voltar à benevolência. Supondo que eu me engane sobre os homens e as coisas a que aconteça referir-me, supondo, mesmo, sofrimentos ilusórios e erros imaginários, o resultado ainda seria bom e legítimo, visto que é a cura dessas pequenas misérias e o retorno ao estado objetivo. Não se trata, pois, nem de requisitório nem de razões, pois que não há nem galeria nem tribunal. Trata-se de cotidiana terapêutica ou mais simplesmente de abluções. Purifica-se o próprio corpo das poeiras do caminho; por que não purificar a própria alma do contato das vilanias humanas? Recomeçamos assim a marcha, tendo arrojado para longe de nós tudo o que não mereça recordação. É uma aplicação indireta do preceito bíblico: Não durmais sobre a vossa cólera. É uma forma certamente mais prosaica da prece vespertina.

6 de maio de 1879. – Um dia magnífico. Impressão ateniense ao passar na Praça Nova. Inundação de luz, alegria dos olhos, belas formas arquiteturais, sob a cúpula de límpido azul. Leveza de ser, alacridade nervosa, pensamento alado. Eu me acreditava jovem, sentia à maneira grega.

*J'ai sur l'Hymète éveillé les abeilles,
C'est là, c'est là que je voudrais mourir!*

Ó, Palas Atena, tu me apareceste, e eu senti como um arrebatamento.

22 de maio de 1879 (*Ascensão, oito horas da manhã*). – Tempo magnífico e delicioso. Leveza de ser. Alegria no exterior e no interior.
Luz acariciante, límpido azul do ar, gorjeio de pássaros; não há nada, até os ruídos longínquos, que não tenha alguma coisa de jovem e primaveril. É bem uma ressurreição. A Ascensão do Salvador dos homens está simbolizada

por este desabrochar da natureza que sobe ao encontro do céu... Saúdam os sinos. Dançam os raios da manhã por sobre as poltronas, por sobre os tapetes, e fazem florescer, aí, o tabuleiro das cores. As madeiras do assoalho, os matizes dos bordados, as dobras das cortinas sorriem e apresentam um buquê de tons aveludados e frescos, vivos e doces, que alegram os olhos. O ouvido e os pulmões têm igualmente a sua voluptuosa delícia. É a suavidade o caráter de todas essas sensações reunidas. Sinto-me volver ao estado estético, que me era estranho desde longo tempo. Por todas as suas janelas, a minha alma contempla. As formas, os contornos, os tons, os reflexos, os timbres, os contrastes e os acordes, os jogos e harmonias de tudo isso a comovem e arrebatam. É bom às vezes viver na periferia, isso é gratidão. Há, na atmosfera, alegria dissolvida. Maio está cheio de beleza. Seria quase um pecado recusar-se a seus convites, e aprisionar o próprio coração na severidade claustral. Em meu pátio, o manto de hera reverdeceu, o castanheiro está vestido de folhagem, perto da pequena fonte avermelhou-se e vai florescer o lilás da Pérsia. Pelas amplas perspectivas, à direita e à esquerda do velho colégio de Calvino, aparece o Selève, por cima das árvores de Saint-Antoine, os Voirons acima da encosta de Cologny; e as três rampas de escadarias, que, espaçadas, e de degrau em degrau, conduzem entre duas altas muralhas, da Rua Verdaine ao terraço das Tranchées, trazem à imaginação alguma velha cidade do *Mezzogiorno*, um aspecto de Perúgia ou de Málaga.

(*Nove horas e três quartos.*) – Todos os sinos da cidade estão em movimento. Aproxima-se a hora do culto. Às impressões pinturescas, musicais e poéticas juntam-se as impressões históricas e religiosas. Todos os povos da cristandade, todas as igrejas distribuídas em volta do planeta festejam a glorificação do Crucificado... Subitamente, param todos os sinos. Silêncio comovente. Expectativa, e quase opressão da alma. É o momento em que o culto é uma libertação; a comunidade pertence ao pregador, e com ele se entrega a Deus.

E que fazem a esta hora tantas nações que têm outros profetas e que honram de outro modo a Divindade? Que fazem os judeus, os muçulmanos, os budistas, os discípulos de Vishnu, os guebros? Eles têm outras datas piedosas, outros ritos, outras solenidades, outras crenças. Todos têm, no entanto, alguma coisa em comum. Todos têm religião, todos dão à vista um ideal e desejam que o homem se eleve acima das misérias e da mesquinhez da hora presente e da existência egoísta. Todos têm fé em alguma coisa de maior do que eles próprios; todos oram, todos se humilham, todos adoram; veem todos, mais além da Natureza, o Espírito, mais além do Mal, o Bem. Todos testemunham em favor do Invisível. É aí que todos os povos fraternizam. Todos os homens são seres de aspiração e de desejo, de inquietação e de esperança. Todos tenderiam a estar de acordo com a ordem universal e a sentir-se aprovados e abençoados pelo Autor do universo. Todos conhecem o sofrimento e desejam a felicidade. Todos conhecem o pecado e pedem o perdão. No conjunto das religiões, tem algumas vantagens o cristianismo: pode depurar-se e espiritualizar a si mesmo.

Levado à sua simplicidade original, ele é a reconciliação do pecador com Deus, pela certeza de que Deus ama apesar de tudo e de que ele não castiga senão por amor. Se o cristianismo não criou a moral, forneceu um novo móbil e uma força nova para cumprir a moral perfeita; deu gosto pela santidade, ao aproximá-la da gratidão filial.

23 de maio de 1879. – Quanto a mim, não conheço delícia espiritual mais atraente do que ler no fundo de uma alma e ser iniciado em uma vida interior. É a alegria que esperamos no paraíso; por que no-la oferecem tão raramente na terra? Será que a fraternidade moral não permite o amor divino, que é indiferente ao sexo e estranho à volúpia? Pareceu-me sempre natural e fácil essa maneira de amar; mas chamam-se "devoradores de corações", "Don Juans" insaciáveis, aqueles que não reclamam nada para si, que não visam nenhuma zelosa posse, e que repudiam a paixão tirânica ou exclusiva. A afeição da alma parece uma coisa não classificada, não conhecida, não admitida. A amizade terna e desinteressada entre os sexos passa por absurda e impossível. Impossível? Ela não o é, pois eu a experimentei dez ou vinte vezes. Absurda? Não acho, pois que a sonhamos para o futuro.

28 de junho de 1879 (meio-dia). – Última lição do curso, do semestre e do ano. Bem arrematado. Os meus alunos aplaudiram calorosamente, e eu me sinto aliviado de um grande peso. Consegui condensar em três quartos de hora a matéria de meia dúzia de lições, liguei todos os meus fios, levei o meu assunto à unidade global, e terminei pelo centro matemático.

6 de agosto de 1879. – Se pois o ser finito tem uma tendência a afirmar-se, a dilatar-se, tem também a tendência contrária, a tendência a negar-se. A sede de existência contém a sede de destruição. O desejo de procriação tem por correlativo o gosto da morte. O aniquilamento tem pois a sua voluptuosidade. O egoísmo radical completa-se pelo antiegoísmo, pela heautofobia, pela antipatia por si próprio. Um indivíduo cujo teclado é integral será, pois, também, seu inimigo e seu perseguidor, um *heautontimoroumenos*, para falar como Terêncio. Julga-se isto monstruoso, absurdo, impossível. Está mal julgado. Encerramos demasiado depressa o inventário dos nossos surdos impulsos. O homem é mais complicado do que se imagina. Somente o amor de si mesmo aparece à nossa consciência, enquanto o ódio de si mesmo pertence à região mais obscura; esse ódio age em nós sem nós, é o processo pelo qual a natureza combate os inconvenientes do egoísmo. Quando esse ódio é muito moderado e se torna consciente, chama-se desinteresse, desapego. Quando é difícil esse desapego, resulta de um esforço, torna-se renúncia, resignação, abnegação; estas coisas são virtudes, ao passo que o ódio de si próprio é um perigo. Mas toda virtude tem por ponto de partida um instinto; o instinto de que se trata aqui visa ao recalque do eu, à sua limitação e mesmo à sua supressão; é o princípio de negação, a sede da morte.

23 de agosto de 1879. – Um rimador não é um poeta; um amador não é um artista. É necessário esposar a profissão para nela distinguir-se; é necessário possuir a fundo o seu instrumento para fazer parte do conjunto. Tu, a coisa alguma aspiras, tu experimentas um pouco das coisas para distrair-te, mas permaneces no prelúdio, nos inícios, depois de adivinhar o método e compreender o proceder das pessoas. A tua necessidade não é produzir, mas compreender, não é fazer, mas ser capaz de fazer. Não te interessas em mostrar as tuas aptidões, mas em senti-las. Assim todas as tuas atividades e mesmo as tuas publicações não são mais do que exercícios psicológicos, análises da alma e manipulações de faculdades. O máximo da minha ambição é ser um conhecedor da natureza humana, sentindo-se à vontade em todos os labirintos dessa terra desconhecida. O meu espírito, tão fluido e impessoal quanto possível, contentar-se-ia de poder habitar em toda parte, mas não tem a pretensão de ser proprietário em parte alguma.

Não sou, pois, nem poeta, nem filósofo, nem pedagogo, nem sábio, nem escritor. Sou um pouco crítico e um pouco psicólogo, eis tudo. E como detesto impor-me, desde que está ausente a simpatia, subtraio aos profanos os meus verdadeiros dons, as minhas verdadeiras necessidades, e apenas ofereço os meus inofensivos caprichos.

9 de setembro de 1879. – Levei a F. um maço de cartas de seu pai e de sua mãe. Acreditei ver que isso o interessava mediocremente, diante da fealdade do papel e das humildes circunstâncias que tal coisa revela. O amor-próprio teria a ganhar em constatar a ascensão; mas obedece ao preconceito nobiliário e enrubesce de uma origem modesta.

Um naturalista disse com razão: "Eu seria mais orgulhoso de ser um símio aperfeiçoado que um Adão degenerado". Não é esse o sentimento popular. Este inveja os filhos da fortuna, mas escarnece deles. O próprio filho da fortuna tem o mais das vezes a tolice de envergonhar-se das suas origens. No fundo, são as duas concepções do mundo que aí estão em luta: a do judaísmo ou da gnose, e a da ciência contemporânea; a primeira vendo na criação espiritual uma decadência contínua, vendo aí a segunda uma evolução constante; uma partindo da perfeição hipotética, outra para ela tendendo. Está, a excelência, para diante de nós ou para trás de nós? Foi ou será? É melhor o passado ou o futuro? Eis o problema. Será o recém-nascido superior ao velho? Será a bolota superior ao carvalho, o ovo de águia à própria águia? Essa absurda suposição repousa numa premissa inconsciente, a de que o nada sem defeito e sem erro vale mais do que o ser com erros e defeitos.

O nada é perfeito, o ser é imperfeito: este chocante sofisma torna-se belo apenas no platonismo, porque nele o nada é substituído pela Ideia, que é, e que é divina.

O ideal, a quimera, o vazio não devem colocar-se de tal modo acima do real, que tem, este, a incomparável vantagem de existir.

O milhão que imaginais facilmente valerá a nota de mil que eu deixei na Caixa Econômica? A mulher ideal seria encantadora sem dúvida, mas é um fantasma; a mulher que vos ama tem imperfeições, mas ao menos ela está em vossos braços. Não se vive de carne sonhada, de pão em perspectiva, de afeições esperadas, de sombras inatingíveis.

O ideal mata o gozo e o contentamento, fazendo denegrir o presente e o real. É ele a voz que diz não, como Mefistófeles. Não, tu não lograste o bom êxito; não, essa mulher não é bela; não, tu não és feliz; não, não encontrarás o repouso; tudo o que tu vês, tudo o que tu fazes, tudo é insuficiente, insignificante, artificial, falsificado, imperfeito. A sede do ideal é o aguilhão de Shiva, que não acelera a vida senão para precipitar a morte. Este incurável desejo causa o sofrimento do indivíduo e o progresso da espécie. Mata a felicidade em proveito da dignidade. Sacrifica o homem à humanidade. Se o suicídio voluntário é reputado irreligioso, o suicídio inconsciente é a lei divina, pois as nobres criaturas são as que se imolam a uma causa desinteressada. Em outras palavras, Deus quer o suicídio, mas não o quer senão por ele próprio. Aquele que se mata é um desertor aos seus olhos. Mas que se consuma cada geração pela seguinte, é a regra. Somente a última, pela qual toda a humanidade se terá sacrificado, ou antes terá sido sacrificada, não será senão egoísta, e não será feliz. Assim a história universal não seria mais do que uma colossal mistificação. O pensamento não seria mais que uma causa de infortúnio, um dom funesto e até mesmo pérfido.

Então? O único bem positivo é a ordem, por conseguinte a volta à ordem: por conseguinte a volta ao equilíbrio. O pensamento é mau sem a ação, e a ação é má sem o pensamento. O ideal é um veneno se não se integra com o real e, reciprocamente, o real se vicia sem o perfume do ideal. Nada de particular é bom sem o seu complemento e o seu contrário. O exame de si mesmo é perigoso se prejudica o dispêndio de si mesmo; o sonho é nocivo quando adormece a vontade; a mansidão é má quando arrebata a força; a contemplação é fatal quando destrói o caráter. O demasiado e o demasiado pouco igualmente pecam contra a prudência. A obstinação é um mal, a apatia um outro mal. A energia na medida, eis o dever; na tranquilidade a graça, eis a felicidade!

24 de setembro de 1879 (*três horas da tarde*). — Há uma hora, assisti a um fenômeno extraordinário. Estávamos fazendo bolhas de sabão com a minha afilhada.[60] A água de sabão havia sido renovada e as bolhas separavam-se bastante mal sob o leque e pareciam demasiado aquosas. Contudo, uma das subdivididas, de uma polegada de diâmetro, fez o que eu nunca tinha visto. Por longo tempo andou próximo ao teto sem descer, tomou depois a cor de pérola, a seguir se enrugou em alguns pontos, e afinal pareceu mudada em um balão cativo de seda, que flutuava no ar sem desperdício do seu conteúdo, e sem qualquer mudança em suas paredes. A um leve movimento de nossos lábios e de nossa respiração, quando descia um pouco, elevava-se de novo mansamente. Em suma, estava solidificado, transformado em casulo, em aeróstato. Éramos três testemunhas. Ao fim de um quarto de hora mais ou menos, quisemos ver a textura desse leve balão. Recebi-o sobre o

---

[60] Após a refeição, "bolhei" com sucesso. Com o leque, tirei de uma bolha até quarenta e cinquenta rebentos. Esse jogo é verdadeiramente poético. Exige uma grande agilidade de mão. (*Diário Íntimo*, 18 de junho de 1880.) No livro de versos do autor, intitulado *Jour à Jour*, figura a composição "La Bulle de Savon".

leque onde ele permaneceu intacto, com uma forma que não era mais inteiramente esférica. Após o exame e mesmo depois de tocá-lo, eu quis lançá-lo de novo. Infelizmente o leque era envernizado; o balão aderia por um ponto e rompeu-se. O tecido adoravelmente fino e sedoso em suas rugas estava perfeitamente seco. Sob o dedo tornou-se impalpável. Quanto eu teria desejado estudá-lo ao microscópio!

Em resumo, a água se havia reabsorvido e a tela de sabão sem malha e sem poros tinha formado um globo completo. Enfim a bolha se havia tornado sólida. Essa metamorfose mergulhou-nos em emoções, como uma espécie de milagre. Pensávamos ter esgotado os segredos de Ponfolix, e após dois meses das mais variadas tentativas, eis o imprevisto, eis um prodígio. Assemelha-se isso ao mistério religioso.

Émus, nous croyons voir Brahma,
Brahma jouant avec les mondes.

Fala-se figuradamente de um sonho que toma corpo; aqui, a transformação é no sentido próprio. A bolha modificou-se. Perdeu a sua irisação e a sua esfericidade, a sua fragilidade e a sua transparência, ao mudar o regime de existência. Nascer é consolidar um fluido. O que aumenta a maravilha do fenômeno é que um momento antes da sua aparição Berta me dizia: "Oh! Solidifique uma dessas lindas bolhas!". Essa realização repentina assumiu um caráter fantástico. Acreditar-se-ia que o encantamento a isso não era estranho. Depois do fato, lembrei-me de que a minha poesia começava com este verso:

Perle que traverse le jour,

e que falava de *contextura*, de *tecido*, de *aeróstato*. É o poeta um visionário? Acredito empregar imagens apenas, e essas imagens tornam-se fatos; essas metáforas são verdades. Ele profetiza sem o saber. Exprime a natureza sonambulicamente. O mundo que julgamos real não é mais do que o sonho de Maia; e os inspirados não são mais do que os ecos inconscientes desse sonho cosmogônico. A imaginação intuitiva é um modo de conhecimento.

5 de novembro de 1879. – Cabe ao indivíduo, ao cidadão, julgar os partidos, os condutores, os oradores populares, e formar uma opinião apesar dos sofismas de razões que rugem à nossa volta. A eloquência e a imprensa, longe de auxiliarem a ver claro, esforçam-se em enlear as pessoas e atirar-lhes poeira nos olhos. A honestidade é um pássaro raro, assim como a imparcialidade. Não se quer ser justo;

a paixão tem um secreto horror do que poderia desconcertá-la; longe de ser a inteligência que orienta o querer, e a consciência moral que dirige o pensamento, é o querer que conduz a inteligência, e a paixão que leva ao querer. A inteligência é um meio, um instrumento, um escravo, um animal doméstico; ela tem um senhor que é a parte obscura e irrefletida do homem, e que se chama o seu natural. A liberdade da maioria dos homens quase não difere daquela da besta, é a de seguir os seus impulsos inconstantes, os seus móveis inconfessados. Bem o sabia La Fontaine. O homem é uma paixão pondo em jogo uma vontade que impele uma inteligência, e assim os órgãos, que parecem estar ao serviço da inteligência, não são mais do que agentes da paixão. Tem razão o determinismo em relação a todos os seres vulgares; a liberdade interior existe somente por exceção e pelo fato de uma vitória sobre si mesmo. Mesmo aquele que usufruiu da liberdade não é livre senão por intervalos e por impulsos: a liberdade real não é, pois, um estado contínuo, não é uma propriedade indefectível e sempre a mesma. Essa opinião difundida não é por isso menos tola. Não somos livres senão na medida em que não somos enganados por nós mesmos, por nossos pretextos, por nossos instintos, por nosso natural. Não somos livres senão pela crítica e pela energia, isto é, pelo desapego e pelo governo do próprio eu, o que supõe várias esferas concêntricas no eu, a mais central sendo superior ao eu, sendo a essência mais pura, a forma superindividual do nosso ser, a nossa forma futura sem dúvida, o nosso tipo divino. Somos, pois, subjugados, mas suscetíveis de libertação; somos ligados, mas capazes de desligar-nos. A alma está numa gaiola, mas pode voejar ao redor da sua gaiola. Muito bem explica o platonismo o fato dessa emancipação.

2 de janeiro de 1880. – Sentimento de repouso, mesmo de quietude. Silêncio na casa e na rua. Fogo tranquilo. Bem-estar. Parece sorrir-me ao retrato de minha mãe. Não estou confuso, mas feliz com esta manhã de paz. Qualquer que seja o encanto das emoções, não sei se se iguala à suavidade destas horas de mudo recolhimento, em que se entreveem as doçuras contemplativas do paraíso. O desejo e o temor, a tristeza e o cuidado já não existem mais. Sente-se existir em uma forma bem mais pura, no modo mais etéreo do ser, isto é, na consciência de si mesmo. Sentimo-nos felizes, conciliados, sem agitações, sem a menor tensão. É o estado dominical, talvez o estado de além-túmulo da alma.

É a felicidade, tal como a entendem os orientais, a felicidade dos anacoretas, que não lutam mais, que não querem mais, que adoram e gozam. Não se sabe com que palavras explicar esta situação moral, porque as nossas línguas conhecem apenas vibrações particulares e localizadas da vida, são impróprias para definir esta concentração imóvel, esta quietude divina, este estado do oceano em repouso, que reflete o céu, que se possui na sua própria profundeza. As coisas reabsorvem-se então em seu princípio; as múltiplas recordações voltam a ser recordação, a alma é apenas alma, e não se sente mais em sua individualidade, em sua separação. Ela é alguma coisa que sente a vida universal, é um dos pontos sensíveis de Deus. De nada mais se apropria, e já não sente vazio algum. Talvez só os iogues e os sufis tenham profundamente conhecido este estado de humilde voluptuosidade, que reúne as alegrias do ser e do não-ser, estado que não é mais nem reflexão nem vontade, que está acima da existência moral e da existência intelectual, que é a volta à unidade, a entrada no pleroma, a visão de Plotino e de Proclo, o aspecto desejável do Nirvana.

É certo que os ocidentais, e sobretudo os americanos, sentem muito diferentemente. Para eles, a atividade devorante, incessante, é sinônimo da vida. Necessitam conquistar o ouro, a dominação, poder, esmagar os homens e submeter a natureza. Necessitam da quantidade, do pormenor, do movimento. Afervoram-se no número e não concebem sequer o infinito. Obstinam-se nos meios e não pensam um momento no fim. Confundem o ser com o ser individual, e a dilatação do eu com a felicidade. Equivale a dizer que não vivem pela alma, que ignoram o imutável e o eterno, que na periferia se afanam porque não podem penetrar até o eixo da sua existência. São inquietos, ardentes, irritáveis, positivos, porque são superficiais. Para que tanta intranquilidade, tanta confusão, tanta cobiça, e tantas lutas? Tudo é aturdimento. Será que no leito de morte eles não se apercebem disso? Então, disso por que não se aperceberem mais cedo? A atividade só é bela quando é santa, isto é, quando se despende ao serviço do que não é passageiro. O homem-formiga e o homem-abelha são apenas medíocres exemplares do homem.

3 de janeiro de 1880. – Carta de Ch. R.[61] Esse delicado amigo é impiedoso. Acha que os meus agradecimentos não são bastante calorosos. Prefere sempre a coleção de 1874 à que foi publicada.[62] Julga que fazer concessões ao editor é pecar contra o Espírito Santo da poesia, etc. Sensitivo qual uma mulher e tenaz em suas impressões, é um pouco dificultoso na correspondência.

---

[61] Charles Ritter, antigo aluno de Amiel, a quem votava uma grande admiração.
[62] A coleção publicada, a que é feita a referência, é a obra *Jour à Jour, Poésies Intimes.*

Tento tranquilizar as suas suscetibilidades hiperdelicadas. A vida solitária tem dois inconvenientes maiores: torna excessivamente sensível; embota o bom senso. O meu bom Ch. R. é um sábio pelo desinteresse, mas, isola-se demasiadamente do público e do mundo. Isso prejudicará e já está prejudicando o seu gosto, que caminha para o excêntrico e o misantrópico. Vendo-o aferrar-se a *l'Epître Grondeuse* e às peças *noires* que eliminei, sinto preocupações. Ele prefere o que eu julgo o mais fraco em minha obra. Será ele ou eu que nos enganamos? Terá sido um erro a revisão literária a que submeti os meus trabalhos? Creio ter razão poeticamente, mas talvez ele não erre psicologicamente...

É uma sensação curiosa a de ter de defender-se contra os seus discípulos; é embaraçante escrever cartas a rédeas soltas, quando vemos que elas são examinadas a lente, e tratadas como inscrições monumentais, onde cada caráter foi premeditado e gravado para a vida eterna. Esta desproporção entre a palavra e a sua glosa, entre a vivacidade alada e a severa dissecção, não é favorável à facilidade. Não se ousa mais ser ingênuo perante um sério que em tudo põe importância; é difícil conservar o seu abandono, se é preciso vigiar-se a cada frase e a cada palavra. O espírito consiste em tomar as coisas no sentido que elas devem ter, em colocar-se no tom das pessoas, no nível das circunstâncias; o espírito está na justeza que descobre, pesa e aprecia depressa, levemente o bem. Ó, Atenienses, vós o sabíeis, o espírito brinca, é alada a musa! Ó, Sócrates, tu sabias gracejar!

3 de fevereiro de 1880. — Morte de Bersot; um comovido artigo de Edmond Scherer (*Le Temps*). Foi um câncer no rosto e na faringe que arrebatou aquele filósofo, o qual suportou estoicamente esse odioso mal, e trabalhou até o fim sem se lastimar. Era diretor da Escola Normal, e nasceu em 1816.

6 de fevereiro de 1880. — Li os quatro discursos pronunciados junto ao túmulo de Ernest Bersot. As lágrimas vieram-me aos olhos. Esse fim de um estoico tem muito mais grandeza do que o fim de um devoto, cercado de todos os ritos supersticiosos da Igreja, e das encantações pueris pelos quais o sacerdócio defende o seu crédito e o seu ascendente. O catolicismo deixa perceber demasiado os seus interesses de mercador em cada leito de morte. Aqui tudo foi másculo, nobre, moral, espiritual. O Ministério da Instrução Pública (Ferry), a Academia das Ciências Morais (Levasseur), a Escola Normal (Gaston Boissier) e os discípulos (Michel) prestaram homenagem ao caráter, ao devotamento, à constância e à elevação de pensamento do morto. "Com ele aprendamos a viver e a morrer." Estas exéquias têm uma dignidade antiga. Apostamos que *l'Univers*, o esbravejador clerical, terá lançado a sua baba sobre esta cerimônia, pois o sacristão conhece apenas o hissope e calunia tudo mais. Irra!

7 de fevereiro de 1880. — Geada e neblina sem parar; mas o aspecto é maravilhoso e não se assemelha em nada aos aspectos lúgubres de Paris e de Londres, em que falam os jornais. Tem uma sonhadora graça esta paisagem de prata, uma elegância fantástica, que não conhecem os países do sol nem os da hulha. As árvores parecem pertencer a uma outra criação, onde o branco houvesse substituído o verde. Ao ver estas avenidas, estes bosquezinhos, estas folhagens, estas arcadas, estes rendados, estas girândolas, não se suspira de modo algum por outra coisa; a sua beleza é original e basta a si própria, tanto mais que o solo pulverizado de açúcar, o céu esfumado pela bruma, as distâncias muito suaves e muito unidas formam uma gama encantadora ao olhar e um conjunto cheio de harmonia. Nenhuma dureza; tudo é veludo. No meu encantamento, renovei o passeio antes e depois do almoço. A impressão é a de uma festa, e as tintas apagadas não são ou não parecem ser mais do que uma garridice do inverno, que apostou pintar alguma coisa sem sol, e encantar contudo o espectador.

9 de fevereiro de 1880. — Uma noite má... Aperto da garganta, por hiperviscosidade. Como decorrência disso, levantar tardio, atropelo dos meus cuidados higiênicos, sucessão de desordens. Agora, sinto frio no corpo, tenho a cabeça mole e a mão entorpecida, e tusso como um cavalo fatigado...

A vida corre, tanto pior para os arruinados! Desde que cede o tendão de Aquiles, que os rins perdem a sua força, e que a memória se vai, somos levados pela onda dos jovens, dos que têm dentes, dos vorazes e dos que têm saúde. O *vae victis, vae debilibus* é sempre o rugido da multidão lançada ao assalto dos bens terrestres. Somos sempre o obstáculo para alguém, pois, por pequenos que nos tornemos, ocupamos sempre um espaço qualquer, e por pouco que desejemos ou que possuamos, somos motivo de inveja e cobiça de alguém. Mundo vil, mundo de vilões! Para consolo, é preciso pensar nas exceções, nas almas nobres e generosas, nos seres que desejam a nossa duração e não o nosso desaparecimento, a quem somos necessários e que nos querem bem. Eles existem, que importam os outros!

O viajante que atravessa o deserto sente-se rodeado de animais rapaces que têm sede do seu sangue; durante o dia, os abutres voam sobre a sua cabeça; à noite, insinuam-se na sua tenda os escorpiões, os chacais giram ao redor dos fogos do acampamento, e os mosquitos trabalham o seu derma, com ávido aguilhão. Em toda parte, a ameaça, a animosidade, a ferocidade. Contudo, além do horizonte, mais além dos áridos areais onde circulam as tribos inimigas e as hordas humanas, as piores de todas, o viajante recorda algumas estimadas cabeças, olhares e corações que o seguem nos seus sonhos, e sorri. No mundo, nós durante mais ou menos tempo conseguimos defender-nos, mas sempre somos vencidos e devorados; o verme do sepulcro não nos falta nunca. Os que nos amam algumas vezes morrem antes de nós. A destruição é o nosso destino e o esquecimento, o nosso patrimônio.

Nous avons tout prévu pour fuir la mort cruelle,
Mais des plaines de l'air va fondre l'hirondelle...
La pauvre libellule, oh! ne l'envions pas!

Como está perto do abismo! Já no caminho, tomo consciência da situação verdadeira.

Meu esquife é tão frágil quanto uma casca de noz, talvez quanto uma casca de ovo. Que aumente um pouco a avaria, e sinto que tudo está findo para o navegante. Um nada me separa do idiotismo, um nada me separa da loucura, um nada me separa da morte. Basta uma ligeira brecha para compreender toda esta armação engenhosa e frágil, que se chama o meu ser e a minha vida. A libélula não é ainda um símbolo de suficiente fragilidade; é a bolha de sabão que melhor traduz esta ilusória magnificência, esta fugitiva aparência do mesquinho eu, que somos nós.

11 de fevereiro de 1880. – Laprade tem elevação, grandeza, harmonia, nobreza. Que é, pois, que lhe falta? A naturalidade, e talvez o espírito. Daí essa solenidade monótona, essa tensão um pouco enfática, esse ar hierático, essa marcha de estátua. Leva a si mesmo decididamente demasiado a sério; essa musa não descalça jamais o coturno e essa realeza não tira jamais a coroa, nem mesmo para dormir. A ausência total de brincadeira, de familiaridade e de simplicidade constitui um defeito. Laprade está pregado na sua armadura. Sócrates e Platão sabiam gracejar.

Laprade está para os antigos assim como a tragédia francesa está para Eurípedes, como a peruca de Luís XIV está para a cabeleira de Apolo. A sua majestade é factícia e fatigante. Os poetas-anjos estão expostos a tornarem-se enfadonhos. Não podem jamais dizer: "Nicolau, dá-me as minhas chinelas"; não podemos com eles afastar-nos do convencionado, descer das nuvens, tocar o real; a sua sublimidade constante sufoca, e finalmente irrita o simples mortal.

Se não há propriamente aí afetação, há pelo menos uma espécie de pose teatral e sacerdotal, uma atitude profissional, que tem um inconveniente estético. A verdade não tem essa beleza, mas é mais viva, mais patética, mais variada. Os marmóreos são frios. Creio que foi Musset quem disse: "Se Laprade é um poeta, então eu não o sou". – Os impassíveis ao menos são pitorescos.

23 de fevereiro de 1880. – Todos os grandes edifícios religiosos ou políticos têm o crime por fundamento, a injustiça e a fraude por alvenaria e o sangue humano por cimento. E mais tarde sempre se cantam hosanas sobre o resultado adquirido. Jamais se encontrará um povo que cante palinódias ao seu passado e devolva um território roubado. Nem uma pátria nem uma igreja têm pudor nem consciência; sempre julgam que é providencial o seu bom êxito e que, por conseguinte, este as absolve. O egoísmo e a paixão, a mentira e a audácia presidem a história universal. São personagens de segunda plana que pregam a justiça, o ideal, o bem, e que representam o sacrifício de si próprios. Os comedores governam, os comidos trabalham. Os fortes são os senhores, os puros são as vítimas. As virtudes de uns são a mina explorada pelos outros. É a candura dos acionistas que gera a opulência de todos os "lançadores" da bolsa, grandes figurões e comanditários ociosos. Leões e raposas são os senhores do mundo.

27 de fevereiro de 1880. – Traduzi doze ou quatorze pequenas poesias de Petoefi. São de um sabor estranho. Têm algo da estepe, do Oriente, da Mazeppa, de frenesi, esses cantos fustigados a chicotes. Que arrebatamento de paixão, e que bárbaro fragor! Que imagens grandiosas e selvagens! Sente-se que o magiar é um centauro, e que só por acaso é europeu e cristão. Em seu ambiente, o huno aproxima-se do árabe.

20 de março de 1880. – Leitura: Cahun (*La Bannière Bleue*), história do mundo na época de Gengis Khan, em forma de Memórias. É um turco uigur que fala.

Percebe-se a civilização pelo reverso e pelo oposto; os nômades estão encarregados de varrer essa corrupção.

Gengis Khan apresenta-se por isso como o Flagelo de Deus, e de fato realizou o mais vasto império que conheça a história, estendendo-se do mar Azul ao Báltico, e das tundras da Sibéria às margens do Ganges sagrado. Derruiu os mais sólidos impérios do mundo antigo sob o casco dos seus cavalos e a flecha dos seus sagitários. Da agitação que fez sofrer à humanidade ocidental saíram muito grandes coisas: a queda do império bizantino e, portanto, a Renascença, as viagens de descobrimento em direção à Ásia, empreendidas pelos dois lados do planeta, isto é, Gama e Colombo; a formação do império turco e a preparação do império russo. Esse prodigioso furacão descido das altas planícies asiáticas derrubou os carvalhos apodrecidos e os edifícios carunchosos de todo o velho continente. A irrupção dos mongóis, esses amarelos de nariz achatado, é um ciclone da história, que devasta e purifica o nosso século XIII, e rompe, nos dois extremos da terra conhecida, as duas grandes muralhas chinesas, a que cobria o antigo império do Centro, a que encerrava na ignorância e na superstição o pequeno mundo da cristandade.

Átila, Gengis, Tamerlão devem figurar na memória dos homens como César, Napoleão e Carlos Magno. Eles ergueram e misturaram as massas profundas dos povos, trabalharam a etnografia, fizeram correr rios de sangue e renovaram a face das coisas. Os *quakers* ignoram que há uma lei das tempestades na história, como na Natureza. Os que amaldiçoam a guerra assemelham-se aos que amaldiçoam o raio, as tempestades ou os vulcões; não sabem o que fazem. A civilização tende a corromper os homens, como as grandes cidades tendem a viciar o ar.

Nos patimur longae pacis mala.

As catástrofes trazem violentamente o equilíbrio e fazem brutalmente lembrar a ordem menosprezada. A si próprio castiga-se o mal, substituem, as demolições, o regulador não encontrado.

Nenhuma civilização pode suportar mais do que uma dose determinada de abusos, de injustiças, de corrupção, de vergonhas, de crimes.

Atingida essa dose, a caldeira explode, o palácio desaba, a armação se desconcerta, as instituições, as cidades, os Estados, os Impérios, tombam em ruínas. O mal que contém um organismo é um vírus que o rói e termina por destruí-lo, se não for eliminado. E como nada é perfeito, nada pode escapar à morte.

24 de março de 1880. – Quão mais frutuoso é contar as areias do mar, rebuscar etimologias, fazer a anatomia de um pulgão, em suma, ocupar-se de coisas reais, e fugir às vacuidades da opinião, às inanidades da crença! Todos esses religionários ignoram o que seja a verdade, a verdade provada, impessoal, permanente; são sonâmbulos aprisionados na sua enfatuação, e que não podem marcar a diferença entre um fantasma e um corpo, entre uma alucinação e uma verificação. Não discutimos com eles, evitamo-los, evitamos a sua conversação, as suas garras e os seus anátemas. É impossível convencê-los, desagradável segui-los, perigoso contrariá-los.

18 de abril de 1880. – Por que me seria doloroso morrer, se me sinto posto de lado por toda a geração que me sucede? Com exceção de duas ou três afeições individuais, eu não sou necessário a nenhuma obra. A minha família, a universidade, a minha pátria, a ciência, a literatura, mal se aperceberão do meu desaparecimento; e mesmo os testemunhos de pesar serão apenas uma cortesia, uma delicadeza, e não uma prova de dor. Não há nem revista, nem jornal, nem grupo, nem partido para quem seja a minha falta uma grande perda. Vejo, mesmo, apenas dois corações aos quais eu causarei um vazio real. Não tenho nenhuma grande obra em trabalho, não deixo filho para educar, princípio para defender. O mundo seguirá perfeitamente sem mim. Jamais tive essa enérgica vitalidade que se apropria das coisas e diviniza o próprio Eu. A mim me é mais fácil do que a ninguém ser calmo diante da morte.

Além disso, 58 anos é uma idade apresentável, que ultrapassa notavelmente a vida média. Julgará o próximo que tiveste a tua parte. Olha-te com os olhos dos outros. Por que lastimarias a tua perda mais do que ela será lastimada? É certo que não soubeste "desenfardar" tudo o que estava em ti, que não te soubeste adaptar ao teu meio e encontrar aí a felicidade, nem dar-lhe o que lhe teria agradado. Mas se esse inconveniente foi a tua vida, isso ao menos facilita a tua partida. Mais valeria teres tido uma vida plena, teres gasto todas as forças do teu espírito e do teu coração, e ires embora cheio de dias. Mas, para cada um, o essencial é aceitar o seu destino, e concordar com as suas privações...

Decepcionou-te a sorte, de mau humor estiveste por vezes com a tua sorte. Nada de censuras mútuas. É preciso adormecer em harmonia.

25 de abril de 1880. – É bem possível que no fundo da minha consciência, ache-se um descontentamento surdo, uma tristeza, uma revolta, uma angústia, uma dúvida, que eu não ouse trazer à luz meridiana, nem observar. Suspeito uma ofensa ao orgulho, uma aflição, uma insubmissão que enrubesce de confessar-se e mesmo de perceber-se a si mesma. Talvez eu não seja corajoso, nem resignado, nem consolado. Não tenho esperança, e não quero disputar com o destino, nem dar um mau exemplo aos outros, nem esmagar-me contra o impossível, nem dilacerar-me diante do irremediável. Numa palavra, não estou de acordo nem comigo próprio, nem com o mundo, nem com Deus. Não tenho pois serenidade, mas aparência de serenidade. Haveria um fundo de angústia inconfessada, de desolação muda, de melancolia indefinível, sob a minha calma e o meu desapego. Teria acaso a vida faltado à sua promessa? Falhei com a felicidade, malogrei o meu destino? Quem sabe? Tenho uma fé obstinada na sobrevivência do meu ser e numa desforra da partida atual? Pouco, ou mesmo nada. Sinto que tudo, tudo, tudo me escapa e que jamais serei feliz nem aqui na terra nem noutro lugar. Onde iria buscar, onde renovar a minha alegria? A minha alegria repousa exclusivamente na afeição de alguns seres tão frágeis como eu. O cristão, esse, acredita-se amado pessoalmente pelo Eterno e predestinado à beatitude. Pode afrontar os males, o luto e a morte.

A crença vale talvez mais do que a verdade. A verdade é impiedosa, a crença é maternal. A ciência é fria para as nossas aspirações, a fé as acaricia e nos reergue. Será que as mais belas almas terão sido, pois, as mais sujeitas ao erro?

10 de maio de 1880. – Que significa este monólogo? Que a fantasia gira em redor de si própria como o sonho; que o solilóquio sem objetivo é uma perda de tempo; que impressões adicionadas não fazem um julgamento equitativo, nem um pensamento exato; que o diário íntimo é bom príncipe e tolera o palavrório, a repetição contínua e fastidiosa, a expansão, a queixa... Esta loquacidade tem uma única vantagem, evaporar o descontentamento, reconduzir ao estado neutro e ao equilíbrio interior. Uma outra utilidade talvez é manter a destreza da mão, e o dedilhado literário, como as gamas de exercício que executa o pianista. Estas efusões sem testemunha e sem objeto são a conversação do pensamento consigo próprio, os arpejos involuntários, mas não inconscientes, desta lira eólia que trazemos em nós. Estas vibrações não executam nenhum trecho, não realizam nenhum programa, mas traduzem a vida em sua intimidade. Exprimem não um querer, mas uma sensibilidade, uma consciência que raciocina. E enquanto a vontade fadiga, a tagarelice repousa. A fadiga nasce do trabalho e do esforço; o repouso vem do jogo e do abandono.

Mas ambos são maus quando são exagerados. Alto pois, mãos à obra!

19 de maio de 1880. – ... Enquanto me diziam afeito para a vida doméstica, eminentemente casadouro, eu não era absolutamente. Eu não era feito senão para as afeições, mas para as afeições de livre amizade. Jamais tive a dose de ilusão e de arrebatamento necessária para arriscar o irreparável. Nenhum compromisso para a perpetuidade me sorriu. Só a perfeição me teria tranquilizado e, por outro lado, eu não era digno da perfeição... Empreguei o ideal mesmo para resguardar-me de todo cativeiro real... Para todas as coisas vulgares, o bom senso me parecia bastar. Mas para o casamento, vi que era preciso mais, um favor da graça, uma impossibilidade de resistir, um arrebatamento, uma fascinação, um apelo. Oh, ingenuidade! Oh, misticismo! Foi a poesia que me privou da prosa, foi o casamento tal qual o vi que me dissuadiu do casamento.

A inadaptação pelo misticismo, pela rigidez, pela delicadeza, pelo desdém é a desgraça, ou ao menos o caráter da minha vida. Não soube acomodar-me a coisa alguma, nem com coisa alguma; somente, como não me agrada nem desorganizar as coisas nem desorganizar a mim próprio, eu me abstive sem ruído de tudo o que não era segundo o meu gosto. A independência foi o meu asilo; o desapego a minha fortaleza. Não podendo as coisas satisfazerem-me, tentei extirpar o desejo por onde elas nos dominam. Vivi da vida impessoal, sendo deste mundo como dele não sendo, pensando muito e não querendo nada, demissionário de tudo, salvo da liberdade.

Este estado d'alma corresponde ao que entre as mulheres se chama coração desiludido; e a isso se assemelha com efeito, pois o traço comum é a desesperança. Quando sabemos jamais obter o que teríamos amado, e que não é possível contentar-nos com menos, entramos, por assim dizer, no claustro, cortamos o tendão de Aquiles, o cabelo de ouro, o que constitui a vida humana, isto é, a ilusão, o esforço incessante para um fim que acreditamos acessível. Vivemos por acaso, mas não temos mais a sede de viver, perdemos o motivo de viver, o estimulante da atividade. Estamos no estado de sonho e de contemplação. Somos anacoretas e espectros. Olhamos da praia as vagas do alto mar e os navegadores que se batem contra o vento. Não somos mais deste mundo e mesmo não mais compreendemos muito bem a ingenuidade dos batalhadores que não antecipam o seu desengano e creem na eternidade das suas paixões de um dia...

26 de maio de 1880. – Todas estas coisas ideais, a Pátria, a Igreja, a Nação, a Humanidade, a Ciência, a Civilização, a Arte, só se percebem a distância, quando cessamos de distinguir os indivíduos que as representam. A imaginação e o entusiasmo sufocam todas as misérias, imperfeições, defeitos dos indivíduos reais e presentes no conjunto grandioso que se acredita comporem. A Posteridade, o Público ainda são dessas lindas quimeras que o espírito personifica. Enche-nos, o real, de ironia, de desdém ou de amargura, e nós devemos poetizá-lo para torná-lo suportável. Para ver o cristianismo, é preciso esquecer quase todos os cristãos. Para retomar um pouco de fé, é preciso reconstituir o nimbo que a experiência dissolve e dispersa, é preciso refazer-se ilusão.

Em ti, o sentimento crítico é tão vivo, que todas as fealdades, pobrezas, erros, insuficiências humanas saltam-te aos olhos e te tomam pela garganta. Tudo o que não é perfeito te faz sofrer. Por isso a solidão te é necessária para retomar o equilíbrio e voltar à indulgência. Ela é boa também para fazer-te esquecer o movimento deste mundo, onde mais frequentemente é a cauda que dirige a cabeça, a força que vence o espírito, a vontade que precede à inteligência, onde é raramente o mais autorizado, o mais experto que dirige, que pronuncia, que organiza, que executa. Tens a desgraça de não poderes ajoelhar-te perante a opinião, perante o jornalismo, perante o sufrágio universal, perante a democracia, porque um mal menor não é um bem, e uma ficção não é uma verdade. Todos esses pretensos princípios são quase tão prejudiciais como úteis, e tão falsos como verdadeiros. Em suma, reconheces apenas superioridades individuais; as coletividades não são órgãos de ciência nem de sabedoria. Todos os fetiches te repugnam. Mas sabes que essa disposição desabusada é uma desgraça.

Não nos devemos indispor jamais com o nosso tempo. Convém ao contrário agradecer às pessoas que querem ser legisladores, médicos, administradores, pedagogos, jornalistas, etc., e dizer a si mesmo que, sem elas, tudo iria pior ainda. Todo número comparado ao infinito torna-se nulo, mas comparado a zero torna-se alguma coisa. Nada do que age deve ser desprezado.

28 de maio de 1880. – O balançar entre a imaginação e a razão é bem curioso. Inicio sempre pela sensação aumentada, e por ver tudo sombrio; ponho as coisas no pior e antecipo as consequências extremas. É o efeito de um caráter pouco propenso à esperança e de uma sensibilidade um pouco mórbida. Mas uma saída, uma diversão qualquer, uma lição dada, um passeio, uma refeição restabelecem em mim o equilíbrio. Revejo as coisas sob um outro aspecto, completa-se a minha impressão, tranquiliza-se o meu julgamento. Ressinto pois os inconvenientes da vida solitária, do enervamento, da organização frágil; e devo estar em guarda contra um primeiro movimento, que é o espanto do novo, a recusa do exame, a irritação de ser perturbado, o pressentimento desagradável...

Só te pronuncies à terceira inspeção; desconfia do pessimismo da primeira e do otimismo da segunda. Atinge ao verdadeiro pela eliminação de dois excessos consecutivos e opostos.

30 de maio de 1880. – Não exagerei a minha independência? Evitando tocar os muros do meu convento, olhar face a face os meus obstáculos, as minhas obrigações, as minhas possibilidades para escapar às amarguras pungentes, não ultrapassei os direitos da prudência e a medida da sabedoria? Temos não somente o esforço vão, mas o esforço. Estás desgostoso de um combate sem termo e sem esperança. Não lutas mais nem contra a sorte, nem contra a doença, nem contra os homens, nem contra a natureza.

Tentas existir com o mínimo de atrito possível. Quase nada mais podem fazer a um valetudinário e um desencorajado. Mas ser manso para com a morte e para com os vivos, não é ser heroico; é viver dentro do ponto de vista do claustro; é penetrar na Tebaida é ser bonzo ou sufi. É existir o menos possível. É morrer para a vida a fim de facilitar a transição ao nirvana. De acordo, mas não há escolha. Depois que a força partiu, não se deve guardar as ambições da força; mais vale mesmo abdicar previamente. "Saber deixar o estado que nos deixa, disse Jean-Jacques, é ser homem a despeito da sorte". Mais valeria ainda morrer no pecado. O pecado é tanto não querer o que deveria ser querido, como querer o que não se deve. Renunciar pode ser uma procura de si mesmo. Talvez seja, a altivez, um prazer culpável. Deus quer menos a nossa renúncia em bloco do que a nossa renúncia à vontade própria. Pretende ele que sigamos o seu caminho e o seu método antes que os nossos; que façamos o que lhe agrada e não o que nos agrada a nós. Ó, meu Deus, habitas tu o subterrâneo da minha consciência? Não. Existem ali descontentamentos, vergonhas, pesares, tristezas que não ouso sequer agitar. Há dúvidas, angústias, pavores, confusos e invisíveis. O fundo das nossas virtudes não é virtude. Creio que a maldição da minha vida foi o problema do sexo, tudo o que se liga ao pudor, à voluptuosidade.

Isso atormentou os meus dias e as minhas noites, as minhas vigílias e os meus sonhos, a minha infância, a minha juventude e a minha maturidade. Perturbou a minha consciência, exacerbou a minha imaginação, amedrontou a minha timidez, transtornou o meu coração, embaraçou a minha carreira. Essa função fisiológica foi para mim uma incessante miséria. O casamento precoce, ou mesmo a libertinagem, teria valido mais do que a continência e do que o celibato. É a mulher que liberta da impureza, porque liberta do desejo, dos devaneios, das tentações. É horrivelmente perigoso fazer de anjo quando se é homem, e fazer de virgem quando se é um macho. Vinga-se a natureza ferozmente da denegação da justiça, que se lhe fez por covardia ou por discrição.

31 de maio de 1880 (*oito horas da manhã*). – Não requintemos. As visões sutis nada remedeiam. É preciso, de igual modo, viver. O mais simples é não se arrebatar contra nenhuma ilusão, aceitar condescendentemente o inevitável. Quando estamos no espetáculo devemos entregar-nos aos dados teatrais, e não fazermos de desenganado e enfastiado. Submersos na existência humana, devemos tomá-la como ela é, sem horror trágico, sem gracejo amargo, sem amuos deslocados, sem exigência excessiva; jovialidade e paciência serena valem mais. Tratemo-la como o avô trata a sua neta, como a avó trata o seu neto; entremos na ficção da infância e da juventude, mesmo pertencendo à idade avançada. É provável que o próprio Deus olhe com complacência as ilusões do gênero humano, quando elas são inocentes. Não há de mau senão o pecado, isto é, o egoísmo e a revolta. Quanto ao erro, o homem muda muitas vezes, mas dele não sai nunca, assim como pode viajar incessantemente, mas não cessa de estar em algum lugar. Estamos num ponto da verdade, como estamos num ponto do globo. A ubiquidade e a onisciência não são os atributos do homem. Os grandes espíritos pressentem e fazem pressentir o Espírito esférico que tudo vê, tudo sabe, tudo envolve. O espírito de Deus está ao mesmo tempo em todos os modos e ao mesmo tempo comporta todos os possíveis: por isso escapa ao erro.

Não seriam os espíritos individuais semelhantes às esférulas que o abano faz sair da bolha de sabão que ele divide? Todas tendem a reconstituir a esfera e a reproduzir, quer as cores do prisma, quer a imagem do mundo circunvizinho. Não são mais do que aparência e se contentam da aparência, mas realizam a lei. O que elas contêm de substância é quase nada; é uma gota de água e alguns átomos de sabão. A sua lei é arredondarem-se ao sopro da esperança, e tecerem um grão de verdade, desenvolvido em todos os sentidos pela fantasia e pela ilusão. A diferença entre os ponfolix e os homens consiste em que os primeiros não se enganam e os segundos se enganam quase sempre. As bolhas são bem-sucedidas, os indivíduos não o são. As bolhas são esféricas, os indivíduos apresentam todas as deformações imagináveis. Além disso, vegetais e animais, todos os seres finitos são a série dos casos particulares entre a esfera vazia da bolha e a esfera cheia do espírito, entre o zero e o infinito, entre 0 e ∞. Individualizar-se não é somente separar-se da massa, é de ordinário enrugar e crispar a forma esférica, como isso acontece às células que compõem um tecido orgânico.

Só a sociedade representa uma unidade um pouco completa. O indivíduo deve contentar-se de ser uma pedra do edifício, uma engrenagem da imensa máquina, uma palavra do poema. Ele é uma parte decrescente da família, do estado, da humanidade, e de todos os agrupamentos especiais que formam os interesses, as crenças, as aspirações e os trabalhos. As mais eminentes almas são as que têm consciência da sinfonia universal, e que colaboram de bom grado nesse tão vasto e tão complicado concerto que se chama a civilização.

O indivíduo não é mais do que um ponto que se torna círculo, célula, organismo, vida, pensamento, e que através de todas as particularizações momentâneas de que necessita a ação, não perde de vista a esfera, a totalidade, a harmonia. É-lhe permitido refazer em si mentalmente todas as séries industriais, estéticas, morais, religiosas, científicas, jurídicas, isto é, tecer de novo rapidamente o seu planeta e mesmo o cosmos. Cada mulher que dá à luz reproduz em miniatura a série das maternidades. O espírito do pensador pode abreviadamente refazer a evolução da sua raça, reencontrar em si o granito e o *"eozon"*, o estado solar e a matéria nebulosa. O trabalho da humanidade no momento em que ele se recolhe, o resultado dos séculos, torna-se o material da sua meditação, a escala do seu sonho. É, na medida de sua fraqueza, o análogo da onipresença divina. Eis por que a antiga fórmula do "homem criado à semelhança do Eterno" é bastante verdadeira. O espírito é um diminutivo do espírito. Uma esfera de um milímetro de raio é uma esfera, como a esfera celeste. Um recém-nascido está para o seu pai assim como seu pai, homem simples, está para um gênio, assim como um gênio humano está para [uma das inteligências arcangélicas], ou assim como o Diretor [de Sirius][63] está para Deus, para falar semítico e a língua da piedade. O espírito em princípio é capaz de suprimir todos os limites que encontra em si, limites de língua, de nacionalidade, de religião, de raça, de época. Mas deve-se dizer que quanto mais se torna espiritual e onímodo, menos domínio exerce sobre os outros, que não o compreendem mais e não sabem o que fazer dele. A influência é para os homens de ação, e para agir nada é mais útil que a estreiteza do pensamento junto à energia da vontade. Sede espada, martelo ou bala de canhão para agitar os homens e atingir um fim. Os ambiciosos e os vorazes zombam dos sonhadores, que lhes devolvem a sua zombaria em piedade. O sonho é gigantesco, mas liliputiana é a ação. Para os espíritos cativos, o sucesso, o renome e o proveito, isso é bastante; mas ignoram eles as delícias da liberdade e as alegrias da viagem no infinito. De resto, não pretendo preferir uns aos outros, pois cada qual não é feliz senão segundo a sua natureza. A história, aliás, é feita somente pelas especialidades e pelos combatentes. Somente, talvez não seja mau que em meio das atividades devorantes do mundo ocidental, algumas almas bramanizem um pouco. O europeu, e sobretudo o americano, é um homem mas não é o homem. O sábio, que meditou sobre a esfera, quer ter consciência do homem completo, e toda a civilização cristã é ainda para ele apenas um modo de ser e um espécime para consultar, não porém a humanidade.

(*Onze horas da manhã.*) – São estas excursões ao Empíreo uma escolha falha? Sim e não. Sim, se deve daí resultar somente uma distração passageira para a minha *Wenigkeit*. Não, se a minha profissão me permite o pensamento sem finalidade, porque o meu ensino ou a minha pena disso aproveitam mais tarde. O pensamento sem finalidade me parece uma preguiça, um epicurismo, e no entanto a divagação é mãe da poesia, por vezes mesmo da descoberta; é uma forma da prece, um modo de respirar para a alma, é uma dilatação do ser, o jogo do pensamento, a volúpia do espírito. Isso quer dizer que ela pode alternar com o trabalho, mas não deve substituí-lo. És inclinado ao abuso do devaneio, porque tens um fraco pelo inútil, e porque tens, entre os homens, uma fome insatisfeita de comunicação

---

[63] O trecho entre colchetes estava ilegível na primeira edição da tradução de Mário Ferreira dos Santos, e a lacuna foi perpetuada em edições posteriores. Como não foi possível ter acesso a essa parte do texto de Mário, traduzimos o trecho em questão com base no original em francês. (N. E.)

fraternal. O monólogo é o suplemento do diálogo. A tua sociabilidade natural precisou metamorfosear-se em reclusão rabiscadora. Um amoroso contaria às paredes o seu martírio, de preferência a calar-se. Na falta de esposa, de confidente, de amigo, rezamos; na falta de prece, abrimos o diário íntimo. E páginas seguem às páginas, como na mulher que chora a sua juventude as lágrimas seguem às lágrimas, sem ruído e sem testemunho, sem recalque e sem excitação.

Parece-me às vezes que vejo correr a minha vida, como um ferido vê correr o sangue das suas veias. Esta apatia resignada que assiste à destruição do ser, sem debater-se contra o destino, faz-me lembrar o Mioritza dos romenos, aquele pastor a quem faz um sermão a sua ovelha. Eis o inconveniente do devaneio; com o tempo nos paralisa. A experiência desencoraja. Não somos enganados mais pela esperança. Tornamo-nos fatalistas, como um muçulmano, mansos como um cordeiro. Saciamo-nos enfim da nossa indolência, como de tudo mais, e a ação, o dever, a urgência nos reclamam por sua vez. Após o açúcar, impõe-se o sal; após a imobilidade, a marcha ou a ginástica; após a solidão, é preciso retornar aos seus semelhantes. A alternância para o equilíbrio, eis a lei.

Il est bon de parler et meilleur de se taire,
Mais tous deux sont mauvais alors qu'ils sont outrés.

1º de junho de 1880. – Leitura: Stendhal, *La Chartreuse de Parme*. A obra é notável. É mesmo um tipo, um ponto de partida. Stendhal abre a série dos romances naturalistas, que suprimem a intervenção do sentido moral e zombam da suposta liberdade. Os indivíduos são irresponsáveis; são governados por suas paixões, e o espetáculo das paixões humanas faz a alegria do observador e o pasto do artista. Stendhal é o romancista de acordo com o gosto de Taine, o pintor fiel que não se comove nem se indigna, e a quem tudo diverte, o libertino e a libertina, o homem honrado e a mulher honesta, mas que não tem nem crença, nem preferência, nem ideal.

A literatura está aqui subordinada à história natural, à ciência; não faz mais parte das *humanidades*, não dá mais ao homem a honra de um lugar à parte; classifica-o com as formigas, os castores e os macacos. Esta não-moralidade indiferente conduz ao gosto da imoralidade, pois as vilanias têm mais sabor do que a virtude. O vitríolo é mais curioso do que o açúcar, e o envenenamento apresenta mais fenômenos que a simples alimentação.

O vício de toda esta escola é o cinismo, o desprezo pelo homem, rebaixado ao nível da besta; é o culto da força, a despreocupação da alma, uma falta de generosidade, de respeito, de nobreza, que se adverte apesar de todos os protestos em contrário, numa palavra, a inumanidade. Não podemos ser materialistas impunemente: somos grosseiros mesmo com uma requintada cultura. A liberdade do espírito é certamente uma grande coisa, mas a grandeza do coração, a crença no bem, a capacidade de entusiasmo e de devotamento, a sede de perfeição e de santidade é coisa mais bela ainda.

7 de junho de 1880. – Releio Madame Necker de Saussure... *L'Éducation Progressive* é uma obra admirável. Que medida, que justeza, que razão, que gravidade! Como isso é bem observado, bem pensado e bem escrito! Essa harmonia da ciência e do ideal, da filosofia e da religião, da psicologia e da moral é benfazeja porque é sã. Este livro é um belo livro, um tratado clássico, e Genebra pode orgulhar-se de semelhante produção, que resume tão alta cultura e tão sólida sabedoria. Eis a verdadeira literatura genebrina, a tradição central do país.

21 de junho de 1880 (*onze horas da manhã*). – Minha afilhada acomodou-me em seu pequeno salão azul; ali passei duas horas e me senti tranquilizado. Primeiro, ali encontrei silêncio, e depois ali encontrei a harmonia estética. Aquele gabinete cheio de formas e de criações adoráveis (pois cada desenho, cada móvel, cada livro, cada bibelô, cada cor significa alguma coisa, é o resultado de uma escolha, o traço de um gosto, o efeito de um trabalho), aquele gabinete deu-me a impressão de um asilo, de um asilo poético, íntimo, recolhido, benfazejo. A hora que passamos sozinhos na antecâmara de uma mulher é uma iniciação em sua vida; alcançamos a história dos seus sonhos e uma espécie de penetração sutil em sua alma. Uma jovem que deixa um amigo em seu santuário faz-lhe o mesmo favor que se lhe emprestasse o diário dos seus próprios pensamentos. É certo que um intruso, um grosseiro, um perverso, um libertino que tivessem penetrado por fraude na cela discreta dariam à sua moradia um sentimento de profanação. Uma espécie de purificação lustral seria desejável depois dessa espécie de nódoa. O pudor virginal estende-se a todo o interior ocupado pela moça, a tudo o que lhe é pessoal e particular. O hábito ou mesmo o olhar dos indignos ofende e mancha o que apenas aflora. O ser delicado repele essa familiarização chocante, como recusaria beber no copo que acaba de servir a um vizinho de mesa. O respeito de si mesma exige que o véu entre a curiosidade grosseira do interior e as graças misteriosas do santuário não possa ser levantado. A imaginação, o coração, a inocência assemelham-se ao arminho. *Noli me tangere* é a sua divisa. A pureza é o seu ideal. Esse horror feminino às proximidades profanas é um profundo instinto do sexo, que salvaguarda a frescura e a suavidade graciosa da virtude. A virgem deve fugir a todos os contatos e envolver-se de um nimbo para conservar o seu prestígio e a sua graça. O imaculado é o seu dever e constitui a sua força. É assim que ela se reserva para o amor. O quarto em que vive, aquele em que dorme são como o superficial e protetor envoltório de uma flor, como o casulo do bicho-da-seda. Deve o seu tecido permanecer intacto. Convém levar até a misticidade a defensiva da delicadeza. Esta força repulsiva é a guardiã da modéstia e da honra. Do sagrado ao secreto quase não há distância. O mistério é um tesouro.

25 de junho de 1880. – Ontem, após o meio-dia, uma violenta tempestade. Trovões, relâmpagos, fortes chuvas com granizo. Trabalhei nas minhas duas últimas lições; e tomei as minhas medidas para dizer tudo sob a forma reduzida e sintética que me impõe o tempo. Acho muito encanto em resolver este problema didático: nada sacrificar no vasto assunto, ter cumprido o programa inteiramente e terminar à hora precisa no dia presente. Isso oferece ao espírito a mesma satisfação que um soneto "sem defeito". É o buquê posto sobre o edifício, é o ponto de honra professoral e a glória da profissão.

Ou eu me engano muito ou terminarei no tempo marcado, depois de reatar todos os fios e reunir todas as linhas na minha peroração e no meu adeus. Parece-me que isso se anuncie bem.

26 de junho de 1880 (meio-dia). – Terminei o meu curso[64] com a precisão que desejava. A obra está encerrada. Nada omiti, e coloquei cada coisa em seu lugar, nesse vasto e turbilhonante assunto. O círculo voltou sobre si mesmo. Não estou descontente. Para sair-me bem, subdividi as minhas horas em minutos, calculei o meu conjunto, contei as minhas malhas e os meus pontos. Esse bordado oratório é um processo que posso aprender; de resto, não é mais do que

---

[64] Esse curso tratava da Psicologia das Nacionalidades, assunto por ele professado em 1861 pela primeira vez.

uma pequena parte da arte professoral. Repartir a sua matéria em um número determinado de lições é mais difícil ainda. Encontrar a proporção das partes, a velocidade normal de exposição não é coisa fácil. O conferencista pode trazer uma sequência de sessões completas, aqui a unidade é a sessão; um curso científico deve propor-se um fim maior, a unidade do assunto e do curso. Seu ponto de vista é objetivo. Não busca nem o sucesso oratório, nem o prazer dos curiosos, mas é o sacerdote do seu assunto, presta-lhe as honras com gravidade e recolhimento. Supõe no auditório o respeito e o amor da ciência, e desdenha todos os artifícios culinários, todas as estratégias do retórico. O que ele quer deleitar é a inteligência pura, a necessidade de compreender e de contemplar. Parece-me, salvo erro, que o meu curso pode oferecer essa alegria. O testemunho de outras pessoas em outros tempos serve-me de controle. Compararam meus cursos a catedrais transparentes, onde as massas, as linhas, os pormenores percebem-se em suas proporções e banham-se na luz. A serenidade platônica é o tom que convém ao verdadeiro, e à exposição filosófica.

27 de junho de 1880. – Nas coisas de ciência, a opinião individual não tem valor algum. Por que parece valer alguma coisa nas questões de moral, de educação, de política, de teologia? Porque aqui a prova da necessidade do opinante é mais difícil de fornecer. O mais insolente não ousaria pronunciar-se sobre um problema de química, de astronomia, de geologia, de álgebra, de que nem sequer entende os termos. Mas quando se trata de coisas muito mais difíceis e mais complicadas, retoma a sua segurança, crê-se competente e resolve com ares de conhecedor...

Isso equivale a dizer que há ciências matemáticas e naturais, mas que não há ciências morais. O Estado e a Igreja, por exemplo, são brinquedos muito mais fáceis de conhecer que um relógio de bolso ou um pião. Impõe-se uma certa aprendizagem para fazer uma fechadura ou uma chinela, mas, para fazer leis, a coisa vai facilmente, sem preâmbulo e sem reflexão. Aqui a ciência infusa é de todo o mundo, e um vagabundo das ruas vale tanto como outra qualquer pessoa. Toda a ironia socrática retorna ante esta inflamação grotesca. Que cada um queira instruir-se e se esforce por formar uma opinião justa, está bem. Mas de ordinário a opinião é anterior ao exame, ela decide, resolve, pronuncia sem ter jamais atravessado a dúvida nem a modéstia. Eis o cômico e o triste. São os mais jovens os mais arrogantes; as pretensões estão em sentido inverso aos títulos. A democracia sempre impeliu para esse resultado, porque ela apaga sistematicamente as diferenças de idade, de experiência, de instrução, e de mérito, e porque afeta considerar somente as opiniões e os opinantes. A democracia existe; é trabalho perdido notar os seus defeitos e os seus ridículos. Todo regime tem os seus, e este regime é ainda um mal menor. A suposição neste regime é que todos amam a verdade, buscam luzes e se rendem às boas razões. Convém agir dentro desta hipótese. Tudo deve ser pleiteado junto ao público, à multidão, às massas. A vitória não cabe ao que tem mais sabedoria, mas ao que melhor sabe persuadir. Manejar habilmente as aparências era a arte dos sofistas; é sempre o talento dos que vencem na democracia. "O sofista é superior aos outros, não porque possua mais verdade (cada opinião é tão verdadeira quanto uma outra), mas porque sabe a arte de conquistar os homens para o seu parecer, para aquilo a que lhe é útil persuadi-las." Disseram-no francamente os atenienses: o orador popular é o senhor das ilusões agradáveis; é o mágico que joga com as paixões e pratica malabarismos com os princípios. A sua força mede-se pelo sucesso.

(*Mais tarde.*) – Visitei S. e continuei a conversação de ontem. Falamos das enfermidades que ameaçam a democracia e que derivam da ficção legal de que ela faz o seu fundamento. O remédio consistiria em insistir por toda parte sobre a verdade que sistematicamente ela esquece, e que lhe serviria de contrapeso: sobre a desigualdade dos talentos, das virtudes e dos méritos, sobre o respeito que se deve à idade, às capacidades, aos serviços prestados, etc. A arrogância juvenil e a ingratidão invejosa devem ser estigmatizadas tantas vezes quanto possível, quando a instituição as favorece legalmente. É preciso insistir sobre o dever, quando a instituição não fala senão nos direitos do indivíduo. É preciso não exagerar no sentido para o qual tendemos. Tudo isso, na verdade, é apenas um paliativo, mas na sociedade humana, não se pode esperar mais. Os homens procedem somente pela sucessão dos erros contrários. Atravessam a verdade, como o pêndulo atravessa a perpendicular, para daí afastar-se em seguida.

28 de junho de 1880. – Leitura: Mme. Necker de Saussure (terminei *Étude sur la Vie des Femmes*). É belo, sensato, grave, elevado, delicado, perfeito. Algumas asperezas ou incorreções de linguagem não têm importância. Experimenta-se um misto de respeito e de ternura pela autora, e dizemos a nós mesmos: eis um livro raro, onde tudo é sincero e onde tudo é verdadeiro.

1º de julho de 1880 (três horas). – Temperatura pesada. Siroco. Tédio. Langor. Eu deveria rever as minhas notas, pensar nos exames de amanhã. Aversão interior; descontentamento; vazio. Será a consciência que murmura? O coração que suspira? A alma que se devora? O sentimento da força que foge e do tempo que se perde? De onde provém essa confusa ansiedade? É de uma tristeza, de uma nostalgia, de uma apreensão? Não sei. Mas esse vago mal-estar é perigoso, impele a decisões bruscas e loucas. Desejamos assim escapar a nós mesmos, desorientar as borboletas negras e os diabos azuis, abafar a voz importuna do que nos falta. O descontentamento é o pai das tentações. Compreendo os delírios diversos da volúpia, do haxixe, dos alcoólicos. Trata-se de saciar a serpente invisível que se oculta no fundo de nosso poço, de saciá-la para adormecê-la.

E que testemunham todos estes vãos furores? Uma aspiração. Temos sede de infinito, de amor, de não sei quê. Há uma necessidade insatisfeita. É Deus que chama ou que se vinga. E a felicidade que ruge no fundo do abismo.

3 de julho de 1880. – Hoje à noite, estive em La Passerine. Todos se ocupam somente do plebiscito de amanhã.[65]

4 de julho de 1880 (domingo, oito e meia da manhã). – A uma forte chuva sobrevém o sol. Será um presságio neste dia solene? A grande voz da *Clémence* acaba de soar. Seus dobres poderosos atingiam-me as entranhas. Durante um quarto de hora ela continuou seu apelo patético: "Genebra, Genebra, lembra-te. Eu me chamo *Clémence*. Abatida pelo tempo, ressuscitou-me o voto popular. Eu sou a voz da Igreja e da Pátria. Genebrinos, servi a Deus e sede unidos".

(*Sete horas da tarde.*) – A *Clémence* soou ainda durante a meia hora do escrutínio. Quando se deteve, às cinco horas menos cinco minutos, aquele silêncio tinha uma gravidade terrível, como o que pesa sobre a multidão que espera a entrada do juiz e a sentença capital. O destino da Igreja e da pátria genebrina agora está na urna. O despojamento deve ser iniciado.

(*Onze horas da noite.*) – Vitória em toda a linha; os *sins* têm apenas dois sétimos dos votos, em um enorme escrutínio de 13.200 volantes. Desafogo universal.

---

[65] Tratava esse plebiscito de resolver sobre a separação entre a Igreja e o Estado.

Em La Passerine e na Rua Charles-Bonnet[66] encontrei toda a gente cheia de emoção, de alegria, de reconhecimento. Cada um sente que Genebra escapou de um grande perigo e que a pátria conta com mais uma liberdade. Em casa, a minha afilhada chorava de alegria, ao saber o resultado.

5 de julho de 1880. – Dia de forte emoção.
A *Clémence* soou duas vezes, uma após a proclamação oficial dos resultados do plebiscito, outra, após o meio-dia, para chamar à prece.
Toda a cidade estava em movimento, era um dia de festa. Bandeiras pendiam das janelas. O povo reuniu-se em Molard, subiu a Saint-Pierre; serviço de ação de graças, cortejo através de toda a cidade, com a música e as bandeiras de 1813. Volta a Molard, onde foram ainda pronunciados dois discursos. Alegria universal.
O momento mais patético foi em Saint-Pierre. Quatro ou cinco mil homens, de cabeça descoberta, enchiam o adro da catedral, e J. Cougnard fez a essa multidão fremente a alocução patriótica e militar que era esperada. A alma da velha Genebra e o espírito dos antepassados estavam sob as abóbadas do templo, que abrigava de certa forma a República inteira, como no tempo de Atenas ou de Argos...
Impressão de piedade, como diante de um mistério. Parece uma incursão fugitiva aos bastidores da história e da Providência.
Há palavras que ainda têm uma virtude mágica junto às pessoas do povo, tais são Estado, República, Pátria, Nação, Bandeira, e creio também Igreja. A cultura cética e zombadora não conhece mais a emoção, a exaltação e mesmo a embriaguez que essas palavras fazem nascer nas pessoas simples. Os embotados não suspeitam os estremecimentos da alma popular a esses apelos que os deixam frios. É a sua punição; é também a sua fraqueza. Eles são irônicos, são individualistas, são isolados e infecundos.
Sinto de novo o que senti no centenário de Jean-Jacques; que os pequenos senhores distintos, os banqueiros devotos, a raça das pessoas decentes cujo fariseísmo rompeu com a multidão, me enregelam o sentimento e a imaginação.
Além disso, estou a cavaleiro numa contradição interior; sofro de uma dupla repugnância instintiva: a repugnância estética pela vulgaridade em todo gênero;

---

[66] Refere-se, respectivamente, à residência das senhoras Mercier e à do prof. Auguste Bouvier.

a repugnância moral pela secura de coração. Assim pessoalmente, eu não sou atraído senão pelos indivíduos completamente cultos, eminentes e espirituais; e, por outro lado, nada me é mais doce do que palpitar com o espírito nacional, com o sentimento das multidões. Aprecio, pois, somente os dois extremos, e isso me separa de cada um deles. Os requintados julgam-me da população; o popular julga-me requintado...

6 de julho de 1880. – Tempo magnífico. Promoções do Colégio. Ouvi o sinal dos tambores e da música... Não tive a necessária animação para ir à festa das escolas... Aliás, eu queria fermentar as minhas impressões de ontem. A necessidade de calma, de imobilidade, de recolhimento, prevaleceu. Ao cair da noite, acompanhei à planície de Plainpalais as nossas três damas. Imensa multidão, alegria em todos os rostos. A festa terminou com o tradicional fogo de artifício, sob um céu calmo e todo estrelado. Ao entrar, eu pensava: eis aí, contudo, a República. Há uma semana que todo este povo está agitado. Acampa como os atenienses na Ágora. Desde quarta-feira, as conferências, assembleias populares, sucederam-se umas às outras; encontram-se em casa os jornais e brochuras; peroram nos círculos; domingo, plebiscito; segunda, cortejo de alegria, cânticos em Saint-Pierre, discursos em Molard, festa dos homens. Terça-feira, festa da juventude masculina. Quarta, festa das escolas primárias, etc.

Genebra é uma caldeira sempre em ebulição. É um alto-forno que não apaga nunca os seus fogos. Para conservar a sua paz nesta efervescência e neste turbilhão, é preciso ter um asilo e dele saber fechar a porta.

Vulcano tinha mais de uma forja. Genebra é certamente um dos respiradouros do espírito europeu, uma das bigornas onde se martelam mais projetos; umas das usinas onde se experimentam mais novidades, não patenteadas pelos governos. Quando se pensa que os proscritos de todas as causas trabalham aqui, o mistério explica-se um pouco. Mas a melhor explicação é que, republicana, protestante, democrática, sábia e empreendedora, Genebra é desde séculos uma espécie de vanguarda que explora países desconhecidos, e que tem o costume de sair dos embaraços por si mesma. Desde o tempo da Reforma ela está alerta, e caminha com uma lanterna na esquerda e uma espada na direita. Sua audácia é prudente; ela não atira a corda atrás da caçamba, e não lança na luta o conjunto das suas forças. O que me agrada é que ela não cede ainda à imitação, e que se decide por si mesma. Os que lhe dizem: procedei como em Nova York, como em Paris, como em Roma, como em Berlim, estão ainda em situação desfavorável. Os papagaios e os macacos não a persuadem. Ela deixa pregarem no deserto os doutrinarismos que a desagregariam; fareja as ciladas, e delas se afasta. Gosto desse índice de vitalidade. Só o que é original tem uma razão suficiente de viver. Quando as palavras de ordem vêm de fora, mais não somos do que província... As fórmulas ocas e cosmopolitas minam as pequenas nacionalidades, como arruínam as artes e a literatura. Os *ismos* são ácidos que dissolvem tudo o que é vivo e concreto. Com o realismo, o liberalismo, o romantismo não se faz uma obra-prima, nenhuma obra; do mesmo modo que com uma teoria fisiológica não se consegue gerar uma criança. O separatismo tem ainda menos virtude que todos os outros *ismos*, pois é a abstração de uma negação, a sombra de uma sombra. Os *ismos* não são princípios fecundos, apenas mesmo são fórmulas explicativas. São antes nomes de doenças, pois exprimem um elemento em excesso, uma exageração perigosa e abusiva. Exemplo: empirismo, *sans-culottisme*,[67] idealismo, voltairianismo, radicalismo. O próprio das coisas bem-sucedidas e dos seres bem-nascidos é escaparem a essas categorias nosológicas. Quem de saúde passa perfeitamente não é nem sanguíneo, nem bilioso, nem nervoso. Uma república normal contém partidos e pontos de vista opostos, mas os contém no estado de sais combinados. Num raio de luz estão contidas também todas as cores, enquanto o vermelho não contém uma sexta parte da luz completa.

8 de julho de 1880. – Há trinta anos que li Waagen (sobre os *Museus*); o amigo Rod. R.[68] o está lendo agora. Eu faço todos os anos a mesma observação: passa por meus caminhos uma geração depois de mim. Foi em 1842 que me apaixonei loucamente pela pintura, em 1845 que estudei a filosofia de Krause, em 1850 que professei a estética, etc. O meu ressuscitado, embora da minha idade, chega às minhas etapas quando estas são para mim antiguidades. É curiosa esta impressão da distância. Eu me percebo então das catacumbas da minha memória e das camadas de cinza históricas acumuladas sob o meu solo atual.

---

[67] Sistema dos partidários extremados da democracia, na Revolução Francesa.
[68] Rodolphe Rey, autor de *Genève et les Bords du Léman*. De saúde frágil, faleceu em 1882.

Será, a vida do espírito, semelhante à dos velhos salgueiros, ou à dos imperecíveis baobás? Superpor-se-á, a camada viva da consciência, a centenas e a milhares de camadas mortas? Mortas? Sem dúvida é dizer em demasia, mas quando a memória é fraca, o passado está quase inteiramente abolido. Recordar que se soube não é uma riqueza, é a indicação de uma perda; é o número de uma gravura que não está mais no seu gancho, o título de um volume que não está mais na sua prateleira; é uma cicatriz da memória, um hilo que aflige. Eis o meu espírito; é o quadro vazio de milhares de imagens apagadas. Adestrado por esses inumeráveis exercícios, o meu espírito é todo cultura, mas quase nada reteve em suas malhas. Está sem matéria, e não é mais do que forma. É apto para tudo e não possui nada. Não tem mais o saber, tornou-se método. Eterizou-se, algebrizou-se. Tratou-o, a vida, como trata a morte os outros; preparou-o já para uma ulterior metamorfose. Desde os dezesseis anos, eu podia olhar com os olhos de um cego recentemente operado, isto é, podia suprimir em mim a educação da vista e abolir as distâncias; agora posso considerar a existência pouco mais ou menos como do além-túmulo, como do outro mundo, *sub-specie aeterni*; posso sentir como ressuscitado; tudo me é estranho; posso estar fora do meu corpo e do meu indivíduo, estou *despersonalizado*, desprendido, esvaecido. A minha consciência pode tornar-se a do bonzo, do sufi, do brâmane. Uma única forma pouco natural me é, é a minha. Será isso loucura? Não. A loucura é a impossibilidade de voltar ao seu equilíbrio após vagamundear nas formas peregrinas, após as visitas dantescas aos mundos invisíveis, após as excursões ao Sabá. A loucura é não poder julgar-se e deter-se. Ora, parece que as minhas transformações mentais não são mais do que experiências filosóficas. Não estou preso a nenhuma. Faço psicologia. Mas a mim não dissimulo que essas tentativas adelgaçam o fio do bom senso, porque dissolvem os preconceitos e os interesses pessoais. Só nos defendemos bem, voltando para junto dos homens e enrijecendo a nossa vontade. A contemplação pura evapora a individualidade; para sair do sonho, é necessário sofrer e agir.

És um balão cativo; não deixes enfraquecer a corda que te liga à terra. És um homem. É verdade que a dor física te recorda muitas vezes e infalivelmente que tu não és um espírito. Mas convém que te agarres ao real também por meio de outras faculdades. É preciso trabalhar para os seus semelhantes, e ao fardo da espécie levar voluntariamente o que a si próprio cabe. É preciso partilhar o seu bem, isto é, espalhar as suas ideias, e partilhar os males dos outros, isto é, entrar na manobra da grande nave.

Tu o fizeste, pois acabas de agir como professor e como cidadão. É a reação que se opera. Voltas a cair na meditação extática, na imobilidade do solitário. Não há grande mal. A onfalopsiquia tem também o seu direito. É o mesmo, retempera os teus músculos, retoma vitalidade mais sólida. Cuidado com a efeminação, ela inclina facilmente à pusilanimidade, à esterilidade e à hipocondria.

14 de julho de 1880. – Qual o livro da literatura genebrina que de preferência eu desejaria ter escrito? Talvez o de Mme. Necker de Saussure, ou *L'Allemagne* de Mme. de Staël. É, pois, ainda, a filosofia moral o que tem mais valor para um genebrino. A gravidade intelectual é o que menos mal nos fica. A história, a política, a ciência econômica, a educação, a filosofia prática estão abertas para nós. Temos tudo a perder em afrancesar-nos, parisiensiar-nos, pois que então levamos água para o Sena. A alta crítica independente é talvez mais fácil em Genebra do que em Paris, e Genebra deve permanecer em sua linha, menos sujeita à moda, essa tirania do gosto, à opinião reinante, ao catolicismo, ao jacobinismo. Genebra deve ser para a grande nação o que era Diógenes para Alexandre, o pensamento independente e a palavra livre que não se submete ao prestígio e não encobre a verdade. É certo que esse papel é ingrato, mal visto, ridicularizado; mas que importa?... Nesta ordem de coisas é preciso contentar-se de estar só.

Montre ce qu'on peut faire en le faisant toi-même.

Não aconselhes ninguém; age; e se não ages, guarda contigo o segredo. A gente não prescreve a originalidade, a gente a realiza, se pode.

25 de julho de 1880. – Desci ao apartamento de M., prestei a minha homenagem às obras de arte. A *Vénus Accroupie* é a obra mais encantadora da coleção. Como contraste das linhas, graça dos contornos, variedade dos movimentos, plenitude das formas, como sedução casta e feliz aparência, não se poderia desejar nada mais completo. É a euritmia da beleza, o poema do corpo feminino, a canção da perfeição plástica. Da ponta dos cabelos à planta dos pés, tudo é aveludado, acariciante, elegante, suave, delicioso. Afrodite seria deusa mesmo em sufrágio universal. A ela, o pomo de ouro. Mesmo o que nunca se vê, a parte menos cinzelada e mais macia, a região entre a cintura e os joelhos, tem arrebatadores requintes esculturais, inflexões, planos, covinhas que vivificam as superfícies e fazem palpitar as profundidades. O asilo onde se elabora a vida nascente é um relicário de trabalho precioso, belo de contemplar de qualquer lado que seja. As palavras que designam todas essas partes têm alguma coisa de baixo, mas o olhar aí não sabe descobrir senão um modelado soberbo, e atrativos delicados, imprevistos, se bem que inexprimíveis. O estatuário na sua língua muda expressa em detalhe e *con amore* esses largos traçados da beleza; ele os modela dos quadris à rótula, do busto ao flanco, do flanco aos rins, dos rins às espáduas; mas o espectador não sabe como designar com decoro aquelas frações do nu, e aqueles segmentos do tronco de Citérea. A orelha tem suscetibilidades mais numerosas do que os olhos; mas os próprios olhos recebem da imaginação os seus pudores; eles podem ver Afrodite inteiramente sem véu e admirar... É sempre apenas a ideia acessória ligada à nudez que faz a indecência. Eva nua em plena luz, sobre a relva do Éden, tem alguma coisa de tocante; uma mulher nua na penumbra da sua alcova é simplesmente erótica. O nu pode ser inocente e puro; mesmo na deusa da volúpia; é licencioso na beleza vulgar; é revoltante na fealdade sensual... A moda não tem mais do que um pudor, o do cálculo; ela só se recusa o que faria não atingir o alvo. São os pés disformes que defendem os vestidos compridos, e os talhes imperfeitos que temem as cavas e os colantes. Isso equivale a dizer: o belo é feito para ser visto, a roupa embaraça a vista; logo toda a arte se esforçará em fazer do vestuário o auxiliar da beleza, em torná-lo insinuante, transparente ou mesmo nulo.

A escultura vai, até, mais longe, pois, no interesse estético, ela desveste a beleza feminina das íntimas vegetações que conserva a natureza; ela apaga além disso os últimos traços do útil, a saber, os dois hilos inferiores, já quase encobertos no ser vivo, numa cova misteriosa. Numa palavra, ela afasta todas as alusões viscerais; mascara o laboratório fisiológico; dissimula tudo o que pode inspirar repugnância e deixa, exteriormente, apenas o que pode encantar. A natureza tem um outro recurso; como ela quer o amor, e a beleza falta muitas vezes, ela cega pelo desejo; o sexo torna-se um atrativo por si mesmo, os sexos procuram-se na sombra, e a imaginação inflamada pelos sentidos fornece tudo o que falta; assim a fêmea do gorila torna-se uma Cipris para o seu gorila, que ela vê como um Apolo, e, na falta de realidade, basta para os fins naturais o prestígio fugitivo.

A arte seria o desespero da natureza se houvesse o controle. Mas cada qual fecha os olhos e come o seu pobre peixe no molho do ideal. Isso é mais sábio, mais prático e mais humano. É preciso sonhar a perfeição e acomodar-se com o imperfeito. E, ainda, que são as imperfeições da linha e da carne, ao lado das imperfeições do coração e do espírito? Uma alma sendo mal formada ou mal preparada, num corpo bem formado não oferece mais do que alegrias curtas. Tem a arte ao menos isto: oferece a ilusão e, por vezes, a presença do perfeito, isto é, rejubila o sentido divino, e momentaneamente o consola do real, que é sempre imperfeito. A arte é uma fuga até um mundo superior, onde as coisas correspondem às nossas aspirações, e nós dizemos: enfim!

28 de julho de 1880. – Depois do meio-dia, longo passeio em pleno sol; era, porém, tônico e salubre o ar. Volto satisfeito com a minha carcaça, e alegre de ter entrado em comunhão com a Natureza. As águas do Ródano e do Arve, o murmúrio das correntes, a austeridade das encostas, o brilho dos campos, o estremecimento das folhas, a esplêndida luz de julho, a irradiante fecundidade dos campos, a nitidez longínqua das montanhas, a brancura das geleiras sob a serenidade do azul, as aragens da junção, o bosque de *Bâtie*, as sombras de Saint-Georges, tudo me encantou os olhos, os sentidos e a imaginação.

Parecia-me ter voltado aos anos da força. Estava inundado, ofuscado de sensações. Estava surpreso e agradecido. Conduzia-me a vida universal. A carícia do estio chegava-me ao coração. Revia os imensos horizontes, as intrépidas alturas, os lagos azuis, os vales ondulantes, todas as liberdades de outrora. Não era, contudo, nostalgia. Era uma impressão indefinível, sem esperança, sem desejo, sem pesar, uma espécie de enternecimento e de transporte misturado de admiração e de ansiedade. Sentimos ao mesmo tempo alegria e vácuo, percebemos, através do que possuímos, o impossível e o irrealizável, medimos ao mesmo tempo a nossa riqueza e a nossa pobreza, em uma palavra, somos e não somos; estamos na contradição interior porque estamos no estado transitório. Essa ambiguidade inexplicável é própria da natureza humana, que é ambígua, porque é a carne fazendo-se espírito, a extensão transmudando-se em pensamento, o finito entrevendo o infinito, a inteligência tornando-se em amor e sofrimento.

O homem é o *sensorium commune* da Natureza, o sítio do intercâmbio de todos os valores. O espírito é o meio plástico, o princípio e o resultado de tudo, o material, o laboratório, o produto, a fórmula, a sensação, a expressão, a lei, o que é, o que faz, o que sabe. Tudo não é espírito, mas o espírito está em tudo e contém tudo. Ele é a consciência do ser, isto é, o ser elevado à segunda potência. Se subsiste o universo, é que o Espírito gosta de perceber o seu conteúdo em sua riqueza e em sua expansão, em sua preparação, sobretudo.

Nós também, nós encontramos certo encanto em nossos retratos e em nossos cadernos de criança.

Deus, aliás, não é egoísta, consente que miríades de miríades de sóis se recreiem em sua sombra; concede a vida e a consciência a multidões inumeráveis de criaturas que participam do ser, da Natureza, e todas essas mônadas animadas multiplicam de certo modo a divindade.

4 de agosto de 1880. – Recebo o número 10 e último da *Feuille Centrale de Zofingue*[69] (vigésimo ano). É o eterno reinício da juventude, que acredita fazer novidade repetindo sempre a mesma coisa. Felizmente os álamos, as toutinegras, os jasmins não fazem jornais, pois a cada primavera rediriam as suas folhagens, os seus cantos, os seus perfumes, com a prevenção do progresso.

É a continuidade que domina a Natureza, a continuidade dos retornos; tudo é repetição, reprodução, estribilho, ritornelo, e o novo é singularmente mais raro que o conhecido. As roseiras não se cansam de dar rosas, os pássaros, de construir ninhos, os jovens corações, de amar, os lábios jovens, de seguir cantando os pensamentos e sentimentos que cem mil vezes serviram aos que passaram antes.

A monotonia profunda na agitação universal, eis a fórmula mais simples que o espetáculo do mundo nos fornece. Todos os círculos se assemelham, e todas as existências tendem a traçar o seu círculo.

Como evitar o *fastidium*? Cerrando os olhos à uniformidade, buscando as pequenas diferenças, e, por último, pondo o gosto próprio na repetição. As fisionomias não são idênticas, e jantar todos os dias não causa aborrecimento. Contudo, o melhor preservativo contra a sociedade e o enervamento é o trabalho. O que se faz pode fatigar os outros, mas o esforço pessoal é pelo menos útil ao seu autor. As garatujas divertem a criança que garatuja; a poeira que ela faz, a tolice que executa dão-lhe a ilusão da importância e do espírito.

---

[69] Publicação de uma sociedade de estudantes.

Logo, se todos trabalham, a vida universal terá sabor, ainda que repita perpetuamente a mesma cantilena, as mesmas aspirações, os mesmos preconceitos e os mesmos suspiros. "Cada um por sua vez", tal é a divisa dos seres mortais. Se fazem coisas antigas, eles próprios são novos; se imitam, creem inventar. Receberam, transmitem. *E sempre bene!*

8 de agosto de 1880. – À noite, leitura em voz alta. É prazer, com pessoas inteligentes que compreendem por meias palavras e completam as intenções. Mas que arte, a arte de ler; ela encerra outras três ou quatro, dentre as quais a menor é rica em dificuldades e em recursos. Quando penso no que ela poderia ter dado entre as minhas mãos, e nos obstáculos que agora me detêm (faringite, bronquite, asma, etc.) não me posso impedir de suspirar.

9 de agosto de 1880. – Minha afilhada volta a falar-me da minha leitura de ontem, que ela admira em vivacidade, depois conversamos sobre essa arte em si mesma. Ela afirma que todos os gêneros, todos os tipos e todos os estilos em mim surtem igualmente bom efeito, que ela tem mais prazer nisso do que no teatro, que todas as minhas personagens, animais ou pessoas, e as minhas paisagens tornam-se vivas e distintas; que todos esses papéis criados pela varinha mágica são de uma naturalidade capaz de fazer ilusão, e causam a impressão de um jogo poético; que ela não sabe onde obtive o conhecimento de todas as profissões, de todos os caracteres. Uma frase seria: "Dir-se-ia que o senhor fez o homem e o mundo ou que pelo menos assistiu à confecção deles, tão bem os possui". – A intuição é com efeito essa força simpática que adivinha a alma das coisas e que vibra em uníssono com ela. A clarividência magnética não é uma palavra vã. Tudo está em tudo e nós podemos *symphonein* com toda existência. Quanto mais o espírito é espírito, tanto mais é onímodo; o proteísmo é seu privilégio e sua medida; e ele aparece aos seres menos avançados como sem limites e sem configuração. Os espíritos cativos são franguinhos que não podem nem seguir os espíritos livres nem aprová-los, a não ser que os amem; mas, então, eles olham da praia o cisne que afronta o mar, a águia que conquista o espaço, e a si próprios dizem: Nós somos os verdadeiros filhos do ovo, os outros são temerários. – Mais do que isso, os espíritos cativos são crustáceos encerrados na sua forma especial; ladram contra as metamorfoses como a raposa derrabada, contra as longas caudas. Cada impotência gosta de converter-se em abstenção voluntária; uma inferioridade, de tomar a máscara de um superior; o incapaz, de fazer-se passar por um sábio...

Provar de tudo como curioso crítico é apenas diletantismo; e vinte diletantes não valem tanto como um único artista. Fazer uma coisa tem mais valor do que falar em mil. Toda a folhagem da macieira não equivale a uma única maçã. O que dura, o que pode resistir à morte, sobretudo o que é fecundo, eis o essencial. Assim, que importam as 16.300 páginas deste diário! Uma novela de Mérimée, um artigo de Sainte-Beuve, uma carta de Doudan valem mais, pois estão escritos, publicados e são de um estilo acabado.

20 de agosto de 1880. – A languidez deixa chegar o fim, mas não conclui, no sentido ativo da palavra. A própria morte pode tornar-se um consentimento, portanto um ato, um ato moral. O animal expira, o homem deve entregar a alma a seu autor, resignar dignamente as suas funções, deve querer o que Deus quer. Enobrece assim a pura necessidade natural; moraliza a fisiologia; soleniza o que não é senão lúgubre e trivial. A decrepitude e a destruição entram assim no quadro da vida superior; a alma prova a sua nobreza ao suplantar o ignóbil; o divino brilha através do seu amesquinhamento e dos seus andrajos. *Incessu patuit Dea.*

24 de agosto de 1880 (*nove horas da manhã*). – Se esperamos para agir, não agimos; se esperamos para repousar, não repousamos; se adiamos a sabedoria, o prazer, a reflexão, a sua hora não chega. É melhor não irritar-se de coisa alguma, aproveitar o presente, e não dissipar o futuro. Eis a moral de Epicuro. Cumprir em cada instante o seu dever, eis a de Zenão. Seguir a sua inclinação ou contrariá--la é o eterno vaivém da alma, que oscila entre a felicidade e a dignidade, porque de uma e de outra ela tem necessidade. É certo que eu me afasto lentamente do estoicismo, e que derivo para a indiferença de Montaigne. Quando estão mortas a ambição e a esperança, quando tudo é incerto e fugitivo, refugiamo-nos na calma benevolente e na quietude. Desejamos não sofrer, e diminuir o sofrimento de outrem. Não mais visamos o gênio, nem o heroísmo, nem a glória; contentamo-nos com a tranquilidade. Sentir e pensar em seu eremitério, limitam-se a isso todos os votos; deixa-se o querer à juventude e aos homens desejosos. Essa renúncia do velho é natural quando a força partiu e as enfermidades se instalam. A velhice não é uma idade: é uma privação e mutilação...

Com os anos, prefiro o belo ao sublime, o uniforme ao complexo, a nobreza de Platão à bravia santidade dos Jeremias. Todas as violências do bárbaro me parecem inferiores à jovialidade amena de Sócrates, à serenidade de Jesus. Gosto das almas equilibradas e dos corações bem formados, cuja liberdade é amável e não possui as rudezas do escravo recentemente libertado. É a moderação das virtudes umas pelas outras que me encanta, como é a fusão de todas as nuanças delicadas que faz a graça sem igual da carnação feminina. As qualidades exclusivas e bem marcadas servem somente para acusar a imperfeição. Suponde belo, num rosto disforme, um olho, um único olho: esse olho mostrará a fealdade do resto.

29 de agosto de 1880. – Viva sensação de bem-estar. Aproveito-a para retomar os exercícios abandonados e os hábitos interrompidos, mas uma toalete minuciosa prova-me o que eu bem supunha, que estes rudes sofrimentos encurtam o fio dos meus dias.

Envelheci vários meses numa semana; percebe-se isso facilmente pelos cabelos. Os que me rodeiam fingem, por afeição, nada ver; o espelho é mais verídico. Isso não diminui o valor da convalescença; contudo, ouve-se a lançadeira dos destinos e sente-se correr para a morte, apesar das pausas e das tréguas concedidas.

A mais bela existência seria a de um rio cujos rápidos e cascatas só fossem atravessados perto do seu berço, e cujo curso, engrossando, se formasse de uma sucessão de fecundos vales, resumidos em lagos de aspectos igual e diversamente pitorescos, para terminar, através das planícies da velhice, no oceano onde tudo o que se fatiga vem buscar repouso. Poucas são as existências assim, cheias, fecundas e doces. De que serve desejá-las ou deplorar a sua ausência? É mais razoável e mais difícil ver no seu quinhão o melhor que se pudesse alcançar, e a si mesmo dizer que, afinal, o mais hábil alfaiate não pode fazer-nos uma roupa mais exata do que a nossa pele.

Le vrai nom du bonheur, c'est le contentement.

30 de agosto de 1880 (*duas horas*). – Ribombar de trovões longínquos e surdos. O céu está cinzento, sem chuva; os pássaros lançam gritos agitados e tímidos. Dir-se-ia o prelúdio de uma sinfonia ou de uma catástrofe...

Quel éclair te traverse, ô mon coeur soucieux?

Uma coisa é singular: todos os trabalhos circunvizinhos (latoeiro, cardador, mestre-escola) continuam; junta-se mesmo a isso o descarregador de tábuas e outros inusitados barulhos; contudo esses ruídos nadam entre o silêncio, num silêncio compacto positivo, que não podem mascarar, silêncio que substitui o rumor confuso da colmeia ocupada, observável em toda cidade num dia de semana. Este silêncio é extraordinário a esta hora, pois não faz calor. Assemelha-se a uma espera, a um recolhimento, quase a uma ansiedade. Há dias em que "o débil sopro de Jó" produz mais efeito que a tempestade? Em que um surdo ribombar no horizonte faz cessar o concerto de todas as vozes, como no deserto o rugir do leão, ao cair da noite...

2 de setembro de 1880 (*nove horas da manhã*). – Alegria dos olhos. Desenrolam-se diante de mim colorações encantadoras. Tapete de flores, móveis bordados, guarda-fogos pompeianos, paravento negro e ouro, tinteiro escarlate, e sobre a minha chaminé o verde de um tojo, o veludo de um pêssego, os globos e os cristais irisados; a grinalda de sempre-vivas multicores sob o retrato de minha mãe, as quatro poltronas de diversos estilos, tudo isso é uma palheta de tons que se unem, se contrastam, se matizam arrebatadoramente. As sensações do ouvido são igualmente variadas e brandas; sente-se a vida a distância, a uma lonjura que poetiza tudo: vozes, ruídos, rumores, passos, cantos, indústrias, associam-se em música sutil, que faz sonhar. A simples análise desse tecido acústico é quase uma voluptuosidade. Todas as pulsações da vida universal vêm ressoar na minha consciência, como todas as vibrações da atmosfera fazem estremecer *Aracnê* no centro da sua teia. É delicioso. O imenso volume de ar que vem das minhas janelas faz a riqueza deste caleidoscópio sonoro, onde nada recorda o sofrimento, a miséria, a doença e o pesar.

Uma quinta-feira de setembro é um dia afortunado. Se tem benefícios para a força, tem graças para o langor. Não corro à conquista do mundo, mas o mundo vem saudar-me na minha cela. Não sou um deserdado.

3 de setembro de 1880. – O eu de quem dorme tem o mesmo eixo que o eu de quem está desperto, mas o indivíduo perdeu muito das suas qualidades e dos seus atributos: falta-lhe razão, vontade, moralidade, humanidade. Permanece o animal e os seus apetites, mais a memória, e tudo isso à mercê da imaginação, a qual está, talvez, à mercê das vísceras, e não faz mais do que traduzir em imagens o estado do fígado, dos pulmões, dos rins, do estômago, do sangue e do abdome. Não, é dizer demasiado pouco. O sonho é um labirinto interior onde ressoam todas as agitações diversas da vida: há também os sonhos do coração, da alma e mesmo da razão. Fiz essa classificação completa, há muitos anos. Para que despedaçá-la? Passamos os nossos dias a recomeçar menos bem o que fizemos melhor e a quebrar os moldes anteriores.

De resto, a humanidade procede assim na arte e na moda, no pensamento, nas instituições. O que ela quer é mudar. Após o equilíbrio relativo ela volta à perturbação; após o bom estilo, com o medíocre se acomoda. "Anda, anda; renova, transforma; o que te é proibido é apegar-te ao bem, ao adquirido, ao experimentado. O progresso é permitido, mas a decadência também. Agita-te, esse é o voto da natureza e a ordem do destino." De bem a melhor, é uma bela divisa; mas o melhoramento é apenas uma questão de sorte, uma possibilidade apenas o aperfeiçoamento. O que é fatal e inevitável é a mudança, não é o progresso. É visível que não se aperfeiçoa o indivíduo num ponto, senão em detrimento de outros pontos (por exemplo, a santificação pelo sacrifício voluntário). Por que seria diferentemente para a espécie? A evolução é satisfeita, se o atributo que toma a preponderância temporária tem algum valor ou alguma raridade.

9 de setembro de 1880. – Parece-me a mim mesmo que, com o declínio da minha força ativa, mais espírito eu me torno; tudo para mim se torna transparente, vejo os tipos, *as mães*, o fundo dos seres, o sentido das coisas...

A minha tendência natural é tudo converter em pensamento. Todos os acontecimentos pessoais, todas as experiências particulares são para mim pretextos à meditação, fatos a generalizar em leis, realidades a reduzir a ideias. Essa metamorfose é a obra cerebral, o trabalho filosófico, a operação da consciência, que é um alambique mental.

A nossa vida não é mais do que um documento a interpretar, miséria a espiritualizar, sequência de fenômenos fugitivos a transformar num esboço microcósmico. Tal é ao menos a vida do pensador. Ele se *despersonaliza* dia após dia; se consente em experimentar a produzir, é para melhor compreender; se quer, é para conhecer a vontade. Ele se considera como um laboratório de fenômenos, e para si próprio não pede à vida mais que a sabedoria. Mas deseja também dar alegria, consolar, tornar feliz. O que o distingue é a desapropriação. Embora lhe seja doce ser amado, e nada conheça de tão doce, parece-lhe ainda ser antes a ocasião do fenômeno do que o seu objeto. Ele contempla o espetáculo do amor, e o amor permanece para ele um espetáculo. Não crê nem sequer que o seu corpo lhe pertença; sente passar em si mesmo o turbilhão vital, que lhe é emprestado momentaneamente para deixar-lhe perceber as vibrações cósmicas. Nada mais é do que sujeito pensante; não retém senão a forma das coisas, não se atribui a posse material de nada.

É essa disposição que o torna incompreensível a tudo o que é alegre, dominador, monopolizador. De fato, ele é fluido como um fantasma que vemos perfeitamente bem, mas que não podemos tocar, porque a sua solidez e a sua opacidade são aparentes; a desapropriação torna-o inútil e vazio; assemelha-se a um homem, como os manes de Aquiles, como a sombra de Creusa assemelhavam-se aos vivos. Sem ter sido morto, eu sou uma alma do outro mundo. Sonho mesmo de pé e acordado. Os outros parecem-me sonhos e eu pareço um sonho aos outros. É o semiestado de um visionário. Sem a doença e o sofrimento, eu poderia duvidar de viver positivamente. As aparições de Cristo ressuscitado não me surpreendem muito, pois essa forma de existência, subtraída à gravidade e flutuante entre a corporeidade e o espírito, me é quase familiar.

15 de setembro de 1880. – Leitura: de Vigny (*Le Capitaine Renaud*). Autor simpático, pensamento meditativo, talento flexível e forte, elevação, independência, seriedade, nobreza, originalidade, altivez, audácia e graça: tem de tudo. Pinta bem, narra bem, julga bem, pensa e ousa. Seu defeito é talvez um pouco de excesso no respeito de si mesmo; é uma reserva e uma superioridade inteiramente britânica, que tem horror à familiaridade e medo do abandono. Mas essa disposição não é propriamente uma extravagância, é um traço de caráter e um requinte de dignidade. Somente, ela teve o inconveniente de despopularizar o autor, mantendo a distância o público, tratado de multidão indiscreta e de *profanum vulgus*. Não terminou Alfred de Vigny pelo sarcasmo de Molé e de Sainte-Beuve? A raça gaulesa jamais gostou do princípio de inviolabilidade da consciência pessoal; ela não quer saber desses estoicos encerrados em sua dignidade como em uma torre, e que não reconhecem outro senhor além de Deus, o dever ou a fé. Essa inflexibilidade a embaraça, e a irrita, mesmo. Essa solenidade a humilha e a impacienta. Por causa disso ela repudiou o protestantismo, e esmagou, em todas as crises, aqueles que não cederam à corrente apaixonada da opinião. Nesta raça, a sociedade verga o indivíduo; é a moda, o tom, o gosto, o preconceito reinante que constituem a lei para todos. Liberdade é sinônimo de revolta. Cada um quer ser como todos, para não ser escarnecido e maltratado. O Estado, a Igreja, o Costume decidem de todas as coisas de conduta; o indivíduo só se reserva os pormenores insignificantes. A extrema sociabilidade paga-se caro.

17 de setembro de 1880. – Não posso dissimular-me que, há uma dezena de anos ou mais, já não estou sob o prestígio do sexo; conheço melhor os defeitos e as fraquezas do ídolo. Eu o tinha posto demasiado alto, em detrimento do homem másculo; demasiado amei e frequentei as mulheres. Finalmente, a imparcialidade veio. Nunca é demasiado tarde para ser sábio. Se conservo uma leve preferência pelo sexo mais amante, sou menos ingênuo, menos cego, menos crédulo, menos admirativo do que antigamente. Adelgaçou-se o véu de Maia, e a ilusão me é menos necessária. A camaradagem permitiu-me ver claro. Posso vê-las como elas se veem entre si, como as veem as suas mães, os seus pais, os seus irmãos, como as percebe o médico, isto é, de todas as maneiras diferentes da maneira amorosa e cheia de ilusões. Sinto o seu encanto, sem lhes atribuir exagerado valor; sou tocado, emocionado, reconhecido, atraído, sem ser enganado. É o estado que eu prefiro.

Clarens, 21 de setembro de 1880. – A aprendizagem da debilidade me é dolorosa. Cada ano, vejo restringir-se o círculo da minha liberdade, e isso me causa horror, contra a minha vontade. Parece-me que estou confundido com outro, que há engano, que tudo se vai esclarecer. Mas não, é precisamente em mim que as algemas são colocadas, é a mim que esta cruz é imposta, esta carcaça é precisamente a minha, e outra eu não tenho de reserva. *Dura Lex, sed Lex.*

Outra experiência: para atingir o macrocosmo é preciso primeiro atravessar o meio corporal; para pôr-se em harmonia com a natureza, o eu não deve ser atormentado pelo organismo. A cenestesia coloca uma névoa opaca entre a paisagem e o pensamento. O espírito, ofuscado pelas sensações internas, já não é livre para a percepção do mundo exterior. Ele vê antes o crepe que o que fica além. A impessoalidade, a objetividade contemplativa torna-se impossível; eis aí o que profundamente me magoa. – Que é a loucura? É o espessamento dessa cortina subjetiva e idiossincrática que separa o indivíduo do mundo real.

A nervosidade, tornando estranho a esse mundo exterior e traduzindo-o mal, é um caminho para a loucura.

Clarens, 22 de setembro de 1880 (onze horas da manhã). – Um dia admirável. Antes, dormi de um sono só, e depois encontrei o sol e o azul. Há quatro horas que me banho na luz, que me deleito os olhos, os ouvidos, o olfato, os pulmões. Serpenteei pelos campos, revi os caminhos e as paisagens, o lago, as colinas, os vergéis, os montes; e os cumes de Baugy, Planchamp, Tavel, Châtelard. Divaguei longo tempo no Platanée, de onde inspecionei o empolgante panorama lemânico, do Catogne ao Jura, de Chillon a Coppet, de Évian a Blonay, de Grammont a Fully. Deslumbramento, emoção, embriaguez. Segui o perfil das montanhas, o contorno das praias, um por um todos os povoados, as freguesias, os castelos, as "vilas"; gravei na memória os efeitos de sombra e de luz, de fugazes vapores e de rochedos esculpidos, e dos milhares de pormenores animando cada sítio; os tordos, as moscas, as abelhas, as borboletas, os maciços de castanheiros, as ilhotas de folhagem ao redor de cada casa do campo; os regatos, os muros floridos, os jardins brilhando de cores vivas (lírios roxos, gerânios, louros, capuchinhas), os barcos, as locomotivas, os carros, o tabuleiro dos telhados de ardósia reluzindo ao sol matinal, o lago de safira com as palhetas de ouro e o sulco dos navios desaparecidos; gaivotas e corvos, velas longínquas; – verdura deliciosa, maçãs vermelhas, uvas doiradas, acidentes de terreno pitorescos e acariciantes, brisa vivificante, alegria de cada coisa, explosão de beleza. Submerso de impressões, sobreponho-me a tudo, e canto, canto como um pássaro, através dos prados e dos caminhos sombreados, sem fadiga, e com certa voluptuosidade no peito, que me transporta aos anos da minha juventude.

Clarens, 24 de setembro de 1880. – O Dent du Midi ergue ante os meus olhos suas ameias de neve, um generoso sol inunda as minhas duas janelas de ângelo, e seca todas as roupas que o meu passeio matinal umedeceu. Há saúde nestes raios, paz nesta paisagem. Sinto-me reerguido. Aliás, volvem as forças. O apetite aparece. Não dormi mal, o passeio estava encantador. Faz um calor agradável, e estou escrevendo isto em mangas de camisa. Sensações italianas, prazer de lagarto. Prazer também da independência, do ócio perfeito. Prazer da meditação pura; ouço por assim dizer o silêncio, e ninguém passará a minha porta. O homem é feito assim. Teme o isolamento do coração, mas durante horas sucessivas ama a solidão como o sono ininterrupto. Desagrada-lhe o que interrompe o seu pensamento ou a sua disposição. O afluxo das sensações não lhe agrada senão quando haja sido por ele procurado. O bem-estar é pois o sentimento da existência não contrariada, em que o interior e o exterior não advertem da sua presença por uma oposição qualquer, em que o barquinho voga sem ruído pelo rio do tempo. Esta mansa navegação é já uma volúpia, mesmo quando não conduz a parte alguma.

Clarens, 9 de outubro de 1880. – Passeio. Enternecimento e admiração. Tudo era tão belo, tão acariciante, tão poético, tão maternal! Eu sentia que era perdoado. A luz, as folhagens, o céu, os sinos me diziam: recobra força e coragem, criança magoada. Eis os tempos de benevolência; aqui, o esquecimento, a calma, o repouso. As faltas e as penas, as inquietudes e os pesares, os cuidados e os erros não fazem mais do que um único fardo. Nós não distinguimos; nós confortamos todas as misérias, nós espalhamos a paz, nós somos a consolação. Saúde aos que estão fatigados e abatidos, saúde aos aflitos, saúde aos enfermos, aos pecadores, a todos os que têm penas de coração, de consciência e de corpo! Nós somos a fonte benfazeja: bebei e vivei!

Deus ergue o seu sol sobre justos e injustos. A sua munificência as graças não recusa; não as pesa como um cambista, nem as numera como um caixa.

Acercai-vos, há para todos!

Clarens, 14 de outubro de 1880 (onze horas da manhã). – *Les jours se suivent et ne se ressemblent pas.* Ontem, era o cinzento lúgubre e o frio úmido, isto é, o mais triste e o mais feio tempo do mundo. Esta manhã, a paisagem retomou todos os seus encantos. Volto de um passeio de três horas, submerso de sensações pitorescas, comovido, eletrizado, arrebatado. Cantei por mais de uma légua sem parar. Quantas sensações deliciosas, quantas recordações remontando a trinta anos atrás, quantos pensamentos também me subiram ao espírito, enquanto eu seguia a passos lentos a estrada que serpenteia de Tavel a Planchamp, de Planchamp a Charnex, de Charnex a Sonzier. Vista esplêndida, efeitos adoráveis do lago e dos montes. Imenso horizonte, o lago não era mais do que um sorriso. Sombras e raios, tom azulado, orvalho pela relva, o brilho dos regatos, a gama do azul, a gama do verde, a irisação das folhagens, o contorno das margens, os doze recortes dentados do maciço fronteiro coroados de neve e formando um cinto alpestre; e a sinfonia dos rebanhos em Charnex, em Chailly, em Tavel; ainda uma ou duas borboletas; os carrinhos da vindima, as selhas e os cestos. Dois fenômenos singulares: primeiro, ronda de uma centena de corvos nas alturas aéreas, soltando gritos de alegria sem relação com seus crocitos terrestres; era o seu hino matinal; mal acreditava em meus olhos e em meus ouvidos, pois eram corvos incontestavelmente que simulavam assim os pássaros cantores (o seu canto era o de um pardal que arrulhasse); segundo, um rebanho de umas oito vacas ou novilhas, deixando a erva para escutar o passante que cantava, veio barrar-me o caminho. Tive de espantá-las com o meu guarda-sol para atravessar o cordão das curiosas. Isto era acima do Châtelard. – Em ambas as circunstâncias, entra o animal na esfera estática. Os corvos festejavam o sol reaparecido, e as vacas acolhiam a música, os zebus acorriam ao brâmane. Nada melhor do que esta região idílica para essas recordações do Éden.

29 de outubro de 1880. – Se não fiz grande impressão aos homens, terei sido muito amado das mulheres. Este testemunho vale tanto como um outro. E por que me amaram elas? Porque encontraram em mim o que lhes é necessário: a força do espírito, a delicadeza do coração, a doçura, a discrição e a fragilidade. Sentem-se compreendidas, envoltas, protegidas, e se em mim talvez desejassem menos desinteresse e mais exclusivismo, sentem ao menos que podem repousar em mim e que eu sou um verdadeiro amigo. A quem tocou este papel de receber as confissões e de ser tomado para diretor e confidente contra si próprio e contra a paixão de que era objeto? Ora, aconteceu-me isso muitas vezes, seis pelo menos. Dir-se-ia uma especialidade. Desde os meus vinte anos, e a minha viagem à Itália, fui sempre o confessor de alguém e vivi na intimidade da alma feminina. Viúvas, mulheres casadas, moças, avós abriram-me, elas próprias a capela dos seus secretos pensamentos. E a nacionalidade não tinha importância, pois esta vocação involuntária começou com as italianas, e continuou pela Alemanha do sul e do norte, na Suíça oriental e ocidental. Fui um diretor laico escolhido espontaneamente por suas penitentes. Sei quase tanto sobre o segredo do sexo como um abade perseguido e solicitado. Conheço mesmo a intimidade de artistas, de religiosas de uma ou de outra confissão, de letradas. Sei o que se diz e o que se oculta, o forte e o fraco, o bom e o mau. Sobre a psicologia da mulher, tenho pois luzes preciosas e observações de primeira mão. Mas guardo em relação às minhas confidentes o segredo hipocrático e franco-maçônico. Disso eu só tirei partido para o bem delas próprias.

Que outros se iniciem, se o desejarem e se forem dignos disso. O melhor em qualquer coisa não se transmite pelo ensino. O dom, o instinto, o gênio, o carisma permanecem propriedade privada. Além da ciência, que se comunica, há o mistério, que se deve adivinhar. Eis por que os imitadores não são mais do que papagaios. A instrução é uma herança de valor, mas o gosto, a sabedoria, a invenção, a perspicácia, dela não fazem parte. O que um homem sabe é uma riqueza recebida ou adquirida; mas o que ele é reduz essa riqueza a nada, pois se é um caráter baixo, uma alma vulgar, um coração seco, anula o resto, multiplica a sua riqueza por zero. Ora, zero vezes dez mil, ou dez mil vezes zero, dão sempre nada.

O ideal de um indivíduo não é mesmo ainda a sua verdadeira medida, entendo o ideal que pretende ter e perseguir. Esse ideal pode ser uma ostentação, uma imaginação, uma tática. Milhões de indivíduos proclamam-se cristãos, e creem sem dúvida que o são; que importância tem isso, quanto ao fundo das coisas? O que eles são, eis o essencial.

Il n'est bonne dorure, ami, que d'être d'or.

O ideal professado faz ainda parte da aparência; pode ser um subterfúgio em relação ao próximo, e um laço para a boa-fé do indivíduo, que se atribua o mérito da sua bandeira.

Geralmente, sucede bem o contrário. Quanto mais bela é a bandeira, menos vale quem a leva: tal é a presunção. O frequente é que o cardeal não vale o bispo, nem o bispo a cura, nem o fariseu o simples crente, nem o grego o turco. É extremamente perigoso jactar-se de algum título moral e religioso seja qual for. Haverá mais insuportável orgulho que o do sacerdote que professa a humildade? Onde há menos caridade verdadeira que no mundo eclesiástico? Menos união, que nos conventos? Menos humanidade, que entre os fanáticos de eleição e de predestinação? Diz-me de que te gabas e dir-te-ei o que não és.

Mas como saber o que é um indivíduo? Por seus atos primeiro, mas por outra coisa ainda, e que não se percebe, a não ser pela intuição. A alma julga a alma por afinidade eletiva, através das palavras e do silêncio, das ações e do olhar.

O critério é subjetivo, concordo, e sujeito a erro; mas, primeiro, não há outro mais seguro, depois a justeza das aproximações é proporcional à cultura moral do juiz. A coragem é que sabe o que é coragem, a bondade o que é bondade, a nobreza o que é nobreza, a lealdade o que é retidão. Só conhecemos realmente bem o que temos ou o que perdemos, isto é, o que deploramos, por exemplo, a candura da infância, o pudor da virgem, a integridade da honra. O verdadeiro juiz é, pois, a bondade infinita, e depois dela, o pecador regenerado ou o santo, o homem experimentado ou o sábio. É justo que a nossa pedra de toque seja tanto mais fina quanto nós somos menos maus.

O mundo é o juiz das aparências, mas os bons veem o ser em sua realidade. A opinião é, pois, apenas uma avaliação provisória e frívola; o julgamento dos mortos pertence a outro tribunal.

31 de outubro de 1880. – Carta de S., que me arrepia os cabelos pela quantidade de trabalho que ela realiza cada dia, e por tudo o que lê, além das suas cinco lições cotidianas, e muitos deveres de sociedade. É verdade que tendo muita memória, as suas horas e o seu emprego constituem números no seu espírito; para mim, ao contrário, tudo o que pude fazer ou pensar, durante uma semana ou um mês, funde-se numa unidade, que passa rapidamente a zero. A minha própria vida parece-me vazia. A categoria do tempo não existe para a minha consciência, e por consequência todas as divisões que tendam a fazer de uma vida um palácio de mil salas, caem para mim, e não saio do estado unicelular primitivo. Entro por mim mesmo no informe e no fluido, no modo vago da possibilidade e da onipossibilidade, no *nóesis noéseos*. Será isso o nada? Não, é o espírito puro em estado de tensão, é a existência virtual, é o estado global. Só me possuo no estado de mônada e de eu, e sinto as minhas próprias faculdades reabsorverem-se na substância que elas individualizavam um pouco, como a ameba retrai os seus órgãos momentâneos de preensão. – Todo o benefício da animalidade é, por assim dizer, repudiado; todo o produto do estudo e da cultura é da mesma forma anulado; toda a cristalização é redissolvida em seu banho; toda a faixa de Íris é retirada ao interior da gota de orvalho; as consequências tornam a entrar no princípio, os efeitos na causa, o pássaro no ovo, o organismo no germe. Essa *reimplicação* psicológica é uma antecipação da morte; representa a vida do além-túmulo, o retorno ao *sheol*, e desvanecimento entre os fantasmas, a queda na região das *mães* (*Fausto*), ou antes a simplificação do indivíduo que, deixando evaporarem-se todos os seus acidentes, existe apenas no estado de tipo, de ideia platônica, em outras palavras, no estado indivisível e pontual, no estado de potência, no zero fecundo. Aí não está a definição do espírito? O espírito arrebatado ao espaço e ao tempo, não é isso? Nele próprio está o seu desenvolvimento passado ou futuro, como uma curva está na sua fórmula algébrica. Esse nada é um todo. Esse *punctum* sem dimensão é um *punctum saliens*. Que é a bolota senão o carvalho que perdeu os seus ramos, as suas folhas, o seu tronco e as suas raízes, isto é, toda a sua aparelhagem, as suas formas, as suas particularidades, mas que se concentrou na sua essência, na forma figurativa que tudo pode reconquistar?

Esse empobrecimento não é pois mais do que uma redução superficial. Pode um homem perder os quatro membros, e quatro dos seus cinco sentidos; é ainda um homem enquanto tem cabeça e coração, menos que isso, enquanto é uma consciência. Voltar para a sua eternidade é pois na verdade morrer, mas não é ser aniquilado; é de novo tornar-se virtual.

2 de novembro de 1880. – Leitura: Marc Monnier (*Le Demi-Galant Homme*, oito folhetins nos *Débats*, agosto de 1880)... Que impressão me causou a novela napolitana de Monnier? Confusa. Ela não dá um prazer à imaginação, embora agrade ao espírito. E por quê? Porque o autor, que não pode escapar à obsessão do gênero burlesco e dos fantoches, ironiza demais e escarnece sempre. Aliás, sente-se demasiado que ele quer levar-nos a conhecer o país, as circunstâncias, os costumes, e isso destaca personagens que não são mais do que o pretexto da narração. Aqui, a alegria não é alegre, e a sensibilidade não é comovida. Reconhece-se a escola de Victor Cherbuliez e a tradição voltaireana: muito de malícia e de espírito, pouco de entranhas, ausência de simplicidade. Essa combinação eminentemente propícia à sátira, ao jornalismo, à guerra de pena, é muito menos feliz para o romance e para a novela, pois o espírito não é a poesia, e o romance está ainda incluído na poesia, embora em sua fronteira. O mal-estar indefinível que dão essas produções epigramáticas é devido provavelmente a uma confusão dos gêneros. Não gostamos das mulheres disfarçadas em homens, nem do contrário, porque nos repugna o equívoco e nenhuma segurança nos oferece o ambíguo. O hermafroditismo não é de aconselhar na arte. A zombaria não se deve embuçar em ternura. O espírito escarnecedor não pode atingir o humor. Creio até que o jocoso tem dificuldade em subir até o cômico, por falta de impersonalidade e de profundeza. Rir das coisas e das pessoas não é uma alegria real, é um prazer frio, uma hilaridade seca; o jogral ao menos desopila o seu fígado e entra no jogo. A chocarrice é mais sã, porque contém um pouco mais de bondade.

A razão pela qual nos inspira aversão a ironia perpétua, é que lhe faltam duas coisas: humanidade e seriedade. Ela é um orgulho, pois que se coloca sempre acima dos outros; é uma frivolidade, pois que a consciência não consegue fazê-la calar. Ou ela é um egoísmo, e o egoísmo é estéril; ou ela é uma atitude, e essa atitude desagrada. Em suma, os dissolventes e os corrosivos podem ser úteis em tintura, não são, porém, um alimento. Atravessamos os livros irônicos, só nos afeiçoamos aos livros onde há *pectus*.

8 de dezembro de 1880. – Termino o número 49 da *Revue Critique d'Histoire et de Littérature*. Quando tocamos na erudição propriamente dita, na ciência de primeira mão, medimos a imensidade da nossa ignorância. Cada um dos pequenos artigos desta coletânea enche-me de secreta confusão. E, contudo, para que serve esse prodigioso amontoado de saber? Que faria dele se fosse meu? Se esse monturo não dá uma flor, não produz uma espiga, não engendra um pensamento, para que serve ele? A alma tem necessidade de outra coisa; o espírito exige melhor. Esse bricabraque não é mais do que um meio. Não vale por si mesmo, mas pelo que dele extraímos. A intemperança do alfarrábio, a indigestão do papel têm mesmo alguma coisa de malsão e de enganador. A erudição pura é uma gula mental. Ela assombra como os comilões rabelaiseanos, mas não deve ser admirada. Sejamos modestos diante dessa força de estômago e de memória; não sejamos invejosos. Ainda quando um cérebro contivesse todas as folhas de todos os livros de uma biblioteca, que ajuntaria ele ao capital espiritual e moral da espécie? Nada. Os *helluo* não deixam lembrança e é justo. A invenção, a criação, a descoberta, a originalidade, o pensamento valem pois muito mais do que a erudição estúpida, e até mais do que a erudição esclarecida. O erudito sabe o que os outros escreveram, disseram ou fizeram; a bela vantagem! Um espelho não é uma paisagem, um eco não é uma voz, um papagaio não é alguém.

Seja como for, a cada um o seu papel. Já que o artista não faz museus, o colecionador presta serviço; um conservador de coleções, mesmo o varredor da sala são úteis. Vivem do gênio e do talento de outrem, mas ganham também o seu pão. Contanto que se classifiquem as categorias, há lugar para todas as atividades. Mas entre Homero e o tipógrafo que o imprime ou o professor que o estropia, há graus. A erudição está na extremidade inferior da escala do saber, mas é por ela que devemos começar.

(*Mais tarde.*) – O professor deve simplificar, mas é conveniente que dê consciência aos alunos da imensa riqueza e complicação das coisas para que não se engane, o aluno, quanto à parte de sua ignorância. Um curso não é mais do que um diagrama; desenha o indispensável, mas deve também estabelecer incursões sobre todos os temas que ele apenas esboça em traços gerais. Convém que o aluno não confunda um sumário com a própria ciência, e não se acredite ao fim do estudo, por estar no fim dos elementos. Um curso bem feito é não somente um diagrama explicativo, mas um programa sugestivo; satisfaz a uma primeira necessidade de cultura, e deve excitar um apetite novo. É a prova de que ele terá antes alimentado o espírito, do que entulhado a memória.

10 de dezembro de 1880. – Leitura: G. Moynier[70] (*Les Lois de la Guerre*), com dois relatórios; três brochuras ao todo.

Escrevi ao autor, para felicitá-lo. O problema está bem exposto e bem resolvido. Os bons êxitos do espírito prático impressionam-me tanto como os da arte ou da ciência. No fundo, todos os métodos entram no método. O meu princípio, que consiste em tomar o espírito das coisas, põe-me à vontade em todos os gêneros de atividade. – Em toda coisa, dá-me o irrepreensível a mesma satisfação; quer seja um texto de direito romano, quer uma operação militar, o corte de uma roupa, uma canção de Béranger, um desenho de Da Vinci, uma leitura ou um canto exatos, a impressão estética é a mesma natureza, é a da conveniência dos meios para o fim, da proporção da força com o ato. Quando o resultado é alcançado, o que devia ser feito está feito, o espírito está contente, enquanto o mais ou menos, o medíocre, o baboso, o frouxo enchem o mundo. – Ontem, H. pareceu-me idiota julgando a poesia; hoje Gustavo Moynier rejubilou-me falando de ambulâncias e de bombardeio. O assunto é coisa, pois, quase indiferente, o essencial é a maneira por que ele é tratado. O talento mede-se pela execução. Diz-me o que executas bem, e dir-te-ei o que vales esteticamente. A moral tem um critério bem diferente; para ela a intenção é coisa capital; a intenção é, ao contrário, insignificante para a arte.

13 de dezembro de 1880. – Como comportar-se com o azar? Manter-se quieto, e aplicar-se como um noviço, com uma paciente mansidão a tudo o que se faz,

---

[70] Gustave Moynier, o organizador da Cruz Vermelha Internacional, de que foi presidente por muitos anos.

em outros termos, colocar-se nos elementos fundamentais. Trata-se de reaprender o movimento feliz e de redomesticar a coragem. Os insucessos desorientam e perturbam; é preciso reencontrar a fé em si mesmo executando bem alguma coisa, por pouco que seja. Em resumo, dois processos simultâneos, resignação tranquila quanto ao que não depende de nós, concentração em nossa força restante. – Não é esse o proceder de um chefe de exército quando de um revés? Reúne num campo entrincheirado as suas tropas em desordem, e busca em seguida torná-las aguerridas por alguns combates parciais. Da mesma forma, no circo um cavalo que tropeçou, um cavaleiro que falhou no seu exercício, devem reencontrar gradualmente a segurança em si próprios, senão estão perdidos. Quando não mais acreditamos poder, não podemos mais. É preciso, pois, pôr um termo a esse desencorajamento, que é a desmoralização.

25 de dezembro de 1880 (*Natal, dez horas da manhã*). – Leitura dos Sinóticos (nascimento e infância de Jesus). Senti ao mesmo tempo a poesia do maravilhoso cristão e a sua diferença da história verdadeira. Mas a história do que foi acreditado histórico é também uma história, é a história religiosa. A lenda é a maneira como se pintam os acontecimentos reais no espelho, e modifica as imagens consideravelmente. A tradição é uma tradução que acrescenta às coisas tudo o que elas despertaram na imaginação, na alma e no coração dos narradores sucessivos. A ilusão dos apologistas é confundir a historicidade das crenças com a historicidade dos fatos. É mais ou menos como se se acreditasse que a grande ária de *Guilherme Tell*, composição de Rossini, tivesse realmente sido ouvida em Altorf em 1308; ou como se alguém invocasse essa cavatina em testemunho da autenticidade dos juramentos de Grütli. A tradição, a lenda, o mito têm as suas leis de formação e continuam sendo um fenômeno psicológico dos mais interessantes, mesmo quando a crítica lhes arrebata a historicidade. Constitui, a fé, uma fonte de poesia inconsciente; desde que dessa poesia se tem consciência, evapora-se a fé. Isso aconteceu com a mitologia grega em meio dos povos cristãos. Isso aconteceu com todos os prodígios, desde o momento em que a nós mesmos perguntamos se sucederam.

A ciência matou todos os silfos, as ondinas, as fadas. Também mata os deuses. E da mesma sorte está ameaçado o sobrenatural cristão. A simples leitura atenta dos documentos evangélicos basta para mostrar que a história não começa, quanto a Jesus, senão no momento da sua entrada em cena, e que tudo quanto precede é um criação posterior, uma lenda glorificadora nascida na comunidade dos crentes. A única coisa, de que é incapaz a tradição, é transmitir a verdade nua, isto é, a verdade histórica. A sua lei é embelezar, idealizar, explicar; e, no caso particular, era mostrar que tudo fora anunciado, profetizado pelos videntes de Israel. O papel estava traçado até o último pormenor (ver São Mateus). Jesus o conhecia e o desempenhou; logo, ele é o Messias. Eis como entendiam os judeus o divino, e como, após, o entenderam as primeiras gerações cristãs. Esse literalismo pueril é o sinal do semita. Mas é preciso confessar que a marca judaica não está ainda apagada do espírito ocidental. A ortodoxia cristã é um cativeiro do entendimento que não está prestes a terminar. Os teólogos espiritualistas encontram sempre limitados, obstinados, impertinentes que tomam as metáforas ao pé da letra e materializam tudo. O cristianismo não escapou à fatalidade de toda religião, que é libertar e esclarecer primeiro, para tornar-se mais tarde um obstáculo à luz e à liberdade.

27 de dezembro de 1880. – Constato com vivo prazer que a minha impressão de anteontem sobre os Sinóticos coincide com o resultado da grande crítica moderna. "Strauss, diz Biedermann,[71] demonstrou que os acontecimentos evangélicos não são fatos reais, mas produtos da imaginação religiosa, a qual inconscientemente materializou em fatos exteriores esta ideia da fé, a ideia de que em Jesus aparecera o Messias." Parece-me ser isso o que eu assinalava quatro páginas acima, e ainda, prefiro a minha nuança que não evapora a própria história em uma ideia.

Biedermann censura a Strauss ser demasiado negativo e ter rompido com o cristianismo. O fim, conforme a opinião dele, consiste em: primeiro, desembaraçar-se a religião de todo elemento mitológico; segundo, substituir o dualismo envelhecido da ortodoxia por um outro ponto de vista: a vitória sobre o mundo produzida pelo sentimento de uma finalidade divina.

É verdade que surge uma outra questão: Será que a religião sem maravilhoso particular, sem sobrenatural local, sem mistério inverificável não perde o seu sabor e a sua eficácia? Será que para satisfazer o público pensante e instruído é sábio sacrificar a influência sobre as multidões?

> *Las! j'admirais bien plus l'aurore*
> *Quand je connaissais moins les cieux.*

---

[71] A. E. Biedermann, professor de teologia dogmática, autor de um artigo que fora publicado em Genebra.

Resposta. A ficção piedosa é ainda uma ficção. Tem ainda, a verdade, um direito superior. Cabe ao mundo conciliar-se com a verdade e não o contrário. Copérnico derruiu a astronomia da Idade Média; tanto pior! O Evangelho eterno revoluciona todas as Igrejas, que importa! Quando os símbolos se tornam transparentes, não unem mais. Neles vê-se uma poesia, uma alegoria, uma metáfora; ninguém neles acredita mais.

Sim, mas finalmente há um esoterismo inevitável, pois que a cultura crítica, científica, filosófica está ao alcance apenas da minoria. Deverá encontrar, a nova fé, os seus símbolos e a sua pedagogia. No momento ela antes produz nas almas piedosas o efeito profano; ela tem um ar irrespeitoso, incrédulo e frívolo, e parece emancipar-se do dogma tradicional somente para arrebatar à consciência a seriedade. Como salvaguardar o estremecimento interior, o sentimento do pecado, a necessidade do perdão, a sede da santidade, eliminando os erros que lhes serviram por tanto tempo de ponto de apoio ou de alimento? Não é a ilusão indispensável? Não é esse o processo providencial da educação? Suprimem-se os contos de fada?

O método consistiria talvez em distinguir profundamente a opinião da crença e a crença da ciência. Um espírito que discerne esses diversos graus pode imaginar-se e crer, sem ser excluído de um progresso ulterior e mais elevado. O Egito, a Índia, o neoplatonismo, o catolicismo conheceram graus na iniciação. Mas o Evangelho pretendeu rasgar os véus e a democracia tem a pretensão de nivelar as categorias da inteligência. Como vencer essa dificuldade? É bem simples. A ciência a todos se oferece; dela, cada um toma e assimila o que pode, e supõe que possui tanto como todos os outros. Fica a vaidade satisfeita e a justiça também.

28 de dezembro de 1880. — Há duas maneiras de classificar as pessoas que conhecemos: a primeira, utilitária, relaciona-se conosco e distingue os amigos, os inimigos, os antipáticos, os indiferentes, os que podem prestar-nos serviço ou prejudicar-nos, etc.; a segunda, desinteressada, as dispõe segundo o seu valor intrínseco, as suas qualidades ou os seus defeitos próprios, fora dos sentimentos que nos voltam ou que experimentamos por elas. A minha tendência é favorável à segunda maneira de classificar. Aprecio os homens, menos pela afeição especial de que me deem testemunho, do que por seu valor pessoal, e não posso confundir a gratidão com a estima. O caso favorável apresenta-se quando podemos unir esses dois sentimentos. Um caso penoso é o em que devemos reconhecimento sem experimentar respeito nem segurança.

Não creio facilmente na duração dos estados acidentais. A generosidade de um avaro, a complacência de um egoísta, a mansidão de um arrebatado, a ternura de uma natureza seca, a piedade de um coração prosaico, a humildade de um amor-próprio irritável interessam-me como fenômenos e podem mesmo tocar-me, se eu disso for a causa; mas inspiram-me pouca confiança para o futuro. Prevejo demasiado o seu fim; não posso crer num milagre. Toda exceção tende a desaparecer e a entrar na regra. Todo privilégio é temporário, e, além disso, sinto-me menos lisonjeado que receoso de ser objeto de um privilégio.

Por mais que o caráter primitivo seja recoberto pelos aluviões ulteriores da cultura e das aquisições, volta sempre à superfície, quando os anos desgastaram o acessório e o adventício. Admito as grandes crises morais que revolucionam por vezes a alma; mas não conto com elas. São uma possibilidade, não uma probabilidade. Para amigos, devemos escolher os que têm qualidades nativas e virtudes de temperamento; confiar em virtudes adicionais e de empréstimo é construir sobre terras transportadas. Corremos demasiados riscos.

Chacun a son défaut où toujours il revient,
Honte ni peur n'y remédie.

As exceções são armadilhas, e é sobretudo quando encantam a nossa vaidade, que nos devem ser suspeitas.

Fixar um volúvel tenta a todas as mulheres; fazer chorar de ternura a mulher orgulhosa pode embriagar um homem. Mas tais atrativos são enganadores. A afinidade de natureza fundada sobre o culto do mesmo ideal e proporcional à perfeição da alma é a única que dá e estremece. Mas estas vãs aparências de força e de coragem não têm valor.

O amor verdadeiro é aquele que enobrece a pessoa, que fortifica o coração e que santifica a existência. O objeto amado não deve ser uma esfinge, mas um diamante límpido; a admiração e o apego aumentam então com o conhecimento. No entanto, para os amores terrestres, a ilusão é indispensável; desde que nos vemos tais como somos, o amor está morto; e não resta mais do que o hábito, a tolerância ou a resignação.

O le charlatanisme! il se glisse partout.

Ehrlich währt am längsten, diz o provérbio alemão.

Il n'est bonne dorure, ami, que d'être d'or.

30 de dezembro de 1880. – Se compreendo um pouco os outros seres, é que nenhum impulso me é estranho e que, uma após outra, eu reproduzo em mim as existências mais diversas. À minha escrivaninha, posso sentir todas as paixões humanas sucessivamente; mas nenhuma delas me aprisiona, é o que me salva. Compreender as coisas é ter estado nas coisas e depois dela ter saído; é necessário, portanto, cativeiro, depois liberdade; ilusão e desilusão; paixão e desengano. O que ainda está sob o encanto e o que não sofreu o encanto são incompetentes. Só conhecemos bem o que tenhamos crido e depois julgado. Para possuir, é necessário ter sido possuído, e ter reconquistado a sua independência. Para compreender, é necessário ser livre e não o ter sido sempre. Isso é verdadeiro, tanto no amor como na arte, na religião, no patriotismo, etc. A simpatia é a condição primeira da crítica. A emoção é o pedestal da razão e o antecedente da justiça. Eis porque, no cristianismo, Jesus, depois Maria foram adorados antes do Pai: o fiel quer um Deus humanizado, que tenha atravessado a vida e o sofrimento, que tenha conhecido a provação, levado a sua cruz ou sentido sete espadas no seu coração; porque o homem sente-se então melhor compreendido na sua miséria e na sua desolação. Um juiz impassível causa medo.

31 de dezembro de 1880. – Prever e manipular a sua morte nada tem de agradável. Parece mesmo que se queira desarmar o Rei dos pavores e usurpar o futuro. Mas isso é um preconceito supersticioso. Regular as suas dívidas para com a família e os amigos, para com o público e a sua memória, nada tem senão conveniência para o sábio. Isso não é contrariar a Deus, nem sequer perturbar a ninguém. É, ao contrário, fazer a sua última toalete e amortalhar-se por suas próprias mãos, para só incomodar o menos possível ao próximo. Longe de ser pretensão e ostentação, é simplesmente ser discreto para com os outros e respeitoso para consigo mesmo. Eis quanto à teoria: mas o difícil é a prática. Nunca se encontra a boa ocasião para esse trabalho de notário ou de coveiro.

5 de janeiro de 1881. – É provável que eu mais tema a vergonha do que a morte. Tácito dizia: *Omnia serviliter pro dominatione*. Eu sou absolutamente o oposto. O domínio mesmo universal me é menos caro do que a liberdade. Ainda voluntária, a dependência pesa-me.

Ruborizar-me-ia de ser determinado pelo interesse, de ceder à coação, de ser o servo de uma vontade qualquer. A vaidade parece-me escravidão, o amor-próprio mesquinharia, o utilitarismo baixeza. Detesto a ambição que vos torna o homem-lígio de alguma coisa ou de alguém. Desejo ser senhor de mim mesmo simplesmente, e não agir senão de acordo com o meu gosto.

Se tivesse saúde, seria o homem mais livre que eu pudesse conhecer, embora um pouco de secura de coração fosse necessário para aumentar a minha independência.

Não exageremos nada; a minha liberdade não é mais que negativa. Ninguém, nem homem nem mulher, nem estrangeiro nem concidadão, ninguém na terra pode dar-me uma ordem, nem exigir de mim a submissão. Quantos são os indivíduos que possam dizer o mesmo? Não tenho credores, nem tutor, nem chefe, nem mulher, nem sogro, nem sócio, nem comitê de administração, nem governanta, ninguém que tenha ascendência, ou permissão para o que quer que seja.

Se me agrada consultar alguém, é porque isso é de meu gosto, e posso dizer como os monarcas absolutos: tal é o meu prazer. E o professorado? Eu tenho, na verdade, um superior administrativo (o Departamento da Instrução Pública), ele não pode, porém, destituir-me nem suspender-me, e serei eu quem enviará a minha demissão quando isso me convier. Tenho uma ocupação voluntária, mas que não me reterá contra a minha vontade, pois posso privar-me dos meus vencimentos. Não tenho nenhum contrato que me ligue além do semestre começado. Mas muitas coisas não me são mais possíveis, e se tivesse a tolice de desejá-las, os limites da minha liberdade tornar-se-iam manifestos, e eu sofreria no meu orgulho. Por isso, guardo-me de desejá-las e mesmo de evocá-las em meu espírito. Quero somente o que posso, e dessa forma não vou chocar-me contra muralha alguma, suprimo, mesmo, as paredes da minha clausura. Quero antes um pouco menos do que poderia, para nem sequer aflorar o obstáculo, e entrever a humilhação. A renúncia é a salvaguarda da dignidade. Despojemo-nos, não seremos despojados. O que deu a sua vida pode olhar a morte, face a face; que é que esta ainda lhe pode arrebatar? A abolição do desejo e a prática da caridade, eis todo o método de Buda, eis toda a arte da Libertação.

(*Mais tarde.*) – Minha garganta me incomoda. Neva. Depende, pois, da natureza e de Deus. Mas não depende do capricho humano; este ponto é capital.

É verdade que o meu farmacêutico pode cometer um engano, e envenenar-me, o meu banqueiro fugir e reduzir-me à miséria, como um terremoto destruir o meu imóvel sem que eu seja indenizado.

A independência absoluta não é, pois, mais do que uma pura quimera. Mas tenho a independência relativa, a do estoico, que se retira para a sua vontade e cerra as portas dessa fortaleza.

Jurons, excepté Dieu, de n'avoir point de maître.

O juramento da antiga Genebra continua sendo a minha divisa, e o concurso das circunstâncias favoráveis permitiu-me realizá-la.

7 de janeiro de 1881. – Os desaparecimentos de Descartes, fugindo inesperadamente a seus amigos, parentes e conhecidos, para ir trabalhar em algum lugar sem que eles soubessem, provam que por vezes o homem sente a imperiosa necessidade de pertencer ao seu pensamento, de não mais falar senão consigo mesmo, e de entrincheirar a sua fortaleza. Aparece-lhe, então, a sociabilidade, como uma destruição da sua vida pessoal. A ela foge, como aos mosquitos, ao vampiro, e a todos os bebedores de sangue. Usa do seu direito de defensiva. É tão enfadonho estar sempre a palrar, a explicar, a escusar-se, isto é, viver pela superfície; essa eterna reação contra as pessoas, isto é, contra as vaidades, curiosidades, vontades, esgota e cansa; desejamos ocupar-nos das coisas. As coisas são mudas, tranquilas; elas esperam. Refazemo-nos com elas, ao passo que nos gastamos com as pessoas. Viva a paz e o silêncio! Viva a cela fechada durante os três quartos do dia e da noite. Aí, nos restauramos.

10 de janeiro de 1881. – Impressionar-se da malquerença, da ingratidão, da indiferença dos outros, é uma fraqueza à qual eu seria propenso. Dói-me ser desconhecido, ser mal julgado; não tenho a rudeza viril, tenho o coração um pouco feminino e por consequência mais vulnerável do que convém. Parece-me, no entanto, que já muito me enrijeci e me fortifiquei, nesse ponto. Muito menos do que antes, incomoda-me hoje a malignidade do mundo. Devo isso à filosofia? É um efeito da idade? Talvez a causa simplesmente seja ter eu recebido bastantes testemunhos de respeito, de afeição e de simpatia para estar tranquilo sobre mim mesmo. O mal que nos causam os malevolentes é deixar-nos em dúvida sobre nós mesmos; por modéstia, conosco, dizemos que eles têm talvez razão. Mas se podemos pensar que se enganam, tudo está salvo. Lastimamos seu erro, não nos sentimos, já perturbados nem desolados. Precisei de provas repetidas e vindo de fora, para dar-me consciência do meu valor e a mim próprio inspirar alguma estima. De outro modo eu teria facilmente crido na nulidade do meu mérito e na insignificância de todas as minhas tentativas.

Para os tímidos, o sucesso é necessário, o elogio é moralizante, a admiração é um elixir roborativo. Acreditamos conhecer-nos, mas enquanto não sabemos o nosso valor comparativo e a nossa importância social, não nos conhecemos bastante. Para agir, é necessário valermos alguma coisa junto aos outros, sentirmos peso e crédito em nós, a fim de proporcionarmos o nosso esforço às resistências a vencer. Enquanto desprezamos a opinião, falta-nos medida para nós mesmos, desconhecemos a nossa força relativa. Eu desdenhei demasiado a opinião, sendo ao mesmo tempo demasiado sensível à injustiça. Essas duas faltas me custaram caro. Renunciei a impor-me e a fazer-me valer, e outro objetivo já não tive senão a minha liberdade interior.

Selon qu'il a semé, chacun récolte en moi.

Teria desejado benevolência, a simpatia, a equidade, mas a minha altivez proibiu-me a solicitação, a astúcia, o cálculo. Jamais me concederam o meu verdadeiro lugar, nem me deram a mim o meu valor. Pus o meu ponto de honra em suportá-lo. Mas não pude impedir-me de percebê-lo. Não creio ter seguido caminho errado, pois que estive de acordo comigo mesmo. Mas a defensiva contra o meio gastou dois terços de minhas forças. Em um meio conforme à minha natureza, teria dado dez vezes o que pude dar, em Genebra. A inadaptação gastou-me inutilmente. Quando eu morrer, dirão aqui: É pena! E eu também, eu pensarei: É pena! Somente, a identidade da frase recobrirá uma ambiguidade de sentido. Ser-me-ão atribuídas injustiças, e o meu sentimento é que injustiças foram cometidas para comigo. Muitas coisas boas foram impedidas: eis a verdade. Mas de quem a culpa? Esse é o ponto essencial.

Agora, a paz desceu sobre mim. Mas a minha carreira está finda, a minha força está esgotada e a minha vida próxima do seu termo.

Il n'est plus temps pour rien, excepté pour mourir...

Eis porque eu posso encarar tudo isso historicamente.

15 de janeiro de 1881 (onze horas da noite). – Folheei mais uma vez Pascal (*Pensées*, edição Havet, 1852).

Descubro no momento a solução de um pequeno problema que desafiou a sagacidade de Fougère e de Havet. O Salomon de Tultie que os intrigou e os desolou não é mais do que o anagrama de um pseudônimo, a saber, de Louis de Montalte, o próprio nome escolhido pelo autor das "Cartas a um Provincial", quando foram reunidas em volume. As mesmas quinze letras servem para escrever os dois nomes. Percebo também o vício decisivo da apologética de Pascal. É o mesmo que lembra a história do dente de ouro. Considera como premissa justamente o que está em questão, isto é, o dogma tradicional católico. Trata-se de saber se esse dogma é a expressão do cristianismo, se é revelado, se a revelação religiosa é um documento perfeito e lançado do céu. E Pascal não suspeita sequer o que deveria examinar. Não tem a menor parcela de sentido crítico e histórico. O catolicismo é para ele um bloco sagrado que ele não analisa nem explica. Estes espíritos absolutos, categóricos, geométricos são inteiramente incompetentes nos problemas dessa ordem. Não conhecem mais do que o negro e o branco, o falso e o verdadeiro. Essa lógica elementar é impotente diante de tudo o que é vivo, diante do que se metamorfoseia e se transforma, diante das concreções históricas e das formações espirituais...

A história e a filosofia das religiões, o progresso das ciências exegéticas, arqueológicas renovaram totalmente a face das coisas, o sentido dos problemas, o método das investigações, o espírito das respostas. Pascal é sincero, mas a sua poderosa inteligência não pôde sair da rede de um preconceito fundamental.

23 de janeiro de 1881. – Noite muito passável, mas esta manhã o catarro não queria deixar-se expulsar. Um tempo admirável. Entra amplamente o sol pelas janelas. Os pés sobre os cães da chaminé, eu termino a leitura do jornal... Sinto-me bem neste momento, e parece-me singular que esteja condenado a tão curto prazo. Nenhum parentesco sente a vida com a morte. Eis porque sem dúvida uma espécie de esperança maquinal, instintiva, renasce sempre em nós para ofuscar a razão e fazer duvidar da sentença científica. A vida tende a perseverar no ser. Ela repete como o papagaio da fábula, mesmo no instante em que é estrangulada:

Cela, cela ne será rien.

O pensamento leva as coisas para o pior, mas a animalidade protesta.

Elle ne croit au mal que lorsqu'il est venu.

Será tão desagradável? Provavelmente não. A natureza quer que o ser vivo se defenda da morte; a esperança é idêntica ao amor da vida; é um impulso orgânico posto a seguir sob o amparo da religião. Quem sabe, Deus pode salvar-nos, pode fazer um milagre. Aliás, estamos jamais seguros de que não haja remédio? A incerteza é o asilo da esperança. O duvidoso é contado entre as probabilidades favoráveis. O que não é contra nós é por nós. A fragilidade mortal aferra-se a todos os apoios. Como querer-lhe mal? Mesmo com todos os auxílios, ela quase nunca escapa à desolação e à angústia.

A melhor solução é submeter-nos à necessidade, chamando-a vontade paternal de Deus, e levarmos corajosamente a nossa cruz, oferecendo-a ao árbitro dos destinos. O soldado não discute a ordem recebida; obedece e morre sem murmurar. Se esperasse ver para que serve o seu sacrifício, não conheceria a submissão.

– Dois pés de neve; em Londres, o Tâmisa está gelado; inundações na Bélgica, na Calábria, na Espanha. Atravessamos uma fase horrível. Pensava esta manhã que, com exceção de duas ou três pessoas de casa, ninguém suspeita as nossas misérias físicas. E mesmo os nossos íntimos não sabem das nossas conversas com o Rei dos pavores. Há pensamentos sem confidente, há tristezas que não se partilham. É preciso mesmo por generosidade escondê-las. Sonhamos sozinhos, sofremos sozinhos, morremos sozinhos, habitamos sozinhos o pequeno quarto das seis tábuas. Mas não é proibido abrir a Deus esta solidão. Assim o monólogo austero torna-se diálogo. A aversão torna-se docilidade. A renúncia torna-se paz. O esmagamento doloroso torna-se liberdade.

Vouloir ce que Dieu veut est la seule science
Qui nous mette en repos.

Cada um de nós é atravessado por muitos impulsos contrários. Mas desde que reconhecemos onde está a ordem e que nos submetemos à ordem, tudo está bem.

Comme un sage mourant, puissions-nous dire en paix:
J'ai trop longtemps erré, cherché; je me trompais:
Tout est bien, mon Dieu m'enveloppe.

Charles Heim morreu como Epicteto, como Espinosa. Cuidemos de fazer o mesmo. O perdão dos pecados por intermediário e por intercessão é uma fé mais particular e menos elevada. É a fé cristã tradicional; mas não é a do próprio Jesus, do herói magnânimo, que proclamou que Deus era amor. Se Deus é amor, não tem necessidade de vítima propiciatória, a sua majestade não reclama nenhum suplício substitucional. O cristianismo ortodoxo e vulgar faz Jesus melhor do que Deus, pois que Jesus dá a sua vida, embora inocente, pelos culpados, e Deus não perdoa aos culpados senão depois da efusão do sangue inocente. Inutilmente lança a fé a nuvem respeitosa do mistério sobre essa consequência, a consequência subsiste e acusa o dogma. A educação pelo dogma pode ter tido sua necessidade e as suas vantagens. Mas, vingam-se as contradições. E se tantos espíritos livres abandonaram a Igreja, é que a Igreja preferiu o dogma à verdade, o temporário ao eterno, a aparência ao sólido e a fé ilógica à fé razoável...

Os meus discípulos podem ver com que dificuldade o pensamento se fez livre, por que preço a ciência e a filosofia precisaram redimir-se da sua servidão; bem como em que consiste a religião, e o lugar do cristianismo entre os outros sistemas religiosos. Não faço polêmica, narro; não disputo, esclareço. Sei que a luz quase não atinge o preconceito; mas repito aos outros com o apóstolo: Julgai vós mesmos do que digo. No fundo, não gosto de ofender nem de violentar nenhum costume e nenhuma convicção. Digo: Sede livres, mas deixai-me livre. Não prego doutrina, dou os meios para decidir. Esforço-me por ser imparcial e tornar justo. Esta finalidade vale tanto como outra qualquer, parece-me, e este ensinamento tem a sua utilidade.

25 de janeiro de 1881 (meio-dia). – Noite espantosa. Lutei de três a quatro horas seguidas contra os meus estranguladores, e entrevi a morte de perto. Este assalto contínuo do inimigo é exasperante. Perecer no seu próprio escarro, que humilhação!

Repouso e sono, das três às seis da manhã. Dei contudo a minha lição, mas eu tinha a voz velada, ora o falar contínuo nessas condições é fatigante. Por isso é com esforço que subo os meus quatro andares; dói-me o peito como se me tivessem batido com uma tranca, e o cinto das minhas calças dá-me a impressão de uma golilha. Não me explico bem estas quatro horas de suplício noturno; vejo nisso uma espécie de pesadelo, cuja realidade me é assegurada, apenas. Será bem verdade? Fui eu que estive a ponto de expirar por surpresa, por traição, por inadvertência?

29 de janeiro de 1881. – ... É claro que o que me espera é a sufocação, a asfixia. Morrerei sem ar.

Eu não teria, talvez, escolhido esta morte; mas, quando não há opção, é necessário resignar-nos, nada mais.

Espinosa expirou diante do médico que havia mandado chamar. Deves habituar-te à ideia de morrer sozinho, uma bela noite, estrangulado pela tua laringite. Isso não vale tanto como o último suspiro de um patriarca rodeado da sua família em prece. Falta beleza, magnitude e poesia; mas o estoicismo consiste na renúncia. *Abstine et sustine.*

Sabes, aliás, que tens amigos fiéis; é melhor que não os atormentes. Os gemidos e as agitações tornam mais penosa a grande passagem. Uma única frase substitui todas as outras: "Que seja feita a vontade de Deus e não a minha!".

Leibniz não foi acompanhado ao cemitério senão por seu criado. O isolamento do leito de morte e do esquife não é pois um mal. Não se partilha o mistério. O diálogo entre a alma e o Rei dos pavores não reclama testemunhas.

São os vivos que desejam saudar aquele que se vai.

– Enfim, ninguém sabe exatamente o que lhe está reservado. O que tem de ser, será. Nós só temos de dizer: *Amém.*

4 de fevereiro de 1881. – Singular sensação, a de irmos para a cama pensando que não veremos talvez o dia seguinte. Tive-a ontem, bastante forte, e, no entanto, aqui estou. Mas estar na dependência de uma flegma, de um coágulo, isso tira o ardor por todo empreendimento. O sentimento da fragilidade excessiva facilita a humildade, mas extingue toda ambição;

Quittez le long espoir et les vastes pensées.

Um trabalho a terminar em prazo longo parece absurdo. Vivemos apenas o dia que passa.

*A quoi bon troubler notre vie
Des soins d'un avenir qui n'est pas fait pour nous?*

Se não se sonha ter vida para um lustro, um ano ou um mês; se não se contam as horas senão por dúzias, e se a próxima noite já é a ameaça e o desconhecido, é evidente que se renuncia à arte, à ciência, à política, e que se contenta, a gente, em dialogar consigo mesmo, o que é possível até o fim. O solilóquio interior é todo o recurso do condenado à morte cuja execução se retarda. Ele se congrega em seu foro íntimo. Já não irradia mais, faz psicologia. Não atua mais, contempla. Escreve ainda aos que se interessam por ele, mas renuncia ao público e recolhe-se em si próprio. Como a lebre, ele volta para morrer em seu abrigo, e esse abrigo é a sua consciência, o seu pensamento. O seu anteabrigo é o seu diário íntimo. Enquanto pode sustentar a pena e enquanto lhe deixam um momento de soledade, recolhe-se diante desse eco de si mesmo, e conversa com Deus. Não é isso, contudo, um exame moral, um ato de contrição, um apelo. Não é mais do que um amém de submissão. A preocupação do pecado, único método da fé comum, tornou-se-me quase estranha, sem dúvida porque os frenesis da vontade não me são próprios. "Meu filho, dá-me o teu coração."

A renúncia e o consentimento são, para mim, menos difíceis do que a outros, porque eu não quero nada. Eu desejaria somente não sofrer, mas Jesus em Getsêmani acreditou que pudesse fazer a mesma prece; ajuntemo-lhe estas palavras: "Que todavia seja feita a tua vontade, e não a minha", e esperemos. Pratiquei a santificação? Não no sentido ascético e rigorista. Tentei sempre reconquistar a liberdade interior e a bondade, antes, porém, pelo respeito à natureza humana do que por obediência a um mandamento exterior. Desde muitos anos, o Deus imanente foi para mim mais atual do que o Deus transcendente, a religião de Jacó me foi mais estranha que a de Kant, ou mesmo a de Espinosa. Toda a dramaturgia semítica apareceu-me como uma obra de imaginação. Os documentos apostólicos mudaram de valor e de sentido a meus olhos. A crença e a verdade distinguiram-se com uma nitidez crescente. A psicologia religiosa tornou-se um simples fenômeno e perdeu o valor fixo e numenal. As apologéticas cristãs de Pascal, de Leibniz, de Secrétan não me parecem mais comprovantes que as da Idade Média, porque supõem o que está em questão: uma doutrina revelada, um cristianismo definido e imutável.

Parece-me que o que me resta de todos os meus estudos é uma nova fenomenologia do espírito, a intuição da universal metamorfose. Todas as convicções particulares, os princípios categóricos, as fórmulas delimitadas, as ideias infusíveis não são mais do que preconceitos úteis à prática, mas estreitezas de espírito. O absoluto de pormenor é absurdo e contraditório. Os partidos políticos, religiosos, estéticos, literários são anquiloses do pensamento que se consideram vantagens. Toda crença especial é uma rigidez e uma obtusidade, mas esta consistência é necessária à sua hora. Enquanto pensante, a nossa mônada livra-se dos limites do tempo, do espaço e do meio histórico; mas, enquanto individual e para fazer alguma coisa, ela se adapta às ilusões correntes e se propõe um fim determinado. É permitido ser homem, mas convém também ser um homem, ser um indivíduo. Duplo é, portanto, o nosso papel. Somente o filósofo está autorizado a desenvolver sobretudo o primeiro, que é descuidado pela quase totalidade dos humanos.

7 de fevereiro de 1881. – Hoje, belo sol. Mas, apenas tenho força para percebê-lo. A admiração, a alegria supõem algum repouso. Ora, o peso da minha cabeça fatiga-me o pescoço, o peso da vida me oprime o coração; este não é o estado estético.

Persegue-me uma ideia: meu testamento não está em ordem. Quantas vezes pensei nisso! Mas nada valem as simples veleidades.

Pensei em diversas coisas que deveria escrever; mas o melhor e o mais original de nós mesmos é o que deixamos perder mais frequentemente. Reservamo-nos para um futuro que não vem jamais. *Omnis moriar.*

8 de fevereiro de 1881 (*dez horas da manhã*). – Noite terrível. Azrael passou sobre mim às três horas da manhã. Estive durante quinze minutos entre a vida e a morte, esperando a cada segundo a sufocação. Antes, várias horas de angústia contínua. Eu tinha como um cabelo atravessado na glote, e espasmos detersivos, por sua explosão impotente, me tinham tirado o fôlego e mesmo toda força. Temia cair morto antes de ter podido arrastar a minha poltrona, vestir-me rapidamente, e sentar-me em *robe de chambre*, perto do meu fogo. Impossível pedir socorro e, além disso, não havia nenhum administrável. Todo movimento indiscreto em redor de mim, toda explicação a dar, toda palavra a dizer seria o meu fim. Nunca estive mais perto do último suspiro. Era horrível a situação. O que me salvou foi uma tentativa quase maquinal. Engoli gota a gota um pouco do meu gargarejo, e isso parece que desembaraçou os lábios da glote. A respiração voltou. Mas o *sursis* não podia ser libertação. Nesse momento de trégua é que eu teria desejado conservar mão amiga entre as minhas, e fazer a vigília das armas; era solene a hora e eu duvidava de rever a manhã.

9 de fevereiro de 1881 (*dez horas da manhã*). – Oh, delícia! Tossi muito pouco, respiro, sinto-me com forças. E, no entanto, uma noite nesta cadeira parece pouco invejável aos que estão com saúde. Mas escapar algumas horas aos *Thugs* dá uma tal impressão de alívio, que tudo muda de aspecto. Comparando ontem e hoje, eu me reconheço, apenas. Sou como um moribundo galvanizado, ou que sofreu a transfusão de sangue.

(*Mais tarde.*) – Desde 17 de janeiro, pelo que vejo através deste caderno, a batalha noturna contra os meus *Thugs* foi quase sem intermitência. Noite deplorável, noite lamentável, noite abismadora, noite cruel, noite de terror, tal é o boletim diário.

Já em 25 de janeiro, ou seja, há uma quinzena, leio estas palavras: Vi a morte de perto, quase desmaiei, etc. Não é pois um sonho, eu me agarro e luto com o anjo negro há muito tempo. Jacó foi libertado por uma noite de combate misterioso; para mim o combate recomeça quase cada noite. Por isso, quando há repouso, como esta última vez, é uma benção, é uma aleluia. O desaparecimento de uma angústia produz o efeito de uma renascença. Bendito seja um dia de repouso, aquele que o permitiu, aquela que o proporcionou.

14 de fevereiro de 1881. – ... Supondo que estejam contadas as tuas semanas, que deves fazer para estar em ordem com o mundo? Dar a cada um o que lhe corresponde, proceder com justiça, com prudência, com bondade, deixar uma suave recordação.

Tenta pois não esquecer nada de útil, nem ninguém que confie em ti.

> *Ne cherche point ton rang sur l'échelle infinie;*
> *Qui fait tout ce qu'il doit n'est jamais le dernier.*

15 de fevereiro de 1881. – Esta manhã, a ideia de que os meus dias estão contados parece-me fantástica. Este sol magnífico torna quase ridículas as preocupações funerárias. Aliás, logo que tenho um pouco de bem-estar, parece-me que nunca estive doente. Esta maneira de sentir é incômoda com o médico, que me supõe sempre mais válido e mais forte do que sou. Seja como for, renunciei, não sem pesar, a dar a minha lição na Universidade, e mandei chamar o meu Esculápio. Desejo de liquidação e de pôr tudo em ordem. Coloquei sobre a minha chaminé, em um copo de água, duas camélias que ontem me enviou Fida Memor, com algumas estrofes... Cartas de Miss Jessie (Londres), Charles Fournel (Paris);

G. Revilliod saúda-me de Tebas das cem portas (carimbo de Luxor). Uma boa cartinha de Fida...[72] Isso me causa o efeito de coroas lançadas sobre um túmulo.

Mentalmente, despeço-me de todos os amigos distantes que não tornarei jamais a ver.

18 de fevereiro de 1881. – Tempo vaporoso. Noite bastante boa... Contudo o emagrecimento continua... Em suma, o abutre me concede tempo, mas paira acima da sua presa... A possibilidade de retornar às minhas funções oficiais e de reencontrar o equilíbrio estável me parece um sonho.

Sem ter, a esta hora, impressões de além-túmulo, sinto-me cativo para todo o sempre, valetudinário crônico. Este estado flutuante, que não é nem a morte nem a vida, tem a sua doçura, porque se é uma renúncia, permite o pensamento. É um devaneio sem dor um tranquilo recolhimento. Cercado de afeições e de livros, livre ao menos até o limiar do meu apartamento, vago ao curso do tempo como deslizava outrora sobre os canais da Holanda, sem agitação e sem ruído. Creio estar ainda em *treckschute*. Mal se ouve algumas vezes o manso marulho da água que fende a barca de sirga, ou o casco do cavalo de tiro que trota no caminho arenoso. A viagem nestas condições tem alguma coisa de fantástico. Não se está seguro de existir ainda e de continuar preso à terra. Lembram-se os manes, as sombras fugitivas no crepúsculo das *inania regna*. É a existência fluídica.

– Que tens em trabalho? Que estás compondo? – perguntava-me Augusto Bouvier. – Meu Deus, nada.

Vejo passarem as minhas impressões, os meus sonhos, os meus pensamentos, as minhas recordações, como um homem que a tudo renunciou. Estou retirado em meu último observatório, a consciência psicológica. Assisto aos acontecimentos de mim próprio sem suscitá-los ou deles me esquivar. Esta imobilidade contemplativa é parenta da que se atribui aos serafins. Não é o eu individual que a interessa, é um espécime da mônada, é a amostra da história geral do espírito. Tudo está em tudo e a consciência perscruta o que ela tem diante de si. Nada é

---

[72] Fida é um dos nomes que usa Amiel referindo-se a Fanny Mercier, a quem chama também Seriosa, Estoica, Calvínia ou Gúdula. – Miss Jessie H., antiga aluna de Amiel, esteve em Genebra no ano de 1878 para visitá-lo. Mantiveram correspondência posteriormente, durante algum tempo. – Charles Fournel, filho do poeta de quem o autor do *Diário* publicara uma coleção póstuma de trabalhos. – Gustave Revilliod era um milionário genebrino, que legou à sua cidade valiosas coleções.

grande ou pequeno. O espírito é onímodo e tudo lhe é bom. Neste estado, as relações com o corpo, com o mundo exterior, com os outros indivíduos, se desvanecem. O *Selbstbewusstsein* entra no *Bewusstsein* impessoal. O universo dissolve-se na *Trimúrti*, e a *Trimúrti* no *Parabrama*.

Para voltar a ser uma pessoa, é indispensável a dor, o dever e a vontade (ver *Jour à Jour*). Devem lastimar-se tais oscilações entre o pessoal e o impessoal, entre o panteísmo e o teísmo, entre Espinosa e Leibniz? Não, visto ser um dos estados que dá consciência do outro. Sendo o homem capaz de visitar esses dois domínios, para que se mutilar?

(*Mais tarde.*) – Oh, delícia! Tenho trinta libras de menos sobre o peito. Volto de um passeio... Respirava melhor, tinha mais forças, subi os meus quatro andares quase sem sufocação. Eu não me reconhecia. Não era o mesmo homem de anteontem. Dir-se-ia uma convalescença. A minha gratidão é igual à minha surpresa. Teria o abutre deixado a sua presa? Poderei retornar às minhas lições. Será uma real melhora que vai continuar, ou um claro amável entre duas provações? Ah! Não façamos conjeturas,

Jouissons du bonheur, jouissons du printemps!

Un tiens vaut mieux que deux tu l'auras. O que aí está é bom; a Deus o resto, até mesmo o futuro mais próximo.

22 de fevereiro de 1881. – A marcha típica do espírito está na astronomia: não há imobilidade, mas não há precipitação; órbitas, ciclos, impulso, mas harmonia; movimento, mas ordem; tudo pesa e contrapesa, recebe e fornece luz. Não pode essa atividade cósmica e divina tornar-se a nossa? É um tipo superior de equilíbrio o entredevorar-se da guerra de todos contra todos? Repugna-me crer. A fase de ferocidade é para alguns teóricos a forma final. Deve haver nisso um erro. A justiça prevalecerá, e a justiça não é o egoísmo. A independência e a bondade devem traçar uma resultante, que será a linha pedida.

Hanc veniam petimusque damusque vicissim.

1º de março de 1881. – Com o *Journal*, acabo de passar os olhos pelos assuntos mundiais. É a confusão de Babel. Mas é muito agradável fazer numa hora a volta do planeta, e passar em revista o gênero humano. Isso desperta um sentimento de ubiquidade. Um jornal do século XX compor-se-á de oito ou dez boletins cotidianos: boletim político, religioso, científico, literário, artístico, comercial, meteorológico, militar, econômico, social, judiciário, e compreenderá duas partes somente: *Urb et Orbis*, o país e o mundo. A necessidade de totalizar, de simplificar, generalizará os processos gráficos que permitam as séries e as comparações. Terminaremos por tomar o pulso à espécie e ao globo tão facilmente como a um enfermo, e notaremos ao vivo as palpitações da vida universal, como ouviremos brotar a erva dos campos, ou ressoarem as manchas do sol, ou germinarem as agitações vulcânicas. A atividade será convertida em consciência: Gea[73] perceberá a si mesma. Então é que ela se há de envergonhar também das suas desordens, das suas fealdades, das suas misérias, dos seus crimes, e que tomará, talvez, enérgicas resoluções em favor da justiça. Quando a humanidade tiver os seus dentes do siso, terá o pudor de emendar-se e há de querer reduzir metodicamente a parte do mal. O *Weltgeist* passará do estado de instinto ao estado moral. A guerra, o ódio, o egoísmo, a fraude, o direito do mais forte serão considerados barbarismos de velhos tempos, enfermidades do crescimento. Os civilizados substituirão as suas pretensões por virtudes reais. Os homens serão irmãos, os povos serão amigos, as raças serão simpatizantes, e do amor tirar-se-á um tão forte princípio de emulação, de invenção e de zelo como o que nos deu o estimulante grosseiro de interesse. Chegará esse milênio? É uma piedade acreditá-lo.

4 de março de 1881. – Guizot nunca soube rir; sua seriedade jamais foi desatrelada. Assim conquistou o respeito, mas causava um efeito de pedante e pedagogo, virtuoso e afetado. A fantasia, a poesia, a arte, a brincadeira, a graça, a condescendência não existiam para ele. Essa gravidade perpétua é uma imperfeição. *Desipere in loco* é uma sabedoria.

Guizot impacientou os franceses como um Aristides e um Grandisson, como o magíster da política e o regente do doutrinarismo. Essa rigidez calvinista acabou por irritar. Gostamos muito que as pessoas não durmam na sua couraça. – Thiers disse uma vez: Guizot é um grande orador, mas, em política, é estúpido, isto é, que ele tem máximas gerais e não ideias, caráter e não poder inventivo.

---

[73] A Terra.

Esses manequins solenes são professores de política, mas não homens de Estado. Não têm a dose de finura e de ceticismo que faz a liberdade do espírito. Em compensação, eles são barras de ferro.

10 de março de 1881 (meio-dia). – *Jacta est alea.* Acabo de dar as minhas instruções a Charles Ritter, e de enviar-lhe um título, uma carta e três cartões de apresentação, para que termine o negócio; que negócio? O de assegurar-me alguns pés de terra no oásis de Clarens. Isso não seria já tão fácil, se eu chegasse a morrer em Genebra mesmo. Não dispomos do nosso corpo. É indispensável, mesmo, todas as precauções para escapar à engrenagem mecânica das rotinas locais que maltratam todas as preferências e todas as vontades. Mas enfim terei feito o possível para a realização desse desejo, antigo, já em mim, e que a vil questão dos cemitérios de Genebra não fez mais do que reavivar. Dormirei numa bela paisagem, toda cheia das minhas recordações; e durante quarenta anos, aqueles para quem o meu nome significar alguma coisa, saberão onde podem dar um pensamento à minha memória. O sono, ali, tem uma doçura particular, e para os visitantes o recolhimento é fácil. A promiscuidade das cinzas, o ruído de uma grande cidade não atinge os que dormem em Clarens. *Requiescunt in pace.*

14 de março de 1881. – Acabei de ler Mérimée (*Lettres à Panizzi, II*).

> *Votre deuil me prédit mon sort*

Mérimée morreu do mal que me atormenta. "Tusso e me afogo." Bronquite e asma, de onde inédia, e depois esgotamento. Ele também experimentou o arsênico, invernos em Cannes, os banhos de ar comprimido. Tudo foi inútil. A sufocação e a inanição arrebataram o autor de *Colomba*. *Hic tua res agitur,*

> *Et dans chaque feuille qui tombe*
> *Je lis un présage de mort.*

O céu turvo e cinza tem a cor dos meus pensamentos. Contudo, o irrevogável tem também a sua doçura e a sua calma. Os vaivéns da ilusão, as incertezas do desejo, os sobressaltos da esperança dão lugar à resignação tranquila. Estamos na situação de além-túmulo. É nesta semana, aliás, que o meu canto de terra no *Oásis* deve ser comprado. Tudo caminha para a conclusão, *festinat ad eventum.*

15 de março de 1881. – O *Journal* está cheio de pormenores do horrível atentado de Petersburgo. – Um grande artigo histórico sobre o Transvaal prova a deslealdade da política inglesa na África. Somente, percebem todos também que as iniquidades acumulando-se criam as catástrofes que explodem sobre os inocentes. A justiça histórica é na maioria das vezes tardia, tão tardia que chega a ser injusta, a menos que se admita a maneira turca, a de, após o crime, castigar alguém, dizendo: tanto pior se não é o criminoso!

A teoria providencial tem por base a solidariedade. Luís XVI paga por Luís XV; Alexandre II, por Nicolau. Nós expiamos a culpa de nossos pais, e os nossos netos sofrerão por nós. O individualismo protestará duas vezes contra a iniquidade. E terá razão se o seu princípio é verdadeiro; mas será verdadeiro o seu princípio? Eis aí o problema. Parece que a parte individual do seu próprio destino é para cada um, apenas, uma parte desse destino. Moralmente somos responsáveis pelo que quisemos, mas socialmente a nossa felicidade e a nossa desgraça dependem de causas independentes da nossa vontade. A religião responde: mistério, obscuridade, submissão, fé. Faze o teu dever; a Deus o resto!

(*Dez horas da noite.*) – Visitas recebidas: Bernard Bouvier, que me traz as simpatias dos seus camaradas...

16 de março de 1881 (*onze horas da manhã*). – Triste noite. Manhã melancólica. Demolição. Minha afilhada tinha ficado à minha cabeceira até a meia-noite, e me ajudava ainda, das duas às quatro horas da manhã, a atravessar as minhas *angustiae*. Sem dúvida sou privilegiado, e não esqueço a gratidão. Mas como este ignóbil definhar com intermitências enganosas é cruel para um homem! Os dois cavalos de batalha do doutor, a digital e o brometo, parecem impotentes para mim. Assisto à minha destruição, com fadiga e aborrecimento. Quantos esforços para impedir-se a morte! Esta defensiva excede a mim mesmo.

A luta inútil e incessante humilha a natureza viril. O que o leão menos suporta é ser levado a perecer pelos mosquitos, é lutar contra o mosquito. O homem natural sente de modo semelhante. Mas o homem espiritual deve aprender a mansidão e a longanimidade na paciência. O inevitável é a vontade de Deus. Ter-se-ia preferido outra coisa, mas é o quinhão que nos foi destinado que se trata de aceitar.

Comme un sage mourant puissions-nous dire en paix:
J'ai trop longtemps erré, cherché; je me trompais;
Tout est bien, mon Dieu m'enveloppe.

(*Dez horas da noite.*) – Minha irmã L. envia-me um vaso de azaleias, rico de flores e botões. Fida traz-me rosas e violetas de Nice. Todos atendem a caprichos meus; isso prova que eu estou doente... O tempo estava soberbo. Mas eu estava sem forças para o passeio, e bem depressa entrei.

19 de março de 1881. – Desgosto, desencorajamento. O coração se deteriora. Cada manhã, é preciso constatar alguma avaria nova. Gasta-se a minha paciência. E, no entanto, que cuidados afetuosos, que solicitude me cerca... Tudo na casa está arranjado para o meu bem-estar, e eu só estou envolto de sensações acariciantes e repousantes. Tenho sol e nenhum ruído, fogo que queima como no altar de Vesta, uma excelente mesa, livros em profusão. *Epicaures*, repito-me seguidamente.

Entretanto, sem a saúde, que fazer de tudo mais? Para que me serve tudo o que me é concedido? Para que serviam as provações de Jó? Para amadurecer a sua paciência, para exercitar a sua submissão.

Vejamos, saiamos de nós mesmos, sacudamos esta melancolia, este *fastidium*. Pensemos não em tudo o que está perdido, mas em tudo o que poderia perder-se ainda. Retomemos consciência dos nossos privilégios. Criança mimada, faze a tua conta... Contudo sinto-me deploravelmente mesquinho.

21 de março de 1881. – Esta vida de enfermo é demasiado epicúrea. Há cinco ou seis semanas que eu nada mais faço do que ter paciência, cuidar-me ou distrair-me, e a saciedade chegou. O que me falta é o trabalho. O trabalho é o condimento da existência. A vida sem objetivo, a vida sem esforço tem alguma coisa de insípido. A preguiça traz o langor, do langor nasce o fastio. Ademais, eis aí a nostalgia da primavera. É a estação dos vagos desejos, das surdas inquietações, das aspirações confusas, dos suspiros sem objeto. Sonhamos acordados. Buscamos tateando um não-sei-quê. Invocamos alguma coisa que não tem nome, a não ser que seja a felicidade ou a morte. Somos como o febril que se revolve sobre o leito, mas que não descobre posição melhor do que outra. Esta ansiedade indefinível é o efeito da primavera,

Le sang remonte à ce front qui frissone,
Le vieux coursier a senti l'aiguillon.

Para defender-se de tais eflúvios perigosos, é necessário cingir os rins, é necessário concentrar-se e sobretudo trabalhar. Atiraste a corda após a caçamba, e não podendo mais fazer grande coisa, nada fizeste. O resultado é justamente o vazio e o desgosto. Não tens desígnio nem programa, nem obra em trabalho, e te deixas seguir ao acaso dos dias. Assemelha-se isso à paciência, à mansidão; mas, é antes apatia. Com mais vontade, ambição, coragem, tirarias bem melhor partido das tuas circunstâncias.

28 de março de 1881. – Não posso trabalhar; é-me difícil existir. Demos alguns meses aos cuidados complacentes da amizade, porque esta fase é boa; mas, depois? É melhor ceder o lugar ao que é vivaz, ativo, produtivo.

Tircis, voici le temps de prendre sa retraite.

Será que eu me empenho muito em viver ainda? Não creio. É a saúde o que eu desejo, o não-sofrimento. Sendo vão esse desejo, o resto é sem sabor para mim. Sociedade. Lassitude. Renúncia. Abdicação. O desgosto segue a mutilação e a falta de forças. "Domemos os nossos corações pela paciência."

3 de abril de 1881 (onze horas da noite). – Leituras: *Mémoires d'un Sibérien*, de Rufin Piotrowski. Extratado e traduzido por Julien Kladsko, 1870.

Nada mais comovente que estas recordações de um polonês condenado político, deportado para as margens do Irtica, e que em 1846 conseguiu escapar da Sibéria. Essa evasão tem algo de maravilhoso. Quanto ao quadro da Sibéria, basta para levar-nos até o horror ao regime russo, e fazer-nos medir a montanha de crimes acumulada pelos czares. Se os atentados regicidas se multiplicam contra os Romanof, convém não esquecer as iniquidades da sua casa. Moscóvia é sinônimo de ferocidade, e os soberanos deram o exemplo aos súditos, *lupus lupis*. Os monstros engendraram monstros. A lei de talião é a única que esteja ao nível dessa sociedade inferior, mal saída da barbárie moral. A vingança histórica é mesmo uma forma da justiça. Mas que odiosa história, a da Rússia! – A indignação universal contra os assassinos niilistas é uma homenagem prestada à moral; mas o czarismo colocou-se acima da moral, e entende a ela submeter apenas suas vítimas sem número. Ora, não devemos ter duas regras, uma para os vencidos, outra para os vencedores. Justiça entre salteadores faz-se como é possível. Seria muito ingênua a galeria se tomasse partido entre a quadrilha e o seu chefe. O mundo russo é o mundo da força. Que o poder esmague os conspiradores, ou que os conquistadores derrubem o poder, isso é um fato de guerra. A autocracia e os seus adversários não têm direito comum e não se dão quartel.

10 de abril de 1881 (domingo). – Experimentei mil impressões diversas nestas últimas trinta horas: decepção médica, noite má, consciência do meu definhamento, deterioração do meu estômago, saciedade de tudo, mesmo da solicitude que não me deixa mais respirar sozinho, enervamento, langor e mal-estar. – Passei algumas horas com Fida, visita à *Ile d'azur*.

13 de abril de 1881 (nove horas da manhã). – Crise favorável. Noite melhor, apetite, retorno de forças. Foi ontem, na parte da tarde, que o movimento começou. Estou surpreso e arrebatado, mas, nisso, ouso apenas crer. Por que, tendo pouco dormido, estou tão alegre desde o amanhecer? Provavelmente porque o estômago retomou as suas funções. Se quisessem não estragá-lo, de boa vontade faria ele ainda o seu trabalho. Mas tudo, não obstante, está suspenso por um fio, pois já agora sinto dois pontos, um nas costas, outro no coração. Rejubilemo-nos do minuto presente: o futuro a Deus pertence.

> *Oh! demain c'es la grande chose;*
> *De quoi demain sera-t-il fait?*

Chega-me triste notícia. O indulgente cura loreno está mortalmente enfermo. Os médicos não lhe dão mais do que dois meses. Pois que os jovens se vão assim, aos veteranos não cabe recalcitrar.

(Dez horas da noite.) – Leituras: alguns capítulos de *Graindorge*. Uma parte de *Clovis Gosselin*, romance de Karr. Um número da *Revue Critique*. Escreve ao abade Roussel, Amenaide, Eugène A. e P. V.[74]

---

[74] O abade Roussel é o cura loreno a que Amiel se refere linhas acima. Amenaide e Eugène A. são prima e primo; P. V., um colega de Amiel.

Visita ao dr. B. Não estou nada contente, pois não obtenho nem alívio nem luz. Ele não me faz bem nem ao espírito nem ao corpo, e no fundo me deixa sozinho nas crises homicidas do dia e da noite. Brometo, cloral, custa pouco dizer, e isso não corresponde senão a um ponto da superfície a defender, e a uma dificuldade desta guerra passo a passo.

14 de abril de 1881 (três horas da tarde). – Depois de dezoito horas, eis o primeiro momento de repouso. Dolorosa vigília, horrível noite, cruel manhã, tal é o balanço. Estou extenuado e transtornado. Outra vez voltei aos sufocamentos de fevereiro, após vinte tentativas de toda espécie. Os pássaros sinistros voam de novo ao redor de mim. A pior das minhas numerosas decepções é a relativa ao médico. Ele não é o homem, não é o homem de quem eu preciso. Dei-lhe o crédito de três meses de confiança, ele porém atrapalhou-se e obstinou-se nos acessórios, sem nada conseguir sobre o essencial. As advertências numerosas não puderam levá-lo a retificar a sua pista. Ele se prende mais à sua opinião do que à verdade e mais à sua arte do que aos seus doentes. É pena.

Leitura: Karr (*Clovis Gosselin*).

Um pouco de bem-estar. Pela vigésima vez observo com que rapidez os males se me tornam estranhos. As provas, as angústias, os sofrimentos, as enfermidades causam-me o efeito das velhas fantasias, dos sonhos maus; não são meus, não são eu próprio. Quão depressa desaparecidos, tão depressa esquecidos.

Isso quer dizer que a minha natureza tem horror a esses disfarces ou lacunas do ser. A dor, ela a suporta, mas não a reconhece. Ela acreditou sofrer afrontas em sua face, mas não acredita na realidade dessa impressão. Ela repele para longe de si todas as ofensas à sua liberdade, como a geleira repele as impurezas que vêm manchá-la. Esta repugnância instintiva ao irremediável prende-se ao instinto de preservação pessoal, à exigência de integridade. É provavelmente idêntica à esperança e sinônimo de potência vital.

16 de abril de 1881 (dez horas da noite). – Reli *Sous les Tilleuls*, de Alphonse Karr. Decepção e descontentamento. Como romance, é deploravelmente construído. Como pintura de costumes, não tem nem lugar nem data nem verdade. Uma quantidade de cenas indelicadas e mesmo indecentes. Muitas digressões ociosas. O natural, o abandono, todavia, não substituem tudo. As qualidades de entusiasmo, de espírito, de humor, de sátira e mesmo de paixão, não bastam para o romance, que é do gênero épico e objetivo, isto é, exige indivíduos e ação que andem por si mesmos. A verossimilhança é a lei dessa obra. Ora, Karr viola ultrajantemente as verossimilhanças físicas, morais, sociais. A sua fantasia além disso é sem proporções. Numa palavra, este longo romance que não é composto, nem ligado, representa o trabalho fracassado de um homem de espírito. O sucesso de *Sous les Tilleuls* é uma questão de data, hoje cairia redondamente.

17 de abril de 1881 (Páscoa). – O dia foi magnífico, lá fora. Mas pesou muito sobre mim. Não tive sequer uma hora boa, nem de noite, nem até este momento, em que soam dez horas em Saint-Pierre. O meu pobre corpo fez-se lembrado a mim de todas as maneiras... Experimentei vivamente hoje a saciedade dos cuidados. Pode-se importunar a um doente sobrecarregando-o com uma graça contínua de proposições ou de mudanças. A calma, a paz, o silêncio são poderosas necessidades da minha natureza, e o melhorar perpétuo é uma variedade do tormento. Da mesma forma que não é ingerir, mas digerir que alimenta, assim, não é a multidão dos cuidados que dá prazer, mas os cuidados realmente úteis e discretamente oferecidos. Justeza e medida devem ser a divisa, mesmo das irmãs de caridade. Os doentes podem ser irritados pelo acúmulo de desvelos; o que lhes agrada é serem adivinhados, e não serem manipulados pelo zelo de outrem.

18 de abril de 1881 (dez horas da noite). – Noite atroz. O *lazzo* fatal da sufocação aperta-se cada vez mais. E os dias tornam-se tão pesados e tão pungentes como as noites. Langor da carne e do espírito. Misérias sem fim e perseguição sem trégua.
Conheço duas Fannys tão diferentes quanto possível, sobre o apreço às cartas.[75] Escrevia-me a segunda justamente hoje a maneira como ela compreende esses depósitos e o dever de uma piedosa arquivista: "Com o senhor, é bom ser zeloso a seu respeito, protege-se tão pouco a si mesmo; demasiado altivo para justificar-se, impenetrável por vezes, está em outros momentos, tão absolutamente a descoberto; e além disso demasiado impressionável para que um dos seus textos não tenha necessidade do seu contexto para oferecer a sua verdade verdadeira". A minha cara Fida, estoica sob certos aspectos, é no entanto demasiado mulher para não preocupar-se muito e sempre dos enredos e das opiniões do próximo. Ela tem razão em seu ponto de vista, mas nunca me dará o gosto do que eu desdenho,

---

[75] Sua irmã Fanny havia queimado todas as suas cartas, comunicando isso a Amiel.

nem o respeito do que desprezo. Há censuras ou aprovações de que não vale a pena fugir nem andar à procura. Quem conheceu a independência não quer mais entregar-se à mercê do mundo, pois o mundo é leviano, injusto, suspeito e profano.

Senti todo o dia a fraqueza do meu nada. Estou reduzido ao décimo do que era. Não posso erguer o menor peso, nem despender a menor força com o braço, a cabeça ou a voz. Oh, miséria!

Em dez semanas a doença e, sobretudo, o médico me reduziram a esta anulação.

(*Dez horas da noite.*) – Leituras: Gréville (*La Cité Ménard*)... Visita de Auguste Bouvier, que me abraça com tanta força que chega a magoar-me.

19 de abril de 1881 (*dez horas da manhã*). – Abatimento, sonolência, pois não dormi senão uma hora. A dispneia volta.

Que vivre est difficile, ô mon coeur fatigué!

(*Três horas da tarde.*) – Uma prova indireta da gravidade do meu estado são estas solicitudes que me chegam de todos os lados. Não se amimam senão os moribundos. A mim, é fácil de ler nos rostos de E. L. ou de C. L., nas cartas de H. ou de F. B., essa nuança de simpatia que se dirige àqueles que a gente acredita perdidos. Hoje, é um antigo conhecimento, Madame S. S., que me escreve uma carta de compaixão exaltada, oferecendo-me flores, música, preces para aliviar ou fortificar o doente e o poeta a quem tanto ela como a sua família amam. Se a concorrência do zelo coloca-se entre as minhas leitoras, que vai ser de mim? Essa comiseração comovida e que pede permissão para tornar-se ativa é uma das mais nobres provas da alma feminina. Mas o que é absolutamente curioso é que cada mulher se acredita só, em sua boa intenção, e imagina ter uma vocação exclusiva e única para salvar aquele por quem ela se interessa. A ideia de coordenação, de subordinação, de inferioridade não lhe vem nunca, porque isso a humilharia. O seu ardor é ciumento, a sua bondade é monopolizante, a sua pretensão é dominadora. O zelo feminino não é maternal; o que lhe é preciso não é que o bem seja feito, mas que seja feito por ele...

(*Dez horas da noite.*) – Dia totalmente miserável. Leitura? Doudan (*Pensées et Fragments*).

20 de abril de 1881. – ... O que me admira é estar ainda aqui. Após lavar-me, após as fricções e a refeição da manhã, há uma pequena ascensão. O cavalo cansado do carro recebeu a sua chicotada, e estremece. Mas estas vãs aparências de força e de coragem não fazem parar o definhamento. Sinto que me estou fundindo e me vou. Todas as funções elementares se embaraçam. A bancarrota é inevitável.

(*Quatro horas da tarde.*) – À força de desvelos e cuidados, de distrações (leitura e jogo), a minha afilhada me oferece uma hora ou duas de repouso... Leitura: terminei Doudan, que é somente superfino demais, polido demais, delicado e estudado demais. Nas suas *Révolutions du Goût*, excede a sua própria maneira. Seria necessário aproximá-lo de Rivarol (*Discours sur la Langue Française*). Mas que joalheiro consumado! Que crítico sutil e matizado! Que amoroso do bem dizer!

(*Dez horas da noite.*) – Leitura: *Les Trois Maupin* (de Scribe e Boisseau).

21 de abril de 1881. – Dia medíocre, terminado por uma noite horrível, a vigésima sem sono.
Leitura: Loiseleur (*Controverse sur la Saint-Barthélemy*); Barrière (*Les Faux Bonshommes*).

22 de abril de 1881. – Dia solene. Eu estava morrendo ao amanhecer. Lavaram-me, pentearam-me, friccionaram-me, vestiram-me como a uma criança. Mas o tempo sendo curto, consagrei toda a manhã a pôr ordem nos meus negócios. Cada passo ou cada gesto me arrancava um gemido forçado. Desentulhei as minhas mesas e escrivaninhas, reuni atabalhoadamente as notas de seis cursos universitários, amarrei as correspondências, separei os livros a devolver, retomei e completei o meu testamento, numa palavra, preparei-me como se fosse o meu último dia. Extrema fadiga, mas alívio. Essas limpezas são o asseio da alma. Contudo essas disposições precipitadas têm imensas falhas. Mas é preciso interromper-me. Escrever dá-me náuseas.
Ditei algumas cartas...
Fui admiravelmente atendido e cuidado por minha afilhada, que não me deixou nem de dia nem de noite.
Recebi de Fida um buquê e uma excelente carta. Muitos amigos vieram saber notícias minhas...

23 de abril de 1881. – Foi uma bronquite que aniquilou Disraeli, lord Beaconsfield. Ele, porém, extinguiu-se mansamente. Manhã perdida. Nada mais faço de que arrastar-me de cadeira em cadeira, procurando ar e buscando sono.

25 de abril de 1881 (nove horas da manhã). – Sobrevivo, mas o perigo não é menor e a partida não está em solução. Não posso ainda nem dormir, nem respirar, nem comer, nem falar; e existo como uma sombra.

Ontem, domingo, sucederam-se as últimas visitas. Todos me acreditavam no fim do caminho. Minhas duas irmãs, Fida, vieram até duas vezes. Os olhares, as palavras, as atenções tinham o vestuário do luto. Quanto a mim mesmo, era da mesma opinião. Não pude vestir-me nem deixar o quarto de dormir. Muitos colegas vieram saber notícias.

Estava pronto para terminar no correr do dia, e me tinha preparado para morrer em paz. Cuidaram-me admiravelmente, atenderam-me, cercaram-me, socorreram-me a todos os instantes. E, se ainda estou aqui, é uma força de vitória contra a natureza. Mas que exercício de paciência para um pobre doente que não tem mais uma força de pé, e que não tem uma hora boa, entre as 24!

26 de abril de 1881. – O suplício continua. Noites abismantes, dias exasperantes; nem sono, sem apetite.

A única face boa da minha situação são os testemunhos de interesse que se multiplicam...

Não tenho mais força para nada. Não sei onde me sentar, não posso sustentar uma pena. Não tenho voz, já não tenho músculos.

27 de abril de 1881 (dez horas da manhã). – Fraqueza inexprimível. Eis-me torturado há doze semanas, e a angústia, as palpitações não me deixam mais. Não tenho mais do que a pele sobre os ossos.

Esta noite solene. Fiquei admirado de sobreviver. Para quê? Minha afilhada sustenta bravamente a sua vigília de cuidados, e aqui três pessoas não vivem senão para cuidar de minha doença.

Mas o enfraquecimento prossegue a passos largos, e a existência torna-se uma tortura que tem alguma coisa de infernal.

Persisto na resignação e na paciência, morrendo ao mesmo tempo de fadiga e de sono. A causa diurna de exasperação nervosa é a curvatura universal do torso, que me proíbe um minuto de trégua e não me permite repouso algum.

(*Quatro horas da tarde.*) – O excesso do suplício trouxe a solução. Descobri que as minhas magras costas eram devoradas por inimigos emboscados, a saber, um grande botão redondo à cintura do *Schlafrock*, por uma grande fivela das calças, por uma forte fivela do colete, pelo cruzamento de dois botões dos suspensórios que se sobrepõem desde o meu emagrecimento. Estes cinco buris trabalharam-me as costas e ocasionaram esta contusão dolorosa que, não me deixava mais respirar.

Quanto a isto, o médico nem sequer emitiu uma suposição útil. A descoberta das pequenas causas secretas é ao contrário a prova da sagacidade de Hipócrates.

Estou como antes persuadido de que, extirpando a tosse sufocante, um médico árabe me teria economizado doze semanas de tortura, cestos de medicamentos e a terrível usura de vida que tudo isso me causou, nos órgãos subsidiários, como o coração, o estômago, o diafragma, etc.

28 e 29 de abril de 1881. – Dias de miséria, tais que eu não posso sequer suportar o peso da pena. São abundantes, em compensação, os testemunhos de simpatia e de interesse. Enviam-me flores, geleias, cartas, lembranças, e isso da parte de amigos por vezes bem distantes.

Minha afilhada faz-me a lista das visitas recebidas; ela me serve de *factotum*, de secretária, de leitora. A mãe e a filha rivalizam em zelo há três meses, e nem sequer aceitam ajuda nem partilha.

ꙮ

O Diário Íntimo detém-se nesta data, com essa homenagem à amizade. Após tantos sofrimentos e angústias, Amiel entra em uma lenta e silenciosa agonia; invade-o pouco a pouco uma fraqueza extrema, e ele expira mansamente no dia 11 de maio, terça-feira, pelas seis horas da manhã.

Dados Internacionais de Catalogação na Publicação (CIP)
(Câmara Brasileira do Livro, SP, Brasil)

Amiel, Henri-Frédéric, 1821-1881.
  Diário íntimo / Henri-Frédéric Amiel; tradução de Mário Ferreira dos Santos. – São Paulo : É Realizações, 2013.

  Título original: Fragments d'un journal intime.
  ISBN 978-85-8033-126-4

  1. Amiel, Henri-Frédéric, 1821-1881 - Diários 2. Filósofos - Biografia 3. Filósofos - Suíça - Diários I. Título.

13-03904   CDD-190

Índices para catálogo sistemático:
1. Filósofos : Reflexões autobiográficas   190

Este livro foi impresso pela Assahi Gráfica e Editora para É Realizações, em maio de 2013. Os tipos usados são da família Adobe Garamond Pro. O papel do miolo é off white norbrite 66g, e o da capa, cartão supremo 250g.